GOTT AUS STROH

Dieses Buch ist ein Roman. Auch wenn die meisten der hier genannten Orte tatsächlich existieren, Handlungen und Personen sind frei erfunden. Ähnlichkeiten mit lebenden oder toten Personen sind nicht gewollt und rein zufällig.

Bibliografische Information der Deutschen Nationalbibliothek
Die Deutsche Nationalbibliothek verzeichnet diese Publikation in der Deutschen Nationalbibliografie; detaillierte bibliografische Daten sind im Internet über http://dnb.d-nb.de abrufbar.

MIX
Papier aus verantwortungsvollen Quellen
FSC® C083411
FSC
www.fsc.org

Cäcilienstraße 48, D-50667 Köln
Internet: http://www.grafit.de
E-Mail: info@grafit.de

Umschlaggestaltung: Nele Schütz Design unter Verwendung von shutterstock/Maria Vonotna (Steg in Moorlandschaft) und AdobeStock/Med Photo Studio (Mann)
Gestaltung Innenteil: DÜDE Satz und Grafik, Odenthal
Lektorat: Lothar Strüh
Druck und Bindearbeiten: CPI – Clausen & Bosse, Leck
ISBN 978-3-89425-682-1
1. Auflage 2021

Dieser Roman wurde vermittelt durch die litmedia-agency, Mühlhausen-Ehingen.

Frank Dommel

GOTT AUS STROH

Kriminalroman

grafit

Frank Dommel wurde in Düsseldorf geboren und wuchs im südwestfälischen Siegerland auf. Nach einer Lehre zum Automechaniker restaurierte er Oldtimer, arbeitete als Holzfäller und berichtete als Zeitungsreporter über Kaninchenzüchter und Kriegsflüchtlinge. Er hat Amerika zu Fuß durchwandert, Grönland bereist und eine Zeit lang in Norwegen gelebt. Als freier Autor entwickelte er zahlreiche Fernsehfilmstoffe. Er lebt seit 25 Jahren in München.

Niemand weiß, ob der kommende Tag Tod und Wahnsinn
oder eine neue Liebe bringt, also ist es das Beste,
vorbereitet zu sein und nichts zu erwarten.

I tried to be good, but I got fucked up.

SÜDEN

1

Kein Mensch hörte mehr Jazz. Kein Mensch benutzte mehr CDs. Falk Sebastiani ging jeden zweiten Samstag im Monat nach dem Frühstück von seiner Wohnung in der Lindwurmstraße zum Kaufhaus Beck am Marienplatz und fuhr mit der schmalen Rolltreppe in die Musikabteilung im fünften Stock. Hier trafen die Übriggebliebenen aufeinander und steckten die Ohren unter die Kopfhörer, um in die Neuerscheinungen hineinzuhören, während der Rest der Stadt in den Etagen darunter Designermode oder teure Parfüms oder handgeschöpftes Briefpapier kaufte. Der Chefverkäufer legte ihm regelmäßig einige Titel beiseite, von denen er glaubte, sie könnten ihm gefallen.

Falk stand vor einem der abgegriffenen CD-Player und skippte durch das neue Album von Gwilym Simcock, einem großartigen Pianisten aus Wales. Neben ihm in der Klassikabteilung arbeitete sich eine attraktive Mittdreißigerin im engen Kostüm durch die Mozartsonaten. Er betrachtete sie und stellte sich vor, sie anzusprechen. Er würde es nicht tun.

Der Mann aus Wales intonierte »Cry Me a River«, als Falk die gedämpften Schläge hörte. Die Frau und die anderen Kunden drehten sich mit ungläubigen Blicken in Richtung Rolltreppe um. Falk wusste sofort, dass es Schüsse waren. Er riss den Kopfhörer herunter. Eine Explosion in einem der unteren Stockwerke erschütterte das Gebäude. Eine Staubwolke quoll wie ein sich aufblähender Ballon durch das schmale Treppenhaus zu ihnen herauf. Er hörte Schreie und Schüsse aus automatischen Waffen. Es roch scharf und verbrannt, nach was, wusste er nicht. Um ihn herum blickten sich die Menschen mit fragendem Entsetzen an und blieben stumm. Die Rolltreppe beförderte einen Toten herauf. Der Körper strandete mit dem Gesicht nach unten am Ende der Treppe und zuckte im Takt der unter ihm durchlaufenden Stufensegmente.

Falk presste seine Hand auf die rechte Hüfte und spürte das

Griffstück der Walther durch den Stoff der Jacke. Er streifte den kleinen olivgrünen Rucksack mit den Einkäufen ab und nickte der Frau im Kostüm zu. Ein ruhiges, vertrauenerweckendes Nicken. Die Frau schaute ihn fassungslos an.

»Gehen Sie nach hinten«, sagte er und deutete weg von der Rolltreppe. Die Frau ging.

Falks Magen verkrampfte zu einer dichten bleiernen Masse. Er spürte sein Gehirn unter der Schädeldecke pulsieren. Mit jedem Blutstoß des Herzens fuhr eine kleine hydraulische Welle durch seinen Kopf. Kurz schloss er die Augen und öffnete sie wieder. Es war alles noch da. Der Geschmack des mehligen Staubs, der Brandgeruch, die Schüsse und die Schreie von unten, das Klack-klack, wenn die Rolltreppenstufen die Schuhe des Toten erfassten und seine Fußspitzen nach oben mitnahmen, bis sie zurückschnellten. Klack-klack.

Dann fiel einfach alles von ihm ab, was zum Überleben nicht gebraucht wurde. Alles Unwichtige existierte nicht mehr. Es gab kein Gestern und kein Morgen. Sein Puls raste, und trotzdem war er vollkommen ruhig, als gehörte sein Herz nicht zu ihm. Seine Bewegungen wurden geschmeidig und schnell und mühelos. Geduckt lief er durch den Gang zwischen den CD-Regalen hindurch auf die hochfahrende Rolltreppe zu und ging hinter einem Stapel mit Sonderangebots-Samplern in Deckung.

»Giants of Jazz«.

Der Tote auf der Rolltreppe war zwei Meter entfernt. Er war Mitte fünfzig, gepflegt, gut aussehend und teuer gekleidet. Er hatte keine sichtbaren Verletzungen. Ein milchiger Speichelfaden hing aus seinem Mundwinkel. Seine Augen waren geschlossen. Falk betrachtete den Mann und fühlte nichts. Der Mann war nicht mehr wichtig. Jetzt waren nur die Lebenden wichtig.

Seit dem 22. Juli 2016 trug Kriminaloberkommissar Falk Sebastiani auch dann eine Pistole bei sich, wenn er nicht im Dienst war. Die schlanke siebenschüssige Walther PPS im Kaliber .40 S&W hatte er privat angeschafft. Sie steckte in einem unauffälligen Hosenbundholster. Er zog die Waffe und beobachtete über die Leiche des Mannes hinweg den Rolltreppenaufgang. Er wartete. Er hatte schon lange einen Pakt mit sich geschlossen: Er würde nicht zögern. Er hatte alles genau überlegt.

Aus seinem Versteck sah er, wie zwei junge Männer und eine Frau die Rolltreppe betraten. Die arabisch aussehenden Männer trugen hellgraue Kurzmäntel, die Frau ein geblümtes Kleid und eine gefälschte Louis-Vuitton-Handtasche. Falk erkannte die Verkleidung sofort. Die Mäntel der Männer waren identisch, ladenneu, etwas zu groß, die Stoffe billig. Das Kleid der Frau war für die kühlen Spätsommertemperaturen viel zu dünn. Trotzdem hatte es die Gruppe ohne aufzufallen in das Kaufhaus geschafft. Die Männer hielten ihre Kalaschnikows mit abgeklappten Schulterstützen im Hüftanschlag, wobei einer nach hinten sicherte, der andere nach vorne. Die Frau in der Mitte hatte europäische Gesichtszüge. Mit der rechten Hand umklammerte sie eine Handgranate. Falk konnte nicht erkennen, ob der Sicherungsstift bereits herausgezogen war. Die drei redeten Englisch und Arabisch durcheinander und schienen uneins, wie sie weiter vorgehen sollten. Das Englisch der Frau hatte einen deutschen Akzent.

Gleich sind sie bei ihm. Jetzt. Eine Sekunde bevor die drei das Ende der Rolltreppe mit dem Toten erreichen, richtet Falk sich auf, macht einen seitlichen Schritt nach rechts aus seiner Deckung heraus, hebt die Walther, legt an, alles in einer flüssigen Bewegung. Der vordere der Männer fängt seinen Blick auf. In diesem Augenblick weiß Falk, dass gar nichts so sein wird, wie er es sich zuvor überlegt hat. Niemand hat ihn gezwungen, hier zu stehen. Es ist sein freier Wille. Falk schießt dem vorderen Mann aus gut fünf Metern Entfernung in den Mund. Noch bevor er tot zusammengebrochen ist, gibt Falk alternierend jeweils zwei Schüsse auf die Handgranatenwerferin und den zweiten Mann ab. Die Körper der drei sacken stumm übereinander und fallen die Rolltreppe hinunter. Die Hand der Frau öffnet sich. Mit einem hohlen Poltern fällt die Granate einige Stufen tiefer. Sie explodiert und reißt ein Loch in die Rolltreppe, die mit einem metallischen Kreischen stehen bleibt. Trümmer schleudern gegen die holzvertäfelte Decke und stürzen auf den Boden zurück.

In Falks Ohren fiept es. Auf dem Stockwerk hupt ein Alarm los. Mit wenigen Schritten springt er hinunter zu den Attentätern. Die Ventile der Sprinkleranlage haben sich punktgenau über ihren Körpern geöffnet. Ein grotesker Platzregen aus Löschwasser verdünnt ihr Blut zu verlorenem Wein. Der zweite Mann lebt noch. Die Explosion hat ihm den linken Arm abgerissen. Irre vor Schock und taub vom Knalltrauma starrt er Falk an. Es ist kein Hass in seinem Blick. Seine rechte Hand tastet nach einer der Kalaschnikows. Falk kneift die Augen zusammen und schießt ihm ins Herz. Kein Arzt könnte dem jungen Mann mehr helfen, doch Falk weiß in diesem Moment nicht, ob er ihn einfach töten oder in einem Akt selbstgerechter Gnade von seinem Leid erlösen will.

Falk Sebastiani weiß nichts.

Sein Kopf ist leer. Er bläst die Luft aus den Backen wie jemand, der es kurz vor Ladenschluss noch zum Bäcker schafft, um einen Laib Brot zu kaufen. Im Lauf der Walther steckt noch eine Patrone. Mit der Waffe im Anschlag sucht er zwischen den Verletzten und Toten die Stockwerke nach weiteren Verdächtigen ab. Doch die Attentäter von München leben nicht mehr.

Amaq, die Nachrichtenagentur des sogenannten Islamischen Staates, dem schon vor zwei Jahren sein Territorium abhandengekommen war, verbreitete die Meldung, Ibrahim Abbalas, Muhamad Tarik Samir und Iris Kubkureit seien Soldaten des IS gewesen. Der schmächtige Teenager Abbalas war vor zehn Monaten als Bootsflüchtling aus Libyen über Italien nach Deutschland gekommen. Tarik Samir war in Augsburg geboren. Seine Eltern waren marokkanische Einwanderer. Seine Ausbildung als Grafiker in München hatte er eine Woche vor dem Anschlag abgebrochen. Die Medizinstudentin Iris Kubkureit war vor anderthalb Jahren zu einem Friedensmarsch von Dresden nach Aleppo aufgebrochen. Sie hatte es zu Fuß in die dreitausendzweihundert Kilometer entfernte Stadt geschafft und sich dort der Hilfsorganisation »Liebe ohne Grenzen« angeschlossen. Die Bilder von der jungen Idealistin mit den brünetten Locken waren durch die Medien gegangen. Kubkureits Tagebuch, ein mädchenhaftes Poesiealbum mit goldenem Schloss, erzählte von ihrer Arbeit im Al-Raja'a-Hospital. Es erzählte vom Kampf um Menschlichkeit in einem Krieg, der keine Regeln befolgte und den Einwohnern der Stadt bei lebendigem Leib den Rest ihrer Würde aus der Seele schnitt. Es erzählte von den Tränen, die den Blick der Frau so sehr trübten, dass sie den OP-Saal verlassen musste, in dem der Chirurg einem sechsjährigen Jungen gerade das rechte Bein amputierte. In immer verzweifelteren, dann brutalen Worten beschrieb sie, wie sie den Glauben an die Liebe verlor und ihren Hass entdeckte. Ihr pinkfarbenes Büchlein war eine Chronik der Schubumkehr aller Gefühle. Hinein, hinab in die endgültige Traurigkeit.

Dann verschwand Iris Kubkureit. Ihr Buch schwieg. Niemand außer ihr selbst wusste, wo sie sich bis zu ihrer Freilassung zwei Monate später aufgehalten hatte. Sie sei entführt worden, und die Bundesregierung habe ein Lösegeld gezahlt, mutmaßten die Medien. Das blieb wie üblich unbestätigt, doch Kubkureit wirkte nach ihrer Rückkehr wie der ausgemergelte Beweis für ein unbestimmtes Martyrium in den Händen anonymer Kriegsgewinnler, die mit dem Kidnapping von NGO-Mitarbeitern ihren Schnitt machten. Zurück in Deutschland brach sie ihr Studium ab und ging nach München. Dort empfingen die Bürger der Stadt die Flüchtlinge am Bahnhof mit Plüschtieren und offenen Armen.

Iris Kubkureit verachtete die Menschen mit ihren bunten Willkommens-Transparenten. Sie berauschten sich an ihrer billig erfüllten Sehnsucht, dem Unsinn der Welt das Sinnvolle entgegenzusetzen. Sie verteilten nach Feierabend Almosen und posteten davon auf Facebook. Sie opferten nichts und retteten vor allem sich selbst. Iris Kubkureit aber hatte die Welt verlassen und war in die Hölle hinabgestiegen. Jetzt war sie zurück und fand keinen Platz mehr im Paradies. Sie wurde den schwülen

Gestank der Verwesung nicht mehr los, der in einer unaufhaltsamen Osmose in jeden ihrer Gedanken gekrochen war. Die Welt ohne Schmutz, Gewalt und Misstrauen war eine blank polierte, teure Lüge. Im Büro einer Flüchtlingsinitiative lernte Kubkureit Muhamad Tarik Samir kennen. Er verbrachte dort seine Freizeit als ehrenamtlicher Dolmetscher. Gemeinsam betreuten sie den minderjährigen Libyer Ibrahim Abbalas und halfen ihm bei den Formalitäten seines Asylantrags. Die drei freundeten sich an.

Was dann geschehen war, wusste die Polizei nicht genau. Wer wen radikalisiert oder benutzt hatte. Woher die Gruppe die Waffen beschafft hatte. Ob sie Komplizen hatte. Ob sich Iris Kubkureit in Syrien auf die Seite ihrer Entführer geschlagen hatte und als eine ihrer Kämpferinnen zurückgekehrt war. Fest stand nur, die drei jungen Menschen hatten sich zusammengetan und im Namen ihres Gottes siebzehn andere getötet.

Falk war es ganz recht, dass die Medien ihn als Helden feierten, der das Abscheuliche getan hatte, um noch Abscheulicheres zu verhindern. Der Ruhm widerte ihn an, aber er konnte Entlastung gebrauchen. Die Minuten im Kaufhaus Beck resonierten in ihm wie eine Glocke, die nicht ausklingen wollte. Niemand außer Oberstaatsanwalt Henry Pochard, Kriminaldirektor Claus Riemann und ein paar Anzüge vom Bundesnachrichtendienst würde je die Aufzeichnungen der Überwachungskameras aus dem Kaufhaus zu sehen bekommen, die zeigten, wie Falk die Attentäter erschoss.

»Ohne Vorwarnung«, bemängelte Pochard, als wäre ihm das Leben der drei Attentäter nicht vollkommen egal.

Auf den verrauschten Aufnahmen war nicht zu sehen, dass dafür keine Zeit gewesen war. Der Versuch, die drei zu verhaften, wäre für Falk höchstwahrscheinlich tödlich gewesen. Die tonlosen Schwarz-Weiß-Bilder suggerierten eine Wirklichkeit voller Optionen, die es für Falk nicht gegeben hatte. Die BND-Anzüge waren sauer, weil sie die Frau gerne als Quelle abgegriffen hätten. Staatsanwalt Pochard fand Falks Verhalten kaltblütig. Falk widersprach nicht und schaute Pochard dabei ins Gesicht. Der Mann schwieg und wich seinem Blick aus. Damit war die Befragung beendet. Niemand wollte einen Helden vom Dienst suspendieren, denn Helden waren gerade knapp.

»Machen Sie drei Monate frei«, sagte Riemann.

Es klang nicht wie ein Vorschlag. Staatsanwalt Pochard nickte so heftig Zustimmung, dass seine Nackenwirbel knackten.

»Haben Sie nicht dieses Haus in Schweden?«, sagte er.

»Norwegen«, korrigierte Falk.

»Sag ich doch. Da fahren Sie jetzt hin«, sagte Riemann. »Ihre Tochter, lebt die nicht auch da oben? In Oslo, richtig?«

Falk schwieg. Sein Blick verriet dem Kriminaldirektor, dass er sich zu weit in Falks Privatsphäre vorgewagt hatte.

Die toten Attentäter vom Kaufhaus Beck waren nicht Falks einziges Problem, über das Gras wachsen sollte. Vor acht Monaten war er bei einer Personenkontrolle in ein Handgemenge geraten und hatte dem prominenten Schickeria-Schnösel Kevin Rossmann die Nase gebrochen. Rossmann hatte Falk zuvor ins Gesicht geschlagen, ihn beleidigt und dabei frech angegrinst. Ein junger Mann, von Beruf Sohn, hinter dessen Arroganz und Selbstüberschätzung sich eine schwitzige Unsicherheit versteckte. Das Bild seines lädierten Gesichts war durch die Boulevardpresse gegangen und zierte Rossmanns Instagram-Account wie eine hart errungene Trophäe. Falk fand sich als »#Prügelbulle« darunter.

Kriminaldirektor Riemann hatte demonstrativ in seine Kaffeetasse geseufzt, ihn an das Verhältnismäßigkeitsprinzip erinnert, überhaupt den Begriff »Prinzip« in allen möglichen Abwandlungen bemüht, Falk verwarnt und sich einen jovialen Scheißdreck für seine Sicht der Dinge interessiert. Eine Woche später erlitt Kevin Rossmann eine Gehirnblutung und wurde bewusstlos. Dabei saß er in seinem silbergrauen Aston Martin Vantage und fuhr mit zweihundertsechzig auf der A 95 Richtung Garmisch-Partenkirchen. Der Wagen zerschellte an einem Brückenpfeiler, dem einzigen weit und breit. Zwei medizinische Gutachten stellten keinen Zusammenhang zwischen Falks

Schlag auf Rossmanns Nase und der Gehirnblutung fest. Wohl aber mit dem Koks in seinem Blutkreislauf.

Kevins Vater Jochen, ein verwitweter Immobilienmillionär, wollte nicht akzeptieren, dass sein einziger Sohn an Sucht und Überdruss gestorben war, die er mit all seinem Geld nicht verhindert, sondern im Gegenteil erst möglich gemacht hatte. Ein anderer sollte für diesen Tod bezahlen: Falk. Wie ein letzter unbeholfener Liebesbeweis für den verlorenen Sohn wollte der Vater den Polizisten mit Klagen überziehen. Seine Anwälte redeten es ihm aus. Einmal stand er dem alten Mann gegenüber, als er nachts durch den Englischen Garten nach Hause wankte mit einer Frau im Arm, deren Namen er vergessen hatte. Rossmann war ihnen gefolgt. Er schwieg im tranigen Mondlicht, so als wartete er auf eine Entschuldigung von Falk. Oder auf den richtigen Impuls zum Angriff. Falk glaubte eine Waffe in seiner Hand zu erkennen, schickte die Frau weg, schwieg zurück in die halbe Dunkelheit, drehte sich um und ging, bereit zu sterben. Doch es geschah nichts. Es war nicht so leicht, einen Menschen zu töten. Und selbst wenn, jeder, der auch nur eine halbe Minute darüber nachdachte, musste ahnen, dass danach die Hölle im Herzen losbrach.

»Ich weiß, wo du bist«, hatte ihm der Vater hinterhergerufen. »Immer.«

Seither ließ Rossmann ihn in Ruhe. Die Erinnerung an den Fall wölbte sich in Falks Gegenwart hinein wie eine zu lange Schraube, deren Spitze beim Hineindrehen die Oberfläche zu durchbrechen drohte, unter der sie verborgen bleiben sollte. Sie war Teil seines Lebens und seiner Hirnströme geworden. Manchmal spürte er, wie richtig sich der Schlag auf Rossmanns Nase angefühlt hatte. Dann kämpften sein schlechtes Gewissen und sein Trotz miteinander, und keine Seite gewann.

Falk war jetzt dreiundvierzig und fühlte sich mit jedem Jahr jünger, das untrüglichste Indiz fürs Altwerden. Er war immer noch schlank und kräftig. Mehrmals in der Woche lief er zehn Kilometer am Ufer der Isar entlang. Seine Reflexe waren gut. Seit drei Jahren rauchte er keine Zigaretten mehr, nur noch das

Gras, das ein befreundeter Dealer aus der Landwehrstraße ihm zusteckte. Die Aussichten auf eine Beförderung im Kommissariat 51 – Bandendelikte, personenorientierte Ermittlungen, Einbruchs- und Kfz-Kriminalität – waren schlecht. Mit einem Widerwillen, der sich nach zweiundzwanzig Jahren Polizeiarbeit fast unmerklich abgeschwächt hatte, akzeptierte er, dass Prinzipien etwas waren, das man sich leisten können musste. Je dicker das Sicherheitsglas war, das ihre Verfechter zwischen sich und die Realität schieben konnten, umso fester waren diese Prinzipien. Das traf auf Vorgesetzte genauso zu wie auf Politiker. Falk verachtete weder die einen noch die anderen, ganz im Gegenteil. Sie taten gut daran, die Grundsätze menschlichen Zusammenseins hochzuhalten, damit zumindest ein wässriges Derivat davon durch die Filterblasen der Gesellschaft bis nach ganz unten sickerte.

Die Meute in Schach halten.

In dieser Hierarchie war Falk ein Ausputzer, der Prinzipien verteidigte, indem er sie manchmal mit Füßen trat. Niemals zu fest zuzutreten und nicht zynisch zu werden waren seine höchstpersönlichen Prinzipien gewesen. Doch jetzt waren sie im fünften Stock des Kaufhauses Beck zwischen den Trümmern gestorben.

Falks Dienststelle befand sich in einem historistischen Altbau an der Winzererstraße, genau auf der Grenze zur Maxvorstadt, die sich südlich des Gebäudes bis kurz vor die Gleise des Hauptbahnhofs erstreckte wie ein ausgefranstes Parallelogramm. Falk gab seine Heckler & Koch beim Waffenwart im neonbeleuchteten Keller ab und räumte den Schreibtisch für die Hospitantin Ayse Serapoglu. Er umarmte sie zum Abschied. Es war ihm sofort unangenehm. Er atmete ihren Geruch ein. Es war gut, dass er für ein paar Monate verschwand. Eine Affäre mit der Jurastudentin, die halb so alt war wie er, wäre durchaus möglich. Der nächste kleine Skandal von Kommissar Falk Sebastiani. Dass Ayse nur sechs oder sieben Jahre älter war als seine Tochter Hannah, würde ihn nicht abhalten. Hatte es auch früher nicht, weshalb er seit vier Jahren geschieden war. Seitdem hatte er sein Kind nicht mehr gesehen.

»Schick mir ’ne Postkarte«, sagte Ayse.

Falk lächelte schief und zog die Bürotür hinter sich zu. Er durchschritt den Flur, ohne noch einmal einem Kollegen zu begegnen. Er trat durch das Portal mit den zwei Nymphenfiguren auf die Straße. Es fühlte sich unerwartet gut an. Er fuhr mit der U-Bahn zum Goetheplatz und kaufte in der Lindwurmstraße ein Grillfleischsandwich. Am späten Morgen hatte sich noch keine Schlange vor dem berühmten Imbiss gebildet. Falk aß im Gehen auf dem Weg zu seiner Wohnung.

Im Treppenhaus traf er seinen Nachbarn Kittel, einen Frührentner mit schwefelfarbenen Augenringen und verkniffenem Mund. Falk überlegte kurz, ob er den Mann bitten sollte, in seiner Abwesenheit nach seiner Wohnung zu sehen. Das war ein absurder Gedanke, denn weder mochte er Kittel, noch kannte er ihn besonders gut. Aber ihm fiel auf die Schnelle niemand anderer ein, und Ayse wollte er nicht fragen. Seit Falks Scheidung vor knapp vier Jahren war der Kontakt zu seinen Freunden weitgehend eingeschlafen. Die meisten waren verheiratet und hatten Kinder, ihm jedoch war seine Familie abhandengekommen und damit auch das wichtigste gemeinsame Thema. Stattdessen hing stets der unausgesprochene Vorwurf, seine Frau betrogen zu haben und sich dafür nicht mal ausreichend zu schämen, wie ein schlechter Geruch im Raum.

Falk drückte sich an Kittel vorbei, schlüpfte in seine Wohnung, buchte einen Flug nach Oslo für den übernächsten Tag und druckte das Ticket aus. Anschließend duschte er dreißig Minuten und versuchte abzuwaschen, was nicht abzuwaschen war. Er verließ das Bett den ganzen folgenden Tag nicht.

Niemand würde nach seiner Wohnung sehen.

Der Drachenbaum im Wohnzimmer würde sterben.

2

Falk mochte Norwegen. Es hatte nicht die verlogene Lieblichkeit Schwedens. Die Natur sah erst gar nicht danach aus, als scherte sie sich um die Menschen darin. Trotzdem war er seit der Scheidung von Silje nicht mehr da gewesen. Anfangs hatte er geglaubt, die Angst vor Erinnerungen an die guten Zeiten, die sie dort verlebt hatten, sei dafür verantwortlich. In Wahrheit lag es an der Hauptstadt. Um Oslo zu mögen, musste man dort leben, in einem Haus am Wasser, mit einem Boot am Steg und genügend Geld auf dem Konto. So wie Siljes Familie. Ohne Boot war diese Stadt nicht zu verstehen. Ohne Geld war sie nicht auszuhalten.

Er nahm ein Taxi vom Flughafen und ließ den Fahrer über den Riksveg 120 fahren statt über die Autobahn. Er genoss es, den Wald zu sehen. Erst in Skedsmo bogen sie auf die E 6 ein. Falk beschloss, Silje in ihrem Büro zu überraschen. Es hatte keinen Zweck, sie vorher anzurufen. Sie würde ein Treffen ablehnen und Termine vorschützen. Oder einfach auflegen. Und sie würde ihrer gemeinsamen Tochter Hannah verbieten, den Vater zu sehen. Als er dem Fahrer die Adresse in Fornebu nannte, schaute der Mann ihn durch den Rückspiegel an.

»Statoil?«, sagte er.

Falk blickte aus dem Fenster, wo die weiß und rot gestrichenen Mietskasernen von Etterstad vorbeiflogen.

»Hellestad«, sagte er.

Falks Zunge wurde pelzig wie vom Biss in eine unreife Kaki, als er das Wort aussprach. Hellestad, dieser Name war wie das Schlüsselwort zu einem früheren Leben. Eine altbekannte Beklemmung umschlang seine Eingeweide. Er hatte den Namen am Tag der Scheidung von Silje zum letzten Mal ausgesprochen. Das war vier Jahre her.

Die Zentrale von Hellestad Møbler lag wie ein auseinandergebrochenes Raumschiff am Ostufer der Halbinsel Fornebu.

Zwischen den beiden gebogenen Raumschiffhälften war ein elliptischer Campus angelegt, auf dem die Angestellten ihre Pausen verbrachten. Um diese Zeit am Vormittag war der Platz leer. Es herrschte die Trostlosigkeit missratener Zweckarchitektur. Mit Pflastersteinen eingefasste junge Linden warfen geizige Schatten. In der Mitte des Platzes stand eine aufblasbare Hüpfburg mit sichtbar zu wenig Luft darin. Auf dem Weg zum Haupteingang warf Falk einen Blick in die verglaste Prototypenwerkstatt. Sie war vor allem eine große Schreinerei mit modernsten Maschinen zur Holzbearbeitung. In einem Labor waren drei Ingenieure damit beschäftigt, eine Schlafzimmerkommode mit heißen Bügeleisen und Hämmern zu traktieren. Sie lachten dabei, was durch die Fensterscheiben genauso unhörbar war wie der Lärm ihrer Werkzeuge. Falk grüßte die Pförtnerin, die ihn erkannte, aber offenbar nicht zuordnen konnte.

Er ging durch das verglaste Treppenhaus mit den Stufen aus massiver Eiche in den dritten Stock, wo Siljes Büro lag. Er klopfte an die Tür und drückte im selben Moment mit der anderen Hand die Klinke herunter. Silje saß mitten im Raum auf dem Boden und hatte mehrere Quadratmeter Geschäftspapiere um sich herum ausgebreitet. Ihre blonden Haare waren zu einem Pferdeschwanz gebunden. Sie sah umwerfend aus. Ihr Schneidersitz gab den Blick auf einen teuren burgunderroten Slip unter dem karierten Burberry-Rock frei.

Silje lächelte, als sie ihn erblickte, doch das war nur ein Reflex, der sich aus trügerischen Erinnerungen speiste und sofort verflog.

»Hallo, Silje«, sagte er. »Ich war grad in der Gegend.«

Er bereute den dämlichen Satz sofort.

Siljes Mund wurde schmal und ihr Blick spöttisch. Sie machte keine Anstalten, ihren Schoß zu bedecken, wie um Falk mit dem Anblick ihrer unerreichbaren Möse zu bestrafen, die sich durch den Slip abzeichnete.

»Blödsinn«, sagte sie. »Du bist nie in der Gegend.«

»Ich fahre nach Bankenes«, sagte er.

Silje wusste sofort Bescheid.

»Haben sie dich kaltgestellt?«

Es war kein Hohn in ihrer Stimme. Eher Mitgefühl.

»Ich hab mitbekommen, was in München passiert ist.« Sie lachte leise. Es klang verklärt. »Die ganze Welt hat es mitbekommen. Geht es dir gut?«

Falk zog nichtssagend die Schultern hoch. »Wo ist Hannah?«

Silje stöhnte auf. »Deine Tochter ist auf Studienfahrt in Madrid. Und selbst wenn sie da wäre, würde ich dich nicht zu ihr lassen.«

»Kann sie das nicht langsam selbst entscheiden? Sie ist fast achtzehn.«

Silje erhob sich mit einer energetischen Bewegung aus dem Schneidersitz in den Stand, ohne die Hände zu Hilfe zu nehmen. »Hannah hat sich längst entschieden.« Silje trat auf ihn zu. Die ausgelegten Papiere knisterten unter ihren nackten Füßen. Falk bemerkte ihre karmesinrot lackierten Fußnägel.

»Oder warum, glaubst du, hat sie sich nie bei dir gemeldet?«

Falk wusste keine Antwort. Er wusste nicht, wie sich seine Tochter in den vergangenen vier Jahren entwickelt hatte unter dem Einfluss ihrer Mutter und ihres Großvaters Lars Einar Hellestad. Welches Bild sie inzwischen von ihrem Vater hatte. Plötzlich schämte er sich und zeigte es nicht. Falk hatte kein Sorgerecht mehr für seine Tochter. Dafür hatte die Armada der Hellestad-Anwälte gesorgt, mit schmutzigen Tricks und einem Atem, der lang und gallig genug war, den Streit durch jede Instanz zu prügeln. Sie hatten es geschafft, Hannah zu der Aussage zu bringen, Falk, ihr Vater, habe sie regelmäßig geschlagen. Falk hatte seine Tochter nie angerührt. Würde er Hannah wiedersehen, er würde sie nicht auf ihre Aussage ansprechen. Er wusste, dass ihr Großvater, Siljes Vater, dahintersteckte.

Lars Einar Hellestad, alleinstehendes Oberhaupt einer zerstrittenen Restfamilie und Eigentümer von Norwegens letzter nennenswerter Möbelproduktion, hatte von Anfang an ein schizophrenes Verhältnis zu Falk. Er mochte den Deutschen, doch das wollte er sich nicht gestatten. Dass Falk ihm sein einziges Kind wegliebte, ließ ihn fortwährend mit sich ringen. Als wäre es unanständig, seiner widerspenstigen Tochter das Glück zu gönnen, weil das Glück ganz allgemein nicht im Lebensplan der Menschen vorgesehen war. Jedenfalls nicht in seinem. Außerdem hatte sich Silje mit ihrer unmöglichen Heirat seiner Kontrolle entzogen. Lebte mit Falk in München, außerhalb seiner Einflusssphäre, die sich über Norwegen spannte als Schutzglocke für die eigenen Interessen. Aber eben nur über Norwegen. »Mir wäre es lieber, du wärst mein Sohn oder mein Angestellter«, hatte er Falk zur Hochzeit gesagt.

Falk war irritiert, als Silje ihn zum Abschied umarmte. Er versteifte sich. Dann löste er sich von ihrem Körper und verließ das Büro, ohne ihr noch einmal in die Augen zu sehen. Er überquerte den toten Campus. Er sah den alten Hellestad auf der Dachterrasse der nördlichen Raumschiffhälfte stehen wie ein übermächtiges Gespenst. Der Alte schaute zu ihm herunter. Es war ihm nicht anzumerken, ob er Falk erkannt hatte. Falk beschleunigte den Schritt, um aus seinem Blickfeld zu entkommen. Er dachte gar nicht daran, in den Norden weiterzureisen, ohne Hannah gesehen zu haben. Er glaubte Silje nicht, dass seine Tochter in Spanien war.

Falk ging in westliche Richtung und überquerte die Halbinsel auf den neu angelegten, unbelebten Straßen, vorbei an kubischen Reihenhausketten mit großzügigen Balkonen und Kinderfahrrädern davor. Der frisch gewalzte schwarze Asphalt roch nach Naphthalin. In einiger Entfernung ragte der alte Flughafentower mit seiner verglasten Kanzel empor wie eine vergessene Filmkulisse. Falk bog auf eine Brachfläche ab und hielt auf den Nansenpark zu, in dessen Verlängerung sich die Marina von Oksenøya befand. Im künstlichen See des Parks badeten Kinder. Es wirkte trostlos. Seit der Flughafen vor fast zwanzig Jahren nach Gardermoen verlegt worden war, wurde Fornebu zu einem neuen Stadtviertel entwickelt. Sechstausend neue Wohnungen und Gewerbeansiedlungen mit zwanzigtausend Jobs entstanden auf der Halbinsel zehn Kilometer westlich des Stadtzentrums. Die großen Firmen hatten sich als Erste angesiedelt und sich für ihre Glaspaläste die besten Grundstücke am Ufer gesichert. Für die meisten Wohnhäuser blieb nur noch der Platz im Inneren der Halbinsel, weg vom Wasser. Der Streit über diese Fehlentwicklung war so alt wie die Erschließung des Geländes selbst. Der alte Hellestad war schlau genug gewesen, rechtzeitig vier Hektar Ufergrundstück im Süden der Halbinsel zu kaufen, auf denen heute die Häuser für seine leitenden Angestellten standen.

Falk betrat den Parkplatz der Marina und spähte hinaus auf die Anlegerpontons. Nach einem Moment hatte er das Boot des Alten gefunden, ein Boesch 580 mit Rumpf aus Mahagonisperrholz und Zweihundertsechzig-PS-V8. Es lag am selben Platz wie vor viereinhalb Jahren, als Lars Einar Hellestad seinen ungeliebten Schwiegersohn zum letzten Mal auf eine Spritztour mitgenommen hatte. Offenbar fuhr der Alte trotz seines fortgeschrittenen Alters nach wie vor übers Wasser in sein Büro. Ohne dem Hafenmeister Bescheid zu sagen, betrat Falk den Anleger und ging an Bord. Er fand den Zweitschlüssel in seinem Versteck im Spalt der hinteren Sitzbank. Der V8 sprang sofort an und brabbelte freundlich. Falk machte die Leinen los und steuerte das Boot mit leicht erhöhtem Leerlauf aus der Marina.

Am Ausgang der Bucht frischte sofort der Wind auf und zerbürstete die glattblaue Wasseroberfläche. Trotzdem war es warm. Nach einer halben Seemeile ging Falk auf südlichen Kurs und glitt zwischen Grimsøya und Ostøya auf das offene Wasser des Oslofjords hinaus. Die Engstelle zwischen den Inseln war nicht breiter als zwanzig Meter. Als Falk den Durchschlupf passierte, bemerkte er am rechten Ufer im weitläufigen Garten einer Villa einen bewaffneten Sicherheitsmann. Er war in Falks Alter. Der Mann schaute rauchend zu ihm herüber und taxierte das Boot. Falk erkannte deutlich die Beule im Anzug, die seine geholsterte Waffe hinterließ.

Oslo hatte es weit gebracht. Der stetig wachsende Reichtum der Stadt beflügelte die Angst vor seinem Verlust. Allerdings bangten seit Anders Breivik auch die Habenichtse. Falk gab langsam Gas. Keine halbe Seemeile voraus schoben sich querab die Fähren aus Kiel und Kopenhagen durch den Oslofjord. Er brachte den V8 auf dreieinhalbtausend Umdrehungen, das Boot hob sich aus dem Wasser und ging in Gleitfahrt über. In einem großen Bogen, der die Fahrrinne der Fährschiffe zweimal durchschnitt, drehte er nach Westen ab und hielt mit Höchstgeschwindigkeit auf die Spitze der Halbinsel Konglungen zu. Der Fahrtwind presste die salzige Luft so heftig in seine Lungen, dass er kaum noch kontrolliert atmen konnte.

Eine Tochter aus gutem Hause. Falk hatte keine Ahnung gehabt, wer die junge Frau mit der hohen Stirn, den tief liegenden Augen und dem ernsten Mund war, die ihren Wagen regelmäßig im Parkverbot vor dem Kino in der Münchner Türkenstraße abstellte und seine Strafzettel in den Gully warf. Die Stadt war voll von gut aussehenden alleinstehenden Frauen auf der Suche nach einer Karriere und Zuneigung, meist in dieser traurigen Reihenfolge. Sie fuhren kleine modische Cabrios und glaubten, sie hätten es fast geschafft.

Silje war ein Flirt für ihn. Nach dem siebten Knöllchen lauerte er ihr auf und tauschte die nächste Verwarnung gegen ein Rendezvous ein. Dass sie schon am ersten Abend miteinander schliefen und sich dabei auf Englisch unterhielten, gefiel ihm. Es hatte sofort jene Vertrautheit, die er sonst nur mit den Huren teilte, zu denen er danach nicht mehr ging. Die MBA-Studentin aus Oslo behauptete, ihr Vater (der Alte, wie sie Lars Einar irgendwo zwischen Respekt und leisem Spott nannte) sei Schreiner und habe sie allein großgezogen. Sie verschwieg Falk bis wenige Stunden vor ihrer Heirat ein Jahr später, dass Lars Einar Hellestad mit einer Art IKEA de luxe vor allem bei den aufstrebenden Mittelschichten Chinas, Indiens und Brasiliens erfolgreich war. Er erreichte nicht ansatzweise die Größe seines schwedischen Konkurrenten, aber er war reich, und weil Silje sein einziges Kind war, war sie es auch. Silje wollte nicht, dass Falk sie wegen des Geldes heiratete, und so begann ihre Ehe mit einer gut gemeinten Lüge.

Dass sie überhaupt heirateten, lag an Siljes Schwangerschaft und einer damit ausbrechenden Angst vor ihrem Vater, die Falk bis dahin nicht gekannt hatte. Die Angst passte nicht zu der selbstbestimmten, katzenhaften Frau. Siljes Familie, die nur aus Vater Lars Einar und ein paar verkniffenen Nebentanten und -onkeln bestand, wusste kaum etwas von ihrer Beziehung zu Falk. Ihr Vater hatte das Verhältnis zu dem nicht standesgemäßen Mann, noch dazu einem Tysker, stets mürrisch kommentiert, wenn überhaupt. Dass Silje die Meinung des Alten trotzdem wichtig war, lag daran, dass sie ihr Erbe nicht gefährden wollte. Der Magnetismus des verdammten Geldes sorgte dafür, dass sie es nicht schaffte, sich von ihrem übermächtigen Vater zu lösen. Das gab sie nie zu, aber genauso war es, daran hatte Falk nicht den geringsten Zweifel. Ihr Studium weit weg in München war das Äußerste an Freiheit, das sie dem Alten abringen konnte, und die Heirat mit Falk bedeutete die Verlängerung dieses Gastspiels außerhalb der Einflusssphäre des Vaters. Lars Einar nahm es hin. Silje war sein einziges Kind.

Wenn auch kein Sohn, wie er von Zeit zu Zeit einflocht, ein Nebensatz wie Salzsäure.

Es dauerte sechs Jahre, bis Falk sich zu fragen begann, ob er nicht vor allem ein Bauer im Schachspiel von Siljes verkorkstem Leben war. Inzwischen führte er einen stummen Krieg gegen die Geringschätzung seines Schwiegervaters, fremdelte mit seiner Frau und liebte ihre gemeinsame Tochter Hannah umso verzweifelter. Sein Leben war immer ohne Plan gewesen, aber erst, als er zu glauben bereit war, dass er einen Plan brauchte, entglitt es ihm.

Der Familiensitz der Hellestads war eines der ältesten Anwesen auf Konglungen. Ein Ensemble von historischen Holzgebäuden, in dessen Zentrum das Herrenhaus mit einer Säulenveranda stand, die sich über die gesamte Front erstreckte. Durch die Veranda hatte das Haus etwas von einem Hotel, das jedem Gast seinen eigenen überdachten Platz an der frischen Luft bieten wollte. Seit Lars Einar Hellestad die Villa allein bewohnte, hatte er Teile der Veranda mit Kunststofffenstern verglasen lassen. Es sah abscheulich aus. Es war das Ergebnis eines trotzigen Pragmatismus, mit dem sich die Menschen hier den

Elementen in den Weg stellten und dabei auf Schönheit nichts gaben. Als wollte der Alte dem Wind, der vom Fjord heranwehte und ihm einen steifen Nacken machte, seine Verachtung bezeugen. Schau, mehr als ein paar billige Plastikfenster bist du mir nicht wert. Mehr brauche ich nicht, um dich mir vom Leib zu halten. Einem Menschen, den man derart geringschätzte, würde man vor die Füße spucken.

Von der Veranda ging der Blick über den Oslofjord nach Nesodden und bis hinauf zur Stadt, die zehn Kilometer entfernt im Nordosten lag. Falk hatte die Gebäude auf dem Ufergrundstück als dunkel und abweisend in Erinnerung, doch jetzt erstrahlten sie schon von Weitem in Weiß wie eine Landmarke. Natürlich war das Siljes Werk. Sie war nach der Scheidung mit Hannah von München hierhergezogen. Falk stellte sich vor, wie Silje ihrem Vater alle möglichen Zugeständnisse abgerungen hatte, damit sie nach Konglungen zurückkehrte und sogar in die Firma einstieg. Falk war sich sicher, selbst in der Niederlage hatte sie sich so teuer wie möglich verkauft.

Die Scheidung der Möbelfabrikanten-Tochter von dem Tysker, den keiner wirklich kannte, hatte es bis in die Boulevardpresse geschafft. Doch Silje verkroch sich nicht, und sie gab auch nicht die gefallene Frau. Sie kehrte im Alter von neununddreißig Jahren in ihr Elternhaus zurück und bereitete sich systematisch darauf vor, die Nachfolge ihres Vaters als Firmenchefin anzutreten. Das hatte sie ihr Leben lang abgelehnt. Jetzt tat sie es. Sie ließ das Anwesen weiß streichen wie ein Zeichen für den klatschsüchtigen Rest der Welt. Seht her, hier bin ich, und ich scheiß drauf, was ihr davon haltet.

Silje und Hannah wohnten in einem Nebengebäude, in dem früher die Bediensteten untergebracht gewesen waren. Mutter und Tochter hatten es nach ihren Vorstellungen umbauen lassen. Der Alte lebte einen Steinwurf entfernt allein im Herrenhaus.

Arnebjörn Larssen, der Hausmeister und Chauffeur, ein wettergegerbter Mann, mit dem der Alte manchmal einen Schnaps trank und dem Daumen und Zeigefinger der rechten Hand fehlten, schaute feindselig, als Falk das Motorboot am Steg festmachte. Es war die Sorte Feindseligkeit, die ein Chef seinem Angestellten eingeflüstert hatte, nicht Arnebjörns eigene.

»Wenn ich rausbekomme, dass du das Boot vom Chef geklaut hast, rufe ich die Polizei«, sagte er.

Falk hielt dem Mann die Hand hin. Arnebjörn ergriff sie reflexartig. Falk spürte die weiche Lücke der fehlenden Finger.

»Ich hab's geliehen. Du weißt doch, wie lang die Fahrt mit dem Auto dauert bei dem Verkehr. Ich will zu Hannah.«

Arnebjörn taxierte unauffällig den Zustand des Bootes und schüttelte den Kopf.

»Den Weg hättest du dir sparen können. Hannah ist auf so einer Studienreise in Madrid. Sie kommt erst in zwei, drei Wochen zurück. Musst du Silje fragen.«

Falk blickte zum Haus hinüber, aber er wusste auch so, dass Silje ihm die Wahrheit gesagt hatte und Arnebjörn auch. Er würde seine Tochter nicht sehen. Er fragte Arnebjörn nach Hannahs Telefonnummer, aber der Mann lehnte brüsk ab, plötzlich wieder ganz der loyale Diener seines Herrn.

»Nein. Ist 'ne Geheimnummer.«

Falk saugte scharf die Luft ein, um etwas zu entgegnen. Doch er schwieg. Kaum war er hergekommen, gab es schon nichts mehr für ihn zu tun an diesem Ort. Er schaute sich noch einmal um in der dürren Hoffnung, Hannah würde von irgendwoher auftauchen, aus einem der Gebäude heraustreten. Doch es kehrten nur Erinnerungen zurück zu ihm, durch jede Tür und jedes Fenster quollen sie hervor. Dann, als die plötzliche Sehnsucht nach seiner Tochter immer drängender wurde, zerstoben sie wie halb durchsichtige Trugbilder aus Nebel, die in der Morgensonne verdunsteten.

Er machte das Boot los, hob die Hand zum Abschiedsgruß, den Arnebjörn nicht erwiderte, fuhr zurück nach Oksenøya, füllte an der Zapfsäule der Marina den Tank auf und nahm ein Taxi zum Flughafen. Er kaufte ein Ticket. Während der Wartezeit aß er einen überteuerten Burger und trank ein deutsches Bier dazu. Vier Stunden später landete er in Tromsø, wechselte die Maschine und fiel danach sofort in einen traumlosen Schlaf.

Er erwachte erst, als der Pilot die Dash 8 über dem Meer in einer engen Kehre gegen den Wind stellte und auf der schlecht asphaltierten Landebahn von Sørkjosen aufsetzte. Draußen streifte die orangerote Mitternachtssonne den Horizont und stahl ihm den letzten Rest Zeitgefühl.

NORDEN

3

»Es gibt etwas, das du wissen musst.«

Ella Vesterman sprach nicht weiter, als wartete sie auf seine Nachfrage. Falk glotzte müde auf den Straumfjord hinaus und versuchte sich an die Landschaft zu erinnern, an die Straße, die Bäume. Doch immer wenn er zu wissen glaubte, wie es hinter der nächsten Kurve aussah, belehrte ihn die Realität eines anderen. Ellas Stimme dagegen klang so vertraut, als hätten sie zuletzt heute Morgen gesprochen. Er schwieg.

»Du kannst nicht nach Bankenes«, sagte sie und schaltete vor der nächsten Biegung herunter. Das Getriebe des alten Volvo-Kombis jammerte auf. Der Hund im Kofferraum spitzte die Ohren. Falk drehte den Kopf zu Ella.

»Das Haus ist vermietet«, schob sie hinterher.

Falk wandte eingeschnappt den Blick ab und stierte wieder nach draußen. Er lachte bitter. »Das war der Alte, oder?«

»Er meinte, Bankenes gehöre letztlich immer noch ihm. Silje hätte es dir gar nicht schenken dürfen. Außerdem bist du seit vier Jahren nicht mehr hier gewesen. Ernsthaftes Interesse sieht anders aus.«

Falk schaute Ella an. »Das mit dem Interesse, stammt das auch vom Alten, oder ist das deine Meinung?«

»Beides«, sagte Ella. Es klang trotzig.

Falk schüttelte den Kopf. »Ella. Das Haus gehört seit zehn Jahren mir. Amtlich. Ich zahle die Grundsteuer, alles. Ich zahle dich und Kjell, damit ihr ein Auge darauf habt und es nicht zusammenkracht, schon vergessen? Braucht ihr mehr Geld?«

Ella starrte geradeaus und schwieg. Falk wurde gerade erst das Ausmaß von Lars Einar Hellestads Unverschämtheit bewusst. Außerdem wurde ihm klar, dass er für seinen Aufenthalt kein Dach über dem Kopf hatte.

»Du hättest mich anrufen können«, sagte er, plötzlich laut.

Ella warf ihm einen scheuen Blick aus ihren großen braunen

Augen zu. Falk bereute seinen Tonfall. Er mochte es nicht, wie sich Ellas herbe Schönheit unter seiner beleidigten Stimme beugte. Das tat sie schon oft genug unter der von Kjell.

»Hellestad hat gesagt, du wärst mit allem einverstanden. Wir bräuchten dich nicht anzurufen. Er hat Kjell hundertsiebzigtausend Kronen überwiesen. Für den Verdienstausfall, weil wir ja nicht mehr nach dem Haus sehen müssten. Hellestad wusste, dass wir das Geld brauchten.«

Falk nickte. Natürlich. Lars Einar Hellestad verfügte stets über die Informationen, die seinem Vorteil dienten. Sonst hätte er es nie so weit gebracht. Falk vermutete, dass sich Ella und vor allem Kjell dem Alten gegenüber immer noch zu Loyalität verpflichtet fühlten. Sie hatten das Sommerhaus in Bankenes für ihn betreut, seit sie vor zwanzig Jahren als junges Paar den Milchviehhof in Øvrestua übernommen hatten. Dass das Haus später Silje gehörte und ihr willkommener Nebenverdienst seit zehn Jahren von Falk überwiesen wurde, schien an dieser Loyalität nichts geändert zu haben. Obwohl dies wohl eher an der Angst vor dem alten mächtigen Mann lag, der weit weg in seinem Herrenhaus am Oslofjord saß und ein kleines Imperium führte, von dem Bankenes nur ein Molekül war.

Falk versuchte, Lars Einar Hellestad anzurufen, doch die Nummer war nicht mehr gültig. Auch Ella hatte sie nicht.

»Du kannst erst mal bei uns wohnen«, sagte sie.

Falk ging nicht darauf ein. »Wer ist der Mieter?«

Ella zögerte, als ahnte sie, was nun kam. »André Schoomwinkels.«

Falk stöhnte auf.

Scheiße.

André Schoomwinkels war alles Mögliche, tragische Figur, junger, gut aussehender Nichtsnutz, halber Messie, aber nicht der Mensch, den man in seinem Haus haben wollte. Niemand wusste, was er trieb. Er war verschlagen. André stammte aus Amsterdam und lebte während der Sommermonate in der Gegend um Sørstraumen. Meist an wechselnden Adressen, denn kaum jemand vermietete ihm seine Wohnung oder sein Haus ein zweites Mal. Wo er auszog, hinterließ er Chaos und Mietschulden. Als Jugendlicher hatte er seine Mutter hierher in den Norden begleitet. Sie verbrachte die Sommer mit ihrem Liebhaber, einem Kapitän aus Storslett, den sie in Amsterdam kennengelernt hatte. Dann ging der Mann mit seinem Frachter in der Biskaya unter. Die Mutter kehrte immer wieder zurück, als hoffte sie, der Mann würde wieder auftauchen. Doch es geschah nicht. Sie starb, und fortan war es der Sohn, der Sommer für Sommer nach Kvænangen kam, obwohl ihn nichts mehr mit der Gegend verband und die Mitternachtssonne seine geerbte Einsamkeit vierundzwanzig Stunden am Tag beschien. Es gab Gerüchte, dass André Crystal Meth und Marihuana aus Finnland und Russland schmuggelte. Dass er mit den überlagerten Tablettenvorräten der längst geschlossenen Apotheke seiner Mutter handelte. Aber vielleicht nahm er die Pillen auch nur selbst, um nicht verrückt zu werden.

All das wusste natürlich auch Lars Einar Hellestad. Er hatte André in Falks Haus gesetzt, um ihn darin wüten zu lassen. Es ging dem Alten nicht darum, Bankenes von Falk zurückzubekommen. Er wollte Falk wehtun. Er wollte, dass jede gute Erinnerung, die Falk mit Bankenes verband, zerstört wurde. Falk war sich sicher, das Silje nichts davon wusste. Sie hatte ihm das Anwesen am Ufer des Badderfjordes zum siebten Hochzeitstag geschenkt. Es war ihrer beider Liebesnest gewesen, bis es im Sommer vor vier Jahren der Ort ihrer Trennung wurde. Doch sosehr Silje ihn in der ersten Zeit nach der Scheidung verachtet hatte, sie hatte nie infrage gestellt, dass Bankenes Falks Eigentum war. Der Alte wollte das so wenig gelten lassen wie anfangs die Liebe seiner Tochter zu dem deutschen Polizisten. Er hatte im Laufe seines Lebens mehrere Sommerhäuser in Skandinavien gekauft. Er nutzte sie nie. Manchmal stellte er sie Geschäftspartnern zur Verfügung. Silje glaubte, sie wären Ausdruck einer rastlosen Angst, von der kein mächtiger Mann zugeben würde, dass sie ihn plagte, und vor der er sich einen Fluchtpunkt wünschte, den es nicht geben konnte, weil die Angst im Herzen saß und der Mann sie deshalb immer mitnahm in die Welt.

Der schrottreife Volvo Kombi überquerte die Brücke von Sørstraumen. Ella setzte den Blinker, um nach Øvrestua abzubiegen, aber Falk deutete geradeaus.

»Lass uns hinfahren. Ich will das Haus sehen.«

Sie umrundeten den Badderfjord und bogen nach links auf die schmale Straße ab, die am Nordufer entlangführte. Es war bereits spät. Falk war es egal. Je näher sie dem Haus kamen, desto unbedingter wurde sein Wunsch, es zu betreten. Am liebsten wollte er André sofort mit einem Tritt in den Hintern hinausbefördern. Als sie in die Einfahrt einbogen, überschüttete die tief stehende Mitternachtssonne sie mit Bronze. Ella blieb im Wagen.

Das Anwesen wirkte im weichen Zwielicht kaum verwahrlost. Ein gutes Zeichen, dachte Falk. Vor der Tür stand ein heruntergekommener roter Toyota Hilux. Das Hauptgebäude, ein zweigeschossiger Holzbau mit Krüppelwalmdach, war einmal das Wohnhaus eines wohlhabenden Gehöfts gewesen. Haus, Scheune, Stall und eine kleine Werkstatt bildeten ein loses Karree. Außerdem gab es eine Sauna mit Grasdach und Holzofen unten am Ufer des Fjordes. Aus dem eisernen Kaminrohr der Sauna stieg Rauch auf.

Falk hatte das Wohnhaus vor einigen Jahren elfenbeinfarben gestrichen und die Ecken und die Tür- und Fensterrahmen in Moosgrün abgesetzt. Beim Anblick des Hauses fiel ihm plötzlich auf, dass Silje für den Familiensitz auf Konglungen dasselbe Weiß gewählt hatte. Die Nebengebäude von Bankenes waren im typischen Falunrot belassen. Das Rot blätterte ab. Darunter verwitterte das Holz in einem würdevollen Silbergrau, faulte aber nicht. In den Erdgeschossfenstern des Wohnhauses hingen geblümte Vorhänge, die Silje genäht hatte. Sie waren schäbig geworden.

André Schoomwinkels öffnete die Haustür. Er war nackt und hielt einen qualmenden Joint zwischen den abgespreizten Fingern der linken Hand. »Ich habe einen Mietvertrag«, sagte er ansatzlos und schaute durch Falk hindurch. Dann versuchte er, auf Falk zu fokussieren, und wartete schweigend auf eine

Reaktion. Dabei tappte er von einem Fuß auf den anderen, als stünde er auf heißem Asphalt.

Aus dem Inneren des Hauses drang der Geruch von Marihuana und abgestandener Luft. André war vollkommen zugedröhnt. Falk fühlte sich einen Moment lang wie ein spießiger Hausmeister.

»Dein Mietvertrag ist ungültig«, sagte er. »Hättest du wissen können. Hellestad hat dich verarscht.«

Falk glaubte, das entfernte Lachen einer Frau aus der Sauna zu hören.

André rülpste. »Dich auch«, sagte er. »Hat dich auch verarscht. Er hat mir angeboten, hier zu wohnen.«

André weigerte sich, Falk ins Haus zu lassen. Falk überlegte einen Moment, ihn einfach zu überwältigen und hineinzugehen. Der Mann wäre nicht in der Lage, ihm viel Widerstand zu leisten. Doch Falk war nicht dreitausend Kilometer gereist, um sich zu streiten. Er würde das Chaos, das der junge Mann angerichtet hatte, früh genug zu sehen bekommen. Er schaute an André vorbei ins Halbdunkel der Eingangshalle und erahnte die Schemen der Möbel, die dort schon immer gestanden hatten. Eine gewohnte Erinnerung vorzufinden, beruhigte ihn.

Falk gab André zwei Wochen, um auszuziehen. Zu seinem Erstaunen widersprach der junge Mann nicht. Er wurde auch nicht ausfallend, womit Falk von Anfang an gerechnet hatte. André zuckte mit den Achseln und schaute zu Ella im Wagen. Das war alles. Falk nahm ihm zum Abschied den Joint aus der Hand und inhalierte tief.

»Tut mir leid«, sagte er und gab André den Joint zurück.

Als er und Ella vom Grundstück auf die Schotterstraße einbogen, sah Falk im Rückspiegel, wie André in den Garten pinkelte. In einem der Fenster im ersten Stock bewegte sich eine Gardine. Oder war das schon die Wirkung des Joints?

Sie fuhren über die E 6 zurück nach Süden zu Kjells und Ellas Hof in Øvrestua. Plötzlich wurde Falk klar, dass er seine Aufgabe verloren hatte, solange er nicht nach Bankenes konnte. Jedenfalls glaubte er das, bis er einen Moment später die Leere spürte, die seinen Magen hob wie die Talfahrt auf einer Achterbahn. In Wahrheit war die selbst gestellte Aufgabe, Bankenes in Schuss zu bringen, nur die süß vergiftete Ablenkung davon, dass sein Leben in einer unbeleuchteten Sackgasse ohne Wendemöglichkeit angekommen war. In der steckte Falk nicht erst, seit er im Kaufhaus Beck drei Terroristen erschossen hatte. Doch alles, was nach diesem Tag in Falks Leben geschehen war, kam ihm erst recht taub und unbedeutend vor. Die Raserei der Gewalt, die Schüsse, mit denen er drei Leben genommen und ein paar mehr gerettet hatte, dazu schien es keine Verdichtung des Daseins mehr zu geben. Es gab auch keine Erlösung von dem, was er getan hatte. Die toten Attentäter bereiteten ihm keine schlaflosen Nächte. Sie folgten ihm nicht bis in die Träume. Ihre Gesichter waren weiße Flecken in seinen Erinnerungen. Aber sie waren da wie unsichtbare Treibanker aus fauligem Fleisch unter der dunklen Wasseroberfläche, die sein Boot in eine Richtung zogen, gegen die kein Ruder ansteuern konnte. Plötzlich wusste er, Bankenes war ein Exil, in dem keine Antworten wohnten.

Sie passierten den Campingplatz von Sekkemo auf halber Strecke zwischen Sørstraumen und Badderen. Obwohl es fast Mitternacht war, wählte Falk die Nummer.

Håkan Jensen ging nach dem ersten Klingeln ans Telefon. Der alte Mann freute sich. »Natürlich störst du nicht«, sagte er zwischen zwei Bissen von etwas, das durch den Hörer wie ein zu trockener Keks klang.

Auch Håkan wusste, dass Bankenes an André vermietet war, und allmählich fing Falk an, die Sache lustig zu finden. Alle hatten Bescheid gewusst, nur er nicht. Zum Campingplatz gehörten sechs Holzhütten mit einfacher Ausstattung. Doch es war nichts für ihn frei. Eine Studiengruppe aus Bergen mit ihrem Professor hatte die Hütten belegt. Hydrologen, die eine Forschungsarbeit über das Wasserkraftwerk von Kvænangsbotn verfassten. Håkan meinte, sie würden in Wahrheit nur auf Kosten der Universität zum Lachsfischen gehen. Falk versprach, Håkan bald zu besuchen, und legte auf.

Ella war gekränkt, dass er es in Erwägung gezogen hatte, woanders unterzukommen.

»Ist nicht wegen dir«, sagte er.

Das war gelogen. Falk hatte bemerkt, dass Ella ihr kleines Kreuz aus Silber um den Hals trug. Wenn Ella das Kreuz trug, frömmelte sie, und das tat sie immer, wenn Kjell zu viel soff. Falk wusste, dass eine lamentierende Ella, die mit Bibelsprüchen um sich warf, so unerträglich sein konnte wie ihr quartalssaufender Ehemann, der mit vollgepisster Hose über den Hof krakeelte. Immerhin hatte Ella bislang noch nicht von ihrem Gott geredet. Außerdem kündigte sie zu Falks Erleichterung an, sie und Kjell würden demnächst für ein paar Tage nach Bodø fahren, um den Lastwagen abzuholen, den Kjell von der norwegischen Armee ersteigert hatte.

Falk entspannte sich und log weiter. »Ich will euch nur nicht zur Last fallen.«

»Das tust du nicht«, sagte Ella. »Du kannst im Wohnwagen wohnen.«

Als sie auf den ungeteerten Hof von Øvrestua vorfuhren, wuchtete Kjell Vesterman gerade eine ausrangierte Tiefkühltruhe auf die Pritsche des alten Volvo-Zwölftonners. Auf der Ladefläche stapelte sich bereits ein Berg Sperrmüll. Darüber hatte Kjell ein ausgebleichtes Fischernetz gezurrt. Auf dem Haufen thronte ein verbeultes Aluminiumdinghi. Im Zwielicht der dämmrigen Nacht wirkte das Ganze wie die Vorbereitung zu einer undefinierbaren Straftat oder zur Flucht vor der Apokalypse. Die Luft roch sauer nach frisch angesetzter Silage.

Kjell Vesterman war ein bauernschlauer Kerl mit gelben Zähnen und ausweichendem Blick. Ihm fehlte die Spitze seines linken Ohres, und vermutlich hatte er keine Ahnung, dass Falk den wahren Grund dafür kannte. Er begrüßte Falk mit einem Wink seiner rechten Pranke. Er kam nicht näher, und Falk musste sofort an das hämische Gerücht denken, wonach Kjell sehr darauf bedacht war, seiner Frau in Gegenwart anderer nie so nahe zu kommen, dass er zu ihr aufschauen musste. Niemand sollte sehen, dass er einen Kopf kleiner als sie war.

Falk konnte seine Whiskyfahne trotzdem riechen. Kjell fragte Falk, wie der Flug gewesen war, und anderes belangloses Zeug, während er keine Antwort abwartete und sich wieder dem Beladen des Lastwagens zuwandte. Er erwähnte Bankenes oder André Schoomwinkels mit keinem Wort. Offenbar ging er davon aus, dass Ella dazu alles gesagt hatte. Außer einer Schlägerei dann und wann überließ Kjell Vesterman unangenehme Auseinandersetzungen seiner Frau, etwa wenn die Ratenzahlungen für den neuen Traktor ins Stocken gerieten oder eine Steuernachforderung kam. Kjell erwähnte auch nicht das Attentat von München. Nur die Art von linkischem Respekt, mit dem er Falk behandelte, deutete darauf hin, dass er von Falks zweifelhafter Heldentat Notiz genommen hatte. Wobei es weniger Respekt war als der Mangel an Unfreundlichkeit.

Kjell füllte die alte Kühltruhe mit zerbrochenen Backsteinen und zwei Autobatterien, damit sie im Wasser nicht auftrieb. Falk wusste, dass Kjell nicht der Einzige in der Gegend war, der Dinge im Fjord versenkte, deren legale Entsorgung aufwendig und teuer war. Das war verboten, und das war Kjell und den anderen, die es taten, scheißegal. Ihr Trotz galt nicht nur der widerspenstigen Natur, in der sie lebten, sondern auch dem Staat mit seinen Regeln, der für sie vor allem ein abstraktes Konstrukt war, ein bürokratisches Kindertheater irgendwo im Süden, ungreifbar, ahnungslos, anmaßend und deshalb für ihr eigenes Dasein ohne Bedeutung. Und wenn der Staat verlangte, dass Kjell Vesterman zweihundertzwanzig Kilometer fahren sollte, um seinen alten Lastwagen ordnungsgemäß in Tromsø verschrotten zu lassen, würde er den Wagen eben mitsamt einer Ladung altem Krempel im Fjord versenken, auf den Staat scheißen und danach oder davor oder beide Male einen geschmuggelten Whisky trinken.

Falk brauchte einen fahrbaren Untersatz. Ein normaler Leihwagen wäre hier oben nutzlos und viel zu teuer. Er konnte den Lastwagen mit dem Anbaukran gut gebrauchen. Sobald André aus Bankenes ausgezogen war, wollte er mit der Renovierung beginnen. Er musste Material heranschaffen, um die durchgesackten Dachbalken der Scheune und die Beplankung der Wetterseite des Werkstattschuppens zu ersetzen. Der Lastwagen, ein zweiundsiebziger Volvo N 86 mit Sieben-Liter-Turbodiesel und Forslund-Kran, war ein Wrack. Aber er fuhr und hatte noch viereinhalb Monate bis zur nächsten Hauptuntersuchung, die er nicht überstehen würde. Lange genug für Falk. Er bot Kjell an, den Wagen zu übernehmen und dafür den Sperrmüll zur Deponie in Tromsø zu fahren und die Gebühren zu begleichen.

Kjell ließ den Vorschlaghammer sinken, mit dem er eine alte Küchenspüle in ihre Einzelteile zerdrosch. Er starrte Falk von der Ladefläche herab an wie eine Erscheinung und kaute auf seiner kalten Zigarette. Er grinste. Dann schüttelte er den Kopf.

»Spar dir den Weg nach Tromsø. Die fünftausend für die Deponie gibst du mir. Außerdem holst du noch zwei Tonnen Sägemehl für den Pferdstall. Um den Müll kümmere ich mich.«

Falk war einverstanden, auch wenn ihm Kjells Cheftonfall, der sich auf nichts gründete, missfiel. Er zählte das Geld ab, und Ella steckte es ein, bevor Kjell von der Ladefläche geklettert war.

Kjell nahm es schweigend hin, dass Ella ihm das Geld vorenthielt, nickte Falk zu, stieg in den Lastwagen und setzte rückwärts in die Wiese hinter dem Kuhstall. Dort stand eine alte Waschmaschinentrommel als Feuertonne. Kjell hangelte sich auf die Ladefläche und löste das Fischernetz. Dann kippte er die Ladung wie ein trotziger Junge mitsamt dem Aluminiumboot auf die Wiese. Die Feuertonne verschwand unter dem riesigen Müllberg. Er zerrte das Boot zur Seite, holte einen Reservekanister mit Diesel aus dem Führerhaus, schüttete den Inhalt auf den Haufen und zündete ihn an. Nach einem Moment schlugen meterhohe Flammen aus den Trümmern. Ihr orangenes Licht zuckte über die abgeerntete Wiese. Eine pechschwarze Rauchschlange kroch in den Nachthimmel hinauf. In Deutschland hätte der Gestank nach verbranntem Gummi und Plastik Nachbarn, Ordnungsamt, Polizei und Feuerwehr auf den Plan gerufen, und zwar gleichzeitig. Hier wurden nur die Kühe im Stall unruhig. Kjell griente zu Falk und Ella herüber.

Eure Schuld, sagte sein Blick, und Falk musste an Wladimir Putin denken.

Ella zeigte ihm den Wohnwagen, ein klammes und muffiges Ungetüm, das wenige Meter neben dem Wohnhaus stand. Die Frau legte ihm ein Verlängerungskabel, damit er Licht machen konnte. Dann ging sie schlafen. »Schön, dich mal wiederzusehen«, sagte sie im Weggehen.

Falk nickte. »Geht es dir wirklich gut?«, fragte er halblaut hinterher.

Ella war schon beinahe im Haus. Sie schwieg. Natürlich hatte sie seine Frage gehört.

Die meiste Zeit des Jahres stand der alte Wohnwagen leer. Nur im Spätsommer quartierten Kjell und Ella zwei junge Russen aus Nikel darin ein, die illegal über die Grenze kamen. Sie halfen bei der Grasernte und blieben, bis die beiden hölzernen Silotürme in der Scheune gefüllt waren. Die Männer waren billig, arbeiteten viel und redeten wenig. Mit ihrer Hilfe hatte Kjell die Ernte als Erster in der Gegend eingefahren und ausgiebig damit geprahlt. Die jungen Russen waren vor zwei Tagen abgereist. Ihr Geruch nach Schweiß und Zigarettenqualm hing noch im Wohnwagen.

Falk öffnete die Plastikfenster und die Dachluke. Er zog die Flasche Ardbeg aus dem Rucksack, die er im Duty-free-Shop am Osloer Flughafen gekauft hatte, entkorkte sie und nahm einen Schluck. Er fragte sich, wie seine Tochter inzwischen aussah, doch seine Vorstellung verkrampfte sich zu einem Stakkato unscharfer Phantombilder. Er konnte nicht schlafen. Der Rauch des Feuers schlich in den Wagen. Später hörte er Kjell und Ella im Haus nebenan beim Sex. Ein rhythmisches Grunzen der Bettfedern, das früh und abrupt endete. Die beiden Menschen blieben die ganze Zeit stumm.

Falk musste unweigerlich an Liv Piekkala denken. Vier Jahre war die Begegnung mit der jungen Samin aus Kautokeino her. Die Kollision zweier Sterne, denen es vollkommen egal gewesen war, ob sie den Aufprall überstanden. Der Knall hatte den verlogenen Rest von Falks Ehe in Trümmer gelegt.

Liv.

4

N 69°26'05.4" | E 30°02'58.9"

Der Himmel über ihren Köpfen waberte in sämigen Bewegungen von Horizont zu Horizont, zuckte, als folgte er den Impulsen einer unhörbaren, vielstimmigen Musik, es war, dachte er, als vollführte Gott selbst einen Tanz, eingehüllt in endlose durchscheinende Schleier aus grün leuchtendem Chiffon. Er hielt seine Frau und seinen Sohn umschlungen, gemeinsam staunten sie nach oben. Es war kühl. Dimitrijs Bruder flüsterte. Er sprach Englisch mit ihnen und nannte es *northern lights*. Das Schlauchboot hatte einen elektrischen Außenborder und glitt beinahe lautlos durch das Wasser des Flusses. Das Wasser schimmerte schwarzblau. Es war ihm nicht anzusehen, dass es sie verschlingen würde, sollten sie kentern.

Er hatte sich mit seiner kleinen Familie als lebender Staffelstab in die Hände der unbekannten Helfer begeben. Keiner der Fremden hatte sie in den vergangenen fünf Wochen fallen gelassen. Versteckt in Lastwagen und Eisenbahnwaggons hatten sie das riesige Land durchquert. Sie waren meist nachts unterwegs gewesen. Jetzt hatten sie es fast geschafft, und es kam ihm vor, als wären dunkle Steppen mit dünnen Bäumen entlang von frostzerbissenen Überlandstraßen oder verworfenen Eisenbahngleisen, die trostlose Städte miteinander verbanden, das Einzige, was er von Russland gesehen hatte. Moskau hatten sie weiträumig im Osten umfahren.

»Geht, solange noch Zeit ist«, hatte Dimitrij bei ihrer letzten Begegnung im Hafen von Arwad zu ihm gesagt. »Ihr seid jung. Ihr habt ein Kind.« Dimitrij hatte seine verspiegelte Sonnenbrille abgenommen und ihm in die Augen geschaut. »Ich helfe euch.«

Der Freund hatte Wort gehalten. Jetzt waren sie fast da, und er hatte plötzlich Mühe, sich an Dimitrijs Gesicht zu erinnern oder daran, ob die Steine in der Auffahrt ihres Hauses, das sie zurückgelassen hatten, grau oder dunkelrot waren. Alles verblasste wie eine Episode aus einem anderen Leben, doch es gab noch keine neue Gegenwart.

Für die letzte Etappe zur Grenze hatte Dimitrijs Bruder sie in Murmansk in Empfang genommen. Die Stadt war selbst im Sommer kalt und abweisend, der Brandgeruch von schlechter Kohle und Schweröl lag als unsichtbarer Makel in der Luft und kroch bis in die Lungenspitzen. Der Bruder war ein hagerer blasser Mann, ein Unteroffizier der Marine, der auf einem U-Boot fuhr und nie die Sonne sah. Er roch nach Schweiß, Talg und Zigaretten und war schweigsam, aber freundlich. Der Mann hatte die Route geändert, denn es war zu riskant geworden, zum Grenzübergang nach Storskog zu fahren, mit drei Menschen, notdürftig versteckt in der Ladung eines Lastwagens. Zwar gab es zwischen Russland und Norwegen einen kleinen Grenzverkehr, der es den Bewohnern beider Länder innerhalb einer Dreißig-Meilen-Zone erlaubte, visafrei zu reisen. Aber seit die Fluchtroute durch die Arktis immer beliebter geworden war, hatten die norwegischen Behörden die Kontrollen verschärft und schickten jeden Nichtrussen zurück, den sie aufgriffen.

Am späten Abend fuhren sie in einem Transporter mit geschwärzten Scheiben nach Westen. Der Bruder saß schweigend am Steuer, während er, seine Frau und sein Sohn im Laderaum auf einem halb gefüllten Schlauchboot mehr lagen als saßen. Der Bruder hatte es aus Armeebeständen gegen zwei Schweinehälften getauscht. Er sagte, die Sonne würde nur für knapp vier Stunden untergehen, in diesem Zeitfenster müssten sie den Grenzfluss überqueren. Nach drei Stunden Fahrt in dem dröhnenden, ungedämmten Wagen hatten sie eine Stadt namens Nikel passiert, von der sie nur einen Lichtkranz hinter staubverblassten Krüppelbirken und den Gestank der Hüttenanlagen wahrnahmen. Die Straße war zu einem schmalen, schmutzigen Band geschrumpft. Hinter der Stadt war ihnen kein anderes Fahrzeug mehr begegnet. Als ihre Lichter verloschen waren, schaltete der Bruder die Scheinwerfer des Wagens aus und setzte eine Nachtsichtbrille auf. Die Sonne war verschwunden und hatte am Horizont einen Streifen schwefeligen Zwielichts entflammt. Dass die Nacht nicht kommen wollte, machte seinem Sohn Angst.

An einer breiten Ausbauchung des Grenzflusses lenkte der Bruder den Wagen ans Ufer und hielt an. Gemeinsam zerrten sie das Boot aus dem Laderaum und füllten es mit Hilfe eines kleinen Kompressors. Der Bruder deckte den schnatternden Apparat mit einer alten Wolldecke ab, um das Geräusch zu dämpfen. Dies sei die sicherste Stelle, weil die Soldaten der norwegischen Grenzschutzgarnison hier so gut wie nie patrouillierten, sagte er. Und den Russen sei die Grenze sowieso egal.

Der Kiel des Bootes scharrte dumpf über den steinigen Grund, als sie auf der norwegischen Seite anlandeten. Die Nordlichter waren vergangen wie ein flüchtiger Zaubertrick. Das Ufer war so dicht mit kleinen Kiefern, Birken und Sträuchern bewachsen, dass sie beim Aussteigen kaum wussten, wo sie hintreten sollten. Sie schafften sich mit Gewalt einen Platz. Der Lärm der knackenden Zweige durchbrach die Stille. Er schaute auf das kleine Garmin GPS, das Dimitrij ihm zum Abschied geschenkt hatte.

»Damit ihr nie verloren geht.«

Aber das Gerät zeigte keine Karte an. Das Display war nur eine Fläche aus eisgrauen Pixeln, auf der die schwarzen Ziffern ihrer Längen- und Breitengrad-Koordinaten blinkten. Der Bruder drückte ihm den Ausdruck einer Papierkarte in die Hand und deutete in den Wald nach Norden. Dort war die Straße mit dem Treffpunkt. Es waren nur wenige hundert Meter.

»Good luck.« Der Mann verabschiedete sich schnell und geschäftsmäßig, vielleicht weil er keine Abschiede mochte. Er musste am selben Mittag zum Dienst antreten. Die Silhouette seines Bootes verschmolz mit dem Fluss. Dann war er fort, und sie waren in Europa.

Sie durchquerten den Wald und warteten wie verabredet hinter einer Holzkirche, die von hohen Kiefern umgeben war und mitten im Niemandsland zu stehen schien. Sein Sohn fragte, wer das Gotteshaus je besuchte, doch die Eltern wussten keine Antwort. Etwa eine Stunde später kam eine Frau in einem alten blauen Land Rover und sagte das Kennwort. Die Frau war sehr jung. Sie hieß Brit, jedenfalls sagte sie das, aber er hatte inzwischen gelernt, dass die meisten Helfer nicht ihre echten Namen benutzten.

Sie mahnte zur Eile, doch er weigerte sich, in den Wagen zu steigen. Er wollte das Leben seiner Familie nicht einer Frau anvertrauen, erst recht keiner, die jünger war als er selbst. Sein Sohn und seine Frau stimmten ihn um. Natürlich hatten sie recht, sie hatten gar keine Wahl, als mit der jungen Frau zu gehen, die sich Brit nannte. Hier draußen gab es nichts. Die Frau scherte sich nicht um sein Misstrauen, vermutlich, weil sie es verstehen konnte. Sie drückte jedem eine Tüte mit süßen Teilchen in die Hand und deutete auf einen Kasten Cola hinter der Rücksitzbank. Dort lag auch ein Gewehr, eine abgegriffene Flinte mit zwei Läufen. Er erschrak, doch als ihm bewusst wurde, dass er, weil er hinten saß, die Waffe im Zweifelsfall viel schneller erreichen konnte als die junge Frau, schwand sein Misstrauen etwas. Sicher ging sie in der Gegend zur Jagd.

Sie aßen gierig. Das Rascheln der Papiertüten erfüllte das Innere des Wagens. Auch die Frau fuhr ohne Licht. Nach wenigen Kilometern bog sie auf eine Nebenstraße ab. Hinter einer kleinen Siedlung aus bunten Holzhäusern, die eingeklemmt zwischen den Ufern zweier Seen lag, lenkte sie den Wagen ins Unterholz. Die Zweige der Krüppelkiefern schabten über die Karosserie. Sie steuerte den Wagen durch das weglose Gelände Richtung Westen. Er merkte schnell, dass sie eine sehr gute Fahrerin war. Er schämte sich, weil er dieser zierlichen Person nicht zugetraut hatte, sie sicher an ihr Etappenziel zu bringen. Dabei war die Frau so klein, dass sie auf einem Kissen sitzen musste, um das Lenkrad zu erreichen, das sie nur locker umfasste, sodass es schien, als suchte der Wagen sich wiegend und knarzend seinen Weg selbst.

Gelegentlich drehte die Frau sich nach hinten zu seinem Sohn um und lächelte ihm zu. Dann sang sie ein paar Minuten in einer fremden Sprache, die er nicht verstand, wie um das Kind zu beruhigen. Sie hatte eine helle, stabile Stimme. Ihr Gesang war zart und getragen, und tatsächlich verschwand der gehetzte Blick aus den Augen seines Sohnes.

Die Frau deutete immer wieder in die kaum erkennbare Landschaft. Die grandiose Einförmigkeit aus flachem Fels, geduckten Kiefern und Birken und einer endlosen Zahl von Seen und Tümpeln war eingebettet in einen Teppich aus drahtigen Beerensträuchern. Sie schien die Gegend zu lieben, doch er hatte keinen Sinn für diese Ödnis. Sie hatten den Bereich der Papierkarte längst verlassen. Sein GPS zeigte fortlaufend neue Ziffernfolgen an, die ihm nichts sagten. Er wusste nicht, wo sie waren, und hatte auf einmal das Gefühl, die Kontrolle über ihr Leben zu verlieren. Was, wenn die Frau hinterm Steuer sie inmitten dieser Wüste aussetzte? Sie würden zugrunde gehen. Er und seine Frau hatten immer noch Geld bei sich. Sie hatten es aufgeteilt für den Fall, dass sie getrennt würden. Es war genug, um sie zu lohnenden Opfern zu machen, dachte er. Er beobachtete die Frau am Steuer und umklammerte die Hand seines Sohnes.

Von Zeit zu Zeit hielt die Frau an, stieg aus und nahm einen Rundblick mit dem Fernglas. Einmal stieg sie danach schnell wieder ein, steuerte den Wagen hinab in ein trockenes felsiges Bachbett und stellte den Motor ab. Sie sprang ins Freie, zog eine nasse Decke aus einer Kühlbox im Kofferraum und breitete sie über der Motorhaube aus. Sie legte den Finger auf den Mund, als sie zurück in den Wagen kletterte und leise die Tür zuzog.

»Patrulje«, sagte sie. *»Military. Dem ha varmekamera. Thermal camera.«*

In der Ferne hörten sie die Motorengeräusche mehrerer Quads, die bedrohlich anschwollen und dann noch bedrohlicher verstummten. Die Fahrzeuge hatten in der Nähe angehalten. Er und seine Frau schauten durch die Wagenfenster in die Wildnis hinaus und suchten nach Bewegungen. Ihr Sohn war wie erstarrt. Er begriff nicht, was vor sich ging, aber er spürte die Angst der Erwachsenen. Auch die Frau am Steuer war jetzt nervös. Ihre Finger umschlossen den Zündschlüssel im Schloss, um jederzeit den Motor starten zu können. Der flache Atem der vier Menschen erfüllte das Innere des Wagens und legte sich als milchiger Belag auf die Scheiben.

Nach Minuten, die wie Stunden waren, hörten sie das Starten der Quad-Motoren in der Nähe. Die Geräusche entfernten sich, wurden leiser und erstarben. Die Patrouille der Grenzsoldaten fuhr weiter nach Norden, wo ihr Stützpunkt lag, wie die Frau sagte. Sie warteten zehn Minuten, dann zog die Frau die nasse Decke von der Motorhaube und setzte die Fahrt fort. Sein Herz schlug schnell. Erst als sich sein Sohn an ihn schmiegte, wurde er wieder ruhiger.

Die junge Frau pustete die Luft aus den Lungen. Dann lächelte sie, beinahe versonnen. *»Snaut«*, sagte sie. *»Det var snaut. Very close.«*

Er wusste nicht, warum, aber erst jetzt war er sich ganz sicher, dass die Frau am Steuer ihnen nichts antun würde.

Nach vier Stunden Fahrt querfeldein stießen sie wieder auf ausgebaute Wege. Das Rauschen des Schotters unter den Reifen erinnerte ihn an zu Hause, und obwohl er nie dorthin zurückkehren würde, beruhigte ihn das Geräusch. Sein GPS-Gerät hatte Karten von der Gegend abgespeichert und zeigte an, dass sie sich einer tiefen Bucht namens Munkefjord näherten. Ein Weiler mit einer Handvoll Häuser lag direkt am Ufer, an dem die Fernstraße E 6 entlangführte. Um diese Zeit waren Straße und Siedlung wie ausgestorben. Die Luft roch nach Salz und Jod. Der Wind blies seine Angst davon und machte Platz für eine Erregung, wie sie Menschen ergriff, die sich ihrem Ziel näherten. Sie stiegen aus und zogen die Reißverschlüsse ihrer Jacken zu gegen die Kälte.

Die junge Frau umarmte ihn, seine Frau und seinen Sohn am Straßenrand. *»Velkommen til Europa«*, sagte sie jedes Mal. *»Welcome to Europe.«*

Es war ihm unangenehm, auch, weil er stank und nichts hatte, das er ihr zum Dank geben konnte. Sie schenkte seinem Sohn eine Tüte Bonbons und eine bunte Wollmütze, deren Strickmuster ihn an die Damhirsche erinnerte, die er aus den nördlichen Bergen daheim kannte.

»Det er reinsdyr«, sagte sie und zog dem Jungen die Mütze auf den Kopf.

Er war froh, dass sein Sohn sich die Berührung gefallen ließ und sogar lächelte. Sie nannte ihnen den Wagentyp und das Erkennungszeichen des nächsten Helfers, ein BMW mit zwei unscheinbaren roten Punkten auf der vorderen Stoßstange. Sie wusste weder ein Kennzeichen noch einen Namen oder ob es sich bei dem Fahrer um einen Mann oder eine Frau handelte. Das Netzwerk der Helfer war anonym.

5

Kjell Vesterman benutzte den Lastwagen, der jetzt Falk gehörte, einfach weiter, und jedes Mal, wenn Falk morgens damit zum Sägewerk fahren wollte, um das Holz für die Reparaturen in Bankenes zu holen und die Sägespäne für den Pferdestall, die Kjell als Teil des Kaufpreises gefordert hatte, war der Wagen mitsamt seinem früheren Besitzer vom Hof verschwunden.

»Du musst früher aufstehen«, sagte Ella. »Dann erwischst du ihn.«

Sie entschuldigte sich für ihren Mann. Falk wusste nicht, ob er sie für ihre Loyalität zu Kjell bewundern oder verachten sollte. Er protestierte nicht. Er vermutete eher Gewohnheit hinter Kjells Verhalten als Unverschämtheit. Und selbst wenn es Absicht sein sollte, weil Falk den Kaufpreis für den Wagen nicht ihm, sondern Ella gegeben hatte und sie ihm das Geld vorenthielt, damit er es nicht zu den Huren nach Tromsø trug, Falk hatte es nicht eilig. Er wollte keinen Streit. Wenn dieser Ort zu etwas gut sein sollte, dann vielleicht für seinen Frieden.

Also schwieg er, statt Kjell auf die Sache anzusprechen, wenn der abends mit dem Lastwagen zurückkehrte von irgendeinem Transportauftrag. Er fühlte sich wie jemand, der einen ganzen Krieg aussitzen könnte, wenn es sein musste. Und solange Bankenes von André Schoomwinkels bewohnt war, musste er sich ohnehin in eine Art Untätigkeit fügen, die ihm ganz recht war. Er half Ella bei der Reparatur der Pferdeboxen, für die Kjell die Geduld verloren hatte, joggte im Spätabendrot die Schotterpiste den Kjøllefjord entlang und merkte von Herzschlag zu Herzschlag, wie die Erinnerung an die Gegend langsam zurückkehrte und die Gedanken an zu Hause verblassten.

Anfangs schaute er noch jeden Morgen auf sein Tablet und rief die aktuellen Nachrichten auf, an deren äußerster Randzone er jetzt lebte. In der Nähe von Frankfurt hatte ein Attentäter versucht, einen ICE mit einer selbst geschweißten Vorrichtung zum Entgleisen zu bringen und bei seiner Verhaftung eine Polizistin erschossen und dabei behauptet, Gott sei groß. Vor dem Berliner Reichstag hatte ein Kleinkrimineller, der plötzlich seinen Glauben und das Töten von denen, die nicht glaubten, als Lebenssinn entdeckt hatte, drei Passanten mit einem Messer verletzt. Einen der Polizisten, die ihn überwältigen wollten, erstach er, bevor die anderen ihn festnehmen konnten. Dazu kam, dass in Lyon zwei Brüder beim Bau einer mit anderthalb Kilogramm Sprengstoff bestückten Drohne in die Luft geflogen waren und so das Bild entstand, eine neue Terrorwelle schwappe über Europa. Kein Artikel über die Attentate kam ohne einen Vergleich mit Falks Verhalten beim Anschlag von München aus. Er gipfelte fast immer in der Frage, ob es nicht besser war, wenn Polizisten so handelten, wie Falk in München gehandelt hatte. Terroristen ohne Zögern unschädlich machen. Ausschalten. Neutralisieren. Dann würden ihre Kollegen noch leben. Falk konnte die heißkalte Mischung aus Faszination und Ekel, die die Verfasser beim Schreiben ihrer Euphemismen empfunden hatten, bis hierher spüren. Andere stellten sich dagegen. »Erst schießen, dann fragen?«, lautete ihre Schlagzeile. Einige verhandelten die toten Polizisten als Preis für die Demokratie und gesetzeskonformes Verhalten. Falk las danach keine Nachrichten mehr. Er hatte getan, was er getan hatte, und er spürte längst, dass Reue ein zu einfacher Preis war, sich von der jüngsten Vergangenheit zu befreien. Er bereute auch nicht. Die Schuld, die verborgen im Richtigen lag, eiterte wie ein verschluckter Dorn, halb eingekapselt, den er nicht ausspeien konnte, ohne daran zu ersticken.

Bald ergriff ihn eine Unruhe. Er wählte die Nummer von Hellestad Møbler in Oslo, um Silje und den Alten wegen Bankenes zur Rede zu stellen. Die Telefonistin parkte ihn in einer Warteschleife aus Sphärenklängen. Falk erinnerte sich an die blasse Frau, die in ihrem Glasverschlag wie ein Reptil in einem Terrarium wirkte. Sie saß dort neben einem Drachenbaum, der sie um das Zweifache überragte. Er dachte an den Drachenbaum in seiner Wohnung, der gerade starb und vielleicht noch durch eine Wassergabe zu retten war. Er dachte an die drei Terroristen im Kaufhaus Beck, die schnell und unwiderruflich vom Leben in den Tod getreten waren. Falk konnte sich weder den kurzen Moment dieses Übergangs vorstellen noch, wo der Ort sein sollte, an den er sie geschickt hatte. Doch ihr Verschwinden ließ so wenig Spielraum für Interpretationen wie die Diktion eines Computers, die aus Nullen und Einsen bestand. Leben. Tod. Leben, Tod. Falk misstraute dieser Endgültigkeit, denn es war so leicht gewesen, zu töten, und es schien so mühelos, am Leben zu sein.

Die Telefonistin unter dem Drachenbaum verleugnete ihre Chefs mit einem Singsang aus vorgestanzten Höflichkeiten.

»Danke, ich versuche es später noch mal«, sagte er und legte auf.

Um das Dröhnen der Gedanken zu vertreiben, beschloss er, die dreizehn Kilometer nach Bankenes zu Fuß zu gehen und das Aufmaß für die Reparaturen an der Scheune und am Werkstattschuppen zu machen. Der bekiffte André Schoomwinkels würde ihn dabei nicht stören. Falk nahm sich vor, ihn an seinen Auszugstermin zu erinnern. Mit etwas Glück konnte er die alte 250er Husqvarna im Werkstattschuppen zum Laufen bringen und damit nach Øvrestua zurückfahren. Er lief hinter der Leitplanke an der E 6 entlang durch das Gras und genoss es, den waschbrettwelligen Boden durch die Schuhsohlen zu spüren. Der Fjord lag da wie eine Emailleschicht. Die Ebbe gab den schrill grünen Seetang frei. Möwen staksten herum auf der Suche nach Beute. Weit dahinter glitzerten Schneeflecken auf dem Gipfeldach des Kvænangstindan. Erst jetzt fiel ihm auf, dass er hier noch nie zu Fuß unterwegs gewesen war. Bei seinen früheren Besuchen hatte er wie die Einheimischen jeden Weg mit dem Auto zurückgelegt. Er war mit Silje und Hannah in der Finnmarksvidda zum Wandern gegangen, aber das war eine Urlaubsvergnügung gewesen. Die Landschaft war erst ohne Fußgänger tatsächlich leer. Die vereinzelten Autos und Campingmobile, die wie Raumkapseln vorbeirauschten und wieder in der Unwichtigkeit verschwanden, konnten der

Verlassenheit nichts anhaben. Einmal glaubte er, von Weitem den Wagen von André Schoomwinkels zu erkennen. Auf dem Beifahrersitz saß eine zweite Person.

In den Geruch von Fisch mischte sich der des Hofhundes von Øvrestua. Laika hatte sich nachts in den Wohnwagen geschlichen und war auf Falks Pullover eingeschlafen. Jetzt folgte sie ihm in einem Respektabstand, bis sie das schlechte Gewissen, ihre Aufgabe als Hofhund zu vernachlässigen, zum Umkehren bewegte. Zumindest wollte Falk glauben, dass Hunde ein Gewissen hatten. Das Tier schaute ihm einen Moment lang traurig und unentschlossen hinterher. Als Falk ihm kein Zeichen gab, zu folgen, trottete es mit hängendem Kopf zurück.

Kurz bevor er die Marina von Badderen passierte, wählte er André Schoomwinkels' Mobilnummer, die er sich von Ella hatte geben lassen. Er wollte nicht unangekündigt auftauchen und den Mann wieder nackt oder zugedröhnt antreffen. Es hob niemand ab. Er probierte den Festnetzanschluss. Das Rufzeichen klang entfernt wie ein Kontinent, obwohl er beim Blick nach Westen über den Fjord die Spitze von Bankenes sehen konnte. Er bekam keine Antwort. Umso besser, dachte er. Er würde niemanden stören und nicht gestört werden. Er könnte sogar das Haus betreten. Allerdings hatte er aus mehreren Gründen Angst davor.

Er verließ die E 6 auf den Jafet Lindebergs vei, an dessen hinterem Teil das Anwesen von Bankenes am Ufer des Kvænangenfjords lag. Die Straße war kaum breiter als ein Auto, aber asphaltiert und in lockeren Abständen von dunkelroten und weißen Holzhäusern gesäumt. Dies hier war die teure Seite des Fjords, die Sonnenseite. Kein Mensch war zu sehen. Aus den Augenwinkeln achtete er auf Bewegungen in den Fenstern. Als alles ruhig blieb, fragte er sich, ob die Häuser überhaupt bewohnt waren. Sie schienen sich wie trotzig aufgestellte Kulissen gegen die Gleichgültigkeit der Landschaft zu stemmen.

Nach einer halben Stunde erreichte er die Hofeinfahrt von Bankenes. Er widerstand der Versuchung, zu den Fenstern des Wohnhauses hineinzuschauen oder zu prüfen, ob die Eingangstür unverschlossen war, und ging direkt zur Scheune. Das Anwesen war schon lange keine Landwirtschaft mehr. Die Scheune diente nur noch als Brennholzlager, Garage und Rumpelkammer mit unbegrenzter Kapazität. Falk stutzte, als er das Tor abgeschlossen vorfand. Er rüttelte daran, doch die hohen Holzplanken wankten nur leicht in den Scharnieren. Jemand hatte einen Einsteckzylinder in das rostige Schloss geschoben. Was hatte das zu bedeuten? Hatte André Schoomwinkels etwas zu verbergen? Natürlich hatte er das, aber musste er es ausgerechnet in Falks Scheune tun?

»Verdammtes Arschloch«, sagte Falk.

Er schaute zum Haus. Dort tat sich nichts. Keine zitternden Gardinen. Auch von Andrés Toyota war nichts zu sehen. Er schritt die Frontseite der Scheune ab und schätzte die Länge der Balken, die er brauchte, um den durchgesackten Dachfirst zu unterfüttern. Dann vermaß er die Wetterseite des Werkstattschuppens. Hier war das einzige morsche Holz am ganzen Anwesen. Falk vermutete, dass der Schuppen am Rand einer Wasserader errichtet war und die Feuchtigkeit in die Wand hinaufstieg. Die Werkstatt war unverschlossen.

Niemand außer Falks Ex-Frau und seiner Tochter wusste von dem verborgenen Stahlschrank, den Falk vor sechs Jahren hinter einer doppelten Wand eingelassen hatte. Nach dem Tod seiner Frau Hedda hatte ihm Campingplatzbesitzer Håkan Jensen die Flinte geschenkt, eine schlichte Sabatti Falcon im Kaliber 12/70. Doch Silje wollte keine Waffe im Haus, und Falk wollte das Geschenk nicht ablehnen. Also baute er den versteckten Schrank in die Werkstatt ein. Er plante immer, zur Schneehuhnjagd zu gehen, hatte es aber aus Rücksicht auf Silje nicht getan.

Håkan Jensen hatte ihn streng angesehen. »Pass auf mit dem Ding.«

Jedes Jahr erschossen sich in der Gegend ein paar Leute, weil sie die Dunkelheit des Winters nicht mehr ertrugen. Bei manchen war es auch das ständige Licht der Mittsommernacht oder die Abgeschiedenheit, aus der keine Straße sie herausführte, weil sie im Kopf und im Herzen einsam waren.

Leute? Quatsch. Männer!

Die Frauen litten still oder gingen in den Süden, außer sie waren zu alt.

»So wie bei euch in Ostdeutschland«, hatte Håkan gesagt. »Wo die Frauen alle in den Westen gehen. Die sind mutig. Und die Männer haben Angst vor dem Leben und bringen sich um oder werden Nazis.«

Håkan hatte Falk vertraulich beiseitegezogen am Oberarm. Es hatte ein bisschen wehgetan.

»Als Hedda tot war, hatte ich den Lauf auch schon im Mund. Schmeckt wie Rost und Blut.«

Falk hatte keine Erwiderung gewusst damals. Die Stille zwischen ihm und dem alten Mann wollte seinen Kopf zum Platzen bringen wie eine Ladung Schrot. Dann hatte Håkan gelächelt und ihn mit Grüßen an Silje und Hannah entlassen. Später vermutete Falk, dass er ihm die Waffe geschenkt hatte, um nicht noch einmal in Versuchung zu geraten. Natürlich gab es viele Möglichkeiten, sich aus dem Leben zu entfernen. Diese hier war ein kurzer, schmerzloser Weg – und eine Riesensauerei.

Falk hob die Bretterwand an und stellte sie beiseite, öffnete das Zahlenschloss des Stahlschranks und holte den Schlüssel für das Wohnhaus heraus. Kurz entschlossen nahm er auch die Flinte und eine Packung Patronen mit zweieinhalber Schrot. Er klappte die Läufe der Waffe ab und prüfte die Patronenlager. Der plötzliche Entschluss, zur Hütte hinaufzufahren und zu jagen, belebte ihn. Die alte Heckler & Koch P7, die er vor einigen Jahren aus keinem bestimmten Grund von Deutschland nach Bankenes geschmuggelt hatte, ließ er im Schrank liegen.

Ella hatte ihm gebeichtet, dass André bereits den zweiten Sommer auf Bankenes verbrachte. Immerhin konnte Falk beim Blick durch das große Wohnzimmerfenster keine Verwüstungen erkennen oder irgendwelche ernsthaften Messie-Symptome. Vielmehr schaute er geradewegs in seine Vergangenheit hinein. Alles sah aus wie vor vier Jahren, als Falk zum letzten Mal auf der anderen Seite der Scheiben gestanden war. Erst auf den zweiten Blick fiel ihm auf, dass André einige Bilder abgehängt hatte. Die gelb umränderten hellen Flecken an den Wänden waren leer geblieben. Auf dem Ledersofa erkannte er Kartons vom Pizzaservice in Burfjord. Auf einem der Kartons lag etwas, das aussah wie eine Unterhose. An der Rückwand des Raumes stand ein Plasmafernseher in einem hässlichen Stahlregal. Auf dem Couchtisch lagen leere Bier- und Coladosen.

Nichts, was nicht in einen Zweihundert-Liter-Müllsack passte, dachte Falk.

Er steckte den Schlüssel ins Schloss der Hintertür und bemerkte, dass es ausgetauscht worden war. Dasselbe galt für den Haupteingang. Er wählte die Nummer von Hellestad Møbler. Diesmal ließ er sich nicht abschütteln und gab sich in glaubhaftem Norwegisch als Polizist aus, was ja nicht mal gelogen war.

Silje war hörbar aufgeregt, als sie den Anruf entgegennahm. Sie schnaubte wütend, als sie begriff, wer der Anrufer war. »Das ist nicht witzig.«

»Warum lässt du dich verleugnen«, sagte er vollkommen ruhig.

Wie er erwartet hatte, wusste Silje nichts davon, dass Bankenes vermietet war und ihr Vater die Schlösser hatte austauschen lassen. Jedenfalls behauptete sie das. Sie versprach, mit ihm zu reden, doch Falk verlangte seine Privatnummer. Er hatte es nicht nötig, dass jemand anderer sein Recht bei dem Alten einforderte, schon gar nicht seine Ex-Frau. Silje weigerte sich, die Nummer herauszugeben. Nach einem kurzen Wortgefecht bekam Falk immerhin die E-Mail-Adresse des Alten.

Dann wurde er weich. »Bitte gib mir Hannahs Nummer. Sie kann ja auflegen, wenn sie nicht mit mir reden will.«

Es blieb still, so lange, dass Falk abschweifen konnte und beim Rauschen der Leitung an das Meer der Cinque Terre dachte, wo er und Silje ihren ersten gemeinsamen Urlaub verbracht hatten.

»Falk? Hannah will nichts mit dir zu tun haben, und ich glaube nicht, dass sich das ändern wird, nur weil ihr Herr Vater plötzlich das Bedürfnis nach familiärer Ansprache verspürt.«

Er merkte, wie ihm vor Scham das Blut in den Kopf schoss. Die alte Schuld schnürte ihm immer noch zuverlässig die Kehle zu. »Ja«, raspelte er.

»Ja.«

Er ließ das Telefon sinken, ohne aufzulegen, und schaute nirgendwohin. Alle Energie verließ ihn. Nicht mal von der Wut auf den Alten oder André Schoomwinkels blieb etwas übrig. Siljes fragende Stimme drang leise aus dem Telefon, bis sie beleidigt auflegte. Wie es aussah, hatte er seine Tochter tatsächlich für immer verloren. Genauso wenig, wie er die Endgültigkeit des durch seine Hand bewirkten Todes wahrhaben wollte, wollte er verstehen, dass jetzt auch Hannah verschwunden sein sollte aus seinem Leben. Er war auf dem besten Weg, sich selbst zu bemitleiden. Er erblickte sein wässriges Spiegelbild im Glas des Wohnzimmerfensters und ekelte sich plötzlich. Er würde seiner Tochter einen Brief schreiben und sie um Verzeihung bitten, gleich nachher. Er hatte ihr einige wenige Briefe geschrieben in den vergangenen vier Jahren, ein Dutzend vielleicht. Er hatte nur einen einzigen davon abgeschickt und nie eine Antwort erhalten.

Liebe Hannah.

Er schob die 250er Husqvarna aus der Werkstatt, schraubte die Zündkerze heraus und trat ein paarmal den Motor durch. Er wischte die verrußte Kerze am Hosenbein ab, stellte den Abstand der Elektroden mit Hilfe seines Taschenmessers nach Augenmaß ein und drehte sie wieder hinein. Er rollte auf dem Motorrad hinunter an den Kiesstrand und prüfte dabei, ob Bremse und Kupplung funktionierten. Am Ufer des Fjords lag sein Boot, ein hässliches Glasfaserding mit angedeutetem Doppelkiel. André benutzte es offensichtlich, denn der alte Evinrude-Außenborder war montiert und der rote Benzinbehälter gefüllt. Falk kippte daraus ein paar Liter Zweitaktgemisch in den Motorradtank.

Die Maschine sprang erst beim zehnten Tritt auf den Kickstarter an und sprotterte hellblaue Wolken in die Luft. Falk fuhr zum Hof hinauf, schulterte die Flinte und seinen Rucksack.

Die Zulassung der Maschine war seit fünf Jahren abgelaufen, deshalb mied er die Straße und nahm in der Nachmittagswärme den Weg am Kiesstrand entlang und fuhr querfeldein zurück nach Øvrestua. Unterwegs kaufte er im Sørstraumen-Handel Mangold und Kartoffeln. Der Preis für das Gemüse war so absurd hoch, dass er an der Kasse laut auflachen musste, worauf ihn der Verkäufer skeptisch ansah.

Er verbrachte beinahe den ganzen nächsten Tag damit, die Husqvarna auf Vordermann zu bringen. Er stellte Vergaser und Zündung ein, wusch den Luftfilter aus und schmierte alle Lager ab. Er montierte die neuen Reifen und Bremsbacken, die er über Nacht per Expresslieferung aus Tromsø hatte kommen lassen. Danach reinigte er die Flinte und machte mit dem Motorrad eine Probefahrt in die äußerste Ecke des abgemähten Graslandes. Er gab ein paar Probeschüsse auf ein Autowrack ab, das Kjell schon vor Jahren dort abgestellt hatte. Ella steckte den Kopf aus dem Küchenfenster, als sie den Lärm hörte, und winkte zu ihm herüber. Die Treffer zersiebten die Fahrertür in einem Kreis von doppelter Fußballgröße. Die Schüsse scheuchten einige Kaninchen im angrenzenden Unterholz auf. Falk setzte ihnen nicht nach.

Kjell kehrte mit einer langen Staubschleppe hinter dem Lastwagen von irgendwoher zurück und fuhr neugierig bis auf die Wiese. Er hielt nichts von der Jagd, wollte aber ein paar Schüsse abfeuern. Er zog den Schaft der Waffe nicht sauber in die Schulter. Der Rückstoß verpasste ihm einen blauen Fleck, während die Schrotladung wirkungslos im Himmel verschwand. Fluchend drückte er Falk die Sabatti in die Hand. Falk erwähnte auch jetzt mit keinem Wort seinen Lastwagen. Stattdessen nahm er am Abend ohne zu fragen Kjells Boot, um ein paar Dorsche zu fangen. Kjell ließ es widerspruchlos geschehen.

Es war spät, als er auf den südlichen Zipfel des Kvænangenfjords hinausfuhr. Im August tauchte die Sonne schon wieder für fast vier Stunden hinter den Horizont. Trotzdem blieb sein Zeitgefühl aus dem Gleichgewicht. Er wurde nicht müde in dem langen, flachen Licht, das eine ständige Verheißung von

Morgensonne war. Südlich der Årøya stellte er den Motor ab. Kleine Wellen schlugen hohl gegen den Aluminiumrumpf.

Plenk, plenk, plenk.

Ansonsten war es still. Er nahm einen Schluck von dem Ardbeg, legte die Riemen in die Dollen und machte die beiden Spulen mit der Angelschnur fertig. Auf jeder Spule waren hundert Meter Leine, an den Enden waren in meterweitem Abstand sechs Paternostervorfächer angeknotet. Ihre Haken waren in glitzernden Plastikstreifen versteckt, die als Köder dienten. Er ließ die Enden ins Wasser gleiten, das eine an Backbord, das andere an Steuerbord, und achtete darauf, dass sie sich nicht verhedderten.

Er ruderte los, klemmte zwischen Hand und Riemen jeweils eine Schnur und ließ langsam gute dreißig Meter von jeder Spule ablaufen. Die Köder tanzten im Takt der Ruderzüge auf und ab durchs Wasser. Es dauerte kaum fünf Minuten, bis er in den Händen die ersten Bisse zucken spürte. Er drehte das Boot in einem weiten Bogen auf die Årøya zu. Plötzlich schälte sich aus der Dunkelheit der Björnebucht am gegenüberliegenden Ufer ein schwarzer Schatten heraus. Kurz flackerte eine Lampe oder eine Flamme auf, dann fuhr das fremde Boot als schwebende Silhouette auf die Landenge von Sørstraumen zu. Falk erkannte die Schemen von zwei Personen an Bord. Sie bemerkten ihn nicht, denn sein Boot stand mit dem Bug spitz zu ihnen. Er vermutete Schmuggler oder Schwarzbrenner. Sie wirkten wie Geister, die hier zu Hause waren. Ihr Boot entfernte sich im mehligen Zwielicht.

Er holte die Angelschnüre ein und barg sieben schöne Dorsche. Er wählte einen für sich, der Rest war für Ellas Kühltruhe. Er betäubte die Tiere mit einem Schlag des Messerheftes auf den Kopf und tötete sie mit einem Stich ins Herz. Möwen schwebten lautlos ohne Flügelschlag herab wie große Papierflieger und balgten sich um die Eingeweide. Ihr plötzlich einsetzendes Geschrei schmerzte in seinen Ohren. Er landete das Boot am Westufer der Årøya an und machte am Strand ein Feuer. Es war nicht sonderlich kühl, aber der Rauch hielt die wenigen Mücken fern.

Kurz entschlossen briet er einen der Dorsche an einem Stecken. Das Fleisch war köstlich. Dazu trank er abwechselnd Wasser und Whisky. Als er fertig war, legte er ein großes Stück Treibholz in die Glut. Das graue Holz überzog sich mit schwarzen Flecken. Als es heiß genug war, blafften Flammen hervor und fraßen es auf. Er zog den Notizblock heraus, den er mitgenommen hatte.

Liebe Hannah!

Es fühlt sich ~~seltsam~~ ungewohnt an, dir zu schreiben. Außer den Weihnachtskarten, die deine Mutter und ich dir früher immer zu den Geschenken gelegt haben, habe ich das noch nie gemacht. Obwohl, das stimmt nicht ganz, ich habe ein paar Briefe an dich geschrieben, kurz nachdem deine Mutter und ich uns getrennt hatten. Ich habe nur einen davon abgeschickt, doch ich weiß bis heute nicht, ob er überhaupt bei dir angekommen ist oder ob deine Mutter ihn abgefangen hat. Die anderen Briefe habe ich nicht abgeschickt, ~~ich glaube, weil ich Angst vor deiner Antwort hatte oder davor, dass deine Mutter sie liest.~~ Frag nicht, was da drinstand. Stell dir vor, ich habe sie auf einer Waldlichtung im Perlacher Forst »beerdigt«, weil unser bescheuerter Hausarzt (Dr. Fleißer, du erinnerst dich bestimmt an ihn), der mir immer ungefragt schlaue Ratschläge gibt, gesagt hat, dann könnte ich dich besser »loslassen«. Ich glaube, ich würde die Stelle nicht mal mehr wiederfinden. Jetzt weiß ich nicht, wo ich anfangen soll. Ich glaube, ich will dich gar nicht loslassen. Ich war vor zehn Tagen in Konglungen, aber da warst du in Madrid, und wir haben uns verpasst. Da ist mir noch mal so richtig klar geworden, wie sehr ich dich vermisse. Bitte glaube nicht, dass ich nicht an dich denke. Ich denke jeden Tag an dich. ~~Nein, ich will ehrlich sein, manchmal denke ich nicht an dich, denn du bist schon so lange weg und i~~ Du bist fast erwachsen, fährst allein nach Spanien, und ich weiß nicht einmal, wie es dir geht oder wie du inzwischen aussiehst. Oder ob du einen Freund hast (oder vielleicht eine Freundin). ~~Als dein Vater wüsste ich solche Sachen schon gerne.~~ Trägst du deine Zahnspange noch? Das letzte Mal, dass ich dich habe lächeln sehen, hattest du sie noch im Mund. Deine Mutter erzählt mir nichts, wenn ich nach dir frage. Sie sagt, du willst nichts mehr mit mir zu tun haben~~, aber ich glaube ihr nicht so recht. Stimmt das denn~~? Ich kann das verstehen, aber es fällt mir schwer, mich damit abzufinden. ~~Schließlich bin ich doch dein Vater bist du doch meine Tochter.~~ Als du noch klein warst, habe ich oft gedacht, dass ich kein guter Vater bin. Nicht wie die anderen Väter, die sich Elternzeit nehmen und ihren Töchtern Fahrradfahren oder Klettern beibringen oder Geigespielen. Doch jetzt bin ich schon so lange überhaupt kein Vater mehr, das ist wie eine Wunde, die nie richtig verheilt, auch wenn man sich an sie gewöhnt hat. ~~Sie macht so einen dumpfen Schmerz.~~ Manchmal macht mich das unglaublich traurig ~~und dann denke ich, ich werde noch verrückt~~.

Hannah ~~mein Kind~~, es tut mir leid, was passiert ist. ~~Es war einfach so, dass ich deine Mutter nicht mehr geliebt habe.~~ Ich habe irgendwann einfach gemerkt, dass ich deine Mutter nicht mehr ~~liebhabe~~ liebe. ~~Ich habe auch Mist Scheiße gebaut und bin zu anderen Frauen gegangen. Ich habe mich in eine andere Frau verliebt.~~ Und ich glaube, sie hat mich auch nicht mehr geliebt. Ich glaube, wenn die Liebe geht und nicht zurückkommt, ist es besser, man selbst geht auch und trennt sich. Vielleicht kannst du das inzwischen verstehen, du bist ja schon beinahe eine junge Frau und warst ~~bestimmt~~ vielleicht auch schon einmal verliebt.

Jetzt bin ich am Kvænangen, aber Lars Einar hat Bankenes an so einen schrägen Typen vermietet, ohne mich zu fragen. Na ja, du kennst ja deinen Opa. Ich wohne bei Kjell und Ella Vesterman, bis der Typ ausgezogen ist. Vorhin habe ich ein paar Dorsche gefangen, genau an der Stelle, *an der wir auch schon mal angeln waren und Mama sich anschließend vor den toten Fischen geekelt hat. ~~Ich merke, wie traurig ich werde, wenn ich daran zurückdenke. Es tut~~ Es tut mir leid, wenn ich dir wehgetan habe, denn schließlich war nichts von dem, was zwischen mir und Mama passiert ist, dein Fehler! Ich wünsche mir sehr, dass wir miteinander reden können eines Tages. Ich hätte auch gerne wieder regelmäßig Kontakt zu dir. ~~Aber wenn du das nicht willst, ist das auch okay.~~ Bitte schreib mir doch, ich würde mich sehr freuen. Meine Adresse ist: Lindwurmstraße 51, 80337 München. Oder FalkSebastiani77@tlx.de*

Alles Liebe,
dein ~~Papa Vater~~ Papa

Der Lichtkreis der Flammen, der die Nacht in Schach hielt, war zu einem winzigen Kokon zusammengefallen. Falks Rücken war kalt und sein rechtes Bein auf der scharfen Kante des Telefons in der Hosentasche eingeschlafen. Als er sich aufsetzte und den Apparat hervorzog, sah er, dass Silje ihm eine Nachricht geschickt hatte. Sie enthielt Hannahs Geheimnummer.

»Versprich mir, dass du sie in Ruhe lässt, falls sie keinen Kontakt will.«

Falk blickte sich um wie ertappt. Seine Gedanken stoben auseinander. Ohne an die Uhrzeit zu denken, wählte er die Nummer seiner Tochter. Es ertönte eine Ansage, dass sie nicht zu sprechen sei und der Anrufer es später noch einmal versuchen solle. Die Ansage stammte nicht vom Computer. Es war Hannahs Stimme, und Falk hörte sie zum ersten Mal seit vier Jahren. Sie war unverkennbar wie ein Fingerabdruck und doch ganz anders. Tiefer, erwachsener. Eine spöttische Unwilligkeit schwang darin. Falk rief noch vier Mal an. Jedes Mal versuchte er, seine Vatererinnerungen mit der Person hinter der Stimme in Einklang zu bringen. Es misslang. Er wusste nicht, was er hätte sagen sollen, wenn Hannah ans Telefon gegangen wäre. Für ein kurzes, unverfängliches Hallo reichte sein Mut nicht.

Und für die ganze Erklärung würde er den Rest seines Lebens brauchen. Falk ließ das Telefon sinken. Er nahm zwei Schlucke Ardbeg, glotzte über die Glut hinweg in die Nacht und lächelte blöde.

Irgendwo da draußen war sein Kind und führte ein Leben.

6

Er hatte den Brief an Hannah fröhlich im sterbenden Lagerfeuer verbrannt, doch wenn er in den Tagen darauf ihre Nummer wählte, erklang nur die Stimme vom Band.

Dann klingelte das Telefon. Es war früh am Morgen. Er hatte am Abend zuvor getrunken. Er war über den Hof geirrt und hatte in der plötzlich vom Meer heranrückenden Nebelbank Mühe gehabt, die Tür des Wohnwagens zu finden. Er war zweifellos dabei, sich zum Leichtalkoholiker zu entwickeln. Das Licht des neuen Tages heizte schon seit einigen Stunden den Wohnwagen auf und verstärkte die schlechten Gerüche. Es schmerzte in seinen Augen, als er aus dem Plastikfenster schaute. Das Klingeln schrillte in seinen Ohren.

Natürlich, dachte er.

Sein Kind rief ihn zurück, um ihm zu sagen, dass es ihn liebte oder hasste. Er schob sich aus dem Bett und kroch über den Boden auf das Klingeln zu. Er lallte, als er dranging.

»Seit wann heiße ich Hannah«, sagte die Stimme von Ayse Serapoglu aus dem Apparat. Es klang wie ein Schwall kalter Empörung. »Ist das nicht deine Tochter? Ich dachte, sie hasst dich.«

Falk war viel zu überrascht für eine schlagfertige Antwort. Sein Knurren ging in einen Katerhusten über. Ein Anruf von Ayse um diese Uhrzeit verhieß nichts Gutes. Er bedeutete Ärger. Immerhin hatte er noch keine Affäre mit ihr angefangen. Sie konnte also unmöglich schwanger von ihm sein. Aber selbst das hätte er in seinem Zustand geglaubt. Er stemmte sich vom Boden hoch und sank kraftlos aufs Bett.

»Bist du wach?«, kam es aus dem Telefon, jetzt freundlicher. »Du hast ein Problem.«

»Quatsch!« Seine Zunge war schwer wie Beton und genauso rau.

Jemand hatte anonym die Überwachungsvideos aus dem

Kaufhaus Beck bei YouTube eingestellt, die zeigten, wie Oberkommissar Falk Sebastiani die drei islamistischen Attentäter ohne Vorwarnung erschoss. Falks voller Name stand in der Überschrift des Videos. Es hatte innerhalb weniger Tage über zwei Millionen Klicks erhalten, hundertdreiundzwanzigtausend Likes und beinahe ebenso viele Dislikes. Außerdem Hunderte Kommentare, in denen sich sogenannte besorgte Bürger, naive Gutmenschen und alle anderen dazwischen gegenseitig beschimpften und Falk wahlweise einen Helden oder einen faschistoiden Killer nannten.

Die Polizei hatte kurzzeitig einen der Ladendetektive des Kaufhauses festgenommen. Er hatte Zugriff auf die Videos gehabt, bevor sie beschlagnahmt worden waren. Weil ihm nichts nachzuweisen war, kam er nach einem Tag wieder auf freien Fuß. Die Presse spekulierte munter, ob die Dateien aus Polizeikreisen geleakt worden waren. Es hatte sich bis in die Redaktionen herumgesprochen, dass Falk unter den Kollegen nicht besonders beliebt war. Was also lag näher, als den Helden von München mit einem perfekten Skandal zu demontieren? Sowohl die Opposition im Bayerischen Landtag als auch Grüne und Linke im Bundestag forderten einen Untersuchungsausschuss. Außerdem Falks Verhaftung oder zumindest seine Befragung, je nachdem.

Falk hörte alles an. Es klang wie Nachrichten aus einer fremden Welt über eine fremde Person. Ayses Fürsorglichkeit irritierte ihn. Sie hatte bereits bei Kriminaldirektor Riemann vorgefühlt, ob sie Falk aus Norwegen zurückbeordern sollte. Riemann hatte sie angebrüllt, das ginge sie einen verdammten Scheißdreck an, Falk solle gefälligst bleiben, wo er war, bis man ihn rufe, was hoffentlich nie mehr der Fall sein würde.

»So ein Arschloch!«, sagte Ayse.

»Arschloch«, sekundierte Falk.

Das Video war über einen gekaperten Account hochgeladen worden. Es zeigte einen Zusammenschnitt verschiedener Überwachungskameras. Es zeigte die Attentäter beim Töten, bis sie von Falk getötet wurden. Die Aufnahmen waren mit keinerlei

Kommentar versehen, der auf Befürwortung oder Ablehnung von Falks Verhalten schließen ließ. Es war einfach ein Kanister voller Benzin in das Feuer eines aus der Deckung der Anonymität geführten Empörungs- und Gesinnungskrieges zwischen krakeelenden Feiglingen. Wie so oft konnten die Brandstifter überall sitzen, was Verschwörungstheoretiker genauso beschäftigte wie Geheimdienste. Falk war es egal. Aber der Shitstorm, den die Veröffentlichung der Bilder ausgelöst hatte, würde sein Leben unwiderruflich ändern, es vielleicht zerstören. Er dankte Ayse für die Warnung und wünschte sich, sie hätte ihn nie angerufen.

»Was willst du tun?«, sagte sie.

Falk antwortete viel zu schnell, weil er die Frage erwartet hatte. »Kopf unten halten. Ich hab hier noch was zu erledigen.«

Es blieb still in der Leitung, und Falk glaubte auf einmal, dass Ayse auf eine Einladung wartete, herzukommen.

»Und du hältst die Stellung in München«, sagte er. »Ich brauch doch meine Spionin vor Ort.«

»Ja«, sagte Ayse, und es klang hart und nüchtern.

Dann überraschte sie ihn mit dem Angebot, ihm einen Anwalt zu besorgen, falls es zu einer Anklage kommen sollte. Falk kannte die Kanzlei von Ayses Onkel Metin Özkan aus dem einzigen Grund, weil Özkan häufiger Kriminelle verteidigte, die Falk verhaftet hatte. Zu Falks Missfallen war er dabei mehr als einmal erfolgreich gewesen. Özkan war ein eloquenter Schwätzer, der seine Mandanten zielsicher wie ein Slalomfahrer durch die Gesetzeslücken in die Freiheit bugsierte. Kein Wunder, dass er ein talentierter Hobbyrennfahrer war. Die Hospitanz seiner Nichte bei der Polizei hatte für heftige Diskussionen unter den Kollegen gesorgt. Auch Falk hatte zu den Skeptikern gehört, die befürchteten, Özkan wolle einen Maulwurf bei der Polizei platzieren. Aber er hatte Ayse als kluge, integre Frau erlebt. Außerdem hatte sie kaum Zugriff auf Ermittlungsdaten.

»Hast du nicht mal gesagt, der Typ wär ein schmieriger Rechtsverdreher«, sagte Falk.

Am anderen Ende hörte er einen Trotzlaut.

»Na und? Gut möglich, dass du genau so einen verdammt nötig brauchen wirst. Und als Anwalt ist er nun mal unschlagbar.«

Ayse hatte recht. Aber er weigerte sich, die Auseinandersetzungen der Zukunft jetzt schon in sein Leben zu lassen. Er wechselte das Thema und fragte sie über die Kollegen aus und darüber, wie ihr Dienst und ihr Studium liefen. Doch sein Geplapper sollte vor allem von der Nähe der jungen Frau ablenken, die er bis hierher spüren konnte und die ihm plötzlich lästig war. Drei Floskeln später legte er auf.

Als er aufblickte und sich in dem abgewohnten Wagen umsah, der jetzt sein Zuhause war, verfluchte er das Telefon, das ihn wie eine unsichtbare Nabelschnur mit dem Rest der Welt verband, der diese Welt hier, die so friedlich war und nur nach salziger Luft und totem Dorsch roch, nicht in Ruhe lassen wollte. Er zog sein Tablet heran, ging ins Internet und rief das Video auf. Die Netzverbindung war miserabel. Mit der Hand schirmte er das Display vor dem Orange der Sonne ab.

Das Video war ohne Ton. Falk war die pixelige Figur, die sich mit beschleunigtem Schritt von Deckung zu Deckung bewegte, unbemerkt von den Attentätern, dann hervortrat, die Pistole anlegte, abzog. Nach jedem Schuss umwölkte der Pulverrauch seinen Kopf wie weißes Rauschen. Am Blickfeldrand der Kamera kippten die Attentäter aus dem Bild. Sie fielen geradewegs in sein Gedächtnis zurück, auch wenn ihre Gesichter unbestimmte Fratzen blieben, wie beliebig zusammencollagiert aus alten Fotos. Augen, Nasen, Münder, die Blicke noch ein kurzes Mal voller Unglauben über den eigenen plötzlichen Tod. Der Tod, den sie anderen gebracht hatten, kam zu ihnen, und Falk war sein Überbringer. Ohne die Kommentare unter dem Video zu lesen, schloss er den Browser und starrte auf das schwarze Display. Seine Erinnerungen kreisten wie gefangene Mäuse in einem Eimer auf der Suche nach einer Ecke, in der sie sich verstecken konnten.

Er hätte gerne Ella davon erzählt, der einzigen Person in Reichweite, der er sich anvertrauen konnte, und sich etwas von ihrem pragmatischen Trost erschlichen. Doch sie und Kjell waren in der Nacht nach Bodø aufgebrochen, um den Zwölftonner abzuholen, den Kjell ersteigert hatte.

Der Wagen kam mit einer Frachtmaschine von Jan Mayen, einer unbewohnten Vulkaninsel in der Grönlandsee, auf der die norwegische Armee eine Station für Funknavigation betrieb. Es war der gleiche Volvo, wie Kjell ihn an Falk verkauft hatte. Der Wagen war in fünfundvierzig Jahren kaum benutzt worden und eine neuwertige Antiquität. Auf Jan Mayen gab es nur eine kurze Piste zwischen der Funkstation und einer Landebahn, auf der einmal im Monat eine Hercules der Luftwaffe aufsetzte und Vorräte und neugierige Forscher brachte. Niemand außer Kjell hatte ein Gebot abgegeben, denn der Transport aufs Festland kostete mehr, als der Wagen wert war. Doch Kjell hatte sich frühzeitig um die Bekanntschaft mit einem Co-Piloten einer der Hercules-Crews gekümmert. Der Mann sorgte dafür, dass der Lastwagen auf einem Leerflug von der Insel im Bauch der Maschine verschwand und sicher aufs Festland gelangte. Kjell zahlte der Crew zwölf Kartons geschmuggelten Chivas Regal. Der Co-Pilot bekam noch das Fell des Eisbären, den Kjell als junger Mann auf Spitzbergen geschossen hatte, als er in der Kohlenmine von Longyearbyen gearbeitet hatte. Es war über die Jahre stumpf und unansehnlich geworden. Einst hatte er Ella damit beeindruckt, aber was sollte er jetzt noch damit?

Ella hatte Falk einen Zettel unter die Tür des Wohnwagens geschoben. Sie schrieb, dass er sich aus Kühlschrank und Vorratskammer bedienen solle. Außerdem stand da, wo Kjell den Zündschlüssel für den Lastwagen versteckt hatte. Sie hatte ihren kleinen Verrat mit einem Smiley versehen. Falk trat hinaus. Die Morgensonne stand hinter einer schwarzen Wolke, ihr Licht barst in hundert scharfen Strahlen über die Ränder hinaus. Eine Brise vom Meer wehte unentschlossen zwischen angenehm und schneidend. Nur mit der Unterhose bekleidet, ging er hinüber zum Haus und betrat den Küchenanbau des Hauses, den Kjell im Frühjahr errichtet hatte. Er roch noch nach Harz und Teerpappe. Falk zog das verzinkte Lüftungsgitter aus der Wand und angelte den Schlüssel aus dem Hohlraum hervor. Das Gitter steckte er wieder an seinen Platz.

Falk überquerte den Hof, auf dem der Lastwagen stand wie ein schönes, geprügeltes stumpfgrünes Tier. Er schloss das Führerhaus auf, kletterte hinein und zog die Tür zu. In der Kabine war es still. Nur der Wind presste sich durch die Rostlöcher und drohte leise. Es roch nach Diesel, brüchigem Gummi und dem metallischen Verschleiß vieler Jahre. Er glühte den Motor vor. Draußen schob sich wie auf der Leinwand eines Autokinos stumm die Sonne hinter der schwarzen Wolke hervor und blendete ihn. Er kniff die Augen zusammen und drückte den Startknopf. Mit zähem Unwillen jammerte der Anlasser auf. Der Motor sprang erst nach zwei Anläufen an, schüttelte sich und drückte in einem kränkelnden Rhythmus mattgrauen Rauch in die Morgenluft.

Falk mochte den fettigen, schwefeligen Geruch. Wenn er in den Sommerferien mit Silje und Hannah nach Tromsø auf den Fischmarkt gefahren war und der Maschinist auf der Fähre zwischen Olderdalen und Lyngseidet das Schott zum Maschinenraum offen ließ, um durchzulüften, hatte Falk sich danebengestellt, dem Klang des Wärtsilä-Achtzylinders zugehört und den schweren, satten Dunst inhaliert. Weder Silje noch seine Tochter verstanden seine seltsame Passion. Der Maschinist vielleicht, der ihn jedes Mal mit einem Nicken gegrüßt und anschließend in die Bilge gespuckt hatte.

Falk drückte langsam das blank getretene Gaspedal durch. Die Zylinder nahmen widerwillig ihre Arbeit auf. Vier, fünf, fünfeinhalb. Fünfeinhalb. Der sechste würde erst voll mitlaufen, wenn der Motor warm war. Die Maschine war noch nie überholt worden. Der Tacho zeigte neunhundertdreiundsiebzigtausend Kilometer. Das Tier war ein Wrack aus müdem Stahl und verblichenem Lack. Aus jeder Dichtung verlor es Öl, das auf dem staubigen Boden des Hofes ein grandioses Mosaik speckiger Flecken hinterlassen hatte. Während der Motor warm lief, frühstückte Falk. Ella hatte eine Schüssel Pfannkuchenteig vorbereitet und einen Topf mit gekochter Fischleber warm gestellt. Aus dem Radio triefte George Benson. Falk briet vier Pfannkuchen und aß schnell. Der Moderator im Radio plapperte von der beginnenden Jagdsaison.

Ella hatte ihm den Schlüssel für die Hütte im Navittal zugesteckt. Zwei, drei Nächte, dachte er. Er dachte an den Rotweinfleck auf dem Boden der Hütte und an gebratene Schneehühner mit Reis. Vor allem aber dachte er an Livs feste Brüste. Die Schonzeit für Schneehühner endete erst in drei Wochen, doch die meisten Jäger in Troms zogen früher los. Die Polizeiposten in Burfjord und Storslett waren viel zu schwach besetzt, um die Jagd in der Finnmark zu kontrollieren.

In jüngster Zeit gab es Versuche mit autonom fliegenden Drohnen, die das riesige Gebiet nach illegalen Jägern, Drogenschmugglern und Flüchtlingen aus dem Mittleren Osten absuchen sollten. Sie sahen aus wie zu groß geratene Modellflugzeuge, mit ihrem Benzinmotor konnten sie einen ganzen Tag in der Luft bleiben. Doch sie stürzten oft wegen technischer Defekte oder schlechten Wetters ab. Außerdem flogen sie langsam und manchmal niedrig genug für einen guten Flintenschützen. Mehr als einmal hatten Jäger sie vom Himmel geholt und die Speicherkarten mit den verräterischen Videoaufzeichnungen entnommen. Also flogen Verstöße gegen die Jagdgesetze meist nur auf, wenn sich betrunkene Jäger gegenseitig eine Ladung Schrot verpassten. Jagen und Saufen gehörten in der Finnmark zusammen. Manchmal allerdings waren die Jagdunfälle gar keine, sondern spontane Selbstmorde. Der Alkohol begünstigte die Entscheidung der Männer, genauso trotzig und rabiat aus dem Leben zu scheiden, wie sie dieses Leben gelebt hatten.

Draußen fuhr Jens Lund vor, ein frommer Baptist mit gut gelauntem Mondgesicht. Norwegischer Erbauungsgospel drang aus seinem koreanischen Geländewagen. Falk hörte deutlich, wie der Mann mitsang. Er hatte eine schöne Stimme. Lund war fett und in seinen frühen Dreißigern. In Kjells und Ellas Abwesenheit kümmerte er sich um den Hof. Er bemerkte Falk nicht. Er schien sich kurz über den laufenden Motor des Lastwagens zu wundern, der jetzt im Rhythmus aller sechs Zylinder vor sich hin krackerte, und verschwand im Stall, um die Kühe zu melken.

Falk verließ das Haus. Er war immer noch halb nackt. Auf dem Weg zum Wohnwagen verfütterte er die Fischleber an die Hühner. Anschließend zog er sich an. Er achtete darauf, dass Jens Lund ihn nicht bemerkte, als er am Stall vorbei zur Scheune ging, die den ungeteerten Hof wie ein Schutzwall nach Osten begrenzte.

Im Halbdunkel standen die beiden haushohen Silotürme aus Holz, in denen das Gras zu Winterfutter für die Kühe vergor. Falk kletterte über das Förderband auf das linke Silo und zog die Abdeckplane zur Seite. Der saure Geruch der Gärsäure fuhr ihm wie tausend Stiche in die Lungen. Für ein paar Sekunden bekam er keine Luft. Er sprang auf das Gras und suchte den unscheinbaren Farbklecks auf der Innenseite der Silowand. Dort steckte er die Hand ins Gras und legte eine Klappe aus Chromstahl frei. Niemand würde in einem Silagesilo ein Depot für geschmuggelten Schnaps vermuten, und nicht mal der Geruchssinn eines Zollspürhundes konnte durch den beißenden Gestank der Gärsäure Witterung aufnehmen. Das hatte sich Kjell schlau ausgedacht.

Falk hatte schon vor Jahren von dem Depot und Kjells gelegentlichen Schmuggelgeschäften erfahren. Ella hatte ihn zum Mitwisser gemacht, als Kjell sie mal wieder schlecht behandelt hatte. Er öffnete die Klappe. Etwa zweihundert Flaschen Whisky, Wodka und Rum kamen zum Vorschein. Er zog einen Famous Grouse hervor und steckte ihn in die Jackentasche. Miete für den Lastwagen, dachte er. Natürlich würde Kjell etwas merken. Und er würde schön die Schnauze halten und keinen Streit mit Falk anfangen, wenn ihm sein kleines Geheimnis lieb war.

Falk verschloss die Klappe, deckte sie sorgsam mit Gras zu und stieg aus dem Silo. Er zerrte die mit alten Plastikbojen beschwerte Abdeckplane über die Öffnung und kletterte nach unten. Seine Atemwege waren freigeätzt wie nach einem tiefen

Zug Ammoniakgeist. Er verstaute die Whiskyflasche in seinem Rucksack, schob den Rucksack auf den Beifahrersitz des Tieres und ging zum Kuhstall, um Jens Lund zu begrüßen. Schließlich wollte er nicht unhöflich sein.

Lund spülte gerade die Leitungen der Melkanlage durch. Das Wasser zischte und gurgelte durch die Rohre unter der Decke. Der Mann war noch dicker geworden seit ihrer letzten flüchtigen Begegnung, die schon Jahre zurücklag. Er fuhr vor Schreck herum, als Falk gegen den Lärm der Pumpe angrüßte. Die Speckschichten unter seinem straff gespannten Arbeitskittel folgten der schnellen Körperdrehung erst mit einigen Millisekunden Verzögerung und pendelten sich dann in der neuen Position ein. Es sah aus, als hätte man ihm eine Schicht Wackelpudding zwischen Haut und Kleidung gepresst.

»*Hei*«, brüllte Lund zurück. Er brauchte einen Moment, um Falk zu erkennen. Dann hellte sich sein Gesicht auf. Zu Falks Verwunderung sprach er beinahe akzentfreies Deutsch. »Du bist Sebastian. Der Polizist aus Deutschland.« Er hob die Gummihandschuhhände. »Tut mir leid, kann dir grad nicht die Hand geben.«

»Hallo, Jens Lund«, sagte Falk.

Die Männer tauschten einige Höflichkeiten aus. Lund strahlte ihn die ganze Zeit unverwandt an. Dann wussten sie nichts mehr zu sagen. Inmitten des Lärms entstand eine absurde Stille, bis Falk die Hand hob und nach draußen deutete.

»Ich fahr zu Tømte. Brauchst du was?«

Lund schüttelte den Kopf und strahlte immer noch.

Falk verließ den Stall. Wieso war der Mann so freundlich zu ihm? Weil Falk drei Menschen erschossen hatte, die sein scheiß Abendland bedroht hatten?

Blödsinn, dachte er. Der Mann wollte sicher nur höflich sein.

Falk fuhr nach Storslett, kaufte im Baumarkt eine Schachtel Fünfzollnägel, Teerpapier und einen Eimer Falunrot. Er tankte den Lastwagen voll und brachte alles nach Bankenes. Unterwegs hielt er bei Håkan Jensen und schenkte ihm den Famous Grouse, ohne mit ihm anzustoßen. Er wollte weniger trinken.

Håkan freute sich. In Bankenes traf Falk André Schoomwinkels nicht an. Das Anwesen lag wie verlassen da. War der Nichtsnutz schon ausgezogen?

Verdammt, dachte er. Ich hätte nichts dagegen.

7

N 69°38'52.9" | E 29°28'06.3"

Der BMW war nicht gekommen. Er war nach einer Stunde nicht gekommen und auch nicht bis zum Abend, als der Himmel brannte wie ein Feuer, das nicht wärmte. Einmal näherte sich ein Auto derselben Marke. Er hatte verstohlen die Hand zum Gruß gehoben, doch die Insassen, ein Paar im besten Alter, wollten ihn und seine armselig ausstaffierte Familie nicht sehen und schauten geradeaus, als ihr Wagen vorbeiglitt. Er fror. Er überließ seiner Frau und seinem Sohn die Jacke und fror noch mehr. Schließlich hatte er entschieden, dass sie weitergehen sollten, immer entlang der Europastraße sechs.

Nur weg von der Grenze.

Es war zum Streit mit seiner Frau gekommen, dem ersten, seit sie aufgebrochen waren. Sie hatte darauf bestanden, zu warten, bis doch noch ein Wagen kam, um sie zu holen. Sie waren nicht darauf vorbereitet, den Weg in die Freiheit ohne fremde Hilfe fortzusetzen. Sie hatten nichts zu essen. Sie hatten nur drei dünne Decken. Er war laut geworden, doch seine Stimme verhallte im Wind, als ob die Welt und seine Familie nicht zuhören mochten. Er hatte sich erst durchgesetzt, als sein Sohn zu weinen begann. Sie fügte sich, damit der Junge sich beruhigte und seine entzündeten Augen nicht noch mehr litten. Dann waren sie hintereinander an der Leitplanke entlang nach Südwesten gegangen. Der Wind rollte in Böen von Norden über das Meer heran und schob sie immer wieder auf die Fahrbahn, als wären sie Knäuel aus fadenscheinigen Lumpen. Sie gingen die Nacht hindurch über das körnige Grau des Straßenbandes, er trug den Sohn auf den Schultern, bis sie zu einer Scheune unweit der Straße kamen, dem ersten Gebäude, seit sie losgelaufen waren. Er schaute auf das kleine GPS. Sie hatten fast sechzehn Kilometer geschafft. Sie waren am Ende ihrer Kräfte. Bislang hatten sie wenigstens in Autos oder Zügen geschlafen. Der russische Sommer war warm und die Nächte mild gewesen.

Hier gab es keine Milde.

Das Gebäude war unverschlossen. Statt Heu oder Stroh, mit dem sie sich hätten zudecken können, gab es nur ein paar schäbige Plastikplanen und Jutesäcke, denn es war keine Scheune, sondern eine Maschinenhalle. In ihrer Mitte stand ein Radlader, ein Ungetüm mit Schneeketten, das einen Schneepflug anstelle einer Schaufel trug und auf den Winter wartete. Sie breiteten eine der Plastikplanen und die muffigen Jutesäcke auf dem harten Boden aus und legten sich zum Schlafen hin. Seine Frau und er wickelten den Sohn in zwei Decken ein und nahmen ihn in ihre Mitte, um ihn warm zu halten. Die dritte Decke überließ er seiner Frau. Es war ihm ganz recht, dass sie deswegen ein schlechtes Gewissen hatte. Trotzdem nahm er ihre Hand, die sie locker über die Schulter des Sohnes gelegt hatte, und küsste sie.

Sie hatten nur noch die Bonbons, die die junge Frau in dem Land Rover ihrem Sohn geschenkt hatte. Zum Frühstück bekam ihr Sohn fünf Stück, die Eltern jeweils zwei. Während sie immer weiter in das Land gingen, weg von der Küste jetzt, füllten sie ihre Mägen mit Wasser aus Tümpeln und kleinen Seen, um den Hunger zu überlisten. Es war klar und schmeckte nach Erde. Zum ersten Mal auf ihrer Reise litten sie Hunger, wie überhaupt zum ersten Mal in ihrem Leben. Am dritten Tag waren alle Bonbons gegessen, und sie waren froh, dass ihr Sohn vor Erschöpfung einfach einschlief auf den Schultern des Vaters. Er machte dem Jungen eine Augenbinde aus einem schmutzigen T-Shirt, damit er im Licht der Sonne, die kaum versank, nicht aufwachte.

Die ganze Zeit waren nur wenige Fahrzeuge unterwegs. Anfangs hatten sie sich noch hinter der Leitplanke geduckt, wenn ein Wagen kam, um nicht gesehen zu werden. Später gab es keine Leitplanken mehr, und ihre Angst wich routinierter Furchtsamkeit. Er und seine Frau achteten nur noch darauf, ob der Wagen wie ein Polizeiauto aussah. Als nach zwei Tagen keines vorbeigekommen war, unterließen sie auch diese Vorsichtsmaßnahme. Am Abend des dritten Tages überholte sie ein großer Überlandbus in voller Fahrt. Der warme Luftwirbel aus

Abgasen und Motorhitze legte sich um sie wie ein flüchtiger Mantel aus Geborgenheit.

Die Karte auf seinem GPS zeigte eine Haltestelle in einem Ort namens Nyelv an. Sie blinkte als kleiner, lockender Punkt auf dem Display. Doch er und seine Frau waren inzwischen so schwach, dass er sich nicht vorstellen konnte, ob und wann sie jemals dort ankommen würden. Es waren nur zehn Kilometer. Erst als sie nach einer grausamen Nacht am nächsten Vormittag zum Meer zurückkehrten und die Straße wieder der Küste folgte, gewann er auch die Hoffnung zurück. Zu Hause hatten sie am Meer gelebt, aber bis zu diesem Augenblick war es für ihn einfach nur Wasser gewesen, das zwischen den Kontinenten wogte. Hier wurde sein Anblick plötzlich zum neuen Lebenselixier, auch wenn er nicht wusste, warum.

Kurz vor Nyelv kamen sie zum ersten Wohnhaus seit vier Tagen. Es war ein zweigeschossiges weißes Holzgebäude direkt am Wasser. Seine Frau ging, ohne anzuhalten und ohne ein Wort mit ihm zu wechseln, zielgerichtet die Einfahrt hinunter und sprach die Hausbesitzerin an, die im Garten Bettlaken auf eine Leine hängte. Er folgte ihr nicht, als sie seine Warnrufe ignorierte. Er sank mit seinem Sohn erschöpft ins Gras der Straßenböschung. Plötzlich hatte er Angst. Was, wenn seine Frau alles verriet und die andere Frau die Polizei rief? Er wäre zu schwach, aufzustehen und sich und seine Familie zu verteidigen.

Er legte die Hand auf die rechte Hosentasche, wo die kleine SIG Sauer steckte, die er seit dem Beginn ihrer Flucht stets am Körper trug. Er schob die Waffe nach oben, bis das schwarze Griffstück aus der Tasche herausschaute, und blickte seinem Sohn ins Gesicht. Der Junge schaute arglos zurück. Dann riss er den Kopf herum und suchte seine Mutter. Es war nicht zu verstehen, was die beiden Frauen auf der anderen Straßenseite redeten. Dann verschwand die Hausbesitzerin in der Hintertür. Seine Frau schaute zur Straße, als suchte sie seinen Blick. Dann griff sie in den Wäschekorb, der auf der Wiese neben dem Haus stand, und hängte Bettlaken auf die Leine. Sie flatterten störrisch in der Brise, und obwohl er mindestens dreißig Meter entfernt war, konnte er sehen, wie seine Frau zärtlich über den weißen Stoff strich, als wollte sie den Wind besänftigen.

Die Hausbesitzerin kehrte mit einer großen Plastiktüte in der Hand zurück und übergab sie seiner Frau. Die beiden sprachen noch einen Moment lang. Er sah, wie die Hausbesitzerin ihr zum Abschied eine Hand auf den Arm legte und dabei auf ihr Auto zeigte, das vor dem Haus stand. Seine Frau schüttelte den Kopf und deutete zur Straße. Dann kam sie die Einfahrt herauf und winkte ein letztes Mal zurück.

Die Frau aus dem Haus hatte ihnen selbst gebackenes Brot und frischen Lachs eingepackt, von dem sie mehr als genug hatte, weil ihr Mann in einer Zuchtfarm weiter im Westen arbeitete, wie sie erzählt hatte. Außerdem für jeden eine Tafel Schokolade und zwei Äpfel. Sie hatte auf dem Weg nach draußen noch einen Wollpullover ihres Mannes von der Garderobe genommen und in die Tüte gestopft.

»Für den Jungen.«

Der Pullover war viel zu groß und roch nach Fisch und war warm. Seine Frau stülpte ihn dem Sohn über den Kopf. Der Saum reichte bis zum Boden wie ein Zelt, und plötzlich mussten alle drei lachen. Mit dem Lachen verflog auch die Empörung über die Eigenmächtigkeit seiner Frau, die der Fremden blindlings vertraut hatte und nicht enttäuscht worden war. Er sah, dass sie geweint hatte. Wenige Tränen nur, Tränen, wie Frauen sie vielleicht untereinander austauschten als Code einer heimlichen Übereinkunft, die die Männer nicht verstanden.

Sie aßen im Gehen. Das Essen gab ihnen neuen Mut und neue Kraft. Der Wind hatte gedreht und schob sie ihrem Ziel entgegen. Die Hausbesitzerin hatte angeboten, sie mit dem Wagen zur Bushaltestelle zu bringen, doch seine Frau hatte aus Angst vor seiner Angst abgelehnt. Es war nicht mehr weit, und sie hatten noch drei Stunden, bis ein Bus kam, der bis zu einer Stadt namens Alta fuhr. Als sie die Busbucht mit dem hölzernen Wartehäuschen erreichten, war der Wind so stark geworden, dass sie sich in den Verschlag drängten und Schutz suchten.

Sie waren die einzigen Wartenden. Auf der Sitzbank lag eine Schicht aus grauem, hartem Staub. Er sah einen Mann, der hinter dem Fenster eines einsamen Hauses auf der anderen Straßenseite stand und mit dem Fernglas herüberschaute. Er konnte nicht erkennen, ob der Mann irgendetwas auf dem Meer oder ihn und seine Familie beobachtete, aber der Anblick der verschwommenen Silhouette hinter der Gardine brachte sein Misstrauen zurück. Der Mann mit dem Fernglas könnte die Polizei rufen. Der Busfahrer sich weigern, sie mitzunehmen. Sie säßen in der Falle. Seine Frau schaffte es nicht, ihm die Angst zu nehmen.

Dann war es zu spät für einen Streit. Er zitterte vor Nervosität und Kälte, als ein blauer Überlandbus vorfuhr. »Snelandia«, stand in großen weißen Lettern auf der Seite. Dimitrijs Bruder hatte ihnen neunhundert Dollar in norwegische Kronen getauscht. Der Fahrer nahm das Geld für die Tickets entgegen, gab ihm das Wechselgeld heraus, nickte ein wenig missmutig und drückte jedem von ihnen eine kleine Plastikflasche Orangensaft mit dem Logo der Buslinie in die Hand. Sein Sohn lehnte unsicher ab.

Der Fahrer rang sich ein Lächeln ab und insistierte. *»Vaer så god! Take it. It's a gift.«*

Das war alles. Niemand behelligte sie, und kaum jemand beachtete sie. Die meisten Fahrgäste starrten auf ihre Telefone oder hörten Musik. Einige waren Touristen, ältere Männer und Frauen mit silbernem Haar in raschelnder Wanderkleidung. Sie kommentierten fortwährend die Landschaft, die draußen vorbeizog, und waren ganz außer sich vor Verzückung. Trotzdem war ihre Sprache hart und scharfkantig und ohne Melodie. Er erkannte, dass sie Deutsch sprachen.

Die meisten, die sein Land verließen, versuchten, nach Deutschland zu kommen. Er hatte Dimitrij die Idee erläutert, die Passage nach Griechenland mit seinem Segelboot anzutreten und sich mit seiner Familie von dort nach Deutschland durchzuschlagen.

Sein Freund hatte ihn angeschaut wie jemanden, von dem man nicht wusste, ob er tollkühn oder naiv war. »Ihr kommt keine zehn Meilen weit, dann schießt euch die Küstenwache in Stücke.«

Und selbst wenn sie es schaffen sollten, hatte Dimitrij gesagt, konnte er ihm und seiner Familie nicht helfen. Er hatte weder in Griechenland noch in Deutschland Verbindungen. Dazu kam, dass die deutschen Behörden längst misstrauisch geworden waren, viel mehr als die Schweden oder Norweger. In Deutschland gab es nicht nur Frieden, Wohlstand und eine funktionierende Müllabfuhr, es gab auch mehrere Staatsanwaltschaften, die im Namen der Weltgerechtigkeit unter den Flüchtlingen nach jenen suchten, die gegen diese Gerechtigkeit verstoßen hatten. Also hatten er und seine Familie sich Europa durch die Hintertür genähert, waren nach Norden gereist, der Kälte entgegen und der Sonne, die im Sommer nicht untergehen wollte. Dimitrij hatte ein unsichtbares Netz aus Helfern für sie gespannt, ein Koordinatensystem der Barmherzigkeit, das sie auffing und beschützte und immer weiterbrachte, schon so lange, dass ihm das Unterwegssein inzwischen wie Alltag vorkam.

Sie fuhren den ganzen Tag durch eine grüngraue Einförmigkeit, wie er sie noch nie zuvor erblickt hatte. Von seinem Sitz aus sah er, wie der Bus das Straßenband verschluckte, vorbei an bürstigen Steppen voller Bäume mit weißer Rinde, hinter denen schilfige Seen und Tümpel aufschimmerten wie hingetropftes Quecksilber. Die Gegend schien friedlich und gottvergessen. Hier konnten Menschen sich verstecken.

Oder für immer verloren gehen, dachte er.

Zu Hause waren die Straßen oft endlose gerade Linien, Waschbrettpisten voller Schlaglöcher, die am Horizont im Dunst verglühten. Diese hier waren wie kühle asphaltierte Wellen, die ohne Staub in sanften Radien durch die Landschaft flossen. Sie wiegten ihn und seine Familie in den ersten tiefen Schlaf seit Wochen.

In Alta weckte der Fahrer sie. Es war kurz nach elf Uhr abends. Der Mann hatte offenbar die Fahrtzeit genutzt, seine Meinung über die drei abgerissenen Gestalten in seinem Fahrzeug zu ändern. Er verabschiedete sie freundlich und zeigte auf einen Bus, der auf der anderen Seite des trostlosen Innenstadtplatzes stand. Er würde sie noch ein Stück weiter nach Süden bringen.

»*Welcome to Norway*«, sagte der Busfahrer.

Die Begrüßungsformel zum Abschied klang wie eine Entschuldigung für seinen vorherigen Missmut. Seine Frau lächelte und bedankte sich.

Er hatte ihre Verzweiflung bemerkt, als der Helfer in dem BMW nicht erschienen war und sie schlagartig begriff, dass sie auf sich selbst gestellt waren, dass weder er noch Dimitrij einen Notfallplan gemacht hatten, um das verloren gegangene Ende der gerissenen Hilfskette wiederzufinden. Sie hatten keine Telefonnummer, keine Kontaktadresse, nichts. Seine Nachlässigkeit hatte ihn selbst verblüfft. Vielleicht war es die Arroganz zweier Perfektionisten gewesen, die geglaubt hatten, sie bräuchten keinen doppelten Boden. Er wusste nur, dass die Kette bis in eine Stadt namens Tromsø reichte. Das war der Endpunkt. Sie sollten sich erst dort an die Behörden wenden und Asyl beantragen, weit weg von der Grenze, um ganz sicherzugehen, nicht nach Russland zurückgeschickt zu werden.

»Weg von der Grenze«, hatte Dimitrij ihm eingeschärft. »Das ist das Wichtigste.«

Sie hatten improvisiert, und das Vertrauen seiner Frau war trotz Hunger und Kälte allmählich zurückgekehrt in den vergangenen Tagen. Sie hatten es beinahe geschafft. Sie waren in Europa, wenn auch an seiner fernen Spitze. Sie waren hungrig, aber gesund. Niemand hatte sie bedrängt oder verraten. Die Menschen waren freundlich oder zumindest gleichgültig ihnen gegenüber. Seine Frau fasste neue Hoffnung. Offenbar so viel, dass sie plötzlich vorschlug, am Flughafen von Alta Tickets für eine Maschine nach Oslo zu kaufen, statt noch einen weiteren Bus zu nehmen. Sie hatten genug Geld. Sie hatten ihre Pässe. Er lehnte geradezu empört ab und warf ihr Übermut vor. Als sie widerwillig mit dem Sohn an der Hand mitten auf dem Innenstadtplatz stehen blieb, zerrte er die beiden grob in den wartenden Bus und unterband jede Diskussion. Ein Flughafen war ein Ort voller Polizisten und Sicherheitsvorkehrungen. Er würde nicht riskieren, verhaftet und deportiert zu werden, weil seine Frau es plötzlich eilig hatte, die Unbequemlichkeiten der Flucht hinter sich zu lassen.

Seine Frau hatte etwas Widerständiges manchmal, und sie hatte meistens recht mit dem, was sie sagte. Sie waren zutiefst erschöpft vom heimlichen, geduckten Leben unterwegs. Mehr als einmal hatte es ihnen fast das Herz gebrochen, ihren Sohn, der noch keine fünf Jahre alt war, still und duldsam leiden zu sehen, damit er den Eltern keine Last war. Doch er wollte nichts riskieren.

Nicht so kurz vor dem Ziel. Nicht so kurz davor.

Der neue Bus ließ die Stadt hinter sich. Seine Frau nahm ihm das GPS-Gerät aus der Hand. An den senkrechten Furchen in der Mitte ihrer Stirn erkannte er, dass sie sich noch nicht mit seiner Entscheidung abgefunden hatte. Auf der Karte entdeckte sie einen Flughafen namens Sørkjosen, etwa hundertsiebzig Kilometer südwestlich. Er lag direkt an der E 6 neben einem Ort namens Storslett. Mit gedämpften Stimmen stritten sie erneut, während ihr Sohn schlief. Zum Schein gab er schließlich nach, es dort mit den Tickets zu versuchen. Es schien nur ein unbedeutender Regionalflugplatz zu sein, vermutlich ohne Polizisten und Sicherheitskontrollen. Trotzdem nahm er sich vor, seiner Frau die Idee auszureden, sobald sie dort waren.

Um fünf nach eins am Morgen kam der Bus an der Endstation an, einem kleinen Ort namens Burfjord. Der Himmelsstreif war rot und violett und ächzte unter einer schwarzen Masse aus Nacht und schlechtem Wetter. Obwohl es mitten in der Nacht war, hatte der Supermarkt gegenüber der Bushaltestelle geöffnet. Seine rote Leuchtschrift erhellte den Vorplatz. In dem Laden gab es sogar Halva mit Pistazien. Er kaufte dazu Wasser und Brot und für seine Frau und seinen Sohn je einen billigen Fleecepullover. Darin sahen sie beinahe aus wie die Einheimischen, die sich praktisch kleideten und auf modische Konventionen nichts zu geben schienen.

In dieser Nacht fuhr kein Bus mehr nach Süden. In dem Ort,

über den er sich gleich bei ihrer Ankunft gefragt hatte, wieso er einst genau an dieser Stelle entstanden war, gab es kein Hotel. Sein GPS-Gerät zeigte einen Campingplatz, auf dem man kleine Hütten mieten konnte, er lag zehn Kilometer entfernt am Ufer einer bauchigen Bucht. Sie brauchten nur der Straße in ein sanft ansteigendes Hochtal zu folgen und auf der anderen Seite wieder zum Meer hinunterzulaufen. In drei Stunden konnten sie dort sein.

Sie aßen schweigend auf einer Bank vor dem Supermarkt. Männer in Arbeitskleidung und groben Stiefeln fuhren mit Traktorgespannen vor, auf denen sie große Mengen frisch gemähtes Gras transportierten. Diese Männer waren die Bauern der Gegend und brachten im Licht der Scheinwerfer die Ernte ein. Sie ließen die Motoren laufen, während sie im Supermarkt verschwanden, um Getränke und Zigaretten zu kaufen. Ihr Kommen und Gehen schwebte als angenehmes Grundrauschen der Zivilisation über dem Ort und drängte die Nacht und die Einsamkeit der vergangenen Tage zurück. Keiner der Männer beachtete die fremde Familie.

Als sie gegessen hatten, nahm er seinen Sohn auf die Schulter, und sie verbanden ihm wieder die Augen, damit er trotz des Dämmerlichts schlafen konnte. Dann gingen sie los und folgten der E 6 bergauf. Die Meeresluft war kühl und feucht. Ihr Duft erinnerte ihn an zu Hause, doch hier war sie so rein, dass er den Inhalator gegen sein Asthma seit drei Tagen nicht mehr gebraucht hatte. Er hatte Angst, sie wären zu erschöpft zum Gehen, aber seine Frau bedeutete ihm, dass es gut war. Er merkte sogar, wie seine Kräfte zurückkehrten und ihm die Bewegung guttat, auch wenn das Gewicht seines Sohnes auf seinen Schultern lastete und er trotz der wochenlangen Flucht immer noch fettleibig war. Sie hatten die meiste Zeit in unbequemen Fahrzeugen verbracht, oft eingekeilt zwischen der Ladung oder versteckt in provisorischen Betten, die Glieder starr und verspannt und unbeweglich. Jetzt spürte er unter der Anstrengung seinen Körper, plötzlich lebendig und schön und voller Energie.

Nach zwei Stunden konnten sie unter sich schon die bauchige Bucht und die Lichter der Campingplatzhütten sehen. Es hatte leicht zu regnen begonnen, aber nicht unangenehm. Sein Sohn erwachte. Er setzte ihn ab und übergab ihn der Mutter. Er deutete hinter die Leitplanke, und während er hinüberkletterte, um etwas abseits der Straße zwischen den Birken seine Notdurft zu verrichten und einen Augenblick allein zu sein, gingen die beiden weiter. Er hörte, wie sich ihre Schritte auf dem harten Schotter der Straßenschulter entfernten.

Dann war es still.

Der feuchte Boden roch nach der Kraft der Erde. Er schöpfte neue Hoffnung. Aus dem nieseligen Morgen, noch weit entfernt, näherte sich das Geräusch eines Autos.

8

»Mittwoch an der Hütte.« Das Ätherrauschen der Finnmark legte sich über Livs Stimme wie ein Effektfilter. Falk konnte nicht heraushören, welche Gemütslage in ihr mitschwang. Ihr Akzent hatte einen finnischen Einschlag. Er musste lächeln. Er hatte Livs Telefonnummer über das Büro der Rentierzüchter in Kautokeino herausgefunden. Ihre alte galt längst nicht mehr. Liv hatte den Anruf sofort entgegengenommen.

Sie erkundigten sich einige Minuten lang nacheinander, schrammten vorsichtig über den Seelengrund des anderen, mit langen Pausen zwischen den Sätzen. Eine Infusion von Erinnerungen durchströmte ihn wie eine milde Droge. Dass sie sich am Ende des Gesprächs zum ersten Mal seit vier Jahren verabredeten, machte ihm eine fiebrige Vorfreude, die er sich nicht anmerken ließ.

Er hatte seit damals keinen Kontakt zu Liv gesucht. Gleich nach seiner Ankunft im Norden war ihm allerdings der Verdacht gekommen, dass die Frau in dem blauen Gákti überhaupt der Grund war, warum er sich so bereitwillig hierher ins Exil hatte schicken lassen. Zunächst war ihm die Vorstellung, seine ehemalige Geliebte zu treffen, während ihm als Folge der Affäre mit ihr der Kontakt zu seiner Tochter seit vier Jahren verwehrt blieb, geradezu obszön erschienen. Ein Verrat an seinem Kind. Dass er Liv jetzt doch traf, rechtfertigte er vor sich selbst mit dem überfälligen Abschied von dieser verlogenen Moral. Wenn seine Tochter ihn nicht wiedersehen wollte, musste er das akzeptieren. Sich damit zu bestrafen, dass er seine Sehnsucht nach Liv, die sich seit seiner Ankunft im Norden in Gedanken und Träume schlich, aus seinem Leben verbannte, änderte daran nichts. Dabei wusste er nicht mal genau, was er für die Frau empfand. In seinen Gefühlen war Falk Sebastiani nicht zu Hause.

Der Südzipfel des Kvænangenfjords ragte als Blinddarm in die Hügelschwünge der Finnmark hinein. Über die Engstelle, die den Blinddarm mit dem Fjord verband, spannte sich die vierhundert Meter lange Brücke von Sørstraumen wie ein speckiger Walrücken. Falk schaltete in den dritten Gang zurück, und das Tier erklomm den Scheitel der Brücke. Der Wind vom Meer drückte den Wagen sanft nach links. Falk hatte die Husqvarna aufgeladen und Proviant für drei Tage und die Flinte eingepackt. Hinter der Brücke bog er von der E 6 nach links auf die schmale Schotterstraße ab, die den äußersten Südzipfel des Fjordes auf einer Länge von vierzig Kilometern umrundete. Ein Regenschauer am Vormittag hatte die Schlaglöcher gefüllt. Sie schimmerten im flachen Licht wie Fettaugen in der Suppe. Falk ruderte gegen die ausgeschlagene Lenkung an, das Tier rollte auf seinen müden Blattfedern hin und her wie ein Schiff in der Dünung. Als ihm ein Auto entgegenkam, streifte er eine der hölzernen Schneestangen am Straßenrand. Sie klatschte an die felsige Böschung und zerbarst in zwei Teile. Er hielt nicht an. Hoch über dem Boden, den Blick über die gewölbte Motorhaube, kam er sich unverwundbar vor. Er fand den richtigen Rhythmus, um das Tier in der Spur zu halten, und schnürte bald einhändig dahin.

Der Wald roch schon nach Herbst, obwohl noch keine Birke gelb trug. Die Landschaft bestand nur aus den notwendigsten Elementen, eine sparsame Malerei aus Immergrün, rotbraungrauen Erhebungen, einem kreidigen Himmel und dem Fjord, der glänzte wie gebläuter Stahl. Darin war alles enthalten. Plötzlich spürte er einen Moment des Glücks und wusste nicht, warum. Der kühle Fahrtwind, der sich mit den schwülen Ausdünstungen der Maschine vermischte, war daran beteiligt, der Klang des Diesels, die Stöße der Straße, die wie Lebensäußerungen des Planeten durch das Lenkrad in seinen Körper fuhren. Das Glück des Unterwegsseins vielleicht. Er stellte sich vor, das Gefühl hielte für immer an, doch der Gedanke beunruhigte ihn. Er umklammerte die knochigen Speichen des Lenkrads. Alles um ihn herum war wie unabänderlich hingeworfen und doch nie immer gleich, in fünfhunderttausend Jahren weich geschliffen, erodiert, frostgesprengt und überwuchert, schön und schroff und abweisend.

An der Abzweigung, von der eine schmale Piste nach Westen hinauf in das Flusstal des Navit führte, wendete er das Tier und parkte es rückwärts im Unterholz neben der Straße. Er lud die Husqvarna mit dem Kran ab, schnallte den Rucksack auf den Gepäckträger und schulterte die Flinte. Er hatte keinen Helm mitgenommen, denn er wollte den Fahrtwind spüren. Außerdem war der Weg, der über einen flachen Bergrücken führte und auf seiner Rückseite sanft in ein weites Hochtal abfiel, nicht besonders anspruchsvoll. Nur das letzte Stück zur Hütte war wegloses Gelände. Er war jahrelang kein Motorrad gefahren, doch inzwischen hatte er sein Selbstvertrauen zurückerlangt. Ein Sturz schien ihm nicht wahrscheinlich.

Der Zweitakter krähte mühelos den Anstieg hinauf, und als Falk sich das erste Mal umdrehte, sah er den Fjord bereits weit unter sich schimmern. Dann folgte der Weg einem Bogen nach Südwesten, und das Meer verschwand aus seinem Blickfeld. Das Wetter war wie vor vier Jahren, als er das letzte Mal hier entlanggefahren war, warm und sonnig, der Geruch von Regen in der Luft, doch an die Landschaft konnte er sich nicht mehr erinnern. Erst als er nach einer halben Stunde das Wrack von Kjell Vestermans Caterpillar passierte, kehrte sein geografisches Gedächtnis zurück.

Als junger Mann hatte Kjell die Hütte, einen Røros-Fertigbau aus Kiefernholz, mit Hilfe eines selbst geschweißten Schlittens weit in das Tal hinauf bis an das Ufer eines namenlosen Sees geschleppt. Nicht, weil er die Aussicht genießen wollte oder die Berge liebte, Kjell Vesterman wollte diese Hütte besitzen, um eben eine Hütte in der Vidda zu besitzen wie die anderen in der Gegend, die es zu Wohlstand gebracht hatten. Fünf Tage pflügte er durch die Landschaft, dann thronte die Hütte über dem Tal, höher als alle anderen. Die Aussicht war atemberaubend und die Spur der Verwüstung, die er hinterlassen hatte, auch. Auf dem Rückweg blieb der altersschwache Bulldozer mit Getriebeschaden liegen, und Kjell gab das Fahrzeug an Ort und Stelle auf. Den Strafbefehl der Naturschutzbehörde über dreiundvierzigtausend Kronen zahlte er in Øremünzen, die er mit dem Lastwagen vor dem Rathaus in Alta abkippte. Den Bulldozer und die Hütte ließ er trotzdem stehen. Eine Zeit lang benutzte er das kleine Gebäude als toten Briefkasten für den Handel mit geschmuggeltem Schnaps. So mussten die samischen Rentierzüchter, die ihre Herden im September zu den Scheidegattern in Saiva trieben, nicht erst zu ihm nach Øvrestua hinunterkommen. Kjell deponierte die Whisky- und Wodkaflaschen in einem alten Kühler aus Plastik unter der Hütte, die Samen hinterließen darin das Geld. Liv hatte einige Male Schnaps und Geld gestohlen. Kjell, der die Samen insgeheim verachtete, legte sich auf die Lauer. Er erwischte Liv. Während er auf die junge Frau einprügelte, kam er auf die Idee, sie zu vergewaltigen. Doch Liv biss ihm ein Stück vom linken Ohr ab und entkam auf ihrem Quad in die Unwegsamkeit der Vidda. Die Wildnis war ihr Schutzraum, und Kjell war darin nur ein klein gewachsener, hinterfotziger Milchbauer von der Küste, hilflos und verloren. Seitdem benutzte er die Hütte nicht mehr und verkaufte seinen Schnaps an andere. Wo er die Spitze seines Ohres verloren hatte, verschwieg er bis heute, vor allem Ella. Sie ritt manchmal mit einem ihrer Pferde zur Hütte hinauf, wenn sie einem überfälligen Streit mit ihrem Mann aus dem Weg gehen wollte. Sie blieb nie über Nacht.

Die Sonne hob den Dunst von den nassen Bergen. Falk durchquerte mit dem Motorrad den Fluss. Die Furt war flach und fest. Der Navit bildete die Grenze zum Naturschutzgebiet. Ab hier durften nur noch Rentierzüchter mit ihren Quads und Geländemaschinen unterwegs sein. Er hatte sich zurechtgelegt, im Fall einer Kontrolle den ahnungslosen Touristen zu spielen, doch Liv riet ihm, sich auf sie zu berufen, damit sie ihn weiterfahren ließen.

»Sag ihnen, du gehörst zu mir.«

Es hatte schön geklungen.

Kurz vor den Scheidegattern von Saiva sah er die ersten Rentiere. Der Lärm der Husqvarna scheuchte sie auf. Ohne es recht zu wollen, trieb Falk plötzlich einen kleinen Pulk vor sich her. Es waren Livs Tiere. Er erkannte sie an den violetten

Ohrmarken. Er drosselte das Tempo, und sie folgten ihm. Er fuhr den Navit entlang flussaufwärts nach Saiva. Die Hütten und Räucherzelte der Rentierzüchter lagen verlassen zwischen dünnen Birken. Ab hier gab es nur noch Trampelpfade in die Berge, gerade breit genug für die Reifen der Husqvarna. Die Tiere verloren das Interesse an ihm und verteilten sich wieder im Talgrund. Nur zwei Bullenkälber umkreisten die Maschine, reckten die Hälse, bockten und sprangen voll ungelenker Lebensenergie hinter ihm her.

Das Tal verengte sich. Er schwenkte die Maschine nach Osten, hinauf zu einer Gruppe glatt geschliffener Felsen, hinter denen sich der namenlose See mit der Hütte verbarg. Er roch das Feuer und den Kaffee. Von Weitem erkannte er Livs Rentiere, eine Ansammlung heller Punkte, die sich auf der Suche nach Nahrung um den See verteilt hatten und durch die Beerensträucher staksten. Ihre Hufe klickten wie zart geschlagene Kastagnetten. Vor der Hütte stand eine barfüßige Frau in einem blauen Gákti. Sein Herz begann zu pochen. Liv beschirmte die Augen und beobachtete, wie er mit dem Motorrad näher kam. Er hielt direkt vor ihr, stellte den Motor aus, stieg ab, nahm die Flinte vom Rücken und lehnte sie gegen die Hüttenwand. Er war auf einmal so nervös, dass ihm die Stimme versagte.

»Hallo«, krächzte er.

Er wollte sie sofort und für immer umarmen. Vielleicht aus Liebe. Vielleicht, damit sie seine Unsicherheit nicht sehen konnte. Doch er stand nur reglos vor ihr, einen halben Respektmeter entfernt, und spürte in sich eine tiefe Scham aufsteigen.

Liv taxierte ihn aufmerksam. »Da bist du«, sagte sie schließlich. Sonst nichts.

Sie war schön. Nicht grazil hingehaucht und einnehmend wie Silje. Liv war sehnig und kräftig. Ihre Erscheinung war vom Leben draußen geprägt, ohne hart zu wirken. Ihr Gesicht war bis unter die hellblauen Mandelaugen mit Sommersprossen übersät. Sie hatte hohe Wangenknochen, eine breite Nase und einen Mund, von dem Falk wusste, dass er gut küssen konnte. Ihr Lächeln entblößte die Lücke des oberen linken Eckzahns, den sie bei einem Überschlag mit ihrem Quad verloren hatte. Die dunklen, schulterlangen Haare waren zu einem Zopf zusammengebunden.

Sie umarmten sich. Er spürte ihren warmen Körper und ihre Brüste unter dem schweren Wollpullover. Er inhalierte ihren Geruch aus Lagerfeuer und süßem Schweiß, und es war, als stürzte er in sie hinein. Über ihre Schulter hinweg sah er auf das glitzernde Flusstal hinab. Mit einem kräftigen Griff befühlte Liv seinen Oberkörper, wie um zu prüfen, ob alles gesund und an seinem Platz war. Dann ließ sie los. Er wollte sie küssen, doch sie drehte sich sanft zur Seite und bot ihm nur die Wange dar. Es wirkte nicht unfreundlich. Sie hatten einander nie mehr versprochen, als der Moment halten konnte, trotzdem war er enttäuscht, als sich ihre Münder jetzt nicht trafen und Liv auf Abstand blieb.

Wie zur Versöhnung gab sie ihm einen Klaps und schickte ihn in die Hütte. »Geh, hol uns einen Kaffee.«

Falk ging hinein, nahm die zwei Becher, die schon bereitstanden, und füllte sie. Er löffelte Zucker und Milchpulver in beide Portionen. Er schaute sich um. Die Einrichtung war unverändert. Ein kleiner Jøtul-Ofen, ein abgenutzter Tisch, drei unterschiedliche Stühle, ein umlaufendes Regal mit Vorräten und zwei schmale, selbst gezimmerte Betten. Er sah den dunklen Fleck auf dem Dielenboden und wollte am liebsten die Augen zukneifen, doch das würde nichts nutzen. Die Bilder von ihren nackten Leibern, die sich auf dem Boden ineinanderwanden und dabei die offene Rotweinflasche umstießen, kamen trotzdem zurück und mit ihnen sein Verlangen nach ihr. Er stellte den Kaffeekessel zurück auf den Ofen und trat vor die Tür.

Liv strich ihm wie beiläufig über die Hand, als sie ihren Becher entgegennahm.

»Ich habe dich vermisst«, sagte er. Obwohl es nichts als die Wahrheit war, klang es matt.

Liv blinzelte ihn an. »Du wolltest dich melden.«

Natürlich ahnte sie die Gründe, warum Falk sein leichtfertiges Männerversprechen gebrochen hatte, zumindest ein paar.

Schließlich hatte es ihre Affäre mit ihm bis auf die Titelseiten der norwegischen Regenbogenpresse geschafft. Der untreue Ehemann der Hellestad-Erbin und die samische Wilde. Schande und Scheidung! Es gab sogar verschwommene Fotos, die sie auf dem Hof von Bankenes in inniger Umarmung zeigten. Falk hatte Kjell Vesterman im Verdacht gehabt, die Aufnahmen gemacht zu haben. Später, als er die Wahrheit erfuhr, war er längst dankbar für die Bilder. Sie hatten seine größte Lüge zerstört.

Es war die Idee von Falks und Siljes Tochter Hannah gewesen, die Ferien in Bankenes zu verbringen. Sie hatte ihren Wunsch mit an Verzweiflung grenzender Vehemenz verteidigt, als ob sie gespürt hätte, dass die Beziehung ihrer Eltern ein sinkendes Schiff war, dem sie mit ihren kleinen Händen eine Sandbank unter den morschen Kiel werfen musste, ein Riff aus guten Erinnerungen, geschaffen an einem schönen Ort. Es half nichts. Ein leckes Schiff auf Grund war immer noch ein Wrack. Am Nachmittag des sechsten Tages hatte Lars Einar Hellestad in Bankenes angerufen und Silje zu sich nach Oslo bestellt.

Der Alte hatte keinen dringlichen Grund, ihnen in den Urlaub zu grätschen. Er hätte damit warten können. Er erfreute sich ebenso guter Gesundheit wie die Bilanzen seiner Firma; nichts im Leben von Lars Einar Hellestad war mehr eilig, nicht einmal das Zusammenraffen von möglichst viel Geld. Er spielte sein Spiel mit Silje. Das Spiel hieß »Du brauchst mich, vergiss das nie, also komm her!« und hatte im Laufe der Jahre die Züge eines absurden Rituals angenommen. Seit Silje als junge Frau zum Studieren nach München gegangen war, hatte Lars Einar das Spiel allerdings meistens verloren. Seine Tochter war eine unabhängige, kluge Frau geworden. Es war Teil des Rituals, dass sich Silje dem Ruf des Vaters verweigerte, was dem alten Mann die Flanke für eine Suada lieferte, die stets damit endete, dass er abrupt den Telefonhörer auflegte. Doch dieses Mal hatte Silje ihren Vater gewinnen lassen.

»Vielleicht ist er krank«, sagte sie zu Falk.

Falk spürte, dass Silje dem Alten regelrecht dankbar war für den Vorwand, Bankenes verlassen zu können. Er überraschte sie am Tag der Abreise mit der Entscheidung, sie nicht nach Oslo zu begleiten. Es folgte ein kurzer Lügentanz, in dessen Verlauf er ihr Bedauern entgegennahm und sie mit einem Kuss verabschiedete, der nichts mehr bedeutete. Er hatte gehofft, dass seine Tochter bleiben wollte, um den restlichen Urlaub mit ihm zu verbringen. Doch Hannah ließ sich ohne Widerspruch von Silje ins Taxi zum Flugplatz bugsieren. Falk hielt sie nicht zurück, hob ihren Rucksack in den Kofferraum und log, er käme bald nach.

Als Silje fort war, spürte Falk eine große Erleichterung, die Sorte, die Feiglingen das Herz leicht machte, wenn ihnen jemand die Entscheidung abnahm. Silje hatte den ersten Schritt zu ihrer Befreiung getan, und Falk war sich plötzlich sicher, dass der Abbruch des Familienurlaubs der Auftakt zu ihrer Exit-Strategie aus der Ehe war. Silje brauchte eine Zukunft, wenn sie sich von Falk trennte, und diese Zukunft lag in Oslo in der Firma ihres Vaters, nicht in München. Deshalb hatte sie mit dem Ritual gebrochen und war dem Ruf des Alten gefolgt.

Falk war zurückgeblieben, und jetzt streifte er den letzten Rest Liebe zu dieser Frau ab wie ein sehr lange getragenes Kleidungsstück, dessen Stoff fadenscheinig und bleich geworden war. Nur unter den Säumen, die nie den harten Sonnenstrahlen ausgesetzt gewesen waren, leuchtete noch ein kräftiges Rot wie ein ferner Gruß aus der Vergangenheit. Seine Ehe war an einem Schlusspunkt angekommen. Vielleicht war sie nicht einmal gescheitert. Sie war einfach zu Ende gelebt. Er hatte das tote Haus in Bankenes nicht ertragen und sich von Ella den Schlüssel zur Hütte geben lassen. Dort wollte er sich bemitleiden und betrinken.

Stattdessen traf er auf Liv, die seinen Fluchtpunkt besetzt hatte und gar nicht daran dachte, zu gehen. In einer Art störrischem Einvernehmen verbrachten sie den ersten Tag in höflicher Gleichgültigkeit nebeneinander. Liv kümmerte sich um ihre Herde, Falk beobachtete sie unauffällig. Nachdem sie sich einen weiteren Tag belauert hatten, während sie gemeinsam das Dach der Hütte reparierten, stürzten sie sich am darauffolgenden

Abend gierig in den Schoß des anderen. Zwei Menschen, die alle Geschwätzigkeit beiseiteließen und übereinkamen, dass sie einander mochten. Falk betrog seine Frau aus ganzem Herzen und verbrachte mit Liv die ehrlichsten Tage seit Jahren.

Lars Einar Hellestad hatte die firmeneigene Piper Cheyenne nach Sørkjosen geschickt, um Silje und ihre Familie nach Oslo zu holen. Früher wäre er selbst geflogen, doch seit er wegen einer Herzschwäche seine Lizenz verloren hatte, musste er einen Piloten anheuern, den er abfällig seinen Taxifahrer nannte. Weder Falk noch Silje wussten, dass der Alte seinen Sicherheitschef Ingmar Haugen in die Maschine Richtung Norden gesetzt hatte. Haugen war ein unscheinbarer Ex-Militär mit Personenschützerausbildung und Mundgeruch. Er hatte den Auftrag, das Anwesen in Bankenes, das Falk von Silje zum siebten Hochzeitstag überschrieben bekommen hatte, in den Besitz der Familie und damit in den Besitz des Alten zurückzuholen. Haugen sollte sämtliche Schlösser austauschen und ein neues Zufahrtstor errichten lassen, sobald Falk mit Silje und Hannah das Anwesen Richtung Oslo verlassen hatte. Natürlich wäre die Aktion juristisch wirkungslos. Lars Einar Hellestad ging es nur um die Demonstration seiner Macht. Es war ihm immer gegen den Strich gegangen, dass seine Tochter das Anwesen an ihren deutschen Ehemann verschenkt hatte.

Doch Falk war nicht mit nach Oslo geflogen. Ingmar Haugen musste den albernen Auftrag des Alten abblasen und saß plötzlich däumchendrehend im hohen Norden fest. Vermutlich konnte er sein Glück gar nicht fassen, als er nach ein paar Tagen den verhassten Schwiegersohn seines Chefs mit einer fremden Frau in Bankenes auftauchen sah. Haugen hatte seine kleine Leica dabei. Die Anwälte der Familie Hellestad machten daraus einen Scheidungsantrag, der der Anklage gegen einen Schwerverbrecher glich. Sie wollten sicherstellen, dass Falk keinerlei Ansprüche gegen seine wohlhabende Ehefrau geltend machen konnte. Falk war das egal gewesen. Erst als sie seine Tochter zu der Aussage brachten, ihr Vater habe sie des Öfteren geschlagen, wehrte er sich kurz. Er begriff nicht, wie Silje es zulassen konnte, dass die Anwälte Hannah dazu benutzten, ihn zu diskreditieren. Alles schien ihm in solch einer Schlammschlacht verzeihlich, aber das nicht.

Das nicht.

Dann hatte er losgelassen. Er hatte das Sorgerecht für Hannah verloren. Die Vorstellung, in einem Scheidungskrieg an seiner Tochter zu zerren und mit selbstgerechten »Deine Mutter hat aber …«-Sätzen um ihre Gunst zu feilschen, kam ihm auf einmal erbärmlich vor. Er hatte solche Sätze in den vergangenen Jahren oft zu Hannah gesagt. Es war ihm plötzlich genauso zuwider, wie es ihm unmöglich war, Hannah zu erklären, warum er ihre Mutter nicht nur nicht mehr liebte, sondern nicht einmal mehr wusste, was mit dem Wort eigentlich gemeint war. Wenn er es denn je gewusst hatte.

9

Liv gab ihm nicht das Gefühl, ihr weitere Erklärungen für vier Jahre Schweigen zu schulden. Falk hatte sich einige zurechtgelegt, die dümmste und billigste war die der verschiedenen Lebensmittelpunkte, die dreitausend Flugkilometer auseinanderlagen. Doch sie fragte nicht, und er war froh, dass er seine Ausflüchte für sich behalten konnte. Sie arbeiteten zusammen und schwiegen die meiste Zeit, ohne dass es peinlich war oder der andere es als Desinteresse auffasste. Einmal schimpfte er über André Schoomwinkels, der immer noch sein Haus besetzt hielt, während er bei Kjell und Ella unterkriechen musste.

Liv lachte auf. Etwas zu laut, dachte er. »Typisch André.«

Natürlich kannte sie die Messiegeschichten über den jungen Holländer. Die ganze Finnmark kannte sie.

»Er ist kein schlechter Kerl. Nur halb schlecht«, sagte sie.

Woher Liv diese Gewissheit nahm, die sie mit plötzlich ernstem Unterton vortrug, verriet sie erst, als Falk nachbohrte. Eine Zeit lang hatte André sie mit Prozac aus dem Tablettenvorrat der Apotheke seiner verstorbenen Mutter versorgt. Er hatte riesige Mengen davon mit dem Auto aus Amsterdam nach Norwegen geschmuggelt und machte sie nach und nach zu Geld. Die Pillen hatten Liv mehr als einmal davor bewahrt, von der Winterdepression verschluckt zu werden. Falk kannte die Narben an Livs Handgelenken. Er hatte bei ihrer ersten Begegnung versucht, sie wegzuküssen, und Liv hatte nur einmal darüber gesprochen. Sie hatte sie sich zugefügt, als sie so alt war wie Hannah heute und der Schwarze Himmel kam. Ihre schönen Hände waren stark und verzweifelt genug für die Schnitte gewesen.

»Wenn du so willst, hat André mir das Leben gerettet«, sagte sie und verlachte den traurigen Schleier über ihren Worten.

Sofort sah Falk die Frau in einem anderen, weicheren Licht. André Schoomwinkels allerdings blieb für ihn ein kleiner, bekiffter Scheißkerl.

Am Nachmittag gingen sie hinab ins Tal und fingen ein verletztes Rentier ein. Es hatte sich die Flanke an einem alten Stück Stacheldraht aufgerissen. Sie sonderten das Tier von der Herde ab, und Liv fing es mit dem Lasso ein. Falk bekam sein Geweih zu fassen und verdrehte ihm den Kopf, bis es das Gleichgewicht verlor und auf die Seite kippte. Sie schabten die Wunde aus, in der bereits die ersten Maden zuckten. Die warme, pralle Bauchwölbung aus Fell und Haut, unter der das Leben durch die Blutbahnen jagte, hob und senkte sich. Liv pinselte eine blaue Tinktur auf das gereinigte Fleisch, die nach Teer und Alkohol roch. Der junge Bulle blieb noch einen Moment liegen, dann stemmte er sich hoch und versuchte, die behandelte Wunde zu lecken. Liv gab ihm eine Überlebenschance von siebzig Prozent.

Am Abend machten sie ein Feuer vor der Hütte. Sie aßen geräuchertes Rentierfilet und selbst gebackenes Brot. Sie tranken abwechselnd von der Flasche Merlot, die Falk aus Bankenes mitgebracht hatte, bis sie angenehm berauscht waren. Er wollte mit ihr schlafen. Er hatte seit über einem Jahr mit keiner Frau mehr Sex gehabt, die er nicht dafür bezahlt hatte. Doch Liv spannte aus Gesten und Blicken eine unsichtbare Schutzhülle um sich herum. Sie war nicht hart und unnachgiebig, sie war wohlwollend und elastisch und erlaubte ihm ein paar Zärtlichkeiten, aber sie war stabil genug, ihm zu bedeuten, sein Verlangen zurückzuhalten. Und wie er neben ihr im Schein des Feuers saß und auf das Silberband des Flusses hinunterschaute, kam ihm der Moment schließlich selbst zu kostbar vor, um ihn an bloße Triebabfuhr zu verlieren. Sie lehnte sich bei ihm an, und er wollte ihr Gewicht hundert Jahre spüren.

»Hast du nicht Angst, dass Kjell mal hier auftaucht und in seine Hütte will?«, sagte er.

Ihr Lachen platzte wie ein Knall in die Stille hinein. Die Strahlen ihrer Augenfältchen verdoppelten ihre Schönheit auf einen Schlag. »Dieser versoffene Idiot würde nicht mal den Weg hier rauffinden.« Sie winkte ab, machte eine Pause und starrte über die träge tanzenden Flammen hinweg in die Dämmerung.

»Hoffentlich säuft er sich irgendwann tot. Dann ist Ella frei.« Ihr Ton war jetzt hart und erbarmungslos. Liv hatte schon vor Langem beschlossen, dass ihr niemand mehr zu nah kommen sollte, wenn sie es nicht wollte. Am allerwenigsten Kjell Vesterman. Bei einem Händler hinter der russischen Grenze hatte sie einen Stapel Felle gegen eine abgegriffene, aber zuverlässige Neun-Millimeter-Makarow getauscht. Für alle Fälle.

Liv entstammte einer samischen Rentierzüchterfamilie aus Kautokeino. Sie hatte sich früh von ihrer Sippe abgesondert, denn sie war das, was auch die Menschen am nördlichen Ende der Welt einen Bastard nannten. Livs Vater war ein kanadischer Artillerieoffizier aus Winnipeg. Er war als Mitglied einer NATO-Delegation im Winter vor dreiunddreißig Jahren auf dem Motorschlitten durch die Finnmark gereist, um die Außengrenze des Bündnisses zu Finnland zu inspizieren. Die Fahrten hatten keinerlei militärischen Nutzwert. Sie waren Vergnügungsausflüge auf Kosten des Verteidigungsbündnisses, das es sich im Kalten Krieg gemütlich gemacht hatte.

Die Teilnehmer, hochrangige Offiziere und ein paar Mannschaften als Lakaien, fuhren durch die winterliche Landschaft von Hütte zu Hütte, im Gepäck Lachs-Kanapees, Wodka und Zigarren, und palaverten in der Wärme von Kaminfeuern und Saunakabinen über ihr Feindbild im Osten, das sich unter Gorbatschows Perestroika gerade in seine Bestandteile zerlegte. Als die Delegation in Kautokeino haltmachte, war der Mann in dem wattierten Tarnoverall auf Livs Mutter Maret getroffen. Liv wusste nicht viel über diese Begegnung. Die Mutter war bei ihrer Geburt gestorben. Der Vater war nie wieder zurückgekehrt nach Europa. Sie wusste nur, dass sein Vorname William war.

Liv besaß eine Rentierherde von etwa siebenhundert Stück. Das waren dreihundertdreißig mehr, als das Gesetz gegen Überweidung ihr erlaubte, doch bislang hatte sie es geschafft, den Behörden durchzuschlüpfen. Die Vorladungen des Verwaltungsgerichts in Alta verbrannte sie im Ofen ihres Mutterhauses in Kautokeino. Oft streifte sie wochenlang zu Fuß oder mit dem

Quad durch die Finnmark und blieb in der Nähe ihrer Herde. Sie lebte vom Verkauf des Fleisches und der Felle, jedenfalls behauptete sie das. Doch Falk kannte die katastrophalen Preise für beides und vermutete, dass auch Liv mit geschmuggeltem Alkohol handelte.

Als das Feuer zur Glut zusammengefallen war, zog er sie zu sich. Sie erwiderte seinen Kuss, doch dann legte sie ihre Hände auf seine Hüften und schob ihn sanft von sich weg.

»Wir können nicht einfach so herum…«, sie suchte nach dem richtigen Wort, »…ficken. Das geht einfach nicht.«

Er stöhnte seinen Missmut heraus. Kurz kam er sich vor wie ein alter, geiler Bock, dem die Beherrschung abhandengekommen war. Liv erhob sich und breitete ihren Schlafsack auf den Fellen vor der Feuerstelle aus. An der Art, wie sie das tat, erkannte er, dass sie allein sein wollte. Er fand seine Selbstironie wieder und bat sie, sich erst auszuziehen, wenn er in der Hütte verschwunden war. Sie lachte, und ihre Sommersprossen tanzten im Gesicht. Er lag die halbe Nacht wach. Das Bett war zu kurz. Es hatte nur Kjell-Vesterman-Länge.

Am nächsten Morgen fuhren sie nach dem Frühstück den Navit flussaufwärts. Sie überließ ihm den Lenker des Quads und legte vom Sozius die Arme um seine Hüften. Die Sonne stand bereits als matte Scheibe am Himmel. Liv hielt nichts von dem Jägerlatein, wonach Schneehühner am besten morgens und in der Dämmerung zu jagen wären. Am Oberlauf des Navit gab es keine Wege mehr. Sie dirigierte ihn dicht am Flussufer entlang, wo der Boden vom letzten Schmelzwasser glatt gespült und zu einer harten Sedimentschicht verdichtet war. Kurz vor einem Kiefernwald, der aus dem Schwemmboden versiegter Zuflüsse wucherte, steuerte er das Quad ins Wasser und furtete durch den Fluss.

Sie näherten sich einem breiten Schuttkar, das von Westen her zwischen zwei Berggipfeln hervorbrach. Er fuhr die Steigung hinauf, bis der Motor kapitulierte und abstarb. Er wendete und parkte das Quad bergab, sodass sie nach ihrer Rückkehr trotz des kaputten Anlassers losfahren konnten. Sie schulterten ihre

Rucksäcke und die Gewehre. Es war angenehm warm, als sie über Felsblöcke voller bunter Flechten den Durchschlupf zwischen den Bergen erklommen.

Sie bewegten sich schnell. Er ließ Liv davonziehen, bis die Frau nur noch ein blauer Punkt war, der Richtung Gipfel stob. Aus der Entfernung wirkte sie noch einmal jünger, mit ihren unbeschwerten und geschmeidigen Bewegungen, die keinerlei Anstrengung erkennen ließen. Ihr Anblick gab ihm keine Antwort auf die Frage, was diese Frau ihm bedeutete, ihm, der immer ein leichtfertiger Liebhaber gewesen war. Im Nachhinein schien es wie ein Wunder, dass seine Ehe mit Silje so lange gehalten hatte.

Sie wartete oben und fuhr ihm durch sein verschwitztes Haar. Er nutzte die Gelegenheit und stahl ihr einen Kuss. Sie gingen geduckt und leise am Nordufer des Slimpojavri entlang Richtung Westen. An einem Zufluss des Sees bemerkte er die ersten Schneehühner unter einer Gruppe Wacholdersträucher. Er gab ihr ein Zeichen und deutete in die Richtung. Sie entsicherten die Flinten. Er entschied, Liv den ersten Schuss zu überlassen. Als sie auf etwa fünfzehn Meter heran waren, scheuchte er die Hühner mit einem Steinwurf auf. Ein gutes Dutzend Tiere flog dicht nebeneinander hoch. Liv traf zwei mit einem Schuss. Vergeblich mit den Flügeln schlagend gingen sie zu Boden. Liv hatte nur eine alte einläufige Baikal, aber sie war eine geübte Schützin.

Kurz bevor der Rest der Vögel außer Reichweite war, feuerte er beide Läufe der Sabatti ab. Ein getroffenes Tier kreiselte herunter. Als er zu seiner Beute kam, lebte der Vogel noch. Der linke Flügelknochen war von einer Schrotkugel gebrochen. Mit dem intakten Flügel schlagend, während der andere abgespreizt und leblos am Körper hing wie ein fremdes Teil, versuchte das Huhn, den gefährlichen Boden zu verlassen. Im Todeskampf wirbelte es auf einer Kreisbahn durch die Beerensträucher. Falk war auf einem Bauernhof aufgewachsen, der Tod eines Tieres war nichts Neues für ihn. Doch jetzt empfand er Scham, als er den Vogel mit seinem schwarz-weiß geschuppten Gefieder sah, so schön und so elend zugleich.

Vor Kurzem hatte er drei Menschen getötet. Dass er ein Tier getötet hatte, war länger her.

Liv hob das erschöpfte Huhn behutsam auf, nahm den Kopf zwischen Daumen und die Beuge des Zeigefingers und brach ihm mit einer schnellen Drehung aus dem Handgelenk das Genick.

»Danke«, sagte er.

Sie band die Beute mit einer Schlinge an seinen Rucksack. Dann zogen sie weiter. Und schwiegen dabei über Tier- und Menschentode.

Am Abend hatten sie die Seenplatte um den Doaresjavri bis an den Rand des Reisatales durchquert und waren in einem großen südlichen Bogen über den Gipfel des Njallavari zu ihrem Ausgangspunkt zurückgekehrt. Es war immer noch mild, obwohl die Sonne es den ganzen Tag über nicht geschafft hatte, den bleiernen Vorhang am Himmel zu verdampfen. Sie waren müde und hungrig. Zwölf Schneehühner hingen an ihren Rucksäcken. Von den Kadavern stieg der ranzige Geruch des Gefieders auf. Nur mit Mühe hatten sie dem Jagdfieber widerstanden und nicht mehr Tiere geschossen, als sie essen konnten.

Er steuerte das Quad im lieblichen Dämmerlicht zurück zur Hütte. Liv presste ihren Körper an seinen Rücken und legte die Hände auf seinen Bauch. Nach einem Moment fühlte es sich an wie eine Abschiedsumarmung. Später saßen sie vor der Hütte im Gras, rupften die Vögel und nippten an einer Flasche Moltebeerenschnaps aus Livs Vorräten. Der Windhauch trug die Daunen der toten Tiere davon und setzte sie wie Flugsamen im Gras ab. In der Hütte fand er eine große gusseiserne Pfanne, die er in die Glut des Lagerfeuers legte. Sie brieten die Hühner, immer drei auf einmal, und Liv würzte sie mit Salz und Rosmarin. Die Rentiere gingen auf Abstand, als sie das gegarte Fleisch witterten.

Sie aßen so viel, dass ihnen schlecht wurde. Als sie fertig waren, fiel schon die Nacht herab. Unter einem violett-schwarzen Himmel verdickte sich die Luft zu hartem Ultramarin wie in einem Western von John Ford. Das Tal zu ihren nackten Füßen war jetzt eine hermetische Welt, zu schön und zu unberührt, um mehr als ein Trugbild zu sein. Nichts regte sich, selbst der Fluss schien das Fließen eingestellt zu haben. Nur die Gegenwart verging.

Am nächsten Vormittag überraschte Liv ihn mit ihrem Abschied. Allerdings hatte er das Gefühl, dass die Unplanmäßigkeit ihres Aufbruchs nur gespielt war. Schon am Abend zuvor hatte sie unauffällig einen Teil ihrer Ausrüstung auf dem Quad verzurrt. Außerdem hatte sie seit ihrem Zusammentreffen jeden Tag versucht, jemanden ans Telefon zu bekommen, und dabei zunehmend gereizt auf dessen Unerreichbarkeit reagiert. Er beschloss, dass es ihn nichts anging, und fragte nicht nach.

»Business«, sagte sie und zuckte mit den Schultern, doch die Geste konnte ihre Anspannung nicht verbergen. Jetzt war sie fort, und er bemerkte, dass der erkaltete Geruch ihres Körpers auf seine Kleidung übergegangen war. Die Rentiere umkreisten die Hütte in weitem Abstand, so als hätte das Zentrum ihres Herdenuniversums einen Teil seiner Schwerkraft eingebüßt. Liv wollte am nächsten Abend zurück sein.

»Falls nicht, warte nicht auf mich«, hatte sie gesagt.

Der Satz spülte ihm nach ihrer Abfahrt eine kleine heiße Welle aus Eifersucht und Misstrauen in den Verstand. Falk glaubte auf einmal, er hätte ein Anrecht auf Liv. Auf ihre Zuneigung. Auf ihre Freundschaft. Auf ihren Körper. Darauf, zu wissen, wo sie hinfuhr. Und so kurz die Inkubationszeit seiner Eifersucht gewesen war, so lange dauerte es, bis ihm klar wurde, dass ihm nichts davon zustand. Für wen hielt er sich? Er hatte sich vor vier Jahren dankbar auf eine Affäre mit ihr eingelassen, seine Bedürftigkeit befriedigt und sich danach aus ihrem Leben geschlichen mit einem schlechten Gewissen, das weniger als drei Tage anhielt. Die Wahrheit war also, er hatte ihr gegenüber eine Menge gutzumachen.

Am nächsten Tag trieb er sich in der Nähe der Hütte herum und hielt von der Anhöhe hinter dem namenlosen See nach ihr Ausschau. Er lauschte in den Wind, wenn er glaubte, ihr Quad zu hören. Er könnte den Motor unter Tausenden heraushören.

Er hatte im Sommer vor vier Jahren im Werkstattschuppen von Bankenes den abgerissenen Auspuff geschweißt und dem Gefährt mit der Reparatur einen unverwechselbaren Klang verpasst.

Liv kehrte nicht zurück. Ihr Telefon war abgeschaltet. Ihre Herde verteilte sich immer weiter in der krautigen Landschaft, und am Morgen des dritten Tages war kein Tier mehr zu sehen. Er wusste, dass die Leitbullen und einige Kühe GPS-Halsbänder trugen, sodass Liv nicht gezwungen war, ständig bei der Herde zu bleiben oder sie zusammenzuhalten. Sie brauchte nur auf ihre Smartphone-App zu schauen, um sie zu orten. Manchmal war sie zwei oder drei Tagesetappen entfernt. Er packte seine Sachen zusammen. Er wärmte das letzte Schneehuhn auf, das schon leicht gallig schmeckte, und trank einen Kaffee dazu, der viel zu stark geraten war. Er löschte die verbliebene Glut in der Feuerstelle und fegte die Hütte aus. Dann legte er den Stahlriegel vor die Tür und schnappte das Vorhängeschloss zu. Kurz vor dem Rentierscheidegatter von Saiva, hinter dem die Piste begann, die zurück an den Fjord führte, steuerte er die Husqvarna ans Flussufer und nahm ein Bad. Der Navit war auch im Sommer eiskalt, doch er genoss den Moment der Überwindung, wenn der Körper sich weigerte und der Wille entschied. Er tauchte in eine Gumpe und wusch sich Schmutz und Schweiß der vergangenen Tage ab. Weder er noch Liv hatte im namenlosen See gebadet. Er wusste nicht, warum.

Als er aus dem Wasser stieg, nahm er plötzlich einen gasigen Geruch wahr. Er zog sich an und suchte zu Fuß den nahen Umkreis ab. In einer flachen Senke lag ein totes Rentier. Zuerst sah er die Geweihstangen über den Rand hervorschauen. Es war ein Jährlingsbulle mit elfenbeinfarbenem Fell. Das Tier war aufgebrochen und ausgeweidet. Der Kopf war sauber vom Rumpf abgetrennt. Wer immer das Tier geschlachtet hatte, hatte sich nicht die Mühe gemacht, vor der Entnahme der Innereien die Speiseröhre zuzuknoten, um die Verunreinigung des Fleisches mit Mageninhalt zu verhindern. Die Eingeweide lagen neben der geöffneten Bauchhöhle. Sie hatten in der Sonne bereits ihren feuchten Glanz verloren. In der windgeschützten Senke hatten die Fliegen leichtes Spiel, sich ungestört an dem Fleisch gütlich zu tun. Der Pansen war mit einem Schnitt zerteilt worden, und sein übel riechender dunkelgrüner Inhalt hatte sich mit dem versickerten Blut vermischt. Das Herz des Tieres fehlte. Über der Schnittstelle am Hals waren deutliche Druckspuren im Fell vom Tragen eines GPS-Halsbandes zu erkennen. Das Band fehlte, außerdem war das rechte Ohr abgeschnitten, an dem für gewöhnlich die Markierung des Eigentümers angebracht war.

Falk vermutete Wilderer, die gestört worden waren. Sie mussten gerade dabei gewesen sein, das Tier zu häuten, denn das Fell war zur Hälfte abgezogen. Seltsamerweise hatten sie aber noch die Zeit gehabt, die beiden Filetstücke aus den Flanken des Tieres zu schneiden, bevor sie verschwunden waren. Falk überwand den Anflug von Ekel, steckte die rechte Hand in die leere Bauchhöhle und befühlte den Rippenbogen. Der Kadaver war ausgekühlt. Allerdings war das Fleisch noch nicht völlig ergraut. Er schätzte, dass das Tier höchstens zwei Tage tot war. Er war sich sicher, dass es Liv gehörte. In den vergangenen Tagen war ihnen keine andere Herde begegnet, und die Scheidegatter von Saiva, in denen im Herbst die Kälber ausgesondert und markiert wurden, waren um diese Jahreszeit genauso verwaist wie die Hütten und Zeltplätze der Rentierzüchter.

Falk versuchte, Liv zu erreichen. Vielleicht war sie den Wilderern auf der Spur und brauchte Hilfe. Er tastete mit dem Fernglas die Landschaft ab. Die dürren Birken beugten sich im Wind, der von Osten her über die Berge herabfiel. Durch die Vergrößerung der Optik wirkte er wie ein Sturm. Doch es gab weder einen Sturm noch irgendetwas oder irgendjemanden Verdächtiges. Plötzlich kam er sich albern vor. Liv war nicht die Frau, die seine Hilfe brauchte, dachte er. Er stellte sich die Fleischdiebe vor, wie sie in die Mündung von Livs Flinte starrten und sich in die Hosen pissten, während die Frau im blauen Gákti ihnen das schönste Zahnlückenlächeln der Welt schenkte.

Er kickte den Motor der Husqvarna an und schlug den Weg nach Nordosten zum Fjord ein. Vor der Furt durch den Navit sah er Reifenabdrücke im Uferschlamm. Sie stammten von Livs Quad.

10

N 69°52'35.0" | E 21°58'39.7"

Sie haben uns aufgespürt!

Sie ließen niemanden straflos davonkommen, der sich von ihnen abwandte. Natürlich nicht. Wie hatte er so naiv sein können.

Er war aus dem Unterholz zur Straße zurückgekehrt und über die Leitplanke auf die Fahrbahn geklettert. Hinter dem Niesel stieg der Tag als farbige Fahne am Horizont herauf. Von seiner Frau und seinem Sohn war nichts zu sehen. Wahrscheinlich sind sie einfach ein Stück weitergegangen, dachte er. Eine kleine Geste, mit der seine Frau ihm ihre Eigenständigkeit demonstrierte, ein kleiner wortloser Widerspruch, verpackt in ganz unscheinbares Tun.

Sieh her, ich gehöre nur mir selbst, auch wenn ich auf immer mit dir zusammen sein werde.

Er lächelte. Sie war seine Königin. Er war ihr liebster Untertan.

Sie hatten in den zurückliegenden Wochen ihrer Flucht so viel Zeit miteinander verbracht wie nie zuvor. Es war immer wieder zu Spannungen zwischen ihnen gekommen, vor allem, seit die Kette der anonymen Helfer gerissen war und sie sich allein durchschlagen mussten. Wie zuletzt, als sie in einer Stadt namens Alta über einen Flug in die Hauptstadt gestritten hatten und er sie und den Sohn grob in den Bus gezerrt hatte. Er war selbst erschrocken über sein Verhalten, aber manchmal, hatte er sich gerechtfertigt, muss man sogar eine Königin vor sich selbst beschützen. Sie hatte seine Entschuldigung angenommen, doch die Enttäuschung legte sich wie Mehltau auf ihr Vertrauen. Ein wenig Abstand täte ihnen gut, dachte er.

Er folgte der abschüssigen Straße, die in gut hundert Metern Entfernung hinter einer vagen Kurve verschwand. Geradeaus in der Verlängerung der Straße lag das Meer. Das GPS sagte, es hieße an dieser Stelle Badderenbucht. Das Wasser schimmerte im Licht des sich anbahnenden Tages durch die Birken. Rechts in der Ferne erahnte er schneebedeckte Berge, aber er war sich nicht sicher, ob die weißen Gipfelzacken nicht bloß eine Spiegelung waren.

Die Kurve zog sich ewig hin. Er glaubte schon, im Kreis zu gehen, als sich die Fahrbahn endlich streckte. Da sah er den Wagen am Straßenrand stehen, vielleicht dreißig Meter entfernt. Es war die Sorte, wie sie zu Hause zu Tausenden herumfuhren, ein Pick-up mit offener Ladefläche und einer Fahrerkabine. Er war rot. Der Motor lief. Die beiden Insassen machten sich an der Heckklappe zu schaffen. Sie waren so damit beschäftigt, eilig einzusteigen, dass sie ihn nicht bemerkten.

Er hob die Hand zum Gruß und rief schwach: *»Hello«*, doch der Wagen stob davon und verschwand mit erbärmlich röhrendem Auspuff hinter der nächsten Biegung.

Er hätte die Leute gerne gefragt, ob sie seine Familie gesehen hatten und ob sie ihn und seine Frau und seinen Sohn nicht ein Stück mitnehmen könnten bis zum nächsten Ort, von dem ein Bus weiter nach Süden fuhr.

In die Freiheit, wissen Sie.

Er näherte sich der Stelle, an der der Wagen gestanden hatte. Er sah die schwarzen Flecken, die sich auf dem feuchten Asphalt abzeichneten, und schaute die leere Straße hinunter. Erst jetzt wurde ihm klar, dass von seiner Frau und seinem Sohn jede Spur fehlte, dass die beiden sich in so kurzer Zeit niemals so weit von ihm hätten entfernen können. Dass die Flecken auf dem Asphalt nicht schwarz, sondern rot waren.

Es war ganz still. Totenstill, dachte er. Nur das Wasser in der Bucht kräuselte sich mit einem sporadischen, weit entfernten Plätschern. Der Wind hatte einen Fetzen vom Pullover seines Sohnes in das Gras hinter der Leitplanke geschoben, dann aber schlagartig aufgehört zu wehen.

Sie haben uns aufgespürt.

Zunächst wollte er nicht glauben, dass der Arm des Dienstes bis hierher reichte, in dieses kalte, zivilisierte Land, aber genauso musste es sein. Sie haben sie mitgenommen, um mir ihre Macht zu demonstrieren.

Wir finden dich überall, und wir nehmen dir, was dir lieb und teuer ist, und foltern dich mit unserer schärfsten Klinge, der Ungewissheit. Dafür müssen wir dich nicht mal anfassen. Wir waterboarden deine Seele, und niemand wird je die Narben sehen. Vielleicht wirst du bald einfach verrückt aus Sorge um deine Familie und ertränkst dich im Meer. Oder du wirfst dich vor einen Zug. Die Züge in deiner neuen Heimat sind immer pünktlich, haben wir gehört.

Vermutlich hatten sie auch von der Sache mit dem Geld erfahren. Plötzlich wurde ihm klar, weshalb er Dimitrij seit dem Antritt ihrer Flucht nicht mehr erreichen konnte.

Sie haben ihn verhaftet, dachte er.

Und dann haben sie ihn mit seinen eigenen Methoden zum Reden gebracht.

»Geht, solange ihr noch könnt«, hatte Dimitrij zu ihm gesagt und war selbst zurückgeblieben.

Sie hatten sich gefürchtet vor der Flucht. Die Unwägbarkeiten, die auf sie zukamen, hatten sie eingeschüchtert, vor allem wegen des Jungen. Er verstand nicht, was vor sich ging, als Vater und Mutter ihm von der langen Reise erzählten und logen, Baba habe eine andere Arbeit in einem fernen, schönen Land, in dem es auch ein Meer gab und außerdem die beste Schokolade der Welt. Doch dann waren sie unterwegs gewesen, nur noch im Jetzt, von Stunde zu Stunde, und die Hitze und die Kälte, der Geruch ihrer ungewaschenen Körper und das immer neue Vertrauen-Müssen in die Fremden, die ihnen halfen, war ihr Alltag geworden und für den Sohn ein meist tränenloses Abenteuer, in dem das Gestern mit jedem Sonnenuntergang zu verlöschen schien, aufgehoben für dunkle Träume, später. Seit sie in Trabzon an Bord des Frachters nach Sotschi gegangen waren, hatte er keinen Gedanken mehr daran verschwendet, dass der Dienst sich an ihre Fersen heften könnte. Russland ist die Grenze, hatte er gedacht, auch wenn die Russen Assads Verbündete waren. Offenbar hatte er sich geirrt.

Herr, sag mir, wo meine Liebsten sind.

Gib sie mir zurück.

Sag mir, was ich tun soll.

Er wählte die Nummer seiner Frau. Brit, die Fahrerin des blauen Land Rover, hatte ihnen neue Prepaid-SIM-Karten gegeben. Am anderen Ende erklang die Computerstimme einer norwegischen Mailboxansage.

Er starrte auf das Blut am Boden, und das Blut und die Stille schrien zu ihm zurück.

Vor seinem inneren Auge setzte er noch einmal zusammen, was er vorhin gesehen hatte: Die beiden Unbekannten stehen hinter dem Pick-up und beugen sich über die Ladefläche. Der Wagen ist alt und röchelt aus dem kaputten Auspuff. Also kein Mietwagen. Der größere der Männer schließt die Heckklappe und verriegelt sie. Das tut man nur, wenn man etwas aufgeladen hat.

Er hatte nicht erkennen können, was es gewesen war, die Körper zweier Menschen zum Beispiel, die sie vielleicht vorher betäubt hatten. Er hatte gehört, dass der Dienst immer noch das altmodische Chloroform verwendete, wenn es diskret gehen sollte, etwa um widerspenstige Bürger auf offener Straße in ein Auto zu verfrachten und zum Verhör zu bringen. Das Ganze dauerte nicht länger als fünf Sekunden. Amerikanische Elektroschocker waren die neuere Variante, einfacher zu handhaben.

Der Film seiner Erinnerung wurde jetzt schnell fahriger, je öfter er ihn abspielte. Der kleinere der beiden Männer stürzt zur Beifahrerseite des Pick-ups und steigt ein, während der größere die Heckklappe schließt. Ist auf der Ladefläche ein violetter Schimmer zu sehen, so wie der Flieder hinter ihrem Haus in Tartus und die Jacke seiner Frau? Der größere Mann schreit etwas, das er nicht versteht, einen Fluch, und steigt in den Wagen. Er trägt ein weißes Hemd, schwarze Jeans und Turnschuhe.

An die Kleidung des anderen Mannes konnte er sich nicht erinnern. Er versuchte es ein paarmal, aber sein Gedächtnis war an dieser Stelle wie ausgebleicht.

Ich muss den Wagen finden, dachte er. Dann finde ich meine Familie. Er rannte los, die Straße hinunter.

Er rannte wie verrückt.

Als er vielleicht hundert Meter hinter sich gebracht hatte und sein Herz in der schweren Brust hämmerte und sein Atem rasselte, wollte ihn die Hoffnungslosigkeit zurückziehen an ihrem Gummiband.

Der Wagen ist längst fort. Du wirst sterben, wenn du so rennst. Denk an dein Herz.

Du wirst sterben, denn du wirst sie niemals wiederfinden. Erst wirst du verrückt, dann gehst du ins Meer.

Sie gewinnen. Sie gewinnen jeden Krieg, und wenn er ewig dauert.

Er rannte wieder los. Warf den schweren Körper nach vorne, dass die Beine folgen mussten. Jede Zelle war jetzt in Aufruhr, der Schweiß im Gesicht vermischte sich mit dem Niesel, der so zäh vom Himmel schwebte, dass er glaubte, es gäbe zweierlei Zeiten im selben Jetzt. Er spürte, wie das Leben in ihm brannte. Rechts tauchte das erste Haus auf. Dahinter wölbte sich die dunkelblaue Bucht, rund wie sein eigener Bauch.

Das Haus war ein Geisterhaus. Es war bleich und tot und unbewohnt. Gras wucherte zwischen den hölzernen Treppenstufen hindurch.

Es gibt andere Häuser, dachte er.

Weiter.

Eine Straße hat immer ein Ziel.

Häuser, in denen Menschen leben.

Wie besoffen rannte er dem Morgen in die Arme.

Sie dürfen nicht gewinnen, dachte er.

Nicht.

11

Das Sägewerk von Erik Brekke lag am Südzipfel des Kvænangenfjords wie ein aufgegebener Außenposten der Menschheit, bei dessen Anblick ein Fremder sich unweigerlich fragte, woran seine Besatzung wohl eingegangen war. Die Natur hatte bereits heimlich begonnen, sich ihr Eigentum zurückzuholen. Unscheinbare Sommerblumen sprengten die Mauern und überwucherten verrostete Maschinen. Im Inneren, unter einem Dachfirst müde wie ein Pferderücken, stampfte das Sägegatter.

Erik Brekke mochte keine Deutschen. Die Kerle hatten im Krieg seinen Großvater erschossen. Trotzdem ließ er Falk den alten Radbagger fahren, um die Sägespäne aufzuladen. Wenn ihm jemand die Qual ersparte, seinen rheumakranken Körper auf den Bagger zu hieven, durfte er sogar ein verdammter Tysker sein. Falk lud zügig zwei Tonnen Sägespäne auf, außerdem vier Dachbalken und dreißig gehobelte Kiefernholzbretter für die Scheune und die Werkstatt in Bankenes. Brekke grunzte, als Falk ihm das Geld hinzählte und sich verabschiedete. Es klang nicht mal unfreundlich.

Der Fjord schimmerte wie ein frisch ausgewalzter Asphaltfleck, als Falk der sanft abfallenden Schotterstraße nach Norden folgte. Er schaltete in den dritten Gang zurück. Der Diesel antwortete mit einem freundlichen Knurren. Er dachte an Liv und an die vergangenen Tage mit ihr und daran, dass das Leben vielleicht doch nicht so zukunftslos beschissen war, wie es für ihn noch vor einigen Wochen den Anschein gehabt hatte. Er genoss den kleinen Schauer selbstzufriedener Gedanken, der ihn angenehm schwer in den Fahrersitz sinken ließ. Lässig, nur mit einer Hand, lenkte er den Lastwagen in die weite Linkskurve hinunter nach Navitbakken. In dem Augenblick, als er beim Bremsen ins Leere trat, zerplatzten alle Gedanken.

Das Tier nahm Fahrt auf.

Falk stampfte auf das Pedal, doch jedes Mal seufzte nur ein

kraftloser Rest Druckluft aus der Bremsanlage. Dann schwieg die Mechanik. Der Moment der Todesangst dauerte bloß einen Herzschlag lang. Dann wich sie einem Kampf, der so absurd unaufgeregt war, dass er kurz auflachte, ohne es zu wollen. Sein Blick streifte das Armaturenbrett mit den Uhren und Kontrollleuchten. Zum ersten Mal nahm er die schlichte Schönheit des Bauteils wahr.

Je schneller der Wagen die abschüssige Straße hinunterrollte, umso mehr schärfte sich seine Wahrnehmung. Das Grün der vorbeifliegenden Kiefern und Birken strahlte unerträglich. Der Geschmack im Mund nach dem letzten Schneehuhn gärte stechend wie Kotze. Und waren seine Hände, die mit blutleeren Knöcheln das Lenkrad umklammerten, nicht faltig geworden im Laufe der Jahre? Oder erst, seit er im Norden angekommen war? Während er in falscher Hoffnung wieder und wieder das tote Pedal betätigte, die Lenkung mit zunehmender Geschwindigkeit immer leichter wurde und der Wagen auf dem Schotter ins Schwimmen geriet, suchte sein Seitenblick den Türgriff für den Absprung. Doch Falk Sebastiani sprang nicht.

Er hatte keine Zeit, darüber nachzudenken, ob er aus Angst vor den Verletzungen, die ihm bei einem Sprung sicher waren, oder vor dem Tod, der auch nicht unwahrscheinlich war, im Wagen blieb. Um lieber drinnen zu sterben, im Führerhaus, dessen Insasse in diesem Moment kaum mehr Führer war und das ihm einen letzten Rest Sicherheit vorgaukelte. Er weigerte sich einfach, das Unglück in sein Leben zu lassen.

Der Wagen schleuderte durch die sich zuziehende Linkskurve vor der Mündung des Navit. Er spürte, wie sich die Eingeweide hoben. Eine lang gezogene Garbe aus Schottersteinen prasselte gegen die Innenseiten der Kotflügel wie hundert geschlagene Trommelwirbel. Vor ihm füllte der spiegelglatte Fjord die gesamte Windschutzscheibe aus. Er wollte es nicht wahrhaben und stemmte sich ein allerletztes Mal gegen seinen Untergang. Er hatte keine Vorstellung von der Gewalt, die ihn zerschmettern würde, woher auch. Das Tier fuhr schon achtzig und wurde immer noch schneller. Die Manometer der Bremsanlage verharrten auf null. Rote Warnlampen blinkten wie zum Hohn.

Falk trat die Kupplung und legte mit aller Gewalt den zweiten Gang ein. Die Synchronringe des Getriebes kreischten auf, und er konnte durch den Schaltknüppel spüren, wie sie tief in den Eingeweiden der Maschine verglühten. Mit einer sanften Drehung steuerte er den Wagen weg von der steilen Uferböschung nach links auf den Straßengraben zu. Er entriegelte die Fahrertür, fertig zum Sprung. Dann ließ er die Kupplung kommen.

Der Motor brüllte auf wie ein Ochse auf der Schlachtbank. Die Hinterräder blockierten, das Heck brach aus. Aus den Augenwinkeln sah er im Rückspiegel die aufstiebende Staubwolke. Schlagartig verlor der Wagen an Fahrt und drängte der Uferböschung entgegen. Er riss das Steuer nach links und ließ das Tier in den Graben längs der Straße gleiten. Es kippte zur Seite, verdrehte sein Rückgrat mit einem metallischen Klagelaut, brätschte, knarzte und bockte halb über die Straße, halb durch den Graben. Balken und Bretter schleuderten in einer Wolke aus Sägespänen von der Ladefläche und verteilten sich über die Böschung und die Straße. Die Husqvarna, die ungesichert auf der Ladefläche lag, flog in eine Gruppe junger Kiefern und rutschte in den Straßengraben zurück. Farne und Äste droschen auf die Windschutzscheibe ein, zerschmetterten das Seitenfenster und rissen Falks Unterarm auf wie eine gegarte Wurstpelle. Das Vorderrad blieb an der felsigen Grabenwand hängen und schlug ihm das Steuer aus der Hand. Er knallte mit dem Kopf auf die Lenkradnabe. Die Hupe stieß einen lächerlichen Laut aus, bevor sie vom Kotflügel abgerissen wurde und für immer schwieg. Dann stoppte das Tier und fiel mit einem letzten Stöhnen in die Federung zurück. Der Motor lief weiter, als sei nichts gewesen. Der Geruch von verbranntem Kupplungsbelag drang ins Fahrerhaus. Falk schaute auf das warme Blut, das von seinem Unterarm tropfte und an der Türverkleidung herunterlief. Sein Körper zitterte, dass ihm der Blick verwackelte.

Er hatte die Bremsanlage kein einziges Mal überprüft, seit

sich das Tier in seinem Besitz befand. Jetzt wunderte er sich über seine Nachlässigkeit. Er kroch unter den Wagen und suchte die Leitungen und Schläuche nach Schäden ab. Alles war alt und verbraucht, aber nichts undicht. Er zog das Entwässerungsventil am Druckluftbehälter, und ein Strahl übel riechender Flüssigkeit schoss heraus. Die Bremse war offenbar lange nicht gewartet worden, und das Kondenswasser hatte die Luft allmählich aus den Leitungen verdrängt. Doch dass Kjell Vesterman derart nachlässig gewesen sein sollte, wollte Falk nicht glauben. Kjell war ein Maschinenmann. So einer hielt seinen Fuhrpark in Schuss.

Plötzlich kam ihm der Verdacht, jemand habe die Bremse sabotiert. Der Wagen hatte sechs Tage lang im Unterholz an der Abzweigung zum Navittal gestanden. Jeder hätte sich unbemerkt daran zu schaffen machen können. Mit etwas Geschick und bösem Willen ließ sich genug Wasser in den Bremskreislauf einfüllen, um ihn vielleicht nicht sofort, aber in absehbarer Zeit zuverlässig zum Versagen zu bringen. Außerdem meinte er sich im Nachhinein zu erinnern, dass das Pedalgefühl nach seiner Rückkehr aus den Bergen teigig gewesen war.

Er stierte auf den nassen Fleck im Staub. Seine Gedanken rasten geradewegs auf eine Wand zu, auf der beim Näherkommen groß und fett ein Name lesbar wurde: André Schoomwinkels. Falk hatte ihn mit einem Ultimatum, das sehr bald ablief, vor die Tür gesetzt. Der Typ schien ein dauerbekiffter Kleinkrimineller zu sein, der mit abgelaufenen Tabletten und sonst was dealte und vermutlich selbst sein bester Kunde war. Als Polizist und Endverbraucher wusste Falk, wozu Menschen nach ein paar Joints oder Trips fähig waren. Erst kam die Enthemmung, dann der Wahn.

Plötzlich war er ganz und gar bereit, sich einer fiebrigen Paranoia hinzugeben, die um André Schoomwinkels kreiste.

Der Boden rings um den Lastwagen sah inzwischen aus wie nach einer Kaninchenschlachtung. Er stoppte die Blutung am linken Arm, indem er die Wunde mit einer ganzen Tube Sekundenkleber verschloss, die er in der Werkzeugkiste unter dem

Beifahrersitz fand. Die Tränen schossen ihm ins Gesicht, als er die klaffenden Schnittstellen so lange aneinanderpresste, bis die Chemikalie sie zusammenhielt. Er wickelte einen Lappen um die Wunde und sicherte den Verband mit einem Stück Isolierband.

Seit dem Unfall war kein Auto vorbeigekommen, deshalb riskierte er es, eine Stahltrosse, die er ebenfalls unter dem Sitz fand, über die Straße zu spannen, um das Tier aus dem Graben zu ziehen. Er schlaufte das Seil um die Felgen des rechten Zwillingsrades und legte das andere Ende um den Stamm einer Kiefer auf der anderen Straßenseite. Er schloss die Schlinge um den Baum mit einem Schäkel und stieg in den Wagen.

Der Motor lief immer noch. Er hatte ihn nicht abgestellt. Das gleichmäßige Lebenszeichen der Maschine gab ihm die Gewissheit, selbst noch am Leben zu sein. Er stieg ein, legte Differenzialsperre und Rückwärtsgang ein, ließ die Kupplung kommen und gab Gas. Die Trosse spannte sich über die Straße und wickelte sich zwischen den Felgen auf. Der Wagen begann sich an der improvisierten Seilwinde selbst aus dem Graben zu ziehen. Die Kiefer neigte sich und hob sich langsam aus der Erde. Als der Wagen wieder auf der Straße stand, war der Baum so gut wie entwurzelt. Falk trat auf die Bremse. Ohne das Wasser in ihren Leitungen krallte sie sich mit einem bissigen Ruck in den Boden. Er wickelte die Trosse vom Hinterrad ab, indem er den Wagen ein Stück bergab rollen ließ, und verstaute sie. Mit bloßen Händen zerrte er den eingedrückten Kotflügel zurecht und benutzte einen der Dachbalken als Hebel, um die verbogene Stoßstange gerade zu biegen. Ansonsten hatte der Wagen erstaunlich wenig abbekommen. Auch die Husqvarna war praktisch unbeschädigt. Ihr Tank war halb ausgelaufen, aber sie sprang sofort an. Er lud das Motorrad und die Balken und Bretter wieder auf.

Als er fertig war, bemerkte er, wie die Sonne mit ihren warmen Strahlen alles streichelte. Verblüfft schaute er sich um. Beinahe wäre alles weg gewesen. Wäre *er* weg gewesen.

Aber eben nur beinahe, dachte er.

Es war später Nachmittag. Immer noch früh genug, um André Schoomwinkels ein paar aufs Maul zu hauen.

Kurz darauf rauschte er mit dem Tier ohne Umschweife auf den Hof von Bankenes, stieg aus und bollerte an die Hintertür. André Schoomwinkels öffnete nicht. Die Tür war abgeschlossen. Er ging ums Haus, stieg die drei Holzstufen zum Haupteingang hinauf und drückte die Klinke herunter. Die Tür gab einen Streichholzbreit nach, ehe sie vom Schloss abgefangen wurde. Falk war sicher, dass André im Haus war. Sein Pick-up stand in der offenen Scheune, und das Boot lag umgedreht unten am Strand.

Er stapfte zurück auf den Hof. Plötzlich ohne Ziel für seine Empörung, verharrte er ratlos in der Mitte des Platzes wie ein Laiendarsteller, den ein hinterhältiger Regisseur vor ausverkauftem Haus auf die leere Bühne geschubst hatte. Schließlich zog er einige Kiefernholzbretter von der Ladefläche des Tieres, holte eine Handvoll Vierzollnägel und einen Hammer aus dem Werkstattschuppen und verrammelte Vorder- und Hintertür. Es fühlte sich wunderbar an, wie die Nägel mit einem Singen ins Holz zogen und bei jedem Schlag die Tonhöhe anstieg.

Meine kleine Kreuzigung, dachte er und stellte sich vor, dass es André Schoomwinkels selbst war, den er gerade an die Wand nagelte. Natürlich war die Aktion albern. Die Gedanken seiner nicht würdig. Es war ihm egal. Es war genau das Richtige, um seine Wut an den Mann zu bringen, der sich vermutlich in diesem Moment irgendwo im Haus vor ihm verkroch. Und selbst wenn André Schoomwinkels mit seinem Beinaheableben nichts zu tun haben sollte, wäre die Geste für etwas gut. Als unmissverständlicher Hinweis, dass es ihm ernst war mit seinem Ultimatum, ihn hinauszuwerfen aus Bankenes.

Zufrieden mit seinem kleinen Streich trug Falk Hammer und Nägel in die Werkstatt zurück und hievte Bretter und Balken mit dem Anbaukran von der Ladefläche ins Gras neben der Scheune. Aus den Augenwinkeln behielt er das Haus im Blick, doch es rührte sich nichts. Als er fertig war, stieg er in den Lastwagen, doch etwas hielt ihn davon ab, loszufahren. Vielleicht wollte er einfach Andrés Reaktion sehen, wenn er die vernagelte Tür öffnete und vor eine Wand lief. Während er abwartete, kratzte er mit dem Fingernagel sein eingetrocknetes Blut von der Türverkleidung und legte sich wüste Beschimpfungen für André Schoomwinkels zurecht. Nach ein paar Minuten Kratzen und Starren waren die Beleidigungen bereits milder geworden, weitere Minuten später wichen sie einem inneren Dialog mit dem jungen Holländer, einer Art ernstem Männergespräch, an dessen Ende sich herausstellte, dass André mit Falks Unglück nichts zu tun hatte und der junge Mann im Übrigen pünktlich das Haus räumen würde.

Falk wählte Andrés Nummer, um ihn vielleicht doch noch hervorzulocken. Nach wenigen Sekunden hörte er durch die kaputte Seitenscheibe leise Metallicas »Unforgiven« erklingen. Er stieg aus. Der Klingelton kam nicht aus dem Haus. Falk ging um das Gebäude herum. Das ungemähte Gras rauschte im Rhythmus seiner Schritte.

What I've felt
What I've known
Never shined through in what I've shown
Never be
Never see
Won't see what might have been

Er folgte dem Klang der Musik. Das Telefon lag an der Nordseite des Hauses auf dem Boden. Es steckte in einer camouflagefarbenen Schutzhülle und war kaum zu sehen. Er hob es auf und blickte sich um. Von André Schoomwinkels war nichts zu sehen. Falk rief Andrés Namen. Seine Stimme versäuselte ohne Antwort im ablandigen Wind. Eine Gruppe Möwen geiferte dicht über der Wasseroberfläche des Fjordes und folgte einem Fischschwarm Richtung Küste. Falk kannte die Momente, wenn sich seine Sinne instinktiv um die entscheidenden Prozentpunkte schärften, aus zweiundzwanzig Jahren Polizeiarbeit.

Etwas stimmte nicht.

Er steckte Andrés Telefon ein, ging zur Westseite des Hauses, langte durch den Spalt des gekippten Küchenfensters und legte den Griff um. Es schwang auf und fegte eine Batterie leerer Bierdosen von der Fensterbank. Sie schepperten heiser zu Boden. Er kletterte ins Haus. Die Räume waren nicht so heruntergekommen, wie Falk befürchtet hatte, und das, obwohl André Schoomwinkels schon den zweiten Sommer hier verbrachte. Er rief Andrés Namen, doch es antworteten nur eine drückende Stille aus warmer, abgestandener Luft und das Knarzen der Dielen.

Bei seinem Gang durch das Erdgeschoss prüfte Falk die Intensität des Nikotingeruchs und überlegte, ob er mit Lüften zu beseitigen wäre oder ob er die Wände würde neu streichen müssen. Streichen, dachte er. Wäre sowieso fällig. Während er den Zustand der Räume mit seinen Erinnerungen abglich, überschlug er in Gedanken die Menge der Farbeimer. André hatte alle persönlichen Gegenstände von Falk und Silje weggeräumt. Einige der Bilder im Wohnzimmer hatte er hängen lassen. Es waren großformatige Fotografien, die Hannah als Zwölfjährige mit ihrer ersten eigenen Kamera aufgenommen hatte. Sie ließen ihr grafisches Talent erkennen. Die Bilder zeigten Alltagsgegenstände und Maschinen, die durch den geringen Aufnahmeabstand derart verfremdet waren, dass ihre Funktion nicht sogleich zu erkennen war.

Wie viele Leute in der Gegend schien André Schoomwinkels keinen Wert darauf zu legen, seinem Heim eine persönliche Note zu geben. Er nutzte es als stabiles, trotziges Gehäuse gegen das raue Draußen, überheizt und zweckmäßig. Er hatte den Möbeln, die vor allem aus alten Prototypen und Vorserienmodellen vergangener Hellestad-Kollektionen bestanden, eine Reihe schäbiger Stahlregale hinzugefügt und sie entlang der Wohnzimmerrückwand aufgestellt. Ihre Hässlichkeit kastrierte die Designeridylle zu einer Art bewohnbarem Lagerraum. Auf den Regalen türmten sich DVDs, geschmuggelte Zigarettenstangen, verschweißtes Einweggeschirr aus Plastik und zerlesene Zeitschriften in gleichgültigem Durcheinander.

Dazwischen stand ein Plasmafernseher, ein billiges Modell. Um eine Sendung oder einen Film zu betrachten, musste man dem phantastischen Ausblick über den Fjord den Rücken zudrehen wie ein trotziges Kind.

Aus einem der Pizzakartons auf dem Sofa schaute ein schwarzer Frauenslip hervor. Falk hatte bei seinem ersten Zusammentreffen mit André Schoomwinkels geglaubt, das Lachen einer Frau aus der Sauna zu hören. Er hatte sich nicht getäuscht. Ansonsten waren Marihuanapfeifen und One Hitter, die im ganzen Haus verteilt herumlagen, und eine gläserne Methbong, die zwischen leeren Bierdosen auf dem Couchtisch hervorschaute, die einzigen persönlichen Gegenstände, die Falk auffielen. Das Diesseits schien André Schoomwinkels nur insofern zu interessieren, als dass es ihm die Accessoires lieferte, um sich ins temporäre Jenseits zu schießen.

Falk stellte sich den jungen Mann als jemanden vor, der auf der schiefen Ebene eines planlosen Lebens allmählich den Halt verloren hatte und schließlich hier, ausgerechnet in Falks Haus, aufgeschlagen war. In den restlichen Räumen war es nicht besser. Er würde mehr Müllsäcke brauchen als gedacht. Er sah alles an, und aus allem kroch eine stille Beklemmung zu ihm zurück. Plötzlich war er sich nicht mehr sicher, ob es Andrés oder seine eigene war. Das Anwesen war immer ihr Familienidyll gewesen, das aus sorgfältig abgelagerter Kiefer und urzeitlichem Gneis erbaute Sinnbild für eine Harmonie, die es nicht mal in der Abgeschiedenheit des Nordens geben konnte, für niemanden. Dieser Ort war ein Trugbild. Auf einmal kam ihm Bankenes auf wohltuende Weise fremd und abstoßend vor wie etwas, das man nicht mehr gegen seinen Willen lieben musste.

Falk verließ das Haus. Er trat die Bretter aus dem Rahmen der Hintertür, die ihm den Weg versperrten und die er vor weniger als einer Stunde selbst dorthin genagelt hatte. Er überquerte den Hof und ging zur Scheune. Sie stand offen. In dem Augenblick, in dem er das Gebäude betrat, wusste er, dass André Schoomwinkels tot war. Er ging an dem Pick-up vorbei und sah die Kartons, in die André Falks und Siljes persönliche Gegenstände eingelagert hatte. In den Geruch von muffigem Heu und Mäusekot mischte sich ein anderer, für den Falk in seinem Berufsleben eine feine Nase entwickelt hatte. Es war noch nicht Verwesung, es war, als ob das plötzliche, endgültige Schweigen eines Menschen eine eigene Note in der Luft hinterließ.

Andrés Leiche lag hinter einem großen Brennholzhaufen im rückwärtigen Teil des Raumes. Sein Körper lag auf dem Bauch, der Kopf war zur Seite gedreht. Zwischen den Schulterblättern zeichnete sich ein schwarzroter Fleck im Stoff des Hemdes ab. Das Gesicht war weiß mit einem bleigrauen Schleier darüber, die Lippen violett, ebenso das Gewebe unter den Fingernägeln. Die geöffneten Augen waren trübe. Dennoch konnte der Mann noch nicht lange hier liegen. Die Ratten hatten ihn noch nicht angerührt.

Falk zog ein Paar Arbeitshandschuhe an, die auf der Werkbank neben dem Pick-up lagen, und drehte den Toten langsam um. Er hatte zwei weitere Einschüsse in der Brust und einen im Hals. Er schätzte das Kaliber anhand der Wunden auf 9mm oder .38. Lediglich der Treffer am Hals war wieder ausgetreten und hatte drei Zentimeter neben der Wirbelsäule einen golfballgroßen, fransigen Ausschuss hinterlassen. Trotzdem befand sich auf dem Boden unter der Leiche nur wenig Blut. Falk ließ André sanft zurück auf den Bauch kippen. Er versuchte, die Situation zu erfassen, doch etwas verstellte den Blick des Polizisten auf diesen Tatort. Er brauchte einen Moment, um zu begreifen, was es war. All die Toten, die er gesehen hatte im Laufe der Jahre, waren stets hinter einer unsichtbaren Trennlinie geblieben. Sie hatten nie sein Privatleben berührt. Sie waren ihn nur beruflich etwas angegangen. Dieser hier lag in seinem Haus.

André Schoomwinkels war nicht in der Scheune gestorben. Falk verließ das Gebäude und ging im abnehmenden Tageslicht zu der Stelle, wo er Andrés Telefon gefunden hatte. Drei Meter daneben steckte eine Spaltaxt in der Erde. Falk erkannte das platt gedrückte Gras und die Reifenbahn einer Schubkarre. Er schaltete die Taschenlampenfunktion an seinem Telefon ein und leuchtete den Boden ab. Das wenige eingetrocknete Blut an den Halmen schimmerte dunkel. André war hier erschossen und anschließend mit einer Schubkarre in die Scheune geschafft worden. Falk hielt das leuchtende Telefon dicht über den Boden und kämmte mit den Fingern durch das Gras. Er fand keine Patronenhülsen. Er schaute sich um und sicherte nach allen Seiten, als könnte der Täter noch in der Nähe sein und ihn beobachten. Falk wusste, das war Unsinn. André Schoomwinkels war mindestens einen Tag tot, vielleicht auch zwei. Der Täter war längst weg. Es gab niemanden, der ihn beobachtete.

Er ging ins Haus und suchte aus dem abgegriffenen Telefonbuch die Nummer der Polizeistation in Burfjord heraus. Er versuchte sich an den Namen des Beamten zu erinnern, der ihm vor Jahren einen Strafzettel für zu schnelles Fahren hatte verpassen wollen. Er hieß Mikkel Paulson oder Persson und stammte aus Oslo. Falk hatte schon den Hörer des altmodischen Telefons in der Hand, das in der Eingangshalle auf einem kleinen Bugholztisch stand, als er erstarrte. Etwas war in seinen Blick geraten, das ihn zutiefst irritierte. Er legte auf, ohne die Nummer der Polizei gewählt zu haben. Neben dem Apparat lag ein Einkaufszettel. Jemand hatte »Pizza«, »Ringnes Pils«, »Duschgel« und »Kondome« darauf notiert. Er drehte den Zettel um. Es war ein Kassenbon vom Coop in Burfjord mit dem Datum von vor zehn Tagen. Falk glotzte auf die Worte. Er erkannte die sorgsam geschwungenen Bögen, die ihre Kindlichkeit noch nicht ganz abgelegt hatten.

12

Falk hatte die Handschrift seiner Tochter seit Jahren nicht gesehen, denn er hatte ihr keine Briefe geschrieben, die sie hätte beantworten können. Trotzdem war er sich sicher. Er ging in den ersten Stock, wo Hannahs Zimmer lag. Es war noch immer ein Kinderzimmer. Dabei war seine Tochter schon vor vier Jahren zu alt dafür gewesen, als die Familie ihren letzten gemeinsamen Urlaub hier verbracht hatte. Aber Hannah hatte wenig Ambitionen gezeigt, den Raum, den sie nur einmal im Jahr für wenige Wochen im Sommer bewohnte, ihrem Alter entsprechend umzugestalten. Das viel zu kurze Bett war unbenutzt. Jemand hatte darauf gesessen, der Abdruck auf dem samischen Patchwork-Quilt war deutlich zu erkennen. Auf dem rosafarbenen Kindernachttisch stand ein Aschenbecher mit drei Kippen darin. An den Filtern haftete dunkelroter Lippenstift. Falk hielt den Einkaufszettel zum Vergleich neben die Collage aus Urlaubsfotos an der Wand, die Hannah während ihres letzten gemeinsamen Urlaubs gebastelt und mit goldfarbenem Stift kommentiert hatte. Trotz der Jahre, die dazwischenlagen, gab es für ihn keinen Zweifel, dass die Schrift auf dem Einkaufszettel Hannahs war.

Seine Tochter war nie nach Spanien gereist.

Sie war heimlich hierher nach Bankenes gekommen aus Gründen, die in diesem Augenblick völlig rätselhaft für Falk waren. Sie musste auf André Schoomwinkels getroffen sein. Sie hatte Bier und Kondome auf einen Einkaufszettel geschrieben. Falk kam der Gedanke schreiend absurd vor, aber offensichtlich hatte Hannah, die er zuletzt als Kind gesehen hatte und die inzwischen fast eine junge Frau sein musste, eine Affäre mit dem gut aussehenden Nichtsnutz gehabt. Jetzt lag der Mann von vier Kugeln niedergestreckt in Falks Scheune, und Hannah war spurlos verschwunden.

Eine Entführung war das Erste, das Falk in den Sinn kam.

Immerhin war Hannah die Enkelin des Möbelfabrikanten Lars Einar Hellestad. Die Hellestads gehörten nicht zu den Superreichen, von denen es in Norwegen mehr gab, als das Klischee von der nordischen Bescheidenheit vermuten ließ. Auch trat die Familie in der Öffentlichkeit kaum in Erscheinung. Aber unsichtbar war sie deshalb nicht. Es bedurfte keiner großen Recherchekunst, um dahinterzukommen, wer sich hinter dem Namen Hannah Sebastiani verbarg und dass sie ein lohnendes Opfer für eine Lösegelderpressung sein könnte. Wer wissen wollte, wo sie lebte und was sie tat, konnte es herausfinden.

Silje hatte immer wieder Angst vor einer Entführung ihrer Tochter gehabt, als sie noch zusammen in München lebten. Spätestens wenn irgendwo in Europa ein Kind wohlhabender Eltern verschwand, gab es das, was Falk mit dem Spott des allzu routinierten Polizisten eine »Sicherheitslage« nannte. Silje sorgte sich um Hannah, mahnte ihr Kind zur Vorsicht und ließ sie nicht mehr allein in die Schule fahren. Sie skypte stundenlang mit ihrem Vater in Oslo. Der alte Mann drohte mit dem Besuch seines Sicherheitschefs Ingmar Haugen, bis Falk die Bedenken seiner Frau zerstreute und dem Alten anvertraute, dass er ohne Siljes Wissen für den Fall eines Überfalls zwei kleine Kahr-Pistolen im Kaliber 9mm an strategisch günstigen Positionen in der Wohnung versteckt hatte. Die Waffen würden zwar nichts nützen, falls Hannah auf dem Schulweg entführt wurde, aber der Alte gab sich jedes Mal damit zufrieden.

»Du bist der Polizist«, sagte er dann.

Es klang wie ein Duett aus pflichtschuldigem Respekt und Geringschätzung. Falk nutzte seine Überzeugungskunst auch aus ganz egoistischen Motiven. Die Vorstellung, hinter Zäunen, Alarmanlagen und Kameraaugen eingepfercht zu sein von einem Reichtum, der nicht mal sein eigener war, drehte ihm den Magen um. Er wohnte mit Silje und Hannah im ausgebauten Dachgeschoss eines unscheinbaren Altbaus in Schwabing. Eine Wohnungstür mit drei Sperrbolzen war die einzige Sicherung. Im Übrigen hatten die Anwälte des Alten mit der norwegischen Klatschpresse ausgehandelt, seine Tochter und ihre Familie in

Ruhe zu lassen. Dafür bekamen sie ab und zu eine Homestory mit Lars Einar Hellestad oder ein Interview. Seine Drohung, jeden in Grund und Boden zu klagen, der sich nicht daran hielt, hatte sich offenbar bis in die Redaktionen der deutschen Regenbogenpresse herumgesprochen. Die Familie blieb unbehelligt, etwas, wofür Falk seinem Schwiegervater aufrichtig dankbar war.

Falk sank auf das Kinderbett und starrte auf die dunkelrot verfärbten Kippen im Aschenbecher. Vermutlich stammten sie von seiner Tochter, aber was bedeutete das? Jeder Ansatz eines klaren Gedankens entglitt ihm wie ein nasser Fisch. Er drehte den Einkaufszettel zwischen den Fingern und kniff die Augen zusammen. Mit einem lauten Seufzer presste er die Panik aus dem Leib. Was war geschehen? Wieso war Hannah heimlich nach Bankenes gereist statt nach Madrid? Hatte André Schoomwinkels sie hergelockt und verführt, um sie mit seinen Komplizen zu verschleppen, und dabei war etwas brutal schiefgegangen? Ein Streit unter den Aasgeiern um die mögliche Beute?

Hannah und André kannten sich flüchtig von früheren Ferienaufenthalten, aus der Zeit, als Andrés Mutter und ihr Liebhaber noch lebten und sich die Kinder in Begleitung der Erwachsenen beim Einkaufen auf dem Fischmarkt in Tromsø über den Weg liefen. Zufallstreffen von zwei Touristenfamilien, aus denen sich nie eine Freundschaft entwickelte. André war vielleicht fünf Jahre älter als Hannah, höchstens sechs, und die alte Kinderbekanntschaft könnte es ihm erleichtert haben, ihr Vertrauen zu gewinnen. Genauso gut war es möglich, dass der junge Mann nur ein lästiger Beifang bei Hannahs Entführung gewesen war, ein Zeuge, den die Kidnapper nicht laufen lassen wollten.

Falk fiel ein, dass weder Kjell noch Ella Vesterman die Anwesenheit seiner Tochter in Bankenes erwähnt hatten, auch der alte Håkan Jensen nicht. Er war sich sicher, sie hätten es ihm gesagt. Hannah muss ihren Aufenthalt sorgfältig geheim gehalten haben, dachte er. Hatte sie Angst gehabt, jemand würde in Oslo bei ihrer Mutter oder ihrem Großvater nachfragen, was sie hier oben trieb? Falk wusste es nicht, und vielleicht war die Erklärung viel einfacher. Die Leute in der Gegend hatten Hannah schlicht nicht wiedererkannt. Auf einmal wurde Falk klar, dass seine Tochter auch für ihn zur Fremden geworden war. Er hatte sie zum letzten Mal erlebt, als sie vierzehn war, ein kluges, schlaksiges Mädchen, das im toxischen Dunstkreis der elterlichen Eheverspannungen allmählich ernst und verschlossen geworden war. Ihren Sprung zur jungen Frau, die neben »Pizza« wie selbstverständlich »Bier« und »Kondome« auf einen Einkaufszettel schrieb, hatte er verpasst. Bald wurde Hannah achtzehn Jahre alt.

Wenn sie noch lebt.

Der Gedanke sog Falk das Blut aus dem Verstand. Die Wände des Kinderzimmers implodierten. Vielleicht war alles ganz anders. Lauter Irrtümer. Die Schrift auf dem Zettel nicht Hannahs Schrift. Seine Tochter stattdessen in diesem Augenblick auf der Plaza del Ángel in Madrid beim Abendessen. Der tote André gar nicht tot. Nur die Puppe aus einem Alptraum, falsch abgelegt in der Realität, ein Requisit aus der Modelliermasse schlichter Einbildung. Ein Gespenst, das Falks Gehirn einen widerlichen Streich spielte.

Er wusste es besser.

Er wählte Hannahs Geheimnummer. Das Rufzeichen ertönte. Keine bange Vorfreude erfasste ihn diesmal, stattdessen fühlte er sich wie jemand, der um eine Hausecke bog, hinter der ein niedersausender Knüppel wartete. Es erklang nur Hannahs Ansage mit dem leicht spöttischen Unterton, die dem Anrufer keine Möglichkeit einräumte, eine Nachricht zu hinterlassen.

Falk erhob sich mit einem Ruck vom Bett, bevor ihre Stimme ihn in Erinnerungen einlullte, die nur wehtun konnten. Im elterlichen Schlafzimmer eine Tür weiter fand er außer Andrés Garderobe keine weiteren Kleidungsstücke. Es war deutlich zu erkennen, dass das Ehebett von zwei Personen benutzt worden war. Im Bad steckten zwei Zahnbürsten in einem Becher, aber Hannahs übrige Toilettenartikel fehlten. Auch die Anzahl der benutzten Handtücher deutete auf zwei Personen hin. Im Korb für die Schmutzwäsche lagen als einzige Kleidungsstücke ein schwarzer Sport-BH und ein Frauenslip. Er berührte nichts und begann, mit dem Telefon alles zu fotografieren, wie er einen Tatort fotografierte. Er durchsuchte sämtliche Räume des Hauses, fand aber weder Hannahs Ausweis noch Telefon oder Laptop. Alles wirkte, als hätten die Entführer sich noch die Zeit genommen, Hannahs Sachen zusammenzuraffen und einzupacken. In den kleinen Militärrucksack vielleicht, den er Hannah einmal geschenkt hatte. Im Haus fand er keinerlei Kampfspuren. Es war natürlich möglich, dass Hannah außerhalb des Hauses verschleppt worden war. Trotzdem schien ihm das Bild, das sich ihm darbot, nicht stimmig. Er wusste nur noch nicht, warum.

Vom Festnetzanschluss im Erdgeschoss rief er bei Hellestad Møbler in Oslo an. Seit Silje vor zwei Jahren ihre Privatnummer gewechselt hatte, war dies die einzige Möglichkeit, Kontakt mit seiner Ex-Frau aufzunehmen. Diesmal stellte ihn die Telefonistin sofort durch. Offenbar hatte Silje sie instruiert. Falk verschwieg den wahren Grund seines Anrufs und versuchte, normal vorwurfsvoll zu klingen.

»Ich habe Hannah nicht erreicht. Ist alles in Ordnung mit ihr?«

Silje lachte auf, ein wenig zu laut, ein wenig zu sarkastisch. »Oh, der besorgte Vater. Vielleicht wollte sie nicht erreicht werden.«

»Was meinst du damit?«

Silje gab ihm keine Erklärung und erzählte, sie habe am Morgen mit Hannah gesprochen. Ihre Tochter habe übermüdet geklungen. »Wahrscheinlich zu viel Party.«

Schlagartig wurde Falk unsicher. Er wusste nicht, was er glauben sollte. War seine Ex-Frau tatsächlich ohne Sorge um Hannah? Er sagte nichts über den Toten von Bankenes und lauschte, um herauszuhören, ob Silje ihm etwas vorenthielt. Falk hatte ein gutes Gespür für die Lügen anderer entwickelt, er und Silje hatten sich besonders oft die Unwahrheit gesagt. Doch jetzt schien ihn dieses Gespür im Stich zu lassen.

Silje erzählte, ihre Tochter habe am Telefon vom Spanischunterricht und einem angesagten Tanzclub direkt am Retiro-Park berichtet. Falk wusste, das konnte nicht stimmen. Jemand log, aber Falk wusste nicht, wer. War es Hannah gewesen, die ihrer Mutter aus Angst um ihr Leben so überzeugend die Unwahrheit gesagt hatte, womöglich, weil die Entführer eine Waffe auf sie gerichtet hatten? Aber wieso hatten die Täter keine Lösegeldforderung gestellt? Oder überlistete Silje gerade Falks Instinkt und log gekonnter denn je?

Falk fragte unverfänglich nach Hannahs Facebook-Account. Der Gedanke, sich mit seiner eigenen Tochter elektronisch befreunden zu müssen, um etwas über sie zu erfahren, kam ihm beschämend vor. Aber es war seine einzige Idee in diesem Moment.

»Wir haben Hannah schon vor drei Jahren Social-Media-Verbot erteilt«, sagte Silje. »Aus Sicherheitsgründen.«

Das »wir« versetzte Falk einen kleinen Eifersuchtsstich, doch er fragte nicht nach, wer dahintersteckte, und redete sich ein, dass damit Silje und ihr Vater Lars Einar gemeint waren. Ob Hannah einen Account unter einem Tarnnamen führte, und das tat sie bestimmt, wusste Silje nicht. Falk war Silje beinahe dankbar, als sie das Thema wechselte und ihn fragte, warum er noch nicht mit ihrem Vater über Bankenes gesprochen hatte.

»Ich rufe ihn gleich an«, sagte Falk. »Danke, dass du mich dran erinnerst.« Ohne großes Zutun klang es sarkastisch.

»Es tut mir leid«, sagte sie. »Juristisch kann er sowieso nichts ausrichten. Bankenes gehört dir. Du kannst machen damit, was du willst.«

Es entstand eine Pause, als Falks Dank ausblieb, den Silje anscheinend erwartete.

»Wirst du es verkaufen?«, sagte sie schließlich.

Er lachte bitter. »Wenn die mich fertigmachen, und danach sieht's grad aus, brauche ich ein Exil, und zwar möglichst weit weg.«

Ganz bestimmt kannte Silje das YouTube-Video, in dem ihr Ex-Mann und Vater ihrer Tochter drei Menschen erschoss. Falk schützte plötzlich Eile vor, denn er wollte sich von Silje nicht in ein Gespräch über München hineinbugsieren lassen und ihre Mitleidsbekundungen hören. Nach einem nichtssagenden Abschied legte er auf.

Er ging seine Optionen durch. Er würde noch warten, bis er die Polizei einschaltete. Er wollte nichts tun, das Hannah gefährden könnte. Er musste sich erst selbst einen Überblick verschaffen, bevor Horden von Provinzpolizisten jede Spur zertrampelten, der Fall an die Öffentlichkeit geriet und die Entführer, wenn es sie denn gab, aufgescheucht würden und Dummheiten begingen. Er ging hinüber in die Wohnküche und kochte Kaffee. Die geschmackvolle Gemütlichkeit des Raumes hatte eine beruhigende Wirkung auf ihn. Er war müde, aber der Gedanke an Schlaf kam ihm absurd vor. Statt hinüber nach Øvrestua zu fahren, beschloss er, in Bankenes zu bleiben und weiter nach Hinweisen zu suchen. Draußen kroch die dämmrige Nacht vom Himmel herab und ließ seine Fragen noch dringlicher erscheinen. Er lehnte die Stirn an die Fensterscheibe und spürte die Kälte des Glases auf seinen Gedanken.

»Mein Kind«, sagte die Dämmerung. »Wo bist du?«

Er zog Andrés abgegriffenes Smartphone hervor. Er hielt es flach gegen das Licht und erkannte die Schlieren des Entsperrmusters auf dem Display. Er öffnete das Telefonbuch. Es war leer. Er scrollte durch die Anrufliste. Die meisten Gespräche waren mit unterdrückten Rufnummern eingegangen. In einem plötzlichen Drang, irgendetwas zu erfahren und irgendetwas zu tun, das ihn weiterbrachte, rief er die wenigen nicht unterdrückten Anschlüsse an. Es meldeten sich ein vietnamesisches Schnellrestaurant in Burfjord, ein Händler für Autoersatzteile in Alta und ein mürrischer alter Mann, der seinen Namen nicht nannte und einfach auflegte, als Falk nachfragte.

Falk erkannte Hannahs Geheimnummer. Seine Tochter hatte zum letzten Mal vor drei Tagen morgens um neun Uhr weniger als eine Minute mit André Schoomwinkels telefoniert. Kurz darauf war der Mann tot gewesen. Auf der Anrufliste standen außerdem zwei Nummern mit den Vorwahlen +7 und +358, Anschlüsse in Russland und Finnland. Das passte zu den Gerüchten, André schmuggele Drogen nach Norwegen, dachte er. Eine unbestimmte Angst ließ ihn die Nummern nicht anrufen. Im SMS-Ordner fand er Lieferbenachrichtigungen von Pizzadiensten und Paketboten.

Die letzte Nachricht war vor vier Tagen eingegangen, die Nummer des Absenders unterdrückt. »Morgen um zwölf Uhr!!«

Jemand hatte sich an André Schoomwinkels' mutmaßlichem Todestag mit doppelter Ausrufezeichendringlichkeit bei ihm angekündigt. Bei dem Gedanken, dass es sein Mörder und vielleicht auch der von Hannah gewesen war, richteten sich Falks Nackenhaare auf.

War seine Tochter ein Zufallsopfer von Andrés kriminellen Machenschaften geworden, zur falschen Zeit am falschen Ort? Wo war sie? Falk stocherte im Nebel, und dass er dabei auf keinerlei Widerstand stieß, der ihm einen Anhaltspunkt lieferte, machte ihn wütend. Er öffnete den Dateiordner von Andrés Telefon. Als er die Fotos von seiner Tochter erblickte, überkam ihn eine Mischung aus Schock, Scham und Vaterfreude. Zahlreiche Aufnahmen waren offenbar heimlich gemacht worden und zeigten Hannah nackt im Schlaf oder beim Bad im Fjord. Hannah war unübersehbar auf dem Weg, eine attraktive junge Frau zu werden. Sie hatte das meiste von Silje, aber immerhin die überdurchschnittliche Körpergröße von ihm. Es gab Bilder, auf denen sie den Fotografen mit melancholischem Ernst durch den Vorhang ihrer blonden Locken anschaute, dann lachend, dass die geraden weißen Zähne alles überstrahlten, oder wie berauscht und nicht von dieser Welt mit einem Blick aus ihren grünen Augen, der nur aus dem Hier und Jetzt zu kommen schien und nirgends hinwollte.

Falk war ganz überwältigt von Hannahs Präsenz. Selbst das kleine Display des Telefons konnte ihre Ausstrahlung nicht schmälern. Es gab keine Aufnahmen, die Hannah zusammen mit André Schoomwinkels zeigten, keine Selfies eines verliebten Paares. Was für ein Verhältnis hatten die beiden gehabt? Wie ein verknallter Teenager wirkte seine Tochter jedenfalls nicht.

Sie schien reifer, beinahe wie eine erwachsene Frau, die genau um ihre Wirkung wusste. Sie spielte mit der Kamera. Sie spielte mit André Schoomwinkels.

Falk rief den Ordner mit den Videodateien auf, doch das Telefon teilte ihm mit, dass sie gelöscht worden waren. Nach kurzem Suchen fand er zwei Videos auf der externen Speicherkarte. Das eine war über drei Monate alt und zeigte aus einer statischen Position, wie André Schoomwinkels einen defekten Außenbordmotor zerlegte. Die Aufnahme sollte offenbar eine Merkhilfe sein, um ihm den späteren Zusammenbau zu erleichtern. André fluchte leise vor sich hin. Er war nicht sehr geschickt. Die Reparatur war offenbar gründlich schiefgegangen, Falk hatte die Einzelteile des Motors im Garten auf einem klapprigen Campingtisch liegen sehen. Die andere Aufnahme war eine Woche alt. Ein verrauschter Bilderstrom zeigte Hannah im Bug von Falks Boot, das sich mit voller Fahrt in den mittsommernachtroten Horizont schob. Ihre Haare waren zu einem Bubikopf gekürzt. Die Geräusche des Motors und des Fahrtwindes übertönten ihre Worte, aber es war unverkennbar, dass Hannah außer sich war. Ihre Stimme hatte einen verzweifelten Unterton, der schließlich in Hass umschlug. Sie sprang auf und stürzte auf die Kamera zu. Das Boot begann in der ruhigen See zu rollen. Das Bild wackelte. Als sie nah genug heran war, erkannte er die Verzweiflung in ihren Augen. Sie hatte geweint. Ihr Gesicht verzerrte sich zur wütenden Fratze, voll dunkler Energie. Sie holte aus, um André das Telefon aus der Hand zu schlagen, doch das Bild wischte mit einer schnellen Ausweichbewegung in den blutigen Himmel.

»I'll kill you.«

Das Bild wurde schwarz, als ihre Stimme den Satz ein zweites Mal hervorpresste.

»I'll kill you.«

Falk spielte die letzten Sekunden erneut ab. Er hatte sich nicht verhört. Nachdem er das Video noch ein Dutzend Mal angesehen hatte, verließ er das Haus und ging über den Hof zum Werkstattschuppen. Er öffnete den versteckten Stahlschrank hinter der doppelten Wand und sah sofort, dass die Heckler & Koch fehlte. Als er vor drei Tagen den Haustürschlüssel und die Flinte geholt hatte, lag die Pistole noch an ihrem Platz. Hannah wusste von dem Schrank. Die Kombination des Schlosses war wenig einfallsreich das Geburtsdatum ihrer Mutter.

I'll kill you.

I'll kill you.

Falk schaute abwechselnd auf den leeren Platz im Schrank, der im muffigen Licht des Schuppens wie ein stummer Beweis zurückstrahlte, und auf das Videostandbild von Hannahs hassverzerrtem Gesicht. Sein Kopf pochte jetzt. Er sank auf einen staubigen Gartenstuhl und umklammerte das Telefon. Sein Körper wollte schluchzen, doch er schnappte nur nach Luft wie ein erstickender Fisch.

13

Falks Verdacht gab seiner nervösen Energie schlagartig eine eindeutige Richtung. Mit einem Mal war glasklar, was der Vater zu tun und der Polizist zu ignorieren hatte. Die unverhoffte kriminelle Entschlossenheit belebte und erschreckte ihn.

Er rangierte das Tier vom Hof und stellte es so hinter die Scheune, dass es weder von der Straße noch vom Wasser aus zu sehen war. Er legte sich alles zurecht. Bevor er begann, kippte er die letzten zwei Fingerbreit einer Flasche J&B, die er auf dem Wohnzimmerboden fand, in ein Wasserglas und trank in kleinen, konzentrierten Schlucken. Draußen überkräuselte ein stummer Wind den Fjord mit feinen Rippen und umspielte das Totenhaus am Ende des Hofes. Warum war die Gewalt in sein Leben gekommen? Hatte alles mit einem Knall im Kaufhaus Beck begonnen? Oder schon früher, als er beschloss, sich nichts mehr gefallen zu lassen von den Rossmanns dieser Welt mit ihren teuren Rechtsschutzversicherungen, die den Begriff fröhlich pervertierten, indem sie ihre Inhaber vor dem Recht schützten? Kam jetzt alles zurück zu ihm wie der Bumerang, an dem das Blut klebte, das er vergossen hatte? Er nahm einen Schluck. Er glaubte weder an Gott noch an Schicksal, und er dachte nicht daran, jetzt sentimental zu werden.

Er versuchte, Liv Piekkala zu erreichen. Er wollte sie nach den Antworten fragen und ihre Haut spüren oder wenigstens ihre Stimme, jetzt sofort. Doch es ertönte nicht einmal ein Rufzeichen, und die Stille machte seine plötzliche Sehnsucht nur noch schlimmer.

André Schoomwinkels' Leiche musste so weit weg wie möglich. Falk verwarf die Idee, den Toten der Polizei zu melden und zuvor lediglich die Spuren von Hannahs Anwesenheit auf Bankenes zu beseitigen. Solange er nicht wusste, was mit seiner Tochter geschehen war, und er davon ausgehen musste, dass sie, warum auch immer, André Schoomwinkels erschossen hatte, ging es um maximale Verschleierung. Er brauchte Zeit, um Hannah aufzuspüren, bevor die Polizei es tat. Er war sich sicher, dass es eine ganze Weile dauern würde, bis irgendjemand André vermisste. Die, die es schließlich täten, wären vermutlich Schmuggler und Drogenhändler, denen André vielleicht Geld schuldete. Sie würden nicht zur Polizei gehen. Niemand würde das, denn nach allem, was Falk wusste, war André Schoomwinkels ein Mann ohne Freunde.

Genau wie du.

Falk konnte den wehleidigen Gedanken nicht verhindern. Er zog seinen blauen Arbeitsoverall und die brüchigen Nokian-Gummistiefel an, die im Werkstattschuppen lagen. Im Dämmerlicht spülte er an der Stelle, wo André Schoomwinkels gestorben war, mit dem Gartenschlauch die Blutspuren vom Gras. Ein Spurensicherer mit UV-Lampe würde sie immer noch finden, ein Spürhund auch, ein Provinzpolizist nicht. Er wartete, bis die untergegangene Sonne nur noch einen goldenen Hauch über die Welt warf, dann drehte er am Strand sein Boot um und zog es ans Wasser. Er montierte den Außenborder und hievte die beiden Tanks hinein, die am Ufer unter einem Holzverschlag standen. Er musste weit rausfahren.

In der Scheune breitete er ein Stück weiße Silagefolie neben dem Toten aus und rollte ihn behutsam darauf. Er verknotete die Füße des Mannes mit einem Strick und machte oberhalb der Knöchel eine Öse. Dann wickelte er die Leiche in die Plane ein und verschnürte das Paket jede Handbreit mit sich überschlagenden Knoten. Als er fertig war, schob er ein halbmeterlanges Stück Wasserrohr durch die Öse an den Füßen und zerrte das Paket auf die Schubkarre. Er reinigte die Fundstelle mit Wasser und bedeckte sie mit Brennholzscheiten. Andrés steifer Körper ragte über den Rand der Schubkarrenwanne hinaus und wippte im Takt der Bodenunebenheiten, als er ihn die abschüssige Wiese hinunter zum Strand fuhr.

Natürlich war es möglich, dass Hannah zusammen mit André in der Gegend gesehen worden war, dachte er. Dann wären seine Bemühungen, ihre Spuren zu verwischen, vergebens. Es war ein Risiko, dass er eingehen musste. Er wandelte auf dünnem Eis, und von nun an entfernte er sich immer weiter vom Ufer. Es war ihm so gleichgültig wie jemandem, der eine endgültige Entscheidung getroffen hatte.

Mit dem letzten Sog der ablaufenden Tide steuerte er das Boot nach Nordwesten Richtung offenes Meer. Er passierte die Lachszucht in der Fjellbukta mit ihren kreisrunden Netzbecken und dem Ponton für die Fütterungsautomaten. Um diese Zeit war niemand auf der Anlage. Die Automaten spuckten ihre Pellets computergesteuert im Sechs-Stunden-Takt aus. Nur alle paar Tage kam ein Arbeiter zum Nachfüllen vorbei und kescherte die eingegangenen Tiere ab. Falk brachte den kleinen Außenborder auf Touren und peilte mit dem Bug die Nordspitze von Nøklan an. Die zumeist unbewohnten Inseln im Kvænangen lagen wie verloren gegangene Streuselstücke im hinteren Teil des Fjordes und versperrten die Sicht auf das offene Meer, das gut dreißig Seemeilen voraus lag. Das Wasser war ruhig und dunkel.

Das gleichförmige Geräusch des Außenborders und das Klatschen der flachen Wellen gegen den Rumpf hüllten ihn ein wie ein Kokon. Andrés Leiche lag im vorderen Teil des Bootes. Falk betrachtete die Mumie. Ihm fiel auf, wie viel Sorgfalt er darauf verwendet hatte, den toten Körper einzupacken. Als wollte er der Leichenbeseitigung die Würde einer Seebestattung verleihen. Er ließ die Insel Skorpa links liegen. In der Ferne sah er die alte Kirche an ihrem Ostufer als schwach weißen Punkt aufscheinen. Mit einem sanften Haken nach Westen umfuhr er die Südspitze von Spildra. Nach zehn Minuten ging er wieder auf Nordkurs.

Er sah das kleine Leuchtfeuer am Westzipfel der Insel und hielt direkt auf die Rødøya zu, die sich drei Seemeilen vor ihm als flache, ungefähre Kontur aus dem Wasser wölbte. An Backbord ragte das steil gezackte Massiv des Kvænangstindan auf. Im Zwielicht wirkten die Schneefelder unterhalb der Gipfelwand wie tief liegende Wolken. Als er bis auf anderthalb Seemeilen an die Insel heran war, stellte er den Motor ab. Seine Karte besagte, dass das Wasser an dieser Stelle dreihundertachtzig Meter tief war. Er wartete eine Viertelstunde und beobachtete mit dem Fernglas aufmerksam das Wasser und die zerklüfteten Uferlinien. Nichts rührte sich. Nicht einmal Möwen kreisten am Himmel. Dann erhob er sich und füllte mit einer Fußpumpe das aufblasbare Badeboot, das er aus dem Werkstattschuppen mitgenommen hatte. Es war ein billiges Ding mit aufgedruckten Palmen. Es bot gerade genug Platz für einen liegenden Erwachsenen. Er hatte Hannah darin mit dem Motorboot über den Fjord geschleppt, als sie ein kleines Kind war. Sie hatte gekreischt vor Vergnügen. Jetzt wurde Falks Erinnerung, die sich damit verband, übertüncht und durch eine andere ersetzt.

Als er fertig war, hob er das Schlauchboot ins Wasser und vertäute es an der Bordwand. Er leerte zwei Fünfzig-Kilo-Säcke Schnellzement hinein, die er aus der Scheune mitgenommen hatte. Eine puderweiße Wolke stieg auf. Er goss vierzig Liter Süßwasser aus zwei großen Plastikkanistern dazu und verrührte die Zutaten mit einem alten Paddel zu einem sämigen Brei. Sein Schweiß roch nach Angst. Er wuchtete den Toten behutsam über die Bordwand und ließ ihn in das Badeboot gleiten. Es war jetzt so schwer beladen, dass seine zum Zerreißen gespannten Luftwülste nur noch eine Handbreit aus dem Wasser ragten. Das Paket mit dem Toten versank in der grauen Masse. Falk drückte das Wasserrohr an Andrés Füßen besonders tief hinein. Wie ein Anker würde es verhindern, dass sich der Tote mit der Zeit von dem Betonklotz löste und auftrieb. Dann wartete er. Die Untätigkeit neben dem Toten ließ seine Gedanken im Zeitraffer ins Kraut schießen. Er zwang sich, sie einzufangen.

Mörderarbeit.

Das war es, was er tat, und genauso kam er sich vor, wie der Mörder von André Schoomwinkels. Sollte nichts anderes helfen, um seine Tochter zu retten, würde er genau das behaupten. Er würde alles tun, egal, was geschehen war oder was Hannah getan hatte. Er akzeptierte sein Schicksal, das er niemals so nennen würde. Er hatte keinen Namen für diese Aufgabe, aber vermutlich gab es irgendwo Leute, die Liebe dazu sagen würden. Er wollte Hannah finden und in die Arme schließen. Und sollte sie nicht mehr am Leben sein, würde er ihren Mörder aufspüren und töten. Mehr konnte er nicht tun. Die nüchterne Einfachheit, die in dieser Aufgabe lag, entspannte ihn.

Nach dreißig Minuten war der Zement hellgrau und hart. Ohne Umschweife löste Falk die Leinen von der Bordwand und stach mit seinem Taschenmesser in die Luftkammern des Badebootes. Mit einem mehrstimmigen Zischen entwich die Luft. Als sie das Gewicht nicht mehr tragen konnten und der Block mit Andrés Körper von der Schwärze des Meeres aufgenommen wurde, spürte Falk, wie das Geheimnis um den Tod des jungen Mannes für immer in sein Herz einsank. Er wechselte die Tanks und fuhr zurück.

Er hatte den Aufwand, die Spuren zu beseitigen, unterschätzt. In Andrés Toyota Pick-up fand er Zigarettenkippen mit Lippenstift. Hannah hatte den Wagen benutzt. Es war unmöglich, ihre DNA-Spuren vollständig daraus zu entfernen. Die Vertuschung eines Verbrechens war immer ein Wettkampf gegen die forensische Wahrheit, und manchmal war er nur mit rabiaten Mitteln zu gewinnen. Falk wusste, dass Kjell Vesterman im Navitfjord eine Stelle kannte, die steil genug in die Tiefe abfiel, um ein Auto sicher unter der Wasseroberfläche zu verbergen. Es war jene Stelle, an der er den Lastwagen hatte versenken wollen, der nun Falk gehörte. Doch Falk wusste weder, wo diese Stelle war, noch fand er einen Hinweis auf der Karte. Sie verriet nichts über die Unterwassertopografie in Ufernähe, und den Wagen irgendwo auf gut Glück ins Wasser rollen zu lassen, war viel zu riskant. Er schaute auf die Uhr. Dreißig Minuten bis Mitternacht.

Der Pick-up sprang erst nach einem Schlag auf den Magnetschalter des Anlassers an. Falk rangierte den Wagen aus der Scheune und fuhr rückwärts neben den Lastwagen. Mit dem Anbaukran lud er die Husqvarna, die immer noch auf der Ladefläche des Tieres lag, auf den Pick-up und verzurrte sie mit zwei zerfransten Spanngurten. Er öffnete die Motorhaube des Toyota, riss das Typenschild mit der Fahrgestellnummer von der Spritzwand und steckte es ein. Anschließend kroch er unter den Wagen und suchte im Schein der Telefonlampe nach derselben Nummer, die irgendwo im Stahl des Rahmens eingeschlagen sein musste und dem Fahrzeug einen Besitzer zuwies. Doch wie es schien, hatte ihm der Rost die Arbeit abgenommen, die Ziffern mit dem Trennschleifer zu entfernen. Er fand keine Nummer. Aus einem der Bootstanks am Strand befüllte er die Husqvarna und nahm zwei Colaflaschen voll Gemisch als Reserve mit. Als er abfahrbereit war, spürte er seinen Hunger. Er hatte seit dem Morgen nichts gegessen. Das Einzige, was er im Haus vorfand, war eine offene Tüte pappiger Tacochips und eine Palette Ringnes Pils. Er stürzte eine Dose herunter. Der Alkohol versteifte seinen Nacken, noch bevor der letzte Schluck im Magen angekommen war.

Ohne Scheinwerfer fuhr er entlang des pechschwarzen Straßenbandes nach Øvrestua. Der Hof von Kjell und Ella Vesterman lag finster und verlassen da. In einigen hundert Metern Entfernung schob sich ein Traktorgespann durch die Wiesen und mähte das letzte Gras des Jahres, umgeben von einer Wolke aus Licht und Lärm. Es sah aus wie ein Ufo, das sich verflogen hatte. Der Geruch von weit entfernter Arbeit wehte herüber. Falk betrat den Küchenanbau. Er ließ das Licht aus, wie ein Einbrecher. Das nächste Haus lag fast einen Kilometer entfernt, verdeckt von einem Kiefernwäldchen. Doch Falk war in eine Art konspirativen Modus gewechselt, der ihm strikt vorgab, auch dann möglichst unsichtbar zu bleiben, wenn niemand in der Nähe zu sein schien. Ohne sich hinzusetzen, aß er im Schein der Kühlschrankbeleuchtung geräucherten Lachs und vier Scheiben von Ellas selbst gebackenem Brot. Als er wieder auf den Hof hinaustrat, sah er im Dämmerlicht, dass Lund ihm eine Kanne frische Milch vor die Wohnwagentür gestellt hatte. Falk leerte sie in einem einzigen gierigen Zug. Er hatte es jetzt eilig.

Er fuhr zurück zur E 6 und folgte der Straße Richtung Alta. Erst als der Wagen sich die Steigung nach Baddereidet hinaufzuarbeiten begann, schaltete er die Scheinwerfer ein. Der

Motor lief miserabel. Der Verlust dieses Schrotthaufens wäre keine Schande. Hinter dem Bergsattel glitt die Straße sanft in ein breites Tal hinab und kehrte in Burfjord zur Küste zurück. Das Wasser schmiegte sich wie vergossenes Blei an die geschwungene Landkante. Von Weitem erkannte er die Statoil-Tankstelle, die mit ihrer übertriebenen Beleuchtung in ängstlicher Selbstvergewisserung gegen die unfertige Nacht anstrahlte. Der Tankwart kauerte mit buckeligem Rücken hinterm Tresen und las in einem Magazin. »Hot Rods«, Boote oder Pornos, dachte Falk. Es wunderte ihn selbst, dass er gelassen oder abgestumpft genug war, sich über die Lektüre des Mannes Gedanken zu machen, anstatt an den Bildern von Andrés wächsernem Körper, Hannahs hassverzerrtem Gesicht und den Toten aus dem Kaufhaus Beck verrückt zu werden, die in der hintersten Hölle seines Kopfes händchenhaltend miteinander tanzten.

Die Gruppe aus Menschenschatten hinter der Leitplanke sah er erst in dem Augenblick, als der Wagen vorbeifuhr. Er erkannte keine Gesichter, nicht ihre Kleidung oder ihr Geschlecht. Aber an der Art, wie sie sich wegduckten, erkannte er ihre Angst. Er hatte die Berichte über die Flüchtlinge gelesen, die aus dem Nahen Osten über die Türkei und Russland nach Nordnorwegen kamen, anstatt das Mittelmeer Richtung Griechenland oder Italien zu überqueren. Sechstausend Kilometer lang war die Strecke, sie war nur ein winziger Nebenfluss im Flüchtlingsstrom, dem irgendein behaglicher UNHCR-Bürokrat den touristischen Namen »Arktisroute« verpasst hatte.

Falk war ihr auf der Übersichtskarte im Lagezentrum der Polizei in der Ettstraße mit dem Finger gefolgt und hatte ungläubig den Kopf geschüttelt. Vor allem Familien versuchten ihr Glück. Die meisten hatten nicht genug Geld, um für drei, vier oder mehr Köpfe eine Passage über das Mittelmeer zu kaufen. Außerdem hatten sie Angst vor den Schleppern. Es hatte sich herumgesprochen, wie sie Herren über Leben und Tod spielten. Sie warfen ihre Passagiere auf offener See über Bord, wenn ihnen das Wimmern der Kinder lästig wurde oder sie schnell zurückwollten, um die nächste Herde zahlender Opfer in den

Tod zu fahren, oder weil sie pünktlich zur Fußballübertragung in ihrer Bar sein wollten. Die Gründe für ihre Grausamkeit konnten nicht banal genug sein.

Wer die Überfahrt ins gelobte Europa überstand, den erwarteten auf dem Balkan Straßenräuber, korrupte Zöllner und hasserfüllte Bürgerwehrler. In den italienischen Auffanglagern hatte die Mafia das Sagen und zwang die Neuankömmlinge zu Tomatenernte und Prostitution, es sei denn, sie konnten sich freikaufen. Die Schlepper in Russland dagegen waren billiger und galten als vergleichsweise freundlich. Sie brachten ihre Kunden selten um. Das erledigte die Natur. Die Nachricht, dass der norwegische Zoll den Übergang nach Russland für Flüchtlinge geschlossen hatte, sprach sich nur mit tödlicher Langsamkeit herum. Es kamen immer noch Menschen. Sie versuchten, über die grüne Grenze nach Norwegen zu gelangen. Manche ertranken bereits bei dem Versuch, eines der Grenzgewässer zu überwinden, andere verschwanden für immer in der Wildnis Süd-Varangers, die als Barriere aus unerklärlicher Schönheit, Hunger, Durst, Hypothermie und Orientierungslosigkeit zwischen den beiden Staaten lag. Die, die es schafften, bewegten sich wie müde Geister durch die Mittsommernacht Richtung Süden. Sie folgten der Straße, die das Versprechen auf Zukunft wie ein Mantra alle paar hundert Meter mit kleinen grünen Namensschildern wiederholte, deren Beschriftungen im Dunkeln senfgelb glimmten.

E 6.

Europastraße sechs.

Falk hielt nicht an. Er sah die Gruppe im Rückspiegel als dunklen Fleck mit der Umgebung verschmelzen. Er achtete auf weitere Fußgänger, doch für die nächste Dreiviertelstunde sah er niemanden mehr. Kurz vor der Brücke über den Kåfjord lenkte Falk den Pick-up auf eine Nebenstraße und schaltete die Scheinwerfer aus. Der Schotter der Straße knirschte so laut in die Stille hinein, dass er befürchtete, die ganze Gegend aufzuwecken. Doch nichts geschah. Die wenigen Häuser blieben dunkel zurück. Der Wagen passierte die Kirche von Kåfjord und die

Abzweigung zum Tirpitz-Museum. Er fluchte, weil die Gegend so ganz anders aussah, als er sie in Erinnerung hatte. Auch die Bilder, die er auf Google Earth angeschaut hatte, konnten nicht auf dem neuesten Stand sein. Seit seinem letzten Ausflug hierher vor gut sechs Jahren, der dem Tirpitz-Museum und seinen überraschend armseligen Kriegsreliquien gegolten hatte, waren zahlreiche Häuser gebaut worden.

Plötzlich überkam ihn Unsicherheit. Für den Fall, dass in der Nähe der Stelle, die er ausgesucht hatte, inzwischen ein Haus aufragte, hatte er keine Alternative auf der Karte markiert. Er hatte keinen Plan B. Er bog im Grytengskog hart nach rechts in den Wald ab, steuerte hakenschlagend zwischen den Bäumen hindurch und umfuhr die dahinterliegende Kiefernschonung. Nach einigen hundert Metern ließ er den Wagen in eine felsige Senke hinabrollen. Die Federung trampelte und bockte. Er hielt an und stellte den Motor ab. Er lauschte aus dem heruntergekurbelten Fenster in die Nacht. Nur das Ticken des abkühlenden Motors war zu hören. Ein Flugzeug zog in großer Höhe vorüber. Die Senke war ohne brennbaren Bewuchs, von dem das Feuer auf den Wald übergreifen könnte. Er stieg aus und suchte in einer spiralförmigen Kreisbahn die Umgebung des Wagens nach menschlichen Behausungen ab, fand aber nichts. Als er zum Wagen zurückkehren wollte, verlor er die Orientierung. Er hatte sich keinen Anhaltspunkt gemerkt, und die Sterne leuchteten nur schwach. Erst als er die Bezirksstraße kreuzte und anschließend auf die Stelle stieß, an der er in den Wald abgebogen war, fand er auch den Wagen wieder. Sein Herz schlug schnell. Er biss die Zähne zusammen.

Er schraubte die Nummernschilder von den Stoßstangen, knickte sie zusammen und steckte sie in seinen Rucksack. Er lud die Husqvarna ab, prüfte kurz, ob sie ansprang, und stellte den Motor sofort wieder ab. Dann öffnete er den Tankdeckel des Pick-ups, damit das Benzin ausbrennen konnte und nicht explodierte. Er leerte einen Fünf-Liter-Kanister Zweitaktgemisch in den Innenraum des Wagens und warf den leeren Behälter hinterher. Der fette Kohlenwasserstoffdunst nahm ihm die Luft. Nach einem letzten Blick stieg er auf die Husqvarna, kickte den Motor an und warf ein angerissenes Streichholzbriefchen durch das Seitenfenster. Die Flammen blafften ihren heißen Hauch über sein Gesicht und versengten die Haare seiner rechten Hand. Einen Moment lang betrachtete er die beginnende Zerstörung, bis er sicher war, dass das Feuer nicht auf den Wald übergreifen und der Wagen vollständig ausbrennen würde. Die Wärme der Flammen wollte ihn zum Bleiben verleiten. Er ließ die Kupplung der Husqvarna kommen, und die Maschine verschwand mit einem bockigen Sprung im Unterholz. Irgendwann würde das ausgebrannte Wrack gefunden werden. Doch selbst wenn die Polizei den Wagen mit André Schoomwinkels in Verbindung brachte, würde sie vermutlich annehmen, dass die Gerüchte stimmten, wonach er in Drogengeschäfte verwickelt gewesen war, und dass seine Konkurrenten ihn vielleicht beseitigt hatten.

Es war zwei Uhr durch. Feuchtsatte Luft vom Meer senkte sich über die Landschaft. Statt auf die Fernstraße zurückzukehren, folgte er mit dem Motorrad der schmalen Asphaltpiste durch das Mattistal in Richtung Vidda. Er wollte auf der Rückfahrt nicht riskieren, dass ihn jemand mit der auffälligen Geländemaschine sah oder die Polizei ihn wegen der abgelaufenen Zulassung anhielt. Er dachte daran, wie verschwindend gering die Möglichkeit einer Kontrolle war. Doch ohne den geringsten Beweis redete er sich ein, dass die Polizei wegen der Flüchtlinge nachts verstärkt Streife auf der E 6 fuhr. Er blieb bei seiner Entscheidung, durch die Berge zurückzufahren. Die einzigen Zeugen, die er dort zu befürchten hatte, waren ein paar Rentiere. Die Drohnen der Polizei flogen nachts nicht.

Nach zehn Kilometern erreichte er die Lodge von Ongajok, eine Ansammlung luxuriös eingerichteter Hütten, in denen wohlhabende Urlauber die Sommer mit Yoga und die Winter mit Hundeschlittenfahren verbrachten. Er verließ die schmale Straße und fuhr am Fluss entlang, um von den Gästen ungesehen zu bleiben. Das Ufer des Mattis war gespickt mit melonengroßen Flusskieseln. Er hatte den Helm vergessen und fürchtete einen

Sturz. Ihm fehlten die Übung und die Jugend, die Maschine im Gelände mit spielerischer Leichtigkeit zu bewegen. Wie um sich selbst das Gegenteil zu beweisen, preschte er nach zwei Kilometern mit sägendem Motor die Flussböschung hinauf und traf auf den Pfad, der in die Berge führte.

Die Maschine hatte keine Mühe mit der steil ansteigenden Spur. Nasse Birkenzweige streiften im Vorbeifahren über sein Gesicht und erfrischten ihn. Einmal verschluckte er eine Spinne, die auf einem Blatt saß. Der Pfad zog sich als linealgerade Diagonale die Hangkante hinauf. Als er nach vierhundert Höhenmetern die Vidda erreichte, spürte er die Kälte. Schlagartig endete der Baumbewuchs. Die Krähenbeersträucher duckten sich im grauschwarzen Nachtlicht ehrfürchtig auf den Boden. Kein Lufthauch strich über die weichen, kahlen Hügel, die als verblassende Scherenschnitte bis zum Horizont wogten. Das heisere Keckern des Zweitakters durchbrach die Stille und erstickte sofort in ihr wie ein Feuer, das sich selbst die Luft zum Weiterbrennen raubte. Er stellte den Motor ab. Vollkommene Geräuschlosigkeit umfing ihn, ein schalltoter Raum von der Erhabenheit einer Kathedrale, deren Wände hinter dem sichtbaren Ende der Welt standen.

Er folgte dem Trogtal des Krokelva, beschleunigte die Maschine bis in den vierten Gang und machte es sich auf der Sitzbank bequem. Die Piste war ebenmäßig und breit genug für Quads. Bei Stuevannet musste er den Fluss durchqueren, um weiter südlich der Hochspannungsleitung Richtung Kvænangsbotn zu folgen. Die Strömung war nicht sehr stark, doch die Steine unter der Wasseroberfläche waren glatt wie Seife. Er musste die Füße absetzen, um die Balance zu halten. Nach wenigen Sekunden Verzögerung spürte er, wie das eiskalte Wasser seine Schuhe und Socken durchdrang und die Haut abschreckte. Es war nicht unangenehm. In einem Wechselspiel aus Gas und Kupplung tastete er sich ans andere Ufer.

Als er wieder festen Boden unter den Rädern hatte, bemerkte er, dass er eine der beiden Benzinflaschen vom Gepäckträger verloren hatte. Er prüfte den Tankinhalt, goss die verbliebene

Flasche dazu und entschied, dass es reichen musste. Er hatte noch etwa fünfzig Kilometer vor sich. Es war aussichtslos, die Flasche zu suchen. Wenn sie in den Fluss gefallen war, war sie untergegangen und längst stromabwärts gerollt. Nach einem Kilometer traf er auf die Hochspannungsleitung zur Küste und folgte dem Wartungspfad, der darunter verlief. Die ordnende Linie inmitten der Abgeschiedenheit und das elektrische Knistern über seinem Kopf beruhigten ihn.

Als er um kurz nach vier den Kiefernwald des Elvedalen erreichte, blitzten hinter ihm die ersten Sonnenstrahlen über den Horizont und wärmten seinen Nacken. Der Harzgeruch erinnerte ihn an den Wald seiner Kindheit. Um Benzin zu sparen, rollte er mit abgestelltem Motor auf der Fahrspur ins Tal, in dessen Verlängerung sich die Südspitze des Kvænangenfjords vor ihm ausbreitete. Nur mit brummenden Reifen passierte er die Gehöfte von Vangenbakken und erreichte die Uferstraße am Fjord. Er bemerkte seine Müdigkeit erst, als er eine halbe Stunde später hinter der Scheune in Bankenes das Motorrad wusch und der nasse Schwamm in seiner Hand zu zittern begann. Er hatte seit dreißig Stunden nicht geschlafen. Er war durchgefroren und hungrig. Doch statt seinen erschöpften Körper zu versorgen, setzte er die Spurenbeseitigung fort. Er wollte alles sofort und gründlich tun. Damit er nichts vergaß. Damit das Leben schnellstmöglich wieder so wurde wie zuvor. Es würde nie mehr so sein, und es gab einen Teil in ihm, dem dies ganz recht war, auch wenn er diesen Teil seiner selbst nicht verstand. Aber der andere Teil in ihm mobilisierte alle Beharrungskräfte und ließ ihn um sein altes Leben putzen.

Danach kochte er Kaffee und ersetzte die Übermüdung durch Herzrasen. In einer Dose im Wohnzimmerregal fand er eine Tüte Gras. Der Geruch der Dolden war so intensiv, dass er zurückzuckte, als er den Schnappverschluss öffnete. Er rauchte einen One Hitter. Der starke Stoff bescherte ihm einen minutenlangen Hustenanfall. Dann verschwand das Herzrasen und machte einer Leichtigkeit Platz, die alle Sinne übersteuerte. Er verbrannte die Hinweise auf Hannahs Aufenthalt im Ofen der

Sauna. Den schwarzen Slip aus dem Pizzakarton, das Hemd aus dem Schlafzimmer und die Handtücher. Die beiden Zahnbürsten. Den Müll. Außerdem seinen blauen Overall. Seine alten Gummistiefel schnitt er in kleine Stücke und fütterte die Flammen portionsweise damit. Von André Schoomwinkels' Garderobe ließ er nur ein paar Stücke übrig, gerade so viele, wie jemand zurückließ, dem seine Nachlässigkeit egal war und der im kommenden Jahr zurückkehren wollte.

Ein ablandiger Wind verdünnte den Rauch über dem Fjord mit klarer Luft. Als er fertig war, hatte die Sauna unerwartet Betriebstemperatur erreicht. Er zog sich aus, setzte sich auf die Holzbank und schaute durch das winzige Fenster auf das tintige Wasser. Doch es kam ihm wie die schale Beschwörung eines alten Rituals vor, das nicht klappen wollte. Die heiße Luft stach unangenehm in den Lungen. Sein Kopf begann zu pochen. Sobald er aufgewärmt war, ging er hinaus und wusch sich im Fjord. Das Wasser war so kalt, dass er sich anschließend noch einmal für ein paar Minuten in die Sauna setzen musste, um das Zittern des Körpers abzustellen. Er leerte die heiße Asche aus dem Ofen in einen Zinkeimer und streute sie in den Fjord. Ein pudriger Film blieb auf der Wasseroberfläche zurück und trieb als grauer Fleck davon.

Falk lud die Husqvarna auf den Lastwagen und entfernte noch das Bretterkreuz vom Rahmen der Haustür, mit dem er André hatte provozieren wollen. Alles sah jetzt so aus, als hätte André Schoomwinkels die ganze Zeit allein hier gewohnt und sei mit unbekanntem Ziel davongefahren. Nichts deutete mehr auf Hannah hin. Der Tag war inzwischen vollkommen angebrochen, schön und sonnig und messerscharf. Falk fuhr mit dem Tier zurück nach Øvrestua. Ohne sich auszuziehen, sank er auf dem Bett des Wohnwagens in einen störrischen Schlaf.

Die Silhouetten der Berge und die Körperschemen unbekannter Fluchttiere tanzten als betrunkene Reflexionen im Wasser namenloser Gewässer. Der Himmel war aus vergossenem Blut, warm und nährend und schön. Er streifte umher durch eine verhangene, trügerische Mittsommernacht, die mit ihrem ewig flachen Licht die Zeit ins Endlose streckte. Mond und Sterne versagten sich ihm als Wegweiser. Er wusste nicht, wo er war und wo er suchen sollte. In einer Stadt, gleich welcher, wären ihm tausend Anhaltspunkte in den Sinn gekommen, Spuren zu suchen und zu finden. Zwielichtige Informanten, denen er Wahrheiten abluchsen konnte, Orte, die dem Verstand Halt und Orientierung boten. Doch er taumelte durch eine leere Landschaft, die niemandem ein Zuhause sein wollte und ihre Geheimnisse für sich behielt. Nichts sprach aus ihr zu ihm. Er war blind und taub.

Als er schließlich ins Leere trat, schrie er nicht auf, vor lauter Erstaunen blieb er vollkommen stumm. Ein letzter Reflex grapschte ins Nichts, dann hörten auch seine Bewegungen auf. Der Luftzug des Falls ins Bodenlose erstarb nach wenigen Augenblicken. Es wurde ganz still und wohlig um ihn. Seine Angst vor dem unabsehbaren Aufprall nach einem endlosen Sturz wich einer angenehmen Schwerelosigkeit. Er fiel nicht mehr, er schwebte. Er lächelte. Doch das warme Bett, das ihn umfing, war eine Täuschung. In Wahrheit war er gelähmt vom Gift einer Schlange, bei vollem Bewusstsein zur Reglosigkeit verdammt, während sich vor ihm der dunkle Schlund auftat, weiter und weiter.

Er war verloren.

14

N 69°50'29.0" | E 22°00'48.0"

Auch Mörder mussten irgendwann essen, also hatte er beschlossen, zu warten, bis die beiden Männer vor dem kleinen Supermarkt auftauchten, dem einzigen im Ort.

Tagelang hatte er schon ausgeharrt, ob geduldig oder immer noch starr von dem Schmerz, der sein Herz zerrissen hatte, er hätte den Unterschied nicht benennen können. Seit er alle Hoffnung verloren hatte, dass seine Liebsten noch am Leben waren, war die Kraft aus seinem Körper gewichen, und jeglicher Sinn schien vergangen zu sein. Das Land war ihm endgültig fremd und kalt geworden; als er durch den Spalt in der Bretterwand auf die steilen Berge am anderen Ende der großen Bucht schaute, in deren Flanken der Schnee schimmerte, obwohl doch Sommer war, wurde ihm klar, es würde niemals anders sein. Nicht nach dem, was geschehen war.

Er hatte sich im Kriechboden eines Bootshauses versteckt. Durch ein halb blindes Dachfenster konnte er über die E 6 hinweg den Parkplatz vor dem Geschäft beobachten. Der Schmutz der Jahrzehnte in dem Verschlag hatte sein Asthma ausgelöst. Er hatte keine Medikamente mehr. Den Inhalator hatte seine Frau verwahrt, denn er selbst war noch nie gut darin gewesen, Ordnung zu halten. Jetzt war seine Frau fort, und alle Ordnung um ihn herum kam ihm absurd, ja obszön vor, während die Trauer wie ein bedrängtes Tier in ihm brüllte. Die schneeweißen Boote mit den straffen Persennings, die draußen aufgereiht am Anlieger der kleinen Marina festgemacht waren, schaukelten so sanft und friedlich in der auflaufenden Tide, dass er sich zusammenreißen musste, bei ihrem Anblick nicht verrückt zu werden.

In der Jolle, die unter ihm auf einem Slipwagen verzurrt war, hatte er zwei billige Kunstfaserdecken gefunden, ohne die er erfroren wäre. Die Sonne war nachts für einige Stunden unter den Horizont gesunken, das Quecksilberthermometer in der

Jolle hatte sechs Grad angezeigt. Er wusste, das genügte, um an Unterkühlung zu sterben. Er hatte einen Stockfisch von einem der Trockengestelle hinter dem Bootshaus genommen, als der Hunger unerträglich geworden war. Das Fleisch schmeckte pappig und matt, die zähen Fasern setzten sich zwischen die Zähne. Im Schutz des Zwielichts war er in der Nacht über die Straße geschlichen und hatte aus dem Getränkeautomaten vor dem Supermarkt eine Cola gezogen. Dabei achtete er darauf, sein Gesicht vor der Überwachungskamera zu verbergen. Die unverschämte Süße des Getränks hatte ihn einen Moment lang entspannen lassen.

Er hatte den Mann sofort wiedererkannt. Genauer gesagt den Wagen, einen verbeulten roten Toyota Pick-up, wie sie in seiner Heimat zu Tausenden herumfuhren. Auf der Heckklappe prangte ein Pin-up-Aufkleber, der für die Autowerkstatt neben dem Supermarkt warb und der ihm den Hinweis geliefert hatte, dass der Wagen und damit vermutlich auch die Täter aus der Gegend stammen mussten. Der Mann war allein. Er stieg aus und ließ den Motor laufen. Er war viel jünger, als er ihn in Erinnerung hatte, höchstens Mitte zwanzig. Allerdings hatte er ihn und seinen Komplizen nur im schwachen Schein der Morgendämmerung gesehen. Die Dunkelheit macht die Menschen älter, dachte er. Außerdem war er gut dreißig Meter entfernt gewesen, als er den Wagen hinter einer lang gezogenen Kurve auf der E 6 hatte stehen sehen.

Der Mann trug ausgebeulte Arbeitshosen und eine billige wattierte Weste. Seine Haare wirkten ungepflegt, sein Körper war ohne Spannung. Keiner der anderen Kunden grüßte ihn. Alle anderen redeten miteinander, niemand betrat oder verließ das Geschäft ohne einen kleinen Schwatz.

Wie ein Fremder, dachte er.

Er stieg die Leiter vom Dachboden hinab und zog das Fahrrad unter dem Slipwagen hervor, das er am Tag zuvor aus dem Gartenschuppen hinter einem Wohnhaus gestohlen hatte. Es war ein Jugendfahrrad und viel zu klein für seinen massigen Körper. Aber er hatte kein anderes gefunden. Die Erwachsenen hier benutzten keine Fahrräder, außer einigen Touristen, die zu einem Ort fuhren, den sie Nordkap nannten. Auch er selbst hatte das letzte Mal auf einem Fahrrad gesessen, als er ein kleiner Junge gewesen war. Letzte Nacht hatte er hinter dem Bootshaus im Schein einer Neonröhre fahren geübt und dabei geweint.

Er konnte den Mann nicht auf offener Straße töten, das würde selbst an einem abgelegenen Ort wie diesem zu viel Aufsehen erregen. Anfangs war ihm das egal gewesen. Sollten sie ihn doch verhaften danach. Oder neue Männer schicken, ihn zu töten. Das Leben war vorbei für ihn, so oder so. Wozu noch weiter flüchten und sich verstecken? Am zweiten Tag hatte ein Polizeiwagen vor dem Supermarkt gehalten, und ein Mann und eine Frau in Uniform waren plaudernd ausgestiegen. Er hatte überlegt, sich zu stellen. Doch dann hatte er Zweifel bekommen und war in seinem Versteck geblieben, bis die Polizisten davongefahren waren, beide mit einem Eis am Stiel in der Hand. Sie würden ihm nicht glauben. Sie würden herausfinden, wer er wirklich war, und ihn ins Gefängnis stecken. Er dagegen würde nie erfahren, wer die Männer gewesen waren, die seine Frau und seinen Sohn mitgenommen und vermutlich getötet hatten. Außerdem, wenn er so kurz vor dem Ziel aufgab, waren seine Liebsten dann nicht umsonst gestorben und die Reise vergeblich gewesen? Er hatte immer noch das Geld. Dimitrij hatte es mit der Diplomatenpost nach Oslo geschickt. Es lag in einem Schließfach der Privatbank Haberlin & Wölffli in der Stortingsgata, zu dem nur er das Kennwort wusste.

Für ein neues Leben.

Er fuhr mit dem Fahrrad in die Richtung, aus der der Pick-up gekommen war. Er wollte sich einen Vorsprung verschaffen, denn er vermutete, dass der Mann denselben Weg zurückfahren würde zu seinem Unterschlupf. Damit riskierte er, seine Spur zu verlieren, sollte der Mann nach seinem Einkauf in die entgegengesetzte Richtung davonfahren. Aber ohne ein Auto zur Verfolgung hatte er keine andere Wahl. Sein Instinkt war geschärfter denn je und sagte ihm, dass er richtiglag. Falls nicht, musste er sich gedulden, bis der Mann erneut auftauchte. Er hatte Zeit. Es gab niemanden mehr, der auf ihn wartete.

Er fuhr um die bauchige Bucht herum und spürte, wie sich seine Lungen von der salzigen Luft weiteten. Nach etwa drei Kilometern zweigte von der Fernstraße eine schmale Piste nach links ab und folgte weiter dem Ufer. Die erste Möglichkeit, abzubiegen. Er stieg vom Fahrrad und versteckte sich im Straßengraben. Es roch faulig, das Gras war grau vom aufgewirbelten Staub der Autos. Erst jetzt spürte er, wie sein Puls raste. Er schwitzte, obwohl es nicht sonderlich warm war. Eine plötzliche Beklemmung ließ sein Herz stolpern. Er hatte seit einer Ewigkeit keinen Sport mehr getrieben. Das letzte Tennismatch mit Dimitrij und den Kollegen von der Dienststelle musste beinahe zwei Jahre her sein. Über die Grabenkante konnte er auf die Bucht blicken, zu der sie hier Fjord sagten. Die Sonne durchbrach die Wolkendecke, und er staunte, als das spiegelglatte Wasser türkis zu schimmern begann wie das Meer zu Hause.

»Zu Hause.« Er flüsterte die Wörter. Was hieß das noch?

Er sah den Wagen von Weitem kommen und glaubte schon, der Mann würde geradeaus weiterfahren, doch dann bog er ohne zu blinken und ohne zu bremsen nach links ab. Das Heck des Wagens machte einen Schlenker. Schotter prasselte ins Gebüsch neben der Fahrbahn. Hatte der Mann ihn bemerkt? Aber das war unmöglich. Er kletterte aus dem Graben, hob das Fahrrad heraus und nahm die Verfolgung auf, sobald der Wagen hinter einer Kurve verschwunden war. Er musste lächerlich aussehen, ein schwerer Mann auf einem Kinderspielzeug. Es war ihm egal. Hinter der Kurve folgte die Straße einer langen gewölbten Uferlinie, sodass er den Wagen als kleinen Punkt erkennen konnte, der sich weit entfernte und schließlich in einer Grundstückseinfahrt verschwand.

Er hatte recht gehabt, der Mann fuhr nach seinem Einkauf sogleich wieder in sein Versteck. Er schaute sich um. Kein Mensch war auf der Straße unterwegs. Hier gab es nur vereinzelte Häuser und Gehöfte. Trotzdem war es riskant, am Tag unterwegs zu sein. Niemand sollte ihn sehen. Draußen auf dem Wasser schob sich ein Boot aus dem Fjord heraus. Das Geräusch des Außenborders drang herüber. Je näher er dem Haus des Mannes kam, desto schneller fuhr er. Zugleich stieg Panik in ihm auf. Nicht aus Furcht vor der bevorstehenden Konfrontation, sondern weil ihm klar wurde, dass er keine Kraft mehr hatte für noch mehr Vorsicht oder noch mehr Warten. Er trat energischer in die Pedale. Die kleine SIG Sauer in seiner rechten Hosentasche störte ihn beim Fahren. Er hatte die Pistole gegen den Willen seiner Frau mitgenommen. Sie hatte recht behalten, er hatte seine Familie damit nicht beschützen können. Jetzt würde er sie damit rächen.

Kurz vor dem Haus versteckte er das Fahrrad im hohen Gras und wischte sorgfältig seine Fingerabdrücke vom Lenker. Er zog die Pistole und lud sie leise durch. Von der Seite näherte er sich geduckt dem zweigeschossigen Bau, der einmal das Wohnhaus einer reichen Bauernfamilie gewesen sein musste. Von dem Mann war nichts zu sehen. In der offenen Scheune stand der verbeulte Pick-up. Im Garten schlich er an einem ausgeblichenen Plastikklapptisch vorbei. Darauf lag ein zerlegter Außenbordmotor. Jemand hatte die Reparatur schon vor längerer Zeit aufgegeben, die Teile waren mit einer stumpfen Oxidschicht überzogen. Das Anwesen lag so still da, dass er den Kühlschrank summen hörte, als er am gekippten Küchenfenster vorbeikam. Nur dieses Geräusch, das Auto in der Scheune und die überall weggeworfenen Zigarettenkippen bezeugten, dass hier jemand wohnte.

Mit beidhändigem Anschlag hielt er die Pistole vor sich und ging auf eine Hausecke zu. Seine Finger verkrampften. Er hatte keine Übung mehr im Umgang mit der Waffe. Er hatte sich keinen Plan gemacht, wie er genau vorgehen wollte. Er hatte noch nie einen Menschen getötet. Dann ging alles viel zu schnell. Auf der Rückseite des Hauses wurde eine Tür zugeworfen, beinahe im selben Moment bog der Mann um die Hausecke. In der rechten Hand hielt er locker eine Spaltaxt, wie jemand, der zum Holzhacken geht und an nichts Bestimmtes denkt. Noch bevor sich in seinem Gesicht Erstaunen oder Erschrecken zeigte, hob der Mann die Axt und stürzte sich wortlos auf ihn.

Er zog drei Mal ab.

Der Rückstoß fuhr jedes Mal wie ein elektrischer Schlag in seine Hände und ließ die Mündung der Waffe hochzucken. Beim dritten Schuss musste er zurückweichen, weil der Mann schon ganz nah gekommen war. Die Axt war ihm nach einem Treffer in den Hals entglitten und im Gras stecken geblieben. Er schoss dem Mann noch einmal in den Rücken, als er schon auf den Boden gestürzt war und sich nicht mehr rührte. Nicht aus Wut, sondern aus Angst. Die Stille nach den Schüssen rauschte in seinen Ohren. Er schaute sich um, plötzlich ganz ungelenk auf den Beinen, und suchte in den Fenstern des Hauses nach Bewegungen. Alles blieb ruhig. Er sammelte die Patronenhülsen auf und steckte sie in die Hosentasche.

Der Mann auf dem Boden roch nach Tabak und Bier und noch nicht nach Tod. Er zerrte ihn auf eine Schubkarre, die im Garten stand, und fuhr ihn in die Scheune, die auf der rechten Seite des Hofes lag. Dabei vermied er es, den Toten anzusehen. Er musste sich dieses Gesicht nicht merken. Es hatte einen Dreitagebart. Er ließ den Mann neben dem Pick-up von der Schubkarre gleiten und zog ihn an den Hosenbeinen hinter einen Brennholzhaufen im dunklen Inneren des Raumes. Der Tote sollte nicht sofort gefunden werden, aber er konnte auch nicht zu viel Aufwand betreiben, ihn zu verstecken. Er musste fort von hier, schnell. Die versuchte Gegenwehr des Mannes hatte es ihm leicht gemacht, ihn zu töten. Er war ihm dankbar dafür. Allerdings konnte der Mann ihm jetzt nicht mehr verraten, wer sein Komplize war und was sie mit seiner Familie gemacht hatten.

Als er in aller Eile das Wohnhaus durchsuchte, noch ganz besoffen von der Energie des Tötens, traf er niemanden an. Von seiner Frau und seinem Sohn fand er keine Spur. Im Schlafzimmer lagen die Kleidungsstücke einer zweiten Person. Sie musste kleiner sein als der Mann, den er erschossen hatte, doch er war sich nicht sicher, ob die grobe Arbeitshose und das karierte Flanellhemd einer Frau oder einfach einem Jungen gehörten.

Nachdem er den Versuch, die Luke zum Dachboden zu öffnen, schnell aufgegeben hatte, verließ er das Gebäude.

Fort. Nur weg von hier.

So Gott wollte, würde er später zurückkehren, um seine Liebsten zu suchen und den Komplizen des Mannes zu stellen.

Er lief zurück in die Scheune und durchsuchte den Toten nach dem Autoschlüssel. Ihm wurde schlecht, als er den warmen Körper abtastete. Aus dem Portemonnaie des Mannes nahm er vierundzwanzigtausend Kronen. Unweigerlich dachte er daran, dass es ein Teil des Blutsoldes war, den er erhalten hatte. Das Geld, das seine Frau in einem Gürtel versteckt bei sich getragen hatte, fand er nicht.

Der Autoschlüssel steckte im Zündschloss. Vor lauter Aufregung hatte er die einfachste aller Möglichkeiten nicht in Betracht gezogen. Doch der Mann hatte gleich nach seiner Ankunft die Batterie des Wagens ausgebaut und an ein Ladegerät angeschlossen. Er baute sie wieder ein. Der Anlasser klackte nur ein paarmal, dann schwieg er. Vielleicht war es besser so. Jemand würde das Auto erkennen und sich über den fremden Fahrer wundern und die Polizei rufen, dachte er. Aus dem Handschuhfach nahm er eine Straßenkarte von Norwegen, Schweden und Finnland im Maßstab eins zu einer Million und zwei zerdrückte Schokoriegel. Außerdem einen muffigen Schlafsack, der hinter dem Beifahrersitz in einem blauen Nylonbeutel steckte. In der Scheune fand er ein rostiges Männerfahrrad mit Spinnweben zwischen den Speichen. Er pumpte die Reifen auf. Wenn sein Leben noch nicht zu Ende sein sollte, musste er seine Pläne ändern. Er musste sich in Luft auflösen.

Er folgte zwei Tage und eine Nacht der Küstenstraße nach Südwesten. Jedes Mal, wenn sich von Weitem das Lichterpaar eines der wenigen Autos näherte, verließ er die Fahrbahn und versteckte sich im Gelände oder im Straßengraben. Der Hunger war unerträglich. Auf einem Campingplatz an einem Ort namens Skibotn stahl er Essen aus der Gemeinschaftsküche, frisch geangelten Lachs, den er roh herunterschlang und wieder erbrach, einen Laib Brot, zwei Dosen Bier, sechs Bananen und eine Tüte Milch. Niemand bemerkte ihn. Er verließ die Küste und fuhr mit dem Fahrrad durch ein breites Tal ins Landesinnere, immer weiter, auf die finnische Grenze zu. Seine Muskeln und Gelenke schmerzten von der ungewohnten Belastung, doch immer, wenn er glaubte, er könne einfach nicht mehr, und sich zwingen musste, weiterzufahren, bemerkte er anschließend, wic sein schwerer Körper ein wenig stärker geworden war.

In der Nacht schimmerte der Himmel wie ein Amethyst. Er hatte noch nie solch ein Violett gesehen, in einem Moment schien es bedrohlich, im nächsten machte es die Welt und alles Leid darin vergessen wie eine Droge aus buntem Gas. Zu spät erkannte er, dass die Einsamkeit, die ihm die Karte und das GPS-Gerät verheißen hatten, keine Ungenauigkeiten oder Fehler waren. Die Straße stieß immer tiefer in die grünbraune Landschaft vor, ohne dass er auf Häuser oder Menschen traf. Der Himmel wurde bleiern und niedrig und machte die Weite klein. Wozu es in dieser Ödnis überhaupt eine Straße gab, verstand er bald nicht mehr.

Er verbrachte die Nacht in einem hölzernen Verschlag, in dem Werkzeuge zur Straßenwartung lagerten, und sah am nächsten Morgen ein Rentier, das ihn neugierig beschnupperte, bevor es davontrottete und sein Körper mit den Farben und Konturen der Umgebung verschmolz, bis nur noch sein dampfender Atem es verriet. Die Sonne schien niemals wirklich unterzugehen. Sie verschwand für einige Stunden dicht unter dem Horizont, stieg wieder auf und ließ die Tage endlos ineinanderfließen wie Berge und Täler einer Meeresdünung, unter der die ganze Macht der Erde lauerte, der Atem des Planeten. Die Luft war rein und kühl und beinahe geruchlos. Nur wenn er sich abseits der Straße zwischen den Birken in das drahtige Kraut legte, um einige Stunden auszuruhen, nahm er den würzigen Duft des Bodens wahr. Als er kurz vor der Siedlung Kilpisjärvi ein gelb getünchtes Steinrondell neben der Fahrbahn passierte, entfuhr ihm ein Seufzer voll bitterer Wehmut. Mehr brauchten die Autoritäten der beiden Länder nicht zu tun, um ihre Staatsgrenzen zu schützen. Ihre Völker lebten in Frieden miteinander und führten auch keine Kriege gegen sich selbst. Sein Land dagegen war nur noch ein stinkender Kadaver, um den sich die Nachbarn balgten wie verwilderte Hunde.

Vor einem lang gestreckten roten Holzhaus in Kilpisjärvi stand der Linienbus nach Tornio. Vom Fahrer war nichts zu sehen. An der vorderen Tür klebte eine Notiz, auf der er zwei Uhrzeiten entziffern konnte. Demnach fuhr der Bus in einer Stunde ab und sollte nach neunzehn Stunden in der finnischen Küstenstadt Tornio ankommen. Er lehnte das Fahrrad an die Rückwand des Gebäudes. Es war eine Herberge für Wanderer und Ausflügler. Er nahm den Schlafsackbeutel und eine Tüte mit Habseligkeiten vom Gepäckträger. Da erst bemerkte er eine junge Frau, die auf der Treppe zur Hintertür saß und eine Zigarette rauchte.

»*Hei*«, sagte sie, deutete hinter sich und sagte ihm auf Englisch, wo die Duschen waren. Sie hielt ihn für einen Touristen.

»*Takk skal du ha.*«

Er hatte die Floskel schon zu Hause gelernt, in der fremden Sprache, die hier aber die verkehrte war. Die junge Frau nickte ihm zu und lächelte. Wieder hatte er Hunger. Er hatte genug Geld, um Essen und eine Fahrkarte für den Bus zu kaufen, aber er fürchtete, aufzufallen und jemandem im Gedächtnis zu bleiben. Der jungen Frau vielleicht. Er musste möglichst unsichtbar bleiben. Er betrat das Gebäude, vorbei an der jungen Frau. Es war ihm unangenehm, denn er stank nach Schweiß und der Angst vieler Tage. Er wusch seine Kleider im Waschbecken und duschte. Seine Tränen vermischten sich mit dem heißen Wasser, das über sein Gesicht rann. Als er fertig war, saß er nackt in dem stickigen Duschraum und stierte in den Spiegel auf sein blasses, massiges Fleisch. Draußen hatte es in Fäden zu regnen begonnen. Es sah aus wie ein milchiger Vorhang und verdeckte den Ausblick über den See auf der anderen Straßenseite. Wenn er einfach hier sitzen bliebe, bis sie die Tür aufbrachen und ihn mitnahmen, um herauszufinden, wer er war? Er hatte einen echten Pass mit einem falschen Namen. Er hatte das Dokument nicht verbrannt.

Er hielt seine Kleidung unter den elektrischen Handtrockner. Der Stoff wurde heiß und blieb klamm. Er zog sich an und verließ in einem unbeobachteten Moment den Waschraum. Die junge Frau war verschwunden, glaubte er, doch als er das Gebäude Richtung Vordertür durchquerte, stand sie plötzlich hinter der Rezeptionstheke und lächelte ihn unverwandt an. Es schien ihm unauffälliger, höflich zu sein, statt vorbeizugehen. Außerdem war die Theke gefüllt mit Reiseproviant. Er kaufte vier Sandwiches mit gebratenem Rentierfleisch und Remoulade und eine Cola. Er log der jungen Frau ins Gesicht, er wandere auf den Berg, der hinter der Herberge aufragte und für den ein kitschiges Plakat über der Sitzecke im Foyer warb. Die Frau schaute ihn aus fröhlichen blauen Augen an, und er konnte nicht ausmachen, ob sie ihm glaubte oder nicht oder ob es ihr einfach gleichgültig war.

»*Take care*«, sagte sie.

Der Bus stand immer noch verlassen da. Es war noch Zeit. Er öffnete auf der straßenabgewandten Seite eine der Gepäckraumklappen, kroch zwischen die Postsäcke, Koffer und Pakete und zog die Klappe hinter sich zu. Der Raum war hoch genug, um aufrecht zu sitzen. Er benutzte den Bildschirm des GPS-Gerätes, das er im Duschraum aufgeladen hatte, als Lampe. In einer Nische hinter zwei Ersatzrädern und Plastikkanistern mit Motoröl und Kühlflüssigkeit breitete er den Schlafsack aus. Es roch nach Gummi und Diesel. Der Bus fuhr pünktlich ab, ohne dass der Fahrer den Gepäckraum noch einmal öffnete. Kurz hörte er über sich die gedämpften Schritte und Stimmen der wenigen Fahrgäste, dann übertönte der Motor sämtliche Geräusche. Er schaltete das GPS-Gerät aus. In der Dunkelheit spürte er die Kräfte der Bewegung, und jedes Mal, wenn das schwere Fahrzeug durch ein Schlagloch fuhr, zuckten von draußen dunkelblaue und violette Lichtblitze der Mittsommernacht durch die Spalten der Gepäckraumluken ins Innere.

Der Rest war Dunkelheit.

Mein Name ist Aziz Djamir Jafar. Ich stamme aus Homs. Das liegt in Syrien. Meine Familie ist im Krieg ums Leben gekommen.

15

Hannah ist TOT!

Schoomwinkels' Konkurrenten (Drogenschmuggel/-handel?) haben André und Hannah getötet

WO Hannahs Leiche? (Grundstück, Meer?)
Wieso nur S. Leiche auf Bankenes?
~~(Hannah verschleppt?)~~
+
SILJE LÜGT
- Weiß in Wahrheit nicht, wo Hannah ist
= will nicht zugeben, dass sie Kontrolle über Hannah verloren hat??

- Erfindet Telefongespräche mit Hannah

Alles war falsch. Warum nur wollte er mit aller Macht das Schlimmstmögliche? Er konnte sich nicht dagegen wehren. Sein Verstand drängte mit spitzen Ellenbogen jede andere Möglichkeit beiseite. Seine Tochter sollte lieber eine Tote als eine Mörderin sein. Vielleicht, weil es einfacher war, ein Opfer zu betrauern, als eine Täterin zu lieben. Er hatte getrunken. Das machte es immer leicht, das Beste oder Schlechteste in sein Leben zu holen. Er schwamm in einem klebrigen Tümpel aus Selbstmitleid.

Er fuhr mit der Husqvarna nach Bankenes. Der Fahrtwind versuchte vergeblich, ihn auszunüchtern. Er streunte auf dem riesigen Grundstück umher auf der Suche nach frischen Spuren in der Grasnarbe, unter denen der Körper seiner Tochter verborgen war. Als er nichts fand, war es wie ein Frieden, dem er nicht traute. Er schaute zum Wohnzimmerfenster des Hauses hinein und tat so, als wüsste er nicht, dass sein Bewohner nie zurückkehren würde.

Das Licht der vergehenden Tage wanderte in einem kaum wahrnehmbaren Bogen über die ranzigen Möbel des Wohnwagens von links nach rechts. Er trank abwechselnd frische Milch und billigen Whisky und wartete auf irgendetwas Unausweichliches, doch nichts geschah. Er war immer noch allein auf dem Hof. Kjells frisch ersteigerter Lastwagen war auf der Rückfahrt mit geplatztem Kühler liegen geblieben. Jetzt wartete er mit Ella in Narvik auf Ersatz. Draußen fuhr Jens Lund vor, um die Kühe zu melken. Der Postbote deponierte ein Paket für Ella vor der Haustür. Der Tankwagen der Molkerei holte die Milch ab.

Zwischen den Flaschen spann er Gedankenfäden auf der Rückseite eines alten Fotokalenders. *»Fantastisk Norge«*. Er klebte die Blätter an die Tür des kaputten Kühlschranks, so als arbeite er an einem Fall. Die Hofhündin legte sich ihm mit einem Blick zu Füßen, der genau wusste, dass ihr Mensch in ernsten Schwierigkeiten steckte. Falk hatte die Intuition von Hunden immer bewundert, doch ihre symbiotische Ergebenheit war ihm zuwider. Jetzt war er froh, dass Laika da war. Er lächelte zu ihr hinunter.

Draußen frischte der Wind auf. Er war zu betrunken, um zum Vinmonopolet nach Alta zu fahren und Nachschub zu holen. Im einsetzenden Regen ging er hinüber zur Scheune und hangelte sich über das Förderband zum linken Silo hinauf. Er zog zwei Flaschen schwarzen Johnnie Walker aus Kjells Schnapsdepot. Beim Abstieg rutschte er mit den nassen Sohlen auf dem Förderband ab und glitt zwei Meter in die Tiefe. Er landete hart auf einem Rest Silage. Eine der Flaschen zerplatzte, und ihr Inhalt ergoss sich über seinen Oberkörper. Er fluchte nicht mal. Er schüttelte die Scherben ab, die er liegen ließ, und trug die unversehrte Flasche wie eine trotzig erkämpfte Trophäe zum Wohnwagen. Er glotzte auf den Zettel an der Kühlschranktür und nahm einen frischen Schluck. Der Whisky schmeckte scharfkantig und flach. Aber das hatte er vorher gewusst, und es war ihm egal.

Hannah lebt!
= entführt
~~*Silje verschweigt mir Entführung?*~~
~~*Noch keine Lösegeldforderung?*~~

Silje weiß nichts von Entführung
+
Kidnapper verhandeln direkt mit Lars Einar

= Hannah muss Silje am Telefon vorlügen, sie sei in Madrid
→ Nach Oslo zu Lars Einar fahren?

Hannah wo festgehalten? Kvænangen? Rus? Fin? Oslo?

TÄTER? Wer + wie viele?
= aus Drogenschmugglermilieu?

SIND BRUTAL = haben Schoomwinkels erschossen (Tatwaffe → 9 Para oder .38)

War Schoomwinkels selbst Kidnapper + von Komplizen getötet?

Als er nüchtern war, riss er die tote Hannah vom Kühlschrank und rief ein letztes Mal bei Silje in Oslo an. Er wollte ganz sichergehen. Hannah blieb unerreichbar, also hatte er sich beinahe jeden Tag unter immer fadenscheinigeren Vorwänden bei Silje nach seiner Tochter erkundigt. Während seine Ex-Frau mit jedem Anruf gereizter reagierte, horchte Falk wie ein Sonargast auf unwillkürliche Gedankengeräusche zwischen ihren Worten oder verräterische Stimmmodulationen. Doch da war nichts. Silje hatte vorgestern das letzte Mal per WhatsApp mit Hannah Kontakt gehabt. Sie ging felsenfest davon aus, dass ihre Tochter in Madrid war und in vier Tagen nach Oslo zurückkehren würde.

»Hast du schon wieder getrunken?«

Falk verneinte, und diesmal hatte er die Wahrheit auf seiner Seite. Er entschuldigte sich für die Belästigungen, was Silje mit der schnippischen Empfehlung quittierte, er möge sich gefälligst einen Therapeuten suchen. Für was auch immer.

Die Idee, dass Hannahs Kidnapper gar nicht die Absicht hatten, mit der Mutter ihres Opfers über das Lösegeld zu verhandeln, war ihm erst während der Telefonate gekommen. Dabei lag sie auf der Hand. Die Entführer hatten sich gleich an Lars Einar Hellestad gewandt, den alten, reichen Mann. Das erklärte auch, wieso Silje so überzeugt davon sein konnte, dass ihre Tochter in Spanien war. Sie wusste es nicht besser. Falk ärgerte sich, dass er nicht früher darauf gekommen war.

Während Hannah ihre Mutter am Telefon mit einer Waffe an der Schläfe anlügen musste, handelte der Alte ohne Siljes Wissen mit den Kidnappern einen Deal aus. Er würde nicht zögern, um jede Krone zu feilschen wie mit einem x-beliebigen Holzlieferanten, selbst wenn er damit Hannahs Gesundheit aufs Spiel setzte. So wenig wie einen John Paul Getty würde es Lars Einar Hellestad kümmern, ob diese Schacherei Wochen oder Monate dauerte oder wie sehr sich seine Tochter oder die Öffentlichkeit über sein Verhalten empörten, sollte die Entführung publik werden. Auch seine einzige, geliebte Enkelin hatte einen Preis, den nur er allein bestimmen würde. Der Alte folgte den überkommenen Reflexen eines Mannes, der es gewohnt war, dass seine kleine Welt ihm stets gehorchte. Und je deutlicher er spürte, wie ihm das Leben allmählich entglitt und seine Macht machtlos war gegen die eigene Hinfälligkeit, umso verbissener wollte er den Lauf aller Dinge bestimmen. Lars Einar verfolgte stets seine ganz eigene Strategie. In diesem Fall die, die Kidnapper hinzuhalten und seinen Sicherheitschef Ingmar Haugen loszuschicken, um Hannah aufzuspüren und zu befreien, die die Entführer längst nach Oslo geschafft hatten, dahin, wo sie ihrem Gegenspieler und dem Lösegeld am nächsten waren.

Falks Magen hob sich.

Es gelang ihm nicht, was die Kidnapper vermutlich problemlos geschafft hatten, nämlich Kontakt zu Lars Einar Hellestad aufzunehmen. Die Leier, mit der die Telefonistin ihn aus ihrem Glaskasten heraus abwimmelte, kannte er nach wenigen Anrufen auswendig. Er ging ins Netz, um auf der Widerøe-Homepage ein Ticket nach Oslo zu kaufen. Die wackelige Verbindung ließ ihn gar nicht erst bis zur Buchung kommen. Bei dem Versuch, das Büro der Fluggesellschaft in Sørkjosen zu erreichen, verhungerte er in der Warteschleife eines Callcenters am anderen Ende der Welt. Norwegen war ein modernes Land, doch das geschäftige Flimmern eines Computerbildschirms konnte genauso gut nur der Anschein von Fortschritt sein, den schon ein Blick auf die unwillige Landschaft als Trick entlarvte. Dieser abgelegene, zerklüftete Teil der Welt weigerte sich einfach, näher als unbedingt nötig an den irre gewordenen Rest heranzurücken.

Falk ging hinaus auf den Hof, ließ das Tier warm laufen und fuhr zum Flughafen nach Sørkjosen. Es regnete in Strömen. Der niedrige Himmel quetschte die Weite wie eine gigantische Schrottpresse zu einer einförmigen Bedrückung zusammen. Der Fjord trug weiße Wellenkämme, unter denen das Meer in einer Endlosschleife gegen das Land anrollte. Die Ärmchen der Scheibenwischer mühten sich gegen das Wasser von oben. Warum hatten alte Autos immer viel zu kleine Scheibenwischer?

Die sechzig Kilometer Fahrt nach Sørkjosen gaben seinen Zweifeln unangenehm viel Zeit, spazieren zu gehen. Er hatte sich vorgestellt, Lars Einar gleich morgens an der Marina von Oksenøya abzufangen und zur Rede zu stellen, wenn er mit seinem Boot aus Konglungen kam und auf dem Weg ins Büro war. Dass seine Enkelin entführt worden war, würde den Alten nicht von seiner täglichen Routine abhalten. Was aber, wenn Falk sich irrte? Wenn er sich womöglich ganz und gar und in jeder Hinsicht irrte? Der Alte nichts vom Verschwinden seiner Enkelin wusste und erst durch Falks überfallartigen Besuch davon erfuhr? Wenn Hannah nicht Opfer eines Verbrechens, sondern Täterin geworden war?

»Ja. Nein. Ja. Nein. Ja. Nein«, sagten die Scheibenwischer.

Dann wäre Falk der Narr, der den Bluthund auf eine Fährte setzte, von der er ihn unbedingt fernhalten wollte. Wenn er herausfinden wollte, ob und was Hannahs Großvater über das Verschwinden seiner Enkelin wusste, musste er diskreter vorgehen.

Am Flughafen war der Regen versiegt und kräuselte sich in den Pfützen. Es klarte nicht auf. Mit seiner geflickten Landebahn und der Glaskanzel, die gerade so hoch aufragte wie ein zweistöckiges Wohnhaus, glich der Flughafen eher einer Piste für Hobbypiloten als einer wichtigen Lebensader für die Region. Die letzte Maschine hatte vor wenigen Minuten abgehoben. Der süßliche Geruch von verbranntem Kerosin lag noch in der Luft. Falk parkte vor der Baracke des Terminals und blockierte mit dem Tier fünf Parkplätze. »Kein Problem«, sagte der Angestellte am Schalter von Widerøe, der ihn hatte ankommen sehen. Außer Falk waren nur eine Handvoll Passagiere im Raum. Sie trotteten mit ihren Rucksäcken und Trolleys zum Ausgang. Obwohl seine Sorge echt war, musste Falk sich Mühe geben, den aufgelösten Familienvater zu spielen. Er hörte sich sprechen und sah, wie die Skepsis des jungen Mannes hinter der weißen Holztheke langsam erodierte. Nachdem der Mann sich einige Minuten lang geziert hatte – *»Data protection you know and what if my boss finds out?«* –, lächelte er jetzt mitfühlend und drehte verschwörerisch den Bildschirm mit den Passagierlisten in Falks Richtung. Hannah Sebastiani war vor dreieinhalb Wochen mit einem Flug über Narvik aus Oslo hier angekommen. Sie hatte keinen Rückflug angetreten.

Natürlich nicht, dachte Falk. Die Entführer hatten sich wohl kaum mit ihr in eine Linienmaschine gesetzt.

»Zumindest ist sie nicht von hier aus zurückgeflogen«, sagte der junge Mann. Er ließ die Finger über die Tastatur fliegen, zog seinen Sicherheitsausweis durch das Lesegerät und schaute mit zusammengekniffenen Augen auf den Monitor. Er schüttelte langsam den Kopf, während er weiterscrollte. »Auch nicht von Alta, Tromsø und Bodø.« Er war sich sicher.

»Wir sind die Einzigen, die die Städte nördlich des Polarkreises anfliegen.«

Falk fragte nach ausgehenden Privatflügen. Der Mann blies die Luft aus den Backen. »Da müssen Sie sich an den Flughafenbetreiber wenden. Oder an die Polizei.«

Falk notierte sich die Nummer von Avinor in Gardermoen. Einen naiven Helfer wie den jungen Mann, der aus Hilfsbereitschaft alle Datenschutzvorschriften missachtete, konnte er in der Konzernzentrale nicht erwarten, so viel war sicher.

Sämtliche Maschinen nach Oslo waren für die kommenden Tage ausgebucht. »Ferienzeit«, sagte der Mann hinter dem Schalter. Dann zwinkerte er und fiel endgültig in eine Art rührselige Geschäftigkeit. In einem zerhackten Videotelefonat mit seinem Vorgesetzten kämpfte er für Falk den Notsitz auf einem Flug nach Oslo frei. »In drei Tagen. Mehr kann ich nicht tun.«

Falk bezahlte das Ticket und bedankte sich. Der Mann verabschiedete sich mit Handschlag. Falk war die Geste unangenehm. Erst als er die warme Haut und den festen Griff des Mannes spürte, wurde ihm bewusst, wie dankbar er ihm tatsächlich war. Auf dem Rückweg ließ er die Abzweigung nach Øvrestua rechts liegen und fuhr nach Burfjord. Von Zeit zu Zeit tippte er auf die Bremse, um sie zu testen. Seit dem Unfall inspizierte er die Anlage vor jeder Fahrt. Sie funktionierte einwandfrei, doch seine Angst hatte ein gutes Gedächtnis. Ob der Wagen sabotiert oder einfach schlecht gewartet worden war, hatte er nicht herausgefunden. Der eine, den er hätte fragen können, lebte nicht mehr, der andere saß in Narvik fest und würde ihm sowieso nur eine stinkende Antwort ins Gesicht rotzen.

Der Pizzaservice war im Gebäude des Coop-Supermarktes untergebracht. Falk kaufte die nötigsten Lebensmittel und bestellte beim Rausgehen eine Capricciosa zum Mitnehmen. Der Koch erkannte Hannah wieder, als Falk ihm sein Telefon mit einem Foto hinhielt. Er wischte die mehligen Hände an seiner Schürze ab und zog den Apparat heran, um sich zu vergewissern.

»Die war mal hier«, nickte er. »Mit André, dem Holländer.

Die wohnen im Haus vom alten Hellestad, drüben in Badderen, soweit ich weiß.«

Falk fragte nach dem Datum, aber der Koch schüttelte den Kopf. »Is vielleicht ’ne Woche oder zehn Tage her. War mitten in der Nacht. Wir haben ja durchgehend auf während der Grasernte.«

Als Falk fragte, ob ihm etwas aufgefallen war, lachte der Mann. Dabei flatterten seine Hängebacken wie schlaffe Segel. »Die waren ziemlich voll, als sie hier reinkamen. Ich glaube, die hatten nicht bloß getrunken.«

Er formte die Hände vor dem Mund zu einer Bong. Als er sie wieder wegnahm, hatte er einen weißen Mehlkranz im Gesicht. Er bemerkte es nicht.

»Wer weiß, was die geraucht hatten. Außerdem haben sie die ganze Zeit gestritten, weil der Holländer sie ständig befummelt hat. Ich meine, so richtig. Wenn das Mädchen ihm keine gescheuert hätte, wär ich dazwischengegangen.« Er zuckte mit den Schultern. »Hübsch war die. Viel zu schade für so einen Typen.«

Mehr brachte Falk nicht in Erfahrung. Der Koch fragte ihn, woher er das junge Mädchen kannte, doch Falk nahm mit einem unverbindlichen Lächeln den Pizzakarton entgegen und verließ ohne ein weiteres Wort den Supermarkt. Er aß während der Fahrt. Die Pizza schmeckte besser als erwartet.

Von Kjells und Ellas Festnetzanschluss aus rief er Ayse Serapoglu im Kommissariat 51 in München an und überredete sie, bei den Kollegen in Oslo mit einer fingierten Amtshilfe Lars Einar Hellestads geheime Telefonnummern herauszufinden. Die Chancen, dass die Norweger darauf eingingen, waren gering, doch der kleine Rest von Falks Polizistenseele brauchte das Gefühl, so etwas wie eine Ermittlung zu führen. Er entschuldigte sich bei Ayse, sie für seine Zwecke zu benutzen. In Wahrheit hielten sich seine Skrupel in Grenzen. Ayse war eine erwachsene Frau. Dass eine Jurastudentin, die halb so alt war wie er, nach über zwanzig Dienstjahren seine einzige Verbündete im Polizeiapparat war, beschämte ihn nur kurz. Drei Stunden später lagen die privaten Festnetz- und Mobilfunknummern des Alten in seinem E-Mail-Postfach. Er konnte sich den eitlen Gedanken nicht verkneifen, dass er heute ziemlich überzeugend war, wenn es darum ging, an Informationen zu kommen.

Neben den Telefonnummern hatte Ayse den aktuellen Flurfunk aus dem Dezernat aufgelistet. Es ging um die üblichen Nickeligkeiten unter Kollegen, Beförderungsneid und Ausrüstungsmängel. Die Hautkrebserkrankung von Kriminaldirektor Riemann hatte ein munteres Geschacher um seine Nachfolge ausgelöst. Wie ernst die Sache war, wusste niemand. Riemann selbst schwieg. Ein weiteres Gerücht besagte, dass hinter den gepolsterten Türen der Münchner Staatsanwaltschaft ein Streit darüber ausgebrochen war, ob das obligatorische Todesermittlungsverfahren gegen KOK Sebastiani in der Sache Abbalas/Samir/Kubkureit, Aktenzeichen LGMUEN/626-pm/112/19, routinemäßig eingestellt werden sollte oder nicht. Im Moment sah es nach »eher nicht« aus. Angeblich stellte sich der Generalstaatsanwalt quer. Ayse versprach, Falk auf dem Laufenden zu halten.

»Gefahr von tief fliegendem Stuhlgang«, hatte sie daruntergetippt und Falk noch eine schöne Zeit gewünscht. Die junge Frau stammte aus einer gut situierten Kaufmannsfamilie, die in der dritten Generation in Deutschland lebte und Wert auf Bildung und Umgangsformen legte. In knapp drei Monaten Hospitanz bei der Münchner Polizei hatte Ayse Tonfall und Verhalten weitgehend auf das Niveau der Beamten abgesenkt und fand großen Spaß an der Verwendung der behördeninternen Fäkalsprache.

Falk wählte die erste der beiden Nummern von Lars Einar. Vielleicht verrät der Alte sich, oder er weiht mich freiwillig in die Entführung seiner Enkelin ein, dachte er in das Rufzeichen hinein. Immerhin bin ich Hannahs Vater. Das kann nicht mal Lars Einar Hellestad leugnen. Oder ändern. Im Hörer erklang das Fragment einer Bachkantate. Darüber eine Reibeisenstimme, die den Namen ihres Trägers wie eine Drohung in den Äther kratzte.

»Lars Einar.«

Es piepte im Hörer.

»Wozu hat jeder ein verdammtes Smartphone, wenn er nicht drangeht«, motzte Falk, laut genug, dass der Alte es hören musste, sobald er die Nachricht abhörte. Er bat ihn um Rückruf und bemühte sich vergeblich, es nicht dringlich klingen zu lassen. Sofort wählte er die Nummer des Festnetzanschlusses in Konglungen.

Nach dem ersten Klingeln hob Lars Einars Chauffeur Arnebjörn Larssen ab. »Woher hast du diese Nummer«, sagte er. Es klang eher erstaunt als tadelnd.

Überzeugend sein, dachte Falk, als Arnebjörn keine Antwort abwartete und ihn gleich abblitzen lassen wollte, indem er behauptete, der Alte wäre nicht da.

»Und wo soll der Chef sein, wenn sein Fahrer zu Hause hockt?«, sagte Falk. Arnebjörn hatte auch schon mal besser gelogen.

»Mit dem Boot unterwegs«, behauptete Arnebjörn.

Falk wusste, der Alte fuhr schon seit Jahren nicht mehr bei schwindendem Licht aufs Wasser hinaus.

»Mach dich nicht lächerlich. Es ist bald dunkel«, sagte er.

Arnebjörn schnaubte. »Was geht dich das eigentlich –«

Seine Antwort brach mit einem Knacken ab. Die Stimme von Lars Einar Hellestad übernahm. Er hatte die ganze Zeit mitgehört. »Was willst du«, knarzte es.

Als ob er es ohnehin wüsste, fing der Alte an, ansatzlos über die Rückgabe von Bankenes zu lamentieren. Falk kam nicht mal dazu, ihn zu grüßen. Lars Einar Hellestad sprach von alten Eigentumsrechten und davon, dass er Bankenes nie offiziell an Silje überschrieben hätte und sie das Anwesen folglich auch nicht an Falk hätte weiterverschenken dürfen. Das war schlicht gelogen. Falk besaß Abschriften der Grundbuchauszüge, aber sein Ex-Schwiegervater spekulierte darauf, sein Gegenüber einzuschüchtern und seine Lüge so oft zu wiederholen, bis sie zur Wahrheit geworden war.

Falk war die Litanei egal. Ihn interessierte, was Lars Einar nicht sagte, und die Vehemenz, mit der er sich in die Belanglosigkeit von Bankenes verbiss, war entweder ein gekonntes Ablenkungsmanöver oder ein Indiz dafür, dass er nichts vom Verschwinden seiner Enkelin wusste. Falk warf Hannahs Namen so beiläufig wie möglich als Köder aus. Doch die einzige Reaktion des Alten war die plötzliche Behauptung, er wolle Bankenes seiner Enkelin zu ihrem achtzehnten Geburtstag schenken, schon allein deshalb müsse Falk das Anwesen zurückgeben. Das hatte er sich in diesem Moment ausgedacht. Falk musste unwillkürlich grinsen über die taktische Gelenkigkeit des alten Mannes.

»Du kannst es für zwanzig Millionen Kronen zurückkaufen«, spuckte er ins Telefon. Er hörte Lars Einar Hellestad am anderen Ende der Leitung zusammenzucken. »Oder ist dir das Geburtstagsgeschenk für deine Enkelin nicht so viel wert?«

Hellestad stieß einen Schwall undeutlicher Flüche aus, aber Falk verstand genug, um herauszuhören, dass er ihm gerade die Pest an den Hals wünschte. Spätestens jetzt würdest du dich verraten, wenn du mit den Entführern meiner Tochter in Kontakt stündest, dachte Falk. Du würdest mir die Lösegeldsumme wie eine Gegenforderung an den Kopf knallen und den billigen Triumph meiner Sprachlosigkeit genießen. Doch am anderen Ende der Leitung war nur Schimpfen zu hören, und Lars Einar würzte seine Tiraden nun mit ein paar spätpubertären Flüchen auf Englisch, die er vermutlich bei Hannah aufgeschnappt hatte.

»Überleg es dir«, grätschte Falk dazwischen.

Er hörte nur noch mehrfach das Wort »Anwälte« heraus, die sich bald bei ihm melden würden. Es klang wie eine Drohung, und genau das war es auch.

Die Stimme des alten Mannes waberte noch eine halbe Stunde später durch sein Gehirn wie ein Juckreiz, den er nicht wegkratzen konnte. Er war kein bisschen erleichtert, im Gegenteil. Er kam sich vor wie jemand, der auf der Flucht im Kreis gerannt war und nicht wahrhaben wollte, dass er wieder an derselben grausamen Stelle stand.

Hannah lügt!

Hat André Schoomwinkels im Streit erschossen → I'll kill you!
(Meine Waffe?)
Motiv NOTWEHR?

Hannah untergetaucht. WO?
Kvænangen/Troms?/Finnl.
zurück nach Oslo? (Wann + WIE?)

Hannah lügt Silje am Tel an: Bin in Madrid

ODER

Schoomwinkels von Dealer-Konkurrenten erschossen
Hannah entkommen + untergetaucht?

Hat meine HK mitgenommen (Selbstschutz)?

Aber!
WENN HANNAH UNSCHULDIG
WIESO VERTRAUT SIE SICH NICHT SILJE AN?
WIESO DIE MADRID-LÜGE AM TELEFON?

Es gab keinen guten Grund, warum Hannah ihre Mutter belügen sollte. Es gab nur einen schlechten. Falk spürte, wie sein Widerstand, den er in Form entlastender Thesen an die Kühlschranktür im Wohnwagen geklebt hatte, endgültig erstarb. Hannah hatte ihren Liebhaber getötet – mit der Waffe ihres Vaters.

Liebhaber.

Er ekelte sich vor dem Begriff. Ein Schwall Hass gegen den Toten überkam ihn, die Sorte, die aus der Eifersucht eines Vaters brannte, der seine Tochter zum ersten Mal an einen anderen Mann verlor. Einen Mann, der seine Tochter besser gekannt hatte als Falk selbst, zumindest den Teil von ihr, der zu einer jungen Frau geworden war, die begehrte und begehrt wurde und nach Liebe und einem Platz in der Welt suchte. Doch der Mann hatte ihm nicht nur die Tochter weggenommen, er hatte sie auch zur Mörderin gemacht. Es war wie ein doppelter Verrat. Immerhin war es André Schoomwinkels selbst gewesen, der den Preis dafür bezahlt hatte. Er hatte seinen Tod ganz allein zu verantworten. Er war Hannah zu nahe gekommen, und sie hatte sich gewehrt. Falk spürte eine tiefe Genugtuung. Er hatte gut daran getan, die Leiche des Mannes und Hannahs Spuren zu beseitigen. Alles klärte und verfestigte sich zu einer Wahrheit so hart wie der Schnellzement, der André Schoomwinkels für immer auf dem Grund des Kvænangenfjords festhalten würde.

Er kopierte die Fotos und das Video seiner Tochter von André Schoomwinkels' Telefon auf eine SD-Karte.

I'll kill you!

Er trat auf den Hof hinaus. Mit einem schweren Flusskiesel aus Ellas Garten zerschlug er den Apparat, bis davon nur noch Krümel und ein paar Drahtstücke übrig waren. Zusammen mit den Kalenderblättern verbrannte er sie in der Waschmaschinentrommel hinter dem Kuhstall von Øvrestua. Giftgrüne Flammen krochen aus den Löchern im Metall wie die Köpfe einer Medusa. Er wärmte seine Hände einen Augenblick lang über dem Feuer, obwohl es nicht kalt war. Dann zog er sein Telefon hervor und wählte die Nummer der Polizeistation in Burfjord.

16

N 65°49'21.2" | E 21°39'51.3"

»Mein Name ist Aziz Djamir Jafar. Ich stamme aus Homs. Das liegt in Syrien. Meine Familie ist im Krieg ums Leben gekommen. Ich beantrage Asyl im Königreich Schweden.«

Der Sachbearbeiter des Migrationsamtes in Boden schmunzelte. Königreich! Er war ebenso dick wie Aziz und ungefähr im selben Alter. Die äußerlichen Gemeinsamkeiten halfen Aziz, sich in der Gegenwart des Mannes, der über sein weiteres Schicksal entscheiden sollte, zu entspannen. So Gott wollte, würde weder der dicke Mann noch irgendjemand sonst je erfahren, dass Aziz in Wahrheit Haidar al Sulami war. Der Pass mit seinem falschen Namen war echt. Haidar hatte vor der Flucht für sich und seine Familie in Damaskus neue Papiere besorgt. Der verschwiegene Mitarbeiter der Passbehörde hatte sechstausend Dollar bekommen, die er für seine eigene Flucht verwenden wollte, und ihm Glück gewünscht.

Ihre neuen Namen waren die von Toten. Der Mann und seine Frau waren in Homs unter den Trümmern ihres Hauses gestorben. Ob ein syrisches, russisches, türkisches, französisches oder ein amerikanisches Flugzeug die Bombe abgeworfen hatte, war nie herausgekommen. Sie war ein Fehlabwurf gewesen, zu dem sich niemand zu bekennen brauchte.

Der Bus aus Kilpisjärvi war nach neunzehn Stunden in Tornio über den Grenzfluss nach Schweden gerollt. Es gab keine Kontrollen. Auf der schwedischen Seite hieß die Stadt Haparanda, doch sie wirkte wie eine einzige, nur durch den Fluss geteilt. Der dortige Busbahnhof wurde von Schweden und Finnen gleichermaßen genutzt.

Haidar hatte es nicht gewagt, unterwegs den dunklen Bauch des Fahrzeugs zu verlassen, wenn der Fahrer an einer Raststätte anhielt, damit die Fahrgäste sich die Beine vertreten und etwas essen konnten. Er hatte sich in einen halb leeren Kanister mit

Kühlwasser erleichtert und kurz vor der Ankunft das letzte Stück von dem Sandwich mit Rentierfleisch gegessen. Er hatte Hunger und Durst gehabt. Vom Lärm des Motors war er halb taub. Am Busbahnhof kroch er in einem unbeobachteten Moment aus seinem rollenden Versteck. Seine Beine waren so steif, dass er sich an einem Mülleimer abstützen musste. Die ersten Schritte waren die eines alten Mannes. Es war früher Nachmittag gewesen. Ein angenehmer Wind trieb dünne Wolken vor sich her und wehte das Versprechen heran, es würde doch noch alles gut werden. Schon von Weitem sah er den dunkelblauen Gebäuderiegel mit der gelben Aufschrift. In seinem Land gab es kein IKEA, aber er hatte gelesen, dass es in jedem der Möbelhäuser immer auch ein günstiges Restaurant gab, das selbst Obdachlose und Arme nicht abwies. Er wusch sich in der Restauranttoilette und kaufte einen Kaffee und zwei süße Teilchen. Als er an der Kasse stand, fiel ihm ein, dass er nur Dollar und norwegische Kronen besaß. Der Kassierer nahm ihm einen Fünfzig-Kronen-Schein aus der Hand und zwinkerte ihm zu.

»It's okay«, sagte er.

Haidar fragte ihn nach der Polizeistation. Es war nicht weit. Der Weg dorthin war trostlos und laut, denn der Ort war nicht für Fußgänger gemacht. Alle saßen in ihren Autos. Die Gebäude lagen weit auseinander und verloren sich zwischen fleckigen Grasrabatten und Asphaltflächen. Dies war die erste Stadt, die er betrat, seit er und seine Familie im Schatten der Nacht Murmansk verlassen hatten.

Er überlegte, die kleine SIG Sauer, die er immer noch bei sich trug, in den Fluss zu werfen, doch jetzt versteckte er sie in einem Gebüsch neben der Straße, bevor er zur Polizeistation ging, einem hässlichen Quader aus gelben Ziegeln und Glas, der direkt am Grenzfluss stand. Er würde die Pistole noch brauchen.

Die Polizeistation roch nach Chlorbleiche und Nikotin. Es war nicht viel los. In diesem Teil des Landes schien es kaum Kriminalität zu geben. Der schlecht gelaunte Dienststellenleiter schaute in Haidars Pass, stöhnte und griff zum Telefon. Während er darauf wartete, dass jemand abnahm, blätterte er ziellos in dem Dokument herum. Sein Blick streifte die Wanduhr, die ihm das Schichtende anzeigte.

»Russland, Finnland, Schweden, richtig?«, sagte er, und weil er dabei immer noch den Hörer ans Ohr hielt, begriff Haidar nicht sogleich, dass die Frage ihm galt. Der Beamte zog die Augenbrauen hoch und warf ihm einen auffordernden Blick zu.

Haidar nickte nur. Er brachte keine Antwort heraus.

»Ich dachte, die Route ist trocken«, sagte der Polizist, mehr zu sich selbst.

Nachdem er am anderen Ende der Leitung niemanden erreicht hatte, knallte er den Hörer auf und zog scheinbar wahllos ein paar Schubladen der Registratur neben seinem Schreibtisch auf. Schließlich fischte er zwei Formulare hervor, füllte sie hastig aus, stempelte sie ab und drückte sie Haidar in die Hand. Es waren eine Busfahrkarte und ein Laufzettel mit der Adresse des Migrationsamtes in Boden.

»Da müssen Sie hin«, sagte der Polizist. *»You go there.«*

Offenbar weil er Feierabend hatte, wurde er plötzlich freundlich und bot Haidar an, ihn zum Busbahnhof zu bringen. Er lag auf seinem Nachhauseweg, denn der Mann wohnte auf der anderen Seite des Flusses in Finnland. Haidar wagte es nicht, abzulehnen. Die Männer sprachen nicht viel. Der Polizist konstatierte, dass der Krieg in Syrien furchtbar sei, und schaltete im selben Moment das Autoradio ein, als wollte er vermeiden, Haidars Antwort anhören zu müssen. Er ließ die Seitenscheiben herunter. Sicher, weil ich stinke, dachte Haidar und machte sich im Sitz klein, so gut es ging.

»Es kann sein, dass die vom Migrationsamt dich nach Finnland zurückschicken wollen«, sagte der Polizist unvermittelt. »Aber das dauert«, schob er wie zur Beruhigung hinterher und deutete mit der Hand die langsamen Drehbewegungen der schwedischen Bürokratiemühlen an. »Weißt du, was Dublin drei ist?«

Haidar wusste, dass von den europäischen Staaten derjenige für den Asylantrag zuständig war, dessen Grenze der Flüchtling zuerst überschritt. In seinem Fall war das Finnland. Doch weil die Finnen Flüchtlinge, die über Russland kamen, gerne dorthin zurückschickten, war es besser, sein Glück in Schweden zu versuchen. Schon in Syrien hatten er und seine Frau herausgefunden, dass die Schweden zwar häufig ein Auge zudrückten und viele Flüchtlinge aus Finnland aufnahmen, Norwegen aber die weit bessere Option war. Außerdem hatte Dimitrij Verbindungen in das Land. Doch seit seine Familie dort spurlos verschwunden war und er einen Mann erschossen hatte, war Schweden Haidars einzige Chance.

Der Polizist setzte Haidar vor dem Busbahnhof ab, den er vor weniger als zwei Stunden verlassen hatte. Zum Abschied wünschte er ihm Glück und hielt ihm eine Dose Bier hin.

»Wenn Allah mal nicht guckt«, sagte er.

Haidar nahm die Dose entgegen und wartete, bis der Geländewagen des Mannes verschwunden war. Dann ging er zurück in die Stadt und holte seine Pistole aus dem Versteck im Gebüsch.

Die Fahrt nach Boden dauerte drei Stunden. Haidar nahm die Landschaft kaum wahr. Er konnte nicht fassen, dass der Polizist ihn mit einem lächerlichen Formular in der Hand einfach hatte gehen lassen. Plötzlich war er nicht mehr illegal unterwegs. Auch wenn sein Status weiter ungeklärt war, gab ihm das Blatt Papier das Recht, ohne Angst in dem Bus zu sitzen. Er musste sich nicht mehr verstecken und wie eine Kakerlake auf die Dunkelheit warten. Er fühlte sich frei. Auch wenn er wusste, wie albern dieses Gefühl im Grunde war, eine Selbsttäuschung. Aber sie war zu süß, um ihr nicht zu erliegen.

Als er ankam, war die Zweigstelle des Migrationsamtes seit einer Stunde geschlossen. Erleichterung durchströmte ihn. Heute musste er keine fremden Entscheidungen mehr über sich ergehen lassen. Wie um seine kleine Freiheit auszukosten, ging er in die Innenstadt, um sich neu einzukleiden. Ihm fielen die vielen Soldaten in Uniform auf. Boden war offenbar ein bedeutender Militärstandort. Zu Hause hatte die Gegenwart von Soldaten stets beruhigend auf ihn gewirkt, zumindest zu Beginn des Krieges, als er sich selbst und die Männer in Uniform noch auf derselben Seite wähnte. Später nicht mehr, als die Soldaten begannen, ihr eigenes Land zu zerstören, und nur noch für Sold und Schmiergeld kämpften.

Die Verkäuferin eines Sportgeschäftes schwatzte ihm ein roséfarbenes Polohemd und eine schwarze Cargohose auf, dazu ein Paar leichte Outdoorschuhe. Außerdem eine Freizeitjacke von einer schwedischen Marke, die hier jeder zu tragen schien. Haidar genoss die Aufmerksamkeit und den kurzen Kaufrausch. Die Plastiktüte für seine armselige Habe tauschte er gegen einen kleinen Rucksack. Er bezahlte in Dollar, nachdem die Verkäuferin den aktuellen Tageskurs umgerechnet hatte. Sie gab ihm das Wechselgeld in Kronen heraus.

In der Fußgängerzone kaufte er eine Pizza zum Mitnehmen und mietete ein Zimmer in einem Bed and Breakfast. Nachdem er gegessen und dazu das lauwarme Bier des Polizisten getrunken hatte, saß er auf dem Bett und lauschte in den Raum hinein. Die Ruhe und die unnatürliche Weichheit der Matratze ließen ihn an seiner Wahrnehmung zweifeln. Die Stimme seiner Frau, die stets schüchterner erschien, als die Person dahinter es war, und das fröhliche Plappern seines Sohnes wollten nicht erklingen. Sein Leben war vollkommen still geworden. Es schien ihm unbegreiflich, dass es trotzdem weiterging und er nicht verrückt wurde. Dass er einfach weiterexistierte. Ein- und ausatmete mit der Willenlosigkeit einer Maschine.

Der dicke Sachbearbeiter des Migrationsamtes hatte ihn am nächsten Morgen mit in sein Büro genommen, als Haidar vor dem Eingang wartete. Der Mann hieß Thure Töfting, und Haidar war am Vormittag sein einziger Kunde, ein Wort, dass er tatsächlich benutzte, als er der Sekretärin am Empfang sagte, er wünsche während des Gespräches nicht gestört zu werden.

»Königreich sagt man bei uns hier oben eigentlich nicht«, sagte Thure Töfting. »Das tun vor allem die Leute im Süden. Wenn sie besonders patriotisch sind. Sind sie patriotisch?«

Haidar zuckte unmerklich zusammen, doch dann brach der Mann kurz in Gelächter aus und fing sich sogleich wieder.

»Nun, ich denke nicht, oder? Sonst wären Sie wohl kaum hier.«

Haidar war sich nicht sicher, ob die lustige Art des Mannes eine besonders perfide Befragungstechnik war. Er war auf der Hut. Schließlich war er nicht der erste Mitarbeiter des Regimes, der sich ins Ausland absetzte und sich unter die Flüchtlinge mischte. Mit Hilfe der Karten auf Dimitrijs kleinem GPS-Gerät hatte Haidar sich eine plausible Fluchtroute eingeprägt, weit weg von Norwegen und dem Ort, an dem all ihre Träume zu Ungewissheit geronnen waren. Ein Schlepper habe ihn von einem kleinen russischen Dorf namens Tungozero über die grüne Grenze nach Finnland gebracht. In einem gelben Lieferwagen, an dessen Steuer ein blutjunger Finne mit langen Haaren saß, war er bis zum Busbahnhof von Haparanda gelangt. Er erinnere sich an Schilder, auf denen Namen wie Kuusamo und später Rovaniemi gestanden hatten. Zweitausend Dollar habe er gezahlt.

Auf Google Maps zeigte er Thure Töfting das Haus in der Bab Alsebaa gleich neben der Zitadelle von Homs, in dem er mit seiner Familie gelebt hatte. In Wahrheit war es das Haus seiner verstorbenen Eltern. Das elektronische Bild hatte die Stadt vollkommen intakt konserviert. Es fügte Haidars Lügen eine weitere hinzu. Homs war längst eine Trümmerwüste. Haidar, der nun zu Aziz geworden war, wollte nichts von seiner abgelegten Identität preisgeben. Also verschwieg er, dass er schon seit zehn Jahren nicht mehr in seiner Heimatstadt gelebt hatte, sondern in Tartus, in einem weißen Haus am Meer, das die Regierung ihm und seiner Familie für eine lächerliche Miete zur Verfügung gestellt hatte. Wenn er erzählte, wer er wirklich war, musste Thure Töfting Meldung machen. Dann würde er bald anderen Männern (und in einem Land, das eine Königin hatte, bestimmt auch Frauen) gegenübersitzen, von denen er nicht erwarten konnte, dass sie so wohlwollend waren wie der dicke Thure Töfting.

Was hast du getan? Was?

Eine Frage wie ein Schwert, die keine Antwort mit niedergelegten Waffen erlaubte. Doch sie würde ihn zerschmettern, vollkommen egal, was er sagte.

Was?

Zum Beispiel an dem Tag vor gut einem Jahr, als das Militär im gesamten Stadtgebiet von Damaskus die Mitglieder des Mittwochs-Chatrooms verhaftete, der so hieß, weil die Widerstandskämpfer sich nur an diesem Wochentag in ihren geheimen Treffpunkt im Darknet einloggten, um Sabotageaktionen gegen die Armee und die Schabiha-Milizen abzusprechen. Hatte er da nicht die Autowerkstatt angerufen und sich beschwert, weil sein fast neuer BMW schon zum zweiten Mal liegen geblieben war? Oder dann, kurze Zeit später, als sie im Keller des Gefängnisses von Saidnaya zehn aus der Chatroom-Gruppe aufgehängt hatten, alle gleichzeitig, in einer Reihe nebeneinander. Hatte er da nicht morgens den Rasensprenger falsch programmiert – die Arbeit machte ihn immer fahriger und ließ ihn schlecht schlafen – und den kompletten Rollrasen ruiniert? Er war sich nicht mehr sicher. Doch er erinnerte sich genau an den vierten Geburtstag seines Sohnes. Die restlichen Mitglieder der Gruppe wurden vom Militär in ein Verhörzentrum des Luftwaffengeheimdienstes verlegt, draußen vor der Stadt. Es waren sieben junge Männer. Sieben Söhne. Und so wie sein eigener Sohn vor nicht mal einem Monat in dem kalten Land namens Norwegen spurlos verschwunden war, waren sie damals in ihrer Heimatstadt verschwunden. Der Verhöroffizier jagte ihnen so lange Elektroschocks durch die Hoden, bis sie auch den letzten Namen ihrer Mitstreiter herausgeseufzt hatten und der Mann sich vom Gestank verbrannter Haut übergeben musste. Dann wurden sie erschossen und in reißfesten Papiersäcken, die aus der örtlichen Zementfabrik stammten, auf einer Mülldeponie verscharrt. Ihre Liebsten hörten nie wieder von ihnen. Er hatte diesen Tag mit seiner Frau und seinem Sohn am Strand von Tartus verbracht. Der Sand war fein und warm. Die Sonne stand hoch am Himmel. Der Junge ließ seinen neuen ferngesteuerten Geländewagen immer ganz knapp vor den Zungen der auflaufenden Wellen entlangsausen und schrie vor Vergnügen.

Er hatte niemanden getötet. Das war die Wahrheit und war es doch nicht.

Der Platz, auf dem ich sitze, ist nicht mein Platz, dachte er, als er durch Thure Töfting hindurchschaute. Er gebührt denen, die vor den Verbrechen der Regierung geflohen sind, für die ich gearbeitet habe. Jetzt gehöre ich zu beiden Seiten. Aber bin ich ein Verbrecher? Ein Wolf unter Schafen? Oder nur ein Schaf, das ein bisschen schlauer sein wollte als alle übrigen Schafe und zu spät erkannte, wie töricht es gewesen war?

Als er über den Tod seiner Familie in Syrien log, begann Haidar zu weinen. Denn die Wahrheit war noch viel bitterer als die Lüge. Seine Frau und sein Sohn waren kurz vor dem Ziel spurlos verschwunden, getötet oder verschleppt, vermutlich von den eigenen Leuten. Er tischte dem dicken Thure Töfting am anderen Horizont des Schreibtischs die dumme Geschichte von einem Luftangriff auf, bei dem sie verschüttet und getötet worden waren, und die Scham trieb ihm das Blut in die Wangen. Nicht über die Lüge. Darüber, dass allein er seine Familie ins Unglück geführt hatte. Nicht sein Präsident. Nicht sein Vorgesetzter. Und bestimmt nicht Dimitrij. Er ganz allein. Thure Töfting reichte ihm eine Kleenex-Box und riet ihm, sich für das Passfoto im Waschraum frisch zu machen.

»Sonst siehst du so traurig aus.«

Er klang ehrlich besorgt um seinen Kunden. Anschließend machte er eine Aufnahme und scannte Haidars Fingerabdrücke und seinen Pass ein. In den Notizen, die er sich über den Mann gemacht hatte, von dem er glaubte, er hieße Aziz, unterstrich er das Wort »IT-Spezialist«.

»Du bekommst eine Plastikkarte mit deinem Bild. Die heißt bei uns LMA. Das ist eine Aufenthaltserlaubnis, die so lange gilt, wie dein Asylantrag geprüft wird. Wenn nach vier Monaten keine Entscheidung gefallen ist, musst du sie verlängern lassen. Deinen Pass musst du zusammen mit der LMA immer bei dir haben, damit du dich ausweisen kannst.«

Thure Töfting sprach Haidar Mut zu und schickte ihn auf die Reise. Borlänge lag achthundertfünfzig Kilometer südlich, mitten in der schwedischen Provinz. Dort gab es ein Auffanglager, von dem aus die Flüchtlinge über das Land verteilt wurden. Oder deportiert.

Thure Töfting war nur die erste Hürde, dachte er.

Die Sekretärin, eine freundliche Frau mit eisgrauen Haaren, holte ihn aus dem Büro des dicken Mannes ab und übergab ihm einen Umschlag mit dreihundert Kronen Handgeld. Außerdem einen Stoffbeutel in den Farben der schwedischen Flagge, der ein Lunchpaket und Broschüren enthielt, die Land und Leute in bunten Comicstrips erklärten. »Halal«, stand auf der Lunchtüte. Haidar schaute nicht hinein, denn er hatte keinen Hunger. Die Comics zeigten, wie die Leute einander grüßten, dass man sich in der Schlange am Supermarkt nicht vordrängelte, auch nicht vor Frauen, weil sie dieselben Rechte hatten wie Männer, und dass man seinen Müll trennte, Glas, Papier, Plastik, Altmetall. Glaubten die Schweden, dass er zu Hause in einer Lehmhütte gehaust hatte wie die Zandschi in Afrika? Zum Abschied drückte ihm die Sekretärin die frisch laminierte Karte mit seinem Foto in die Hand. Das Plastik war noch ganz warm.

Der Zug nach Borlänge verließ am Mittag den Bahnhof. Es war jetzt Spätsommer, trotzdem hatte er den Eindruck, dass es mit jeder Stunde wärmer und heller wurde, als kehrten sich die Jahreszeiten um, je weiter sie nach Süden fuhren. Im Zug bemerkte er eine Gruppe Flüchtlinge. Sie führten eine aufgeregte Debatte, von der er kein Wort verstand. Er vermutete, dass sie Paschtu sprachen. Sie blickten auf, als er sich an ihnen vorbeidrückte. Einer rief hinter ihm her – erst in seiner Sprache, dann auf Englisch: »Hey, fährst du nach Borlänge ins Lager?«, doch er wollte sich nicht angesprochen fühlen und wechselte den Waggon.

Noch nie in seinem Leben hatte Haidar so viele Bäume gesehen. Die meisten waren Kiefern. Sie standen so dunkel und dicht an dicht neben den Gleisen, dass in ihren undurchdringlichen Schatten nichts wuchs. Das Land war groß und leer. Kein Fremder auf der Suche nach Schutz und Geborgenheit käme auf die Idee, an einer der kleinen Bahnstationen auszusteigen. Es gab nichts als Wald und ungeteerte Straßen, auf denen ungewaschene Autos mit vielen Zusatzscheinwerfern fuhren und die wenigen Menschen zu ihren abgelegenen Häusern brachten. Die Behörden mussten kaum befürchten, dass auf der Fahrt zum Lager ein Flüchtling untertauchte. Der Anblick der vorüberziehenden Landschaft ließ die Sehnsucht nach der Stadt, irgendeiner Stadt, mit jedem Kilometer größer werden. Dass Borlänge als hässlichste Stadt Schwedens galt, konnten die Fremden ja nicht wissen.

Im Lager traf Haidar die Männer aus dem Zug wieder. Er grüßte sie knapp und schützte schlechtes Englisch vor, um nicht auf ihre Fragen eingehen zu müssen. Das Zimmer teilte er mit sieben anderen Syrern. Sie bedrängten ihn neugierig.

»Wo kommst du her?«, »Wie war deine Flucht?«, »Hast du Familie?«, »Waren sie zu Hause hinter dir her?« …

Es hatte keinen Zweck. Seinen Landsleuten konnte er hier nicht aus dem Weg gehen. Er musste sich konzentrieren, um beim Lügen über seine Biografie nicht zu stolpern, wenn sie zusammen in der Cafeteria saßen und über ihr Land sprachen. Zum Glück gab es nur einen Mann aus Homs in seinem Zimmer. Amar war um die sechzig und hatte neben dem Walid-Stadion einen Supermarkt betrieben. Sein einziges Verbrechen war gewesen, dass er das Schutzgeld für die Polizisten nicht mehr aufbringen konnte. Die Beamten bekamen schon seit Jahren keinen vollen Sold mehr und durften sich ein Zubrot mit Schmiergeld und Erpressung verdienen. Erst hatten sie Amars Frau getötet, dann seinen Laden geplündert und niedergebrannt. Danach hatte Amar den Lieferwagen und den Familienring seines Vaters verkauft und war geflohen.

Einmal ging Haidar mit Amar durch Borlänge. Auch hier gab es einen IKEA, und nachdem sie im Restaurant eine vegetarische Lasagne gegessen hatten, ließen sie sich durch die sommerwarme Stadt treiben. Als sie neben dem Stahlwerk den Dalälven überquerten, bemerkten sie den schweren süßlichen Geruch, der aus dem Schornstein der Papiermühle aufstieg. Amar blieb plötzlich stehen und blickte sich panisch um. Er schüttelte langsam den Kopf, und das Wehklagen hundert kranker Raben kroch aus seiner Kehle. Wie ein Tier in der Enge wandte er sich nach hier und dort, schließlich wusste er sich nicht anders zu helfen, als in Haidars Arme zu flüchten. Haidar spürte, wie sich die Finger des zierlichen Mannes in seinen fettweichen Rücken eingruben und mit der Unbedingtheit eines Kindes nach Halt suchten. Aus Amars Erinnerung war der Geruch der Verwesung aufgestiegen und hatte ihm einen dieser Streiche gespielt, wie nur der Krieg es vermochte. Amar schämte sich, doch Haidar wies seine Entschuldigung beinahe brüsk zurück. Sie gingen eine Weile.

»Nein«, sagte Haidar dann. »Ich entschuldige mich.«

Amar verstand nicht. Er verstand auch nicht, warum Haidar ihm fortan aus dem Weg ging. Haidar verstand es ja nicht einmal selbst.

Bei der zweiten Befragung in der Zweigstelle des Migrationsamtes hatte er eine junge Frau vor sich, die ihn zu einem zwanglosen Gespräch auf die Sitzgruppe ihres Büros bat. Ihr Name war Sonja. Sonja war schön und hatte blondes Haar und blaue Augen und ein flächiges, ebenmäßiges Gesicht. Haidar musste kaum mehr tun als seine Angaben bestätigen, die er bei Thure Töfting in Boden gemacht hatte. Sonja bemühte sich, ihre sporadischen Nachfragen kritisch klingen zu lassen, und machte dazu sorgfältig eingeübte Gesten mit den Händen. Sie deutete an, dass seine Chancen, in Schweden bleiben zu dürfen, nicht schlecht standen. Als er den Raum eine Dreiviertelstunde später verließ, schämte er sich beinahe für Sonjas Wohlwollen.

Von einem Internetcafé im Einkaufszentrum Kupolen aus suchte er nach Zeitungsberichten über den Mann, den er in Norwegen hinter dem Haus an der Bucht erschossen hatte. Mit Widerwillen und klopfendem Herzen suchte er auch nach Meldungen über eine tote Frau und einen toten Jungen. Er ging die Onlineausgaben von »Nordlys« und »Altaposten« durch, die in dem fraglichen Zeitraum erschienen waren. Er fand nichts. Es war, als hätte es weder den Mann mit dem Pick-up noch seine Familie je gegeben.

Dass der Mann und sein Komplize als *contractors* im Auftrag des Dienstes nach ihnen gesucht hatten, bezweifelte Haidar inzwischen. Sie hätten ihn über das Smartphone seiner Frau kontaktieren können, Forderungen stellen, ihn verhöhnen, als Verräter beschimpfen. Doch sein Apparat war stumm geblieben. Die Ungewissheit höhlte sein Innerstes aus wie ein Bakterium, das seinen Wirt langsam auffraß.

Ist es das, was sie wollen?, fragte er sich.

Allerdings musste Haidar sich eingestehen, dass er als abtrünniger Mitarbeiter des syrischen Militärgeheimdienstes vermutlich nicht wichtig genug war. Er war ein guter Programmierer, gewiss, vielleicht war er sogar einer der besten Hacker, die für die Regierung gearbeitet hatten. Aber er war nicht unersetzlich. Er kannte keine Staatsgeheimnisse. Die Regierung hatte ohnehin keine mehr. Sie führte ihren Krieg gegen die eigenen Bürger ganz offen und nur noch mit einem lächerlichen Rest verlogener Rechtfertigung.

Im Übrigen passte der Mann, den er erschossen hatte, nicht ins Bild. In Haidars rasend schnell verblassender Erinnerung wirkte er mehr und mehr wie ein beliebiger Krimineller. Im Netz fand er Berichte von Raubüberfällen auf Flüchtlinge. Der Strom der Unglücklichen in Richtung Europa hatte den Berufsstand der Wegelagerer wieder zum Leben erweckt. Genau wie in seinem eigenen Land. Die ganze Welt, so schien es, war unter die Räuber gefallen.

17

»Hast du das Video auf YouTube gesehen? Ich meine, selbst wenn das irgendwelche Terroristen sind, könntest du einfach so drei Leute erschießen?«

Die Frage traf Mikkel Persson mitten ins Herz. Von dort bohrte sie sich weiter bis in den Bauchraum und pürierte seine Eingeweide. Persson ließ sich nichts anmerken. Vom Beifahrersitz aus beargwöhnte er seine Kollegin Vigdis Mitgaard, die den neuen Streifenwagen auf der E 6 nach Süden lenkte. So lässig, wie er es nie könnte, so schnell, wie er es nie wagen würde. Vigdis Mitgaard visierte den Scheitelpunkt der nächsten Kurve an, ohne vom Gas zu gehen. Perssons Magen hob sich, als die Fliehkräfte das schwere Volvo-SUV nach außen sogen. Er mochte die Frage nicht; er mochte nicht, dass Vigdis Mitgaard sich wie selbstverständlich hinters Steuer des Wagens gesetzt hatte, der noch nach Fabrik roch. Im Grunde mochte er nichts an seiner Kollegin, am allerwenigsten ihre natürliche Autorität. Sie verlieh ihr eine Schönheit, die er sich nicht erklären konnte und die ihm Angst machte. Alles an dieser Frau schien ihm seine eigene Unzulänglichkeit vor Augen zu führen. Wollte sie ihn mit der Frage auf die Probe stellen?

»Wahrscheinlich schon«, sagte er und blätterte dabei so gelangweilt wie möglich in der Bedienungsanleitung des Wagens. Er spürte, wie ihm die Hitze seiner Lüge in den Kopf stieg.

Vigdis sagte nichts und konzentrierte sich auf das Straßenband. Sie hatte keine andere Antwort erwartet. Vielleicht, weil Persson ein Mann war. Vor allem aber, weil er ein Großstadtbulle war. Dabei wusste sie fast nichts über ihn. Der Mann, der zumindest formal einen Rang über ihr stand, hatte sich vor sieben Jahren von Oslo nach Burfjord versetzen lassen, doch bis heute vermied er private Unterhaltungen. Vigdis Mitgaard wusste nicht, dass Mikkel Persson den mit dem Ölreichtum des Südens subventionierten Norden verachtete, er verachtete die

Menschen darin, solche wie Vigdis Mitgaard oder seinen Chef Per Axel Samuelson. Er hasste die helle Mitternachtssonne, und er hasste den dunklen Winter. Die grenzenlose Landschaft löste regelmäßig Beklemmungen in ihm aus, denn ihre Grenzenlosigkeit gab ihm keine Freiheit, sondern verweigerte ihm jeglichen Halt. Niemand wusste davon. Mikkel Persson schwieg über seinen Hass und war ein freundlicher Mann. Er hatte Oslo nach dem Bombenanschlag und dem Massenmord von Anders Breivik am 22. Juli 2011 zusammen mit seiner Frau Lotta für immer den Rücken gekehrt. Er hatte Urlaub gehabt an diesem Tag. Beim Nachmittagskaffee hörte er die Explosion. Als er die ersten Fernsehbilder aus der Grubbegata sah, meldete er sich nicht bei seiner Dienststelle wie viele seiner Kollegen, die freihatten. Er wusste noch nicht, was geschehen war, aber er spürte instinktiv, dass im Zentrum der Hauptstadt gerade seine Gewissheiten verbrannten wie ein Strohfeuer, schnell, heiß und rückstandsfrei. Er verstand die Welt nicht mehr, die er beschützen sollte. Wie sollte er das tun, ohne selbst zum Monster zu werden?

Er fuhr nach Bekkelaget, wo seine Jolle am Steg eines Freundes lag, und segelte auf den Oslofjord hinaus. Vom Wasser aus sah er, wie sich die weiße Rauchwolke über dem Regierungsviertel langsam auflöste. Als zwei Stunden später die Meldungen über das Massaker auf Utøya über das Display seines Telefons flimmerten, steuerte er das Boot weiter bis nach Fjellstrand. Von hier aus konnte er die Stadt nicht mehr sehen. Er verbrachte die Nacht auf dem Wasser. Am nächsten Morgen meldete er sich krank. Vier Wochen später kehrte er noch einmal in seine alte Dienststelle zurück, um seinen Spind leer zu räumen. Mit zwei Kollegen trank er zum Abschied ein Bier. Der freie Posten in der verhassten Heimatstadt seiner Frau war zum einzig möglichen Fluchtpunkt für ihn geworden. Lotta hasste den Norden noch mehr als er selbst. Sie war mit siebzehn aus Burfjord fortgegangen. Nicht nur, weil die Maske, die sie seit ihrer Kindheit tragen musste, um im Licht der Mitternachtssonne schlafen zu können, rote Augenringe hinterließ. Für eine Frau gab es hier oben nichts außer harter Arbeit an der Seite eines groben Kerls,

Kurse für Handarbeit, Kuhbesamung und Landmaschinenreparaturen oder Bibelkreise in verdrucksten Hinterzimmern.

Mikkel und Lotta Persson waren trotzdem nach Burfjord gezogen. Seither lebten sie statt in geteiltem Leid in doppeltem Missmut nebeneinander an einem Ort, an dem sie nicht sein wollten. Mikkel Persson gab sich Mühe, seine neue Heimat zu mögen, doch es gelang ihm nicht. Oft scheiterte er an den einfachsten Dingen, etwa daran, sich für das schlechte Wetter passend zu kleiden. Er hatte es in sieben Jahren nicht gelernt, für alle Fälle eine Garnitur Ölzeug und ein Paar Gummistiefel in den Kofferraum des Streifenwagens zu legen.

Vigdis Mitgaard bog in die Einfahrt von Bankenes. Falk Sebastiani stand auf dem Hof neben einem alten Volvo-Zwölftonner und schaute mit einem Fernglas auf den Fjord hinaus. Vigdis fand, dass er gut aussah, aber eine unerklärliche Arroganz ausstrahlte, doch das behielt sie für sich. Mikkel Persson ächzte beim Aussteigen. Es klang missmutig wie immer.

Falk hatte die Polizei selbst nach Bankenes gerufen. Dem Dienststellenleiter in Burfjord, einem Mann namens Samuelson, hatte er von der Auszugsfrist für André Schoomwinkels erzählt und davon, dass André offenbar einfach abgehauen war. Den Ahnungslosen zu spielen, war Falk als die beste Strategie erschienen. Doch jetzt, als er den Streifenwagen aus den Augenwinkeln auf den Hof rollen sah, verspürte er schlagartig den Wunsch, den beiden Uniformierten alles zu sagen, ihnen hier und jetzt das Herz auszuschütten und seine Bürde abzuwerfen, gleichgültig, mit welchen Konsequenzen. Danach könnten sie mit ihm machen, was sie für richtig hielten.

Er brauchte nur die feine Linie überschreiten, die aus der Kenntnis einiger dürrer Fakten bestand, die sein Geheimnis waren. Er sah, wie er den beiden in die Arme sank und sie ihm Halt gaben, wie er den Geruch ihrer gestärkten Uniformen einatmete, friedlich, während sein Mund die Worte in den Wind formte und alles erzählte. Davon, wie er den toten André Schoomwinkels gefunden und beseitigt hatte, von den Bildern seiner Tochter Hannah auf Andrés Telefon, davon, wie er die fehlende Pistole in seinem Schrank bemerkt hatte, eine Waffe desselben Kalibers wie jene, mit der André Schoomwinkels hinterm Haus erschossen worden war. Schließlich, dass sein Kind spurlos verschwunden war. Er wollte alles sagen und sich der einsamen Ratlosigkeit entreißen. Natürlich würden diese beiden Provinzpolizisten keine Lösung wissen. Sie würden ihn vorläufig festnehmen und ihre Kripokollegen aus Alta oder Tromsø dazuholen. Doch die Vorstellung, sein Schicksal aus der Hand zu geben und in der Ausnüchterungszelle der Polizeistation von Burfjord auf eine unbestimmte Zukunft zu warten, schien ihm in diesem Moment wie eine Erlösung.

Falk sagte nichts dergleichen. Er begrüßte die beiden, schüttelte ihnen die Hände und nannte seinen Namen. Er hatte Mikkel Persson vor einigen Jahren kennengelernt, als der ihn auf der E 6 in Badderen wegen zu schnellen Fahrens angehalten hatte. Persson schien ein harmloser Typ ohne Ambitionen zu sein, und Falk hatte ihn nicht ohne Abschätzigkeit taxiert. Nach einer Viertelstunde Gespräch unter Kollegen hatte Persson den Strafzettel zerrissen und Falk eine gute Fahrt gewünscht. Die Frau kannte Falk nicht. Sie hatte eine kräftige Statur und kluge Augen. Wenn sich dahinter ein aufgeweckter Verstand verbarg, musste er aufpassen, was er sagte.

»Wie schlimm ist es?«, sagte sie fröhlich und deutete mit dem Kinn auf das Haus. Es klang beinahe ein wenig schadenfroh. Zu spät bemerkte Falk, dass er eine Fahne hatte, und sah, wie Vigdis Mitgaard kaum merklich zurückzuckte, als er fragte, was sie meinte.

»André hinterlässt gerne Unordnung, wenn er geht«, sagte sie.

Die drei näherten sich der Rückseite des Hauses. Falk zog den Schlüssel für die Hintertür hervor. Es war derselbe, den er dem toten André abgenommen hatte. Die ausgetauschten Schlösser erwähnte er nicht.

Vigdis Mitgaard wandte sich an ihren Kollegen Mikkel Persson. »Weißt du noch, in Oksfjordhamn vor vier Jahren?«

Persson nickte nur.

Sie schaute zu Falk. »Sie mussten einen Container bestellen für den Müll, den André da in einem Haus hinterlassen hatte. Und einen Kammerjäger, um die Mäuse rauszubekommen.«

Falk schloss die Tür auf, und sie betraten das Haus. Die beiden Polizisten schauten sich um, doch an der Art, wie ihre Blicke viel zu schnell die Oberflächen und Räume abtasteten, merkte Falk, dass sie im Grunde gelangweilt waren. Sie kannten Andrés Spiel, und dies hier war nur ein weiterer Fall seines Mietnomadentums. Sie schienen keinen darüber hinausgehenden Verdacht zu schöpfen.

»Hat er wenigstens einen Teil der Miete bezahlt?«, sagte Mikkel Persson.

Falk zog die Schultern hoch. »Ich weiß nicht mal, ob er überhaupt was zahlen musste. Er hat ja alles mit meinem Schwiegervater ausgehandelt. Ex-Schwiegervater.«

Persson und Mitgaard kannten die Hintergründe. Falk hatte ihrem Chef Samuelson alles erklärt. Dass André Schoomwinkels mit Erlaubnis von Lars Einar Hellestad, aber ohne die von Falk eingezogen war. Samuelson hatte sogar die Grundbuchdaten abgefragt, um Falks Angaben zur Eigentumsfrage von Bankenes nachzuprüfen. In der Küche öffneten und schlossen Persson und Mitgaard halbherzig einige Schranktüren.

»Ausgeflogen«, murmelte Persson. Er gähnte. »Der Herr überwintert ja immer in Holland. Wahrscheinlich ist er nach deiner Kündigung ein bisschen früher zu seinen verlausten Coffeeshop-Freunden nach Amsterdam zurückgefahren.«

Persson gab sich keine Mühe, seine Verachtung für André Schoomwinkels zu verbergen.

Vigdis Mitgaard überhörte die unprofessionellen Bemerkungen ihres Kollegen, indem sie demonstrativ wegschaute. »Sei froh, dass es bloß so aussieht«, sagte sie und deutete auf den wenigen Müll, den Falk bei seiner Spurenbeseitigung absichtsvoll hatte liegen lassen.

»Vermutlich hat ihm der alte Hellestad sonst was angedroht, falls er das Haus verwüstet«, sagte Persson.

Falk musste über Perssons Naivität schmunzeln. Vigdis Mitgaard schüttelte den Kopf. »Vermutlich hat der alte Mann André genau zu diesem Zweck hier reingesetzt«, sagte sie und schürzte die Lippen.

Falk nickte. »Kluge Frau«, rutschte ihm heraus. Sofort machte er eine entschuldigende Geste in Vigdis Mitgaards Richtung.

Der Blick, den sie ihm zusammen mit einer kaum merklichen Bewegung des Kopfes als Antwort schickte, konnte von Wohlwollen bis Tadel alles bedeuten und verunsicherte ihn. Mit dieser Frau war zu rechnen. Während Perssons Finger ziellos einzelne DVDs und Zigarettenstangen aus dem Stahlregal im Wohnzimmer zogen, wandte sie sich zum Gehen und deutete durch das Fenster hinaus auf die Scheune. »Können wir da mal reinschauen?«

Auf dem Weg erzählte sie Falk von den Gerüchten, dass André Schoomwinkels seit Jahren mit Crystal Meth und anderen Drogen handelte oder den Stoff zumindest als Kurier aus Russland und Finnland über die grüne Grenze ins Land brachte.

»Der Typ ist doch dumm wie ein Stück Treibholz«, warf Mikkel Persson dazwischen. Er wirkte jetzt wie ein Kind, das sich übergangen fühlte und dringend etwas sagen musste, um wahrgenommen zu werden. »Hat sich längst das Hirn weggeraucht.«

Vigdis Mitgaard reagierte nicht auf ihren Kollegen. Falk zog das Scheunentor auf und schaltete die spärliche Beleuchtung ein. Gleich neben dem Eingang stand in einer abgeteilten Ecke eine Werkbank. Bauer sein hieß Mechaniker sein, das war hier nicht anders als überall sonst auf der Welt. Vigdis Mitgaard öffnete zwei verbeulte Stahlschränke. Es kamen nur alte Autoteile und abgenutztes Werkzeug zum Vorschein. Sie zog eine kleine, starke Taschenlampe hervor und leuchtete in den hinteren Teil der Scheune. Der dünne, scharfe Lichtstrahl traf den alten Valmet-Traktor, der seit Jahren nicht bewegt worden war, und schwenkte auf den Brennholzstapel, vor dem Falk André Schoomwinkels' Leiche gefunden hatte. Dann fräste er weiter durch die Dunkelheit und verlor sich schließlich im offenen Dachstuhl zwischen leeren Schwalbennestern. Es wirkte, als kapitulierte die Polizistin vor der Größe des Raumes, der zu viele Möglichkeiten bot, um darin alles zu verstecken, was sie nicht finden sollte.

Persson wühlte ein wenig in dem Holzstapel herum, als hoffte er auf einen Zufallsfund, ein Drogenversteck vielleicht, etwas, das seinen Status als Vigdis Mitgaards Vorgesetzter wiederherstellen würde. Ohne Ergebnis wischte er die Hände an der Uniformhose ab. Sie verließen die Scheune. Falk öffnete ihnen den leeren Stall und den Werkstattschuppen. Nach dem Rundgang blieb Vigdis Mitgaard in der Mitte des Hofes stehen und blickte hinaus auf den Fjord, dorthin, wo André Schoomwinkels' toter Körper gut dreizehn Seemeilen entfernt in der Tiefe lag. Falk hörte, wie sie die kühle Luft einsog. Mikkel Persson trat neben ihn, gemeinsam schauten sie der Frau einen Moment lang zu.

»Also, ich hab nichts dagegen, wenn du hier einziehst«, sagte Persson. »Aber ruf uns an, falls du einen Sack Drogen findest.«

Falk lachte auf. »Mach ich«, sagte er.

Er würde es ganz bestimmt nicht tun. Er hatte die Polizisten hergerufen, um sich maximal unverdächtig zu machen. Und er würde es unter allen Umständen vermeiden, ihnen einen Grund zu liefern, noch einmal auf Bankenes aufzutauchen.

»Wir haben natürlich mitbekommen, was in München passiert ist. Wir bewundern dich alle ein bisschen hier, musst du wissen.«

Durch Falks Lachen fühlte sich Persson offenbar ermutigt, vertraulich zu werden. Die Stirn von Vigdis Mitgaard legte sich in Falten. Falk presste die Lippen zusammen und nickte. Er war es leid, über München zu reden. Nicht, weil er auf alle Fragen längst alle Antworten gegeben hatte. Sondern weil er keine wusste.

»Jeder Kollege hätte versucht, die Attentäter aufzuhalten«, sagte er. Es war eine der vorgestanzten Satzschablonen, die er schon dutzendfach benutzt hatte und die seinen Mund wie von selbst verließen.

»Waren die nicht Flüchtlinge gewesen?«, sagte Persson.

Vigdis Mitgaard trat von einem Fuß auf den anderen, als fröre sie. Oder als wüsste sie, dass das Gespräch in eine Richtung lief, die ihr ganz und gar nicht gefiel.

»Nur einer von ihnen«, sagte Falk. »Die anderen beiden waren Deutsche.«

Persson überhörte Falks Antwort und erzählte von den Flüchtlingen, die über die grüne Grenze aus Russland ins Land kamen. »Wenn du welche siehst, sag uns Bescheid. Wir haben Anweisung, sie auf Staatskosten ins Flugzeug nach Trondheim zu setzen.«

Persson klang frustriert. Nichts hier oben im Norden schien der Ordnung zu gehorchen, die er aus dem Süden gewohnt war. Oder der, die er sich wünschte. Vigdis Mitgaard konnte Perssons zynisches Lamento offenbar nicht länger ertragen und streckte Falk unvermittelt die Hand hin.

»Danke für deine Zeit«, sagte sie. Sie lächelte jetzt, und es wirkte offen und freundlich. Der Griff ihrer Hand war warm und kam ihm beinahe zart vor. Sie drehte sich noch einmal zu den Nebengebäuden des Anwesens um, die unschuldig und malerisch vor dem Fjord lagen. »Ich bin mir sicher, ein Drogenspürhund wird hier nichts Spektakuläres finden.«

Falk zuckte unmerklich zusammen.

»Wenn André tatsächlich mit Drogen dealt, hat er ein Versteck irgendwo in der Vidda. Nicht bei sich zu Hause«, fuhr sie fort. »*You don't shit the place you eat*, so sagt man doch, oder?«

Falk nickte. »So sagt man.«

Dann ging die Frau. Sie ließ ein Gefühl latenter Bedrohung zurück. Persson winkte zum Abschied nur und hatte es auf einmal eilig. Auf dem Weg zum Streifenwagen überholte er seine Kollegin und stieg auf der Fahrerseite ein. Falk konnte noch aus zwanzig Metern Entfernung die Irritation von Vigdis Mitgaard erkennen, bevor sie zögerlich um den Wagen herumging und auf der Beifahrerseite Platz nahm.

18

EIN TOTER SOLL BUSSGELD ZAHLEN
Ausgebranntes Auto im Wald sorgt für Ärger

Von Ture Fossbu

Alta (tofu). Forstarbeiter haben in einem Waldstück am Kåfjordbotn ein ausgebranntes Autowrack entdeckt. Nach Angaben der Polizei stand das Fahrzeug gut versteckt in einer Mulde, die weder von der Bezirksstraße 18 noch von einem der zahlreichen Forstwege einsehbar ist. Der Wagen vom Typ Toyota Hilux war dort offenbar erst vor Kurzem abgestellt und in Brand gesteckt worden. Die Polizei konnte einen Teil der Fahrgestellnummer identifizieren und auf diese Weise den letzten Halter ausfindig machen. Allerdings stellte sich heraus, dass der Mann aus Nerskogen bereits vor fünf Jahren verstorben war. Die Beamten gehen davon aus, dass er den Wagen zu Lebzeiten verkauft, der neue Besitzer das Fahrzeug aber nie zugelassen hat.
»Vermutlich wurde der Wagen als Ersatzteilspender genutzt und jetzt illegal entsorgt«, vermutet Odd Inge Ingvarsen, Leiter der Polizeiinspektion Alta. Eine Praxis, die in Troms leider weit verbreitet ist, wie Umweltschutzbehörden und Polizei seit Jahren beklagen. Dass es sich dabei um eine Straftat handelt, scheint die Täter nicht zu kümmern. Das Umweltamt Alta reagierte drastisch: Es stellte dem Toten einen Zahlungsbescheid über siebenunddreißigtausend Kronen zu, mit dem die Entsorgung des Wagens und ein Bußgeld über sechzehntausend Kronen beglichen werden sollen. Den Hinweis der Familie auf den Tod des Halters ließ die Behörde nicht gelten. Stattdessen leitete sie den Bescheid an seine beiden erwachsenen Kinder Christina und Lars Orvik in Alta weiter. Da die

Familie keinen Vertrag über den Verkauf des Wagens vorweisen könne, müsse sie die Kosten tragen.
Sohn und Tochter haben gegen den Bescheid Beschwerde beim Bezirksgericht Alta eingelegt. Auch sie konnten keine Hinweise darauf geben, an wen ihr Vater den Wagen zu Lebzeiten verkauft hatte. Das Umweltamt wollte sich nicht zu dem Verfahren äußern, ebenso wenig Polizeichef Ingvarsen. Altaposten wird weiter berichten.

19

Kjell und Ella waren aus Bodø zurückgekehrt. Ella hatte unterwegs einen Kuchen gekauft und Falk eingeladen. Der Kaffeetisch vor dem Haus strahlte mit seinem gestärkten Tischtuch und dem hellen Porzellan gegen die Schmucklosigkeit der Zweckbauten und landwirtschaftlichen Maschinen an. Es hatte etwas Rührendes. Ein zarter Wind von Nordosten sammelte auf seinem Weg über die Küstenberge Staub ein und legte ihn über dem Hof ab. Kjell hatte sofort nach ihrer Ankunft begonnen, das Ausfahren der Gülle aus dem Tiefstall vorzubereiten. Der Gestank und der Lärm der Pumpe machten Ellas Versuch einer Sommeridylle vollends zunichte. Kjell dachte auch nicht daran, sich an den weißen Tisch zu setzen. Mit dreckigen Fingern fischte er zwei Stücke Kuchen von der Platte und stopfte sie sich in den Mund. Im Weggehen winkte er Falk zu und deutete hinter den Stall, wo der Traktor mit einer Zapfwellenpumpe die Gülle im Stallkeller aufmischte, die sich im Laufe des Sommers zu einem festen, stinkenden Schlamm abgesetzt hatte.

»Die größte Riesenscheiße aller Zeiten«, sagte er und lachte. Dabei hustete er kleine Kuchenkrümel aus.

Falk räumte den Wohnwagen leer und lud seinen Rucksack und den alten Samsonite-Koffer ins Fahrerhaus des Tieres. Er setzte sich zu Ella an den Tisch. Sie erzählte von Bodø und davon, dass sie wieder in ihren trostlosen Trott zurückfallen musste, jetzt, wo Falk nach Bankenes zog, ohne jede Ablenkung, und sei es nur ein Schwatz mit ihm zwischen den immer gleichen Arbeitsgängen auf dem Hof. Sie bemühte sich, ihre Resignation hinter einem beschwingten Tonfall zu verbergen. Doch in diesem Moment hörte Falk schon nicht mehr richtig hin, und Ellas Worte durchströmten seinen Kopf, ohne eine Spur zu hinterlassen.

In der Zeitung, die achtlos auf dem Tisch lag, hatte er das

Bild von Andrés ausgebranntem Toyota erkannt. Es zeigte ein schwarzbraunes Gerippe aus verglühtem Metall, das auf nackten Felgen in der felsigen Senke stand. Während er aus dem Augenwinkel den Artikel überflog, erzählte sein Mund vom Treffen mit den Polizisten auf Bankenes, und als er kurz in Ellas argloses Gesicht blickte, glaubte er beinahe selbst seine Lüge, André Schoomwinkels sei vermutlich nach Holland abgereist.

Falk war ein schwerer Fehler unterlaufen. Doch was ihn noch mehr irritierte als der Fehler selbst, war, dass er ohne Folgen geblieben war. Er hatte auf dem verrosteten Rahmen von Andrés Pick-up die Fahrgestellnummer übersehen, und trotzdem hatte diese Spur die Polizei zu einem Toten aus Nerskogen geführt und nicht zu André Schoomwinkels. Auch Mikkel Persson und Vigdis Mitgaard hatten den Wagen bei ihrem Treffen in Bankenes mit keinem Wort erwähnt. Falk begriff nicht, welchem glücklichen Umstand er es zu verdanken hatte, dass seine Spurenbeseitigung unentdeckt geblieben war. Oder war der Zeitungsartikel nur ein Täuschungsmanöver? Hatte die Polizei ihn längst durchschaut und lauerte darauf, was Falk Sebastiani als Nächstes tun würde? Die plötzliche Ungewissheit legte sich wie eine milde Betäubung über seine Sinne.

Ellas Stimme klang jetzt weit entfernt. Die süße Kuchenmasse glitt wie ein Fremdkörper in seinen Magen hinab. Er dankte Ella für die Unterkunft. Sie packte ihm noch mehr Kuchen ein, wie eine Mutter dem Sohn. Kjell schaute ihr dabei zu und grinste ein hämisches Gelbe-Zähne-Grinsen. Ihm würde sie niemals Kuchen einpacken. Und wenn, würde er ihn liegen lassen.

»Der Whisky geht aufs Haus«, sagte er und nickte in Richtung Scheune.

»Danke«, sagte Falk kleinlaut, so überrumpelt war er. Er hatte seinen Diebstahl aus Kjells geheimem Depot schon vergessen. Als er mit dem Tier vom Hof rollte, nahm er im Rückspiegel den Lastwagen wahr, den Kjell in Bodø von der Armee ersteigert hatte. Es war der gleiche, wie Falk ihn fuhr, ein Klon, der sich nur durch den besseren Zustand von seinem Zwillingsbruder unterschied. In diesem Moment verstand Falk.

André Schoomwinkels hatte zwei Pick-ups besessen, die einander glichen wie ein Ei dem anderen. Nur einer davon war zugelassen gewesen. Benutzt hatte er sie beide und bei Bedarf die Nummernschilder ummontiert. Falk fiel ein Platz im hinteren Teil der Scheune in Bankenes ein, der auf ihn gewirkt hatte wie der Stellplatz für ein weiteres Auto. Er hatte sich nicht getäuscht. Er vermutete, dass einer der Wagen »schmutzig« gewesen, also von André für Drogentransporte genutzt worden war, während der andere als sein Alltagsauto sauber blieb. Eine simple, aber effektive Tarnung. Außerdem ließen sich mit einem Doppelgängerfahrzeug Täuschungsmanöver aller Art inszenieren. Dass die Fahrgestellnummer bei einem der Wagen von der Nummer in den Papieren abwich, würde nicht auffallen. Kein Polizist käme bei einer Verkehrs- oder Drogenkontrolle auf die Idee, sich die Uniform schmutzig zu machen, um am Unterboden nach einer rostigen Ziffernfolge zu suchen.

Der Wagen, den Falk im Grytengskog abgefackelt hatte, war der ohne Zulassung gewesen, deshalb führte von ihm keine Spur zu André Schoomwinkels. Doch wo war der zweite Pick-up geblieben? War Hannah damit geflohen, nachdem sie André Schoomwinkels erschossen hatte? Wohin?

Falk näherte sich auf der schmalen Schotterstraße der Kirche von Sekkemo. Inzwischen war es ungewöhnlich heiß. Der warme Wind und der Anblick der Kirche, die wie grundlos hingebaut allein inmitten der stoppeligen Wiesen stand, hatten etwas vom Mittleren Westen der USA, wie er ihn von Fotos kannte. Als er von der Schotterstraße auf die E 6 einbiegen wollte, versperrte ihm eine Hochzeitsgesellschaft den Weg. Die Trauung war gerade zu Ende gegangen. Die Menschen strömten zu ihren Autos. Sie machten ihm Platz, einige grüßten zu ihm herauf. Der Bräutigam, ein hagerer Kerl mit spitzem Kinn in einem billigen Anzug, winkte ihm zu. Seine Braut schaute auf den Boden und versuchte, ein paar Pfützen auszuweichen, während zwei Freundinnen die Schleppe ihres Kleides hochhielten. Sie konnte kaum älter als zwanzig sein. Falk kannte weder den Mann noch die Frau. Er winkte zurück und rollte im Schritttempo durch die Menge. Er schaute in die Gesichter. Es tat ihm gut, ihr Lächeln aufzufangen. Er war schon viel zu lange allein.

Plötzlich klopfte jemand auf den Kotflügel. Falk hielt an und öffnete die Beifahrertür.

Håkan Jensen lächelte ihn an. »Fährst du mich nach Hause, Falk Tysker Sebastiani?«

Er wartete nicht auf Falks Antwort, schob den Rucksack und den Koffer zur Seite und kletterte in die Fahrerkabine.

»Ich bin zu schlecht gelaunt zum Hochzeitfeiern«, sagte er und zog die Tür zu. Er rückte die speckige John-Deere-Kappe auf dem Kopf zurecht, die wie ein Zeichen des Protests gegen die Feierlichkeit seines schwarzen Anzugs antrotzte. »Vor allem, wenn es mal wieder die Falschen miteinander versuchen. Sind ja fast immer die Falschen.«

Er grinste Falk frech ins Gesicht über seine Anspielung auf Falks gescheiterte Ehe. Falk ließ ihn gewähren. Er mochte Håkan Jensen, und seine Gesellschaft kam ihm gerade recht. Håkan kannte das junge Paar nur flüchtig, glaubte aber zu wissen, dass sie nur heirateten, weil er sie ungewollt geschwängert hatte und die pietistischen Brauteltern sich keine Blöße geben wollten.

»Die frömmeln wie vor hundert Jahren«, sagte er und winkte freundlich nach draußen, während der Lastwagen langsam die Menge zerteilte. Er schnalzte mit der Zunge. »Ich brauch einen Schnaps.«

Falk zog die angebrochene Flasche Johnnie Walker aus seinem Rucksack und reichte sie ihm. »Nur zu.«

Håkans erstaunter Blick amüsierte ihn.

»Hast du Liebeskummer, dass du den in Reichweite brauchst?«, fragte Håkan und schraubte die Flasche auf. Er schaute nach draußen, wie um sicherzugehen, dass niemand aus der Hochzeitsgesellschaft ihn trinken sah. Er nahm einen kleinen Schluck.

In diesem Moment wünschte sich Falk, er könnte sich dem alten Mann anvertrauen, so wie es schon bei Vigdis Mitgaard und Mikkel Persson sein Wunsch gewesen war, und plötzlich kam ihm zum ersten Mal der Gedanke, dass sein dunkles Geheimnis ihn allmählich vergiftete wie Quecksilber oder Arsen, langsam, am Ende tödlich, wenn er es zu lange für sich behielt.

»Immer noch geschieden und nichts Neues in Sicht«, sagte er.

Håkan schaute in den Rückspiegel und nippte erneut an der Flasche. »Komisch. Bist doch jetzt ein Held.«

Falk war ihm dankbar für den spöttischen Unterton. »Deshalb bin ich ja hier«, antwortete er. »Ich musste mich vor den ganzen Angeboten zu Hause in Sicherheit bringen.«

Håkan Jensen schwieg einen Augenblick und starrte auf den Schraubverschluss der Whiskyflasche in seiner Hand. Falk merkte, wie der Mann mit seiner Neugierde rang, bis er es schließlich nicht mehr aushielt.

»Und was ist mit der kleinen Samin aus Kautokeino?« Als Falk leise auflachte, dann aber schwieg, legte Håkan nach. »Hab sie mal hier rumfahren sehen. Mit diesem Holländer, der jetzt in deinem Haus ist. Schoomwinkels.«

Falk unterdrückte den Impuls, laut »Wann?« zu fragen. Håkan hatte es betont unwichtig klingen lassen, aber natürlich musste er ahnen, dass es Falk interessierte, wenn seine Ex-Geliebte und der windige Typ, der sein Haus besetzt hielt, Kontakt zueinander hatten. Liv hatte André Schoomwinkels angeblich das letzte Mal vor zwei Jahren zufällig in Storslett im Baumarkt getroffen. Das hatte sie Falk erzählt.

Falk wartete, bis er mit dem Lastwagen in der scharfen Einfahrt zum Campingplatz weit ausholen und in den ersten Gang zurückschalten musste, um den sanften Hang zu den Hütten hinaufzukommen. Der Diesel brummte auf. In diesem Moment wirkte er so beschäftigt, dass seine Frage eine natürliche Beiläufigkeit bekam.

»Und wann war das?«

Das Tier jammerte die Steigung hinauf. Håkan dachte nach.

»Muss so im Frühsommer gewesen sein. Ende Mai. Ich hatte noch keine Gäste auf dem Platz.«

Liv hatte ihn angelogen. Er fragte sich, was sie mit dem Mann, der jetzt tot war, noch zu schaffen gehabt hatte. Hatte André sie nach wie vor mit Tabletten gegen die Dunkelheit versorgt?

Falk ließ Håkan nicht merken, dass ihn seine Antwort aufwühlte. »Ich muss sie mal wieder anrufen«, sagte er stattdessen. Es klang, als spreche er über eine drittklassige Bekannte und nicht über die Frau, mit der er seine Ehe zerstört hatte und die er liebte.

Die ich liebe.

Das war ihm klar geworden nach seinem Wiedersehen mit Liv im Navittal. Er wollte sie in seinem Leben haben, und er hatte nicht die geringste Ahnung, wie er das anstellen sollte.

Er stoppte das Tier vor der falunroten Hütte, in der die Rezeption des Campingplatzes untergebracht war. Es war die erste in einer Reihe von fünf, fünf weitere standen weiter hinten auf dem weitläufigen Grundstück am Wendepunkt einer mit Schotter befestigten Wegschleife. Vor einer der Hütten saß eine Gruppe Motorradtouristen um einen qualmenden Grill. Es roch nach verbranntem Schweinefleisch. Die Touristen hoben ihre Bierdosen und prosteten herüber. Håkan Jensen wog den Kopf hin und her, als überlegte er, noch einen Schluck zu nehmen. Er blickte auf die Whiskyflasche, die zwischen seinen Beinen klemmte.

Plötzlich legte er seine Hand auf Falks rechten Arm, nur ganz leicht, als wäre sie eine Feder. »Ich bin froh, dass ich nie einen umlegen musste. Fühlt sich bestimmt beschissen an.«

»Ist kein Spaß«, sagte Falk, wobei ihm vor Rührung fast die Stimme wegblieb. Seine lächerliche Antwort verriet nicht das Geringste darüber, wie dankbar er dem alten Mann für seine unbeholfene Anteilnahme war. Er schenkte Håkan den Whisky, als der ihm die Flasche hinhielt.

»Ich komm mal vorbei, dann machen wir die leer«, sagte er zu Håkan.

In Bankenes kochte Falk eine Dose Ravioli, die er im Küchenschrank fand. Das einzig Gute daran war die Wärme, die seinen Bauch ausfüllte. Er putzte das ganze Haus. Er schrubbte, staubsaugte und wusch. Draußen riss er mit bloßen Händen die morsche Beplankung von der Wetterseite des Werkstattschuppens ab, ersetzte die Teerpappe darunter durch eine frische Lage und nagelte die neuen Bretter darüber. Um kurz nach Mitternacht war er fertig.

Bankenes gehörte wieder ihm.

Er ging in den ersten Stock hinauf und ließ sich auf das Bett fallen, in dem er das letzte Mal vor vier Jahren eine Nacht verbracht hatte, allein, unruhig und voller müder Gleichgültigkeit für seine Ehefrau, die dem Ruf ihres Vaters gefolgt und mit Hannah nach Oslo abgereist war. Er starrte an die weiß gestrichene Zimmerdecke, und plötzlich kam es ihm wie eine kindische Beschwörung der Vergangenheit vor, hier zu sein, überhaupt die ganze Inbesitznahme des Anwesens, nur einen kurzen Moment lang, aber lange genug, um über die Zukunft von Bankenes zu entscheiden.

In der Nacht weckte ihn das vertraute Geräusch von Livs Quad, und noch halb im Traum kam es ihm vollkommen richtig vor, dass die Frau, nach der er sich sehnte, zu ihm kam, als hätte er sie gerufen. Doch als er sich aus den Decken schälte und zum Fenster in den Hof hinausschaute, korrigierte ihn sein Verstand. Liv rollte mit abgestelltem Motor bis vor die Scheune, stieg ab und verschwand durch das offene Tor im Inneren des Gebäudes. Sie wollte nicht zu ihm. Sie wusste vermutlich nicht mal, dass er inzwischen auf Bankenes war. Das Tier, das hinter der Scheune geparkt war, konnte sie nicht gesehen haben. Liv wollte zu André Schoomwinkels. Oder zumindest in die Scheune, die André vermutlich als Versteck genutzt hatte, für was auch immer.

Er zog sich an, ohne Licht zu machen, und schlich nach unten. Als er die Küche betrat, um das Haus durch die Hintertür zu verlassen, hörte er die Mäuse in der Wandverschalung rascheln. Die Nacht war so warm, wie der Tag heiß gewesen war. Die ungewöhnliche Temperatur verstärkte seinen Eindruck, dass nichts von dem, was er gerade sah und erlebte, zusammenpasste und über allem eine bedrohliche Dissonanz lag. Liv war in den hinteren Teil der Scheune gegangen und leuchtete jeden Quadratmeter mit einer Taschenlampe ab. Sie drehte Kisten um und schob verstaubten Hausrat zur Seite, der seit Jahrzehnten nicht bewegt worden war. Sie gab sich wenig Mühe, leise zu sein. Als ein Stapel alter Zinkeimer zu Boden schepperte, stockte sie keine Millisekunde in ihrem Furor, der von Augenblick zu Augenblick energischer wurde.

Liv musste wissen, dass André nicht im Haus war. Aber wusste sie auch, dass er tot war? Falk kauerte unschlüssig hinter einem Balken in der Nähe des Scheunentors und starrte auf die Frau, die er liebte. Sie war fünfzehn Meter entfernt. Er wusste nicht, was er tun sollte. Er bemerkte den Lichtschalter am Balken über sich. Er brauchte ihn nur umzulegen. An. Aus. Aber was ging es ihn an, wenn Liv die Scheune von André Schoomwinkels durchsuchte? Er spürte Panik, das Licht könnte eine Wahrheit erhellen, die sein Bild von Liv zerstören würde. Weil sie etwas mit Andrés Tod zu tun hatte? Und vielleicht sogar mit dem Verschwinden seiner Tochter? Er legte den Schalter um. Noch bevor das giftige Licht der Energiesparlampen den letzten Winkel des Raumes erreicht hatte, fuhr Liv herum und tauchte wie eine Katze nach unten ab. Er hörte sie fluchen.

Er rief sie an. »Hey, ich bin's. Falk.«

Wieder hörte er einen Fluch, gepresst und leise, und als Liv sich langsam aufrichtete, erkannte er die Makarow in ihrer herabhängenden Linken. Er hob die Hände. Er wusste nicht genau, ob aus Vorsicht oder um die bedrohliche Situation mit einer ironischen Geste zu überspielen.

»Ich hätte beinahe geschossen«, rief sie, viel lauter, als es zur Überbrückung der Entfernung nötig war. Es klang verärgert.

Sie stiefelte aus der Tiefe des Raumes zu ihm heran. Er sah, wie sie unterwegs die Pistole in die Tasche ihres Gákti steckte. Er nahm die Hände herunter, und sie klopfte sich den Staub ab.

»Was machst du denn hier«, entfuhr es ihnen, gleichzeitig.

»Ich wohne hier«, sagte er und lächelte.

Für einen Moment entspannten sich ihrer beider Gesichtszüge. Doch sofort blickte er sie wieder an wie einer, der auf eine schlüssige Antwort wartete, und Liv schaute zurück wie eine, die über eine gute Ausrede nachdachte. Er machte einen Schritt auf sie zu. An der Schwere, mit der sie sich in seine Arme sinken ließ, glaubte er zu erkennen, dass sie ihm die Wahrheit sagen würde.

20

Liv Piekkala transportierte Drogen für André Schoomwinkels. Das Crystal stammte aus Laboren, die tief in der Wildnis Finnlands und Russlands versteckt lagen, in der Gegend um den Inari und östlich davon auf der russischen Seite, dort, wo kein Polizist und keine Drohne jemals hinkam. Liv wusste nicht, wer die Hintermänner dieses Drogennetzwerkes waren, von dem sie vermutete, dass es die Nordprovinzen bis hinunter nach Narvik überspannte. Sie hatte schnell begriffen, dass André Schoomwinkels nicht der Chef dieser Organisation war, auch wenn er sich anfangs so gerierte. Er war lediglich eine Art Vertriebsangestellter, der den Stoff an die Dealer in den Städten lieferte, das Geld kassierte und nach oben weiterleitete. Wer an der Spitze der Nahrungskette stand, schien er genauso wenig zu wissen wie sie. Manchmal erging er sich in vagen Andeutungen, die von den Bossen in Murmansk und Oulo prahlten und die Liv nicht ernst nahm.

André hatte sie vor zwei Jahren angesprochen und ihr kostenlose Prozac und fünfzehntausend Kronen pro Fahrt geboten, wenn sie ab und zu ein paar Päckchen von Karasjok hundertfünfzig Kilometer querfeldein durch die Finnmarksvidda bis an die Küste nach Sørstraumen brachte. Liv wusste natürlich, dass es um Drogen ging, und allein schon um der Feilscherei mit dem arroganten Jüngling willen, der sich so wichtig und selbstsicher gab, ging sie auf sein Angebot ein. Wer die Drogen nehmen und daran zugrunde gehen würde, war ihr egal. Wer hatte sich je einen Scheißdreck um sie gekümmert? Sie verlangte zwanzigtausend. André beschimpfte sie, sie riet ihm, doch einfach die Straße zu nehmen oder die Pakete mit der Post zu schicken. Zwei Tage später lenkte er ein.

Liv lebte die meiste Zeit des Jahres unter freiem Himmel, aber sie lebte nicht hinterm Mond. Die Berichte über die neu aufgestellte Antidrogen-Einheit der Polizei in Tromsø und ihre

Erfolge waren ihr nicht entgangen. Die Beamten hatten auf den Straßen nach Alta und Lakselv bereits einige Kuriere abgefangen und größere Mengen Crystal sichergestellt. André hatte seinen Auftraggebern vorgeschlagen, die Ware mitten durch die weglose Vidda zur Küste bringen zu lassen. Niemand käme auf die Idee, eine samische Rentierhirtin zu kontrollieren, die mit ihrer Herde über die Finnmark zog. Und durch die Kameraaugen der Überwachungsdrohnen, die die Polizei seit einiger Zeit in einem Feldversuch einsetzte, sah Liv vollkommen unverdächtig aus. Sie sammelte die Pakete an einem toten Briefkasten am Riksveg 92 westlich von Karasjok ein. Sie waren in einem moorigen Tümpel versenkt, wasserdicht verpackt in einer Kassette, die mit einer unscheinbaren Kevlarschnur an einem Uferbaum befestigt war. Der Rhythmus der Touren war so gewählt, dass sie sich nicht beeilen musste und ihr Tempo in etwa dem natürlichen Wanderzyklus ihrer Rentierherde entsprach. Bei der Ankunft an der Küste hinterließ sie die Ware unter einem Felsen am Eingang des Sørstraumtales, wo André sie einsammelte und ihren Lohn in einer schwarzen Plastikbox deponierte.

Doch vor etwa einem Jahr hatten die Dinge sich schlagartig geändert. Die Polizei hatte entweder einen Tipp erhalten oder war bei der Auswertung der Drohnenflüge auf Livs Bewegungsmuster gestoßen. Sie wusste es nicht. Plötzlich weiteten die Beamten ihre Kontrollen bis hinauf in die Vidda aus. Sie kamen mit brandneuen Polaris Quads nach Saiva und durchsuchten ihre Ausrüstung und ihr Zelt. Liv hatte die Pakete zum Glück schon am Abend zuvor im Tal deponiert. Die Polizisten waren sichtlich enttäuscht, nichts zu finden, machten ein paar anzügliche Bemerkungen und fuhren talaufwärts nach Süden davon.

Liv wurde vorsichtig. Sie beschloss, bei jeder Tour ein oder zwei Rentiere als Mulis zu benutzen. Das in wurstförmigen Plastikbeuteln eingeschweißte Crystal schob sie ihnen mit Hilfe eines Medikamenteneingebers in den Schlund. Dabei achtete sie darauf, dass die Beutel schwer genug waren, sodass die Tiere sie beim Widerkäuen nicht hochwürgen konnten. Kurz vor dem Ziel schlachtete Liv die Tiere und entnahm die Drogen aus dem Pansen. Doch bald hasste sie sich für ihre eigene gute Idee. Die Vorstellung, jedes Mal zwei schöne Tiere töten zu müssen und sie für die Füchse und Krähen zurückzulassen, schmerzte sie. Außerdem weigerte André sich nach anfänglicher Begeisterung für die neuartige Tarnung plötzlich, den Mehrpreis für das Fleisch zu zahlen. Die Plastikbox unter dem Felsen enthielt immer öfter Fehlbeträge. Sein halbherziges Versprechen, das Geld nachzuzahlen, hielt er nicht. Schließlich schuldete er ihr den Lohn für mehrere Fahrten.

Liv brauchte dieses Geld. Sie konnte erst im Herbst wieder Fleisch und Felle verkaufen. Sie überlegte, das Crystal als Pfand zu behalten, doch sie wollte mit den Drogen so wenig wie möglich zu tun haben. Sie lehnte Andrés Vorschlag, ihr den Fehlbetrag in Naturalien auszuzahlen, ab. Die grün-weißen Prozac waren ihr Droge genug. Eine Flasche Wodka und ein Joint von Zeit zu Zeit. Die wenigen Male, die sie André zu Gesicht bekommen hatte, sah sie, wie das Crystal ihn verändert hatte. Er war fahrig geworden und gespannt wie eine Feder kurz vorm Losschnellen. Seine Sinne waren überdreht und schienen aller Filter beraubt. Kaum verhohlener Größenwahn stürzte aus seinen Augen. So wollte sie nicht sein. Der Stoff sollte genau das bleiben, was das Wort Stoff verhieß, eine undefinierbare, harmlose Masse. Außerdem wollte Liv nicht mit den Hintermännern des Drogennetzwerkes aneinandergeraten, weil sie deren Ware pfändete. Sie wusste, dass André ein Geldversteck außerhalb des Hauses angelegt hatte, eine Art Fluchtkasse, dort, wo man es nicht vermuten würde. Er hatte selbst damit angegeben. Er war so zugedröhnt gewesen, dass Liv keinen Grund hatte, ihm nicht zu glauben. Die Scheune schien ihr ein geeigneter Ort dafür.

»Wenn er nicht aus irgendeinem Grund abgetaucht ist, muss das Geld noch da sein«, sagte sie.

Falk und Liv waren ins Haus gegangen. Er hatte ihr zugehört und ihren Redefluss nur mit ein paar milden Nachfragen unterbrochen. Doch schon während sie wie ein vertrautes Paar in der Küche gemeinsam Limonade zubereitet und sich dann auf dem Wohnzimmersofa niedergelassen hatten, war ihm bewusst geworden, dass er gerade dabei war, Liv zu hintergehen. Statt ihr mit der Neuigkeit ins Wort zu fallen, dass André Schoomwinkels tot war und seine Tochter damit zu tun haben musste, ließ er sie immer weitererzählen, wie um das, was sie sagte, mit seinem Kenntnisstand abzugleichen. Es war der Argwohn des Polizisten, der ihn schweigen ließ, eine Art notwendige Berufskrankheit.

Schließlich umfasste er Livs Schultern, als müsste er sie vorm Umkippen bewahren. »André ist tot.«

Sie zuckte kaum zusammen. Ihre Reaktion war so undurchdringlich, dass er glaubte, seiner Nachricht sofort mehr Glaubwürdigkeit verleihen zu müssen.

»Ich habe ihn selbst im Fjord versenkt.«

Gemeinsam rechneten sie nach und kamen zu dem Schluss, dass Liv an Andrés Todestag auf Bankenes gewesen war. Sie hatte Falk an der Hütte im Navittal zurückgelassen, kurz vor Saiva den Rentierbullen eingefangen und geschlachtet und die Beutel mit dem Crystal aus dem Kadaver geborgen. Als sie sah, dass André ihr wieder kein Geld für die Lieferung deponiert hatte, war sie nach Bankenes gefahren. Doch der Hof hatte still und verlassen dagelegen.

André war nicht da gewesen.

Livs Blick flackerte leicht, wie bei jemandem, der Angst davor hatte, dass man ihm nicht glaubte.

Was verschweigst du mir, dachte Falk und forschte in ihrem schönen Gesicht, doch er sprach es nicht aus. Plötzlich hing ein Verdacht im Raum, der die Luft verdickte. Liv las Falks Gedanken und schüttelte langsam den Kopf. André war trotz aller Unzuverlässigkeit immer noch eine gute Einnahmequelle für sie gewesen. Im Zweifelsfall hätte es genügt, ihn mit vorgehaltener Waffe zur Begleichung seiner Schulden zu zwingen.

»Dafür hätte ich ihn nicht gleich umbringen müssen«, sagte sie.

Falk war erleichtert. Im selben Moment resignierte er, denn damit zerstob seine Hoffnung auf einen Beweis für Hannahs

Unschuld. Liv hörte mit unbewegter Miene zu, als er sich freischälte von allem, was er in den vergangenen Tagen mit sich allein ausgemacht hatte. Von der Verbindung seiner Tochter zu André Schoomwinkels, der Angst um Hannah, die vermutlich zur Mörderin auf der Flucht geworden war. Oder doch verschleppt von Andrés Geschäftspartnern, die sie für ein Lösegeld erpressen wollten. Oder längst tot und irgendwo verscharrt. Seine Stimme bekam einen drängenden, verzweifelten Unterton, aber es war ihm egal. Liv saß ihm auf dem Sofa gegenüber und hielt seine Hände, mal mit mehr, mal mit weniger Druck, je nachdem, wie verzweifelt er klang. Es war ihr nicht anzumerken, was in ihr vorging. Nur einmal unterbrach sie ihn und fragte, warum er nicht die Polizei eingeschaltet habe.

»Um womöglich meine eigene Tochter ans Messer zu liefern?«

Er schüttelte den Kopf, und er schüttelte ihn noch, als er sich erhob und sein Tablet holte, um ihr die Fotos von Hannah zu zeigen, die er auf Andrés Telefon gefunden hatte. Dann das Video, das Hannah in seinen Augen zur Verdächtigen im Mord an André Schoomwinkels machte.

»I'll kill you.«

»Mit meiner Waffe«, sagte er. Es klang kleinlich und nicht wie die Selbstanklage, die es sein sollte.

»Ich bin sicher, es geht ihr gut«, sagte Liv beim Blick auf das Videostandbild von Hannahs wütendem Gesicht, das genau das Gegenteil sagte.

Falk entfuhr ein knappes, verzweifeltes Lachen. Doch tief drinnen war er Liv dankbar für den Versuch, ihn zu trösten, auch wenn sie dabei wie eine Pastorin am Grab klang, die behauptete, die Tote genieße die ewigen Freuden des Himmelreichs. Sie schlug vor, sich nach Andrés verschwundenem Pick-up umzuhören, während Falk in Oslo war. Statt zurückzukehren auf das vertraute Terrain der Hauptstadt, war Hannah womöglich in die Berge gefahren. Eine kopflose Flucht ins Nirgendwo. Für jemanden, der die Gefahren der Vidda nicht kannte, konnte daraus eine Reise in den Tod werden. Falk hatte keine Ahnung, was seine Tochter über das Leben in der Natur wusste. Wie man sich darin bewegte, ohne umzukommen. Das Bild von dem zarten Mädchen, das bei gemeinsamen Familienwanderungen auf die Münchner Hausberge arglos von Stein zu Stein hüpfte und mit ihrer kleinen Kamera Pflanzen und Tiere fotografierte, war in diesem Augenblick die einzige Erinnerung, die er abrufen konnte. Nicht sehr beruhigend, wie er fand.

Liv machte ein paar Anrufe. Es gab noch mehr Rentierhirten wie sie, die ihre Herden bis an die Ränder der Vidda trieben und ihre Camps an den kleinen Nebenstraßen und zerzausten Pisten aufschlugen, die von der Küste in die Hochebene hinaufführten. Doch keiner von ihnen hatte Andrés Wagen mit der jungen Frau darin gesehen. Liv bat ihre Leute, die Augen offen zu halten. Sie holte eine zerfledderte Landkarte aus ihrem Rucksack und markierte die Routen, die sie abfahren wollte. Sie war eine gute Fährtenleserin. Allerdings waren die Chancen gering, noch Spuren von Hannah zu finden. Es hatte mehrmals geregnet in den vergangenen Tagen.

»Das ist alles, was wir tun können«, sagte sie.

Sie bat ihn, ihr bei der Suche nach Andrés Fluchtkasse zu helfen. Er fand den Begriff ein wenig hochtrabend, wie aus einem Film aufgeschnappt und für einen Kleinganoven wie André Schoomwinkels völlig übertrieben. Er nickte und verwarf die Idee, Liv Geld anzubieten. Ihren Stolz zu verletzen, hieße, sie zu verlieren. Sie schauten in Toilettenspülkästen, klopften Deckenverkleidungen ab, hoben lose Dielen an und fanden nicht eine Krone. Sie verließen das Haus, um noch einmal Scheune und Stall zu durchsuchen.

Falk holte einen Bootsscheinwerfer aus dem Werkstattschuppen. In einem Wechselspiel aus kaltem Weiß und schwarzen Schatten zerrte der Lichtstrahl jedes Detail hervor. Im hinteren Teil der Scheune stand ein alter Valmet-Traktor. Falk hatte ihn zum letzten Mal vor fünf Jahren bewegt, um mit dem angebauten Balkenmäher die Wiesen des Anwesens zu mähen. Ein hartnäckiger grauer Staubfilm bedeckte die Motorhaube, doch er bemerkte die etwas zu sorgfältig aufgebrachte Schicht aus altem Stroh und Schmutz auf dem Boden darunter. Er wusste, dass sich unter dem Traktor eine Arbeitsgrube befand, die mit Brettern abgedeckt war, ein ausgemauertes, stinkiges Loch, in dem meist Wasser stand und das er noch nie benutzt hatte.

»Hilf mir«, sagte er zu Liv.

Sie krochen unter das Fahrzeug und wischten mit den Händen den Schmutz weg. Sie hoben einige Bretter an und klappten sie zur Seite. Ein modriger Geruch schlug ihnen entgegen. Der Boden der Grube war mit schwarzem Wasser bedeckt. Ölschlieren schwammen darauf und glitzerten violett, grün und golden wie exotische Seerosen. In die Wandung der Grube waren Aussparungen für Werkzeug eingelassen. Falk leuchtete hinab in die Fächer. In einem stand ein Karton mit Schrauben. Er konnte erst seit Kurzem dort stehen, denn er war fast staubfrei. Liv schob ihn zur Seite und rüttelte den losen Ziegel dahinter aus der Wand. Sie tastete in die Öffnung und zog eine Plastiktüte hervor. Schon beim flüchtigen Blick hinein wussten sie, dass sie fündig geworden waren.

Wie André Schoomwinkels an einundneunzigtausend norwegische Kronen und ein paar hundert Euro gekommen war, konnten Falk und Liv sich ausmalen. Aber woher stammten die knapp viertausend US-Dollar in abgegriffenen Fünfzigern und Hundertern, auf denen blutige Fingerabdrücke die Gesichter von Benjamin Franklin und Ulysses Grant verdeckten? Sie breiteten die Scheine auf dem Küchentisch aus. Falk wollte die Plastiktüte schon auf den Boden werfen, als er das Gewicht darin spürte. Er griff hinein und zog ein Amulett hervor. Es hatte die Form einer stilisierten Hand und die Größe eines kleinen Haferkekses. Es war mit dünnen Goldintarsien verziert. In der Mitte war ein ovaler blauer Stein eingelassen. Das Schmuckstück sah authentisch aus. Es war kein Touristenramsch und auch kein Stück aus einer Manufaktur, in der Dutzende Goldschmiede Tag für Tag die gleichen Teile fertigten. Es war ein Einzelstück. Falk und Liv nahmen es abwechselnd in die Hand. Er hatte in seiner Dienstzeit genug Diebesgut beschlagnahmt, um mit dem typischen Gewicht von Edelmetallen vertraut zu sein. Das

Amulett war zu schwer für Weißgold. Sein Korpus musste aus Platin sein. Auf der Rückseite befand sich eine Gravur. Liv nahm es ihm aus der Hand und betrachtete die Schriftzeichen.

»Das ist Arabisch.« Unvermittelt hob sie das Schmuckstück an die Nase. Falk hatte den metallischen Geruch ebenfalls wahrgenommen. »Blut«, sagte sie.

In den feinen Vertiefungen des Metalls schimmerte es. Erst dachte er, die Färbung käme vom Licht der aufgehenden Sonne, die ihr Rot über die karstige Uferböschung der Insel Nøklan herüberreflektierte. Jemand hatte versucht, das Blut abzuwischen. Es war in den Vertiefungen der Gravur haften geblieben und ließ die Schriftzeichen umso deutlicher hervortreten. Falk dachte an die geduckten Schatten, die auf seiner Fahrt zum Grytengskog am Straßenrand vorbeigehuscht waren. Er dachte an das, was Mikkel Persson ihm über die Flüchtlinge erzählt hatte.

»Glaubst du, André und Hannah haben jemanden über die Grenze gebracht?«, sagte er. Er wiegte den Stoß Dollarnoten in der Hand und ließ ihn wieder auf die Tischplatte sinken. »Und das war ihr Lohn? Als Schlepper?«

Liv zuckte mit den Schultern. »Und das Blut?«

»Kann alles und nichts bedeuten«, sagte er viel zu schnell.

Die Flüchtlinge waren nicht sein Problem. Er hatte als Austauschpolizist in Palermo die Afrikaner gesehen, die täglich gerettet wurden aus ihren unförmigen Schlauchbooten und morschen Kähnen, junge Männer zumeist und halbe Kinder. Ihre Blicke waren leer, selbst wenn sie an Land lässig damit prahlten, wie sie dem Tod draußen auf dem Meer ein Schnippchen geschlagen hatten. Dahinter, tief drinnen, glomm der Horror aus Durst, Hunger, Tod und erbarmungsloser Lebensgier wie eine Glut, die nie mehr verlöschen wollte. In Palermo hatte Falk gelernt, sich vom Schicksal dieser Menschen nur so weit anrühren zu lassen, wie es sein Beruf verlangte. Nicht mehr. Nicht weiter. Er wünschte, es wäre auch jetzt so. Doch die Wahrscheinlichkeit, dass seine Tochter wusste, aus welchem Grund wessen Blut an den Geldscheinen und dem Schmuckstück klebte, änderte alles. Im schlimmsten Fall war es ihr eigenes.

Er schob Liv das Paket Kronenscheine über den Tisch. Sie steckte das Geld in die Reißverschlusstasche ihres Gákti, wo es eine Ausbuchtung hinterließ. Es war wesentlich mehr, als André Schoomwinkels ihr schuldete. Sie waren sich einig, dass er das Geld nicht mehr brauchte. Er packte die Dollarnoten und das Amulett zurück in die Tüte, wie Beweismaterial in einem Fall, der immer undurchsichtiger wurde und den zu lösen er nicht angetreten war.

»Ich habe Angst«, sagte er. Die Worte verließen den Mund ohne sein Zutun.

Liv nahm ihn an die Hand und führte ihn ins Bad. Sie zog ihn aus. Er ließ es geschehen. Dann streifte sie ihren Gákti ab und schmiegte sich an ihn. Das Wasser der Dusche umfing sie wie ein zarter, endloser Mantel, und er wusste nicht mehr, wo sein Körper endete und Livs Haut begann.

Später legte sie sich schweigend zu ihm ins Bett. Um den Hals trug sie ein selbst geschliffenes Schmuckstück aus moosgrüner Nephrit-Jade, von der sie regelmäßig kleine Mengen aus der Mine in Naranas stahl. Es war eine Sonne mit wenigen groben Strahlen. Der Stern prangte zwischen ihren festen weißen Brüsten, als wollte er mit ihnen konkurrieren. Der Mann und die Frau schauten sich ernst an und sprachen nicht. Sie erinnerten sich, suchten in den Augen des anderen, jedenfalls war es das, was er tat. Ihre Hände verschränkten sich ineinander zu einer vorsichtigen, innigen Begrüßung, vielleicht aber auch, um den bevorstehenden Tanz hinauszuzögern, die Tiere aufzuhalten, noch ein wenig.

Falk hatte nicht vergessen, wie schön Liv war, doch jetzt sah er, wie unvollständig und blass seine Erinnerung bereits geworden war. Ganz nah waren ihre hellblauen Augen, umringt von Sommersprossen und feinen Falten, denn sie trug nie eine Sonnenbrille. Die Kratzer der Birken und frostharten Sträucher hatten feine Narben auf ihren kräftigen Unterschenkeln hinterlassen, wenn sie im Sommer ihre Herde durch die Finnmark trieb und dabei nur einen Gákti trug, den sie um vier Handbreit gekürzt hatte. Sie blieben wie helle marmorne Adern in der sonnenbraunen Haut zurück. Ihre Körper berührten sich. Ein Spasmus wie ein Stromstoß ließ ihre Becken aneinanderzucken. Er schob sein Bein zwischen ihre Schenkel und spürte ihren warmen Schoß. Sie wich zurück. Sein steifer Schwanz berührte ihren kühlen, weichen Bauch.

»Verzeih.«

Er konnte es kaum erwarten, in sie einzudringen, aber er wollte es nicht ohne ihre Einladung tun. Er küsste sie. Ihr Mund schmeckte nach Sonne und warmer Milch. Nach einem Moment gab ihre Zunge eine energische Antwort. Sie ließen ihre Hände frei. Es war weniger ein erstes Erkunden als der Versuch des Wiedererkennens nach langer Zeit, eine Expedition, herauszufinden, ob alles noch so war, wie es die Erinnerung verhieß. Sie pressten sich aneinander. Liv umfasste seinen Hintern. Falk durchwühlte ihr dunkelbraunes Haar, das nach dem Rauch von gutem Brennholz, Erde und Kräutern roch, fand die Kindheitsnarbe auf ihrem Hinterkopf und küsste die Stelle, küsste ihre kurze, breite Nase, während seine Hände schon weiterreisten und ihre hohen Wangenknochen und ihren Hals liebkosten, dann ihre Brüste, deren Spitzen als feste Knospen hervorschnellten. Ihre Hände umspielten einander auf dem Weg zum Schoß des anderen. Ihre Zungen tanzten miteinander. Er schob seine Hand auf ihren Slip und umkreiste mit den Fingern ihre heiße Vulva. Sein Handrücken schwebte über die Innenseiten ihrer Schenkel und berührte dabei nur die Haare. Liv musste unweigerlich lächeln, sodass ihre Zähne beim Küssen zusammenstießen. Falk fuhr mit dem Mittelfinger über ihre Spalte, die den Stoff ihres Slips durchnässt hatte. Er glitt zu ihr hinab, küsste die Stelle und atmete ihren Geruch ein. Liv ließ ihn gewähren, einige Momente lang, dann drückte sie mit einer energischen Bewegung seinen Kopf zur Seite und schob sich den Slip herunter. Sie nahm sich nicht die Zeit, ihn ganz abzustreifen. Sie öffnete die Schenkel, zog sein Gesicht zu sich und wölbte sich ihm entgegen.

Später.

Später war genug Zeit für Zärtlichkeit.

Sie bissen einander in den Hals wie balgende, gierige Schlittenhunde, roh und schön und unzertrennlich. Liv streifte seine Unterhose ab. Mit der linken Hand umschloss sie seinen steifen Schwanz und führte ihn in ihre Mitte. Als Falk in sie eindrang, warfen sie beide die Stirn in Falten vor lauter Unglauben über die Unverschämtheit ihrer Lust.

21

Erst als sie bereits in der Mitte des Stuorajavri war, begriff Liv, dass sie das Schicksal herausgefordert hatte. Es war zu spät für einen Rückzieher. Das eisige Wasser hatte die Wärme zuerst aus ihren Armen und Beinen gesogen. Jetzt war ihr Torso dran, und sie spürte, wie sich ihr Herz anstrengen musste, um gegen die Umklammerung der Kälte anzupumpen. Ihre Schwimmzüge wurden gegen ihren Willen kürzer und schneller. Das Wasser wurde zäh wie Melasse. Sie kam kaum noch voran. Ihr Gehirn wechselte in jenen Modus, der die tödliche Bedrohung ausblendete, um eine Panik zu verhindern. Die Nadelstiche des Wassers fühlten sich plötzlich warm und angenehm an. Sie hörte auf zu schwimmen. Auf der Stelle verharrend, stieß sie sich mit den Beinen im Wasser ab, um nicht unterzugehen. Ihre Muskeln fühlten sich an wie Stein. Sie drehte sich um die eigene Achse, während ihr Blick das flache Ufer des Sees suchte. Es war ganz ockerfarben vom welken Gras und verschwand bereits als vager Saum im Nebel.

Schlagartig verlor sie alle Hoffnung. Nicht nur ihr ungeborenes Kind würde sterben, sondern auch sie selbst. Für einen Moment stoppten die Schlagbewegungen ihrer Beine, und sie versank in der stummen Zwischenwelt aus flüssigem Glas. Das Rauschen des Unterwassers umfing sie mit trügerischer Zärtlichkeit. Ganz nah. Fast eins. Sie brauchte nur loszulassen. Doch sie wollte nicht vergehen und auf den Grund sinken wie ein toter Fisch. Ihr Schrei durchdrang die Stille und trug weit. Sie tauchte auf. Nichts hatte sich verändert. Regentropfen zerplatzten auf der Wasseroberfläche vor ihrem Gesicht. Sie kamen ihr plötzlich wie kleine Wunder vor, die sie noch nie zuvor bemerkt hatte. Sie hielt auf die dünne Linie im Dunst zu. Zwischen den Schwimmzügen sank sie unter die Wasseroberfläche, glitt hin und her zwischen dem Diesseits und jener Stratosphäre, der sie sich entreißen musste, wenn sie leben wollte.

Während ihre Kräfte schwanden, schärfte sich ihre Wahrnehmung, wie sie es von angenehmen Marihuana- oder Wodkaräuschen kannte. Die Zeit verschwand. Alle Filter verschwanden, und noch einmal stürzte das Leben auf sie ein, mit tausendfacher Würze und schmerzlich schön, bevor es verging. Dann stieg Angst in ihr auf. Ihr Herz und ihr Kopf pochten mit jeder Bewegung in einem unheilvollen Gleichklang. Sie wollte nicht sterben. Sie sah ihr Quad am Ufer stehen und daneben das zwischen zwei Birken aufgespannte Tarp mit dem Schlafsack darunter. Sie hielt darauf zu. Sie roch das Feuer, das sie entzündet hatte, bevor sie ins Wasser gegangen war, um das Kind zu töten, das sie nicht wollte. Als ihre Füße den Ufergrund berührten, gaben ihre Beine nach. Sie schwamm weiter, bis sie auf dem feinen Kies strandete wie ein verirrter Wal. Auf die Ellenbogen gestützt kroch sie an Land und zerrte ihren Körper, dessen untere Hälfte gelähmt war vor Kälte, zum Feuer. Sie bewegte sich wie ein ungelenkes Reptil, denn ihre Schultermuskeln waren die einzigen, die noch nicht den Dienst versagten. Von der Landschaft war jetzt nichts mehr zu sehen. Sie verklang im Nebel zu einem kleinen Zimmer, dessen Wattewände die Welt dahinter verschluckten. Sie brauchte zehn Minuten, um aus dem Wasser zu kommen, und weitere fünfzehn, ihren wild zitternden und zuckenden Körper in den Schlafsack zu bugsieren. Sie blieb vierunddreißig Stunden liegen. Sie aß das getrocknete Rentierfleisch, die Nüsse und das selbst gebackene Weizenbrot aus ihrem Vorratsbeutel. Wenn die Konvulsionen und das Zittern der Hände es zuließen, kochte sie Tee und stürzte ihn hinunter. Sie verbrühte sich den Mund. Eine dünne Schicht blutiger Haut löste sich vom Gaumen. Das Leben kehrte zurück in ihren Körper. Am zweiten Tag setzten die Blutungen ein, und sie verlor das kleine Leben, das noch kaum ein Leben war.

Liv erwachte und befühlte sich. Ihr Bauch war warm und weich. Ihre Vulva blutete nicht. Der Mann, den sie liebte und hasste, lag neben ihr und roch nach warmer Haut und Sperma. Er hatte nie erfahren, dass sie ein Kind von ihm erwartete. Sie wollte keine Verantwortung für ein Kind. Sie wollte ja nicht einmal die Verantwortung für sich selbst. Sie wollte ihre Freiheit, was sie dafür hielt, auch wenn sie nicht wusste, was sie damit anfangen sollte, außer mit der Herde von Lagerfeuer zu Lagerfeuer zu ziehen. Nach dem Abort war sie immer trauriger geworden. Sie hatte wieder zu trinken begonnen. Sie war immer wütender geworden auf den Mann, der niemals durchleiden musste, was sie durchlitt, den Schmerz und die Angst und den Hass auf sich selbst, als sie ihr gemeinsames Kind getötet hatte.

Falk war nicht zu ihr zurückgekehrt, wie er es versprochen hatte. Er war aus ihrem Leben verschwunden. Sie erfuhr aus der Zeitung, dass seine Ehe mit der Tochter des Möbelfabrikanten Hellestad geschieden worden und sie der Grund dafür gewesen war. Die unbekannte Geliebte. Die samische Wilde. Von André Schoomwinkels wusste sie, dass Reporter aus dem Süden angereist waren und versucht hatten, die Leute über Falk auszufragen. Kjell Vesterman, der sich um das Anwesen in Bankenes kümmerte, hatte einen Fotografen verprügelt, der auf dem Hof herumschnüffelte. Liv fühlte sich im Stich gelassen und benutzt. Natürlich brauchte sie den Mann nicht. Sie brauchte niemanden. Doch jetzt war er unerwartet in ihr Leben zurückgekehrt, und sie erschrak, wie ihre Vertrautheit, ihre Zärtlichkeit und ihre Lust mit größter Selbstverständlichkeit zurückkehrten, als hätten sie sich für den Gefährten aufgespart.

Ohne Falk zu wecken, schob sie sich unter der Bettdecke hervor in die kühle Luft des Schlafzimmers. Es war bereits später Morgen. Sie ging ins Bad und wusch sich nur das Gesicht, denn sie wollte den Geruch der vergangenen Nacht noch ein wenig bei sich haben. Mit ihren Kleidern auf dem Arm schlich sie hinunter und zog sich erst in der Küche an. Sie wollte keinen Abschied. Sie wusste, es war kindisch, aber dieses Mal wollte sie diejenige sein, die einfach ging und ihn in der Ungewissheit zurückließ, ob sie sich wiedersehen würden. Und tatsächlich wusste sie es nicht. Sie nahm ein Stück Brot aus dem hölzernen Kasten auf der Anrichte und tunkte es in den kalten Kaffee von gestern, der im Kessel auf dem Ofen stand. Sie saugte die erdige, bittere Flüssigkeit aus dem aufgeweichten Teig und gab sich für einen Moment dem Genuss hin. Sie lauschte ins obere Stockwerk hinauf, doch von Falk war nichts zu hören. Durch die Hintertür ging sie hinaus auf den Hof. Wie am Tag zuvor war es ungewöhnlich warm. Ein ablandiger Wind trug bereits neue Hitze heran. Ohne sich noch einmal umzudrehen, schob sie ihr Quad bis ans Ende der Grundstückseinfahrt und startete den Motor. Sie legte den ersten Gang ein und zog auf der schmalen Uferstraße im schwefeligen Licht des Vormittags davon. Kein Mensch war unterwegs. Hinter einem der Häuser am Fjord schlug ein Mann einen Teppich aus. Der Staub wehte hinaus aufs Meer. Liv spürte, wie die Lust der vergangenen Nacht allmählich verschwand, je weiter sie sich von Bankenes und von Falk entfernte. Die letzten Zuckungen durchfuhren ihren Unterleib und ließen sie lächeln. Aber es war nur Lust, dachte sie, und Falk war nur ein Mann. Er hatte ihr auch den Schmerz bereitet, der genauso zurückgekehrt war wie ihr Verlangen, ihn in sich zu spüren. Sie sah, wie ihn die Ungewissheit über das Schicksal seiner Tochter quälte. Es gab den Teil in ihr, dem es ganz recht war, wie er litt, sein verlorener Blick aus dem starken Körper.

Die Wahrheit über Hannah war schlimmer als die Ungewissheit. Liv hatte darüber geschwiegen, genauso wie über den Tod von André Schoomwinkels. Sie hatte es versprochen. Falk wird die Wahrheit früh genug erfahren, dachte sie. Die Wahrheit wird seine Welt erschüttern wie ein Erdbeben, von innen heraus, gegen das es keinen Schutz gibt.

22

N 56°52'57.9" | E 16°38'47.6"

Sonja hatte ihn tatsächlich gefragt, wo er gerne leben wollte, und als Haidar sagte, er vermisse das Meer, nickte die blonde Frau vom Migrationsamt in Boden und schaute auf ihren Computermonitor. Der Ort, in dem er untergebracht war, hieß Borgholm und lag auf einer Insel namens Öland. Sie schwamm in einem Meer, das sie Ostsee nannten. Die Stadt war dem nahe gelegenen Festland zugewandt, das wie ein leeres Versprechen am Horizont schimmerte, wenn er aus seinem Küchenfenster blickte. In dem Haus am Hafen wohnten noch andere Flüchtlinge, vor allem Zandschi und Pakistanis. Sie blieben unter ihresgleichen, und Haidar mied beide Gruppen, so gut es ging. Ein junger Senegalese hatte ihm aufgeregt berichtet, dass der König und die Königin des Landes in einer Villa ganz in der Nähe die Ferien verbrachten. Gegen Eintritt könne man ihren Garten besichtigen und ihnen mit etwas Glück sogar beim Leben zuschauen.

»*That's crazy*«, sagte er.

Haidar fragte nicht nach, was genau der Mann meinte. Er sehnte sich nach Gesellschaft, aber die Gespräche der anderen, die vor allem um die ungewisse Zukunft kreisten, garniert mit gelegentlicher Empörung über die Arroganz einzelner Migrationsbeamter, machten ihn krank. Auch deshalb war er dankbar, eine Wohnung für sich bewohnen zu dürfen. Diesen Luxus verdankte er dem Tod einer jungen Frau aus Afghanistan. Sie war direkt vor dem Haus über die Wellenbrecher geklettert und ins Meer gegangen. »Zu viele schlechte Erinnerungen an zu Hause«, hatte der Vermieter bei der Schlüsselübergabe gesagt und dabei in die verlassene Wohnküche geblinzelt. Haidar musste jedes Mal, wenn er aus dem Fenster aufs Meer schaute, an die unbekannte Frau denken. Ohne dass er es wollte, entstand vor seinem inneren Auge ein fremdes Gesicht. Er begann sich vorzustellen, wie diese Unbekannte die neue Frau in seinem Leben hätte werden können. All seine Scham konnte die Phantasie nicht aufhalten. Die Frau sah nie aus wie seine eigene. Ihre gemeinsame Sprache war ihr krudes Englisch und die brutale Magie, mit der sie alles auslöschten, was hinter ihnen lag. Neugeboren.

Jeder Flüchtling in der Stadt bekam einen Paten, ob es ihm passte oder nicht, und keiner wagte es, sich gegen so viel Freundlichkeit zu wehren. Haidars Pate hieß Björn Ingelath. Bei Kaffee und Zimtschnecken erzählte ihm der sehnige Mann, der in seinen späten Sechzigern war und die typische Bräune eines Seglers hatte, von sich und seinem Bootshandel gleich nebenan. Er nannte sich augenzwinkernd einen Gutmenschen und schenkte Haidar zur Begrüßung seinen alten Laptop. Nach dem Blick auf Haidars LMA-Karte bot er ihm einen Job an, denn eine fünfstellige Buchstabenkombination gestattete es Haidar, überall in Schweden zu arbeiten. Ingelath bemerkte schnell, dass Haidar kein besonders geschickter Handwerker war. Doch im Gegensatz zu ihm hatte er keinerlei Mühe damit, sich mit elektronischen Kartenplottern, digitalen Funkgeräten oder neumodischen Apps zurechtzufinden, die die Daten eines Bootsmotors in Echtzeit auf das Smartphone seines Besitzers schickten oder gleich an die nächstgelegene Werft und jedes Boot zum schwimmenden Computer machten.

»Dieses verdammte neumodische Zeug ist mir zu hoch«, sagte er. »Ich bin der Mann mit Schraubzwingen und Bootslack.«

Als Erstes bekam Haidar von Ingelath den Auftrag, die hoffnungslos veralteten Computer der Firma zu ersetzen und die nötige Software zu installieren. Dann legte Ingelath ihm einen Haufen Schmierzettel vor, auf denen er mit dem Gestaltungswillen eines energischen Dilettanten skizziert hatte, wie der neue Webauftritt für sein Geschäft aussehen sollte. Haidar brauchte weniger als eine Woche für die Programmierung, dann hatte jedes der Boote auf dem Hof seine eigene kleine Seite mitsamt Fotos. Ingelath musste nur noch seine Texte in die dafür vorgesehenen Felder eintragen.

»Das macht meine Frau«, sagte er und grinste so verschmitzt, dass Haidar gar nicht anders konnte, als nachzufragen, wieso er es nicht selbst tat. Björn Ingelath konnte weder lesen noch schreiben. Hätte das Migrationsamt davon gewusst, wäre er niemals Flüchtlingspate geworden. Doch der Mann hatte Strategien entwickelt, sich mit seiner vermeintlichen Schwäche erfolgreich durchs Leben zu manövrieren. Eine davon war das regelmäßige Vergessen einer besonders starken Lesebrille, die er in Wahrheit natürlich nicht besaß oder brauchte.

»Du darfst ruhig dumm sein«, sagte er. »Oder ein Krüppel. Du musst dir nur zu helfen wissen. Und du darfst nie aufgeben.«

Letzteres war einer dieser Mutmachersätze, eigens für Haidar ausgesprochen, die die Menschen in der westlichen Welt so gerne verwendeten, wenn ihnen ihr Mitgefühl peinlich war oder wenn sie keines hatten. Aber Haidar spürte, dass Björn Ingelath es aufrichtig meinte. Der Mann schien es sich in den Kopf gesetzt zu haben, ihm eine Zukunft zu ermöglichen und sich selbst daran zu erfreuen. Er fragte nie nach dem, was Haidar hinter sich gelassen hatte, denn er war klug genug, zu wissen, dass er nicht ertragen würde, was er zu hören bekäme. Er verblüffte Haidar, als er ihn in die hinterste Ecke des Firmenhofes führte, der mit Dutzenden Booten auf ihren Trailern vollgestellt war. Er zeigte auf ein offenes Fünfzehn-Fuß-Sportboot mit GFK-Rumpf. Es war schon ein wenig in die Jahre gekommen und ausgeblichen, aber Deck und Unterwasserschiff schienen ebenso in Ordnung wie der große Mercury-Außenborder.

»Deins, wenn du willst«, sagte er und freute sich über Haidars Sprachlosigkeit wie ein frecher Junge über einen gelungenen Streich. Haidar war ehrlich gerührt. Es fiel ihm schwer, zu glauben, dass der alte Mann wirklich ihn meinte mit seinem Geschenk, so sehr war er es inzwischen gewohnt, dass die Menschen doch immer nur sich selbst meinten mit allem, was sie taten. Am folgenden Tag ließen sie das Boot zu Wasser und machten eine Probefahrt bis nach Kalmar. Das Meer war ruhig wie der Lake Assad an einem trägen Hochsommertag. Auch den Himmel konnte Haidar nicht vom Blau zu Hause unterscheiden. Ingelaths Frau Minni hatte eine Kühlbox mit Sandwiches und Getränken für sie vorbereitet. Unterwegs stoppte Ingelath auf offener See und stellte den Vergaser des Außenborders ein. Er erklärte Haidar genau, was er tat, wie ein Meister seinem Lehrling. Anschließend glitten sie mit großer Fahrt durch den Sund in Richtung Süden. Haidar übernahm das Ruder. Ingelath dirigierte ihn bis vor die Festung von Kalmar. Das Museum im Inneren des Schlosses war wegen Renovierungsarbeiten gesperrt. Ingelath ärgerte sich, denn er wollte Haidar mit einer Besichtigung überraschen. Haidar war nicht traurig über den geplatzten Landgang. Der Anblick der Festungsmauern mit ihren mächtigen Wehrtürmen machte ihm das Herz schwer. Doch das verschwieg er Ingelath. Er wollte nicht undankbar erscheinen.

Auf dem Rückweg erklärte Ingelath, dass er seine Firma jedes Jahr im Spätsommer für vier Wochen zusperrte und zu seinem Bruder nach Värmland fuhr, um Hirsche und Elche zu jagen. Er überließ es Haidar, allein weiterzuarbeiten oder ebenfalls Urlaub zu machen. Bezahlt natürlich.

Haidar entschied sich für die Ferien. Er hatte eine Aufgabe zu erledigen, von der niemand erfahren durfte. Er musste zurück in das kalte Land, um seine Frau und seinen Sohn zu suchen und die Männer, die sie verschleppt hatten.

Nein, dachte er. Sei nicht naiv. Die sie getötet hatten.

Björn Ingelath packte seine Jagdgewehre ein und fuhr nach Värmland. Seine Frau flog mit ihren Freundinnen zum Wellnessurlaub nach Ibiza.

»Wenn du Tiere totschießt, lass ich mich durchkneten.« Das war seit Jahren ihre Abmachung, und die beiden alten Leute fuhren gut damit. Kurz bevor sie abgeholt wurde, nahm die Frau Haidar zur Seite und steckte ihm ein braunes Kunstlederetui zu. Er drehte es ein wenig ratlos in den Händen. Sie nahm es und öffnete den Reißverschluss. Ein Elektroschocker kam zum Vorschein. Die beiden Elektroden glänzten in der Sonne.

»Den hat Björn mir mal geschenkt, weil er Angst hatte um mich.« Minni Ingelath zögerte einen Moment, bevor sie weitersprach. »Wegen der vielen Flüchtlinge.« Sie lachte und zeigte ihre unfassbar makellosen Zähne. »Ich hab ihn nie benutzt. Ich weiß nicht mal, wie das Ding geht«, sagte sie und umfasste den schwarzen Handgriff aus Plastik. »Ich glaube, man drückt auf den Knopf hier.«

Ein knisternder blauer Lichtbogen zwischen den beiden Polen war die Antwort. Beide erschraken, und Minni drückte das Gerät schnell Haidar in die Hand wie eine heiße Kartoffel.

»Nicht alle hier sind zu Ausländern freundlich«, sagte sie. »Vor allem nicht zu euch Flüchtlingen. Für die Schwarzen ist es besonders schlimm. Und dir sieht man ja auch ein bisschen an, dass du nicht blond und blauäugig bist.«

Sie lächelte wieder, und Haidar spürte, wie unangenehm ihr das Thema war und wie sehr sie sich um ihn sorgte.

»Pass auf dich auf, solange wir weg sind.«

Ingelath hatte Haidar einen der Firmenwagen überlassen, einen Fiat Transporter, der viel schneller war, als er aussah, weil Ingelath ihn getunt hatte. Das würde die Fahrtzeit bis Oslo erheblich verkürzen. Es waren beinahe siebenhundert Kilometer, vor allem, weil Haidar eine Strecke ausgesucht hatte, die größtenteils über Landstraßen führte. Da er sich in Schweden zwar frei bewegen, das Land aber nicht verlassen durfte, musste er die Grenzkontrollen umgehen.

Wenige Stunden bevor er losfuhr, loggte er sich mit seinem Kennwort in den Server der Privatbank Haberlin & Wölffli ein. Er kündigte dem Filialleiter in Oslo sein Kommen an. Haidar fuhr am Nachmittag los und hielt nicht an. Unterwegs pinkelte er in eine leere Milchflasche. Die Grenze nach Norwegen überquerte er nachts auf einer Nebenstraße bei Kornsjø. Hinter der Grenze tankte er den Wagen aus Kanistern auf, die er an der Firmenzapfsäule in Borgholm gefüllt hatte. Er musste vorsichtig sein. Er durfte keine Spuren hinterlassen. In Deutschland wurden zwei ehemalige Mitglieder des syrischen Geheimdienstes angeklagt, die im Militärgefängnis Saidnaya Gefangene gefoltert hatten und sich als Flüchtlinge abgesetzt hatten. Eines ihrer Opfer hatte die Männer beim Einkaufen im Supermarkt wiedererkannt und sie angezeigt. Die Wölfe hatten sich unter die Schafe gemischt und weder mit dem Mut der Schafe noch mit der Zuständigkeit deutscher Staatsanwälte gerechnet. Die Deutschen klagten die Männer unter Berufung auf das Weltrechtsprinzip wegen Verbrechen gegen die Menschlichkeit an. Es interessierte sie dabei nicht, dass weder Täter noch Opfer Deutsche waren und die Taten viertausend Kilometer entfernt in einem syrischen Folterkeller stattgefunden hatten.

»Die Deutschen waren die größten Schuldigen, jetzt wollen sie das Gewissen der Welt sein«, hatte Dimitrij gesagt, und dabei lag nicht nur Spott in seiner Stimme. Er hatte Haidar eindringlich von einer Flucht nach Deutschland abgeraten. Der russische Militärgeheimdienst wusste, dass deutsche Staatsanwälte bereits kurz nach Beginn des Krieges begonnen hatten, Beweise gegen Mitarbeiter der syrischen Geheimdienste zu sammeln. Sie rechneten damit, dass sich einige von ihnen nach Deutschland absetzen würden. Denn die Russen, von denen sie das Handwerk des Folterns gelernt hatten, würden sie niemals aufnehmen. Die Deutschen hatten recht behalten.

»Du hast nie jemandem die Daumenschrauben angelegt. Warum sollst du für andere büßen«, hatte Dimitrij gesagt, und Haidar wusste im selben Augenblick, dass der Freund von sich sprach, wenn er »andere« sagte. Haidar hatte sich nur allzu gerne mit Dimitrijs Worten betrogen. Er war vom naiven Idealisten zum Opportunisten geworden, satt und furchtsam, der wusste, aber nicht wissen wollte, was mit denen geschah, deren Namen und Adressen mit Hilfe seiner Fachkenntnisse der Anonymität entrissen worden waren. In der Hierarchie der Verbrecher stand er auf der Stufe der Feiglinge und Mitläufer. Er hatte keine Landsleute getötet. Er kannte keine Folterknechte. Er hatte nie den Angstgestank ihrer Opfer gerochen, keine Todesschreie gehört. Zwischen sich und die Wirklichkeit hatte er eine lange Leitung gezogen, durch die kein Blut floss und kein tödlicher Stromstoß, nur eine Befehlskette aus Nullen und Einsen. Nein, er kannte und schuldete niemandem eine Wahrheit. Die einzigen Menschen, denen er etwas schuldete, lebten nicht mehr.

Bevor er das Geld in der Filiale von Haberlin & Wölffli abholte, ging er wenige Schritte weiter die Stortingsgata hinauf und kaufte bei Ferner Jacobsen einen ozeanblauen Blazer und dazu ein purpurfarbenes Hemd und eine weiße Freizeithose. Er redete sich ein, dass er in der Bank seriös wirken sollte. In Wahrheit schämte er sich plötzlich, hier zu sein. In der schwedischen Provinz konnte er gut untertauchen. Doch hier spürte er, wie sich ihm tausend Blicke in den Leib bohrten. Als er gut gekleidet das Geschäft verließ, war er selbst zum Wolf geworden, der sich ein Schafsfell übergeworfen hatte.

Und doch erkennen mich alle, dachte er. Sie zerren mir die falsche Haut herunter und jagen mich nackt durch ihre schönen Straßen. Und ich schreie, obwohl es doch nur eine falsche Haut ist und nicht meine eigene. Aber der Schmerz ist der gleiche.

Die Blicke der Passanten glitten an ihm vorbei. Kein Mensch beachtete ihn, als er hinter der verspiegelten Tür der Bankfiliale verschwand.

Es war unmöglich, schmutziges Geld von Syrien ins Ausland zu überweisen, ohne die Aufmerksamkeit des Regimes auf sich zu ziehen, von Finanzbehörden im Ausland ganz zu schweigen. Also hatte Dimitrij es als versiegelte Diplomatenpost an Haberlin & Wölffli in Oslo geschickt. Er hatte Haidar geraten, das Geld so schnell wie möglich abzuholen. Seit Whistleblower und rachsüchtige Bankangestellte immer öfter geheime Daten an Behörden verkauften, traute er der viel gerühmten Schweizer Diskretion nicht mehr.

Der Filialleiter war ein junger, höflicher Schweizer, der nicht eine Silbe zu viel sprach. Er verlangte keinerlei Ausweis von Haidar. Wer sein Kunde war und was er aus seinem Schließfach holte, ging ihn nichts an. Als Haidar das Kennwort in das Tablet des Mannes eingegeben hatte, nickte er und ließ ihn im Schließfachkeller allein. Haidar holte die gesamten hundertsechzigtausend Euro aus dem flachen Edelstahlbehälter. Er tauschte zehntausend davon in norwegische Kronen um und verstaute den Rest in seinem kleinen Rucksack. Der Schweizer wünschte ihm zum Abschied einen schönen Tag und drückte den Türöffner.

Haidar war hungrig, als er aus dem dunklen Bankverlies in die grelle Mittagssonne hinaustrat. Doch die Vorstellung, sich allein in eines der belebten Restaurants auf der Stortingsgata zu setzen, womöglich noch draußen unter freiem Himmel, ließ Panik in ihm aufsteigen. Er wandte sich ab und holte den Wagen aus dem Parkhaus am Schlosspark. Unterwegs wich er den Blicken der Passanten aus. Es war heiß. Der seifige Duft der neuen Kleidung übertönte seinen Schweißgeruch. Auf dem Weg zum Flughafen verfuhr er sich drei Mal und fluchte laut. Kurz vor dem Ziel verließ er die Autobahn und hielt vor einem anonymen Mietlagerhaus im Gardermoen Business Park. Er mietete eins der kleinsten Abteile, außerdem einen Stellplatz für den Wagen und zahlte für einen Monat im Voraus. In dem leeren Abteil wirkte sein kleiner Rucksack wie ein vergessenes Requisit.

Es war dreizehn Uhr achtundzwanzig, als Haidar seine Reisetasche nahm und den Zubringerbus zum Osloer Flughafen bestieg.

23

Falk mietete ein Zimmer im Radisson mit Blick auf die westliche Landebahn. Er nahm ein Bad und ließ sich aus der Hotelküche ein Steak mit Salat kommen. Nach dem Essen schaute er auf dem großen Flachbildfernseher einen Porno an, nichts, wofür man sich schämen musste, doch was er sah, machte ihm keine Lust. Er dachte an Liv, die er nicht erreichen konnte. Danach sah er den letzten ankommenden Flugzeugen des Tages beim Landen zu. Im Gegenlicht der tief stehenden Sonne explodierte der Qualm ihrer Reifen beim Aufsetzen zu schwarzen Wolken. Der süßliche Hauch von verbranntem Kerosin drang durch die Klimaanlage bis in den Raum. Er ging früh zu Bett. Er wusste den Tag, an dem Hannah zurückkehren sollte, aber nicht die Uhrzeit. Er hatte eine Liste mit sämtlichen Flügen aus Madrid, die in Gardermoen landeten.

Am nächsten Morgen frühstückte er unter freiem Himmel auf der Holzterrasse des Restaurants. Es war ausreichend warm, doch der einzige Gast außer ihm war ein rotgesichtiger Baumaschinenhändler aus Sheffield. Er war auf dem Weg nach Kiruna. Falk aß sechs Spiegeleier, wie um den unverschämten Zimmerpreis zu kompensieren. Er checkte aus und ging um kurz vor acht vom Hotel hinüber ins Terminal und setzte sich auf eine der unbequemen Bänke, von wo aus er das Ankunftsgate im Blick hatte. Es herrschte wenig Betrieb. Das neue Terminal war wie eine leere Kathedrale, in der die Lautsprecher des unsichtbaren Priesters zu niemandem sprachen. Er versteckte sein Gesicht hinter einer Washington Post, in die er ein Beobachtungsloch geschnitten hatte.

In der Zeitung stand der übliche Wahnsinn. Der Welt kam gerade die Schwerkraft abhanden, und die Fliehkraft gab den Menschen ein Gefühl von ungekannter Leichtigkeit, bevor sie sie zerriss.

Er wartete nicht auf Hannah. Seine Tochter saß in keiner

der Maschinen. Er wartete auf Silje. Tauchte sie am Terminal auf, um Hannah abzuholen, war sie tatsächlich so arglos, wie sie am Telefon gewirkt hatte. Dann wusste sie nichts von Hannahs Aufenthalt in Bankenes. Dann gab es auch keine Entführung, die sie um ihr Kind bangen ließ. Durch das Loch im Papier beobachtete er, wie sich die Milchglastüren des Gates zur Seite schoben und die Passagiere der gelandeten Maschinen herausströmten. Der Anblick der Heimkehrer, deren Augen und Arme Freunde und Angehörige suchten und fanden, verursachte ihm Unwohlsein. Er selbst fühlte sich wie auf einem Laufband, das ihn nirgends ankommen ließ. Er stellte sich vor, Hannah wäre unter den Passagieren und täte so, als sei nichts gewesen. Keine Affäre mit André Schoomwinkels. Kein Streit mit ihm. Kein Toter.

Dann bin ich ihr einziger Mitwisser, dachte er. Ihr Komplize. Sie wird mich brauchen.

Die nächste Maschine aus Madrid landete um kurz vor elf. Er sah Silje schon von Weitem auf das Gate zusteuern. Sie schob einen leeren Gepäckwagen vor sich her. Er hätte nicht sagen können, was seine Aufmerksamkeit sofort auf sie gelenkt hatte. Silje war eine attraktive Frau ohne besondere Ausstrahlung. Sie trug eine Art Tennisrock, ein weißes Leinenhemd und Sneakers. Er meinte zu erkennen, dass sie versucht hatte, sich Hannahs Kleidungsstil anzunähern, wie eine Versöhnungsgeste.

Er hob die Washington Post vor sein Gesicht und beobachtete sie durch das Loch im Papier. Silje stand mit durchgedrücktem Rücken hinter dem Absperrband vor der Schiebetür. Zwei junge Männer mit Baseballcaps in der Menge der Wartenden taxierten sie unverblümt. Nach wenigen Minuten traten die ersten Passagiere durch die Milchglastüren ins Terminal. Die meisten trugen Businesskleidung, zumindest nicht die üblichen Touristenverkleidungen südlicher Ferienziele. Hannah war nicht dabei. Er sah, wie Silje ihr Telefon hervorholte und vergeblich versuchte, ihre Tochter zu erreichen.

Er selbst hatte es am Morgen versucht, so wie jeden Tag,

seit er hinter Hannahs Verschwinden gekommen war. Er hatte ihre mit leisem Spott durchsetzte Ansage bestimmt hundert Mal gehört. Es war der Spott ihrer Mutter. Minuten nachdem die letzten Passagiere das Terminal betreten hatten, stand Silje allein da. Sie schaute in seine Richtung, ohne ihn hinter der Zeitung zu erkennen. Sie zog erneut ihr Telefon hervor und ließ es nach wenigen Augenblicken mit einem genervten Gesichtsausdruck sinken. Als sie das Terminal durchquerte und zum Iberia-Schalter ging, folgte er ihr in zwanzig Metern Abstand. Zwei patrouillierende Polizisten wurden auf ihn aufmerksam. Ihnen war nicht entgangen, dass er seit drei Stunden vor dem Gate gesessen und sich hinter einer Zeitung versteckt hatte. Sie nahmen ihn unauffällig in die Mitte und sprachen ihn an. Sie stützten die Hände lässig in das Gurtzeug ihrer Maschinenpistolen.

»Warten Sie auf jemanden?«, sagte der Ältere der beiden, der kaum über dreißig sein konnte. Falk sah, wie Silje in einiger Entfernung am Iberia-Schalter auf eine der uniformierten Angestellten einredete. »Auf meine Tochter«, sagte er. Er zog unaufgefordert seinen Pass aus der Jackentasche und reichte ihn dem Älteren. »Sie kommt aus Madrid. Ich weiß nicht, in welcher Maschine sie sitzt.«

Der Ältere blätterte durch Falks Pass. Der Jüngere sicherte mit seinem Blick gelangweilt die Umgebung ab. Der Ältere schaute von dem Dokument auf und machte eine Geste hinter sich, dorthin, wo der Iberia-Schalter war.

»Weiß Ihre Ex-Frau, dass Sie hier sind und sie beobachten, Herr Sebastiani?«, sagte er.

Falk war so verblüfft, dass er die beiden Polizisten nur anglotzte. Sie hatten nicht nur ihn und Silje erkannt, sie hatten auch die Situation durchschaut. Er sah, wie sich Silje im Hintergrund vom Iberia-Schalter abwandte und jetzt in seine Richtung ging, um das Terminal zu verlassen. Die Polizisten hatten sich links und rechts neben ihm aufgebaut. Andere Passagiere waren aufmerksam geworden und drehten im Vorbeigehen die Köpfe. Die Polizisten warteten ab.

»Hören Sie –«, sagte Falk.

In diesem Augenblick trafen sich ihre Blicke. Silje zog die Stirn in Falten und rief seinen Namen. Er zuckte mit den Achseln und grinste blöd wie ein ertappter Ladendieb, der sich in Charme flüchten will. Die Polizisten schauten dem peinlichen Hin und Her zwischen ihm und Silje zu und genossen ihren kleinen Triumph. Der Ältere gab ihm den Pass zurück und nickte Silje zu.

»Ich wünsche Ihnen beiden einen schönen Tag.«

Falk folgte Silje zum Kurzzeitparkplatz vor dem Terminal. Immer einen halben Schritt hinter ihr, so, wie es Menschen in Rechtfertigungsnot taten.

»Komm schon«, sagte er. »Natürlich wärst du dagegen gewesen, dass ich zu Hannahs Geburtstag komme. Ich hatte gar keine andere Wahl, als mich selbst einzuladen.«

Sie waren im Freien angekommen. Silje hob die Fernbedienung und entriegelte die Türen eines blutroten Elektro-Porsche. Sie schaute Falk an. Sie wirkte nachdenklich.

»Du tust gerade so, als hätte sie wegen mir nicht im Flugzeug gesessen«, sagte er.

Fünf Tage vor Hannahs achtzehntem Geburtstag wusste Silje nicht, wo ihre Tochter steckte und warum sie nicht nach Hause gekommen war. Sie hatte vor einer Woche zum letzten Mal mit ihr gesprochen, und abgesehen davon, dass die Verbindung besonders schlecht war, hatte ihr Kind kratzbürstig wie immer geklungen. Falk verschwieg, was er über Hannah herausgefunden hatte. Er würde kein Wort darüber verlieren, bevor er nicht mit Hannah selbst gesprochen hatte oder sicher wusste, dass seine Tochter tot war.

Siljes Gesichtszüge entspannten sich plötzlich. Sie warf ihm den Autoschlüssel zu. »Vielleicht ganz gut, wenn du die Eskapaden deiner Tochter mal aus nächster Nähe miterlebst.«

Sie setzte sich auf den Beifahrersitz und wartete darauf, dass Falk einstieg. Er öffnete die Tür und nahm hinterm Steuer Platz. Er studierte das futuristische Armaturenbrett. Er hatte noch nie ein Elektroauto gefahren. Schließlich schaltete Silje den Wagen für ihn ein. Er gab Gas, und der Wagen schob sich geräuschlos aus der Parklücke in den spärlichen Verkehr. Er fuhr verhalten, doch hinter der Lautlosigkeit spürte er in jedem Moment die brachiale Kraft der Motoren lauern. Er schaute fragend zu Silje hinüber, die ihn die ganze Zeit beobachtete.

»Es ist nicht das erste Mal, dass Hannah nicht nach Hause kommt«, sagte sie.

Reifengeräusche und Fahrtwind. Siljes Worte blieben wie scharfkantige Felsbrocken in der Fahrgastzelle liegen.

»Es fing an, als sie heimlich ein Boot gekauft hat, mit sechzehn. Ich weiß bis heute nicht, wo sie das Geld dafür herhatte, ich halte sie ziemlich kurz. Und von ihrem Großvater nimmt sie angeblich schon seit Jahren nichts mehr an.« Silje machte eine Pause und legte sich den nächsten Satz zurecht. »Deine Tochter ist so eine stolze Person.«

Stolz, das wusste Silje Hellestad, musste man sich leisten können. Falks Ex-Frau hatte ihren Stolz gegen einen nüchternen Pragmatismus getauscht. Für den Stolz der anderen hatte sie schon lange kein Verständnis mehr.

»Es war ein kleiner Jollenkreuzer, so ein Ding aus Mahagoni, ziemlich heruntergekommen. ›Fast geschenkt‹, hat sie gesagt. Sie hat alles selbst hergerichtet.«

Falk spürte einen ganz und gar irrationalen Vaterstolz in sich aufsteigen.

»Sie ist ziemlich geschickt mit den Händen«, sagte Silje.

»Und dann ist sie losgefahren und über Nacht weggeblieben«, sagte Falk.

Silje nickte.

»Deine Tochter segelt seit fast zwei Jahren jeden Morgen in die Schule. Sie hat einen Liegeplatz im Frognerkilen. Keine Ahnung, wie sie da drangekommen ist, geschweige denn, wie sie den bezahlt. Von da fährt sie mit dem Fahrrad in die Sporveisgata. Bis in den Winter hinein. Sie kommt praktisch jeden Morgen zu spät.«

Falk musste schmunzeln.

Silje setzte einen missbilligenden Blick auf. »Ich weiß, dass dir so was gefällt. Aber du machst es dir mal wieder ziemlich leicht. Ich bin diejenige, die sich jeden Tag damit auseinandersetzen muss, nicht du.«

»Glaubst du«, sagte er tonlos.

Silje schaute ihn von der Seite an, als wollte sie jedes weitere Wort mit ihrem Blick erfrieren. Sie setzte ihr Lamento fort. »Drei Verweise allein in diesem Jahr. Ob sie das Abitur schafft, ist fraglich. Sie will lieber Tischlerin werden. Oder Fotografin. Sie raucht.«

Falk unterbrach sie. »Wann ist sie wie lange nicht nach Hause gekommen?«

»Das erste Mal vor zwei Jahren. Als das Boot fertig war. Sie blieb über Nacht an Bord. Manchmal ankerte sie in Sichtweite, draußen vor der Bjerkøya, so als wollte sie mir eine lange Nase machen. Eine Nacht, zwei, drei.«

»Ist sie mal länger allein verreist, so wie jetzt?«

Silje schüttelte den Kopf. »Nicht so lange. Madrid war das erste Mal. Gegen meinen Willen.«

Hannah wäre nicht das erste Mädchen, das eine Studienreise dazu nutzt, seine Freiheit ein wenig zu verlängern. Falk wusste, dass es bei seiner Tochter nicht so war.

»Manchmal glaube ich, sie spielt mit meiner Angst um sie«, sagte Silje.

Immer wieder war Hannah tagelang spurlos verschwunden, irgendwo auf dem Oslofjord, unerreichbar. Lars Einar Hellestads Sicherheitschef Ingmar Haugen hatte heimlich eine Ortungs-App auf ihrem Smartphone installiert und einen GPS-Sender an ihrem Boot angebracht. Es dauerte keine zwei Tage, bis Hannah die Tricks durchschaut hatte. Den GPS-Sender deponierte sie auf einem Fährschiff nach Kiel und bescherte Ingmar Haugen eine mehrtägige Dienstreise nach Deutschland. Ihr Telefon schickte sie als Spende per Luftfracht an eine Hilfsorganisation in Zentralafrika. Als Silje beim Botschafter von Burundi in der Oscars gate vorsprach, um ihre Tochter in der Hauptstadt Bujumbura aufspüren zu lassen, bekam der Mann einen Lachanfall.

»Zum Siebzehnten habe ich ihr eine Kreditkarte geschenkt. Mit ganz niedrigem Limit. Um ihr ein bisschen auf der Spur zu bleiben, weißt du?«

Falk passierte die Abfahrt nach Stovner. Lautlos schwebten sie an einem liegen gebliebenen Polizeiwagen vorbei.

»Und darauf ist sie reingefallen?«

»Sie ist nach Prag geflogen und hat sich in einer Pension in Malá Strana eingemietet. Nach vier Tagen war sie wieder zurück und hat sich geweigert, mir den Grund für ihre Reise zu sagen.«

»Vielleicht gab es keinen außer dem, auszubrechen«, sagte Falk. »Vielleicht ist sie mit einem Jungen dahin.«

Silje schüttelte den Kopf. »Deine Tochter macht sich nichts aus Jungs. Und nach Prag? New York oder London, nach Ibiza von mir aus, zum Partymachen. Aber Prag?«

»Prag ist immer noch billiger«, sagte Falk. »Hannah macht sich nichts aus Jungs?«

Aus den Augenwinkeln konnte er sehen, wie Silje unbehaglich im Sitz herumrutschte. »Ganz ehrlich, ich weiß nicht, was sie treibt. Sie redet kaum mit mir. Sie segelt. Sie fotografiert. Sie tut zu wenig für die Schule. Sie hat einem Jungen aus der Parallelklasse einen Zahn ausgeschlagen, weil er sie angeblich betatscht hat. Sie raucht seit dem Tag unserer Scheidung. Seit sie vierzehn ist! Wie ein Vulkan, der qualmt, bevor er ausbricht.« Silje machte eine Pause. »Mehr weiß ich nicht über dein Kind.«

Es klang wie der patzige Vorwurf, dass Falk den Rest wissen musste. Ihr Vater.

»Danach hat sie die Kreditkarte nur noch benutzt, um mich zu provozieren. Spenden an das Kafé Blitz und so eine Kommune unten in Sarpsborg, die alle Kapitalisten enteignen will. Ein Besuch in einem Stripclub. Sexspielzeug. Ich hab sie sperren lassen.«

Dieses Mal drehte Falk sich zum Schmunzeln weg und tat so, als beobachtete er den Verkehr links neben sich.

»Sie ist ein instabiles Kind«, sagte Silje.

Er ging nicht darauf ein. Und weil er wusste, was Silje noch nicht wusste, dass ihre Tochter nie nach Madrid abgereist war, spekulierte er erst gar nicht darüber, ob sie noch dort war. »Vielleicht ist sie schon früher nach Oslo zurückgekehrt«, sagte er stattdessen. »Weißt du, zu wem sie kann, Freunde oder Schulkameraden?« Er klang jetzt sachlich wie der Polizist, der er immer noch war. Als er zu Silje hinüberschaute, hatte sie Tränen in den Augen. So wenige, wie ihre eiserne Selbstbeherrschung durchgehen ließ. Sie wischte sie mit einer schnellen Bewegung des Handrückens weg. Sie atmete durch und starrte geradeaus.

»Hannah hat keine Freunde.«

Falk verließ die E 6 auf den Strømsveien, um die Tunnel zu vermeiden, die er in noch schlechterer Erinnerung hatte als den Innenstadtverkehr. Über Schleichwege durchquerte er das Zentrum Richtung Westen. Ab und zu korrigierte Silje seine Route. Sie schwiegen. Vom Stortingsgata aus erhaschte er einen kurzen Blick auf das Rathaus mit seinen mächtigen Türmen. In dem Backsteinbau wurde jedes Jahr der Friedensnobelpreis verliehen, doch für Falk hatte das Symbol der norwegischen Unabhängigkeit etwas von einer dystopischen Drohkulisse. Orwells Ministerium für Wahrheit, dachte er.

Silje interessierte sich für Autos, und diese Vorliebe hatte er schon immer an ihr gemocht. Auch wenn es in seinen Augen die falschen Fabrikate waren, die sie bevorzugte. Der Porsche schob sich wie von einer in Watte verpackten Turbine getrieben durch die Straßen. Falk gefiel der Wagen, doch er wollte Silje ein wenig ablenken.

»Für dasselbe Geld hättest du einen Aston Martin kaufen können. Sechs-Liter-Zwölfzylinder.«

Sie winkte ab. »Zu auffällig«, sagte sie. »Der sieht viel teurer aus als ein Porsche. Papa hat auch so schon eine Woche nicht mit mir geredet. Er wird immer kindischer.«

Falk war froh, dass sie auf seine Frotzelei einging. Er stellte sich Lars Einar Hellestad vor, wie er mit missmutiger Miene den neuen Wagen seiner Tochter umrundete und anschließend seine Sekretärin losschickte, um den Preis herauszufinden. Silje selbst würde der Alte nicht fragen. Sie könnte ihm ja die Unwahrheit sagen. Zweieinhalb Millionen Kronen für ein Auto, das überstieg sein Verständnis. Sein dunkelgrüner Mercedes 380 SE war siebenunddreißig Jahre alt.

»Für Elektroautos gibt es Förderung vom Staat und kostenlosen Strom von der Stadt«, sagte Silje.

Auf dem Drammensveien stockte der Verkehr. Vor der russischen Botschaft hatten Demonstranten die Straße blockiert. Es waren Menschen jeden Alters, darunter offenbar auch Exil-Syrer und Flüchtlinge. Sie hielten Transparente hoch, mit denen sie Russlands Beteiligung am Syrienkrieg und seine Unterstützung für Baschar al-Assad anprangerten. Eines zeigte Wladimir Putin als Henker mit blutigen Händen. Drei Demonstranten hatten sich am Zaun der Botschaft hochgezogen und waren in die unmittelbar dahinterstehenden Weiden geklettert. Sie hatten die Überwachungskamera an der Straßenecke von ihrem Mast gerissen. Sie baumelte im schwachen Wind an ihrem Kabel. Aus der Menge flogen Beutel mit roter Flüssigkeit auf das Gelände, die in der Einfahrt zerplatzten. Es sah aus wie ein Blutbad, und das sollte es auch. Sicherheitsleute der Botschaft standen mit gezogenen Pistolen unter den Bäumen und brüllten zu den Demonstranten hinauf, machtlose Polizisten vor dem exterritorialen Gelände brüllten die Sicherheitsleute an, die Waffen einzustecken.

Falk und Silje schauten auf die eskalierende Situation. Früher wären sie ausgestiegen und hätten sich eingemischt, jeder auf seine Weise. Silje hätte sich bei den Demonstranten eingereiht. Falk hätte versucht, deeskalierend auf die Sicherheitsleute einzuwirken, wie er es auf der Polizeischule gelernt hatte. Doch jetzt starrten sie auf die Szenerie, wie gelangweilte Dauerkarteninhaber eines Zoos auf die Löwen im Gehege starrten und in ihnen statt wilder Bestien nur noch schlecht riechende Haustiere erkannten. Sie waren alt geworden. Falk lenkte den Wagen im Schritttempo halb auf den Bürgersteig und fuhr an den anderen Autos und hinter den Demonstranten vorbei. Ein Polizist wollte sie aufhalten, aber Falk fuhr einfach langsam weiter und drängte ihn zur Seite. Silje protestierte nicht. Im Rückspiegel sahen sie, wie der Beamte das Kennzeichen des Porsches notierte. Falk verließ die Straße, die gesäumt war von Botschaftsgebäuden, folgte der Bygdøy allé ein Stück nach Westen und bog nach links zum Frognerkilen ab. Die Marina des Bootsclubs Skøyen lag gleich an der Nordspitze der schmalen Bucht.

»Weißt du, auf welchem Platz Hannahs Boot liegt?«

Silje schüttelte den Kopf. Immerhin wusste sie den Namen. »›Tenacity‹. Nicht gerade romantisch für ein Segelboot.«

Falk mochte den Namen. Es war der Name, den eine Entdeckerin ihrem stabilen Schiff gab. Er lenkte den Porsche in die Einfahrt des Geländes. Die Schranke öffnete sich. Falk stellte den Wagen vor dem Vereinshaus ab und stieg aus, um hineinzugehen.

Silje blieb im Wagen sitzen. »Das ist doch Zeitverschwendung«, sagte sie.

Drinnen nannte er dem Hafenmeister Hannahs Namen und fragte nach dem Liegeplatz der »Tenacity«. Der junge Mann mit dem gut getrimmten Wikingerbart zierte sich. Erst als Falk sich als besorgter Vater zu erkennen gab, schaute er in den Plan mit den Liegeplätzen auf seinem Bildschirm. Nach einem Moment zog er die Stirn in Falten.

»Ich hab hier eine ›Tenacity‹, aber nicht auf den Namen Hannah Hellestad.«

Silje hatte auf Drängen des Alten ihren Familiennamen wieder angenommen, und natürlich war auch Hannah auf diese Weise in den Genuss einer Herkunft gekommen, die Türen öffnete, ohne dass man anklopfen musste.

»Wie war noch mal Ihr Name?« Der Wikinger war plötzlich misstrauisch.

»Sebastiani«, sagte Falk und zog seinen Pass hervor. »Hellestad ist der Familienname meiner Ex.«

»Ah«, sagte der Wikinger und blickte auf das Dokument.

Hannah hatte den Liegeplatz unter dem Namen Sebastiani angemietet. Der Wikinger nahm sein Fernglas vom Tisch und schaute durch das große Glasfenster hinter sich hinaus auf den Anleger. »Boot ist da«, sagte er.

Die »Tenacity« war kein Jollenkreuzer, sondern ein Fünfundzwanzig-Fuß-Folkeboot mit weiß gestrichenem Klinkerrumpf aus Mahagoni. Falk schätzte, dass das Boot älter war als er selbst. Hannah hatte das Teakdeck erneuert und den hinteren Teil des Kajütenaufbaus um gut fünfundzwanzig Zentimeter erhöht, ohne die Linie des Überwasserschiffes zu zerstören. Es war offensichtlich, dass sie eine gute Handwerkerin mit einem Auge für die richtigen Proportionen war. Alles war in einem makellosen Zustand. Die Messingbeschläge und das lackierte Holz glänzten im Sonnenlicht.

Er ging in die Knie und peilte im flachen Winkel über das Deck. Die feine Schicht aus Staub und getrockneten Regentropfen war unberührt. Das Boot war seit einiger Zeit nicht betreten worden. Er knüpfte die Ösen der Cockpit-Persenning auf und schlüpfte an Bord. Die gestaute Luft unter dem Stoff roch nach Canvas, Fisch und Bootslack. Kajütentür und Schiebeluk waren abgeschlossen. Falk versuchte, durch die Scheibe der Tür einen Blick ins Innere zu werfen. Geblümte Gardinen aus bedruckter Baumwolle gaben einen breiten Spalt frei. Mit der Lampe des Telefons leuchtete er hinein.

Hannah hatte die karge Funktionalität der Kajüte in ein Zuhause verwandelt. Es war unverkennbar, dass sie viel Zeit an Bord verbrachte. Die Holzbänke waren mit Stoff bezogen, Dutzende Kissen verwandelten den Schlafplatz im Vorschiff in eine behagliche Höhle. Über dem Durchschlupf in die Koje hatte sie ein Bücherregal eingebaut. Er konnte keine Titel erkennen. Getrocknete Kräutersträuße hingen neben Kaffeebechern und Töpfen von der Decke herab. Der Duft von Lavendel und Eisenkraut drang durch die Ritzen. Falk kletterte aus dem Cockpit, knöpfte die Persenning zu und sprang zurück auf den Anleger. Das Boot zu sehen, etwas zu sehen, das seine Tochter mit so viel Geschick und Liebe erschaffen hatte, rührte ihn bis auf den Grund seines Herzens an. Er wandte sich ab und ging über den schwankenden Anleger zurück an Land. Er war sich sicher, dass Hannah seit Wochen nicht mehr an Bord der »Tenacity« gewesen war, trotzdem fragte er den Wikinger.

Der Mann zuckte mit den Schultern. »Keine Ahnung. Ich bin nur zweimal die Woche hier.«

Er gab Falk eine Visitenkarte des privaten Sicherheitsdienstes, der die übrige Zeit auf die Marina aufpasste. Als Falk zum Wagen kam, saß Silje hinterm Steuer und telefonierte. Nach einem Moment erkannte er, dass sie mit Lars Einar Hellestad sprach. Sie verteidigte ihre Tochter, so schien es. In Wahrheit verteidigte sie sich selbst gegen den alten, garstigen Gott und Bestimmer, der sich ungefragt über das Verhältnis von Mutter und Tochter erhob.

»Sie ist fast erwachsen«, sagte sie ins Telefon.

Falk sah ihr an, dass sie selbst nicht glaubte, was sie sagte. Dieser Angstreflex in der Stimme, die Mischung aus Rechtfertigung und Entschuldigung war etwas, das Falk von Silje nur ihrem Vater gegenüber kannte. Als sie aufgelegt hatte, jagte sie den Wagen wütend über die E 18 nach Südwesten. Falk verstummte für den Rest der Fahrt. Die Elektromotoren jaulten wie Raumschiffe.

»Wasser«, sagte sie. »Dieser ganze Mist ist nur Wasser auf seine Mühlen. Dafür hasse ich unser Kind manchmal. Und dich auch.«

Das war ihr einziger Vorwurf an ihn, den seit vier Jahren abwesenden Vater. Vermutlich auch, weil er schon vor der Scheidung keiner dieser treusorgenden Elternzeitpapas gewesen war, die München mit joggingtauglichen Kinderwagen, Hybrid-SUVs und ihrem Geplapper über vegane Kinderschnitzel verstopften. Er war ein Mann, der morgens zur Arbeit ging, abends nach Hause kam und zu müde für seine Tochter war. Was es bedeutete, sein Kind zu lieben, begriff er erst, nachdem Hannah aus seinem Leben verschwunden war.

Zu spät.

Als sie sich Konglungen näherten, hatte Silje sich beruhigt. Sie steuerte den Porsche langsam durch den Hohlweg aus schlanken Birken, der zur Spitze der Halbinsel führte. Falk öffnete mit einem Knopfdruck die Seitenscheibe. Sofort drückte der Fahrtwind ein salziges Aroma ins Wageninnere. In den Geruch aus unsichtbarem Werden und Vergehen, wie ihn nur das Meer hervorbrachte, mischte sich der Geruch des Geldes, den er aus München kannte. Wenn in Schwabing die Kaminfeuer aus gut abgelagerter Eiche brannten, legte sich ihr Rauch wie ein kostbares Parfüm über die Stadt. Und so wenig wie in München kam auf Konglungen irgendjemand auf die Idee, billiges Nadelholz zu verbrennen, außer zum Anzünden.

Lars Einar hatte seine Köchin weggeschickt, nachdem er erfahren hatte, dass seine Enkelin nicht kommen würde. Er saß allein auf der Veranda am gedeckten Tisch und schlang ein Stück Rinderbraten herunter, als Falk und Silje vorfuhren. Wozu hätte er jetzt noch warten sollen? Und was scherte es ihn, dass seine Tochter und seine Enkelin Vegetarierinnen waren. Er nickte seinem Ex-Schwiegersohn zu und bedeutete ihm, Platz zu nehmen. Er bot ihm nichts zu essen an. Silje würdigte er keines Blickes. Sie nutzte die Gelegenheit, um sich in den Garten abzusetzen.

»Hannah fehlt ein Vater«, spuckte der alte Mann mit vollem Mund.

Falk spürte seine Weltverachtung bis zum anderen Ende des Tisches wie einen muffigen Luftzug. Er sagte »*ein* Vater« und nicht »*ihr* Vater«, ein fein geführter Schwerthieb, der zweifach traf, Falk, der als Vater so austauschbar war wie ein abgebrochenes Tischbein, und Silje, die offensichtlich außerstande war, einen Ersatzmann für die vakante Rolle zu finden. Was nicht bedeutete, dass Silje keine Affären hatte, da war sich Falk sicher. Silje war keine Frau, die ihre Bedürfnisse irgendeiner großen Liebe oder einem akkubetriebenen Womanizer überließ. Aber sie war gewiss klug genug, ihre Amouren vor dem Alten und vermutlich auch vor Hannah geheim zu halten.

Falk schenkte sich einen Schluck Rotwein ein und trank. Der Alkohol stieg ihm sofort zu Kopf. Währenddessen stopfte der Alte weiter Essen in sich hinein. Im Hintergrund glitten die Fährschiffe nach Kiel und Kopenhagen vorbei wie riesige, an Schnüren gezogene Kulissen in einem Meer aus erstarrtem Glas. Wenn der Alte nicht kaute, schwand der Mund in seinem zerfurchten Gesicht zu einem nach unten gebogenen Strich, und Falk fand, dass er ihm dann zusammen mit den schattigen Nasolabialfalten, die Mund und Nase verbanden, Ähnlichkeit mit einem schlecht gelaunten Max von Sydow verlieh. Seit dem Tod seiner Ehefrau, über den nie gesprochen wurde, hatte sich früh der Missmut in Lars Einars Gesicht eingegraben. Seine Falten waren nicht frisch wie bei anderen Alten, sondern mit ihm zusammen in die Jahre gekommen wie ungeliebte Bekannte. Er hatte nie wieder geheiratet.

»Wirst du sie suchen?«, sagte er, »oder soll ich Haugen nach Madrid schicken?«

»Ich suche sie«, sagte Falk.

Er bereute es sogleich. Lars Einars Sicherheitschef nach Madrid fliegen zu lassen, wäre eine einfache Möglichkeit, den Schnüffler zumindest für ein paar Tage loszuwerden.

Der Alte nickte und wischte sich mit einer Papierserviette den Mund ab. »Du bist der Polizist. Oder nicht?« Sein toter Blick strandete im Nirgendwo, bevor er Falk erreicht hatte.

Falk zog die Schultern hoch. »Im Moment bin ich kaltgestellt«, sagte er.

Der Alte nickte wieder. »Dann hast du ja Zeit.«

Damit war das Gespräch, das keines gewesen war, beendet. Weder Falk noch Lars Einar verloren ein Wort über Bankenes oder André Schoomwinkels.

Er ließ den Alten mit dem Nachtisch allein und ging hinunter zum Gesindehaus, das etwas abseits auf dem Grundstück lag. Das Holzgebäude stand auf einem Fundamentsockel aus Granit. Der breite Quergiebel mit dem Loggia-Balkon und der Veranda darunter war zum Fjord hin ausgerichtet. Der Architekt musste ein Herz für die Bediensteten gehabt haben, dachte er. In die Vorderfront waren nachträglich großflächige Fenster eingebaut worden. Falk erkannte denselben Sinn für

Proportionen, mit dem Hannah ihr Boot umgebaut hatte. Die Fenster waren garantiert ihre Idee gewesen. Sie atmeten das Licht ein, das aus Süden einfiel, und fügten sich wie selbstverständlich in die alte Bausubstanz, ohne dass er hätte sagen können, wie seine Tochter diese Zauberei fertiggebracht hatte.

Silje saß in ihrem Büro im Erdgeschoss. Der Raum lag auf der Rückseite des Hauses mit zwei Fenstern zum Garten, so als sollte der grandiose Ausblick über den Fjord nicht von der Arbeit ablenken. Auf dem Boden lagen Holz- und Stoffmuster verstreut, Prototypen von kleineren Möbelstücken standen herum, an denen Zettel klebten, auf die Silje ihre Änderungswünsche notiert hatte. Es war nicht auszumachen, was außer dem Schreibtisch und einem roten Stoffsofa zur dauerhaften Einrichtung des Raumes gehörte. Zwei Monitore dominierten ihren Heimarbeitsplatz. Dazwischen lächelte Hannah aus einem kleinen Bilderrahmen linkisch in die Kamera.

Silje telefonierte mit dem norwegischen Botschafter in Madrid. Sie hatte die Freisprechanlage eingeschaltet. Ihr Name half natürlich, und der Mann versprach ihr mit einer Art staatstragender Unterwürfigkeit, sich persönlich um die Suche nach ihrer Tochter zu kümmern. Silje wusste nicht einmal eine Adresse. Ein Airbnb-Zimmer in Malasaña, hatte Hannah ihr gesagt. Falk hörte zu, und auch als Silje aufgelegt hatte, verschwieg er ihr, dass ihr Anruf vollkommen unnötig gewesen war. Silje wollte nicht, dass Ingmar Haugen nach Hannah suchte. Es gab nichts an dem kettenrauchenden Ex-Militär, das sie mochte.

»Wann fliegst du?«, sagte sie.

»Ich muss mich ein bisschen umsehen«, sagte er. »Morgen oder übermorgen.«

Er vermied es, auf Siljes verständnislosen Blick einzugehen, und fragte nach Hannahs Zimmer. Sie führte ihn nach oben und ließ ihn nach einem Moment an der Türschwelle allein.

Er lauschte in die Stille. Der Raum war groß und hell. Der breite Balkon mit seiner verglasten Flügeltüre wirkte wie eine Verlängerung ins Freie. Die geschnitzten Ornamentbögen zwischen den Giebelbalken zersplitterten das Sonnenlicht. Ein Windspiel schickte helle Töne herein. Ein freundlicher Geruch, den er nicht zu fassen bekam, lag in der Luft und versuchte, die wochenlange Leere zu kaschieren. Das Zimmer war jetzt das Zimmer einer Verdächtigen. Einer erwachsenen Verdächtigen, denn nichts deutete auf die Jugend seiner Bewohnerin hin. Hannah schien so gut wie nichts zu besitzen. Aus dem Wenigen, das sich in diesen vier Wänden befand, sprach die Sehnsucht nach Klarheit. Der Raum war eine Zelle. Er war sich nicht sicher, ob es die einer Gefangenen oder die einer Asketin war.

Der Blick fiel wie von selbst auf die großformatigen Fotos an den Wänden. Sie entpuppten sich als Nahaufnahmen menschlicher Haut, die auf den ersten Blick dürre, zerfurchte Landschaften zeigten, mit Tälern aus Falten und Gipfeln aus Brustwarzen und verkohlten Bäumen aus dunklem Haar. Ziemlich sicher hatte Hannah sie aufgenommen. Wer hatte ihr Modell gestanden? Er durchsuchte den einzigen Schrank und die Schubladen der einzigen Kommode. Den schmalen Sekretär vor dem Fenster hatte Hannah nach dem Vorbild der Shaker geschreinert, vermutlich schon vor einiger Zeit, denn die Verarbeitung hatte noch nicht das Niveau ihres Bootsumbaus. Der Raum erzählte von seiner Tochter, schwieg jedoch darüber, wohin sie verschwunden war. Dass sie so einzelgängerisch zu werden schien, wie er es als alleinstehender Mann in mittleren Jahren geworden war, schmeichelte nicht mal seiner heimlichsten Eitelkeit.

Bevor Silje protestieren konnte, bestellte er telefonisch einen Leihwagen nach Konglungen und buchte ein Zimmer in einem Hotel in Frogner. Silje hatte das Gästezimmer hergerichtet und ein kaltes Abendessen vorbereitet.

»Du bist kindisch«, sagte sie, als er in das Auto stieg, ein französisches Modell, das ihm zwei junge, tätowierte Europcar-Angestellte vor die Tür gestellt hatten.

»Ich weiß«, sagte er.

Er fuhr zurück in die Stadt. Kurz vor Sandvika verschloss

sich der Himmel mit schnell ziehenden Wolken. Niesel fiel wie ein Netz aus stickigem Aerosol auf das Land herab. Er verließ die E 18 und kaufte in einem Baumarkt einen Dietrichsatz und ein Leatherman-Werkzeug. An einem Imbisswagen im angrenzenden Industriegebiet aß er einen Döner. Als er den Wagen wieder auf die E 18 einfädelte, ergriff eine plötzliche Beklemmung Besitz von ihm. Die Großstadt hatte zuletzt nichts Gutes für ihn hervorgebracht. Gewiss, diese hier trug einen anderen Namen, und sie hatte auf den ersten Blick nichts außergewöhnlich Abstoßendes an sich. Doch während er tiefer und tiefer in das Gedärm ihrer Straßen hineinfuhr, begriff er, dass es die arrogante Selbstverständlichkeit ihrer ausufernden Existenz war, die eine Abscheu in ihm aufsteigen ließ. Zu Hause war es ihm nie so ergangen, obwohl die bayerische Hauptstadt seit Jahren in die Kartoffeläcker der Münchner Schotterebene hineinboomte. Aber hier, wie aus einer nie eingenommenen Perspektive, erkannte er, dass das große, ganz und gar künstliche Organ alles um sich herum zu Nichtigkeit degradierte, was ihm und seinen Bewohnern nicht dienlich war. Es saugte die Schätze der Erde in sich auf und stieß die Reste an seinen schrundigen Schnittstellen wieder aus, an Unorten zwischen Betonträgern und Unterholz, Fortschritt und Dummheit, Lüge und Wahrheit, Leben und Sterben. Jede Stadt kannte diese Zonen verleugneter Hässlichkeit. Die Menschen mieden sie, nur die Allerärmsten nicht, und das Licht des Sommerhimmels schmeichelte ihnen vergeblich.

Falks Gemüt hatte sich mit Niesel vollgesogen. Im Vorbeifahren sah er die Marina an der Spitze des Frognerkilen. Hannahs Boot schaukelte unberührt an seinem Liegeplatz. Er checkte im Hotel ein. Das Zimmer war stickig. Er flüchtete sich in den Vorgarten unter eine ausladende Weide, die die wenigen Tische trocken gehalten hatte. Die Wolken waren weitergejagt, doch die ungewöhnliche Wärme war geblieben. Das Wetter bestimmte den vierten Sommer in Folge die Schlagzeilen auf dem Kontinent. Keiner der Gäste beachtete ihn, als der Kellner ihm einen frühen Whiskey Sour servierte. Falk hatte Fotos von dem

Amulett aus André Schoomwinkels' Geldversteck gemacht, darunter eine Nahaufnahme der arabischen Inschrift. Er lud die Dateien in die Bildersuche hoch. Während die Ergebnisse auf dem Display seines Tablets erschienen, ging die Wirkung des Whiskeys nahtlos in den Rotweinrausch des Mittags über wie eine gelungene Bruchlandung.

24

Die Werkstatt von Nabil Hemidi in der Altstadt von Damaskus war so klein, dass er und sein Vater Walid, von dem er alles gelernt hatte, um ein ehrbarer und guter Goldschmied zu sein, nur so lange gemeinsam hineinpassten, wie Nabil ein kleiner Junge war. »Bis du sechzehn bist, musst du alles können«, hatte der Vater gescherzt, und Nabil hatte sehr wohl den Ernst des Lebens dahinter gespürt.

Danach passe ich nicht mehr mit in den Raum.

Nabil war fleißig, und an seinem sechzehnten Geburtstag übernahm er die Werkstatt seines Vaters. Seither stand der alte Mann oft am Eingang des Ladens, lockte Kunden von der Straße heran und gab seinem Sohn Ratschläge über die Türschwelle hinweg, die er nie mehr überschritt. Manchmal kam er auch nur vorbei und flüsterte ihm die Namen von jungen Frauen zu, über die er erfahren hatte, dass ihre Väter sie bald verheiraten wollten. Dann lachte Nabil, wurde rot und schaute noch ein bisschen konzentrierter als sonst auf seine Werkbank.

Nabils liebste Technik war das Tauschieren. Am liebsten legte er Gold und Roségold in Platin ein. Sein Talent zeigte sich schon in einem seiner ersten Stücke. Es war ein Hamsa-Amulett – eine stilisierte Hand –, das seinen Träger vor bösen Geistern beschützen sollte. Mit Stichel und Punziereisen arbeitete Nabil haarfeine Golddrähte zu floralen Mustern in das patinierte Platin ein. Die winzigen, leicht erhabenen Blütenkelche machte er aus Roségold. Sie umschlossen einen kaffeebohnenförmigen Lapislazuli mit seidiger Oberfläche, den er bei Latif Tabar in der Baghdad Avenue zugekauft hatte. Weil Nabil keine Goldkette fand, die der Schönheit seines Stückes gerecht wurde, verbrachte er zwei Extranächte in der Werkstatt und machte seine eigene, was sehr ungewöhnlich war. Als Nabil seinem Vater das fertige Stück zeigte, wagte er kaum, es hochzunehmen, so schön war es geworden.

Der Mann nahm die zarten Hände seines Sohnes in die seinen. Er konnte nicht fassen, dass Nabil solch ein wunderbares Talent besaß. Nabil haderte mit sich, ob er das Amulett verkaufen sollte, denn es war sein bislang bestes Stück. Er rief einen absurd hohen Preis auf und ließ das Schicksal entscheiden. Nach zwei Wochen kam ein gut gelaunter Mann die As Sawwaf heraufgeschlendert und stoppte vor seinem Laden. Er schien eher Geschäftsmann als Tourist zu sein. Er trug ein weißes Hemd und hatte eine Speedmaster am Handgelenk. Vielleicht ein junger Angestellter der Regierung. Der Mann machte nicht einmal den Versuch, ihn herunterzuhandeln. Dafür weigerte sich Nabil, etwas für die Gravur zu berechnen, die der Mann verlangte.

25

»Von Haidar für Fuada, mein Licht«.

Er schloss Google Translate. Er nahm einen Schluck. Die Blätter der Weide zitterten über seinem Kopf. Die Frau, Fuada, lebte nicht mehr. Ihr Licht war erloschen. Er war ganz sicher. Der Zauber, der sie beschützen sollte, hatte in der Nähe von Badderen am Kvænangenfjord im Norden Norwegens aufgehört zu wirken. Vor kaum mehr als einem Monat waren André Schoomwinkels und Falks Tochter Hannah in ihr Leben getreten und hatten ihn außer Kraft gesetzt. Blut war geflossen. Es war das Blut der Frau gewesen und vermutlich auch das des Mannes, der sie beschenkt hatte, Haidar, der Löwe, wie ihm Google Translate verriet. Fuada und Haidar hatten ihr Land verlassen, Flucht oder Tod. Dann war der Tod trotzdem gekommen, nur später, in der Fremde, aus einem Grund, den Falk nicht kannte. War Hannah ihr Todesengel gewesen?

Er dachte wie vor eine Wand. Was davorlag, war das, was er wusste, angehäufte Puzzlestücke, die nicht ineinanderpassen wollten. Sie waren schon ganz speckig geworden von seinen Versuchen, sie zusammenzufügen. Der Rest war dahinter verborgen. Natürlich kannte er das. Als Polizist hatte ihn nichts weniger irritiert als die Wahrheit, die sich ihm entzog, bis er sie erschnüffelt, ermittelt, erfragt und, wenn es sein musste, erprügelt oder erfunden hatte. Doch jetzt verließ ihn sein Instinkt, wie einen Menschen schleichend die Jugend verließ. Er kam nicht zurück. Die Wände wurden zu hoch für ihn.

Er fischte die Reportage eines russischen Bloggers aus dem Netz, der unter dem garantiert falschen Namen Stanislaw Petrow von den Menschenschmugglern aus seiner Heimatstadt Kandalakscha am Weißen Meer berichtete. Die meisten *trafficker* waren Kleinkriminelle, Arbeitslose oder vom Staat vergessene Rentner, die aus der Not der Fremden ein Zubrot gewannen. Die Zahl der Flüchtlinge auf der Arktisroute war nie besonders hoch gewesen, doch als die Finnen und Norweger ihre Übergänge nach Russland für Asylsuchende schlossen, fiel sie auf einen dreistelligen Jahreswert. Unter denen, die sich an ihr schönes Einkommen gewöhnt hatten, brach ein unerwartet brutaler Konkurrenzkampf um die verbliebene Kundschaft aus. Die Arbeit wurde riskanter.

Bislang hatte es genügt, den Fremden für viel Geld einen schrottreifen Lada zu verkaufen, der vielleicht nutzlos in der Scheune stand oder schon einige Jahre als Hühnerhaus gedient hatte. Der Wagen musste es nur bis nach Salla über die finnische Grenze schaffen. Für weniger Geld gab es ein Fahrrad aus dem Baumarkt, mit dem sich der Grenzübertritt nach Norwegen bewerkstelligen ließ, weiter im Norden in Storskog, Transfer bis zum Niemandsland inklusive. Einige boten immer noch das Finnland-Paket an, ergänzt durch fingierte Ausweisungsbescheide des Bezirks Kandalakscha, auf echten Formularen mit echten Stempeln. Sie wurden von den finnischen Grenzern schulterzuckend akzeptiert. Doch die Papiere waren teuer. Die meisten Schlepper brachten ihre Kunden nach wie vor durch die mückenverseuchten Wälder, die von moorigen Seen und Bachläufen durchsetzt waren, über die grüne Grenze. Wenn alles gut ging, wurden sie auf der anderen Seite von finnischen oder norwegischen Fluchthelfern in Empfang genommen. Manche von ihnen verlangten nicht mal Geld, weil sie das Menschenrecht auf Einreise über das Staatsrecht geschlossener Grenzen stellten.

Sie brachten die hungrigen und durchgefrorenen Gestalten nach Rovaniemi oder Alta, wo sie Asyl beantragten. Manchmal ging es nicht gut. Petrow, der nicht Petrow hieß, behauptete auf holprigem Englisch, von mindestens vier *»dead black negroes«* zu wissen, deren sterbliche Überreste er keine zwanzig Kilometer westlich der Erzmine von Kowdor in den Wäldern selbst gesehen haben wollte. Falk glaubte kein Wort davon, bis er die Seite hinunterscrollte und das Foto der vier halb verwesten Leichen im Birkendickicht sah. Ihre ledrige Haut über den bleichen Knochen war schwarz. Petrow vermutete, dass sie von ihrem

Schlepper in der Wildnis sich selbst überlassen worden waren, nachdem er ihnen das letzte Geld und die Telefone abgenommen hatte. Die Gier fand auch unter den Tätern ihre Opfer. Zwei stachen sich gegenseitig ab und verbluteten gemeinsam in der Datsche des einen am Stadtrand von Kandalakscha. Die Witwe eines hohen Verwaltungsbeamten, Irina Polkowa, wurde erschossen in ihrem Mercedes an einer Ausfallstraße aufgefunden. Sie hatte gefälschte Ausweisungsbescheide an die Schlepper verkauft. Petrow spekulierte, dass ihr ihre letzte Preiserhöhung zum Verhängnis geworden war.

Falk betrachtete das Bild ihres zusammengesackten Körpers hinter dem Lenkrad und musste unweigerlich an Hannah denken. Die Tote war jung. Unter ihrem verkrusteten Blut meinte er kurz eine Ähnlichkeit mit seiner Tochter zu erkennen: Hannah, zur falschen Zeit am falschen Ort, tot, weil André Schoomwinkels sich als Schlepper versucht hatte und dabei allzu gierig geworden oder von seinen Konkurrenten aus dem Weg geräumt worden war. Falk schloss die Seite des falschen Stanislaw Petrow und schob das Tablet von sich weg wie einen Teller mit schlechtem Essen. Verdammte Russen. Soll sie der Teufel holen, dachte er.

Dabei kannte er nicht einen einzigen Russen.

Der Wikinger war nicht da, als Falk am nächsten Morgen zur Marina des Bootsclubs Skøyen kam. Stattdessen stand ein übergewichtiger Stiernacken in schwarzem T-Shirt hinter dem Tresen und langweilte sich mit seinem Smartphone. Falk drehte um, bevor der Mann ihn wahrnahm, und ging zurück auf die andere Seite der schmalen Bucht. Vom Hotel war er dem Fußweg neben der E 18 zum Ostufer des Frognerkilen gefolgt. Die Nacht hatte das schlecht gelaunte Wetter zur Hardanger Vidda verfrachtet. Neben dem Wasser rauschte der sechsspurige Berufsverkehr. Weißwangengänse schliefen ungerührt im Uferkies, die Köpfe ins Gefieder gesteckt. Die Fortuna-Statue auf ihrem Sockel dagegen hatte der Stadt den Rücken zugewandt und wollte sich gleich die Ohren zuhalten, so schien es.

Er folgte dem Weg. Hinter einer dünnen Weide neben der

Straße zog er sich bis auf die Unterhose aus, stopfte seine Kleidung in einen Müllsack, den er vom Wagen des Zimmermädchens gestohlen hatte, und schwamm außer Sichtweite des Wachmanns durch die Bucht zum Anlieger, den aufgeblähten Kleiderbeutel vor sich herschiebend. Er brauchte zehn Schwimmzüge bis zu Hannahs Boot. Niemand nahm Notiz von ihm. Das Wasser war überraschend warm. Er schätzte es auf knappe zwanzig Grad. Im toten Winkel des Wachmanns stemmte er sich auf den Ponton und schlüpfte unter die Persenning der »Tenacity«. Mit dem Dietrich öffnete er das Schloss der Kajütentür. Er war aus der Übung und brauchte beinahe eine Viertelstunde, bis er den Schließzylinder überlistet hatte.

Das Zimmer seiner Tochter auf Konglungen war eine große karge Zelle, doch ihr Boot glich einem gemütlichen Nest. Die schmalen Fenster ließen nicht viel Licht herein. Hannah hatte dimmbare LED-Streifen an den Decksspanten versteckt. Ihre warmen Strahlen fielen auf die Mahagoniplanken herab wie die Sonne selbst. Der Verkehrslärm drang schwach durch das Holz. Trotzdem herrschte eine eigentümliche Stille an Bord, eine Akustik, wie sie sich nur auf Booten einstellte, wenn Millionen Kubikmeter Wasser unterm Kiel ihr Schweigen aus der Tiefe heraufschickten. Hannah hatte die Sitzbank auf der Backbordseite entfernt und durch eine schmale, hochklappbare Schreibtischplatte ersetzt.

Vorsichtig ließ er sich in den alten Klappstuhl davor sinken. Das Boot rollte leicht, er hörte, wie die Fender am Anleger schabten. Der kleine Wechselrichter und das USB-Kabel, das zu einer externen WLAN-Antenne führte, mit der Hannah das schwache Signal aus dem Vereinshaus einfing, verrieten ihm, dass hier ein Laptop hingehörte. Doch das Fehlen eines Computers bedeutete nicht das Fehlen von Daten. Er schaute sich um. Im Deckel einer antiquarischen Ausgabe des »Ashley Book of Knots« auf dem Bücherregal fand er, wonach er in Hannahs Sekretär auf Konglungen vergeblich gesucht hatte. Ein gefaltetes Blatt, auf dem seine Tochter ganz altmodisch die Passwörter ihrer Online-Accounts aufgelistet hatte. Es waren ungefähr vierzig, Hannah hatte die Liste immer wieder ergänzt und gelöschte Benutzerkonten durchgestrichen oder die Passwörter geändert. Sie hatte sich nicht die Mühe gemacht, für jeden Account ein neues zu erfinden, es war fast immer eine Variation des Bootsnamens »Tenacity«. Falk steckte den Zettel in den Müllsack und verließ das Boot. Das Wasserthermometer im Cockpit zeigte sechzehneinhalb Grad Celsius an.

Jedes Mal, wenn Hannah mit ihrem Laptop in Reichweite eines offenen WLAN-Netzwerkes gelangt war, hatte das Gerät automatisch Kopien der neuesten Dateien auf ihren Cloud-Account hochgeladen. Der letzte Upload war drei Wochen her. Hannah hatte sich für den Fotografie-Studiengang der Prager Filmhochschule FAMU beworben und in der Gegend um Bankenes Bilder für ihre Mappe aufgenommen. Es waren Schwarz-Weiß-Aufnahmen, mit einer hochwertigen Kamera gemacht. Falk erkannte auf den sorgfältigen Kompositionen die Kirche von Sekkemo und den Gipfel des Kvænangstindan mit seinem Sommerschnee, den Hannah bestiegen haben musste. Sie hatte den Fotos mit langen Belichtungszeiten die Flüchtigkeit von hingeworfenen Bleistiftskizzen verliehen.

Danach waren die Uploads abgerissen. Der Ordner mit ihrer Bewerbungsmappe enthielt noch ältere Aufnahmen in Schwarz-Weiß und Farbe. Sie waren in Oslo und Prag entstanden und zeigten Menschen, die man nicht sehen wollte, weil ihr Anblick womöglich die Fratzen eigener Ängste zurückwarf wie ein gesprungener Spiegel. Obdachlose und Drogensüchtige mit gelben Fingern, filzigen Haaren und Zahnlückenschwermut, Prostituierte, Flüchtlinge und Asoziale. Bodensatz. Die Bilder sagten, dass Hannah ihr Vertrauen genoss. Sie waren voller Zärtlichkeit in all dem Dreck. Falk klickte sich im Schnelldurchlauf durch Hannahs digitales Leben. Sie hatte eine vernachlässigte Facebook-Seite unter dem Namen Pippi Larsen. Ihre letzten Beiträge waren beinahe fünf Monate alt, eine geteilte Resolution gegen die geplante Schließung des linksautonomen Jugendzentrums »Blitz« in der Pilestredet und ein Spendenaufruf der Seenotrettungsorganisation Sea-Watch. Ihr Profilbild war das

Foto einer weggeworfenen Plastikpuppe, deren Kopf aus einem zerzausten Gebüsch ragte.

Er öffnete wahllos Ordner des Cloud-Accounts. Die meisten enthielten Fotos, nach Themen sortiert. Sie gaben keinerlei Hinweis auf den Verbleib seiner Tochter. Das einzige Foto, auf dem Hannah selbst zu sehen war, zeigte sie mit ihrer Kamera vor dem Auge in der Spiegelung der Schaufensterscheibe des Benetton Store in der Karl Johans gate. Sie stand am äußersten rechten Bildrand und lauerte einem gebeugt vorbeigehenden Obdachlosen auf. Das Bild setzte sie in eine seltsame Beziehung zu ihrem Objekt, Falk musste unweigerlich an ein Raubtier denken, das im Schatten auf seine Beute lauerte, bereit zum Sprung. Hannahs Krallen hatten fünfunddreißig Millimeter Brennweite.

Ein Ordner trug den Namen »Dr. Breivik«. Falk zuckte zusammen. Er enthielt lediglich zwei Word-Dateien. Die eine war eine Kostenübernahme der Krankenkasse für eine Gesprächstherapie bei einem Psychiater in Vinderen. Der arme Kerl trug tatsächlich den Nachnamen des Attentäters. Die andere Datei hieß »Brief an meinen toten Vater«. Falks Herz stolperte und schickte wilde Morsezeichen in sein Gehirn. Das Dokument war leer. Der Cursor in der linken oberen Ecke wartete mit zweiundfünfzig Ruhepuls auf das erste Wort.

Falk hatte sich den Moment des Wiedersehens mit seiner Tochter immer wieder vorgestellt in den vergangenen Wochen, zwischen Hoffen und Angst, er hatte gar nicht anders gekonnt. Eine Umarmung wie die Erlaubnis für einen Neuanfang, mit dem Eingeständnis seiner Schuld als Schlussstrich unter die Vergangenheit. Ein leises »Papa« seines Kindes als Geste der Vergebung, der Beweis ihrer Untrennbarkeit, von Blut aus demselben Blut, darauf war es immer wieder hinausgelaufen. Es war verlogene Zuckerwatte, die seinen Verstand verklebte, eine besondere Sorte Männer- und Väterkitsch, der so lange um sich selbst kreiste, bis alle Probleme fortgeschwindelt waren. Der leere Bildschirm erzählte, was seine Tochter zu sagen hatte.

Die Website des Therapeuten war in pastelligen Tönen gehalten. Breivik war vielleicht zehn Jahre älter als Falk, ein Typ mit entspanntem Gesichtsausdruck. Das Leben hatte ihm laut und deutlich harte Kanten eingefurcht, wie jemandem, der länger zur See gefahren war zum Beispiel. Er rief den Mann nicht an. Auch in Norwegen hatte ein Therapeut die Pflicht, über seine Patientinnen zu schweigen, da war er sicher.

Er begriff nicht gleich, dass die zweite Wolke, die als lächelnde Animation auf dem Startbildschirm von Hannahs Cloud-Account von links nach rechts schwebte, ein weiteres Gerät symbolisierte, von dem aus automatisch Sicherungskopien hochgeladen worden waren. Es war Hannahs Smartphone.

Die jüngsten Dateien waren zwei Videos, sie waren vor siebzehn Tagen im Abstand von wenigen Minuten aufgenommen worden. Falk startete das erste. Es dauerte einen Augenblick, bis er erkannte, dass es auf Bankenes entstanden war. Jemand, und Falk vermutete, dass es nur seine Tochter gewesen sein konnte, hatte aus dem Fenster des Badezimmers im ersten Stock heimlich nach draußen gefilmt. Im hohen Gras neben dem Haus stand ein Mann und wuchtete die Leiche von André Schoomwinkels auf eine Schubkarre. Es war dieselbe, die Falk später benutzt hatte, um Andrés erstarrten Körper aus der Scheune zum Boot am Fjordufer zu schaffen. Der Mann war deutlich übergewichtig, sein massiger Körper war in eine zu kleine sandfarbene Windjacke gezwängt. Er hatte einen Vollbart, der genauso dunkel war wie das Haar auf seinem mondrunden Kopf. Falk schätzte das Alter des Mannes auf Mitte dreißig. Er stellte sich ungeschickt an mit dem Toten. Das leblose, widerspenstige Menschenbündel glitt ihm dreimal aus der Schubkarrenwanne zu Boden, und die stumme Szene kippte in einen makabren Slapstick. Hannah hatte die Kamera ihres Smartphones laufen lassen, bis der Mann mit der beladenen Schubkarre im Inneren der Scheune verschwunden war und kurz darauf wieder herauskam. Jetzt hatte er eine Pistole in der rechten Hand. Mit klobigen Schritten ging er auf das Haus zu. Hannahs Angst ließ das Bild in wilde Schlieren zerfließen. Sie wandte sich vom Fenster ab zur Flucht.

»Shit«, presste sie hervor. Dann endete die Aufnahme.

Das zweite Video war aus einem Versteck heraus gefilmt. Durch den Spalt einer Schranktür, dachte Falk, denn bis auf einen hellen Streifen mit unscharfen, ausgefransten Rändern war das Bild schwarz. In Gedanken ging er die Möglichkeiten im Haus durch. Ihm fiel nur der Einbaukleiderschrank im Schlafzimmer ein, der groß genug für einen Menschen war.

Eine Falle ohne Ausgang.

Bitte nicht, dachte er.

Hannahs Atem war zu hören, ganz nah. Der Luftstrom ging so flach, dass Falk die Atemnot seiner Tochter am eigenen Leib spürte. Dann waren Schritte zu hören. Andrés Mörder tauchte im Blickfeld der Optik auf. Er war von schräg oben zu sehen. Falk ordnete blitzschnell die Perspektive ein. Hannah hatte sich auf dem Dachboden versteckt und schaute durch den Spalt der Luke auf den Flur im ersten Stock hinab. Der Mann mit dem mondrunden Kopf hielt eine kleine, teure SIG Sauer 365 im Anschlag. Er schob sie mit durchgestreckten Armen vor sich her, wie Fernsehkommissare es taten oder Kriminelle, die nicht häufig zur Waffe griffen. Als er das Blickfeld der Kamera verließ und die Zimmer im ersten Stock durchsuchte, schnaubte er vor Anstrengung und Erregung.

Türscharnierknarren und Schritte waren zu hören. Nach weniger als fünfzehn Sekunden kam er zurück ins Bild gepoltert und blieb abrupt stehen. Er lauschte. Hannahs Atem erstarb. Auch der Mann schien jetzt flach zu atmen, damit ihm kein noch so kleines Geräusch entging. Die Waffe mal hierhin, mal dorthin auf einen unsichtbaren Gegner schwenkend, stand sein schwerer Körper im Flur. Dann, ganz langsam, legte er seinen Kopf in den Nacken und schaute zur Decke. Der Blick seiner pechschwarzen Augen schien durch den Spalt der Dachbodenluke direkt in Hannahs Gehirn zu schneiden, während sein rechter Arm jetzt die SIG Sauer hob.

Dann schwarz.

Stumm und schwarz.

Falk Sebastiani ließ sein Tablet sinken und stierte zum Hotelzimmerfenster hinaus auf den wolframfarbenen Himmel. Silje rief an. Er überließ der Mailbox das Antworten, ohne den Blick nach draußen abzuwenden. Gleichgültig hörte er anschließend ihre Nachricht ab. Lars Einar hatte seinen Sicherheitschef Ingmar Haugen noch am Abend mit der letzten Linienmaschine nach Madrid geschickt. Der Alte traute Falk nicht. Natürlich nicht. Haugen hatte herausgefunden, was Falk längst wusste: Hannah war nie nach Madrid geflogen und stattdessen mit unbekanntem Ziel untergetaucht. Falk löschte Siljes Nachricht. Er kannte Hannahs Ziel. Ihre Spur verlor sich im Norden in einem Dickicht aus Verbrechen, das immer undurchdringlicher und blutiger wurde. Und so wie die Dinge lagen, hatte seine Tochter im Haus ihrer fröhlichen Kleinmädchensommerferien auch ihren Mörder getroffen.

Der Himmel vor dem Fenster hatte sich kein Stück bewegt.

26

N 69°53'29.9" | E 21°53'35.7"

Kein Mensch hatte seinen Pass sehen wollen, als er in Gardermoen das Flugzeug nach Tromsø bestieg. Die uniformierte Angestellte am Gate von Widerøe warf nur einen Blick auf seine Bordkarte und begrüßte ihn höflich. Die Maschine war halb voll. Er hatte eine Sitzreihe für sich und legte die Beine hoch. Über seine Fußspitzen hinweg sah er draußen die Himmelsgebirge vorbeiziehen.

Die Stadt war kalt. Zumindest empfand er es so im Vergleich zu Südschweden. Auf den sanften Bergrücken jenseits der Insel, auf die die Stadt sich verkrochen hatte, schimmerte der Sommerschnee und verschmolz mit den Wolken. Haidar hatte auf einer privaten Mietbörse im Netz ein Wohnmobil reserviert. Zunächst für eine Woche, mit der Option auf Verlängerung. Er nahm ein Taxi in den Stadtteil Myreng. Die Besitzer des Wohnmobils, ein Ehepaar um die sechzig, kamen aus ihrem Haus, als sie ihn vorfahren sahen, und bauten sich neben ihrem Fahrzeug auf. Sie reichten ihm die Hand und schienen erstaunt, dass er allein kam.

»Wo ist deine Familie«, sagte der Mann, und die Frau tadelte ihn sogleich für seine Neugierde.

»Das geht uns doch gar nichts an«, sagte sie zu ihm und zu Haidar und brachte es fertig, dabei gleichzeitig tadelnd und entschuldigend zu klingen.

Seit der Mann einen Schlaganfall erlitten hatte und nicht mehr fahren durfte, nutzten sie den Wagen nur noch als Gästezimmer für ihre Enkel. Sie konnten sich nicht davon trennen, denn sie waren bereits in ihren sogenannten besten Jahren damit unterwegs gewesen.

»In dem Alter, in dem Sie jetzt sind«, sagte die Frau.

Ihr Mann lächelte ein schiefes Lächeln und nickte dazu. Sein linker Mundwinkel hing leblos herab. Haidar hinterlegte die Kaution für den Wagen in bar. Er lehnte die Einladung der alten

Leute zum Kaffee höflich ab und schützte Eile vor. Er wolle weiter oben im Norden Freunde treffen.

»Siehst du, er ist gar nicht allein«, sagte die Frau zu ihrem Mann.

Sofort schob sich ein Kloß in Haidars Hals. Kurz bevor er die Stadt über die Brücke verließ, hielt er an einem Sportgeschäft. In der Fahrradabteilung ging er durch die endlosen Reihen bunter Räder, die nach Gummi und frischem Lack rochen. Vor einem hellblauen Mountainbike blieb er stehen. Er winkte eine Verkäuferin herbei und fragte nach einem zweiten Exemplar. Er kaufte das blaue für seinen Sohn und ein rotes als Ersatz für das Rad, das er aus einem Gartenschuppen in Badderen gestohlen hatte. Es lag vermutlich immer noch unentdeckt im hohen Gras neben dem Haus, hinter dem er den Mann erschossen hatte. Doch es hatte bestimmt Rost angesetzt.

Sein Sohn würde noch ein wenig wachsen müssen, bis ihm die Größe richtig passte.

»Aber das geht ja so schnell bei Kindern«, sagte die Verkäuferin mit einem Mutterlachen.

Ja, dachte Haidar. Das stimmte. In den drei Wochen, die ich ihn nicht gesehen habe, ist er sicher schon wieder einen Zentimeter größer geworden.

In dem Geschäft kaufte er noch ein billiges Fernglas mit zehnfacher Vergrößerung. Dann ließ er die Stadt hinter sich und fuhr hinein in das kalte Land, das er doch nie hatte wiedersehen wollen. Aber er musste ja zurückkehren und seine Liebsten holen. Sie waren irgendwo da draußen. Wenn er kurz den Blick von der Straße nahm und hinter sich in die Kabine des Wohnmobils schaute, wo das blaue Fahrrad neben dem roten an der Sitzgruppe lehnte, war er ganz sicher. Das Fahrrad für seinen Sohn war ja auch da. Er musste irgendwo auf ihn warten. Und seine Frau auch. Er ging kurz vom Gas. *Ich hätte für sie ein Rad kaufen sollen. Und für mich. Dann machen wir zusammen einen Ausflug. Wie die Touristen, die an das Nordkap fahren, wo die Welt zu Ende ist.*

Die Fahrt dauerte viel länger, als er berechnet hatte, denn

der Wagen war alt und im Vergleich zu neuen Modellen nur schwach motorisiert. Doch aus der Behaglichkeit der großzügigen Fahrerkabine mit ihren Ledersesseln wirkte die Gegend nicht mehr rau und abweisend, wie er sie von der Flucht in Erinnerung hatte, und so war ihm die Geschwindigkeit egal. Er fand sogar Gefallen an der Landschaft. Auf der Überfahrt von Lyngseidet schlief er eine halbe Stunde. Erst als die Rampe der Fähre gegen den Anleger von Olderdalen schabte, erwachte er. Er sah gerade noch, wie die Sonne mit einem scharfen Blinzeln hinter den Bergen verschwand.

Es war später Abend, als er von der E 6 in die schmale Straße einbog, an der das Mörderhaus lag. Den Namen hatte er sich unterwegs zurechtgelegt. Ein unbarmherziger Begriff, der ihn an seine heilige Aufgabe erinnerte.

Mörderhaus.

Der Himmel über dem Fjord lauerte wie Glut unter grauer Asche. Ein Windstoß genügte, um daraus wieder ein Feuer zu machen oder einen neuen Tag. Nur in einem der Häuser entlang der Straße brannte noch Licht. Kein Mensch war unterwegs. Die Leute hier gingen früh zu Bett.

In Wahrheit hieß das Haus Bankenes. Der Name war mitsamt der Flurstücknummer auf digitalen Karten im Netz für jedermann einsehbar. Die Grundbuchabfrage mit Hilfe einer erfundenen Identität war lächerlich einfach gewesen. Dass der Eigentümer mit dem italienisch klingenden Namen Deutscher war, hatte Haidar allerdings erst später herausgefunden. Derselbe Name tauchte in den Archiven der norwegischen Boulevardpresse auf, in denen alles über die schmutzige Scheidung der reichen Möbelfabrikantentochter Silje Hellestad von dem deutschen Polizisten Falk Sebastiani nachzulesen war. Es gab Bilder, vor allem aus glücklicheren Tagen, die den Mann neben seiner attraktiven Frau und ihrer gemeinsamen Tochter zeigten. Der Name des Mannes wurde auch in Berichten über einen Terroranschlag in Deutschland genannt. Er hatte drei Attentäter erschossen und wurde in seinem Land als Held gefeiert und von manchen inzwischen als Mörder verschrien.

Haidar betrachtete die Fotos von dem hochgewachsenen Mann und war sich sicher, dass er nicht der zweite Täter gewesen war. Der Mann war viel kleiner gewesen. Außerdem, wieso sollte ein deutscher Polizist seine Familie verschleppen? Deutsche Polizisten waren keine Verbrecher. Nicht wie in seinem Land. Der Mann, den Haidar hinter dem Haus erschossen hatte, tauchte auf keinem der Zeitungsfotos auf. Er schien nicht zum Kreis der Familie gehört zu haben. Aber wer war er dann? Waren er und sein Komplize in das Haus des Polizisten eingebrochen?

Das Mörderhaus war das letzte an der Straße und lag zurückgesetzt auf seinem weitläufigen Grundstück. Als Haidar die Einfahrt passierte, glaubte er einen kalten Hauch zu spüren. Die Dunkelheit, die das Anwesen umhüllte, kam ihm plötzlich tiefer vor als die übrige Nacht.

Wenige hundert Meter nach dem Haus endete die Straße an einem Wendehammer. Die verwahrloste Parzelle, die sich dahinter erstreckte, versuchte mit einem Zaun, die Wildnis und fremde Besucher fernzuhalten. Zwischen einer Handvoll verstreut abgestellter Autowracks erhoben sich zwei Blechschuppen. Haidar schaltete die Scheinwerfer aus. Im bleiernen Nachtlicht manövrierte er das große, unförmige Gefährt an den Schuppen vorbei in den rückwärtigen Teil des Geländes. Hinter einem schmalen Waldstreifen stellte er den Motor ab. Er stieg aus und ging zum Wendehammer zurück. Der Wagen war von hier aus nicht mehr auszumachen. Er würde sein Versteck bei Tageslicht noch einmal überprüfen müssen. Für die Nacht glaubte er sich sicher. Auf dem Weg zum Wohnmobil richtete er das hohe Gras, das der Wagen niedergedrückt hatte, mit einem Stecken wieder auf.

Der größere Schuppen war nicht abgeschlossen. Offenbar war er seit Jahren nicht betreten worden. Erst als Haidar mit seinem ganzen Gewicht an der Klinke zog, gab das Tor nach und schob die Erde, die sich davor angesammelt hatte, in einem halbkreisförmigen Bogen zur Seite. Ein kalter, undefinierbar muffiger Geruch schlug ihm entgegen. Er schaltete die Lampe seines Smartphones ein und leuchtete in die Dunkelheit. Der

Raum war nicht größer als vier mal acht Meter. An seinem Kopfende stand eine abgenutzte Werkbank, an die zwei alte Außenbordmotoren gelehnt waren. Leere Kanister, alte Seile, Fischernetze – der ganze Unrat einer arbeitsreichen Küstenexistenz lag verstreut auf dem Betonboden. Alles war vom Staub vieler Jahre bedeckt. Ein Boot aus Glasfaser lehnte an der linken Wand. In der Mitte des Raumes lag das Skelett eines Hundes. Jemand musste ihn zum Sterben eingesperrt haben. Die plötzliche Grausamkeit, die den Raum erfüllte, ließ ihn erstarren. Geduckt stand er da und lauerte in die Schwärze hinter dem Lichtkegel, doch nichts geschah. Von draußen drang leise das Schlummern des Fjords herein. Es beruhigte ihn nicht. Die Geschichte hinter dem toten Tier würde er nie erfahren, aber der Anblick des Knochenhaufens hatte schlagartig seine Wahrnehmung verschoben. Der Filter eines bösen Omens schob sich über alle Gedanken. Er hatte Angst.

Hinter dem Boot entdeckte er ein Waschbecken an der Wand. Als er den Hahn öffnete, ergoss sich ein Schwall schwarzen Wassers in die Keramik. Er ließ es laufen, bis es klar wurde. Neben der Werkbank entdeckte er die einzige Steckdose im Raum. Als er eine vergitterte Handlampe anschloss, flammte sie tatsächlich auf. Ihr gelbes Licht gab dem Raum seine Harmlosigkeit zurück. Erst jetzt bemerkte Haidar die drei Fenster. Sofort schaltete er die Lampe wieder aus und spähte nach draußen in die Nacht. Er hatte einen freien Blick auf die Straße und konnte schon von Weitem sehen, sollte sich jemand nähern. Zum Mörderhaus war es nicht weit, es lag gleich hinter einer sanften Linkskurve. Dieser Schuppen war ein perfekter Unterschlupf.

Am nächsten Morgen kam ein heftiger Wind auf und schüttelte das Wohnmobil durch. Die Wellen auf dem Fjord trugen weiße Kronen. Nachdem er eine Handvoll widerlich süßer Haferkekse gefrühstückt hatte, überprüfte er das Versteck des Wagens vom Wendehammer aus und sah, dass es gut war. Er zog sich warm an und ging am Ufer des Fjords entlang bis zu dem Anwesen. Schon mit bloßem Auge erkannte er, dass auf dem Hof kein Auto stand. Alles schien unverändert. Neben der

Scheune lag ein Stapel Bretter, und Haidar war sich nicht sicher, ob er bereits bei seinem ersten Besuch dort gewesen war. Mit dem Fernglas konnte er durch die bodentiefen Fenster in das Wohnzimmer hineinsehen. Nichts bewegte sich im Inneren. Er gab sich dreißig Minuten, bevor er das Haus betreten würde, und startete die Stoppuhr des Telefons.

Nach fünfzehn Minuten hatte er die Teerpappenschindeln des Daches zum zweiten Mal durchgezählt und fror so erbärmlich, dass er seinen Vorsatz über den Haufen warf und sich heranschlich. Der Tote, den er in der Scheune abgelegt hatte, war verschwunden. Jemand hatte die Stelle mit Holzscheiten abgedeckt. Auch der rote Pick-up stand nicht an seinem Platz hinter dem großen Holztor. Als er zum Haus hinüberging, zog er die kleine Pistole aus dem Hosenbund. Er nahm sich vor, nicht sogleich zu schießen, sollte er jemanden antreffen. Diesmal hielt er den Finger gestreckt neben dem Abzugsbügel, doch der Gedanke, dass er ihn erst im Notfall blitzschnell auf den Abzug legen musste, machte ihn nervös. Er war die Bewegungsabläufe nicht gewohnt. Der Dienst hatte erst im achten Kriegsjahr Pistolen an die Mitarbeiter der Tarnfirmen und -büros abseits der Kampfgebiete ausgegeben. Zum Selbstschutz, wie es hieß. Es gab nur eine dreistündige Einweisung auf einem Schießstand der Polizei in Damaskus. Der Ausbilder hatte immerzu den Kopf geschüttelt über das mangelnde Talent seiner Schüler und sie um ihre SIG-Sauer-Pistolen beneidet. »Was für eine Verschwendung!«

Mit einem Dietrich öffnete Haidar die Hintertür des Hauses. Er hatte Dutzende YouTube-Videos dazu angeschaut und seine ungeschickten Hände stundenlang am Schloss von Björn Ingelaths Werkstatttür trainiert, bis ihm der Ablauf in Fleisch und Blut übergegangen war. Zum Glück war das Schloss der Hintertür von Bankenes ein ähnliches Modell. Er brauchte kaum zwei Minuten, dann gab es nach.

Das Haus war leer. Er lauschte einen Moment in knarzende Stille und atmete den Geruch des alten Holzes ein. Diesmal nahm er sich mehr Zeit, das Haus zu untersuchen, und je länger er durch die Räume ging, umso weniger dachte er daran, dass ihn jemand überraschen oder gar bedrohen könnte. Er versuchte, sich die einzelnen Zimmer einzuprägen, und machte Fotos mit der Telefonkamera. Eher wahllos öffnete er Schränke und Schubladen. In einem großen Suppentopf im Küchenschrank fand er das Amulett seiner Frau. Ein erstickter Laut entfuhr seiner Kehle, als er das Schmuckstück aus der Plastiktüte zog. Ohne dass er es wollte, wurde ein verzweifeltes Grollen daraus. Auch der Anteil ihrer Reisekasse, die sie unterwegs aufgeteilt hatten, lag in der Tüte. Einige der Scheine waren rostrot von Blut. Er starrte das Schmuckstück an, das er seiner Frau so oft angelegt hatte, morgens, wenn sie noch den Duft der Nacht an sich trug. Jetzt war es nur noch ein kaltes Stück Metall, das ihm all seine Lebensenergie stehlen wollte. Er steckte den Fund zurück an seinen Platz. Die Mörder sollten nicht wissen, dass er zurückgekehrt war. Sie würden es früh genug erfahren.

Wenn es so weit ist, wird ihr Schmerz umso größer sein.

Er ging hinauf in den ersten Stock. Alles schien unverändert. Beinahe. Die Kleidung des Mannes, den er getötet hatte, war aus dem Schlafzimmer verschwunden. Auch die grobe Arbeitshose und das Flanellhemd der zweiten Person lagen nicht mehr auf der Kommode. Das Bett war frisch bezogen. Ansonsten war der Raum leer. Er ging zwei Türen weiter und untersuchte das Bad, in das er bei seinem ersten Besuch nur einen flüchtigen Blick geworfen hatte. Bis auf eine Shampooflasche in der Duschkabine und ein kleines Holzregal mit gefalteten Handtüchern war es so steril wie die Musterdekoration eines Möbelhauses. Jemand hatte gründlich sauber gemacht. Er hob den Deckel des Wäschekorbes, der unter dem Fenster stand. Darin lagen ein schwarzer Sport-BH und ein Frauenslip. Er fischte beides heraus und betrachtete die Kleidungsstücke mit der Neugierde eines Kriminalisten. Jetzt versuchte er, sich an die zweite Person zu erinnern, die er im Dämmerlicht auf der E 6 neben dem Pick-up hatte stehen sehen. Seine Erinnerungen waren längst zu einem Gemälde geronnen, dessen

Details aus vagen Andeutungen und scheinbar planlosen Tupfern bestanden, die nichts oder etwas bedeuten konnten. Ihre Vervollständigung fand im Kopf des Betrachters statt, der dann sah, was er sehen wollte.

War die zweite Person, die er suchen musste, eine Frau? Haidar wusste es nicht. Gewiss, in Europa waren die Frauen so eigenständig wie die Männer. Aber waren sie auch genauso grausam?

Als es Nacht geworden war, fuhr Haidar im Mondlicht auf dem blauen Jugendfahrrad um die Bucht herum nach Badderen. Er stellte es heimlich in den Gartenschuppen. Die Bewohner des Hauses nebenan bemerkten ihn nicht. Bestimmt schliefen sie tief und fest. Dann ging er zurück. Unterwegs stellte er sich vor, wie der Junge am Morgen das Fahrrad fand und vollkommen außer sich geriet vor Freude.

Haidar ging immer weiter, zurück an das Ende der Straße von Bankenes. Er setzte einen Fuß vor den anderen. Er dachte an den Jungen. Doch die Luft wurde jetzt so kalt, dass sie seine Träume vertrieb, und er war froh darum.

IRRTÜMER

27

»Sie töten mich, wenn ihr die Polizei einschaltet.

Sie töten mich, wenn ihr die Anweisungen nicht befolgt.

Tut genau, was sie verlangen.

Bitte.«

Das Merkwürdigste war, wie nüchtern Hannah klang, fast gleichgültig, als ginge es gar nicht um ihr Leben, sondern um das irgendeiner anderen Person, mit der sie nichts zu schaffen hatte. Selbst das »Bitte« klang, als läse sie es von einem Blatt ab, aber sie sprach frei.

»Ihr habt vierundzwanzig Stunden, um zwei Millionen US-Dollar zu besorgen. Gebrauchte Scheine, jeweils die Hälfte in Fünfzigern und Hundertern. Danach bekommt ihr weitere Anweisungen.«

Hannah saß in einem faltbaren Campingsessel, der sie zu einer bequemen Sitzhaltung zwang, die nicht zum Ernst ihrer Lage passte. Der Raum gab nur die Andeutung von einem rohen Betonboden zu erkennen. Der Rest war schwarz.

Hannah saß in einem weißen Lichtkegel wie eine Solokünstlerin auf der abgedunkelten Bühne. Ihr Haar war kurz geschoren. Der linke Unterarm steckte in einem rot nässenden Verband. Ihr Gesicht war blass, mit dunklen Ringen unter den Augen. Sie trug Jeans und T-Shirt, die Geländelaufschuhe an ihren Füßen waren auffallend schmutzig. Sie schaute dicht an der Kamera vorbei, trotzig, dorthin, wo vermutlich ihre Entführer standen.

Als sie fertig war, hielt eine behandschuhte Hand ein ausgedrucktes Blatt vor die Linse. Das Objektiv schnarrte ein paarmal vor und zurück, bis es den Fokus gefunden hatte.

»No police or your daughter will die!«

Offenbar waren sich die Entführer unsicher, ob die Worte ihres Opfers eindrücklich genug waren, anders konnte sich Falk diese nachgereichte Drohung nicht erklären.

Die E-Mail mit dem Video war am Morgen bei Silje eingegangen, und Falk war sofort nach Konglungen rausgefahren. Das heißt, nicht sofort. Als sein Telefon klingelte, hielt er gerade einen jungen Mann im Polizeigriff, dessen Namen er in diesem Augenblick noch nicht wusste. Falk war noch einmal zu Hannahs Boot im Frognerkilen hinübergeschwommen und hatte ihn dabei erwischt, wie er die Kajütentür aufbrach. Als Falk seinen Griff lockerte, stellte er sich schwer atmend als Hannahs Mitschüler Petter Borgman vor. Die beiden besuchten dieselbe Jahrgangsstufe in der Deutschen Schule in der Sporveisgata. Die meisten Schüler dort waren Kinder deutscher Diplomaten und Firmenvertreter. Petters Mutter war Deutsche. Sein Vater, Nils Borgman, war der Miteigentümer einer norwegischen Outdoormarke.

Dass er einer von Hannahs Verehrern war, musste der lange Schlaks mit dem dünnen Bartflaum nicht eigens erwähnen. Er hatte wenig Talent zum Einbrecher, und wenn er beim Flirten mit Hannah genauso ungeschickt war, stand es schlecht um seine Chancen. Petter hatte sich in der Fotografie-AG an Hannah herangearbeitet und bereits die ganzen Sommerferien vergeblich hinter ihr hertelefoniert. Falk hörte die aufrichtige Sorge in der Stimme des jungen Mannes. Er fragte sich, ob Hannah und er sich nahe genug standen, um so viel Sorge zu rechtfertigen. Einen Schlüssel für ihr Boot hatte sie ihm jedenfalls nicht anvertraut, auch nicht ihre wahre Reiseroute, die sie in das Bett eines anderen Mannes geführt hatte. Es war wohl eher die süße Verzweiflung des erfolglosen Verehrers, der noch hoffte, die Petter Borgman hergetrieben hatte.

Er schwärmte ein wenig von Hannah als einem selbstbestimmten, unangepassten Mädchen. »Mädchen«, er benutzte das Wort, und auch er selbst war jemand, der noch im Bewusstsein eines Jungen lebte wie ein verpuppter Schmetterling. Er schien zu glauben, dass Hannahs Vater ihn nicht ernst nahm, zumal Falk ihm keinerlei Begründung für seinen eigenen heimlichen Besuch auf dem Boot lieferte oder etwas über Hannahs Verbleib verriet.

Als Petter ihm zum Abschied erzählte, wie Hannah sich über ihren Vater geäußert hatte, kam es Falk wie eine gelungene Rache vor.

»Sie hasst Sie nicht mal«, sagte er. »Sie sind ihr einfach nur egal.«

Das war der Stand der Dinge.

Hannahs Kidnapper hatten kein Wort über André Schoomwinkels verloren oder über Bankenes, den Ort der Entführung, also tat Falk es auch nicht. Er verschwieg Silje, dass er ihr gemeinsames Kind tot geglaubt hatte, er erwähnte nicht, wie ihm unterwegs nach Konglungen der Blick verschwommen war darüber, dass Hannah am Leben war.

Stattdessen fragte er Silje, ob es schon einmal Bedrohungen gegeben habe, seit sie und Hannah vor vier Jahren nach Oslo gezogen waren. »Nie«, sagte sie.

Falk stierte durch Siljes Verandafenster auf den Oslofjord hinaus. »Weiß der Alte es schon?«, sagte er. Er gab sich nicht der Illusion hin, die Entführer hätten das Video nur an seine Ex-Frau geschickt. Doch Lars Einar Hellestad hatte sich bis zu dieser Stunde noch nicht bei Silje gemeldet, und wenn es nach ihr ging, würde das auch so bleiben.

»Meine Tochter, mein Problem.«

Draußen näherte sich das Geräusch eines großvolumigen Bootsmotors. Als Lars Einars Boesch am Steg anlegte und sie sahen, dass sein Sicherheitschef Ingmar Haugen mit an Bord war, wusste Silje, dass sie vergeblich gehofft hatte. Arnebjörn Larssen machte die Leinen fest. Die beiden Männer kamen mit ernsten Mienen auf Siljes Haus zu. Arnebjörn trug ihnen zwei schwarze Reisekoffer hinterher, deren Inhalt er vermutlich nicht kannte. Ingmar Haugen drückte seine Zigarette an der Schuhsohle aus, bevor sie die Veranda betraten, und steckte die Kippe in eine Pillendose, die er bei sich trug. Haugen war der Einzige, der zur Begrüßung das betretene Schweigen durchbrach. Er nickte Silje zu und schüttelte Falk die Hand. Falk ließ es wachsweich geschehen.

»Lange nicht gesehen«, sagte Haugen, um der Anspannung

die Spitze zu nehmen. Er war um Höflichkeit bemüht und roch aus dem Mund nach Nikotin.

»Vier Jahre«, sagte Falk zu dem Mann, der mit einer Handvoll kompromittierender Fotos dafür gesorgt hatte, dass seine Ehe gerichtsfest beendet wurde. Eigentlich müsste er ihm dankbar sein, aber das gehörte jetzt nicht hierher. Die Gruppe setzte sich um den runden Holztisch auf der Veranda. Lars Einar hatte das Video ebenfalls erhalten, die E-Mail aber zunächst für Spam gehalten, der es regelmäßig nach dem Besuch von Pornoseiten durch die Firewall in sein Postfach schaffte. Dann aber hatte er Ingmar Haugen sofort eingeweiht und das Lösegeld zusammen mit ihm in der Zentrale der DNB-Bank in der Dronning Eufemias gate abgeholt. Er würde diese Angelegenheit so schnell wie möglich aus der Welt schaffen, mit Geld oder Gewalt. Ohne es auszusprechen, ließ er keinen Zweifel daran, dass die Entführung seiner Enkelin der ultimative Beleg für Siljes Unfähigkeit war, ihr Kind zu kontrollieren oder gar zu beschützen. Dasselbe galt selbstverständlich für Falk. Falk sah, wie Siljes Empörung die Adern ihrer Unterarme hervortreten ließ.

»Jetzt können wir nur abwarten«, referierte der Alte. Sein Ton wollte autoritär, ja altersweise klingen, doch alles hinter seiner Stimme war taub. »Haugen wird –«, setzte er an.

In diesem Moment hob Falk die Hand. Der Alte schwieg augenblicklich und schaute empört. Falk schob seine Rechte wie ein Stoppschild mit einem Ruck noch ein Stück näher in Richtung seines Ex-Schwiegervaters, um sicherzugehen, dass der Mann ihn wirklich verstand. Lars Einar kniff die Augen zusammen.

»Haugen wird gar nichts«, sagte Falk.

Sein Blick streifte erst Haugen, der verlegen wegschaute, und dann Silje. »Unsere Tochter ist entführt worden, und ich werde – wir werden nicht dulden, dass du sie mit irgendwelchen Spielchen oder Alleingängen in Gefahr bringst.«

Ein liebevoller Großvater hätte jetzt alles Recht gehabt, sich über Falk zu empören. Doch der Alte zuckte nur mit den

Achseln. Er versuchte ein maliziöses Lächeln. »Du bist der Polizist«, sagte er.

Ingmar Haugen schaute peinlich berührt auf den Fjord hinaus, steckte sich die nächste Dunhill an und inhalierte so tief, als wollte er den Himmel wegatmen. Silje stand auf und verließ die Veranda in den Garten. Falk folgte ihr. Plötzlich ahnte er, welchen Preis sie gezahlt hatte, als sie nach der Scheidung zurück in ihr Elternhaus gezogen war, direkt in die Arme ihres Vaters. Er fühlte sich beschissen. Er holte sie ein und ergriff ihre Hand. Als er ihre feuchten Augen sah, erkannte er wie beim Blick durch ein Brennglas, das die Realität verstärkte, wie erschüttert sie war, und er erblickte seine eigene Traurigkeit. Einen Moment lang sehnte er sich danach, dass Siljes Tränen ihn ansteckten. Doch es geschah nicht.

»Wir bekommen sie zurück«, flüsterte er.

»Ja«, hauchte sie, und der Trug alter Verbundenheit umfing die beiden.

Sollte ihr Kind sterben, bliebe nur ein schwarzes Band zwischen ihnen. Sie fuhren in die Stadt zur Filiale von BNP Paribas am Munkedamsveien. Silje hatte bei ihrem Einstieg in die Firma die Hausbank der Familie mitsamt ihren Anteilen an Hellestad Møbler verlassen. Das war nicht bloß ein Signal ihrer Eigenständigkeit, es verhinderte auch, dass ihr Vater sich Einblicke in ihre Geldangelegenheiten verschaffte, wozu er als Freund des Bankvorstands zweifellos in der Lage war, Bankgeheimnis hin oder her. Silje hatte einen Termin mit dem Filialleiter ausgemacht, ohne einen konkreten Grund zu nennen. Es war vollkommen klar, dass sie niemals das Geld des Alten annehmen würde, um ihre Tochter freizukaufen. Falk bestärkte sie darin, und der einfältige Stolz einte die Eltern.

Silje war nicht ohne Weiteres in der Lage, das Lösegeld aus ihrem eigenen Vermögen aufzubringen. Zwei Millionen Dollar, rund achtzehn Millionen Kronen, wie sie gleich am Morgen ausgerechnet hatte, waren auch für sie eine Summe, die sie nicht einfach von ihrem Privatkonto abheben konnte. Silje verdiente gut und besaß Anteile an der Firma, aber sie hatte so gut wie kein Barvermögen. Sie lebte gerne im Hier und Jetzt und sparte nicht auf morgen, eine Haltung, die sich mit der Gewissheit eines Millionenerbes einfach praktizieren ließ, doch die Last dieser Leichtigkeit hatte sie zeitlebens umso härter arbeiten lassen. Silje nahm nichts geschenkt. Die Schmerzen ihrer Arbeit zu spüren, das hatte sie inzwischen gelernt, machte das Geldausgeben erst zum Genuss. Den letzten großen Batzen hatte sie für den Porsche ausgegeben. Sie wollte kein Leasingauto. Die Erinnerung an den schafsblöden Blick des Verkäufers, als sie den Wagen mit einem Verrechnungsscheck über zwei Komma fünf Millionen Kronen bezahlte und einfach damit vom Hof rollte, wärmte ihr Herz bis heute. Im Moment war Silje pleite. Sie überlegte, ohne Wissen des Alten einige Anteile an der Firma zu verkaufen. Seit mehreren Jahren versuchte ein großer schwedischer Konkurrent, bei Hellestad einen Fuß in die Tür zu bekommen, um sein eigenes Sortiment aufzuwerten. Natürlich hatte der Alte die Schweden abblitzen lassen, also waren sie über eine Investmentgesellschaft diskret an Silje herangetreten. Sie hatten ihr Angebot erst vor wenigen Wochen wiederholt: »Jederzeit.« Siljes Anteile waren bis zum Anschlag mit der Absicherung von Krediten für das neue Werk in Kristiansand und den Umbau ihres Hauses auf Konglungen belastet. Trotzdem waren sie Millionen wert.

»Was meinst du?«, sagte Silje.

Sie lenkte den Porsche in den Schlund der Tiefgarage am Munkedamsveien und fuhr in den abgesperrten Bereich für die Bankkunden. Eine bewaffnete Sicherheitsfrau in Uniform scannte ihr Kennzeichen und winkte sie nach einem Blick auf ihr Tablet durch. Falk verstand nichts von Geldgeschäften. Er verstand, dass ein Verkauf von Firmenanteilen an die verhassten Schweden, und seien es noch so wenige, den Alten demütigen und ihm das versauerte Herz brechen musste. Er verstand auch Siljes Stolz, doch die stille Feindseligkeit, mit der sie sich von ihrem Vater abgrenzte und die sie anzutreiben schien wie ein unsichtbares Federwerk, war ihm fremd.

Hannah hasst Sie nicht mal.

Vielleicht war es höchste Zeit, die Verachtung der Töchter für die Väter zu verstehen, wenn Falk jemals sein eigenes Kind verstehen wollte.

Er hatte während der Ehe mit der Frau aus reichem Haus seinen eigenen Stolz kultiviert. Er nahm nie Geld von Silje an. Seit Hannahs Geburt legte er jeden Monat dreihundert Euro für seine Tochter zurück. Zusammen mit ein paar dilettantischen Aktienspekulationen, die zufällig zum Erfolg geführt hatten, waren bis heute hundertelftausend Euro zusammengekommen. Über das Geld sollte Hannah ab ihrem achtzehnten Geburtstag verfügen können. Das war in drei Tagen. Natürlich wäre seine Tochter niemals auf dieses Geld angewiesen, und er gestand sich ein, dass der Sparvertrag für Hannah wohl in erster Linie eine Rendite für sein Ego abwerfen sollte.

»Du hast was?«

Siljes Gesichtsausdruck changierte zwischen milder Empörung und amüsiertem Unglauben.

»Ich wollte ihr etwas geben, das nur von mir kommt«, sagte er.

Es klang ein wenig kleinlaut, doch Siljes Blick bedeutete ihm, dass sie seinen unbedarften Liebesbeweis sehr wohl würdigte. Falk sagte, Hannah hätte sicher Verständnis dafür, wenn sie die Summe nötigenfalls als Teil des Lösegeldes ausgaben. Schließlich käme es ihr zugute.

Der Filialleiter empfing sie mit einem Händedruck aus Kraftlosigkeit und kaltem Schweiß. Er führte sie in ein Besprechungszimmer. An der Wand hing ein Bild des Eiffelturms. Ein futuristisches Etwas, das aussah, als hätte eine Roboter-Henne ein Roboter-Ei gelegt, stand auf einem Sideboard aus Nussbaumholz und spielte leise Chopin. Silje stellte Falk als ihren Ex-Mann vor. Der Filialleiter bedachte den vermeintlichen Schmarotzer aus Deutschland, der sich offenbar von seiner reichen Frau ausbezahlen ließ, mit einem distanzierten Blick. Er zog die Augenbrauen noch ein bisschen höher, als er die Summe hörte.

»Zwei Millionen, nun ja, haha«, plapperte er und schraubte

sich dabei in seinem Eames-Drehstuhl hin und her. Das Ei auf dem Sideboard klimperte. Noch bevor Silje näher ausführen konnte, worum es ging, oder der Filialleiter dazu kam, wichtigtuerisch seine Lesebrille aufzusetzen und mit den Papieren zu rascheln, die er vor sich ausgebreitet hatte, ergriff Falk das Wort.

»Ich möchte eine Hypothek auf mein Anwesen in der Finnmark aufnehmen, ein Gut am Kvænangenfjord, ungefähr hundert Kilometer westlich von Alta. Einhundertzehn Jahre alt, fünfundneunzig Hektar Weideland und Wald, Haus, Scheune, Stall, Jagd- und Fischrechte, letzte Verkehrswertschätzung vor sechs Jahren siebzehn Millionen.« Er schob dem Filialleiter einen Zettel und seinen Reisepass hin. »Das ist das Passwort für die Grundbuchabfrage. Ich brauche für eine geschäftliche Transaktion zwei Millionen US-Dollar, das sind etwa achtzehn Millionen norwegische Kronen. Es eilt. Meine Frau, meine Ex-Frau, sagt, Sie können mir helfen.«

Der Mann führte seine Lesebrille mehrmals zum Gesicht und ließ sie dann wieder sinken wie eine defekte Spielzeugpuppe. Er brauchte einen Moment, um Falks Bitte zu verarbeiten und seine beiden Gegenüber neu zu taxieren. Er schaute Silje an, die keine Ahnung von Falks Vorstoß gehabt hatte, jetzt aber sehr bestimmt zurücknickte. »Das wäre nett.«

Der Kopf des Filialleiters eierte zwischen Nicken und Kopfschütteln. Dann schälte er sich hinter dem Konferenztisch hervor und verließ den Raum mit Falks Pass und dem Zettel in der Hand. »Bitte entschuldigen Sie mich einen Moment.«

Anderthalb Stunden später lagen zwei Millionen Dollar auf dem Tisch des Besprechungszimmers. Falk war erstaunt über das Gewicht der beiden in Plastik eingeschweißten Pakete. Er schätzte es auf fünfundzwanzig Kilo. Er und Silje und der Filialleiter packten das Geld in zwei unauffällige Reisetaschen. Der Filialleiter hatte die ganze Zeit versucht, herauszufinden, welcher Art von Geschäft er gerade beiwohnte. Er verkniff sich allzu indiskrete Fragen. Am Anfang erlaubte er sich noch den Hinweis, eine Hypothek sei nicht so steueroptimierend einsetzbar wie eine als Investitionskredit für Hellestad Møbler verschleierte Privatentnahme. Silje bedachte ihn mit einem freundlich bestimmten Blick, nicht vernichtend, aber so, dass er die Verhältnisse im Bruchteil einer Sekunde zurechtrückte.

»Wir machen es so, wie mein Ex-Mann gesagt hat.«

Sie verließen die Bank durch die Tiefgarage. Falk saß hinterm Steuer. Die Stadt trödelte im flachen Licht des Nachmittags, das über den Fjord heranstrahlte. Weit oben in der Höhe trieb der Wind einen Möwenschwarm landeinwärts. Plötzlich war es Herbst geworden. Die Luft wurde klar und unverwechselbar, als wollte sie nur noch einen einzigen Geruch transportieren. Die Sonne hatte zum ersten Mal Mühe, gegen die sanfte Kühle anzustrahlen. Falk mochte es, den Kontrast der Temperaturen auf der Haut zu spüren, wie sie sich vermischten zu einem Abschied vom Sommer, der nichts Trauriges hatte. Es war seine liebste Zeit.

»Danke«, entfuhr es beiden im selben Augenblick.

Sie lächelten über ihre Gedankenverwandtschaft, doch hinter dem Moment lag alles verborgen, was sie verloren und verraten hatten und noch verlieren sollten, und ihr Lachen war wie der geheime Code für eine Erlaubnis: Plötzlich weinten sie zusammen. Sie schauten einander nicht an. Falk wischte seine wenigen Tränen nicht ab, vielleicht, weil er glaubte, Silje würde sie dann nicht bemerken. Die Sicht auf die Straße verschwamm wie bei einem Sprung ins Wasser mit offenen Augen.

Der Alte nahm ihre Lösegeldbeschaffung ohne eine Regung zur Kenntnis und beauftragte Ingmar Haugen, die Koffer mit seinem Geld zurück zur Bank zu bringen. Als Haugen darum bat, sicherheitshalber das Boot in die Stadt nehmen zu dürfen, statt sich mit zwei Millionen im Kofferraum in den Nachmittagsstau zu stellen, prasselte der Zorn des Alten auf ihn herab wie ein Hagelsturm. Lars Einar brüllte. Er wurde immer lauter.

»Du nimmst den Wagen. Seit wann bezahle ich dich für Bootsausflüge? Du hast doch eine Waffe. Dann benutz sie verdammt noch mal, wenn dir einer mein Geld wegnehmen will. Dafür bezahle ich dich. Dafür!«

Ingmar Haugens Gesicht wurde purpurrot, was sein leichtes Übergewicht noch deutlicher zur Geltung brachte, wie bei einem pausbäckigen Baby. Er verzog keine Miene, sagte »Okay«, lud die beiden Koffer in seinen silbernen Discovery und rollte ohne ein Anzeichen von Wut davon. Falk musste sich eingestehen, dass er den Mann in diesem Moment bewunderte. Haugen hatte seine Lektionen in Langmut und Gehorchen als Offizier der Leibgarde des norwegischen Königs gelernt, bevor er aus der Armee ausgeschieden und in die Privatwirtschaft gewechselt war. In den zwölf Jahren bei Lars Einar Hellestad war sein Fell noch etwas dicker geworden. Darunter bewahrte er sich still und kettenrauchend einen Rest Würde, den auch der Alte nicht wegbrüllen konnte.

Als Haugen weg war, sank Lars Einar in sich zusammen wie ein Soufflé. Falk sah einen täppischen alten Mann, dessen Blick über den Fjord zu schweifen schien wie über sein Reich, in Wahrheit aber irrlichterte und kein Ziel fand. Beinahe wäre ihm der verstockte alte Bock lieber gewesen als der Anblick dieses Männleins, denn die Verlorenheit, die es ausstrahlte, war ansteckend. Er fasste sich ein Herz und ging auf den Alten zu, um so etwas wie ein Einvernehmen herzustellen, wenn auch keine Versöhnung, das sicher nicht. Als Lars Einar ihn näher kommen sah, wandte er sich ab und verschwand hinter den Plastikfenstern seiner Veranda und ließ Falk stehen. Silje war bereits vor dem Gebrüll ihres Vaters in ihr Haus geflüchtet. Sie hatte nicht mal die Taschen mit dem Lösegeld aus dem Wagen mitgenommen. Falk brachte sie ins Haus und stellte sie im Flur ab. Silje saß in ihrem Büro und stocherte in den Exceltabellen der aktuellen Umsatzzahlen von Hellestad Møbler herum, um sich abzulenken. Sie hatten das Lösegeld weit vor der Zeit beschafft. Die Entführer hatten sich noch nicht wieder gemeldet. Der Alte hatte recht. Sie konnten nur noch abwarten.

»Seit Bolsonaro läuft es in Brasilien wieder besser«, sagte Silje. Es klang nicht erfreut. Er antwortete nichts. Er wollte nicht allein sein an diesem noch frühen Abend, doch sie schickte ihn fort. Bislang hatte er es vermieden, sie zu fragen, ob es jemanden in ihrem Leben gab. Nun erhielt er die Antwort. Er hieß Yanis Laluc, stammte aus Paris und berichtete als Motorsportjournalist für einen Privatsender von den Formel-1-Rennstrecken der Welt. Falk glaubte sich an sein Gesicht aus dem Fernsehen zu erinnern, ein sympathischer Lockenkopf mit Macron-Nase und schelmischem Lächeln, zehn Jahre jünger als er.

Silje hatte ihn ein paarmal begleitet und ihre kleinen Fluchten dem Alten und ihrer Tochter gegenüber als Geschäftsreisen ausgegeben. Sie hatte Gefallen an ihm und dem Rennzirkus gefunden. Bevor das Video der Entführer eingegangen war, hatten die beiden geplant, sich im belgischen Spa zu treffen, wo der nächste Grand Prix stattfand. Die Standuhr in der Eingangshalle schlug sieben, als Falk Siljes Haus auf Konglungen verließ. Mit ihrem letzten heiseren Gong schloss er die Tür des Leihwagens und ließ den Motor an.

Was hatte er sich bloß gedacht? Was erwartet? Dass eine Frau wie Silje allein bliebe und ihm nachtrauerte, um bei Bedarf für ein bisschen Trost zur Verfügung zu stehen? Dem billigsten Reflex folgend, versuchte er, Liv zu erreichen. Er hatte seine Ex-Geliebte seit ihrem letzten Aufeinandertreffen in Bankenes nicht mehr gesprochen. Sie hatte ihm vor vier Tagen die Nachricht geschickt, dass es noch keine Spur von Hannah gab und sie jetzt die Gegend südwestlich von Sørstraumen absuchte bis hinunter nach Birtavarre und Skibotn. Liv hob nicht ab.

Falk ließ die Abfahrt zum Hotel links liegen und fuhr zum Opernhaus. Die riesige Glasfront schien auf der schrägen Ebene davor geradewegs aus dem Wasser des Hafenbeckens emporgewachsen zu sein. Ein deutsches Kreuzfahrtschiff lag hell erleuchtet am Kai schräg gegenüber. Falk parkte den Wagen im Halteverbot und ging zur Abendkasse. Verdis »Rigoletto« hatte ihm nie besonders gefallen, vielleicht, weil die Musik häufig als Staffage für allen möglichen Unsinn herhalten musste. Gerade bewarb ein Lebensmittelkonzern in einem idiotischen Fernsehspot seine Tiefkühlpizza mit der berühmten Ohrwurmarie daraus.

Die Vorstellung war ausverkauft. Falk wandelte ziellos zwischen den gut gekleideten Opernbesuchern durchs Foyer. Plötzlich kam ihm die Vorstellung, die Geschichte eines Narren anzuschauen, dessen Intriganz den Tod der eigenen Tochter zur Folge hatte, absurd vor. Morgen Vormittag würde er von Hannahs Entführern erfahren, ob und wie er seine Tochter zurückbekam. Er setzte sich ins Opernrestaurant. Die meisten Tische hatten sich kurz vor Beginn der Aufführung geleert. Er bekam einen Fensterplatz mit Blick auf das dunkle Wasser. Er bestellte pochierten Lachs und eine Flasche Chardonnay dazu und scherte sich weder um den Preis noch um die langsam zunehmende Trunkenheit. Er überlegte genau, ob er sich jemals so fehl am Platz vorgekommen war wie hier und jetzt. Es fiel ihm nichts ein. Er aß und trank schnell. Er wollte den Wagen nicht im Halteverbot stehen lassen und fuhr mit schwimmendem Blick bis vor das Hotel. Silje und ein Kollege aus München hatten ihm eine Nachricht geschickt. Geburtstagsglückwünsche. Eine Stunde zu früh. Er ging schlafen. Um Mitternacht klingelte sein Telefon.

»Hersslisch'n Glühwunsch ssum Gebußtag, lieber Herr Chef.«

Der Anrufer hustete so laut, dass das Mikrofon des Telefons nur ein verzerrtes Krähen wiedergab. Ayse Serapoglu trank sonst nie. Nicht, weil sie Muslima war. Sie machte sich nichts aus Religion und den Ermahnungen Gottes oder ihrer Eltern. Sondern weil es kaum mehr als ein Glas Wein brauchte, um ihr einen anständigen Rausch zu verpassen. Offenbar hatte sie sich einen billigen Abend gemacht. Falk hoffte, nicht wegen ihm.

Ayse ließ ihn nicht zu Wort kommen. »Ich muss dich warnen.« Sie rülpste. »Ich … ich hab jetzt ein' Freun', un' wenn der erfährt, dass du alter Mann mich angemacht has', dann gibb's ›Me too‹, aber voll …« Sie brach ab und gluckste vor Lachen.

Als sie Luft holte, nutzte Falk die Gelegenheit für eine Erwiderung. »Danke für deine Glückwünsche.«

»Die wollen dich verhaften«, blökte sie. Es klang plötzlich

nüchtern. Er konnte förmlich hören, wie die junge Frau sich zusammenriss. »Die wollen dich hinhängen. Peng, tschüss, aus.«

Falk musste lächeln. Es rührte ihn, wie Ayse sich um ihn sorgte. »Ich weiß«, sagte er. »Riemann hat mich schon vorgewarnt.«

»Bääh«, rotzte Ayse. »Sonnenbank-Claus.«

Kriminaldirektor Claus Riemann war über seine Erkrankung sentimental geworden. Er hatte Falk eine längliche E-Mail geschickt, die wie eine Mischung aus väterlicher Absolution, Werbung um Verständnis für seine schwierige Position und Abschied klang. Das Resümee am Zielpunkt einer verwehten Reise.

Auch wenn unser Verhältnis immer schwierig war, müssen Sie wissen, dass ich nichts gegen Sie habe oder hatte und Ihre Arbeit stets respektiert habe. Ich verstehe, warum Sie in der Kaufhaus-Beck-Sache gehandelt haben, wie Sie gehandelt haben. Schließlich bin ich seit einundvierzig Jahren Polizist! Am Ende läuft es immer darauf hinaus, dass wir uns die Hände schmutzig machen, während alle anderen ihre schön in die Taschen stecken. Aber es gibt nun mal Leute bei uns im Haus und bei der Staatsanwaltschaft, die Ihr Handeln für fragwürdig halten. Jetzt wollen alle ihren eigenen Stuhl retten, und ich muss Ihnen ehrlicherweise sagen, würde ich nicht in spätestens fünf Monaten unter der Erde liegen, wäre ich vermutlich einer von ihnen. Doch so kann es mir egal sein. Ich habe mich vehement gegen eine Anklage gegen Sie ausgesprochen. Ich habe dazu bereits eine Aussage niedergeschrieben, da mein Gesundheitszustand dies möglicherweise schon bald nicht mehr erlauben wird. Staatsanwalt Pochard stärkt Ihnen übrigens ebenfalls den Rücken, auch wenn Sie das vielleicht nicht glauben werden. Allerdings hat ihm der neue General den Fall entzogen. Insofern wird es wenig nützen, dass ich das Diszi gegen Sie einstelle. Der General (ein Import aus dem Osten) will ein Verfahren wegen Totschlags.

Pochard hat mir gesteckt, dass eine förmliche Vorladung an Sie nach Norwegen unterwegs ist. Auch die Kollegen da oben werden wohl eine Mitteilung bekommen.
Gut möglich, dass so ein Brief mal verloren geht.
Machen Sie's gut.
Mit freundlichen Grüßen.

Gut möglich, dass so ein Brief mal verloren geht. Falk rätselte, was sein sterbender Chef ihm mit diesem Wink sagen wollte. Sollte er die Vorladung ignorieren und sich absetzen? Oder war alles nur das spöttische Augenzwinkern eines Todgeweihten?

Von Ayse erfuhr Falk den Grund für die Geschäftigkeit des neuen Generalstaatsanwaltes. Das Überwachungsvideo aus dem Kaufhaus Beck hatte sich unlöschbar in den rechten Filterblasen des Internets verbreitet. Falks Todesschüsse waren zu zynischen Memes zurechtgestutzt, er selbst zum Helden hochgeklickt worden, zum Krieger für besorgte Bürger, falsche Patrioten, Neonazis, Dumpfbacken und Rassisten. Sie beklatschten ihn wie einen langersehnten Todesengel, der herabgestiegen war, um ihnen ihre Ängste mit ein paar gezielten Schüssen aus den Seelen zu sezieren. Dass Falk nicht öffentlich in Erscheinung trat und sich nicht gegen seine Vereinnahmung wehrte, werteten seine Bewunderer wie seine Hasser als Zustimmung. Verschwörungstheoretiker spekulierten, Falk sei von der Staatsmacht verschleppt und mundtot gemacht und womöglich ermordet worden. Jetzt reagierte die Staatsmacht, indem sie ihn ins Licht eines Gerichtssaals zerren wollte. Er sollte dem neuen Generalstaatsanwalt dankbar sein, dachte Falk. Ein Prozess böte ihm die Bühne, sich von all der Dummheit im Netz zu distanzieren und vom Zombie wieder zum Menschen zu werden. Der Preis dafür war eine mögliche Verurteilung wegen Totschlags.

Ayse erwähnte mehrfach den Namen ihres Onkels. Metin Özkan, der Lieblingsanwalt prominenter Krimineller, wollte Falk unbedingt verteidigen.

Pro bono.

Ayse hatte sich einigermaßen nüchtern geredet. Sie hatte ihre erste Juristische Staatsprüfung vergeigt und räumte auch ihrem zweiten und letzten Versuch wenig Chancen ein. »Werd ich eben Polizistin«, sagte sie und zog die Nase hoch.

»Das könntest du auch, und zwar ziemlich gut«, sagte er und meinte es ganz aufrichtig.

Doch die junge Frau hatte aufgelegt. Vielleicht war auch die Verbindung zusammengebrochen, auf jeden Fall sprach er seine letzten Worte bereits in das Freizeichen hinein.

28

N 69°53'29.9" | E 21°53'35.7"

Herr, mach, dass es aufhört.

Beende es.

Bitte.

Haidar blickte aus dem Fenster des Wohnmobils hinaus auf die große Bucht, die sie hier Fjord nannten, und die Erinnerung an seine Worte kam plötzlich, scharf und schneidend. Er war sich lächerlich vorgekommen, damals, als er diese Worte gedacht hatte. Damals, das war der Tag, der alles verändert hatte. In welchem Jahr, in welchem Monat? Daran erinnerte er sich nicht. Nein, er wusste es tatsächlich nicht mehr. Der Rhythmus des Krieges war nicht die Zeit, sondern die Anzahl seiner Toten und vielleicht die Häufigkeit der Gebete, die die Toten beklagten. Er hatte immer nur zum Schein an Gott geglaubt. Woher also nahm er das Recht, Gott um Hilfe anzurufen, den Gott, in dessen Namen alle töteten?

Es war absurd still in dem Keller gewesen, in dessen Schutz sie an diesem Tag saßen. Er konnte das Brummen der Neonröhren und das Rauschen der Lüftungsanlage hören, das Atmen der schwer bewaffneten Speznas-Männer, junge Hünen mit Milchgesichtern, die er nicht kannte. Gemeinsam schwiegen sie vor sich hin und warteten. Es roch nach feuchtem Beton.

»Krieg bedeutet geduldig sein«, hatte Dimitrij gesagt.

Er saß neben ihm auf einem zerbeulten Klappstuhl und hielt locker seine Jarygin umklammert. Er hatte Haidar unter einem Vorwand mitgenommen und ihn eigens für den Einsatz freistellen lassen. Als Dolmetscher.

»Es wird dich interessieren«, hatte er gesagt.

Haidar hatte den Krieg noch nie aus der Nähe erlebt, obwohl er schon ins zehnte Jahr ging. Er war ein Schreibtischtäter, der sich hinter drei Computermonitoren versteckte.

Dimitrij braucht keinen Dolmetscher, dachte er. Er spricht perfekt Arabisch.

Als die Panzer auf der Straße über ihnen eine Salve in den Häuserblock feuerten, in dem sie Rebellen vermuteten, tobte die Druckwelle wie ein zorniges Tier bis in den Keller hinab und presste seinen Brustkorb zusammen. Staub rieselte in zittrigen Wolken auf sie herab. Die Schreie aus Schmerz und Todesangst von den Verletzten, die danach einsetzten, tönten wie das grausame Hörspiel aus einem leise gedrehten Radio. Dass die, die gerade in den Trümmern starben, Rebellen waren, erleichterte ihn kein bisschen. Sein Mitgefühl weigerte sich plötzlich, zwischen Freund und Feind zu unterscheiden.

Warum hatte Dimitrij ihn in diese Hölle gebracht? Der Mitarbeiter des russischen Militärgeheimdienstes GRU war vielleicht der einzige Freund, den er noch hatte. Warum tat ein Freund einem anderen so etwas an? Damit er den Schmutz des Krieges aus nächster Nähe sah und endgültig begriff, wie recht Dimitrij hatte, der ihn in den vergangenen Monaten wieder und wieder gedrängt hatte, das Land zu verlassen?

»Geht, solange noch Zeit ist. Ihr habt ein Kind. Bald zwei. Ich helfe euch.«

Kalter Schweiß trat auf Haidars Stirn.

Er war erst idealistisch, dann naiv und schließlich feige und gierig gewesen. Er hatte eine Familie und Privilegien. Das Haus am Meer. Er würde alles verlieren, dachte er.

Was für ein dummer Gedanke, wusste er. Er hatte längst alles verloren. Seine Heimatstadt Homs, die er vor über zehn Jahren verlassen hatte, um seinen Dienst in Tartus anzutreten, war nur noch eine Ansammlung riesiger Trümmerfelder, durchzogen von einem Netz ausgetrockneter Kanäle, deren Grund übersät war mit dem Geröll des Krieges und die einmal belebte Straßen gewesen waren. Die schwarzen Nächte ohne Elektrizität verhängten den Blick auf die Zerstörung und auf die Hunde, die herauskamen, um die Leichen zu fressen, doch die Dunkelheit verstärkte noch den Geruch von Brand, Verwesung und zerstäubtem Beton, der längst die Düfte des Gewürzmarktes verdrängt hatte und als giftiges Vergissmeinnicht über allem lag. Man musste sich selbst zu den Toten legen, um ihrem Gestank zu entkommen.

Nichts von dem, was er tat, ließ sich noch in Deckung bringen mit dem, wofür er einmal in den Dienst der Regierung eingetreten war. Die Regierung selbst war zum Feind des Volkes geworden. Wie hatte es dazu kommen können? Warum hatte es so lange gedauert, bis er entsetzt über all das gewesen war? Wieso hatte er trotzdem weitergemacht? Er hatte doch einen scharfen Verstand. Den hatte er all die Jahre für die falsche Sache eingesetzt und die Dummheit darin nicht sehen wollen.

Herr, sag mir, was ich tun soll, dachte er.

Gott antwortete nicht.

Dabei hatte alles voller Hoffnung begonnen. Er war nicht mal achtzehn gewesen, als Baschar, ihr frisch ernannter Präsident, die neue Augenklinik in Homs eröffnete. »Redakteur der Schülerzeitung«, stand damals stolz auf seiner Akkreditierung, und er durfte ganz nach vorne an die Bühne, wo die Vertreter der Weltpresse saßen. Sein Herz schlug bis zum Hals, als der hochgewachsene Mann in dem gut sitzenden Anzug davon sprach, dass nun eine neue Zeit anbrach, in der die Freiheit der Rede genauso ihren Platz haben musste wie die Freiheit der Wissenschaft. Nur so, sagte der Mann im Anzug, sei eine fortschrittliche Gesellschaft möglich. Das war unerhört, und es sah ganz danach aus, als ob es Realität werden würde. Der Sohn des ewigen Soldatenpräsidenten war ein paar Jahre zuvor als Ersatzmann für seinen toten Bruder aus London zurückgekehrt. Jetzt war er die Hoffnung für ein ganzes Volk.

Ein freundlicher Typ im himmelblauen Kaschmirpullover hatte Haidar beim anschließenden Presseempfang aufmerksam dabei beobachtet, wie er seinen Artikel in den Laptop tippte und zusammen mit ein paar Fotos online stellte. Haidar hatte die Schülerzeitung als Blog angelegt. Eine gedruckte Ausgabe gab es nicht. Das war Avantgarde im Herbst des Jahres 2000, und er trug die pickelige Hybris des jugendlichen Spezialisten vor sich her, des Insiders, der die Technik der Zukunft schon beherrschte, während der Rest der Welt noch in der Steinzeit lebte.

»Willst du nicht für die Regierung arbeiten?«, hatte der Mann im Pullover zu ihm gesagt. »Wir brauchen junge Leute wie dich. Für die neue Zeit. Wir bezahlen dein Studium. Und außerdem«, sagte er, »musst du nicht zur Armee.«

Die Syrian Computer Society war gegründet worden, um den elektronischen Fortschritt im Land zu verbreiten. Wer die Verbreitung dieses Fortschritts kontrollierte, kontrollierte auch diejenigen, die ihn benutzten. Wann immer im Land ein Server aufgestellt wurde oder eine Website online ging, geschah dies nicht ohne Wissen oder Mitarbeit der SCS. Haidar war gut in dem, was er tat, und obwohl er einer der jüngsten Mitarbeiter war, fragten ihn die anderen bald ständig um Rat. Etwa, wenn es darum ging, in einer Software oder auf einer Website kleine Programme zu verstecken, die ihnen verrieten, was ihre Benutzer schrieben oder wer die Seite besuchte.

»Der Präsident hat nicht nur Freunde«, sagte der Mann im Kaschmirpullover dann. »Wir müssen wissen, was unsere Gegner tun.«

»Natürlich«, hatte er geantwortet. »Das müssen wir.«

Dann kam der Frühling, und als im Süden die ersten Menschen auf die Straße gingen und die Polizisten schossen, wurden aus Gegnern Feinde. Es wurden immer mehr, bis schließlich das ganze Volk zum Feind geworden war. Konnte es sein, hatte er einmal zwischen zwei dunklen Tagen gedacht und den Gedanken sogleich verscheucht wie eine Kotfliege, dass sie selbst die Feinde des Volkes geworden waren, die zu bekämpfen sie vorgaben? Das durfte nicht sein. Er hatte längst zu viel zu verlieren. Das gute Leben. Das Haus am Meer, das er und seine hochschwangere Frau bewohnten, seit er von der schäbigen Zweigstelle des Inlandsgeheimdienstes in Homs zur Abteilung 211 des Militärgeheimdienstes nach Tartus versetzt worden war. Er hatte ein großzügiges Büro in einer Tarnfirma, hinter deren Fassade sie regimekritische Websites und Chatrooms infiltrierten. Wenn er aus dem Fenster schaute, begann gleich hinter der Kante seines Schreibtisches das Meer. Er arbeitete mit der neuesten Hardware aus Amerika. Die Geräte gelangten im Bauch eines Versorgungsfrachters an allen Embargos vorbei auf die russische Marinebasis. Ihre Kais lagen nur einen Steinwurf entfernt.

Der GRU war in einem schmalen Häuschen hinter dem Hubschrauberlandeplatz der Basis einquartiert. Haidars Verbindungsmann hieß Dimitrij. Er hatte keinen Nachnamen. Seine neugierigen Augen schienen die Welt mit einem einzigen Blick zu durchschauen, und sein tätowierter Bizeps war auch mit sechzig noch gewölbt und faltenlos. Er hatte gelbe Finger vom Rauchen, und Haidar fand, dass er sich die meiste Zeit hinter einer Wand aus Zigarettenrauch versteckte. Mit weißen Linien und einem demontierbaren Netz hatte er dem Hubschrauberlandeplatz zusätzlich die Funktion eines Tennisplatzes verpasst. Die beiden Männer spielten nach Feierabend und wurden Freunde.

Dimitrij nannte sich Sonderermittler und sprach erstaunlich wenig über seine Arbeit. Er hatte sich nach Syrien versetzen lassen. Ein letzter, ruhiger Posten am sonnigen Meer vor der Pensionierung. Das war leicht gewesen, weil er Arabisch und Farsi sprach und der russische Militärgeheimdienst wie alle europäischen Geheimdienste zu wenige Mitarbeiter mit diesen Sprachkenntnissen hatte. Während das Land um ihn herum in Schutt und Asche fiel wie so viele Länder zuvor, die er bereist hatte, saß er in der Basis und wertete mit zwei Kollegen den abgehörten Telefon- und Funkverkehr der Rebellen aus. Manchmal waren auch verschlüsselte Funksprüche der Israelis dabei, die sich mit ihren Thyssen-Krupp-U-Booten vor der Küste herumtrieben. In den fünf Jahren, die er inzwischen dort war, hatte er die Kampfgebiete kaum betreten. Ein paarmal hatte er sich mit dem Hubschrauber in die Außenbezirke von Homs und Aleppo bringen lassen, um Agenten und Spitzel zu treffen.

Haidar wusste, dass sein Freund das Handwerk des Folterns gelernt hatte. Dimitrij hatte ihm selbst davon erzählt. Nicht mit dem Stolz eines Metzgers, sondern mit den Tränen eines Kindes, die er nach einer Flasche Wodka zu vergießen bereit war. Es war eine grotesk anmutende Beichte gewesen, die Haidar peinlich berührt hatte. Doch für seinen untersetzten Freund aus Wolgograd schien es eine Absolution zu sein, sich von der Seele zu reden, wie er für den Dienst Menschen mit Gewalt zum Reden gebracht hatte, zum ersten Mal als junger Mann in Afghanistan, später in Tschetschenien und in der Ukraine.

»Siehst du diese Hände«, sagte er. »Sie haben nie getötet. Kaum zu glauben. Trotzdem klebt mehr Blut an ihnen als an denen eines Mörders.«

In Syrien musste Dimitrij nicht foltern. Die Geheimdienste des Präsidenten hatten ihre eigenen Leute, die Menschen dazu brachten, Verbrechen zu gestehen, die sie nicht begangen hatten.

»Weißt du, was mit denen geschieht, deren Klarnamen deine Trojaner aus den Chatrooms fischen«, hatte Dimitrij ihn gefragt.

Haidar hatte geschwiegen, doch die Bilder der gefolterten Toten, die ein Militärfotograf 2013 bei seiner Flucht außer Landes geschmuggelt und unter dem Decknamen Caesar an Menschenrechtsorganisationen weitergegeben hatte, kannte auch er. Erst waren ihm die Menschen auf den Fotos egal gewesen. Ihr Tod war zu weit entfernt von seinen Algorithmen, die sie aufgespürt haben mochten. Doch dann hatten sie begonnen, sich in seine Träume zu schleichen wie Marder in den Hühnerstall. Sie hinterließen eine rote Spur in seinem Gedächtnis.

Als der Angriff vorüber war, brachten zwei Soldaten einen jungen Mann zu ihnen in den Keller. Er trug die abgerissene Phantasieuniform einer Rebellengruppe und blutete am linken Bein. Trotz seines leichten Übergewichts hatte er etwas Ausgemergeltes. Die Angst ließ seinen Blick aus tiefen Augenhöhlen durch den Raum springen. Dimitrij bedeutete ihm, sich auf den zerbeulten Klappstuhl zu setzen, und schickte die Soldaten vor die Tür. Der junge Mann schaute zur Seite und bedeckte mit den Händen seinen nassen Schritt. Tränen versickerten zwischen seinen schönen, spröden Lippen. Dimitrij steckte dem Mann kommentarlos eine Winston in den Mund und zündete sie an, dann nahm er sich selbst eine aus der Packung. Haidar stand im Halbdunkel am Ende des Raumes und beobachtete.

»Jusuf«, sagte Dimitrij nach einem Moment in die Stille

hinein. Der Mann auf dem Stuhl zuckte zusammen, weil Dimitrij seinen Namen kannte. »Jusuf.«

Es klang versonnen wie der Nachhall eines verliebten Moments, den die Männer nie geteilt hatten. Der Rauch von Dimitrijs Zigarette kroch langsam aus seinen Nasenlöchern. Er trug jetzt eine Sonnenbrille. Früher hatte er sie bei Verhören getragen, um bedrohlich und undurchdringlich zu wirken. Jetzt trug er sie, damit der junge Mann nicht sah, wie sein Blick ins Trudeln geriet vor Abscheu über das, was er tat. Ein Monster sein. Ein Mal noch. Er holte tief Luft.

»Ich will das hier kurz halten«, sagte er. »In spätestens einer Stunde fliegt mein Taxi zurück an den Strand. Dann weiß ich entweder, was ich wissen will, oder du bist tot. Ich bitte dich also um deine Unterstützung.«

Der junge Mann zwinkerte jetzt nervös.

»Ein Vögelchen, das inzwischen leider verstorben ist, hat mir gezwitschert, du warst in Ebla und Aleppo dabei. Du erinnerst dich? Ihr habt die Depots der Ausgrabungsstätten aufgebrochen und einen Zwölftonner mit Friesen und Kapitellen beladen. Ein paar Statuen waren auch darunter. Lauter schweres, altes Zeug. An der türkischen Grenze habt ihr den Wagen an einen Mann aus Liechtenstein übergeben. Das Vögelchen hat auch gesagt, dass dir der Mann dafür etwas gegeben hat. Das möchte ich gerne haben.«

Der junge Mann nahm die Zigarette aus dem Mund und schaute die Decke an. Statt Tränen hatte er jetzt Schweiß im Gesicht. Er schwieg. Dimitrij schaute zu Haidar hinüber. Aus einer Ecke holte er zwei mit Flüssigkeit gefüllte Plastikeimer und stellte sie vor dem Mann ab. Haidar spürte, wie ein Unwohlsein in seinem Körper aufstieg und hinauswollte. Er wusste, was nun kam. Dimitrij hatte es ihm vor einiger Zeit genau erklärt. Er klebte in seiner dunklen Ecke und hielt die Luft an. Dimitrij zog eine kleine Tüte Orangensaft aus der Tasche seiner Weste und stellte sie neben die Eimer. Er nahm seine Kufiya, die er um den Hals geschlungen hatte, und faltete den Stoff auf DIN-A4-Größe zusammen.

Er deutete auf die Eimer und den Saft. Er seufzte. Es kam von Herzen. »Totes Meer, Schwarzes Meer, Orangensaft, du hast die Wahl«, sagte er.

Der junge Mann zitterte jetzt.

»Was ist das?«, sagte er und starrte auf die Eimer, seine Stimme brach dabei.

Dimitrij ließ seine Kippe in den linken Eimer fallen. Ihre Glut erstarb mit einem Zischen.

»Wir machen jetzt Waterboarding auf meine Art. Nicht diese Weichspülerscheiße der Amerikaner.«

Dimitrij zeigte nacheinander auf die Eimer. »Totes Meer: Salzlauge. Schwarzes Meer: Soldatenpisse. Orangensaft: Orangensaft.«

Das Herz des Mannes auf dem Stuhl schlug jetzt so heftig, dass mit jedem Schlag die Brusttasche seiner Uniform vibrierte.

»Was hat euch Jean-Claude Kellermann aus Liechtenstein für euren kleinen Raubzug gegeben? Wo ist es? Na?«

Der Mann schaute Dimitrij zum ersten Mal direkt an. Langsam erhob er sich von seinem Stuhl. Er wankte, als er vorsichtig seine Uniformjacke auszog und sein dreckiges Unterhemd. Darunter kam eine flacher, breiter Nylongürtel zum Vorschein, der den gesamten Bauch umspannte und so geschickt an den Körper angepasst war, dass die Soldaten ihn bei seiner Gefangennahme nicht ertastet hatten. Dimitrij verzog keine Miene, als der Mann die Klettverschlüsse des Gürtels löste und ihn vor sich auf den Boden legte.

Dimitrij hatte ihm nie verraten, woher der Hinweis stammte, dass der junge Mann im Besitz von hundertsechzigtausend Euro Bargeld war, die er für den Diebstahl der Ausgrabungsartefakte erhalten hatte. Sein Freund hatte den Geldgürtel an sich genommen und Jusuf laufen lassen. Kurz darauf saßen sie im Helikopter der Armee und waren auf dem Weg zurück nach Tartus. Die Welt sah friedlich aus von hier oben. Zu Hause am Meer herrschte kein Krieg. Es gab sogar Touristen in der Stadt. In weniger als einer Stunde flogen sie von der Hölle ins Paradies. Der Pilot lachte über einen seiner Scherze und setzte zur Landung zwischen Dimitrijs Tennisplatzmarkierungen auf der russischen Marinebasis an.

Noch am selben Abend verabredeten die beiden Männer sich in einem Café am Hafen von Arwad. Auf der Insel waren sie vor ungebetenen Zuhörern sicher. Er nahm sein Boot, ein altes Runabout mit viel zu schwachem Motor, und fuhr die zwei Seemeilen hinüber zur Insel. Das Meer schleuderte friedlich seine Wellen gegen das Boot. Es schien sogar den Krieg zu verschlingen. Dimitrij war mit einem Dinghi von der Marinebasis herübergefahren. Er hatte vom Kellner des Cafés Kissen, Tee und eine Shisha nach draußen bringen lassen. Noch nie war Haidar das schmeichelnde Licht der Abendsonne so trügerisch vorgekommen wie jetzt.

Ohne Umschweife kam Dimitrij zur Sache und bot an, ihm und seiner Familie bei der Flucht ins Ausland zu helfen. »Das Geld ist für euch. Für einen neuen Anfang. Ich werde alles arrangieren.« Dimitrij saugte am Mundstück der Shisha und stieß eine Wolke süßlichen Rauches aus, als wollte er jeden möglichen Widerspruch seines Freundes ersticken. »Es geht zu Ende hier«, sagte er. »Egal, was wir tun. Ob mit oder ohne euren Präsidenten. Es wird zwei Menschenleben dauern, das Land wiederaufzubauen, und zwanzig, den Hass zu überwinden.« Er schüttelte langsam den Kopf und machte einen Laut, der wie ein missmutiges Schmatzen klang. »Unrecht mit Unrecht bekämpfen. Und dann mit noch mehr Unrecht. Nach vierzig Jahren kann ich dir sagen, das hat nie funktioniert.«

Es klang nicht mal mehr ernüchtert, dafür war diese Erkenntnis bei Dimitrij schon viel zu lange gereift. Die beiden Männer nahmen ihre Sonnenbrillen ab und schauten einander in die Augen. Haidar nickte. Er war es nicht gewohnt, Dankbarkeit in große Worte zu fassen, also schwieg er.

Das war das letzte Mal gewesen, dass er Dimitrij gesehen hatte. Die endlosen Stunden und Tage der Flucht – durch die Türkei, über das Schwarze Meer, durch die Weiten Russlands, in denen selbst das Wogen der Kornfelder ein Tanz aus weicher Schwermut war, bis hierher in den Norden Norwegens – hatten sich wie gesprengte Brücken zwischen sein altes Leben und einen neuen Zustand gelegt, von dem er noch nicht wusste, ob er wieder ein Leben sein würde oder nur eine Abfolge von Tagen, an denen er sich von Erinnerungen an seine Frau und seinen Sohn ernährte, bis sie allesamt aufgezehrt waren und er selbst verschwände.

Die Bucht von Bankenes lag bewegungslos da wie gefrorene Zeit. Haidar hatte dem Wasser den Rücken zugewandt und sich am Strand in einem Gebüsch versteckt. Durch das Fernglas schaute er die sanft ansteigende Wiese hinauf. Etwa hundert Meter entfernt befand sich das Anwesen des Deutschen. Er stellte sich vor, dass seine Frau und sein Sohn am Leben waren und jetzt hinter den Fenstern des elfenbeinfarbenen Hauses wohnten. Seine Frau, Fuada, kochte einen Tee für den Sohn, der immer so leicht fror, schon seit seiner Geburt, vor allem, wenn der Wind am Morgen über das Meer herankam. Sie rieb zwei Kardamomsamen in die Tasse. Ihr seifiger Duft erfüllte den Raum.

Er setzte das Fernglas ab.

Das Haus lag verlassen da.

Die Fenster waren leer.

Gott war nicht zu Hause.

29

Das Video mit den Anweisungen zur Geldübergabe sollte den Eindruck erwecken, es sei im selben Raum aufgenommen worden wie das erste, doch Falk war sich sicher, dass die Aufnahme an einem anderen Ort entstanden war. Er hätte nicht genau benennen können, warum. Vielleicht war der Betonboden anders strukturiert, oder das Licht, das Hannah beschien, fiel aus einer anderen Richtung ein, während sie von Schwärze umhüllt in dem Campingsessel kauerte. Er verschwieg Silje und Lars Einar seine Beobachtung. Sie saßen in Siljes Büro auf Konglungen und starrten auf ihren riesigen Computermonitor. Hannah wirkte nicht mehr so blass, sie sah beinahe geschminkt aus. Dort, wo sie einen Verband getragen hatte, war jetzt eine schorfige rosige Wunde am Unterarm zu erkennen, wie von einem Sturz auf Schotter. Ihre Stimme war fest. Was sie diesmal von einem Blatt Papier ablas, irritierte ihre Zuschauer. Hannahs Vater sollte sich mit dem Lösegeld in den Norden begeben und in Bankenes auf weitere Anweisungen warten.

»Mutter und Großvater halten sich in Oslo bereit, um mich nach der Geldübergabe an einem Ort in der Stadt, der zu einem späteren Zeitpunkt bekannt gegeben wird, in Empfang zu nehmen. Folgt ihr den Anweisungen nicht oder weicht davon ab, findet ihr meine Leiche im Oslofjord.«

Es klang verquer, wie Hannah von sich selbst als Leiche sprach. Die Entführer wussten, dass Falk in Norwegen war. Sie waren sich sicher, dass ihre Nachrichten ihn erreichten, obwohl sie weder das erste Video noch dieses hier an seine E-Mail-Adresse geschickt hatten. Sie mussten ihn beobachtet haben, vermutlich schon eine ganze Weile.

Was hat das zu bedeuten?

Der Alte war erbost, wie er immer erbost war, wenn sich etwas seiner Kontrolle entzog. Erst hatten ihm seine Tochter und sein verdammter Ex-Schwiegersohn die Beschaffung des Lösegeldes für seine Enkelin aus der Hand gerissen. Jetzt zwangen ihn die Befehle der Kidnapper, untätig in Oslo herumzusitzen. Er verließ Siljes Büro. Falk und Silje hörten, wie er im Weggehen seinen Sicherheitschef Ingmar Haugen anrief, den er dazu verdonnert hatte, in einem der Gästezimmer des Herrenhauses zu übernachten.

»Komm runter. Es gibt Neuigkeiten.«

Falk und Silje wussten, dass es schwierig oder sogar unmöglich war, Haugen aus der Sache herauszuhalten. Er tat, was der Alte ihm auftrug. Und genau davor hatte Silje Angst.

»Er darf nicht mit nach Bankenes. Ich spreche mit Vater.« Sie wollte auf Lars Einar einreden, bevor Ingmar Haugen zu ihm stieß.

Falk hielt sie zurück. »Wir können nicht verhindern, dass dein Vater ihn hinter mir herschickt.«

Es war besser, Lars Einars Sicherheitschef mit einzubeziehen, um ihn unter Kontrolle zu halten und bei Bedarf abzuschütteln. Dazu musste Falk wissen, was er tat. Das Gleiche galt für Lars Einar selbst. Er war weniger unberechenbar, wenn sie ihm das Gefühl gaben, nicht nur Passagier in diesem Alptraum zu sein, auch wenn das natürlich eine Täuschung war, denn sie alle waren nur noch Beifahrer eines Teufels, der ihr Kind entführt hatte. Er beruhigte Silje und fragte den Alten, ob er ein Flugzeug besorgen könne. Lars Einar schaute misstrauisch. Er gab Haugen, der gerade herunterkam, einen Wink. Haugen hatte einen Kaffeebecher in der linken und eine brennende Zigarette in der anderen Hand. Nicht mal in seinen schlimmsten Zeiten hatte Falk so viel geraucht wie dieser Mann.

Haugen kam heran und nickte Silje und Falk ein »Guten Morgen« zu, dann wandte er sich an den Alten. »Ich rufe Sonderborg in Gardermoen an.«

Die Kidnapper hatten ihnen keinen Zeitplan diktiert. Das war vollkommen ungewöhnlich für eine Entführung. Und es ließ die Situation noch bedrohlicher erscheinen. Es bedeutete, dass sich die Täter ihrer Sache sehr sicher waren. Sie waren nicht nur Gebieter über Leben und Tod, sie waren auch Herren über die Zeit, und sie hatten es offenbar nicht nötig, die Dinge zu beschleunigen.

Es war noch immer Vormittag, als Ingmar Haugen an die Tür klopfte und Silje und Falk darüber informierte, dass eine aufgetankte Dassault Falcon in Gardermoen wartete und jederzeit eine Startfreigabe erhielte. Haugen hatte einen Mietwagen reserviert, der am Flugplatz in Sørkjosen bereitstand, einen Geländewagen, denn wer wusste, wo die Geldübergabe stattfinden würde, sagte er. Der Alte hatte ihm außerdem aufgetragen, André Schoomwinkels anzurufen und ihm mitzuteilen, dass er Bankenes augenblicklich zu verlassen habe und sein Mietverhältnis mit sofortiger Wirkung beendet sei. Natürlich verschwieg Falk ihm den Grund dafür, dass er den jungen Mann nicht erreicht hatte. Schoomwinkels' Tod schien schon eine Ewigkeit zurückzuliegen. Als wäre er in einer anderen Epoche gestorben, zu einer Zeit, als Falk Sebastiani noch ein anderer Mensch gewesen war. Er hatte ihn beinahe vergessen. Jetzt staunte er über diese Gedächtnisleistung.

»Ich habe ihn nach meiner Ankunft rausgeschmissen«, sagte Falk. »Vermutlich ist er nach Amsterdam zurück.«

Ingmar Haugen verlor kein Wort darüber, ob er selbst mitfliegen sollte. Als Falk ihn fragte, zuckte er mit den Schultern und saugte an seiner Dunhill. Er schaute Falk und Silje mit einem offenen Blick an. »Der Alte hat noch nichts gesagt. Mir wär's auch lieber, wenn nicht.«

Dass er Siljes Vater in ihrer Gegenwart als »Alten« bezeichnete, war ihm augenblicklich peinlich. Er zog leicht den Kopf ein, wie um vor Siljes erwarteter Replik in Deckung zu gehen, doch sie ging nicht darauf ein. Plötzlich wirkte der Mann auf Falk gar nicht mehr so unsympathisch. Er fragte sich, wieso Silje eine solche Abneigung gegen ihn hegte. Immerhin war es vermutlich Haugen gewesen, der die entscheidende Munition für ihre Scheidung geliefert hatte. Sie müsste ihm dankbar sein für die Drecksarbeit.

»Ich mach auch nur meinen Job«, sagte er.

Einer dieser Sprüche, die ich hasse, dachte Falk, von der Sorte, wie ich sie selbst von Zeit zu Zeit benutzte.

Anderthalb Stunden später trafen er und Silje am General Aviation Terminal in Gardermoen ein. Er wimmelte Silje in der Lounge des schmucklosen Betonkastens ab, denn er vermutete, dass Haugen vorausgefahren war und bereits an der Maschine wartete. Er wollte eine Szene vermeiden.

»Bring unsere Tochter zurück«, sagte Silje.

»Ja«, sagte er.

Sentimentalitäten machten ihn schlagartig müde. Oder lösten Fluchtreflexe aus. Er umarmte seine Ex-Frau, ohne es zu meinen. Dann warf er seinen Rucksack auf die rechte Schulter und schob den Gepäckwagen mit den zwei Reisetaschen über das Rollfeld zur Maschine. Der Wagen war schwer. Zwei Millionen Dollar schwer. Haugen hatte in einem der beigen Ledersessel hinter dem Cockpit Platz genommen und plauderte mit den beiden jungen Piloten. Als Falk die Maschine bestieg, zuckte er entschuldigend mit den Achseln. Zehn Minuten später hoben sie ab. Sie waren knapp zwei Stunden in der Luft. Er kam mit Haugen überein, dass er sich heraushalten und nur im äußersten Notfall eingreifen sollte, auch wenn die beiden Männer in diesem Augenblick keine Vorstellung davon hatten, wie dieser Fall aussehen sollte. Falk schaute durch das Bullauge der Falcon hinaus auf die trügerische Statik der Wolkenwattewelt. Er überlegte, Lars Einars Sicherheitschef in alles einzuweihen. Wie sollte Haugen ihn unterstützen, wenn er nicht wusste, was Falk wusste? Zu wissen glaubte. Aber was war das überhaupt?

Falk war zu der Überzeugung gelangt, dass der kleine Drogenkurier André Schoomwinkels ein Opfer seiner Gier geworden war. Dabei hatte er Hannah mit in seinen kriminellen Abgrund gerissen. Der junge Mann aus Amsterdam war eine Elritze, die ein rosiger, fetter Lachs werden wollte. Dieselbe Gier, von der Stanislaw Petrow anonym in seinem Blog berichtete, hatte ihn erfasst. Er hatte versucht, als Schlepper auf eigene Rechnung zu arbeiten, und Falk wagte kaum, sich auszumalen, wie eine Tüte voller blutverschmierter Dollarnoten und ein Amulett mit arabischer Inschrift in seinen Besitz gelangt waren. Mit seinem neuen Geschäftsmodell hatte er den Unmut seiner

Auftraggeber aus Russland und Finnland auf sich gezogen, die neben der Herstellung von Crystal Meth auch mit Menschenschmuggel ihr Geld verdienten. Das war Andrés erster Fehler gewesen. Außerdem hatte Hannah ihn zur Rede gestellt, das jedenfalls wollte Falk nur allzu dringend glauben, ihm sogar mit der Polizei gedroht, weil sie sich nicht mitschuldig machen wollte an seinem Menschengeschacher. Daraufhin beging André Schoomwinkels seinen zweiten und letzten Fehler. Um seine Auftraggeber jenseits der Grenze zu besänftigen und Hannah loszuwerden, gab er ihnen den Tipp, dass sich ihnen die einmalige Gelegenheit bot, mit dem Kidnapping einer Millionärsenkelin einen guten Schnitt zu machen. Er war garantiert mächtig stolz gewesen auf diese verschlagene Idee. Dass seine Provision dafür aus vier Neun-Millimeter-Vollmantelgeschossen bestehen würde, überbracht von einem dicken Mann mit mondrundem Kopf, musste ihn vollkommen überrascht haben.

Falk war es gewohnt, dass sich der Nebel über einer Ermittlung mehr und mehr hob, je länger er damit befasst war. Je mehr Daten er zusammentrug. Aber seit dem kühlen Spätsommermorgen im Kaufhaus Beck war er ein anderer Mensch geworden. Während er und Haugen in sieben Kilometern Höhe über die zerklüftete Küste Norwegens hinwegrasten, spürte er in jeder Sekunde, wie im wichtigsten Fall seines Lebens seine Instinkte zu versagen schienen. Ihm blieb nur die Rolle des Geldboten, der tat, was ihm die Entführer seiner Tochter durch diesen Nebel zuraunten.

In einem besonders schlimmen Moment hatte er daran gedacht, sich Ayse Serapoglu anzuvertrauen. Sogar die Beseitigung von André Schoomwinkels' Leiche wollte er sich von der Seele schwatzen. Ayses Sicht auf den Fall würde neue Denkanstöße liefern. Die Hospitantin besaß eine bestechende Kombinationsgabe, gepaart mit einem Blick, der nie die Übersicht über das Gesamtbild einer Ermittlung verlor.

Ein weiblicher Falke.

Mehr als einmal hatte er Ayse geraten, ihr Talent nicht an eine dröge Juristenkarriere zu vergeuden und stattdessen Polizistin zu werden. Also viel weniger Geld, dafür aber so etwas wie Sinn, daran hatte er zumindest vor zwei Monaten noch geglaubt. Natürlich nicht in den Niederungen eines Einbruchsdezernats so wie er. Ayse hatte das Zeug für die großen, blutigen Brocken, als Zielfahnderin vielleicht oder als Profilerin. Er hatte der Versuchung, sie anzurufen und ihr sein Herz auszuschütten, im letzten Augenblick kopfschüttelnd widerstanden. Wie kam er dazu, sie ungefragt zur Mitwisserin eines Verbrechens zu machen, in das er verwickelt war? Er durfte Ayse nicht in eine Situation bringen, in der sie sich zwischen der Wahrheit und ihrer Loyalität zu ihm entscheiden musste.

Ingmar Haugen kam aus dem Cockpitflur und setzte sich ungefragt zu Falk an den Vierertisch im hinteren Teil der Maschine. Falk nickte dem Sicherheitschef schweigend zu. Er weihte ihn nicht ein. Haugen bot ihm seine Glock 19 und ein Reservemagazin an. Mit einem schabenden Geräusch zog er die Waffe aus seinem Kydexholster und legte sie auf das polierte Walnussholz. »Für alle Fälle.«

Falk lehnte ab. Haugen machte einen zweiten Anlauf, um Falks Vertrauen zu werben. Er erzählte von seiner unehelichen Tochter, die am Downsyndrom litt. Sie hieß Ida und lebte bei ihrer Mutter in Mo i Rana. Haugen gab die Hälfte seines Gehalts für den Unterhalt aus, weit mehr als gefordert. »Die andere Hälfte für Zigaretten«, sagte er.

Falk grinste gequält. Haugen wollte von Vater zu Vater sprechen, doch Falk fühlte sich unangenehm berührt von seiner Vertraulichkeit. Sie kam ihm wie das durchschaubare Manöver eines Mannes vor, der es sich nicht leisten konnte, seinen Job zu verlieren. Dabei war Haugen nicht plump, eher ein wenig linkisch. Den Rest des Fluges schwiegen die Männer. Beim Anflug auf Sørkjosen wurde Haugen vom Geholper der Turbulenzen und Scherwinde schlecht. Er übergab sich in einen ungenutzten Sektkübel.

Im Norden hatte der Herbst begonnen. Die Hügel westlich der Rollbahn von Sørkjosen waren bereits verfärbt. Das Meer lag da wie Schlacke. Für die Jahreszeit war die Luft außergewöhnlich kalt. Falk fror, als sie aus der Maschine stiegen und ihm augenblicklich der Wind unter die Kleidung fuhr. Haugen war besser vorbereitet. Er trug eine dünne Daunenjacke. Allerdings hatte er nicht daran gedacht, sich eine Bleibe zu organisieren. Sofort nach der Landung versuchte er hektisch, im Netz nach einem Zimmer zu suchen. Er scheiterte schon nach wenigen Minuten an der zähen Mobilfunkverbindung. Falk missfiel der Gedanke, mit Haugen unter einem Dach zu schlafen. Der Gedanke, sich lächerlich zu machen, gefiel ihm jedoch noch weniger. Das Haus war groß genug und hatte ein Gästezimmer. Und einen bewaffneten Mann in der Nähe zu haben, der als Personenschützer ausgebildet und loyal gegenüber Hannahs Familie war, konnte von Nutzen sein. Dass die Entführer möglicherweise das Haus beobachteten und so von Haugens Anwesenheit erfuhren, war ein Risiko, das er in Kauf nahm. Er musste ihn nur rechtzeitig vor der Lösegeldübergabe loswerden.

»Aber rauchen musst du draußen«, sagte er zu Haugen.

Zwischen windgebeugten Birken schleppten sie die Geldtaschen auf den Hof einer Fahrschule neben dem Flughafen. Er hatte das Tier mit Erlaubnis des Besitzers in der hinteren Ecke des Geländes geparkt. Der Anlasser quälte sich kurz, dann stuckerte der Diesel in seinem unruhigen Takt. Falk setzte Haugen an der Autovermietung in Storslett ab, wo er einen Suzuki-Geländewagen in Empfang nahm. Der Himmel hing tief und unfreundlich über dem frühen Nachmittag, als sie hintereinander auf der E 6 nach Nordosten Richtung Sørstraumen fuhren.

Er bemerkte sofort, dass jemand das Haus betreten hatte. Einen Moment lang wusste er nicht, wieso, denn auf den ersten Blick hatte der Eindringling nichts verändert. Es war der Geruch im Inneren des Hauses, der sich um eine Nuance verändert hatte. Ein Unbekannter war hier gewesen und hatte unweigerlich ein paar tausend Moleküle seiner Körperausdünstungen zurückgelassen. Während Haugen seine Reisetasche im Flur abstellte und sich ohne Umschweife zum Rauchen hinunter ans Fjordufer begab, überprüfte Falk vorsichtig Zimmer für

Zimmer. Er öffnete mit klopfendem Herzen Tür um Tür und wünschte sich Haugens Glock in der Hand, die er eben noch abgelehnt hatte.

Er überlegte, ob Kjell oder Ella Vesterman möglicherweise im Haus gewesen waren. Aber wozu? Sie hatten keinen Auftrag mehr, nach dem Anwesen zu sehen. Außer ihm selbst und Hannah hatte niemand in der Gegend Schlüssel für das Haus. Er kehrte in die Küche zurück. Die blutigen Geldscheine und das Amulett waren noch da. Der unbekannte Besucher hatte die Tüte aus dem großen Suppentopf im Küchenschrank gefischt und den Inhalt untersucht. Falk hatte die Tüte zugedreht und dabei die Umdrehungen gezählt. Als er sie jetzt öffnete, waren es drei weniger. Plötzlich hatte er das Gefühl, dass der Unbekannte ganz in der Nähe war und ihn beobachtete. Jemand, der wusste, welche Fährte den blutigen Inhalt der Tüte mit seiner Tochter verband wie ein unglückseliges Band. Er war irgendwo da draußen in der Deckung und wartete darauf, auch Falk an dieses Band zu fesseln.

Er ging hinunter zu Haugen. Sie beredeten noch einmal, dass Haugen sich im Hintergrund halten und während der Geldübergabe auf Bankenes bleiben sollte. Haugens Blick flackerte leicht, als er sein Versprechen wiederholte. Er hatte zwei Walkie-Talkies mitgebracht, um in Verbindung zu bleiben, und bestand darauf, die Reichweite zu testen. Er fuhr auf der E 6 Richtung Nordosten. Falk setzte sich auf eine Holzbank im Garten und bestätigte Haugens Testrufe, die in regelmäßigen Abständen aus dem kleinen Lautsprecher quäkten. Erst nach gut zehn Kilometern verschwand seine Stimme hinter einem Vorhang aus atmosphärischen Störungen. Auf dem Rückweg brachte Haugen zwei Pizzen und eine Flasche billigen Rotwein aus Burfjord mit.

Die beiden Männer aßen schweigend in der Küche, während es draußen dunkel wurde. Falk spürte eine unangenehme Spannung, die sich wie teigiges Wachs im ganzen Raum ausbreitete. Ihm wurde klar, dass er nicht bereit war, Haugen zu vertrauen. Das Wissen darum, dass der Mann am anderen Ende des Tisches für seinen Ex-Schwiegervater arbeitete und nicht gezögert hatte, Falk auszuspionieren, war eine Hürde, die sein Wunsch nach Vertrauen nicht überspringen konnte. Weder er noch sein Gegenüber machten Anstalten, ein klärendes Gespräch zu suchen.

Haugen rauchte vor der Tür hintereinander drei Zigaretten, »auf Vorrat«, wie er erklärte, und ging früh zu Bett. »Ich stell den Wecker auf sieben«, sagte er.

Falk blieb im Wohnzimmer zurück und mühte sich ab, ein Kaminfeuer in Gang zu bringen. Es war zu kalt für die Jahreszeit. Er leerte Haugens Weinflasche. Er hörte den Wind, der leise durch den Dachstuhl des Hauses heulte, und spürte, wie ein dünner Hauch davon bis ins Erdgeschoss kroch und seine Beine umspielte. Die anonymisierte E-Mail der Entführer kam um kurz nach drei Uhr morgens. Er hatte nicht geschlafen und sein Tablet die ganze Nacht eingeschaltet gelassen, um sofort reagieren zu können. Die Nachricht forderte ihn auf, mit dem Lösegeld zur stillgelegten Gold- und Kupfermine von Biedjovagge zu fahren.

»Bring a GPS capable phone.«

Auch diesmal enthielt sie keine zeitliche Vorgabe, dafür die eindringliche Anweisung, allein zu kommen und absolutes Stillschweigen über den Übergabeort zu bewahren.

»You don't see us, but we see you.«

Die Baracke der ehemaligen Erztrocknung war das einzige Gebäude, das nach der Stilllegung der Mine stehen geblieben war, ein zwölfeckiger Bau, in dem die Bohrkerne alter Bodenproben lagerten und der von Weitem wie eine überdimensionale Jurte aussah. Selbst die Landschaft hatte bei Sonnenschein etwas Mongolisches. Nach einem Streit mit Silje war er vor Jahren zur Mine gewandert. Es war ein merkwürdiger Zufall, dass die Entführer jetzt diesen Ort ausgewählt hatten, dachte er.

»You'll find further instructions in the shed. You deviate from these instructions your daughter will die.«

Er spürte, wie sich sein Puls beschleunigte. Auch ohne Blick auf die Karte wusste er, dass der aufgelassene Tagebau mitten in der Finnmark gut hundert Kilometer entfernt war. Hundert Kilometer, wenn man den schmalen Pfaden der Rentierzüchter auf einer möglichst geraden Linie nach Süden folgte. Mit dem Auto war die Entfernung dreimal so groß, denn man musste die Vidda in einem weiten Dreiviertelkreis über Alta, Masi und Kautokeino umfahren und dann über eine Schlaglochpiste nach Nordwesten zur Mine stoßen.

Ohne lange nachzudenken, traf er schnell eine Reihe von Entscheidungen. Er stieg leise die Treppe hinauf. Vor der Tür des Gästezimmers hielt er inne und lauschte in die Dunkelheit hinein. Hinter dem Holz hörte er Haugen gleichmäßig schnarchen. Er wandte sich ab. Haugen nicht einzuweihen, bedeutete, ein Risiko aus der Gleichung herauszunehmen und ein anderes einzufügen. Ohne Haugen war er auf sich gestellt. Doch das Misstrauen dem Mann gegenüber war immer noch zu stark. Im Zweifelsfall war Haugen der Diener seines Herrn in Oslo. Falk packte warme Kleidung in seinen Rucksack. Einer weiteren Eingebung folgend, zog er den Nylonbeutel mit dem dünnen Schlafsack aus dem Schrank im Flur und stopfte ihn ebenfalls hinein. Er schlich nach unten in die Küche und legte einen halben Laib Brot und etwas von dem getrockneten Rentierfilet dazu, das Liv ihm geschenkt hatte. Außerdem eine Tafel alte Blockschokolade, die sich im ansonsten leeren Vorratsschrank fand.

Mit dem Rucksack und den Lösegeldtaschen verließ er das Haus durch die Hintertür. Als er den Hof überquerte, nahm er zum ersten Mal wahr, wie dunkel die Jahreszeit inzwischen geworden war. Der Sommer des dauernden Lichts ging zu Ende. Der Himmel war schwarz. Auf dem Weg zum Werkstattschuppen stolperte er. Drinnen belud er die Husqvarna im Rotlicht seiner Stirnlampe. Die Maschine ging unter dem Gewicht des Lösegeldes und der beiden Benzinkanister in die Knie. Was zum Teufel gab es Absurderes, als einen halben Zentner Geldscheine in die Wildnis der Finnmark zu kutschieren? Was hatten sich Hannahs Entführer dabei gedacht? Auf jeden Fall scheinen sie die Gegend zu kennen, dachte er.

Er verzurrte eine der Geldtaschen auf dem Tank. Der Rahmen des Motorrades verwand sich wie ein Lämmerschwanz, als er es leicht hin und her kippte. Er nahm die Sabatti und eine Packung 6er-Postenschrot aus dem Waffenschrank und befestigte die Flinte mit zwei Riemen am Rucksack. Als er fertig war und die Husqvarna aus dem Schuppen zur Einfahrt schob, stanzte sich der Umriss des Hauses wie ein Scherenschnitt in die junge Morgendämmerung. Er bugsierte das Motorrad bis zum Tor an der Straße und lehnte es vorsichtshalber an den Zaun, denn er war sicher, der Ständer würde unter der Last abbrechen. Dann kehrte er auf den Hof zurück und ließ die Luft aus den Reifen von Ingmar Haugens Mietwagen. Sie roch nach feuchtem Kautschuk. Die Ventileinsätze steckte er in die Hosentasche. Sollte Haugen ihm nicht in allerletzter Sekunde dazwischenfunken, war Falk von diesem Moment an auf sich allein gestellt.

Die schwer beladene Maschine ließ sich besser durch die Kurven am Fjordufer dirigieren, als er erwartet hatte. Der Zweitakter mühte sich redlich. Die Sonne ging jetzt schnell auf. Ihr gelber Schein hing als große, alles entscheidende Frage tief am Himmel, die nur für ihn gestellt worden war und auf eine Antwort wartete, wie er den neuen Tag, den sie ihm schenkte, zubringen wollte. Diesen und alle folgenden, die ihm noch blieben. Er kniff die Augen zusammen und wusste es nicht. Aber wie ihm der kalte Fahrtwind die Tränen in die Augen trieb und das Blut in den Wangen beschleunigte, wusste er, dass das Leben ihm sämtliche Fluchtwege versperrt hatte. Es gab nur diese eine Straße.

Die Entführer hatten statt der Anonymität und Unübersichtlichkeit der Großstadt, in der man schnell untertauchen, aber auch von vielen Polizisten in Zivil unerkannt verfolgt werden konnte, die Einsamkeit und Weite der Finnmark gewählt. Niemand hatte damit gerechnet, dass die Geldübergabe außerhalb Oslos stattfinden würde. Die Entführer hatten sie vollkommen überrumpelt. Es war unmöglich, kurzfristig und unbemerkt eine Gruppe Polizisten in die Gegend zu bringen, um die Täter abzufangen. Erst recht, wenn stimmte, was die Entführer behaupteten: dass sie jeden von Falks Schritten beobachten konnten. Die Polizei in der Finnmark experimentierte mit Drohnen zur Überwachung ihres riesigen Einsatzgebietes. Sie wurden von kleinen Benzinmotoren angetrieben und konnten einen Tag lang in der Luft bleiben. Wenn sie nicht abstürzten, was häufig vorkam. Wieso sollten nicht auch gut organisierte Kriminelle diese Technik nutzen? Er schaute hinauf in den Morgenhimmel. Natürlich sah er nichts. Die Drohnen flogen meist so hoch, dass sie kaum zu erkennen waren. Das hatte er zumindest gelesen.

Er begriff sofort, dass etwas nicht stimmte, als ihm auf der E 6 zwei Polizeiautos mit Blaulicht entgegenkamen. Sie waren noch weit weg, er konnte nicht erkennen, ob einer davon der Wagen von Mikkel Persson und Vigdis Mitgaard war. Er ließ die Husqvarna nach links kippen und bog im letzten Augenblick auf die Schotterstraße nach Kvænangsbotn ab. Das Heck tänzelte einen Augenblick auf dem losen Grund, und er widerstand der Versuchung, vom Gas zu gehen und so einen Sturz zu provozieren. Aus dem Augenwinkel sah er Håkan Jensen, der die Einfahrt zum Campingplatz herunterkam und zwei Mülltonnen hinter sich herzog. Er schaute Falk nach.

Rechts unter sich sah Falk die beiden Streifenwagen auf der E 6 vorbeiwischen. Er konnte nicht erkennen, ob sie die Fahrt verlangsamten, um abzubiegen und ihm zu folgen. Natürlich wusste er nicht, ob ihr Einsatz ihm galt. Aber er wollte kein Risiko eingehen. Und er glaubte nicht an Zufälle, zum Beispiel an den, dass zwei Polizeiwagen mit Blaulicht grundlos auf ihn zugerast kamen, ausgerechnet an dem Tag, an dem er das Lösegeld für seine entführte Tochter übergeben sollte. Er musste es in die Vidda schaffen, weg von allen Straßen, bevor die Polizisten oder Ingmar Haugen ihn suchten. In einem wilden Gedankensprung sehnte er sich plötzlich nach Liv und verlor jede Konzentration.

Ich muss dich anrufen, dachte er.

Rechts flog der Fjord vorbei. Die Maschine folgte jetzt der Straße ohne sein Zutun, wie von Zauberhand gelenkt, während er sich in Livs duftenden Schoß rettete. Ellas Pferde standen auf der Weide direkt gegenüber der Arøya. Sie drehten die Ohren und schauten zu ihm herüber, als er vorbeifuhr. Niemand folgte ihm. Er drosch die Husqvarna im längsten Gang immer weiter nach Süden. Die Mündungen der Flintenläufe begannen im Fahrtwind zu heulen wie Orgelpfeifen. Die Symphonie eines apokalyptischen Reiters. In der scharfen Rechtskurve hinter der Brücke über den Kvænangselv verlor er auf dem Rollsplit beinahe die Kontrolle über die Maschine. Er fing sie ab und bremste rabiat herunter. Die Geldtasche auf dem Gepäckträger hatte sich gelöst und baumelte herab. Er verzurrte sie und fuhr gerade wieder an, als hinter ihm Vigdis Mitgaard und Mikkel Persson in ihrem Streifenwagen auftauchten. Sie überholten ihn und fuhren rechts ran. Ihr Blaulicht war ausgeschaltet. Mikkel Persson saß auf dem Beifahrersitz und schaute schlecht gelaunt wie immer.

Falk stellte den Motor ab. Du bist ahnungslos, sagte er sich. Du weißt nichts. Dann atmete er durch und dachte an zwei Millionen Dollar.

Die beiden Polizisten stiegen aus. Vigdis Mitgaard stützte die rechte Hand über ihrem Pistolenholster in die Hüfte. Sie stand unter Strom.

Scheiße, dachte Falk und schaute freundlich. Er hob schuldbewusst die Arme zu einer kleinen theatralischen Geste. »Ich weiß schon«, sagte er. »Ich hab einfach vergessen, sie anzumelden.«

Vigdis Mitgaard und Mikkel Persson gingen mit keinem Wort auf die abgelaufene Zulassung der Husqvarna ein.

»Wir müssen uns auf Bankenes umsehen«, sagte Vigdis.

»Wegen André«, sagte Persson.

Falk schaute so ahnungslos wie möglich.

»André ist vermutlich nie in Holland angekommen«, sagte Vigdis Mitgaard. »Sein Vermieter in Amsterdam hat Anzeige erstattet, weil er nicht mehr gezahlt hat. Hat bei uns angerufen, weil er wusste, dass André im Sommer hier oben ist.«

Vigdis Mitgaard erzählte auch von einem ausgebrannten

Toyota Hilux im Grytengskog. Ein billiger Stolz auf ihren Ermittlerinstinkt, den er der Frau nicht zugetraut hatte, schwang in ihrer Stimme, als sie die Vermutung äußerte, der Wagen habe womöglich Schoomwinkels gehört. Sie wirkte wie jemand, der mächtig unter Bewährungsdruck stand. Ihre Lippen waren jetzt nur noch ein dünner Strich. Sie betrachtete die Flinte auf Falks Rücken und musterte das voll beladene Motorrad.

Persson gab sich demonstrativ desinteressiert am Eifer seiner Kollegin. »Fährst du rauf zur Schneehuhnjagd?«, plapperte er dazwischen.

Falk konnte nur ein knappes »Ja« loswerden, da zog Vigdis Mitgaard das Gespräch wieder an sich, ohne Persson eines Blickes zu würdigen.

»Wir haben einen Drogenspürhund aus Narvik kommen lassen. Er wird das Anwesen untersuchen. Wenn er was findet, werden wir Schoomwinkels zur Fahndung ausschreiben. Möglicherweise ist er wegen eines geplatzten Drogendeals abgetaucht.«

»Oder abgemurkst von seinen russischen Freunden, dann haben wir ein Problem weniger.«

Persson ließ nicht den kleinsten Zweifel daran, was er von André Schoomwinkels hielt und von der Suche nach ihm, die seine Untergebene initiiert hatte. Schoomwinkels war für ihn ein kleinkrimineller Ausländer, der sich mit allen in der Gegend angelegt hatte. Wieso sollte die Polizei ihre Ressourcen vergeuden, um so einen aufzuspüren? Sollten sich doch die Holländer um ihren verdammten Staatsbürger kümmern.

»Vielleicht war's auch einer von den Rentiertreibern«, schraubte Persson sich in Rage. Dabei wandte er sich ab und schaute auf den Fjord hinaus, um ein Maximum an Gleichgültigkeit in die Welt zu spucken und Vigdis Mitgaards Blick auszuweichen. Er sagte »Rentiertreiber«, wie Arschlöcher »Kameltreiber« oder »Kanaken« sagten, und meinte es auch so. Wie konnte ein zivilisierter Mensch heutzutage sechs Monate im Jahr in einem Zelt hausen, unter freiem Himmel in die Landschaft kacken und an Geister glauben? Für Persson waren die

Samen rückständige Wilde, die nur so taten, als wären sie in den vergangenen hundert Jahren zivilisierter geworden. Sie taugten höchstens als Staffage für Tourismuswerbung. Sie fügten sich nahtlos in sein Bild vom Norden, in dem es keinerlei Zivilisation gab, wie es sie im Süden des Landes gegeben hatte, bevor sie auch dort wegen unfähiger Politiker zusammengebrochen war.

Vigdis Mitgaard ging mit keinem Wort auf Perssons Lamento ein. Sie war ganz nah an Falks Motorrad herangetreten und pochte mit dem Zeigefinger gedankenverloren auf die Lösegeldtasche, die auf dem Tank verzurrt war. Sie schaute Falk an, als suchte sie nach Unwahrheiten hinter seinen Augen.

»Fahr uns nach, ja«, sagte sie. »Mir ist lieber, du bist dabei, wenn wir uns im Haus umsehen. Dauert höchstens eine Stunde. Dann kannst du zur Jagd fahren.«

Falk nickte. »Kein Problem«, log er.

Persson war schon wieder ins Auto gestiegen. Als Vigdis Mitgaard und er umdrehten und davonfuhren, tat Falk für ihren Blick in den Rückspiegel ein paarmal so, als träte er den widerwilligen Motor der Husqvarna an. Dann waren sie hinter der Kurve verschwunden. Er startete die Maschine und entfernte sich in entgegengesetzter Richtung. Nach zweihundert Metern bog er nach links auf die Serpentinenpiste in die Vidda ab. Sie gehörte zu einem Netz von Wartungswegen für die Wasserkraftwerke, deren Turbinen von Gebirgsseen gespeist wurden. Die Husqvarna krähte die Steigung hinauf. Als er oben war und die Piste vor sich sah, erinnerte er sich, dass sie viel weiter in die Vidda hineinführte, als ihm sein Gedächtnis vorgegaukelt hatte. Gute zwanzig Kilometer, schätzte er. Zwanzig Kilometer, die Vigdis Mitgaard und Mikkel Persson ihm mit dem Streifenwagen folgen konnten, bevor alle Wege inmitten einer Mondlandschaft endeten, die bis zum Horizont reichte. Sie würde ihn verschlucken wie ein Atom, unsichtbar für das menschliche Auge und hoffentlich auch für die Kameras irgendwelcher Drohnen, egal, wessen.

Die Kiefern und Birken wurden niedriger. Kurz bevor er die Baumgrenze erreichte, hielt er an. Einer Eingebung folgend, schälte er mit dem Taschenmesser eine Handbreit Rinde von einer Birke. Seit er ein kleiner Junge gewesen war, wusste er, dass die weiße Schicht der Rinde den besten Zunder ergab, den man sich denken konnte. Sie brannte sogar, wenn sie nass war. Er war nie ohne eine Schachtel Streichhölzer und ein Stück Birkenrinde in der Hosentasche vor die Tür gegangen, so lange, bis Mädchen wichtiger wurden als Lagerfeuer. Er steckte die Rinde ein und fuhr weiter. Die Bäume blieben zurück. Die Erde war jetzt kahl und olivbraun von Krautweiden und Bärentrauben und schrundig wie die Haut eines uralten Warans. Jemand hatte diese Haut mit groben, schmutzigen Körnern aus Meersalz bestreut, die in Wahrheit graue Felsbrocken waren, zermahlenes Geschiebe einer alten Zeit. Auf ihnen wuchsen bunte Flechten. In der Ferne schimmerten kleine Gewässer wie unter Schlacke erstarrtes Eisen. Alles duckte sich im Wind. Er fuhr mit Vollgas nach Südosten.

Zuerst wunderten Vigdis Mitgaard und Mikkel Persson sich über den Geländewagen mit platten Reifen, als sie auf den Hof von Bankenes fuhren. Der Hundeführer aus Narvik, ein dürrer Kerl in schlotternder Uniform, war mit seiner weißen Schäferhündin im Kofferraum vorausgefahren und wartete bereits auf sie. Eine Viertelstunde später begannen sie sich zu fragen, wo Falk Sebastiani blieb. Während Vigdis in der Morgenkühle mit dem Hundeführer über die Vor- und Nachteile des Stadtlebens in Narvik plauderte und dabei der Hündin Elva den Hals kraulte, zog Mikkel Persson widerwillig los, um zu sehen, wo Falk steckte. Er kehrte allein zurück. Jetzt war er noch schlechter gelaunt als zuvor. Nicht, weil Falk unauffindbar gewesen war, ihm ging die ganze Aktion einfach gegen den Strich.

»Verdammte scheiß Zeitverschwendung.«

Mitten in seine Schimpftirade hinein spitzte Elva die Ohren und knurrte das Haus an. Ein Mann trat halb angezogen vor die Tür. Seine Haare waren in verschlafener Unordnung. Der Hund bellte zweimal und schwieg dann. Der Mann stopfte sich das Hemd in die Hose und gab sich den Beamten als Ingmar

Haugen zu erkennen. Er stammelte sich um Kopf und Kragen, als er seine Anwesenheit erklärte. »Angelurlaub«, sagte er und behauptete, ein Freund von Falk Sebastiani zu sein.

Vigdis Mitgaard schaute die teuren Loafer an den Füßen des Mannes an und glaubte ihm kein Wort. Sie steckte Haugens Personalausweis demonstrativ in die Brusttasche ihrer Uniform. »Wir werden das überprüfen.«

Haugen nickte kleinlaut. Er schien völlig überrumpelt vom Auftauchen der Polizei. Als er die platten Reifen des Mietwagens bemerkte, presste er einen Fluch durch die Zähne. Mikkel Persson wies den Hundeführer an, Elva über das Anwesen laufen zu lassen. »Erst draußen, danach gehen wir rein.«

Die Hündin zog ein paar unentschlossen wirkende Kreise und schlug dann im Garten an der Nordseite des Hauses an. Von dort lief sie mit gesenkter Nase in gerader Linie zur Scheune, stupste gegen das geschlossene Tor und ließ sich schwanzwedelnd davor nieder. Sie legte verschämt den rechten Vorderlauf über die Schnauze und fiepte.

Der Hundeführer seufzte. »Ihr müsst entschuldigen, aber sie ist noch in der Ausbildung.« Er erklärte, dass Elva zwar auf Drogen abgerichtet sei, aber bei Blutspuren manchmal einfach nicht widerstehen könne. »Sie weiß, dass sie gerade einen Fehler gemacht hat. Jetzt schämt sie sich.«

Wie zum Beweis fiepte Elva erneut.

»Soll das heißen, da ist Blut?«, platzte Mikkel Persson heraus.

Der Hundeführer nickte. »Jep.«

Elva schlug auch vor dem Brennholzhaufen in der Scheune an und schämte sich erneut. Anschließend gingen sie ins Haus. Der Hundeführer ermahnte sie. Doch bis auf eine Portion Crystal und zwei vertrocknete Joints erschnüffelte die Hündin dort genauso wenig Drogen wie auf dem übrigen Anwesen. Und jetzt rieb sie ihre Nase an der Tür des Küchenschranks, aus dem Vigdis Mitgaard eine Plastiktüte hervorzog. Mikkel Persson, der gerade das Interesse an seinem Beruf wiederzuentdecken schien, begutachtete das Amulett und die blutigen Dollarnoten. Vigdis Mitgaards Blick wanderte durch das Küchenfenster hinaus auf den Hof und blieb an dem Mietwagen hängen, der auf seinen deformierten Reifen eher wie ein gestrandetes Schiffswrack aussah.

»Wieso haut Sebastiani ab und lässt dir die Luft aus den Reifen?«, sagte sie. »Wo will er hin?«

Ingmar Haugen antwortete viel zu schnell: »Keine Ahnung.«

Er zog die Schultern hoch, doch Vigdis sah es nicht, weil sie weiter hinausschaute und nach brauchbaren Gedanken jagte.

»Glaub ich dir nicht.« Mikkel Perssons Stimme war plötzlich energisch und hatte ihren nöligen Ton vollkommen abgelegt. Er mochte diesen Ingmar Haugen nicht. Er mochte auch nicht, wie Vigdis mal wieder alles an sich zog. Er war immer noch ihr Vorgesetzter. »Zeig uns doch mal deine Angelausrüstung«, sagte er zu Ingmar Haugen. »Auf was gehst du? Lachs? Dorsch? Oder tiefer, auf Scholle?« Er wartete nicht auf Ingmar Haugens Antwort. »Du kommst jetzt mit nach Burfjord aufs Revier und erzählst uns alles über deinen Angelurlaub.«

Ingmar Haugen protestierte nur schwach. Persson dirigierte ihn mit sanften Schubsern hinaus zum Streifenwagen. Er übertrug Vigdis Mitgaard die Aufgabe, die Fahndung nach Falk Sebastiani zu organisieren und die Spurensicherung herzubestellen. Persson war jetzt hellwach. Er spürte, dass sie an einer großen Sache dran waren, auch wenn er deren Zusammenhänge noch nicht erfasste.

»Und frag die Kollegen in Alta, ob sie eine ihrer bescheuerten Drohnen rüberschicken können«, sagte er zu Vigdis Mitgaard.

Sie nickte nur und zog ihr Telefon aus der Jackentasche. »Schneehuhnjagd, so ein Scheiß.«

Jetzt war es Falk Sebastiani, den sie jagten.

30

Kinder werden mit der Gabe des Vergessens geboren, nicht mit der Dummheit der Verachtung. Hannah musste die Verachtung erst lernen. Sie hatte gute Lehrer. Ihre Eltern umschlichen einander mit einer unscheinbaren, eisigen Sprachlosigkeit, die meiste Zeit knapp unterhalb des Streitradars, zumindest wenn ihre Tochter dabei war. Dann stand das Kind zwischen ihnen in einer Wolke aus unsichtbarem Gift, gegen das sie so gerne ein Gegenmittel gewesen wäre. Aber ihre Stimme war noch zu dünn, ihr Körper zu klein, ihre Liebe nicht genug. Aus ihrer Angst um die Familie war bereits eine Art routinierte Verzweiflung geworden, als sie zum ersten Mal im Leben selbst Verachtung empfand.

»Dein Vater hat uns betrogen. Wir müssen jetzt zusammenhalten«, sagte ihre Mutter.

Hannah war zu diesem Zeitpunkt schon alt genug, um zu wissen, was das bedeutete, Sex zwischen zwei Erwachsenen, aber der falsche, hingezischte Anschuldigungen und peinliche Rechtfertigungen, das Ende ihrer kleinen Gemeinschaft, des einzigen Schutzraumes, den sie kannte. Wir, uns. Geliebt und entliebt, das galt offenbar für *beide* Frauen der Familie. Das meinte auch Hannahs Großvater, und dann meinte es Sigur Torvalt, der Anwalt der Familie, einer von fünf. Hannahs Frage nach dem Warum verhallte echolos in einem Raum, der restlos vollgestopft war mit der Schuld des Vaters, des Ehebrechers. Alle redeten ihr schlecht zu, und Hannah schabte sich die letzten guten Gefühle für ihn aus dem Herzen. Sie wollte ihn nie wiedersehen. Er wurde zum Hass-Subjekt, und tatsächlich perlten ihre Tränen irgendwann einfach von der Seele ab wie Wasser von frisch poliertem Autolack. Nur ein paar dünne Tropfensäume blieben zurück. Er rief noch zahlreiche Male an und stand vor der Wohnung in München. Sie schwieg am Hörer und hinterm Türspion. Dabei wurde sie jedes Mal traurig und danach wütend, erst auf sich selbst und dann auf ihn, in dieser Reihenfolge.

Hannah begann wie ein Junge zu denken, jedenfalls glaubte sie das (woher sollte sie wirklich *wissen*, wie ein Junge dachte, das wussten die meisten von denen ja nicht mal selbst), denn Jungs fiel es leichter, ihre Eltern zu verachten oder die ganze Welt, waren sie es doch, die später als Männer die Welt machten, wie sie ihnen gefiel, und die die Frauen verließen, wann es ihnen passte. So wie ihr Vater. Wann genau sie zum ersten Mal die gleiche Verachtung für ihre Mutter empfand, wusste Hannah nicht mehr. Es war ein Prozess mit längerer Inkubationszeit gewesen. Der hatte begonnen, nachdem sie und ihre Mutter in das Gesindehaus auf Konglungen gezogen waren, unterhalb des Herrenhauses, in dem ihr Großvater lebte.

Vielleicht begann er an dem Tag, als Hannah zum ersten Mal mitbekam, wie ihre Mutter sich dem lautstarken Diktat des alten Mannes beugte. Es ging um etwas Geschäftliches, wie immer zwischen den beiden, denn ansonsten hatten sie einander nicht viel zu sagen. Danach saß ihre Mutter im abgedunkelten Arbeitszimmer, wischte sich die Tränen ab und zog die Rotze hoch. Die starke Frau, die sie vorgab zu sein, die gerade immer gegen irgendetwas oder irgendjemanden ankämpfte, war sie vielleicht gar nicht. War sie ganz bestimmt nicht. Sie kämpfte vor allem gegen sich selbst und gegen den kindischen Stolz, den nur Erwachsene entwickeln. Sie kämpfte um die Anerkennung ihres Vaters, die sie nie bekommen sollte, weil sie nicht sein Sohn war, bloß eine Tochter, ein Mädchen, vermutlich kaum dazu nütze, einmal die Firma zu führen, die wiederum aus Männern bestand, sah man von den Sekretärinnen und Putzfrauen ab.

Im Privatleben von Hannahs Mutter kamen Männer offiziell nicht mehr vor. Sie waren ein überflüssiges Geschlecht, lediglich dazu da, verachtet, bekämpft und überboten zu werden. Die, die sie sich von Zeit zu Zeit ins Bett holte, versuchte sie vor Hannah und dem Großvater zu verheimlichen, peinlicher, geiler Schmutz aus der Gosse einer Sehnsucht, die Hannah gerade selbst zu erforschen begann. Ihre Mutter war eine Lüge auf zwei Beinen, dachte Hannah. Vielleicht noch schlimmer als ihr Vater.

Oder ihr Großvater.

Die Blicke des alten Mannes gaben vor, die eines wohlwollenden Patriarchen zu sein, dem die Enkelkinder gerne verziehen, dass er ein wenig aus der Zeit gefallen schien, doch sie ruhten immer länger auf Hannahs Körper, je älter sie wurde, taxierten sie unauffällig, wenn sie am Nachmittag mit dem Boot aus der Schule kam und barfuß auf den Steg sprang. Hannah brauchte nicht besonders eitel zu sein, um zu erkennen, dass sie überdurchschnittlich hübsch war. Aber sie war zu jung, um zu verstehen, dass die Blicke ihres Großvaters ihn hätten beschämen müssen und nicht sie. Sie akzeptierte die Umkehr dieser Schuld, schnitt sich die Haare ab und trug zu Hause weite Hosen.

So wie ihr die Blicke des alten Mannes unangenehm waren, schämte Hannah sich für den Reichtum, der sie umgab, je älter sie wurde, umso mehr. Sie war schon als kleines Mädchen klug genug gewesen, zu begreifen, dass sie privilegiert aufwuchs, auch wenn ihre Eltern nie darüber sprachen oder herumprotzten. Die Schwabinger Dachgeschosswohnung, in der die Familie lebte, war kein Palast gewesen, aber großzügiger als alles, was sie von ihren Mitschülerinnen kannte. Dass nur wenigen Menschen ein freier Blick über die Stadt vergönnt war, bemerkte Hannah jedes Mal an dem stillen Moment der Ehrfurcht, sobald ihre Freunde zum ersten Mal die Dachterrasse betraten. Neider gab es natürlich auch. Die gehässigsten erklärten Hannah, dass ihr Vater nur ein Loser-Bulle war, der sich eine reiche Mutti geangelt hatte, die wiederum auch bloß einen millionenschweren Vater hatte. Meist wagte Hannah es nicht, ihnen zu widersprechen. Dann murmelte sie etwas wie »Na und« und versuchte sich vorzustellen, was genau millionenschwer bedeutete, wie viele Bücher oder Ausstellungsbesuche oder Erweiterungsdownloads für »Die Sims« (in denen ihre Eltern sich noch liebten), aber es gelang ihr nicht.

Hannahs Klassenkameradinnen hatten ihr versprochen, sie in Oslo zu besuchen. Keine von ihnen kam. Ihre Familien verbrachten die Ferien lieber irgendwo im Süden, nicht in der teuersten Stadt Europas, in der es auch im Sommer gerne regnete. An der Deutschen Schule in der Sporveisgata fand Hannah neue Freunde. Die meisten Schüler waren Kinder von Diplomaten oder Managern deutscher Konzerne. Hannah nannte sie »meine halben Freunde«, unter anderem, weil sie die Hälfte der Zeit mit Selbstdarstellung auf Instagram, TikTok und YouTube verbrachten, mindestens. Auch sie selbst hatte unter einem Phantasienamen Accounts bei den großen Social-Media-Plattformen, doch der einzige, den sie wirklich nutzte, war Instagram.

Für ihre Bilder ließ Hannah ihr großes, warmes Zimmer auf Konglungen hinter sich. Sie warf sich als Gast in die Gosse, zwischen sich und dem Abschaum nur der Sucher ihrer Kamera. Oft waren die Menschen auf den Fotos in ihrem Alter, jugendliche Ausreißer, die auf der Straße oder in einem der wenigen besetzten Häuser lebten oder auf vergammelten Segelbooten über den Oslofjord vagabundierten. Hannah würde nie eine von ihnen sein, aber sie schienen ihre Gesellschaft zu akzeptieren und ließen sich freimütig von ihr die fröhlichsten und traurigsten Momente stehlen, für die Ewigkeit. Hannah konservierte sie auf großformatigem Fotopapier, und wann immer sie sie anschaute, spürte sie die Sehnsucht, für sich selbst den passenden Platz zu finden in einer brennenden Welt, die so roh, schmutzig und unbegreiflich herzlos war und deren Feuer sie zugleich wärmte und am Leben hielt.

Mit dem Bling-Bling ihrer Mitschüler hatte Hannah nichts am Hut. Dass ausgerechnet sie sich aller Prahlerei enthielt, machte sie zur Außenseiterin und zur Provokation für alle, die sich so gerne im Anschein von Reichtum sonnen wollten. Hannah ging so weit, Fremden gegenüber ihren Namen zu verleugnen und sich mit dem Familiennamen ihres Vaters vorzustellen. Den Luxus in ihrem Leben genoss sie wie ein Privileg, von dem sie in jedem Augenblick wusste, dass es erschlichen war. Das meiste Geld, das ihr der Großvater ohne Wissen der Mutter zusteckte, um sie gewogen und abhängig zu halten, spendete sie heimlich an Sea-Watch. Die Seenotrettungsorganisation plante, ein weiteres Schiff zu kaufen, um Menschen aus dem Mittelmeer zu fischen. Den Rest sparte Hannah für ihre eigene kleine Freiheit, ihr eigenes Boot. Es stammte aus dem Nachlass eines Onkels ihrer Deutschlehrerin. Hannah war der Frau unendlich dankbar, denn Folkeboote waren teuer und wurden meist unter der Hand verkauft oder blieben gleich in Familienbesitz. Dieses hier war günstig. Außerdem durfte Hannah den Kaufpreis abstottern.

Dazu ging sie dreimal die Woche abends kellnern. Am Anfang arbeitete sie im Kafé Blitz in der Pilestredet. Das Blitz war ihr Lieblingscafé, ein Ort der Rebellion und des Widerstands gegen die bräsige Selbstgefälligkeit der Stadt, anarchistisch, berüchtigt und voller Zorn. Doch Anarchisten gaben kein Trinkgeld. Außerdem erlebte Hannah, dass es in diesem vorgeblich herrschaftsfreien Raum einige Typen gab, die ihren ganz persönlichen, zwergwüchsigen Imperialismus pflegten. Der schien das Recht zu beinhalten, ihr ungefragt das Haar aus dem Gesicht zu streichen oder sie an die Toilettenwand zu drücken und ihr die Zunge in den Mund zu stecken. Hannah wechselte in einen der Clubs auf der Karl Johans gate. Hier gingen Menschen ein und aus, mit denen sie erst recht nichts anfangen konnte, aber sie gaben wenigstens ordentlich Trinkgeld. Zwei stämmige Security-Mitarbeiter achteten darauf, dass die Kellnerinnen freundlich behandelt wurden. Sie nickten Hannah zu, wenn sie zur Spätschicht kam und an der Warteschlange vorbei den Club betrat.

Hannah fiel die Schule leicht. Sie begnügte sich damit, eine mittelgute Schülerin zu sein. Stattdessen nahm sie sich Zeit, ihr Boot zu renovieren. Unterwasserschiff und Takelage waren erst vor Kurzem überholt worden, so brauchte sie sich nur um die Erneuerung des Teakdecks zu kümmern. Weil sie groß gewachsen war und in der Kajüte ständig den Kopf einziehen musste, schnitt sie außerdem das Dach vom Cockpit bis zur Mitte der Kabine ab und stockte es um einen Fuß auf. Die Pläne dazu fand sie auf der Website eines dänischen Bootsbauers, der sie kostenlos zum Download bereitstellte. Sie unterschätzte den Aufwand und brauchte einen ganzen Sommer.

Sie lehnte das Angebot des Großvaters ab, den Maschinenpark der Prototypenwerkstatt von Hellestad Møbler in Fornebu zu benutzen. Stattdessen ließ sie sich von einem ihrer Mitschüler helfen, dessen Eltern ein kleines Bootshaus an der Ostküste der Ormøya besaßen. Adomas' Familie stammte aus Vilnius. Seine Eltern arbeiteten für die litauische Handelskammer. Sie wollten unbedingt, dass er Deutsch lernte. Die Familie hatte deutsche Vorfahren, ein Attribut, das immer noch als eine Mischung aus Qualitätsversprechen und Drohung in der Welt kursierte wie ein hartnäckiges Gerücht. Adomas war ein hübscher Junge und geschickter Handwerker. Er verliebte sich in Hannah und war im Umgang mit diesen neuartigen Gefühlen mindestens so unbedarft wie Hannah selbst. Hannah genoss seine Aufmerksamkeit und die Erregung, begehrt zu werden. Plötzlich fand sie sich inmitten des überlebensgroßen Spiels, wie es die Erwachsenen spielten und das ihr eine Macht zusprach, die sie bis dahin nicht kannte. Adomas war der erste Junge, mit dem sie schlief. An einem Spätsommertag fuhren sie mit dem Boot hinaus. Das Holz der Kajüte roch nach frischem Lack. Der Wind aus Westen streichelte die Segel. Adomas kam nach wenigen Augenblicken und ejakulierte auf die bestickten Kissen, die Hannah von ihrer Großmutter geerbt hatte. Eine unbeholfene Scham trieb die beiden danach auseinander. Sie grüßten sich verstohlen auf dem Schulhof wie Diebe vor einer Polizeiwache.

Hannah segelte jeden Tag über den Oslofjord in die Schule. Ihr Großvater erlaubte ihr, die »Tenacity« tagsüber am Steg eines Luxushotels auf Tjuvholmen festzumachen. Der alte Mann besaß eine stille Beteiligung an dem Glaskasten, vor allem, um dort Geschäftsfreunde unterzubringen. Es hieß »The Thief«. Von dort fuhr Hannah mit dem Fahrrad in die Sporveisgata. Sie ertappte sich dabei, wie sie die verwunderten Blicke der Hotelgäste genoss, wenn sie ihr schönes Boot frühmorgens am Anlieger vertäute oder am Nachmittag aus der Schule zurückkehrte und mit einem geschickten Ablegemanöver davonsegelte. Es waren vor allem Männer, die ihr zuschauten. Hannah verbrachte ganze Tage an Bord und übernachtete ankernd vor der Küste. Doch erst als sie ihren eigenen Liegeplatz im Frognerkilen bekam, machte sie die »Tenacity« praktisch zu ihrem neuen Zuhause.

Offiziell war es verboten, auf seinem Boot zu wohnen, aber die Aufseher des Segelclubs sahen großzügig darüber hinweg. Hannahs Mutter Silje tobte. Sie drohte, ihr das Boot abzunehmen. Hannah entzog sich noch mehr ihrer Kontrolle. Ihre Fehlzeiten in der Schule nahmen versetzungsgefährdende Ausmaße an. Hannah war das egal. Sie hatte längst einen Entschluss über ihre Zukunft gefasst. Bald wurde sie achtzehn, dann könnte niemand ihr mehr vorschreiben, was sie zu tun oder zu lassen hatte. Als sie am Flughafen in Gardermoen ihr Ticket nach Madrid zerriss und am Widerøe-Schalter einen Flug nach Sørkjosen buchte, war es nicht das erste Mal, dass sie ihre Mutter hinterging. Ein halbes Jahr zuvor hatte sie sich in der Schule mittels eines gefälschten Attests krankgemeldet und war nach Prag geflogen. Am Ufer der Moldau hatte sie sich in eine der Fotografie-Vorlesungen der Prager Filmhochschule FAMU geschlichen und anschließend bei der Dozentin vorgesprochen. Anna Berchtová war eine der wenigen Frauen gewesen, die die friedliche Revolution im Land mit der Kamera in der Hand begleitet hatten, eine zierliche, unprätentiöse Person, deren Bilder viel berühmter waren als sie selbst. Hannah zeigte ihr einige ihrer Arbeiten. Die Berchtová schwieg meist, während sie bei einer gemeinsamen Zigarette Hannahs Mappe durchgingen. Manchmal veränderte sie mit einem Blatt Papier und der Handkante den Bildausschnitt zum Besseren.

»You see«, sagte sie dann nur, und ihre Zigarette wippte im Mundwinkel auf und ab. Sie ermutigte Hannah, sich für das Fotografiestudium zu bewerben. Sie schickte sie mit dem Auftrag nach Hause, die fehlenden Unterlagen und Arbeiten nachzureichen.

»But you already have my approval«, sagte sie und lächelte.

Prag war trotz der zahllosen Touristen eine bezaubernde

Stadt geblieben. Außerdem war sie weit weg von Oslo. Das Leben war dort immer noch relativ günstig. Hannah wollte unabhängig vom Geld ihrer Familie sein, auch wenn sie wusste, dass dies für eine potenzielle Millionenerbin ein ziemlich billiger Wunsch war. Sie würde arbeiten. Wenn es sein musste, das Boot zu einem guten Preis verkaufen.

Für die Bewerbung fehlten ihr Stillleben und Landschaftsaufnahmen. Sie wollte die Aufnahmen in der Finnmark machen. Sie kannte die Gegend um Bankenes von den Sommerurlauben ihrer Kindheit. Die Landschaft war einförmig und abweisend. Von ihrer eigentümlichen Schönheit, die stets erst in der Erinnerung zur Vollständigkeit wuchs, ging ein beängstigender Sog aus. Das Licht der Mitternachtssonne würde Hannah helfen, dem erdigen Farbenspiel diese Schönheit zu entlocken. Sie hatte die fertigen Motive für ihre Aufnahmen bereits im Kopf, als sie das Flugzeug nach Sørkjosen bestieg. Bankenes war der Ort, an dem ihre Eltern auseinandergegangen waren. Bankenes war auch der Ort, an dem ihre Kindheit zurückgeblieben war, konserviert in einem rosa Kleinmädchenzimmer. Hannah begriff erst über den Wolken, dass ihr Besuch im Norden auch eine Begegnung mit ihrer Vergangenheit sein würde.

Doch stattdessen begegnete sie der Gegenwart in Gestalt von André Schoomwinkels. Sie erkannte ihn zunächst nicht wieder. Erst als er sie an die flüchtigen gemeinsamen Kindheitserlebnisse erinnerte, legte sich ihre Empörung darüber, dass er ohne Wissen ihres Vaters auf Bankenes wohnte.

»Dein Vater ist seit vier Jahren nicht mehr hier oben gewesen«, sagte André.

Offenbar hatte er jegliches Interesse an seinem Anwesen verloren. So wie an ihr. Hatte er dann nicht auch alles Recht darauf verwirkt? André war charmant und sah gut aus. Aber er war ungepflegt, was er sofort nach Hannahs Ankunft zu ändern versuchte, indem er mit einem Stück Seife in der Hand nackt in den Fjord sprang. Danach saß er eine Stunde zitternd vor Kälte in der Küche, während sie ihren ersten gemeinsamen Joint rauchten. Als er sie ungeniert anfasste, verpasste sie ihm eine Ohrfeige, dass er rücklings vom Stuhl auf den Dielenboden krachte.

Am nächsten Tag entschuldigte er sich mit einem Strauß Plastikblumen, den er vor ihren Augen von einem Grab auf dem Friedhof in Sekkemo stahl. Hannah ließ sich mit einer Mischung aus wohliger Furcht und Neugierde auf André Schoomwinkels ein. Er war sechs Jahre älter als sie. Er nahm über den ganzen Tag verteilt alle möglichen Drogen zu sich und schien in einem Zustand transzendentaler Dauerbekifftheit dahinzuschweben. Hannah kam schnell dahinter, dass er auch in den Handel damit verstrickt war. Doch auch auf ihre hartnäckigsten Nachfragen reagierte er mit flapsigen Antworten.

»Ich bin nur ein einfacher Arbeiter in der Hanfplantage des Herrn.«

Es gab keine Hanfplantage auf Bankenes. Und die in dunkelgrünem Plastik verschweißten Päckchen, die André aus einem Versteck irgendwo westlich von Bankenes abholte, enthielten kein Gras, sondern Crystal. Bevor er nach Alta, Tromsø oder Narvik fuhr und sie weiterverteilte, zweigte er kleine Mengen davon ab.

»Quality check«, sagte er. Er ging hinauf ins Schlafzimmer und schloss die Tür ab. »Fliegen gehen«, sagte er. Sie wollte mit.

André erhitzte den Stoff im leeren Alubecher eines Teelichts. Als Hannah zum ersten Mal den zähen grauen Rauch einatmete, explodierte ihr Kopf. Die Druckwelle riss ihr sämtliche Ängste aus der Seele. Sie wurde innen und außen vollkommen nackt und klar und frei und ohne jeden Zweifel. Das Universum raste der Unendlichkeit entgegen, und sie sah dabei zu, wie es kein Ende nahm. Es gab keine Grenzen mehr. Sie war jetzt noch schöner, als sie es in ihrer vorigen Welt ohnehin schon gewesen war. Sie wollte sich ganz und gar herschenken. André war nicht besonders phantasievoll beim Sex. Aber er achtete darauf, auch ihr Lust zu bereiten. Er wurde geradezu zärtlich unter dem Einfluss der Droge. Hannah erlebte den ersten Orgasmus, den sie sich nicht selbst beschert hatte.

Danach erwachte sie meist erst am nächsten Mittag. Ihre

Glieder schmerzten wie von einer Grippe. Ihr Mund war so trocken, dass sie nicht mal Selbstgespräche führen konnte. Sie zwang sich, einen Liter Wasser zu trinken. Dann, an einem Nachmittag, schaute sie die Nachrichten im Fernsehen an. Das tat sie sonst nie, aber jetzt wollte sie sich in die Realität zurückzwingen, damit sie nicht restlos den Verstand verlor. Sich festhalten an großen, weit entfernten Tatsachen. Das Foto von ihrem Vater, das den ganzen Bildschirm ausfüllte, musste aus irgendeiner Personalakte stammen. Das freundliche Lächeln unter der Dienstmütze passte nicht zu der Nachricht von den zwanzig Toten im Kaufhaus Beck, von denen drei auf sein Konto gingen. Hannah starrte auf das übergroße Gesicht des Mannes. Sie spürte den plötzlichen Stich. Ihr Vater, der Tysker, von dem sie die Hälfte ihrer Gene hatte (nur die schlechten, wie ihre Mutter und ihr Großvater so lange gesagt hatten, bis auch sie es irgendwann glaubte) und den sie einmal geliebt haben musste, wie ein Kind nun mal seinen Vater liebt, hatte all die Leben in dem Kaufhaus gerettet. Er hatte sich todesmutig den Terroristen in den Weg gestellt. Ohne zu zögern, hieß es.

Hannah empfand keinen Stolz. Sie empfand keine Erleichterung darüber, dass ihm nichts zugestoßen war. Stattdessen spürte sie Neid auf die Geretteten. Für sie, seine Tochter, hatte er nie irgendwelchen Mut aufgebracht, erst recht keinen Todesmut. Er hatte ihr einen einzigen Brief geschickt, in dem er sich lauwarm für seine Affäre mit einer anderen Frau entschuldigte und im Übrigen versuchte, der Mutter die verflogene Liebe anzulasten.

Er war ein Feigling.

Natürlich wusste Hannah, dass der Vergleich töricht war, und sie behielte ihn für sich, träfe sie ihn jemals wieder. Aber wozu sollte sie? Der Mann im Fernsehen war ihr fremder denn je. Und so wie der Brief an den toten Vater auf immer ein leeres Blatt Papier bliebe, wüsste sie ihm nichts zu sagen, sollte sie ihm eines Tages gegenüberstehen.

»Das ist doch dein Alter«, sagte André Schoomwinkels.

Er hatte nackt das Wohnzimmer betreten und sah auf die

Fernsehbilder. In seiner linken Hand brannte der erste Joint des Tages. Hannah schüttelte wie beiläufig den Kopf. Sie saß auf dem Sofa und zog die schäbige Wolldecke ein wenig fester um ihre Schultern. Sie schaute André nicht an und stürzte einen weiteren Liter Wasser hinunter.

»Keine Ahnung, wer der Typ ist.«

31

Falk erreichte die kaum sichtbare Abzweigung südlich des Abojavri und verließ die Schotterpiste unmittelbar hinter dem Zufluss des Sees. Er balancierte die Husqvarna über die weglose Hangkante auf einen namenlosen Gipfel hinauf. Mit jedem Höhenmeter wurde das Gefühl der Erleichterung größer. Wenn er kurz den Blick vom Boden nahm und in die Weite blickte, konnte er die Aussicht beinahe genießen. Die nackten, weichen Erhebungen erstreckten sich über den Horizont wie mit leicht zittriger Hand aufeinandergeschichtete Bleistiftstriche. In den hellen Zwischenräumen glänzte der letzte Schnee, der erst spät im Sommer verschwand, in manchen Jahren überhaupt nicht. Hierher konnten Mikkel Persson und Vigdis Mitgaard ihm nicht mehr folgen, nicht mit ihrem Streifenwagen, und selbst für ein Quad war die Spur zu schmal und der Hang zu steil.

Oben umfuhr er ein Altschneefeld, um keine Reifenspuren zu hinterlassen. Der Wind frischte auf und war so kalt, dass er sich plötzlich in einer anderen Jahreszeit glaubte. Er hielt an und kontrollierte sein Telefon. Er hatte Empfang. Silje hatte dreißig Mal versucht, ihn anzurufen. Er rief nicht zurück. Er versuchte, Liv zu erreichen, doch niemand antwortete auf das weit entfernte Läuten. Er hatte sich überlegt, sie einzuweihen und um Hilfe zu bitten, denn zum ersten Mal in seinem Leben umschloss eine schreckliche Einsamkeit sein Herz. Bevor er weiterfuhr, suchte er mit dem Fernglas die Gegend und den Himmel ab. Kein Mensch war in dieser Ödnis unterwegs, kein Vogel in der Luft. Querab sah er einen Schneehasen, der sich in seine Sasse duckte. Ein Flugzeug in zehn Kilometern Höhe hinterließ seinen Kondensstreifen auf seinem Weg nach Westen. Falk vermutete, dass der Wind viel zu stark war, um eine Drohne aufsteigen zu lassen. Sie würde einfach abgetrieben werden. Weder die Polizei noch die Entführer könnten ihn aufspüren oder überwachen.

Er peilte mit dem Kompass einen Kurs und folgte der Pfadspur nach Süden. Er schätzte die verbleibende Distanz zur Mine auf fünfzig Kilometer. Die Landschaft verschlang ihn wie eine Droge durch die Hintertür getäuschter Sinne. Die Welt war nur noch eine taumelnde graue Scheibe. Hier wuchsen kein Baum und kein Gedanke. Er fror. Er spürte die Bedrohung der Kälte in den Körper kriechen, doch es gab nichts, was er jetzt noch dagegen tun konnte. Alle Bewegungen, mit denen er die Maschine ausbalancierte, das Verlagern des Gewichtes, das kurze Aufstehen, wenn er durch ein Loch oder über einen Geröllteppich fuhr und die Federung im Rhythmus der Schläge eintauchte, geschahen wie von selbst. Im Großen erschien die Landschaft sanft und romantisch, im Kleinen war sie rau und hart und für Menschen voller Hindernisse. Er versuchte, die Maschine auf der schmalen Ader zu halten, die Generationen von Rentierzüchtern auf ihren Wanderungen hinterlassen hatten. Keines ihrer Tiere war zu sehen. Alles Leben schien sich aus der Vidda zurückgezogen zu haben.

Am Mittag erreichte er die vollgelaufenen Tagebaugruben von Biedjovagge. Sie lagen wie schlafende Zwillinge friedlich nebeneinander. Am Ufer stand ein neuer Isuzu Pick-up mit Anhänger. Falk hielt an und untersuchte den Wagen. Die Motorhaube war kalt. Er entschied, dass der Wagen nichts mit der Entführung zu tun hatte und einem Rentierzüchter gehören musste, der mit seinem Quad unterwegs war. Er folgte der Schotterpiste, die von der Mine zum Horizont und dahinter bis nach Kautokeino führte. In moorigen Tümpeln links und rechts schwammen bunte Ölaugen. Nach wenigen hundert Metern passierte er die dritte Grube, einen von Felsbrocken umkränzten grünspanfarbenen See. Er war tot. Von den Gebäuden der Mine, in der bis 1994 Kupfer und Gold abgebaut worden war, stand nur noch die Baracke der Erztrocknung. Den Rest hatten die Menschen wie von Scham getrieben dem Erdboden gleichgemacht.

Falk hielt vor dem zwölfeckigen Bau und stellte den Motor ab. Als er von der Maschine stieg und sie an die Betonmauer neben der Eingangstür lehnte, gaben seine Beine nach. Er stürzte rücklings auf den Boden. Er hatte keine Pause gemacht. Sein Körper war steif und durchgefroren. Er hatte Hunger. Wie er auf dem Boden lag und sein Blick haltlos über den dreckigen Himmel glitt, sprach der Schlaf zu ihm: *Komm, leg dich zu mir und schließ die Augen, wenn es sein muss, für immer.* Er stemmte sich hoch und schnaubte. Er wollte so schnell wie möglich erfahren, was ihm die Entführer als Nächstes auftrugen, um an ihr Lösegeld zu kommen. Als er die dunkle, fensterlose Halle betrat, erschauderte er. Der Wind drang durch alle Ritzen und brach sich an Zerfall und rostigem Stahl. Er spielte eine Melodie aus Hohn und leiser Drohung, wie Falk sie noch nie gehört hatte. Der Schein seiner Stirnlampe huschte über Hunderte wahllos aufgestapelte Holzkisten mit den Bohrproben aus dem Bauch der Erde. Ein verblichenes Schild wies stolz darauf hin, dass hier bald wieder nach Gold geschürft werden sollte. Doch der Plan einiger Spekulanten war am Widerstand der samischen Bevölkerung gescheitert. Zwischen zwei Stapeln mit Kisten fand er einen orangefarbenen, wasserdichten Packsack aus Lkw-Plane. Er öffnete den Verschluss und zog einen weiteren Packsack und einen Zettel heraus.

Go to
North 69°20'31.1"
East 22°1'58.6"
You'll find further instructions. Keep the packsacks as you will need them.

Falk spürte eine unbändige Wut in sich aufsteigen. Was sollte diese verdammte Schnitzeljagd? Warum schickten die Entführer ihn in der Gegend herum? Er gab die GPS-Koordinaten in sein Telefon ein und sah, dass der Zielpunkt im Nordwesten lag. Die Entführer schickten ihn beinahe zurück in die Richtung, aus der er gekommen war. Er zwang sich, nicht laut loszuschreien, sondern stattdessen ruhig zu bleiben und zu essen und zu trinken. Als er die Wasserflasche an den Mund führte, zitterte seine

Hand. Mit gefülltem Bauch dachte er klarer. Wenn die Entführer tatsächlich eine Möglichkeit hatten, ihn zu beobachten, konnten sie auch sehen, ob die Polizei ihm folgte. Sie konnten sehen, ob Falk die neuen Koordinaten verriet und die Beamten sich dort auf die Lauer legten. Die Entführer prüften ihn. Deshalb schickten sie ihn in der Weltgeschichte herum.

Sein Zielpunkt lag gut vierzig Kilometer entfernt. Er berechnete einen Kurs und schaltete das Telefon ab, um Strom zu sparen. Er peilte mit dem Kompass einen Felsen in zweihundertfünfundachtzig Grad an und folgte einer blassen Pfadspur durch drahtiges Kraut. Das Gelände wurde leichter. An dem Felsen angekommen, visierte er in gerader Linie eine neue Landmarke an und steuerte darauf zu. Dort angekommen, begann das Spiel von Neuem. Ab und zu nahm er einen Rundblick mit dem Fernglas, doch die Landschaft blieb gespenstisch und leer. Wenn die Entführer die Absicht hatten, ihn zu zermürben, waren sie auf dem besten Weg, erfolgreich zu sein. Als er einen Bergsee passierte, bemerkte er am Ufer ein umgedrehtes Aluminiumboot. Der Besitzer hatte einen Außenborder und einen Tank darunter deponiert. Er hielt an, kroch unter den Rumpf und zerrte den roten Behälter hervor. Er war halb voll. Ohne schlechtes Gewissen füllte er daraus einen seiner Reservekanister auf. Das überladene Motorrad verbrauchte viel mehr Treibstoff, als er kalkuliert hatte.

Wer weiß, wo diese Arschlöcher mich noch hinschicken, dachte er.

Er war immer noch verärgert. Er schob den Bootstank zurück an seinen Platz, klemmte einen Hundert-Kronen-Schein unter den Deckel und ließ den See hinter sich.

»Arschlöcher«, sagte er in den Wind.

Er fluchte noch ein wenig weiter, als wäre jeder Geröllbrocken, den er überfahren musste, eine persönliche Beleidigung, hingeworfen nur für ihn.

Die Wahrheit war, er hatte Angst.

Das Wetter schlug um, und der Himmel verschwand. Dann verschwand auch die Zeit. Die graue Erde und die graue Luft wurden eins, wie im Winter der Schnee und der weiße Nebel erst zur Sinnestäuschung und dann zum Irrsinn zusammenflossen. Halb blind tastete er sich einen Abhang hinunter. Als er durch einen Gebirgsbach furtete, rutschte er aus und stürzte. Die Maschine begrub sein rechtes Bein unter sich. Er strampelte sich frei, doch bis er wieder auf den Füßen stand, war er vollkommen durchnässt. Das eiskalte Wasser begann sogleich, die Wärme aus seinem Körper zu ziehen. Mit einer panischen Bewegung wuchtete er die Husqvarna hoch, aber Zündkabel und Vergaser waren bereits nass geworden. Er schob die Maschine ans andere Ufer und versuchte, den abgestorbenen Motor zu starten. Er knurrte nur kurz auf. Er ließ die Maschine zu Boden sinken, als hätte ihn alle Kraft verlassen.

Hinter einem windgeschützten Felsen schälte er sich die nasse Kleidung vom Leib, bis er nackt dastand, und wrang sie aus, so gut es ging. Er zog einen großen Müllsack aus dem Rucksack und schnitt mit dem Taschenmesser Öffnungen für Kopf und Arme hinein. Er zog die klammen Sachen wieder an und stülpte sich den improvisierten Windschutz über. Wie durch ein Wunder war sein Schlafsack trocken geblieben. Er zog ihn hervor und schlang ihn um seinen Oberkörper. Trotzdem fror er erbärmlich. Nur wenige Minuten, dann würde er derart zittern, dass er außerstande wäre, den Vergaser und die Zündung der Husqvarna auseinanderzunehmen. Er kauerte sich neben der Maschine auf den Boden und schraubte die Schwimmerkammer des Vergasers ab. Sie war voll Wasser. Nachdem er sie geleert und die Zündkabel und -stecker getrocknet hatte, baute er alles zusammen und trat den Motor an. Er sprotzte wie ein unartiges Kind. Während die Maschine warm lief, umrundete Falk den Felsen, bis er außer Atem war und mehr Hitze produzierte, als er verlor. Bevor er weiterfuhr, wärmte er seine Hände am Zylinder der Husqvarna auf und verstaute den Schlafsack. Der Weg führte jetzt nach Westen. Der Müllsack knatterte im Fahrtwind. Das Lösegeld war trocken geblieben. Er hatte es bereits in Biedjovagge in die wasserdichten Packsäcke der Entführer gesteckt. Für was sonst hatten sie ihm die Dinger dagelassen?

Falk Sebastiani wusste nicht mehr den Punkt, an dem er die Welt verlassen hatte, wie er es später nannte, als er die Maschine über das karstige Gestein lenkte, jetzt wieder bergauf, mit einem entrückten Zombielächeln, während der Rest seines Körpers aus Nadelstichen bestand, ob warmen oder kalten, spürte er nicht, auch wenn er sich noch so sehr konzentrierte. Das Ziel war ein armseliger Sperrholzverschlag an einem schmalen See, der zwischen den Bergen eingezwängt dalag. Das Pultdach aus Wellblech war gegen die Winterstürme mit rostigen Drahtseilen abgespannt, deren Fundamente aus betongefüllten Marmeladeneimern bestanden. Das einzige Fenster war mit einem Laden verschlossen. Die Hütte war auf keiner Karte verzeichnet.

Falk stellte die Husqvarna ab, schaltete das Telefon ein, überprüfte die GPS-Koordinaten und stürmte dann wie besoffen auf die Tür zu. Das Rohr, das aus dem Dach ragte, versprach einen Ofen, und ein Ofen versprach Wärme und Rettung. An der Klinke baumelte eine rostige Keksdose. Sie schepperte, als er sich gegen das grau geblichene Holz stemmte. Die Hütte war abgeschlossen. Die Keksdose enthielt einen Zettel.

Go to
North 69°21'40.3"
East 21°49'52.1"
You'll find a sign and further instructions.

Er warf sich mit voller Wucht gegen die Tür, immer verzweifelter, doch sie gab nicht nach. Der Zettel war wie der erste auf weißem Papier in einer Schrifttype ausgedruckt, die eine Handschrift imitierte. Als hätte der Verfasser einen ästhetischen Anspruch an seine Arbeit, dachte er, bevor sich die Leere wieder im Kopf breitmachte.

Er wandte sich ab und erblickte über sich den vagen milchigen Sonnenball, der soeben den Gipfelgrat des Berges zu seiner Linken berührte. Er erschauderte. Als ob es das erste Mal wäre, dass ein Tag ihn verließ. In weniger als einer halben

Stunde würde der schmale Talkessel im Dunkeln liegen. Seine Kleidung war ein Panzer aus klammer Kälte. Er beschloss, ein Feuer zu machen und ein paar Stunden auszuruhen. Der Rauch wäre von einer Drohne leicht auszumachen, aber er brauchte die Wärme, um seinen Verstand und seinen Körper in Gang zu halten. Er redete sich ein, dass das Wetter zu schlecht für einen Drohnenflug war und weder Ingmar Haugen noch die Polizisten von Burfjord, Mikkel Persson und Vigdis Mitgaard, seine Spur hatten aufnehmen können. Allenfalls Hannahs Entführer wussten, wo er sich aufhielt, wenn ihre Behauptung stimmte, dass sie ihn beobachteten. Dann müssen sie ganz in der Nähe sein, dachte er und verdrängte den Gedanken sofort.

Er zog ein paar Brennholzreste unter der Hütte hervor und entzündete sie mit Hilfe der Birkenrinde in der Feuerstelle. Er behielt die feuchte Kleidung und den darübergestülpten Müllbeutel an, kroch in den Schlafsack und rollte so nah wie möglich an die Flammen heran. Er benutzte eine der Lösegeldtaschen als Kopfkissen. Die zweite zog er dicht neben sich und knotete zwischen Tragegriff und Schlafsackreißverschluss ein Stück Reepschnur. Zuvor hatte er einen Blick in die Taschen geworfen. Der Anblick der Papierbündel kam ihm absurd vor. Geld war das Sinnloseste, das man hier draußen dabeihaben konnte. Nicht mal zum Feuermachen taugten die baumwollhaltigen Scheine im Notfall.

Er lud die beiden Läufe der Sabatti mit 6er-Postenschrot und legte sie griffbereit neben sich. Er aß die letzten Stücke Brot und Rentierfilet, doch der Hunger blieb bei ihm wie ein ungeliebter Bekannter. Dampf stieg auf, als die Wärme der Flammen die feuchte Schlafsackhülle traf. Feuer und Wasser, lallten die Gedanken schon bald wie im Fiebertraum. Sie waren die einzigen Elemente, vor denen Falk wirklich Respekt hatte. Sie gaben das Leben und waren gefährlich genug, es zu zerstören. Das hatte er als Kind auf dem elterlichen Bauernhof gelernt, der nur existieren konnte, wenn man die einfachen Wahrheiten beherzigte, bevor man sich in den zweifelhaften verlor.

Er stemmte sich gegen den Schlaf, denn eine ungewohnte

Furcht vor der herabfallenden Dunkelheit überkam ihn. Die Welt war so still, dass ihn das kleinste Geräusch auf dem See und im Wollgras hochschrecken ließ. Was, wenn die Entführer sich an ihn heranmachten und ihn im Schlaf erschlugen wie einen Straßenköter? Er hob den Kopf, doch um sich herum sah er nur die reglosen Schattenrisse der Berge und die traurige Hütte davor. Er umklammerte den Schaft der Sabatti. Es war kurz nach sieben Uhr abends.

Nicht einschlafen, dachte er.

Nicht.

Die Nacht kam, und Falk Sebastiani ging zu den Toten. Oder die Toten kamen zu ihm. Er sah, wie sie hinter dem Horizont der Rolltreppenstufen im Kaufhaus Beck verschwanden, ohne einen Laut. Er trat an die metallene Kante und schaute hinunter, doch in der Tiefe glänzte nur ein Spiegel klaren Wassers. Die Körper der Toten waren darunter versunken. Doch dann stieg aus der Tiefe André Schoomwinkels zu ihm herauf. Er war nackt. Der Joint zwischen den Fingern seiner Linken qualmte unter Wasser wie aufgewirbeltes Sediment. Er fletschte die braunen Zähne zu einer unsterblichen Erinnerung.

»Ich komme stets zu dir zurück«, sagte der Tod durch Andrés Mund und lächelte durch Andrés Wasserleichengesicht. *»Bis du mir folgst.«* André und der Tod flüsterten jetzt. *»Komm. Ich streichle dich. Wie dein Kind.«*

Nun war er bald am Ziel. Er brauchte sich nur der Unendlichkeit hinzugeben. Einen letzten Schritt tun. Ein letztes Mal ausatmen. Einmal noch.

»Komm.«

Er erwachte und wusste sofort, dass es um sein Leben ging. Etwas unter ihm zerrte an seinem Körper wie eine übergroße Schwerkraft. Ein feiner Tremor hatte ihn bis in den Kern hinein erfasst. Das Erste, woran er dachte, war ein Schiff, dessen großer Diesel den Rumpf und alles, was darin war, in Schwingungen versetzte. Die Kälte war bereits in der Mitte der Eingeweide angekommen. Er spürte seine Füße nicht mehr. Die Gelenke waren starr wie Rost. Die sinkende Körpertemperatur hatte seinen Herzschlag so verlangsamt, dass ihm die Brust schmerzte. Er hörte das Blut laut und zäh wie müde Trommelschläge in den Ohren pulsieren. Er sah die Milchstraße über sich, die als breites Schwert aus Licht und schwarzem Gas im Nachthimmel schwebte. Er verstand nicht, wie der Anblick von Millionen Sternen und der nahe Tod zusammenpassen konnten. Oder war er schon gestorben? Mit einem Schrei, der eher ein heiseres Bellen war, fuhr er hoch und schälte sich aus dem Schlafsack. Sein Atem war an der Außenhülle zu einer weißen Zuckerschicht gefroren. Das Gras unter seinen Füßen knirschte. Seine Schuhe, die er neben das Motorrad gelegt hatte, waren steif.

Es ist Ende August, dachte er. Es ist verdammt noch mal Sommer. Was ist das hier, Klimawandel auf links gedreht?

Im Nachtlicht glitzerte zu Eis erstarrter Tau auf der Sitzbank der Husqvarna. In einiger Entfernung hörte er das Hufklicken von Rentieren, die äsend durch das Dunkel streiften. Er konnte sie nicht sehen. Sein Körper war so weit ausgekühlt, dass seine Hände Mühe hatten, den Reservekanister aufzuschrauben und einen Schuss Benzin über die erkaltete Feuerstelle zu gießen. Die Hälfte landete auf seinen Fingern. Er rieb sie im gefrorenen Kraut ab, entzündete das verkohlte Holz und legte neues nach. Er hielt die Hände direkt in die Flammen und roch, wie die Haare verbrannten. Mit größter Mühe widerstand er der Versuchung, auf den Boden zu sinken und sich vom Feuer hypnotisieren zu lassen.

Er hatte nur wenig Zeit jetzt. Um ihn herum war die Welt und nichts als die Welt. Es gab keine Tür, die er öffnen konnte, hinter der es all die Dinge gab, die die Menschen machten, um sicher am Leben zu bleiben. Die Welt schrie lautlos und unsagbar schön. Er zog eine der Lösegeldtaschen zu sich, öffnete den wasserdichten Beutel und kippte die Bündel mit den Banknoten vor sich aus. Dann riss er die Banderolen auf, die Hände plump wie Fäustlinge, immer zehntausend Dollar, einhundert Scheine, bis etwa die Hälfte des Geldes als kleiner Berg vor ihm lag. Mit beiden Händen zog er die Scheine auseinander wie Spielkarten und zerknüllte sie, mal einzelne, mal mehrere auf einmal, und stopfte die Knäuel in den Schlafsack, bis er prall gefüllt war. Die restlichen Bündel breitete er auf dem Boden neben dem Feuer zu einer Matratze aus. Er kippte auch den Inhalt der zweiten Tasche dazu und verteilte sie. Die Cockerspaniel-Augen von Benjamin Franklin schauten dutzendfach von den Geldscheinen zu ihm herauf. Er legte den Schlafsack darauf. Über den Flammen massierte er seine tauben Füße, zog sich aus und kroch zurück in den Schlafsack. Die zerknüllten Geldscheine speicherten seine Körperwärme. Sie fühlten sich hart an und raschelten bei jeder Bewegung. Im Liegen fütterte er das Feuer mit kleinen Holzstücken und Wacholderzweigen und zwang sich, die Zehen zu bewegen.

Nicht aufhören.

Widerwillig kehrte die Wärme in seinen Körper zurück. Sein Atem stieg stoßweise als schmale Dampfsäule in den Nachthimmel auf. Ein unheimliches Verlangen nach Schlaf und nochmals Schlaf zerrte an ihm, eine zuckersüße Müdigkeit, mit der die Hypothermie den Körper ins Jenseits locken wollte. Kaum mehr eine Stelle seines Körpers hatte noch ihre normale Temperatur. Sein Herz vielleicht, das gleichmäßig unter dem Brustkorb schlug, immerhin etwas schneller jetzt. Der Rest nicht. Er betrachtete die Krähenbeersträucher dicht vor seinem Gesicht. Sie wirkten wie ein zu Eis erstarrter Urwald.

Es ging um das Leben seiner Tochter. Starb er, bevor er das Lösegeld übergeben konnte, starb auch Hannah.

Am Morgen sah er einen Schneehasen, der sich am Seeufer entlang auf ihn zubewegte. Das Tier bemerkte ihn nicht. Im Liegen brachte Falk umständlich die Sabatti in Anschlag und tötete es mit einem Schuss aus weniger als fünfzehn Metern Entfernung. Sein Körper wurde von dem groben Postenschrot schrecklich zerfetzt. Falk blieb nur gut die Hälfte des Fleisches, der Rest hatte sich als blutige Masse mitsamt dem Kopf über Krautweiden und Wollgras verteilt. Die Aussicht auf ein warmes Essen belebte ihn neu. Er überwand die Abscheu vor der Kälte und verließ den Schlafsack. Zerknüllte Geldscheine rieselten wie fette Schneeflocken auf seinen Lagerplatz. Er häutete und zerlegte den Hasenkadaver und legte das blutige Fleisch in die Glut. Während es garte, zog er sich an, packte das Geld zusammen und machte die Husqvarna startklar. Die Scheine, die ihm als Isolation gedient hatten, stopfte er betont achtlos in die Packsäcke. Einige zerrissen dabei.

Selbst schuld, Arschlöcher, dachte er.

Das Fluchen tat ihm gut. Plötzlich überkam ihn eine unbändige Lust, seinen Zorn hinauszubrüllen, eine Energie, wie er sie noch nie zuvor gespürt hatte. Er blickte sich um, auf der Suche nach Hannahs Entführern, die ihn von irgendwo aus sicherer Entfernung beobachteten und sich an seiner wachsenden Verzweiflung ergötzten als unterhaltsame Dreingabe, bevor sie ihm im geeigneten Moment das Geld abnehmen und ihn zum Verrecken in der Vidda zurücklassen würden. Schneller und immer schneller wirbelte er herum und schrie die stumme Landschaft an. Der Blick gerann zu glasigen Schlieren gefrorenen Wassers und hüpfte im Rhythmus seines Herzschlags auf und ab. Niemand antwortete. Nicht die kleinste Bewegung war zu sehen. Er spielte eine Farce ohne Publikum. Er nahm die Sabatti vom Boden auf und feuerte einen der Läufe in die Luft ab. Der Schuss hallte von den Berghängen zurück. Er war ein Narr, ein Narr, der seine Ohnmacht vertreiben musste, indem er etwas zerstörte, und wenn es nur die Stille war, die ihn beglotzte.

Einen Moment lang blieb er regungslos stehen. Er fühlte sich lebendig und frisch. Die Wärme war in seinen Körper zurückgekehrt, und die Gedanken hatten wieder Platz. Er gabelte mit dem Taschenmesser das Fleisch aus der Glut und verschlang die heißen Brocken, ohne lange zu kauen. Dazu trank er Wasser. Es war über Nacht in der Trinkflasche angefroren. Die Eisbrocken schabten gegen das dünne Plastik. Dann brach er auf. Die Husqvarna sprang mühelos an. Sie schien den Frost zu mögen. Die Sonne machte schon die Bergrücken golden, doch es blieb kalt. Der Himmel war wolkenlos.

Erst hatte er geglaubt, sein neuer Zielpunkt wäre ein Irrtum der Entführer, ein Zahlendreher vielleicht, wie er bei der Übermittlung von GPS-Koordinaten erstaunlich oft vorkam. Er lag etwa fünfunddreißig Kilometer entfernt in westlicher Richtung am Fuße eines zweihundertsiebzig Meter tiefen Wasserfalls, über den der Mollesjohka ins Tal des Reisaflusses hinabstürzte. Wie zum Teufel sollte er da hinunterkommen? Es gab keinen Weg und keinen Steig, um die senkrechten Wände des Canyons zu überwinden. Doch er hatte keine anderen Zahlen und entschied, dass die Abweichung eine Ungenauigkeit von Google Maps sein musste, nichts weiter.

Er ließ die Berge und den eingeklemmten See hinter sich und fuhr hinab in eine moorige Ebene. Gefrorene Pfützen auf dem schmalen Wildwechsel knirschten unter den Reifen. Als er ein Bachtal durchquerte, hielt er an und füllte seine Wasserflasche auf. Das Wasser war eiskalt und schmeckte nach Torf. Bevor er weiterfuhr, kippte er die Husqvarna hin und her, um den Tankinhalt zu prüfen. Das schwache Plenkern gegen das Blech verriet ihm, dass er kaum noch Benzin hatte. Er füllte die letzten zwei Liter Gemisch aus dem Reservekanister in den Tank. Sollte er es damit überhaupt bis zum Zielpunkt schaffen, musste er die Maschine dort zurücklassen.

Das Gelände wurde jetzt sanft und fließend, und er hatte keine Mühe, die Husqvarna über die vage Pfadspur zu manövrieren. Das Einzugsgebiet des Mollesjohka, der den Wasserfall speiste, war durchzogen von kleinen Bachläufen und Stauwassertümpeln. Es war, als bildete die Abbruchkante ins Reisatal eine Dammkrone, hinter der sich das feuchte Schwemmland aus dem Gebirge aufstaute. Wenn er die Fährte verlor, versuchte er, eine Linie zu finden, die die festen felsigen Inseln zwischen den schwammigen Abschnitten miteinander verband, ohne allzu sehr vom Kurs abzukommen. Trotz des Frostes geriet der moorige Boden unter seinem Gewicht manchmal ins Schwimmen. Dann hatte er das Gefühl, über ein Wasserbett zu fahren.

Was wartete am Ende dieser Fahrt? Ein neuer Zielpunkt? Erlösung für seine Tochter? Und für ihn? Er versuchte sich vorzustellen, wo Hannah sich in diesem Augenblick befand, während die Kidnapper ihn durch die halbe Finnmark schickten.

Er sah ein schwarzes Verlies vor sich, verborgen im Keller eines Osloer Wohnhauses, womöglich hinter einer falschen Wand, vielleicht etwas außerhalb, in Lillestrøm oder Sandvika, oder in einer der tausend Hütten in den Wäldern nördlich der Stadt. Die Möglichkeiten waren erschreckend endlos. Er versuchte zu begreifen, wieso die Entführer ihn für die Lösegeldübergabe ans andere Ende des Landes schickten, ohne dabei die geringste Eile an den Tag zu legen. Je länger er unterwegs war, umso größer war die Chance für die Polizei, ihre Leute in das abgelegene Gebiet zu schicken und den Tätern doch noch auf die Spur zu kommen.

Es macht keinen Sinn, dachte er.

Im selben Moment begriff er.

Mit einem rabiaten Manöver brachte er die Husqvarna zum Stehen.

Es sei denn, dachte er, meine ganze Fahrerei ist ein einziges Ablenkungsmanöver.

Natürlich.

Wie naiv er gewesen war. Wie dumm. Hannahs Kidnapper hatten ihn und Ingmar Haugen, den Polizisten und den Ex-Militär, aus Oslo fortgelockt, um dort ungefährdet die tatsächliche Lösegeldübergabe mit Lars Einar Hellestadt durchzuziehen. Vermutlich hatten sie die ganze Zeit hinter seinem und Siljes Rücken mit dem Alten verhandelt. Vielleicht war es sogar Lars Einars Idee gewesen, alle anderen auszubooten, um die Kontrolle zu behalten. Falk kam in dem Spiel um das Leben seiner Tochter die Rolle des nützlichen Idioten zu, der zwei Millionen Dollar im Kreis durch die Finnmark herumfuhr, während sich die Entführer ihr Geld von Lars Einar Hellestad aushändigen ließen. Ein Idiot zu sein machte Falk Sebastiani erstaunlich wenig aus. Doch Lars Einar Hellestad wäre nicht er selbst, wenn er nicht versuchen würde, auch die Kidnapper hinters Licht zu führen. Er würde alles daransetzen, sie bei der Lösegeldübergabe verhaften und seine Enkelin befreien zu lassen.

Falk war ein Bauer weit außerhalb des Spielfeldes. Trotzdem hatte er keine Wahl, als weiterzumachen und den Anweisungen zu gehorchen. Es gab keine Möglichkeit, seine neue Hypothese zu überprüfen. Er hatte seit anderthalb Tagen keinen Telefonkontakt mit Silje mehr gehabt.

»Ich habe Angst.«

Das war das Letzte, das sie ihm zugehaucht hatte. Er hatte sie nicht beruhigen können, denn es war ganz ehrlich und unvermittelt aus ihm hervorgebrochen.

»Ich auch.«

Seitdem gab es kein Netz mehr. Die Finnmark war ein löchriger Teppich auf den Karten der Mobilfunkanbieter. Auch das erschien ihm jetzt wie ein klug bedachtes Detail im Plan der Entführer. Oder im Plan seines Ex-Schwiegervaters. Der Gedanke, dass Lars Einars Machtversessenheit seine Tochter in Gefahr bringen könnte, ließ in Falk eine Wut aufsteigen, die noch größer war als die Wut auf die Kidnapper. Vielleicht war es auch die Wut vieler Jahre.

Wenn ihr etwas zustößt, bringe ich ihn um.

Sein Entschluss stand fest. Er beschleunigte die Husqvarna. Die neue Ungewissheit trieb ihn blindlings voran. Zu spät bemerkte er, dass der Pfad plötzlich in eine sumpfige Senke abtauchte. Die Maschine hob ab, landete mit dem Vorderrad im Morast und blieb schlagartig stehen. Er flog über den Lenker und der Länge nach in den weichen Grund. Als er aufstand, bis zu den Knien versunken, sah er, dass sein linker Ringfinger in einer grotesken Position nach hinten geknickt war. Er spürte keinen Schmerz.

Ich muss ihn zurückbiegen, dachte er.

Solange noch genug Adrenalin im Blut ist und die Angst mich nicht zögern lässt.

Die Maschine hatte sich in den Schlamm gebohrt und war nicht einmal umgefallen. Nur der Motor war ausgegangen. Er bog den Finger zurück. Der Schmerz stach bis in den Hinterkopf. Er stieß einen gepressten Schrei aus. Tausend Sterne schossen ihm in die Augen. Er sackte zusammen und spürte, wie die Nässe seinen Hosenboden durchdrang. Sofort stemmte er sich wieder hoch. Ihm wurde schlecht. Aus dem Stechen wurde ein dumpfes Pochen, das sich im ganzen Arm ausbreitete. Er schnitt einen Streifen des Müllsacks ab, der ihm als Windschutz diente, und schiente damit den gebrochenen Finger, indem er ihn mit dem gesunden Mittelfinger zusammenband. Er schluckte trocken vier 600er-Ibuprofen aus dem Notfallpäckchen in seinem Rucksack. Er war kein Mann, der für so viel Schmerz gemacht war.

Anschließend zerrte er die Husqvarna aus der Senke zurück auf harten Grund. Er schwitzte und fror zugleich in seiner Kleidung, die nun wieder nass geworden war. Beim Sturz hatte er sich am Lenker das linke Knie aufgeschlagen. Das Gelenk tat bei jeder Beugung weh. Bevor er weiterfuhr, reinigte er die Läufe der Flinte, die beim Sturz in den Schlamm geflogen war, und wusch sich das Gesicht in einem Tümpel. Das Vorderrad der Maschine hatte einen leichten Schlag, aber nachdem er den Motor ohne Probleme gestartet hatte, stellte er fest, dass die Unwucht beim Fahren kaum störte. Ein kurzer Brechreiz durchzuckte ihn jedes Mal, wenn er beim Schalten den Kupplungshebel zog und der Schmerz in den ganzen Körper brandete.

Nach einer halben Stunde lullten ihn die Tabletten in eine angenehme Bräsigkeit. Er stieg ab und schob die Maschine, wenn es nötig war, vorbei an sumpfigen Fallen und durch trügerische Bachläufe. Er spürte, wie sich sein Gesicht unweigerlich zu einem einfältigen Lächeln verzog, als die Sonne hinter den Bergen hervorkam und das Land beschien, dass es satt und farbig dalag im Rhythmus ihrer Zeit. In der Ferne sah er zum ersten Mal die Abbruchkante ins Reisatal, das sich als tiefe Furche durch die Landschaft wand. Sofort begriff er, warum der Touristenverband über das Flusstal vom »Grand Canyon des Nordens« fabulierte. Er bahnte sich seinen Weg immer weiter und schwieg zu sich selbst. Er wusste, was zu tun war, und sonst nichts.

Ich kämpfe, dachte er einmal.

Dabei war er nie ein Kämpfer gewesen.

Nach fünf Stunden erreichte er das Ufer des Mollesjohka. Der Fluss führte nicht besonders viel Wasser um diese Jahreszeit, trotzdem übertönte das Rauschen des nahen Wasserfalls beinahe den Motor der Husqvarna. Falk suchte mit dem Fernglas das Gelände nach einem Zeichen der Entführer ab. Als er sich am Flussufer weiter an die Abbruchkante herantastete, sah er auf einem Felsvorsprung, der wie ein Balkon direkt über dem Wasserfall thronte, eine frisch aufgeschichtete Steinpyramide. Er zog sein Telefon hervor und glich die GPS-Koordinaten ab.

Er war da.

Der Felsen war von Gischt umwölkt und lag auf der anderen Seite. Er wendete die Maschine und furtete den Fluss etwa dreihundert Meter stromaufwärts. Mit einem lauten Gasstoß trieb er die Husqvarna die Uferböschung hinauf. Durch eng stehendes Erlenholz fuhr er zurück. Er spürte, wie die Anspannung in seinen Körper zurückkehrte – und der Schmerz. Die Gelenkkapsel seines gebrochenen Fingers war geschwollen und pochte jetzt. Er stellte die Husqvarna am Rand des Felsvorsprungs ab und ging auf den Abgrund zu. Das Donnern des herabstürzenden Wassers nahm ihm den Gehörsinn. Unstete Regenbogen flirrten durch die Gischt und verschwanden, tauchten auf, verschwanden, wie Trugbilder. Durch den Wassernebel erahnte er das weitläufige Tal zu seinen Füßen. Sein Blick sicherte nach allen Seiten. Ein plötzlicher Stoß aus dem Nichts, und er fiele in den sicheren Tod. War das der Plan der Entführer?

Ohne das nahe Unterholz aus den Augen zu lassen, zog er die letzte Anweisung unter der Steinpyramide hervor. Sie steckte in einer roten Plastikhülle und besagte, dass er die Faltverschlüsse der Packsäcke mit dem Geld sorgfältig verschließen und die Säcke anschließend den Wasserfall hinunterwerfen solle. Er las den Zettel noch einmal, doch die Nachricht war unmissverständlich.

Die Entführer hatten ihn tief in die Finnmark gelockt, ihn gedemütigt und zermürbt, und am Ende brachten sie einen unüberwindlichen Wasserfall zwischen sich und ihn.

Er ging zum Motorrad, zog die Geldsäcke aus den Reisetaschen und überprüfte die Rollverschlüsse. Kurz stand er unschlüssig da, als erwartete er jemanden, der ihn im letzten

Augenblick davon abhielt, zwei Millionen Dollar in eine dreihundert Meter tiefe Schlucht zu werfen. Einen maskierten Kidnapper, der ihm die Beute abnahm, sich höflich bedankte und ihn mit vorgehaltener Waffe zwang, zu springen.

Nichts dergleichen geschah.

Keine laute Stimme übertönte das Tosen des Wasserfalls. Er verspürte einen Stich der Erleichterung, als er die Packsäcke über die Tiefe schwang und losließ. Sie verschwanden als farbige Flecken im Tropfennebel. Er trat dicht an die Kante und schaute hinab. Was sich am Fuß der Felswand abspielte, wo das Wasser in eine Gumpe stürzte, konnte er nicht erkennen. Er sah nicht, wer die Säcke aus dem kalten Wasser fischte, ob es tatsächlich einer der Entführer war oder doch einer von Lars Einar Hellestads Lakaien, der das Geld seines Herrn nach Hause brachte, während der Alte in Oslo mit den Kidnappern zu *seinen* Bedingungen über das Leben *seiner* Enkelin verhandelte.

Ich bringe ihn um, dachte Falk.

Die Anweisungen trugen ihm auf, drei Stunden zu warten, bevor er den Heimweg antrat.

Er würde nichts dergleichen tun.

Wer auch immer ihn hierher ans andere Ende des Landes gelotst hatte, er hatte sich den Falschen als Geldboten ausgesucht. Natürlich wollte er seine Tochter nicht gefährden, und das Lösegeld war ihm egal. Doch der Jagdinstinkt bemächtigte sich seiner wie ein grausamer Kinderwunsch.

Er ließ die leeren Reisetaschen und Reservekanister zurück, kickte die Maschine an und wendete. Er hatte kaum noch Benzin. Der Motor musste jeden Moment seinen Geist aufgeben, doch das hielt ihn nicht ab. Er fädelte sich durch das Gestrüpp, bis er freie Sicht auf das Tal zu seinen Füßen hatte. Mit seinen senkrecht abfallenden Wänden sah es tatsächlich ein wenig wie der Grand Canyon aus, nur grüner. Mit dem Fernglas suchte er den Fluss ab, der unter ihm als silbernes Band in der Vormittagssonne schimmerte. Er wusste, dass es möglich war, mit dem Boot auf dem Reisa fast bis an den Fuß des Wasserfalls zu gelangen. Im Sommer fuhren schlanke Holzboote von Bilto und

Saraelv hierher und brachten Touristen ins Tal. Ein Ausflug, den er mit Silje und Hannah oft geplant, aber nie unternommen hatte. Genauso hatten es die Entführer gemacht, dachte er, und zweifellos würden sie auf demselben Weg wieder verschwinden, als harmlose Touristen verkleidet. Sie konnten bis nach Storslett hinunterschippern, wo der Fluss in den Reisafjord mündete. Von dort waren sie in fünf Minuten am Flugplatz von Sørkjosen.

Auf dem Wasser war kein Boot zu sehen.

Vielleicht sind sie schon weg, dachte er.

Er prügelte die Husqvarna am Rand des Abgrundes entlang und folgte dem Fluss stromabwärts. Aus dem Augenwinkel sah er unter sich zwei Krähen kreisen.

Wenn ich stürze, fliege ich an euch vorbei, dachte er.

Die Vorstellung, den Vögeln wenigstens für einen Moment gleich zu sein, kam ihm verlockend vor. Er fuhr jetzt schneller als die Strömung. Immer wieder blinzelte er zum Fluss hinunter. Seine linke Hand schmerzte. Die Wirkung der Tabletten ließ nach. Und er hatte keine mehr.

Nach einem Kilometer wölbte sich die Abbruchkante wie eine Aussichtskanzel über das Tal. Er hielt an und stellte den Motor ab, um das wenige Benzin zu sparen. Er spähte nach unten, doch der Fluss war leer. Die Schönheit brannte sich in sein Gedächtnis wie die Ohrfeige einer geliebten Person. Während sein Blick auf das Wasserband gerichtet blieb, versuchte er, Silje in Oslo zu erreichen.

Vielleicht haben sie Hannah schon freigelassen, dachte er und glaubte doch nicht daran. Nach ein paar zerhackten Klingeltönen brach jedes Mal das Signal zusammen. Er fluchte.

Er zog die Karte hervor und folgte mit dem Finger dem Lauf des Reisa bis zu einer Stelle, an der sich die Höhenlinien wie das Maul eines Trichters zu einem flachen Hang weiteten. Er wollte gerade die Entfernung abmessen, als er hinter der Flussbiegung ein schlankes Holzboot auftauchen sah. Er erkannte mit bloßem Auge die orangefarbenen Packsäcke mit dem Lösegeld zwischen den beiden Passagieren. Er hatte Mühe, das Boot in der Strömung mit dem Fernglas einzufangen. Die Person am Außenborder lenkte es geschickt an den Untiefen und Felsen vorbei. Er folgte dem Boot und schwenkte auf den Passagier im Bug. Er brauchte einen Moment, um zu begreifen, was er sah. Irritiert ließ er das Glas sinken, um es gleich wieder anzusetzen. Er fand das Boot im Strom, doch jetzt konnte er die beiden Insassen nur noch von hinten sehen. Dann waren sie hinter Uferbäumen verschwunden.

Sein Herz hatte wie wild zu stolpern begonnen.

Er trat den Motor an und gab Gas. Er schätzte die Entfernung zu dem Hang, der flach genug zu sein versprach, um eine Abfahrt in das Flusstal zu riskieren, auf einen Kilometer. Der Wunsch, dorthin zu gelangen, war jetzt reine Hysterie. Dabei wusste er weniger denn je, was er tun sollte, wenn er unten ankäme. Wenige Augenblicke, bevor er die Stelle erreichte, starb der Motor ab. Er hatte kein Benzin mehr. Unter ihm tauchte das Boot hinter einer Insel auf, kurvte elegant um einen großen Felsblock und verschwand erneut unter dem Blätterschirm des Uferwaldes. Er schob die Husqvarna weiter, rannte, bis er vollkommen außer Atem an die fast senkrecht abfallende Hangkante kam, saß auf und stieß sich ab.

Sofort beschleunigte die Maschine, holperte und sprang über fußballgroße Brocken den Schuttkegel hinab. Sein Blick vibrierte. Das Gefälle war viel stärker, als er geschätzt hatte. Das Geröll begann unter den Rädern wie Treibsand zu fließen. Er verlagerte sein Gewicht so weit wie möglich nach hinten, doch die Maschine stellte sich schon beim vorsichtigen Bremsen auf das Vorderrad und drohte sich zu überschlagen. Er blockierte das Hinterrad und schlitterte auf den Fluss zu, dessen Farbe jetzt in ein unfreundliches Braun wechselte und rasend schnell näher kam. Der Hinterreifen senkte sich wie eine Pflugschar tiefer und tiefer in den losen Untergrund und löste eine Lawine aus Steinen aus, die ihn links und rechts zu überholen begann. Doch das nahm er bloß noch aus den Augenwinkeln wahr, denn jetzt schnellten die Äste der jungen Birken und Erlen, die weiter unten am Hang standen, wie gierige Arme heran und schlugen auf ihn ein. Er war nur noch Passagier, als die Maschine der Schwerkraft folgte und dabei alles kurz und klein schlug.

Dann wurde ihm schwarz vor Augen, doch seine Gedanken wollten nicht loslassen, was er durch das Fernglas gesehen hatte.

Er kannte die beiden Personen in dem Boot.

Er war sich vollkommen sicher.

Aber er begriff nichts.

32

N 69°53'29.8" | E 21°53'35.6"

Haidar trat hinaus vor den Schuppen und schloss die Tür. Er tat es leise, wie ein Vater, der das Zimmer seines schlafenden Kindes verließ. Der Herbstwind beugte die Kiefern des Uferwaldes und kräuselte das Wasser auf dem Fjord. Es dämmerte. Er verließ die Deckung des Gebäudes und ging an den Strand, der kaum fünfzig Meter entfernt lag. Dort setzte er sich auf einen Felsen. Die Wellen zu seinen Füßen zerrieben den Kies im Takt der Brandung. Die Abendkühle fuhr ihm in die Jackenärmel, dass sich seine Armhaare aufstellten. Er hatte dem Mann im Schuppen eine Schachtel Zigaretten abgenommen. Seine Hand zitterte, als er eine davon hervorzog und sich im letzten Augenblick dagegen entschied, sie anzuzünden. Sein Asthma würde mit voller Wucht zurückkehren. Es hatte ihn wie durch Zauberei verlassen, seit er dieses Land mit seiner sauberen Luft betreten hatte.

Er war unsicher und wusste nicht mehr, was er noch glauben sollte. Es erschien ihm immer unwahrscheinlicher, dass der Mann, der im Schuppen an die rostige Werkbank gefesselt war und dessen Klagen jetzt schwach herübergetragen wurde, zu denen gehörte, die seine Familie verschleppt hatten. Er hielt nun schon den zweiten Tag durch und leugnete immer noch alles. Haidar war kein Spezialist auf dem Gebiet der Befragung mit anderen Mitteln. Er musste sich zwingen zu der Sorte Grausamkeit, die jeden zum Reden brachte. Und der Mann redete. Aber er sagte einfach nicht, was Haidar hören wollte.

Am späten Nachmittag vor zwei Tagen hatte plötzlich Licht auf dem Anwesen gebrannt. Er nannte es immer noch Mörderhaus, obwohl er längst den richtigen Namen wusste. Er war nur kurz auf seinem Beobachtungsposten am Fenster des Wohnmobils eingenickt. Als er wieder hochfuhr und die hellen Fensterhöhlen im Haus sah, war er sich erst nicht sicher, ob er im Diesseits war oder träumte.

Sein Sohn schaut aus dem Fenster. Es ist Abend. Er betrachtet die Sonne, die hinterm Horizont im Meer versinkt. Er trinkt den Tee mit Kardamom, den ihm die Mutter gemacht hat. Sie streicht ihm durch die schwarzen Locken. Er lächelt und drückt seinen Kopf in ihre Hand wie ein Kätzchen. Er weiß nichts vom Krieg. Er hat vor nichts Angst. Warum sollte er auch?

Haidar hatte sich angeschlichen und hinter der Scheune versteckt. Von hier aus konnte er den Hof und die Rückseite des Hauses überblicken. Er hielt die kleine SIG Sauer in der Hand. Dieses Mal würde er nicht sofort schießen. Auf dem Hof stand ein weißer Geländewagen. Im Dämmerlicht sah er, wie der Mann, der jetzt im Schuppen an die rostige Werkbank gefesselt war und in dessen Ausweis der Name Ingmar Haugen stand, neben der Hintertür nervös auf und ab ging und rauchte. Der Mann trat gerade seine Kippe aus, da ging oben im ersten Stock das Licht an.

Es war noch jemand im Haus.

Haidar hatte leise geflucht und sich zurückgezogen. Er konnte unmöglich zwei Gegner überwältigen. Vielleicht waren es sogar mehr. Er hatte keinen genauen Plan gemacht, wie er die Täter fangen sollte, wie auch, er wusste ja nicht, was ihn erwartete. Außerdem hatte er Angst. Rache zu nehmen, war nicht so leicht. Er überlegte, die Männer im Schlaf zu überraschen, doch dann verwarf er die Idee. Womöglich bleiben sie gar nicht über Nacht, dachte er. Er beschloss, das Haus zu beobachten und ihnen zu folgen, sobald sie mit dem Wagen davonfuhren. Vielleicht führten sie ihn geradewegs zu seiner Familie, die sie irgendwo gefangen hielten, in einem gut geheizten roten Holzhaus in der Wildnis. Hoffnung keimte in ihm auf.

Sie verging wie eine Blüte im Zeitraffer.

Dann war alles anders gekommen, Schlag auf Schlag. Am frühen Morgen, die Sonne war nur eine Ahnung, und sein Kopf dröhnte von dem vielen Kaffee, den er während der Nacht getrunken hatte, war einer der Männer aus dem Haus mit einem

Motorrad davongefahren. Es sah aus wie eine Flucht. Er fuhr ohne Licht. Alles geschah so heimlich und schnell, dass er keine Chance hatte, der Person zu folgen. Er war aus dem Wohnmobil gestürzt mit der Pistole in der Hand und wusste im selben Moment nicht, warum. Wollte er den Motorradfahrer etwa zu Fuß einholen? Er lief geduckt am Strand entlang, der Kies knirschte laut, bog scharf nach links ab, hinein in einen zugewucherten Graben, und näherte sich dem Anwesen. Als er an derselben Stelle hinter der Scheune ankam, von der aus er das Haus bereits am Abend beobachtet hatte, war er vollkommen außer Atem. Bunte Sterne zerplatzten wie ein Funkenregen vor seinen Augen. Sein Herz hämmerte. Er zwängte seinen schweren Körper zwischen der Scheunenwand und dem alten Lastwagen hindurch, der daneben parkte, und lehnte sich an das raue Holz.

Ein paar Minuten lag alles friedlich und dunkel da, dann fuhr ein Polizeiwagen auf den Hof. Ein Beamter stieg aus und beäugte den weißen Geländewagen. Jetzt bemerkte Haidar, dass alle vier Reifen des Wagens ohne Luft waren. Das war am Abend zuvor noch anders gewesen. Der Polizist machte keine Anstalten, das Haus zu betreten. Stattdessen öffnete er die Heckklappe seines Wagens, und ein weißer Schäferhund sprang heraus. Er trug ein schwarzes Geschirr, »POLITI«, stand in weißen Lettern darauf. Er umtänzelte den Polizisten, bis der ihm mit einer Handbewegung bedeutete, sich abzulegen. Der Hund fiepte vor Freude auf die bevorstehende Arbeit.

Haidar kannte solche Tiere. Die Regierung erlaubte ausländischen Hilfsorganisationen manchmal, ihre Spürhunde in den Trümmern der zerbombten Städte nach Überlebenden suchen zu lassen. Meistens fanden sie nur Leichen. Es herrschte ein ablandiger Wind, der dem Hund keine Witterung zutragen konnte, doch wenn der Polizist ihn von der Leine ließe, um das Gelände abzusuchen, würde er Haidar aufstöbern. Er schlich sich durch den Graben bis zum Strand zurück und sah durch sein Fernglas, wie ein zweiter Streifenwagen auf den Hof fuhr. Er erkannte den Polizisten und seine Kollegin in dem Auto. Sie waren eisessend aus dem Supermarkt gekommen an jenem Tag, als er den jungen Mann mit dem roten Pick-up neben dem Haus erschossen hatte. Es kam ihm wie eine Ewigkeit vor, dabei war es kaum einen Monat her.

Während die Polizisten herumstanden und auf irgendetwas zu warten schienen, war plötzlich der Mann, der Ingmar Haugen hieß, aus dem Haus gekommen. Die Beamten hatten auf ihn eingeredet und anschließend das Grundstück und das Haus mit Hilfe des Spürhundes abgesucht. Dann waren sie mit dem Mann davongefahren. Nach zwei Stunden brachten sie ihn zurück. Haidar hatte sich wieder etwas näher herangetraut. Er sah, wie Ingmar Haugen seine Reisetasche aus dem Haus holte und die Polizisten anschließend die Tür versiegelten. Sie fuhren davon, Haugen blieb allein auf dem Hof zurück.

Mörderhaus.

Mörder.

Der Mann telefonierte. Haidar konnte nicht verstehen, was er sagte, doch die Gesten, mit denen seine freie Hand die Luft zersplitterte, während er mit unruhigen Schritten den weißen Geländewagen umrundete, verrieten höchste Erregung. Nach einer Weile fuhr der Werkstattwagen einer Autovermietung auf den Hof, und ein Mechaniker montierte vier neue Räder. Haugen unterschrieb eine Quittung und verabschiedete den Mann mit einem Nicken, ohne das Telefon vom Ohr zu nehmen. Haidar hatte gewartet, bis der Mechaniker davongefahren war, sich dann schnell genähert und Haugen überwältigt, als der seine Reisetasche im Kofferraum des Geländewagens verstaute. Im Nachhinein kam es ihm merkwürdig vor, wie ruhig der Mann geblieben war, Haidar hatte beinahe den Eindruck, dass er mit seiner Gefangennahme gerechnet hatte. Ingmar Haugen stellte auch keine Fragen.

»Ganz ruhig«, sagte er einmal, als Haidar ihm den Lauf der SIG Sauer zwischen die Schulterblätter drückte, um ihn voranzutreiben. Die demonstrative Gelassenheit und der friedfertige Tonfall des Mannes machten Haidar wütend. Die Knöchel seiner Hand, die die Pistole umfasste, traten weiß hervor. Das

Verhalten des Mannes konnte nichts anderes als ein Schuldeingeständnis sein. Dieser Ingmar Haugen wusste ganz genau, warum Haidar ihn gefangen nahm. In dieser Sekunde wollte er abdrücken. Explodieren. Wie von Sinnen zuschlagen, immer wieder. Töten. Doch diesen Fehler würde er nicht noch einmal begehen. Erst würde Ingmar Haugen ihm die Frage beantworten, was sie seiner Frau und seinem Sohn angetan hatten.

Als sie endlich in dem Schuppen angekommen waren, hatte er ihm die Frage derart laut ins Gesicht gebrüllt, dass seine Stimmbänder zu reißen schienen, wie ein Orkan, der alles niederwarf, und in den Augen von Ingmar Haugen war nackte Angst aufgeblitzt.

»Was zum Teufel …«, krähte er.

Seine Stimme brach, während er die Hände immer noch erhoben hielt und Haidar ihm mit einer schnellen Bewegung den Elektroschocker an den Hals drückte.

Als Haidar den Bewusstlosen durchsuchte, entdeckte er, dass Haugen eine Pistole bei sich trug. Die Waffe bestärkte ihn in seiner Vermutung, dass der Mann mit dem Verschwinden seiner Familie zu tun haben musste. Vielleicht hatte er ihren Mörder vor sich. Haidar begriff nur nicht, warum er sich so leicht in sein Schicksal gefügt hatte. Haugen hatte nicht nur eine Pistole bei sich gehabt, er wäre ihm auch körperlich klar überlegen. Als er ihn fesselte, fühlte er die starken Muskeln unter seinem Wohlstandsspeck.

Dimitrij hatte ihm in einer seiner Wodkastunden erklärt, wie wichtig es war, die Probanden beim Waterboarding gut zu fixieren, vor allem, wenn man das Verhör allein führte. Sie zuckten in ihrem Todeskampf stark mit dem Körper und versuchten, den Kopf hin und her zu werfen, während sie immer wieder das Wasser aushusteten, an dem sie zu ertrinken glaubten. Manchmal war auch Erbrochenes dabei. Das Erbrochene war gefährlich, das durften sie nicht einatmen, denn dann würden sie ersticken, und das sollten sie ja nicht. Sie sollten Fragen beantworten.

Außerdem musste der Kopf tiefer als der Rest des Körpers liegen, damit möglichst kein Wasser in die Lungen gelangte. Er hatte Ingmar Haugen auf eine alte Zimmertür gebettet und sie mit dem Fußende leicht erhöht auf dem Gestell der Werkbank befestigt. Haugens Füße waren an eines der stählernen Beine gefesselt, die Arme im rechten Winkel vom Körper abgespreizt und mit Spanngurten an einem Balken fixiert. Es sah wie eine Kreuzigung aus. Er klemmte Haugens Kopf zwischen seine Oberschenkel und presste sie jedes Mal zusammen, bevor er aus der geblümten Kindergießkanne, die er vor dem Schuppen gefunden hatte, Wasser auf das feuchte Tuch über seinem Mund laufen ließ. Der saure Geruch von Haugens Kotze verursachte ihm Übelkeit.

Anfangs wechselte der Zustand des Mannes noch zwischen Ängstlichkeit und Empörung. Haidar spürte seine arrogante Genervtheit, wie bei jemandem, der von einem Dummkopf missverstanden wurde.

»Sebastiani hat das Geld«, gurgelte er durch den nassen Lappen über seinem Mund. »Verdammt … Sebastiani … bringt … das Geld.«

Haidar begriff nichts von dem, was der Mann in kurzen Stößen über eine Lösegeldübergabe hervorkeuchte, deren Ort er nicht kenne. Immer wieder nannte er den Namen des Deutschen, dem das Haus gehörte. Seit Wochen hatte Haidar auf den Moment gewartet, dem zweiten Täter, der seine Familie verschleppt und höchstwahrscheinlich umgebracht hatte, in die Augen zu sehen, doch der Gefesselte dachte gar nicht daran, ihm die Erlösung zu liefern.

Haidar holte sein Telefon hervor und hielt Ingmar Haugen die Fotos von seiner Frau und seinem Sohn dicht vor das Gesicht. Sie lachten in die Kamera.

»Was habt ihr mit ihnen gemacht? Was hat der Deutsche damit zu tun? WO. SIND. SIE?« Haidar brüllte.

Ingmar Haugen warf bei jeder Frage die Stirn ein wenig tiefer in Falten und versuchte ein energisches Kopfschütteln, so gut Haidars Oberschenkelschraubstock es zuließ. Doch die Wut des Mannes machte ihn stark. »Kenn die nicht«, hustete er jedes Mal.

Er kannte sie auch nach zehn Litern Wasser nicht. Ebenso wenig den jungen Mann mit dem roten Toyota Hilux. Weitere drei Liter später verblasste auch die Wahrscheinlichkeit, dass Ingmar Haugen ein *contractor* für den syrischen Geheimdienst sein könnte, ein Söldner, der den Auftrag hatte, ihn und seine Familie im Ausland aufzuspüren. Haidar musste sich eingestehen, dass diese Vermutung ohnehin ein wenig eitel gewesen war. Er war viel zu unwichtig gewesen, als dass der Dienst einen Grund hatte, ihm und seiner Familie bis ans andere Ende der Welt nachzustellen. Haidar war ein kleines Rädchen im großen Apparat gewesen. Er kannte keine Geheimnisse, die die Welt über das Regime in Damaskus nicht längst herausgefunden hatte.

Haugens Telefon, das Haidar ihm abgenommen hatte, vibrierte.

»Wer ist das?«, fragte er und hielt Haugen den Apparat hin.

»Chef«, keuchte er.

Haidar überlegte, den Anruf entgegenzunehmen, doch dann drückte er ihn weg. »Weiß er, wo meine Familie ist?«, sagte er.

Kopfschütteln. Husten. Kotze. Haugen rang nach Luft. Er beteuerte, er sei zum ersten Mal seit vier Jahren in dem Haus und arbeite für einen wohlhabenden Mann in Oslo, dessen Enkelin entführt worden sei. Ihr Name sei Hannah.

»Ich schwöre, das ist die Wahrheit. Ich weiß nicht, wo deine Leute sind.«

Der Vater des entführten Mädchens sei der Polizist Falk Sebastiani. Haidar erinnerte sich an die Bilder aus der Klatschpresse und die Berichte über die schmutzige Scheidung des Deutschen von der reichen Möbelfabrikantentochter aus Oslo.

Sebastiani sei mit dem Motorrad davongefahren, um zwei Millionen Dollar Lösegeld an die Entführer zu überbringen. Ingmar Haugen behauptete, keine Ahnung zu haben, wo die Übergabe stattfinden sollte.

»Hat mich ausgetrickst«, stieß er hervor.

Unter dem nassen Lappen erklang ein resigniertes Lachen. Dann urinierte Ingmar Haugen sich in die Hose, seufzte erleichtert auf und rief nach seinem Gott.

Haidar überließ ihn einen halben Tag lang sich selbst. Er zog in Erwägung, dass Haugen die Wahrheit sagte. So phantasiebegabt konnte dieser grobe Klotz schließlich nicht sein, dass er solch eine Geschichte einfach erfand.

Er ekelte sich vor dem Leid des Mannes. Davor, wie sich der starke, stolze Mensch in Agonie und einen Gestank aus Angst und Pisse verwandelt hatte. Er empfand Abscheu. Er saß im Wohnmobil, ganz still, und ein Gedanke näherte sich ihm hinterrücks, wie ein Schnellzug, den man erst bemerkte, wenn er wie aus dem Nichts mit einem Sturmwirbel am Bahnsteig vorbeidonnerte. Die Abscheu, die er empfand, galt nicht Ingmar Haugen. Sie galt ihm selbst. Alles, vor dem er mit seiner Frau und seinem Sohn geflohen war, lag ausgebreitet vor ihm im Halbdunkel des Schuppens wie eine Miniatur des Grauens. Niemand anders als er selbst hatte dieses Grauen geschaffen. Es geschah durch seine eigenen Hände. Das Böse, das der Welt seinen Willen auftrotzen wollte, hatte sich in den hintersten Winkel seines Herzens gestohlen. Jetzt kam es hervor als grausames Handwerk, für das es keine Lehrzeit brauchte. Er war ein Folterknecht in eigener Sache geworden.

Er musste den Deutschen sprechen, dessen Tochter entführt worden war. Er spürte die Gewissheit, dass es einen Zusammenhang zwischen dem Verschwinden seiner Frau und seines Sohnes und der Entführung dieses Mädchens gab. Noch konnte er nicht erkennen, auf welche Weise ihre Lebensadern sich gekreuzt hatten. Aber es kam ihm so vor, als flösse in ihnen dasselbe Blut. Wieder spürte er die Hoffnung aufkeimen, dass seine Familie noch am Leben war. Doch auch die Angst, dass diese Hoffnung sich als trügerisch erweisen könnte, kehrte zurück.

War seine Familie von denselben Tätern verschleppt worden wie das Mädchen, um ein Lösegeld zu erpressen? Aber wieso hatten die Männer sich nicht bei ihm gemeldet? Es gab vieles, das er nicht verstand. Woher hätten die Kidnapper wissen können, dass es bei ihnen etwas zu holen gab, einer Flüchtlingsfamilie aus Syrien mit Fetzen am Leib? Niemand konnte ahnen, dass Haidar im Besitz von hundertsechzigtausend Euro war, die Dimitrij in Homs einem jungen Raubgräber abgepresst hatte und die jetzt sicher im Mietabteil eines Lagerhauses am Gardermoen Business Park lagen. Oder hatte Dimitrij ihn verraten? Verraten müssen. Weil seine Kameraden ihm auf die Schliche gekommen waren und ihren Anteil wollten? GRU-Mitarbeiter waren nicht gerade für Skrupel bekannt. Sie konnten ihn mit genau denselben Methoden zum Reden bringen, in denen Dimitrij selbst ein unglücklicher Meister war. Der Schmerz brachte alle zum Reden, egal, wen er traf, egal, wer den Knüppel schwang. Und so wie Dimitrijs Bruder aus Murmansk ihnen bei der Flucht geholfen hatte, war es möglich, dass Dimitrijs Kameraden ihre Gewährsleute hatten, die unerkannt über die Grenze nach Norwegen fuhren und eine Familie verschleppten. *Dimitrij.* Was war geschehen? Er hatte den Freund seit dem Beginn ihrer Flucht nicht mehr erreicht. Er schien wie vom Erdboden getilgt.

Und, fragte er sich und verneinte sogleich, konnte es ein Zufall sein, dass der junge Mann mit dem roten Toyota Pick-up, den er getötet hatte, ausgerechnet in dem Haus wohnte, das dem Vater des Entführungsopfers gehörte? Doch wie hing das zusammen? Haidar wusste es nicht, und auch Ingmar Haugen schien es nicht zu wissen. Das, was von der Lebensenergie des Mannes im Schuppen übrig geblieben war, hatte sich endgültig in Agonie und Irrsinn verwandelt. Als Haidar ihn fragte, wann der Deutsche von der Lösegeldübergabe zurückkehren würde, kicherte Haugen, und ein Schwall Erbrochenes gluckste aus seinem Rachen nach oben. Sein Blick blieb an die Decke des Raumes geheftet, als hinge dort ein Bildschirm.

»Blumen pflücken«, röchelte er. »Geht bestimmt noch Blumen pflücken. In den Bergen.« Wieder kicherte er, so gut die Kotze in seinem Mund es zuließ.

Haidar würde auf den Deutschen warten.

Haben sie dir auch dein Kind weggenommen?

An Ingmar Haugen dagegen hatte er keine Fragen mehr. Wozu sollte er ihn am Leben lassen? War es nicht besser, ihn von seinem Leid zu erlösen?

33

Falk Sebastiani hat ein Loch im Kopf. Er weiß nicht, woher. Er bemerkt es erst, als ihm ein warmes Rinnsal in den Nacken läuft. Er ist hundert Jahre alt. Jede Bewegung seines Körpers ist ein lange eingeübter Schmerz. Die Füße sind kantige Klötze, als er aufsteht und jetzt auf das Ufer des Flusses zuwankt. Die Sonne wird in glitzernden Mikrowellen vom träge dahinfließenden Wasser reflektiert und sticht in den Augen. Er kehrt wieder um. Wie ferngesteuert hebt er das Motorrad aus dem Geröll hoch. Er schiebt es durch das Weidengestrüpp zum steinigen Ufer. Erst da versteht er, dass der Fluss keine Straße ist. Die Räder versinken im Wasser.

Geht ja gar nicht, denkt er und ist ratlos.

Er schaut den Strom hinunter, der durch das Tal mäandert. Rechts die steilen Wände, wie in einem Canyon, links das weite Land, dahin kann man fliehen. Am gegenüberliegenden Ufer wachsen die Birken bis ans Wasser wie Mangroven in einem tropischen Urwald. Jetzt fällt ihm das Boot mit den beiden Insassen wieder ein. Es ist längst hinter einer der sanften Biegungen verschwunden. Er lässt das Motorrad in den weichen Kies kippen und sinkt auf die Knie. Er fasst sich an den blutigen Hinterkopf und weiß nicht, ob das, was er gesehen hat, vor dem Sturz war oder danach, als ihm sein Kopf wegen des Lochs darin vielleicht einen Streich gespielt hat. Er streift den Rucksack ab und versorgt die Wunde, die er nicht sehen kann, indem er den Kopf im Fluss untertaucht und sich einen abgerissenen Ärmel seines Hemdes um die Stirn wickelt. Seine Hand mit dem deformierten Finger ist geschwollen, doch sie schmerzt kaum mehr als der Rest seines Körpers. Das ist das Gute, denkt er. Der eine Schmerz versteckt sich einfach hinter einem größeren. Die beiden Krähen kreisen jetzt über ihm. Sie rufen: »Krooh krooh«, als applaudierten sie ihm für ein gelungenes Kunststück. Als er den Blick wieder senkt, sieht er das Boot mit den Männern. Es fährt stromabwärts. Die Männer reden laut und haben Bierdosen in der Hand. Er winkt ihnen zu, und sie fahren dicht ans Ufer. Als sie sehen, dass er Hilfe braucht, setzen sie ihr Boot sanft auf die Kiesbank. Sie sind zu dritt. Sie kommen von der Schneehuhnjagd und haben Bündel mit toten Vögeln im Boot.

Müssen wohlhabend sein, denkt er.

Auf ihren teuren Rucksäcken liegen Krieghoff-Flinten mit gravierten BasküIen. Die Männer in Barbourjacken. Sie stellen keine unangenehmen Fragen und wuchten die Husqvarna an Bord. Verstohlen begutachten sie seine abgerissene Aufmachung und reichen ihm ein Bier.

»Danke. Hab mich bei einem Jagdausflug mit dem Motorrad verfahren«, lügt er.

Die Männer lachen, ohne gehässig zu sein. Einer von ihnen heißt Petter. Er hat Falks Statur und drückt ihm ein kariertes Flanellhemd und einen Fleecepullover aus seinem Rucksack in die Hand.

»Ich bestehe darauf. Hier müssen alle angemessen gekleidet sein«, sagt er und lächelt.

Wieder lachen alle, diesmal lacht er mit. Einer der drei, ein gemütlicher Typ um die sechzig mit Wurstfingern, untersucht seinen Kopf. Er ist Arzt und stammt wie die anderen aus Narvik. Männerausflug.

»Das ist bloß ein Kratzer«, sagt er über Falks Loch im Kopf und desinfiziert die Wunde mit Wodka. Aus einem Stück platt getretener Bierdose bastelt er eine Schiene für den Finger und fixiert sie mit Leukoplast.

»Kapselriss«, sagt er und gibt ihm zwei Fentanyl aus seiner Reiseapotheke. Nach zehn Minuten ist Falk eingelullt in einen Kokon verengter Wahrnehmung. Das, was noch zu ihm durchdringt, ist umso deutlicher, scharf, bunt und laut. Die strahlend weißen Zähne der Männer, die sie beim Lachen entblößen. Der würzige Herbstgeruch, der die Lungen weit macht. Die Zweige der halb nackten Birken am Ufer, die sich wie dünne Kinderärmchen in den Himmel recken. Der giftgrüne Lack auf dem

Rumpf des Bootes. Das Pochen der Gedanken über das, was er gesehen hat. Dann schweigen die Männer wie eine wortlose Verabredung zur Ehrfurcht vor der Schönheit, die sie umzingelt hat.

Nach einer Stunde taucht hinter einer Biegung die Bootsländе von Bilto auf. Ein Dutzend schlanke Rümpfe liegen nebeneinander im Kies. Die Männer aus Narvik wollen weiter stromabwärts nach Tronsanes. Dort haben sie eine Hütte am Fluss gemietet. Sie laden ihn ein, mitzukommen und sich auszuruhen. Bier, Wodka und gebratene Schneehühner. Fliegenfischen. Er soll am Lagerfeuer von seinem Abenteuer erzählen. Sie sind neugierig. Er antwortet nicht, denn jetzt sieht er das einzelne Boot am gegenüberliegenden Ufer. Es scheint ein Mietboot zu sein. Am Bug trägt es eine große schwarze Drei.

Sie setzen ihn neben dem Boot ab und hieven das Motorrad über die Bordwand. Sie überlassen ihm ein paar Liter Gemisch aus einem ihrer Tanks und eine Dose Ringnes Pils und wünschen ihm alles Gute. Er hat den Eindruck, dass die Fremden es aufrichtig meinen, obwohl sie genau wissen, dass er ihnen nicht die Wahrheit gesagt hat. Er schüttelt ihre Hände. Als ihr Boot hinter der Flussbiegung verschwindet, kommt es ihm vor wie der Abschied von Freunden.

Er untersucht das Boot mit der Drei. Der Außenborder ist noch warm. Sie können nicht weit sein, denkt er. Sein Blick sichert ringsherum. Am Kiesstrand gegenüber klettert eine Gruppe Touristen in eines der Flussboote. Sie sind gute hundert Meter entfernt und können ihn nicht erkennen. Mit dem Taschenmesser schneidet er den Benzinschlauch zwischen Tank und Außenborder ab und steckt ihn in seinen Rucksack. Er tritt die Husqvarna an und folgt einer Schotterpiste, die vom Ufer wegführt. Die Maschine zieht wie ein sturer Esel nach rechts.

Gabel krumm, denkt er, und jetzt plappert sein Kopf noch andere Unwichtigkeiten, damit er nicht an das denken muss, was er beim Blick durch das Fernglas gesehen hat.

Schönes Hemd. Schönes Wetter. Wie es wohl dem Drachen-

baum zu Hause geht? Ob sich die Gabel der Maschine richten lässt? Ob Kriminaldirektor Riemann noch lebt?

Der schmale Weg führt in einen hohen Kiefernwald hinein und macht einen Knick nach Südosten, stromaufwärts. Der Geruch von Kienspan liegt in der Luft. Er spürt, dass erst jetzt die Wärme endgültig in seinen Körper zurückkehrt. Er schwitzt.

Wie ein Stück gefrorenes Fleisch in der Pfanne, denkt er. Außen zu warm und innen zu kalt.

Er folgt in langsamer Fahrt dem Weg und lässt den Blick durch die Bäume schweifen. Er sucht eine Hütte oder ein Haus. Der Motor stottert und spuckt unwillig. Er mag die niedrigen Drehzahlen nicht. Jetzt schimmert ein roter Fleck durch das Unterholz. Er fährt näher heran. Von der Piste führt eine Grundstückszufahrt in Richtung Flussufer. Auf einer Waldlichtung steht eine brandneue Røros-Blockhütte mit Veranda und Windschutz aus Plexiglas. Hinter dem Gebäude fällt die Wiese zum Ufer des Flusses ab. Davor parkt ein rotes Polaris Quad. Er weiß, dass er richtig ist, und will es nicht wahrhaben. Er stellt den Motor der Husqvarna ab und legt die Maschine im Wald hinter einem Wacholderstrauch ab. Vom Rucksack löst er die Sabatti und lädt zwei Patronen in die Läufe. Mit der Flinte nähert er sich der Hütte bis zum Waldrand. Der Boden ist weich und leise. Jetzt weht der Geruch von gebratenem Rentierfleisch, Kaffee und Rauch zu ihm herüber. Seine Erinnerungen explodieren. Wie er diese Mischung liebt. Der Fluss rauscht leise im Hintergrund und übertönt jedes Geräusch in der Hütte. Mit einem kurzen Sprint überquert er die Lichtung bis an die Rückseite des Gebäudes.

Sein verletzter Finger pocht, als er um zwei Ecken zum Eingang schleicht. An einem Holzgestell davor hängen zwei schöne, ausgenommene Lachse. Er tritt vor die Tür und hält die Flinte in einem wackeligen Anschlag, so gut die kaputte Hand es zulässt. Wenn er abdrücken muss, wird der Rückstoß ihm die Läufe geradewegs ins Gesicht schleudern. Dann öffnet er schnell die Tür. Die Hütte besteht aus einem einzigen großen Raum. Der Boden ist mit bunten Flickenteppichen ausgelegt.

Im offenen Dachfirst ist eine Schlafkoje eingezogen, zu der eine Leiter hinaufführt. Links befindet sich eine bunt zusammengewürfelte Küchenzeile aus gebrauchten Geräten. An der Rückwand steht ein speckiges lindgrünes Ledersofa. Auf dem Boden davor liegen zwei leere orangefarbene Packsäcke. Auf dem Sofa sitzen seine Tochter Hannah und seine Geliebte Liv Piekkala. Die beiden Frauen haben Bündel mit Dollarnoten gezählt, die sich zwischen ihnen auftürmen. Jetzt schauen sie zu ihm herüber.

34

Liebe! Sie wusste nichts von der Liebe. Genauso wenig wie André Schoomwinkels, mit dem Hannah in den vergangenen Wochen zehn Mal geschlafen hatte und der jetzt seinen Redeschwall unterbrach und zu singen anfing, laut und grölend.

»I want to make love with you till I die.«

Kleine Speicheltropfen schossen aus seinem Mund und blieben an der Innenseite der Windschutzscheibe kleben. Er riss das Lenkrad im Takt einer kruden Melodie hin und her und ließ den Pick-up über die gesamte Straßenbreite schlingern. Mit seiner Rechten betatschte er ihren Oberschenkel wie ein Stück Fleisch.

Er schaute sie nicht an.

Seine Hand war kalt.

Sie hatte Angst.

Dumme Kuh, dachte sie.

Draußen wälzte sich ein Regenschleier über das Dämmerlicht der Mitternachtssonne, als wollte er den Tag am Hellwerden hindern. Sie war müde. Der Alkohol machte ihren Körper schwer und träge. Nicht wie das Crystal, das die Welt bis auf den Grund ihrer Atome in die Luft jagte und für ein paar Stunden versprach, dass dort unten die Liebe tobte, eine Täuschung, auf die jedes Mal ein großer Durst folgte, unstillbar und viehisch, der ihre Gedanken trockenlegte, als wäre sie ein ausgestopftes Tier. Trotzdem spürte sie das gierige Verlangen, ihren Kopf in eine Wolke aus bleiernem Rauch zu halten und tief einzuatmen, denn die Gleichung der Sucht besagte, dass der Schmerz der Enttäuschung nach einem Trost rief, der jedes Mal ein wenig größer sein musste als die Male davor.

Größer, größer.

Komm, mach mich größer als das Leben.

André Schoomwinkels hatte mit seinen Drogengeschäften geprahlt. Immer nur in vagen Andeutungen, die ihre Neugier befeuern sollten, aber das Gegenteil erreichten. Hannah fragte nicht nach. Sie hielt ihn für einen Wichtigtuer, und sollte er doch die Wahrheit sagen, war es besser, seine Ausdauer im Bett mitzunehmen und über den Rest möglichst wenig zu wissen.

Sie waren nach Alta gefahren an dem Abend. Ein bisschen Spaß haben, meinte er und hatte zum ersten Mal, seit sie ihn kannte, ein Hemd angezogen. Vor der Abfahrt rauchte er eine Bong. Hannah blieb nüchtern. Ihr letzter Trip war im Kopf falsch abgebogen und hatte ihre Synapsen zu einer zweitägigen Psychose verdrahtet. Sie hatte sich in der Sauna verbarrikadiert, doch der Mann, der sich über sie beugte und ihren Hals und ihre Brüste leckte, war trotzdem hereingekommen, vielleicht durch das Schlüsselloch oder das eiserne Ofenrohr. Er hatte das faltige Gesicht und die gierigen Hände ihres Großvaters und den erigierten Penis ihres jungen Liebhabers gehabt, eine Mischung aus Zombie und Satyr. Er hatte sie immerzu angelächelt, während die Worte kalkrau und stinkend aus seiner Kehle krochen und er in sie eindrang.

Mein Kind, mein Kind.

Dann war eine Frau, von der sie nicht erkennen konnte, ob sie selbst es war oder eine andere, die ihre Kleider genommen und übergestreift hatte, von hinten herangesprungen und hatte den Kopf des Wesens herumgerissen und sein Gesicht auf die heißen Steine des Saunaofens gedrückt. Alle drei hatten geschrien. Schmerz, Rache, Hysterie.

Sie trank nur zwei Bier. Dass André eine Lieferung Crystal für einen Zwischenhändler in der Stadt deponieren musste, verschwieg er ihr. Hannah hätte ahnen können, dass der Grund für ihre Fahrt nicht allein das Vergnügen war, als André die Nummernschilder von dem einen Pick-up an den anderen montierte. Er hatte ihr erklärt, welchen Zweck die beiden identischen Autos hatten. Er war ganz stolz auf seine Idee gewesen. Ein schmutziger Wagen für die Drogentransporte, ein sauberer für alles andere.

Und für beide nur einmal Steuern zahlen.

Sie nahmen den schmutzigen Wagen. André bestand darauf,

selbst zu fahren, obwohl seine Augen schon glasig waren. Hannah hatte zwar noch keinen Führerschein, aber sie durfte schon seit anderthalb Jahren in Begleitung ihrer Mutter ans Steuer. Sie war eine ebenso gute Fahrerin wie Silje, und sie war besser als André, dessen hektische Unsicherheit in jeder Lenkbewegung und in jedem Gasstoß spürbar war, auch dann, wenn er nichts genommen hatte. Er hatte keinerlei Gefühl für Technik.

Nach anderthalb Stunden Fahrt hielt er vor einer geschlossenen Autowerkstatt im Industriegebiet von Alta. Es war niemand zu sehen. Das ganze Areal war menschenleer. Die Hallen der Firmen lagen in der Landschaft verstreut wie Bauklötze, die Gott beim Spazieren durch eine löchrige Hosentasche verloren hatte.

Hannah begriff erst, was vor sich ging, als André das Paket mit dem Stoff unter dem Fahrersitz eines Schrottautos auf dem Hof deponierte. Sie ärgerte sich über die Selbstverständlichkeit, mit der er sie in seine Geschäfte hineinzog. Sie strafte ihn, indem sie auch diesmal nicht nachfragte und demonstrativ aus dem Beifahrerfenster schaute, als er wieder einstieg.

»Ich habe Hunger«, sagte sie und versuchte dabei so gelangweilt wie möglich zu klingen.

Der laute Knall der Autotür verriet seine Wut über ihr Desinteresse. Schweigend fuhren sie zum Scandic Hotel am Løkkeveien. Ihr Wagen umrundete die Nordlyskathedrale, die wie ein abschussbereites Raumschiff in den Himmel ragte.

»Blödes Drecksding«, sagte André, und Hannah wusste, dass der Abend gelaufen war, Opfer einer Missstimmung, die sie nicht erklären und nicht mehr aufhalten konnte. Dabei war dieser Mann ihr so nahe gekommen wie noch keiner zuvor. Sie betrachtete die metallisch glänzende Kirche und wusste plötzlich, dass die Zeit mit André vorüber war, eine Episode ihres frischen Lebens, die sie nicht missen mochte, aber kühl und leichten Herzens hinter sich lassen konnte. Die Erkenntnis erleichterte sie, und sie schenkte der Kathedrale ein Lächeln.

Nach drei wortkargen Wodka Martini in der Hotelbar des Scandic offenbarte André ihr, dass er ein großes Doppelzimmer gebucht und außerdem für Mitternacht eine Prostituierte bestellt hatte. Er schob ihr sein Telefon hin, auf dem das Bild einer jungen Frau zu sehen war, die kaum älter sein konnte als Hannah. Sie warf dem Fotografen einen gekonnt verführerischen Blick zu, der Hannah bis in den Unterleib traf. Die Augen und die Haare der Frau waren schwarz. Sie hatte kleine, feste Brüste. Ihre rasierte Vulva war teilweise von einem zwinkernden Emoji verdeckt.

»Kommt über die Grenze aus Russland«, sagte André. Er versuchte einen versöhnlichen Tonfall. »Wie findest du sie?«

Hannah schwieg. Es lag eher an ihrem zu geringen Drogenniveau als an der Aussicht darauf, Sex zu dritt zu haben, dass sie schlagartig nüchtern war. Der Gedanke, André jemals wieder an sich heranzulassen, kam ihr auf einmal absurd vor. Sie ekelte sich plötzlich vor ihm, doch in den Ekel mischte sich ein anderes Gefühl. In ihr meldete sich der Teil, der die schöne Russin gerne getroffen hätte. Die Haut einer anderen Frau auf ihrer Haut, die fremde Hitze, aber das verschwieg sie André.

»Du spinnst«, sagte sie nur.

Laut genug, dass der Barkeeper es hören konnte. Sie kippte den Rest Wodka Martini runter, schob ihm das Glas hin, deutete auf André und erhob sich vom Barhocker. »Er zahlt.«

André zerrte einen Tausend-Kronen-Schein aus der Hosentasche und legte ihn auf den Tresen. Er drehte dem schwarzen Barkeeper das Telefon mit der nackten Russin hin.

»Wie findest du die Kleine? Würdest du sie ficken?«

Der Mann nahm den Tausender, ohne das Bild der Frau eines Blickes zu würdigen, und legte André das Wechselgeld hin. André klaubte die Scheine zusammen, ließ die Münzen liegen und erhob sich. Er taumelte, grapschte nach seinem Telefon, als wollte er sich daran festhalten, und stolperte mit einem ausladenden Schlenker, als der Apparat unerwartet nachgab. Die Gäste an den Tischen drehten die Köpfe. André glotzte durch sie hindurch und suchte nach Hannah, die sich ins Foyer geflüchtet hatte. Im Hinausgehen hielt er einigen Gästen das Bild mit der Russin hin, erst den Männern, dann ihren weiblichen

Begleitungen. Sie drehten sich betreten oder empört weg. Hannah hörte ihr Gemurmel bis ins Foyer. Zum ersten Mal, seit sie André begegnet war, beobachtete sie ihn aus der Distanz. Aus der neuen Perspektive wirkte der wankende Mann mit den leicht gebeugten Schultern und dem Blick, der in sich selbst ertrank, wie ein Fremder, den man instinktiv meiden wollte. André beschimpfte niemand Bestimmten, als er die Bar verließ und auf Hannah zusteuerte.

Weg, sie wollte nur noch weg von hier, weg von ihm, aber der nächste Bus nach Badderen fuhr erst am kommenden Morgen. André warf ihr einen Kuss zu. Sie drehte den Kopf weg und wollte ihn vor die Tür bugsieren, die Peinlichkeit beenden, doch er war stärker und zerrte sie zur Rezeption. Der Concierge knipste sein Lächeln an, und noch bevor er »Ja bitte?« sagen konnte, verbeugte André sich und präsentierte ihm mit einer galanten Armbewegung seine Begleiterin.

»Weil *diese* junge Dame heute nicht mit mir ficken will, muss ich die Junior Suite in eurem geilen Hotel leider canceln, verstehst du?«

Der Mann lächelte noch einen Sekundenbruchteil, bis zu ihm durchgesickert war, was er gehört hatte. Sein Blick begann zu flackern. Er wandte sich haltsuchend seinem Bildschirm zu. Einige Gäste in der Lobby blieben stehen und brachten sich in Gafferpositur.

»Also …«, sagte der Concierge, weiter kam er nicht, weil André sich in diesem Moment mit einer wegwerfenden Handbewegung abwandte und auf den Ausgang zusteuerte.

»Drecksladen«, hallte seine Stimme durch die Lobby. »Scheiß Neger.«

Jetzt war er es, der zerrte. Draußen stolperte Hannah beinahe den Treppenaufgang hinunter. Bis sie beim Auto waren, stritten sie um den Zündschlüssel, doch André machte sich einen Spaß daraus, ihn vor ihrer Nase hin und her zu schwenken und wegzuziehen, sobald sie danach schnappte. Schließlich gab sie es auf. Sie war ja selbst nicht mehr nüchtern.

André lenkte den Pick-up auf der Gegenfahrbahn durch den

Kreisverkehr hinter der Kathedrale, pflügte durch die Blumenrabatten und bog in den Aronnesveien. Niemand sah sie dabei oder hörte Andrés keckerndes Lachen, das aus der heruntergekurbelten Seitenscheibe drang. Die Stadt lag schlafend da. Die ockerfarbenen Wohnwürfel von Granshagen steckten wie grobe Pixelfehler im nachtblauen Himmel. Noch so ein Ort, der aller Lieblichkeit trotzt, dachte Hannah.

Die Sehnsucht nach einer Bong wurde plötzlich unerträglich. Aber sie wusste, die Wirkung der Droge würde sie besinnungslos mit dem Mann neben sich versöhnen, und das wollte sie nicht, nie wieder, das klebrige Zueinanderfliehen, die billig verchromten Liebesschwüre, während sie ihr Geschlecht aneinander rieben und den Halt genossen, bis danach, bis sie, jeder für sich, wieder allein waren.

Liebe! So ein Quatsch.

Er grinste sie an und schob seine Hand höher. Sie nahm seinen Mundgeruch wahr. Sie drückte seine Hand weg und umschloss sie kurz mit der ihren, um der Abwehr etwas Besänftigendes zu geben, sei es aus Furcht, oder weil sie eine spätere Annäherung nicht ausschließen wollte, sie wusste es nicht. Zu ihrem Erstaunen gab er nach. Mit beiden Händen umklammerte er das Lenkrad und stierte schweigend hinaus auf die Fahrbahn. Beinahe sofort wünschte sie sich, er möge weitergrölen. Die Stille, die jetzt nur noch vom Motor des Wagens und dem Singen der grobstolligen Reifen durchbrochen wurde, kippte wie eine Mauer in Zeitlupe auf sie herab. Ein Tod aus stummen Worten. Sie kurbelte das Seitenfenster herunter und streckte den Kopf in den Fahrtwind. Sanfte Stiche aus Wasser trafen ihr Gesicht. Es war, als spräche der Regen zu ihr.

Du teilst nichts mit ihm. Du schuldest ihm nichts.

Jetzt streichelte er ihre Schulter. Er legte seine Hand auf ihren Schoß wie auf etwas, das ihm gehörte. Plötzlich hatte sie das Gefühl, sie wäre zwei. Da war sie selbst, die Frau draußen im Regen. Und da war die andere, die im Wagen saß und in einem Leben von vorgestern feststeckte. Sie musste sie in die Gegenwart holen. Sie zog den Kopf zurück ins Wageninnere und schaute ihn an. Dann schlug sie zu. Sie hätte gar keinen Platz gehabt, um für eine Ohrfeige auszuholen, aber sie hatte Platz für einen geraden Haken, der seine Nase traf. Er schrie auf. Der Wagen machte einen Schlenker auf die Gegenfahrbahn. Blut lief aus seinem rechten Nasenloch.

»Du kleine Fotze!«

Sie lachte unwillkürlich auf. Über ihren Mut, darüber, dass er sie jetzt mit denselben Worten beschimpfte, mit denen er sie noch vor zwei Tagen im Moment höchster Lust liebkost hatte. Tränen schossen ihm in die Augen. Sie reichte ihm ein Papiertaschentuch. Er grapschte es ihr aus der Hand und hielt es an seine Nase, um die Blutung zu stillen. Er blieb ohne ein Wort, stöhnte nicht mal vor Schmerz, als ob er genau wüsste, wie sehr er den Schlag verdient hatte. Er war nicht dumm.

»Morgen reise ich ab«, sagte sie. Es klang tonlos und kalt und duldete keinen Widerspruch, dessen war sie sicher.

»Einen Scheißdreck wirst du.« Er spuckte die Worte aus wie ein fauliges Stück Fleisch, aber es war vor allem sein Blick, der ihr Angst machte und der bis in ihr Innerstes schnitt. Einen Moment verlor sie sich in seinen schönen Augen. Alle Vertrautheit und Zärtlichkeit, wenn schon keine Liebe, die sie darin erblickt und mit ihm geteilt hatte, war verschwunden und ausgelöscht.

Draußen flog bereits die ganze Zeit der junge Tag vorüber, noch dunkelgrau und feucht, mit einem Feuerstreif Orange am Himmel, der die Wärme brachte, später. Doch ihre Blicke rangen miteinander und interessierten sich nicht dafür. Die dünnen Schatten, die plötzlich vor ihnen aus dem Boden schossen, nahmen sie erst im allerletzten Augenblick wahr. Sie rissen die Köpfe herum und starrten nach vorne.

»Verdammte Viecher«, schrie er. »Verdammte Mistviecher!«

Es gab einen dumpfen Doppelschlag, einen schweren, der die Windschutzscheibe zu einem Spinnennetz zertrümmerte, und einen leichten, der unter ihren Füßen polterte und den Wagen kurz hochwippen ließ. Die blockierten Räder schabten haltlos über den feuchten Asphalt.

Dann war es still.

André stieg aus dem Wagen, ohne Hannah anzusehen. Sie zögerte, legte die Hand auf den Türgriff und rührte sich nicht. Starrte weiter geradeaus, anstatt den Kopf zu drehen und durch das Fenster der Fahrerkabine nach hinten zu schauen. Sie fokussierte auf die gesprungene Windschutzscheibe, folgte den Zickzacklinien der weißen Adern und wartete. Darauf, dass André zurückkam und Entwarnung gab, ihr sagte, dass es eine Rentierkuh und ihr Kalb waren und dass sie das Kalb mitnehmen und zerlegen und morgen sein Filet essen würden.

André kehrte nicht zurück.

Da wusste Hannah, dass ihre Wahrnehmung sie nicht getäuscht hatte. Das Etwas, das die Windschutzscheibe getroffen hatte, war ein Mensch gewesen. Sie hatte ein Gesicht erkannt, ganz kurz, wie der Schnipsel aus einem falschen Film, dazwischengeschnitten, eine Frau mit schwarzen Haaren.

Erst als André hinter ihr die Heckklappe entriegelte und gleich darauf ein Poltern den Wagen erschütterte, drehte sie sich um. Jetzt sah sie die Katastrophe. André legte den leblosen Körper einer Frau, der in einer viel zu großen Regenjacke steckte, auf die Ladefläche. Die Frau hatte schwarze Haare. André schaute Hannah an. Sein Blick war großäugig und starr wie Wachs.

Der Junge lag noch auf der Fahrbahn, mit dem Gesicht nach unten. Seine Beine waren absurd umeinandergeschlungen.

Wie ein Korkenzieher, dachte sie.

Eine Blutlache breitete sich unter seinem kleinen Kopf aus. Daneben lag ein Rucksack. Er war beim Aufprall aufgeplatzt, und eine armselige Habe hatte sich auf der Straße verteilt, zwei halb leere Softdrinkflaschen mit russischer Beschriftung, eine bunte Decke aus Kunstfaser, ein paar abgenutzte Kleidungsstücke, ein Inhalator mit Asthmaspray. Hannah sammelte alles auf. Ihre Hand flatterte, als sie eine arabische Ausgabe von Saint-Exupérys »Der kleine Prinz« in den Rucksack zurückstopfte.

Die Freundschaft mit dem Fuchs.

Die Seite war vom Regen nass geworden.

In einer Plastiktüte steckten ein Pass und ein Bündel mit

Dollarnoten. Eine zweite Tüte vom Supermarkt in Burfjord enthielt die Reste einer kümmerlichen Mahlzeit.

Wie ein ferngesteuerter Roboter klaubte Hannah die restlichen Spuren von der Straße. Das Flattern der Hand hörte auf. Als André den toten Jungen in die Decke wickelte und auf die Ladefläche zu der Frau legte, begriff sie, dass das Leben, wie sie es kannte und sich manchmal für eine möglichst lange Zukunft erträumte, vorüber war. Von nun an bis zu dem Tag, an dem sie sterben würde, stünde als Einleitung vor jedem Kapitel, das dieses Leben schriebe, der heutige Tag. Er würde alles bestimmen, was ab jetzt kam, jede neue Gegenwart ginge immer erst nach einem himmelschreienden Komma los. Das dachte sie, und plötzlich schämte sie sich.

Hast du an nichts anderes zu denken als an dich?

Doch der Sog der Angst um sich selbst war zu stark. Im Angesicht der Toten durchströmte sie die Lebensgier wie eine Böe, die in die Segel fuhr, und katapultierte sie in Gedanken töricht weit weg, an die schönsten Orte.

Wenn die Sonne doch schon schiene, dachte sie und wischte sich die Regenfeuchte aus dem Gesicht. Die Sucht brannte jetzt in ihr wie eine Magnesiumfackel.

Sie sah die Füße des Jungen neben denen der Frau aus der Decke hervorschauen. Mutter und Sohn. Der Junge war vielleicht vier Jahre alt, höchstens fünf. Die Mutter um die dreißig, eine zierliche Person mit weichen Zügen in ihrem friedlichen Gesicht. Die Haut der beiden war dunkel, wie es typisch war für Menschen aus der Levante. Der syrische Pass der Frau besagte, dass sie Fuada Sahin hieß. Der Junge hatte keine Papiere. Er war noch zu jung für die Bürokratie.

Hannah wusste beinahe alles über die Flüchtlingsströme nach Europa. Unregelmäßig spendete sie Teile ihres Trinkgeldes, das sie als Kellnerin in den teuren Clubs von Oslo erhielt, an Hilfsorganisationen. Doch das Geldgeben hatte den Beigeschmack eines Ablasshandels. Deshalb hatte sie sich für die Zeit zwischen Schule und Studium als Freiwillige auf der »Sea-Watch 3« beworben, einem Schiff, das Bootsflüchtlinge aus dem Mittelmeer rettete. Vor zwei Monaten war die Zusage aus Deutschland gekommen. Weil sie seemännische Erfahrung besaß und navigieren konnte, kam sie sogar als Skipperin für eines der Beiboote infrage, die die Flüchtlinge aus ihren morschen Kähnen übernahmen oder aus dem Wasser zogen. Hannah hatte sich auf die harte Aufgabe gefreut. Die Aussicht darauf, ihr Können in den Dienst einer sinnvollen Sache zu stellen, auch wenn es eine traurige Sache war, hatte sie euphorisiert. All das kam ihr plötzlich albern vor, wie die Abenteuerlust einer unreifen, selbstsüchtigen Person, entlarvt vom echten Blut zweier Menschen auf einer rostigen Ladefläche. Solchen Menschen, wie sie sie hatte retten wollen. Wie konnte das Schicksal solch eine Volte schlagen?

Das leichte Gewicht des aufgeplatzten Rucksacks in der Hand brannte sich in ihr Gedächtnis, schwer wie zwei Leben, als sie neben André hinter dem Pick-up stand. Seine Nase hatte wieder zu bluten begonnen, und Hannahs Gedanken sprangen zurück in die Zeit vor dem Aufprall, wieder und wieder, wie eine Schallplatte mit Sprung; wie sie André den mutigen Schlag verpasste, ganz und gar die Person, die sie sein wollte. Sie begriff nicht, dass die Welt um sie herum einfach weitermachte, der Morgen, der langsam sein Zwielicht an den neuen Tag verlor, der Regen, der keinen Grund fand, aufzuhören, etwa aus Respekt vor den Toten, sondern sich unbeeindruckt in dünnen weißen Fäden vom Himmel herabsenkte.

Es muss doch alles stehen bleiben, dachte sie.

Nichts dergleichen geschah. Hannahs Herz krampfte, aber es schlug weiter, und eine blanke Wut entstieg ihm, die die Toten schütteln wollte, bis sie wieder zum Leben erwachten und sich über ihre Grobheit beklagten.

Warum musstet ihr es ausgerechnet hier versuchen? Warum seid ihr nicht übers Mittelmeer gefahren wie die anderen auch und habt euch retten lassen?

Hannah wusste, dass die Arktisroute nie eine große Rolle für die Flüchtlinge gespielt hatte. Es waren nie mehr als ein paar hundert jeden Monat gewesen, denn der Weg durch die Hintertür Europas war lang. Seit Norweger und Finnen ihre Grenze zu Russland für Flüchtlinge geschlossen hatten, versuchten die wenigen, die noch kamen, mit Hilfe von Schleppern durch die Wildnis über die grüne Grenze zu kommen. Manche wagten es allein und verirrten sich. Das Land verschluckte sie mit seinem mächtigen Atem und gab sie nie wieder her.

André schloss die Heckklappe. Das Nasenblut hatte sich mit dem Regenwasser verdünnt und bedeckte seine untere Gesichtshälfte wie eine Schaudermaskerade. Er hatte die beiden Toten flüchtig mit einer Plane abgedeckt. Hannah war eingestiegen und sah im Rückspiegel, wie André sich neben der Leitplanke bückte und etwas aufhob. Sie konnte nicht erkennen, was es war. André warf sich auf den Fahrersitz und wischte sich mit dem Ärmel über den Mund. Er legte Hannah ein Amulett auf den Schoß, wie einen Vorwurf. Es schien aus Silber und Gold zu sein, eine stilisierte Hand, in deren Mitte ein blauer Stein eingefasst war. Hannah hob es hoch, und als sie es umdrehte, spürte sie, wie es ganz leicht klebte. Ob von Andrés Blut oder dem der toten Frau, wusste sie nicht.

Sie sprachen kein Wort, als André mit durchdrehenden Rädern losfuhr. Der Regen hörte auf. Er kurbelte die Seitenscheibe herunter und schaute abwechselnd durch das offene Fenster und die zersplitterte Frontscheibe. Er roch nach feuchter Wolle und Tabak. Seine obligatorischen Augenringe traten wie Schminke auf dem Gesicht hervor, das oben weiß und unten dunkelrot war. Sein Blick streifte den von Hannah. Das genügte für ein gegenseitiges Versprechen.

Niemand. Niemand darf je davon erfahren.

Das Wasser auf dem Fjord war kraus und schimmerte milchig, als André auf den Jafet Lindebergs vei nach Bankenes abbog. Die Luft war kühl und feucht.

»Ich hab die nicht gesehen«, sagte er endlich. »Ich hab die nicht gesehen.«

Sie kamen überein, den Wagen mit den Toten in der darauffolgenden Nacht verschwinden zu lassen. Jetzt war es bereits zu hell dafür. Von Kjell Vesterman wusste André eine Stelle in der Bjørnebucht, an der das Ufer nach wenigen Metern über eine Klippe in tiefes Wasser abfiel. Kjell hatte dort im Laufe der Jahre mehrere Autowracks versenkt. Sie fuhren den Pick-up an seinen Stellplatz in der Scheune. André stieg wortlos aus und ging zum Haus. Er zitterte am ganzen Leib. Hannah schloss das Scheunentor und folgte ihm. Sie verdrillte die Prise Crystal, die André ihr beim Befüllen der Bong übrig ließ, in einem Blatt Zigarettenpapier und spülte sie mit Bier aus einer angebrochenen Dose hinunter, die sie im Wohnzimmer fand. Die Wirkung würde erst in einer Stunde einsetzen. So lange brauchte sie einen klaren Kopf. Andrés Oberkörper kippte sofort nach dem ersten Zug aus der Bong zurück auf das Sofa. Dort blieb er liegen und lächelte die Zimmerdecke an.

Hannah ging zur Scheune zurück und durchsuchte die tote Frau. In der Jackentasche fand sie ihr Telefon. Es war ein teures Modell. Es zeigte elf entgangene Anrufe innerhalb der letzten Stunde. Sie kamen alle von derselben Nummer. Hannah starrte einen Augenblick auf das Display, dann, plötzlich entschlossen und kaltblütig, als wollte sie dem nächsten Klingeln des Apparates zuvorkommen, riss sie den Gehäusedeckel ab, entnahm Akku und SIM-Karte und steckte alles zurück in die Jackentasche der Toten. Sie wollte nichts wissen. Je weniger sie über diese Menschen erfuhr, desto besser.

Am Strand machte sie für den grausamen Abend, der ihnen bevorstand, das Boot klar. Es gehörte ihrem Vater. Als Kind hatte sie kaum über den Rand des stolzen Schiffes blicken können. Jetzt kam ihr die zweckmäßige, hässliche Glasfaserwanne mit dem rostroten Gelcoat lächerlich klein vor. Sie setzte sich auf die Ducht und sah dem tiefen Himmel über dem Fjord dabei zu, wie er die aufgegangene Sonne verschluckte. Ihre Schönheit, das Schlimmste war die Schönheit der Toten, dachte sie noch. Dann fiel der Rausch über sie her und riss ihr mit seinen Krallen alle Sinne auf, bis es wehtat.

Um elf Uhr abends steuerte André Schoomwinkels den Pick-up mit den Toten am Fjord entlang und bog in Sørfjordbotn auf die schmale Straße nach Toppelbukt. Die wenigen Gebäude am Straßenrand waren Wochenendhütten oder Ferienhäuser und lagen dunkel da. André fluchte über den Mond, der als fettweiße Kugel am Himmel schwebte und sein verräterisches Licht auf die Erde warf.

»Scheiß Fotzenmond«, sagte er.

Er presste in Gedanken weitere Flüche hervor, und die Wut und das Crystal waren jetzt seine einzige Medizin. Kurz vor Toppelbukt nahm er eine Fahrspur nach Norden, die auf keiner Karte vermerkt war. Auf diese Weise mied er die Ansammlung verstreut liegender Häuser, denn er wusste, dass einige von ihnen mit Menschen besetzt waren, die sich nicht gerne stören ließen. Der schwere Boden war aufgeweicht vom Regen. Für die kommenden Tage waren weitere Schauer vorhergesagt, deshalb machte er sich keine allzu großen Sorgen wegen der Reifenspuren. Sie wären schnell fortgespült. Er schaltete den Allradantrieb zu, und der Wagen quälte sich im ersten Gang eine Steigung hinauf. Oben angekommen, sah André unter sich die Bucht. Selbst im Mondlicht schimmerte das Wasser türkis. In diesem Augenblick konnte er sich nicht vorstellen, dass es seine Schuld einfach so verschlucken sollte.

Hannah war eine halbe Stunde vor André mit dem Boot von Bankenes aus gestartet, um ihn in der Bucht abzuholen. Über das Wasser war es nur etwa halb so weit wie mit dem Wagen, sechseinhalb Seemeilen, hatte sie geschätzt und sicherheitshalber den zweiten Tank mitgenommen. Der kleine Evinrude-Motor plagte sich mit dem klobigen Rumpf. Hannah hielt sich so weit wie möglich vom Ufer entfernt, um keine Aufmerksamkeit zu erregen. Das Wasser glitzerte wie die schwarze Haut einer Schlange, die sich mit unbegreiflicher Mühelosigkeit vorwärtsschob. Sie erschauderte. Nebelige Luft trug den Geruch von regennasser Erde heran; ansonsten erinnerte nichts daran, dass es irgendwo auf der Welt einen festen Halt unter den Füßen gab.

Das Boot durchschnitt die Haut der Schlange, und je weiter Hannah hinausfuhr, umso größer wurde ihre Angst, das Tier könnte sie bemerken und sich wehren. Sie mit einem Sturm abschütteln und verschlingen. Ihr Blick peilte dumpf über den Bug in die Ferne. Sie schwitzte, obwohl es kühl war. Das Crystal trieb ihren Kreislauf hoch wie einen überdrehten Motor. Mit dem Abflauen des Windes war das Wasser glatt und ruhig geworden, trotzdem wurde ihr plötzlich schlecht. Das Boot machte einen Schlenker, als sie sich herumwarf, um sich in die aufgewühlte Hecksee zu übergeben. Doch es stieg nur ein saurer Geschmack in ihre Kehle und erinnerte sie daran, dass sie seit Stunden nichts getrunken hatte. Ein Durst, von dem sie augenblicklich glaubte, er bedrohe ihr Leben, überkam sie und ließ sie alle Hemmungen verlieren. Sie stoppte die Fahrt, hockte sich auf den Boden des Bootes und schöpfte mit dem kleinen Lenzeimer das trübe Wasser aus der Kielsicke, das der letzte Regen dort hinterlassen hatte. Sie trank gierig. Es schmeckte nach Moder und Benzin. Hannah war es egal. Sie hustete hart und entspannte sich gleich darauf. Wenn der Durst kam, hörte das Crystal auf zu wirken. Das war gut. Sie musste jetzt hierbleiben, in der Gegenwart, durfte keinen Fehler machen.

»Komm«, sagte sie und schaute hinauf zum Mond. »Reiß dich zusammen.«

Was für ein dummer Muttersatz. Großvatersatz. Sie senkte den Blick, spuckte über Bord und kuppelte den Motor ein. Die auflaufende Tide schob das Boot durch die Enge von Sørstraumen unter der Brücke hindurch in den Südzipfel des Fjordes hinein. Die Schlange war nun verschwunden. Hannah hielt sich in der Mitte des Gewässers und ging erst kurz vor der Bjørnebucht auf Südkurs. Wenig später setzte sie das Boot auf den Kiesstrand und wartete.

Nachdem André mit dem Wagen den dunklen Berg bis ans Ufer heruntergerumpelt war, setzten sie die beiden Toten in die Fahrerkabine und schnallten sie an. Der Junge in die Decke eingewickelt, die Frau in die Plane, sodass sie sie nicht mehr anschauen mussten. André verschloss den Tankdeckel und den Einfüllstutzen des Motors mit Dichtmasse, damit keine Benzin- oder Öllachen das versenkte Fahrzeug verrieten. Dies war sein schmutziges Auto, mit dem er Crystal transportiert hatte. Jetzt musste er sich für diese Aufgabe eine neue Doublette besorgen, und wie er im Kies vor dem Wagen kniete und die Nummernschilder abschraubte, glaubte er allen Ernstes, dies sei sein drängendstes Problem.

Ohne große Mühe schoben sie den Pick-up auf dem abschüssigen Ufer ins Wasser. Als er bis zur Oberkante der Räder versunken war, kippte er über die unsichtbare Klippe und verschwand in der Tiefe.

Hannah hatte André eingetrichtert, dass Amulett und das Geld der Frau zusammen mit den Toten verschwinden zu lassen. Als sie jetzt ihre Mahnung wiederholte und André nur mit einem knappen Ja und einem Nicken antwortete, wusste sie, dass er log. Aber wer war sie, ihn der Lüge zu bezichtigen? Also schwieg sie.

André Schoomwinkels dachte nicht daran, sich viertausend Dollar durch die Lappen gehen zu lassen. Das Schmuckstück würde er bei einem Hehler in Finnland zu Geld machen, sobald Hannah abgereist und Gras über die ganze Sache gewachsen war. Er musste jetzt an Morgen denken, und das Mädchen spielte darin ebenso wenig eine Rolle wie die Toten auf dem Grund der Bjørnebucht.

35

Hannah wollte weg, doch die Sucht ließ sie nicht gehen. Sie war ein Magnet, der sie immer wieder nach Bankenes zurückzog, jeden Morgen hatte er den am Vortag gefassten Entschluss zur Abreise mit seinem Kraftfeld aus ihren Hirnwindungen gelöscht wie die Daten einer Kreditkarte. Sie verfluchte das Haus. Einmal lief sie frühmorgens durch die Wiesen barfuß zum Haus der Nachbarn. Sie lebten einen Kilometer entfernt auf einem vernachlässigten Anwesen, das in ergrautem Weiß am Fjord lag. Nach all den Jahren kannte sie nicht mal den Namen der Leute. Während der Tau ihre Füße kitzelte und ihre Hosensäume durchnässte, stellte sie sich vor, wie sie in der fremden Küche saß und einem Mann und einer Frau mit unbestimmten Gesichtszügen erzählte, was geschehen war, und die beiden bat, sie fortzubringen. Später wusste sie nicht mehr, ob sie tatsächlich umgekehrt war, als sie den Grundstückszaun aus Stacheldraht erreicht hatte. Jedes Mal wenn sie aus dem Schlaf oder einem neuen Rausch erwachte, erschrak sie, weil sie nicht wusste, ob sie sich tatsächlich jemandem verraten hatte. Aber es blieb ruhig. Kein Polizeiwagen fuhr vor, kein Rollkommando zerrte sie nachts aus dem Bett. Die Toten waren tot, spur- und namenlos beerdigt in der Tiefe, weit weg von allen, die sie je vermissen könnten, und selbst die waren vermutlich nicht mehr am Leben.

André ließ sie die meiste Zeit in Ruhe. Er machte sich nicht mehr die Mühe, den Stoff zu verstecken, und Hannah bediente sich, ohne zu fragen. Nach der ersten Bong am Morgen verschwand er wortlos hinterm Haus und hackte wie ein Besessener Holz, bis er blutunterlaufene Blasen an den Handinnenflächen hatte, über denen sich die Haut zu kleinen weißen Wellen aufwarf. Anschließend lag er auf dem Sofa und glotzte auf den Fernseher, der jetzt Tag und Nacht lief. Dabei tat er sich selbst leid und schimpfte auf das Programm, auf die Toten, die sein

Leben ruiniert hätten, und auf Hannah, die kleine Millionärsfotze. Am Nachmittag ging er meist nach oben ins Schlafzimmer und masturbierte zu Pornos, die er auf seinem Smartphone abspielte. Hannah war froh, dass er es nicht vor ihr tat. Sein Stöhnen klang wie ein theatralisches Wehklagen und drang bis zu ihr herunter in die Küche. Sie ekelte sich vor André und seinem Selbstmitleid, doch es war nur ihr eigenes, das er wie ein Spiegel zurückwarf.

Sie packte heimlich ihren Rucksack. Nicht mit dem Flugzeug, dachte sie. Mit dem Fernbus nach Süden. Das hinterließ keine Spuren. Bis zur Haltestelle am Lebensmittelladen in Sørstraumen waren es fünfzehn Kilometer. Sie könnte das Boot nehmen. Sie musste nur warten, bis André wieder breit war oder schlief. Nur dem Drang widerstehen, selbst den sauren Rauch zu inhalieren, der die süße Erlösung brachte. Morgen, dachte sie. Nur einmal noch. Morgen würde sie hier wegkommen. Dann wäre sie nie hier gewesen. Sie war doch in Madrid.

Einmal noch.

Nach vier Tagen kam der Mann und tötete André. Hannah stand unter der Dusche, als sie von draußen das verwehte Puffen hörte, vier Mal, so harmlos wie von Kindern zerplatzte Brötchentüten. Sie schlüpfte zum Fenster und sah, wie der massige Mann sich über Andrés Körper beugte. Einem Reflex folgend, dessen Widerwärtigkeit ihr sogleich vollkommen klar war, nahm sie ihr Telefon vom Waschtisch und filmte. Der Mann brachte Andrés Leiche mit der Gartenschubkarre in die Scheune. Dann kehrte er zurück.

Hannah klaubte ihre Kleider zusammen. Als sie nackt in den Flur rannte, glitten ihre nassen Füße unter ihr weg, und sie fiel rücklings auf den Hintern. Der Schmerz war stechend, doch er verlor sich sogleich in der schreienden Angst. Mit dem alten Bootshaken, der für diesen Zweck hinter der Tür des Gästezimmers stand, stieß sie die Luke zum Dachboden auf. Um die Leiter von unten zu holen, war jetzt keine Zeit mehr. Sie warf ihre Kleider in das schwarze Loch, schob den Bootshaken hinterher und zog sich mit einem schnellen Klimmzug nach oben. Als sie zurückschaute, sah sie ihre feuchten Fußabdrücke auf den Holzdielen. Ihr Puls verdoppelte sich. Kurz lauschte sie in die Stille und überschlug die Zeit für den Weg zurück, mal zwei, ließ sich herunter, zerrte im Bad das Handtuch von der Stange, wischte die verräterischen Spuren vom Boden, hangelte sich zurück nach oben, das Handtuch zwischen den Zähnen. Weniger als fünfzehn Sekunden, schätzte sie. Ohne einen Laut schloss sie die Luke. Sie hatte innen keinen Riegel. Wozu auch? Sie zog Schlüpfer und T-Shirt an und legte sich mit ihrem ganzen Gewicht auf den hölzernen Deckel. Der Raum war niedrig und dunkel. Altmodische Koffer und vollgestopfte Pappkartons verströmten den Geruch, der Erinnerungen bringen wollte.

Was geschieht, dachte sie. Was?

Eine Minute verging, dann hörte sie, wie der Mann das Haus betrat. Er durchsuchte jeden Raum und stieg über die breite Holztreppe in den ersten Stock hinauf. Die Stufen knarzten.

Das machen sie sonst nie, dachte sie.

Jetzt war er oben. Sie filmte ihn durch einen Spalt in der Luke und starrte auf das Telefon, das aus der Realität in Echtzeit eine verrauschte Erinnerung berechnete, noch während sie geschah, harmlos, vielleicht gar nicht hier entstanden, irgendwo oder nirgends, nicht in ihrem Leben, nicht jetzt. Ein magischer Schutzschild, der Zeit und Raum abspaltete von ihr. Sie konnte den Blick nicht vom Display abwenden. Als der Mann unter ihr stand und zu ihr heraufschaute, schaltete sie die Kamera ab wie ein Kind, das die Augen vor der Welt verschloss und sich unsichtbar glaubte.

Hatte er sie gesehen, so wie sie ihn? Lautlos drehte sie sich auf die Seite, spreizte die Arme gegen den Balken über sich und presste mit aller Kraft die Luke zu. Sie hörte ein Schaben und Pochen, als der Mann mit einem Gegenstand versuchte, sie aufzudrücken, die Gardinenstange aus dem Schlafzimmer, wie sie später feststellte. Doch nach wenigen Versuchen gab er auf, und sie hörte seine Schritte auf der Treppe.

Nachdem der Mann verschwunden war, blieb sie den Rest

des Tages still auf dem Dachboden. Die Sucht nagte in ihr wie ein Pulk hungriger Ratten. Sie brauchte was, doch die Angst, ihr Versteck zu verlassen, war größer. Sie kratzte sich die Unterarme auf, doch das entsetzliche Jucken schien direkt aus den Knochen zu kommen, unerreichbar für jede Linderung.

Erst als es dunkel wurde, traute sie sich hervor. Sie fror entsetzlich. Auf der Nachttischkommode im Schlafzimmer fand sie einen letzten Rest Crystal von André. Sie nahm die Bong. Das ging schneller. Immerhin hatte sie noch genügend Selbstbeherrschung und zog den Rauch nur ganz sanft aus dem gläsernen Mundstück. Augenblicklich stieg der Druck unter der Schädeldecke, ein Schreckmoment jedes Mal, in dem das Herz den Rhythmus verlor und wild zu tanzen begann, bevor eine unbesiegbare Glückseligkeit den Körper durchtränkte wie kochendes Benzin. Im Dunkeln stolperte sie die Treppe hinunter und entfachte ein Feuer im Wohnzimmerkamin. Unter dem Sofa zog sie ihren dicken Wollpullover hervor und streifte ihn über. Die Flammen kamen schnell hoch, ihr Schein leckte durch das Terrassenfenster verräterisch nach draußen in die Dunkelheit. Hannah war es seltsam egal. Ihre Angst wich Ergebenheit. Die tintenschwarze Nacht erschien ihr wie eine Mauer, die sie schützend umschloss.

Als das Gift sie ein wenig beglückt und ihr Körper sich entspannt hatte, ging sie hinaus. Sie überquerte den Hof und drängte sich zum Schutz vor dem blassen Mondlicht an der Scheunenwand entlang. Mit schnellen Schritten schlüpfte sie von dort in die Werkstatt, fand den versteckten Stahlschrank hinter der doppelten Wand, stellte die Zahlenkombination am Schloss ein – es war immer noch dieselbe – und holte die Heckler & Koch ihres Vaters heraus. Hannah hatte jetzt einen Zustand aus Sorglosigkeit und Paranoia erreicht, der sie unberechenbar machte, erst recht mit einer Neun-Millimeter-Pistole in der Hand. Nicht mal Mörder waren jetzt vor ihr sicher.

Und sie selbst auch nicht.

Sie hatte den Leibwächter ihres Großvaters einmal gebeten, ihr den Umgang mit seiner Glock zu erklären, die er ständig bei sich trug. Ingmar Haugen, so hieß er, war ihrem Wunsch mit dem generösen Lächeln eines ahnungslosen Mannes in den besten Jahren nachgekommen, der eine hübsche Fünfzehnjährige beeindrucken wollte. Er hatte sie die Waffe halten lassen und ihr dabei zugezwinkert. Hannah hatte sich alles genau gemerkt. Die Heckler & Koch funktionierte ein wenig anders, aber Hannah hatte keine Mühe, das Magazin ins Griffstück zu schieben und die Waffe durchzuladen.

Sie betrat die Scheune, ohne Licht zu machen. Im Schein des Telefons sah sie tief in dem Raum Andrés Beine hinter einem Brennholzhaufen hervorschauen. Sie ging nicht näher. Stattdessen hauchte sie seinen Namen, als erwartete sie ernsthaft eine Antwort. Einen Augenblick blieb sie stehen, als hoffte sie auf Andrés Wiederauferstehung, dann steckte sie das Telefon ein und ging hinaus. Sie duckte sich neben die Scheunenwand und lauerte auf Bewegungen und Geräusche in der Dunkelheit. Nichts geschah. Zugleich geschah alles. Die Wirkung der Droge blähte ihre Sinne zu riesigen Trichtern, in die alles hineinströmte, es tausendfach verstärkte, das Kleinste wie das Größte; sie spürte, wie die Welt sich drehte und sie sich mit ihr, wie die Gestirne über ihr sich verschoben und das Leben unter ihr trillionenfach strebte und wuselte. Der Mann, der André getötet hatte, war fort. Hannah schaute zum Fjord. Dann zog sie an Ort und Stelle die Hose herunter und pinkelte in das hohe Gras. Der leichte Wind strich über ihre nackten Beine und ihren Po.

In der Nacht verbarrikadierte sie halbherzig das Haus und schloss die Schlafzimmertür ab. Im Traum hörte sie Andrés Telefon klingeln wie ein bescheuertes Lebewohl. Als sie wieder zu sich kam, lag sie angezogen auf dem Bett und fror. Ihr Kopf brummte. Noch halb besinnungslos griff sie nach der Bong und saugte am Mundstück. Die bittere, kalte Luft in dem Gefäß verursachte ihr Übelkeit. Sie ließ den Glaskolben fallen, er zersplitterte neben dem Bett auf dem Holzboden. Das stinkende Wasser verteilte sich auf den Dielen. Hannah schwang sich auf der gegenüberliegenden Seite aus dem Bett und ging nach unten.

Nachlässig hielt sie dabei die Heckler & Koch ihres Vaters in der Hand und schwenkte die Räume ab. Im Fernseher liefen leise die Nachrichten. Erst ging es um den Parasitenbefall der Lachsfarmen im Hardangerfjord, danach war ein Krieg dran, aber Hannah interessierte sich nicht dafür und schaltete den Apparat ab. Sie hustete in die Stille hinein und ging in die Küche. Ohne den heraufziehenden Tag eines Blickes zu würdigen, machten sich ihre Augen wie von selbst auf die Suche nach Stoff und scannten jeden Zentimeter nach möglichen Verstecken ab. Sie wollte sich schon mit einer halb vollen Packung Zigaretten begnügen, die auf dem Küchenregal lag, als sie darin eine Portionstüte fand. Sie lächelte die milchigen Kristalle an.

Einmal noch.

Später konnte sie sich nicht mehr daran erinnern, wie viel Zeit bereits vergangen war, als draußen auf dem Hof die Frau mit ihrem Quad vorfuhr. Hannah hatte sich bis auf die Unterwäsche entkleidet und tanzte zu Björks leicht hysterischer Stimme, die aus der Anlage dröhnte.

I play dead
It stops the hurting.
I play dead.

Die Welt war ein grellschwarzes Karussell, und sie saß wirbelnd mittendrauf, schön und unverwundbar und scheißegal. Sie drehte die Musik leise und schlüpfte kichernd in die Gästetoilette wie ein Kind beim Versteckspiel. Durch das schmale Fenster sah sie, wie die Frau ins Haus kam. Sie war auf derbe Weise schön und wirkte weder feindselig, noch schien sie auf der Hut zu sein. Während sie sich von Raum zu Raum bewegte, rief sie nach André. Sie war nicht zum ersten Mal hier, da war Hannah sicher. Sie musste eine Freundin von André sein. Keine Gefahr.

Wer bist du?

Hannah beobachtete, wie die Frau die Scheune betrat. Als sie kurz darauf wieder herauskam, konnte Hannah an ihren

Bewegungen die Panik erkennen. Sie ging zu ihrem Quad und zog aus einer Packtasche eine Pistole hervor. Eine Weile stand sie nur da, ihr Blick sicherte nach allen Seiten. Als sie Anstalten machte, davonzufahren, bekam Hannah plötzlich Angst. Sie stürzte aus dem Haus und lief über den Hof auf die Frau zu.

Die hob kurz ihre Waffe und ließ sie sogleich wieder sinken. *»Perkele Saatana«*, presste sie hervor.

Doch da war Hannah schon bei ihr und schmiegte sich an sie, beinahe nackt und ganz weit außer sich. »Lass mich nicht allein«, sagte sie und wiederholte es immer wieder.

Die Frau strich ihr mechanisch übers Haar, während Hannah das Gesicht in ihrer festen Schulter vergrub. »Nein«, sagte die Frau schließlich, »das tue ich nicht«, und schloss zögerlich ihre Arme um Hannah, die plötzlich zitterte wie ein gehetztes Reh.

Liv hatte Falks Tochter beinahe sofort erkannt. Hannah kam recht deutlich nach ihrem Vater, das angedeutete Kinngrübchen, gerade so viel, dass es nicht zu dominant wirkte, die vollen Lippen und die hohe Stirn. Dazu die großen Füße. Sie half dem Mädchen beim Anziehen und packte ihren Rucksack auf das Quad.

Hannah ließ alles geschehen und schaute Liv dabei aus großen Augen an. Manchmal lächelte sie, weit weg, und strich über den rot bestickten Kragen von Livs Gákti. »Das ist schön«, sagte sie dann. »Du bist schön.«

Liv wusste, bis ihr Rausch abgeklungen war, wäre Hannah zu nichts zu gebrauchen. Und danach, wenn der unvermeidliche Absturz kam, erst recht nicht. Ein kalter Entzug konnte Wochen dauern.

Hannah war nicht zu entlocken, wann der Mord an André stattgefunden hatte. Falks Tochter schaute sie nur verständnislos an, aus Pupillen groß wie Mantelknöpfe.

»Habe ich ihn erschossen?«

Ja, dachte Liv, das wäre möglich. Es wäre nicht der erste Blutrausch unter Drogeneinfluss, ein doppelter Rausch gewissermaßen. Allerdings war Liv schon nach einer kurzen Untersuchung sicher, dass die Pistole, die auf dem Küchentisch lag, seit Jahren nicht abgefeuert worden war. Sie schätzte, dass André nicht länger als vierundzwanzig Stunden tot war, eher weniger. Die Typen, die ihn getötet hatten, konnten immer noch in der Nähe sein.

Sie bugsierte Hannah auf den Soziussitz des Quads. Ihr Blick ging noch einmal zur Scheune. Musste ja so kommen. Wahrscheinlich hat er bei seinen Auftraggebern das Maul zu weit aufgerissen. Mehr Geld verlangt und gedroht, sie andernfalls zu verpfeifen. Oder zu viel Stoff für sich abgezweigt. Jetzt war André tot und schuldete ihr fast dreißigtausend.

Die doppelte Fuhre Crystal hatte versteckt im Pansen eines jungen Rentierbullen sicher die Küste der Finnmark erreicht. Doch André hatte ihr den vereinbarten Lohn für den Transport nicht wie sonst in der schwarzen Plastikbox am Eingang des Sørstraumtales hinterlassen. Jetzt wusste Liv, warum, aber sie brauchte dieses verdammte Geld. Manchmal aß sie wochenlang nur das getrocknete Fleisch ihrer Tiere oder gepökelten Lachs. Dazu selbst gebackenes Brot und Beeren aus der Vidda. Sie stahl Benzin aus den Autos von Touristen und Bier aus ihren Wochenendhütten. Von weniger konnte doch kein Mensch leben. Und niemals würde sie zur Wohlfahrt gehen oder das Haus ihrer Mutter in Kautokeino an einen reichen Schnösel aus dem Süden verkaufen, der bei den Wilden oben im Norden ein Ferienhaus suchte, um damit bei seinen Freunden anzugeben. Doch jetzt war keine Zeit, um nach Geld zu suchen. Das musste warten.

»Halt dich fest«, rief sie Hannah zu, und das Quad schoss die schmale Straße am Fjord entlang in Richtung E 6. Nur weg von dem Totenhaus, so schnell, dass niemand uns wahrnimmt, dachte Liv, während Hannah eng an sie gepresst hinter ihr saß und ihr den Rücken wärmte. Vor zwei Tagen hatte dort noch ihr Vater Falk gesessen, seine Arme um ihren Bauch geschlungen und ihr Sehnsucht gemacht.

Sie mussten runter von der Straße, so schnell wie möglich, rauf in die Vidda, in Deckung, auf sicheres Terrain, ihr Terrain. Mit dem Quad waren sie auf dem Asphalt für jeden Verfolger leichte Beute. Sie erreichten die Einmündung zur E 6. Doch schon nach wenigen Metern auf der breit ausgebauten Fahrbahn zwang Liv das Quad mit einem brutalen Linksschwenk auf einen schmalen Pfad. Wie eine Artistin verlagerte sie ihr Körpergewicht auf die Kurveninnenseite, zog Hannah mit, die Reifen brummten empört, dann wurden sie von einem Tunnel aus dünnen Erlenstangen verschluckt. Der Pfad durch den jungen Wald sperrte das Licht des schönen Nachmittags aus und stieg bergan. Liv beruhigte sich. Hier waren sie unsichtbar. Sie spürte, wie sich der Griff von Hannahs Armen ängstlich verstärkte.

»Bist du okay«, brüllte sie gegen den Lärm der Maschine nach hinten, doch Hannah schien sie nicht zu hören.

Sie erreichten die Trasse der Hochspannungsleitung, die vom Kvænangenkraftwerk nach Alta führte. Liv folgte den silbernen Girlanden im Himmel in südöstlicher Richtung. Kurz hinter Badderen forderte sie Hannah mit einem energischen Zug am Arm dazu auf, sich besser an ihr festzuhalten. Sie furteten den Badderelva und stießen auf die alte Minenstraße, eine autobreite Spur, die dem Fluss stromaufwärts in die Berge folgte. Die jungen Birken, die mitten aus der Fahrbahn wucherten, scharrten über den Unterboden des Quads. Zur Hütte ins Navittal war es ein großer Umweg. Das Tal lag auf der gegenüberliegenden Seite des Kvænangenfjords, hoch oben. Drei Stunden, wenn sie alle Straßen mieden, zwei, wenn sie es riskierten, die Fjordstraße zu nehmen. Sie dachte an Andrés Körper im staubigen Zwielicht der Scheune, an das blutumkränzte Loch in seinem Rücken, und deshalb schien ihr kein Umweg zu lang, um sich selbst und die Kleine auf dem Sozius vor dem gleichen Schicksal zu bewahren. Doch als sie die Weggabelung auf sich zukommen sah, von der ein dürrer Pfad einer weiteren Stromleitung nach Südwesten folgte, bekam sie plötzlich Zweifel, ob sie überhaupt zur Hütte zurückkehren sollte.

Zunächst war es ihr ganz natürlich vorgekommen, Hannah zu ihrem Vater zu bringen. Falks Tochter, die er seit vier Jahren nicht gesehen hatte, war hier, keine vierzig Kilometer von ihm entfernt. Sie steckte in großen Schwierigkeiten, und sie brauchte Hilfe. Wer sollte ihr besser helfen können als ihr Vater? Liv stoppte das Quad auf der Gabelung. Der Motor bollerte unter ihr und wärmte ihre Beine. Hannah gab lallend ein paar zufriedene Laute von sich, ohne ihren quecksilberschweren Kopf von Livs Schulter zu heben.

Von Falk wusste Liv, dass Hannahs Familie glaubte, sie sei in Spanien auf Studienreise. In Wahrheit hatte sie alle getäuscht und war in die entgegengesetzte Richtung nach Norden gereist. Dafür hatte sie Gründe, die Liv nicht kannte. Um André zu treffen, weil sie eine Affäre mit ihm hatte? Gewiss, André war ein Nichtsnutz, linkisch und manchmal verschlagen. Aber er war auch ein hübscher junger Mann, der charmant sein konnte, wenn die Drogen ihn nicht gerade unter ihrer Knute hatten. Was immer es war, das Hannah in den Norden gelockt hatte, Liv durfte nicht über ihren Kopf hinweg entscheiden. Sie musste Hannah fragen, ob sie ihren Vater treffen wollte. Doch dazu musste das verwirrte Mädchen halbwegs bei Sinnen sein. Und davon war Hannah im Augenblick weit entfernt.

»Hast du ein bisschen was«, lallte Hannah ihr unvermittelt von hinten ins Ohr. »Ein' Sniff? Oder 'nen Joint?«

Bis zum Haus ihrer Mutter in Kautokeino waren es sechs Stunden. Ohne Pausen. Liv mochte das schäbige Holzhaus am Ortsrand nicht, sie mochte überhaupt keine Häuser. Meist hielt sie sich dort nur im Winter auf, wenn Kälte und Dunkelheit das Land so fest umarmten, dass es gefährlich war, unter freiem Himmel zu leben.

Bis zum Sonnenuntergang könnten sie es schaffen. Um die Herde im Navittal brauchte sie sich keine Sorgen zu machen. Die Tiere fanden allein den Weg nach Hause.

Und Falk auch.

Sie zurrte die Packtaschen mit ihrer Ausrüstung so zurecht, dass sie Hannah wie ein Sessel umschlossen und sie auch dann auf dem Sitz hielten, falls sie während der Fahrt einschlief. Dann legte sie den Gang ein und fuhr geradeaus nach Südosten, tiefer in das raue Land hinein. Es war ein unpassend schöner Tag geworden, und die Sonne und der Wind besänftigten ihre stets unruhigen Freiheitsgeister.

Am kleinen Rentierscheidegatter von Sneddetgorsa stand ein Lavvu. Aus der Rauchöffnung kroch der Schleier eines müden Feuers empor. Liv kannte das Quad vor dem Zelt. Es gehörte dem alten Bebbe Keskitalo. Ohne vom Gas zu gehen, fuhr sie vorbei und schlug den Pfad geradewegs nach Süden ein. Sie hatte keine Zeit für einen Schwatz mit Bebbe. Liv war im Zwiegespräch mit sich selbst. Es gab noch einen Grund, Hannah nicht ins Navittal zu ihrem Vater zu bringen. Denn dann erführe die Tochter, dass Liv und Falk einander kannten, sie seine Geliebte gewesen war, die Frau, von der Hannah annehmen musste, sie habe ihre Familie zerstört. Vor diesem Moment hatte Liv Angst. Sie malte sich aus, wie aus der traurigen Verwirrtheit eines kleinen Mädchens im Laufe von vier Jahren die erwachsene Verachtung einer jungen Frau geworden war, die der Unbekannten galt, die ihr den Vater gestohlen hatte.

Du dreckiges Scheusal, hörte Liv sie schreien.

Nein, Hannah sollte es lieber später als früher erfahren. Liv beschloss, sich nicht zu schämen für das, was zwischen ihr und Falk gewesen war. Es hatte sich gut und richtig angefühlt und war ohne dumme Versprechungen an die Zukunft ausgekommen. Das wollte sie der jungen Frau auf dem Soziussitz sagen. Wenn es so weit war, tief Luft holen und die Angst herunterschlucken.

Hör zu, Hannah. Ich muss dir etwas sagen. Dein Vater und ich …

Morgen, dachte sie, morgen tu ich es.

Im Abendrot erreichte sie ihr kleines grünes Holzhaus und parkte auf der Wiese zwischen Hintereingang und Flussufer. Auf der anderen Seite mahnte in halber Ferne der Kirchturm von Kautokeino. Liv trug die schlafende junge Frau hinein. Das Haus roch nach Abwesenheit. Hannah kam ihr viel zu leicht vor für ihre Größe. Gut möglich, dass die Drogen ihr Hunger und Durst abgewöhnt hatten. Eine hinterhältige Diät.

Hannah erwachte nicht, als Liv sie auf das Bett legte und ihr mit einer Zärtlichkeit, die sie nicht zu geben gewohnt war, eine Flickendecke überwarf.

Hasse mich nicht, dachte sie.

Sie trat hinaus und schloss die Haustür ab, nachdem sie eine Viertelstunde den Schlüssel gesucht hatte, den sie sonst nie benutzte. Vom Quad schnallte sie Isomatte und Schlafsack los und campierte auf dem sandigen Flussufer. Der Gedanke, im Haus zu übernachten, kam ihr so unnatürlich vor wie ein Spaziergang auf dem Mond. Obwohl sie hungrig und durstig war, schlief sie sofort ein.

In der Nacht hörte sie den Lärm. Er klang so einzig und verloren zu ihr herüber, als wären sie und Hannah allein auf der Erde. Sie stürzte durch die Dunkelheit zum Haus, schaltete das Licht in der Küche ein und sah das Unglück. Vermutlich hatte Hannah die zwei Tütchen Crystal in einer ihrer Hosentaschen versteckt, denn Liv hatte ihren Rucksack und ihre Jacke vor der Abfahrt aus Bankenes unauffällig gefilzt. Jetzt lagen sie leer auf dem Küchentisch. Hannah hatte das Geschirrregal von der Wand gefegt, in abgehackten Konvulsionen wälzte sie sich auf einem Teppich aus Scherben, der über den PVC-Boden des Raumes ausgebreitet war. Kraftlos rang sie nach Luft. Ihr Herz raste, doch der Blick aus dem wachsweißen, schweißnassen Gesicht war schon nicht mehr angstvoll oder panisch, sondern bereits so leblos, dass sie Liv nicht wahrzunehmen schien.

Liv packte sie an den Schultern. »Hast du das geschluckt?«, sagte sie laut und hielt ihr eines der Tütchen dicht vor die Augen.

Als Hannah schwieg, gab Liv ihr zwei brutale Ohrfeigen, zerrte sie hoch und lehnte sie mit dem Rücken an die Wand. Aus dem Küchenschrank riss sie eine Packung Salz und verrührte den Inhalt in einem Putzeimer mit Wasser. Die Neonröhre unter der Decke flackerte plötzlich wie ein schwindendes Lebenslicht. Liv kniete sich vor Hannah hin und flößte ihr die Flüssigkeit ein. Hannah wehrte sich, spuckte aus und warf den Kopf herum. In einem kurzen Ringkampf presste Liv ihr mit Gewalt ein dünnes Brennholzscheit zwischen die linken Kiefernhälften und zwang sie zum Schlucken. Hannah wollte um sich schlagen, doch Liv hielt sie umklammert wie ein störrisches Rentier. Todesangst und Überlebenswille kehrten in Hannahs Blick zurück.

Gut, dachte Liv. Schau mich an aus deinen schönen Augen und lass deinen Blick schreien, dass du nicht sterben willst.

Dann zog sie Hannahs Oberkörper von der Wand weg, nahm das Scheit aus ihrem Mund und bugsierte ihr Gesicht über den Eimer, aus dem sie eben noch getrunken hatte. Die junge Frau wollte schreien, doch es kam nur ein Keuchen, ein Stolpern, und Liv steckte ihr blitzschnell den Zeigefinger in den Rachen. Hannah biss zu und versuchte sich dem Griff zu entwinden, aber Liv hielt ihren Kopf schmerzhaft an den Haaren über dem Eimer, bis Hannah zu würgen begann. Sie zog den Finger heraus, Speichel und das Blut der Bisswunde tropften von ihrem Handrücken, und mit einem gutturalen Schrei kotzte Hannah sich die Seele aus dem Leib, bis nichts mehr kam außer Galle. Dann lag sie da wie tot. Aber sie war am Leben. Aus dem Küchenofen nahm Liv eine Handvoll kalte Asche und verrührte sie in einem Becher mit warmem Wasser zu einem dünnflüssigen schwarzen Brei. Hannah wehrte sich nicht mehr, als Liv ihren Kopf in die Hand nahm und ihr in kleinen Schlucken die eigenwillige Medizin verabreichte. Ihre Lippen und ihre Zunge wurden ganz schwarz davon.

Danach sperrte sie Hannah drei Tage lang im Schlafzimmer ein und vernagelte das Fenster mit einer Spanplatte. Sie schlief auf dem alten Sofa in der Küche und wachte über Hannah durch ein Guckloch, das sie in die Tür bohrte. Sie hörte, wie Falks Tochter dahinter tobte und das abgenutzte Mobiliar zu Kleinholz zerschlug und danach jämmerlich weinte. Wenn sie sich beruhigt hatte oder einfach erschöpft war, schloss Liv die Tür auf und brachte ihr Wasser und selbst gebackenes Brot. Sie nahm Hannah an die Hand und begleitete sie auf die Toilette.

»Gib mir was«, flehte Hannah dann, doch Liv nahm sie nur schweigend in den Arm. Sie wusste selbst nicht, ob sie die junge Frau trösten oder nur verhindern wollte, dass sie sich plötzlich losriss, um das Haus nach Drogen zu durchwühlen oder fortzulaufen. Wie sie Hannah sanft festhielt, merkte Liv, dass Falks Tochter ein wenig wie ihr Vater roch.

Am vierten Tag führte sie Hannah hinters Haus und badete mit ihr im Fluss. Das Wasser war kalt und moorbraun, aber sauber. Liv versprach Hannah zur Belohnung ein großes Frühstück. Die Frauen redeten kaum über das, was geschehen war. Menschen schwiegen gerne, wenn sie mit dem Leben davongekommen waren, das wusste Liv aus eigener Erfahrung. Das Wie und Warum kam später. Die Sonne und ein leichter Wind aus Nordost trockneten ihre Leiber. Liv steckte Hannah in ihren daunengefütterten Schneemobilanzug, damit sie nicht fror. Wie sie hinter dem Haus auf der Decke saß und Unmengen Brot, Rentierschinken und gebratene Eier in sich hineinstopfte und dazu kannenweise Blaubeersaft trank, sah sie aus wie die schöne Astronautin aus einem Hollywoodfilm nach der Rückkehr von einer gelungenen Mission.

Hannah war eine kluge junge Frau, aber das Crystal hatte sich durch die Tür der Lebensgier in ihr Dasein geschlichen und heimlich die Regie übernommen, ihr erst Vergnügen, dann Verzweiflung beschert. Wie sehr die Droge bereits ihr Lebensmittel geworden war, begriff sie erst nach dem, was in jener Nacht auf der E 6 geschehen war. Sie und André hatten zwei Leben genommen, und deshalb waren ihre eigenen nicht mehr zum Aushalten. Die Schuld war eine Bürde, die nach immer lauterer Betäubung rief.

Gib mir was, damit ich vergessen kann.

Jetzt hatte Hannah die schlimmste Sucht überstanden, und ab sofort musste sie sich mit den vertrockneten Zigaretten begnügen, die ihr die Frau, die sie gerettet und an ihr Ende der Welt gebracht hatte, anbot. Die beiden saßen rauchend auf der Erde, denn Liv mochte auch keine Stühle. Vor ihnen lag die geduckte, steppige Flusslandschaft, in der die Häuser so weit verstreut lagen, dass sich daraus keine richtige Ortschaft bilden wollte.

»Wir Nomaden brauchen Platz um uns herum«, sagte Liv. Sie deutete auf die Schneemobile und Rentierschlitten, die hinter den Häusern auf den Winter warteten, und auf die Quads und Boote. »Alles Nomadengeräte«, sagte sie. »Damit wir frei sein können.«

Sie machte eine Pause, um sich ein Herz zu fassen und Hannah von sich und Falk zu erzählen, damit seine Tochter wusste, mit wem sie es zu tun hatte, aber da sah sie, wie der jungen Frau die Tränen kamen, als ob das kleine Wörtchen »frei« ihr die Wunde einer auf ewig unerfüllbaren Sehnsucht zugefügt hätte.

Hannah inhalierte tief den Rauch. Dann erzählte sie von der Nacht, die alles geändert hatte und seither jeden Tag änderte. Von den fremden Körpern auf der Straße, deren Leben sie nicht gekannt hatte und die durch ihren Tod für immer mit ihr verwandt blieben. Der Mord an André käme ihr im Nachhinein wie die Strafe für ihren grausamen Fehltritt vor, sagte sie, und auch wenn sie biblische Kategorien verabscheute, fiel sie jetzt darauf zurück und fragte sich und Liv, wann Gott sie an die Reihe nehmen wollte.

Liv schaute durch den Qualm ihrer Zigarette zur Kirche von Kautokeino hinüber, die auf einer Anhöhe versuchte, den endlosen Himmel zu berühren. »Unsinn«, flüsterte sie. »Hier wird Gott dich nicht finden.«

Hannah zeigte Liv das Video von Andrés Mörder, das sie mit dem Telefon aus ihrem Versteck aufgenommen hatte.

Liv schirmte das Display mit der Hand ab und schaute es mehrfach an. »Das ist nicht Gott«, sagte sie und bemühte sich um einen spöttischen Tonfall.

Liv war sich sicher, dass Andrés Tod etwas mit seinen Drogengeschäften zu tun hatte. Deren Hintermänner hatte sie zum Glück nie kennenlernen müssen, aber von André wusste sie, dass mit den Finnen nicht zu spaßen war, mit den Russen schon gar nicht. Die Russen töteten einen Menschen so leichtfertig, wie sie ihre altersschwachen Wachhunde töteten oder die Bären, die ihren Laboren in den Wäldern zu nahe kamen, angelockt von den Gerüchen der chemischen Prozesse. Es machte für sie keinen Unterschied. André hatte ihr einmal anvertraut, dass er kleine Mengen Crystal für den Eigenbedarf abzweigte. Es war derselbe Stoff gewesen, der Hannah vergiftet hatte. Vermutlich waren sie ihm auf die Schliche gekommen und hatten ihn bestraft, hart und ein für alle Mal.

»Würd mich nicht wundern, wenn sie für André schon einen Ersatzmann gefunden hätten«, sagte Liv, und mehr zu sich selbst fügte sie hinzu: »Kjell Vesterman, zum Beispiel.«

Bei dem Namen horchte Hannah auf und schaute Liv überrascht an, weil ihr etwas eingefallen war. Im Licht der tief stehenden Nachmittagssonne glänzten ihre Augen wie geschliffene Smaragde.

»Ich habe dir noch gar nicht gesagt, dass Bankenes meinem Vater gehört. Oder gehört hat. Dieser Vesterman und seine Frau haben auf das Haus aufgepasst, bevor mein Großvater es an André vermietet hat. Papa ist schon seit Jahren nicht mehr da gewesen.« Sie schwieg und schien in Gedanken die Jahre zu zählen.

Liv durchfuhr es heiß und kalt. Die Art, wie Hannah »Papa« gesagt hatte. Sie fasste Hannahs Hand, und es schmerzte sie, wie vertraut Falks Tochter die Berührung erwiderte, denn ihre Enttäuschung würde umso größer sein.

»Ich muss dir etwas sagen. Dein Vater und ich.«

Der Hass auf die Geliebte ihres Vaters schäumte im Herzen hoch wie ein fehlplatzierter Reflex, etwas, das dort nicht mehr hingehörte. Im selben Moment wusste Hannah, dass es ein alter, kindlicher Hass war, den sie nie hatte abrufen können, weil sie ja die Frau nicht kannte, die ihr Vater der Mutter vorgezogen hatte. Ein Groll, auf Vorrat eingelagert und nach den Jahren überraschend erschlafft wie ein brüchiger Gummi ohne Spannkraft.

Hannah bedachte Liv mit einem unbestimmten Blick, erhob sich und ging zum Fluss. Mit einem empörten Auflachen, das sie zum anderen Ufer hinüberwarf, wollte sich der Hass noch einmal Geltung verschaffen. Hannah drehte sich um und taxierte die Frau in dem blauen Gákti, die an die Hauswand gelehnt dasaß und ihrem Blick auswich. Sie hatte sich nie vorzustellen versucht, wie die Geliebte ihres Vaters aussah. Angeblich gab es Fotos, die Großvaters Sicherheitschef Ingmar Haugen im Sommer vor viereinhalb Jahren von Liv und ihrem Vater gemacht hatte. Doch Hannah kannte nur ein verschwommenes Bild aus der Klatschpresse, das ihr Großvater in wohldosierter Boshaftigkeit durchgestochen hatte. Ein besseres Foto gab es für die Öffentlichkeit nicht, selbst die hartnäckigsten Paparazzi bekamen die unbekannte Sami-Frau nicht vor die Objektive ihrer Kameras. Einer von ihnen war auf der Suche nach ihr in der Vidda verloren gegangen und so selbst zum Gegenstand der Berichterstattung geworden. Er hatte sich beim Sturz mit einem gemieteten Quad ein Bein gebrochen und war bereits halb tot, als ein SAR-Hubschrauber aus Banak ihn im Südausläufer des Mattisdalen fand.

Liv war schön und mutig und hatte ihr das Leben gerettet, wie eine beste Freundin die andere rettete, wenn die Freundschaft stark war. Wieso sollte Hannah plötzlich Abscheu empfinden für sie?

»Oder hast du mir nur geholfen, weil du ein schlechtes Gewissen hast?«, machte Hannahs Misstrauen einen letzten Versuch. »Das arme Töchterchen, dem du den Vater weggeliebt hast.«

Sie hatte sich vor Liv aufgebaut, ihr Blick fixierte unsicher die grüne Hauswand hinter Livs Kopf.

»Quatsch«, fauchte Liv. Jetzt war sie es, die empört war.

Sie schwiegen eine Weile, bis der letzte Rest des kurzlebigen Argwohns erstorben war und die Vertrautheit zurückkehrte, um nicht wieder fortzugehen.

»Quatsch«, sagte Liv, diesmal versöhnlich.

Manchmal begegnen sich zwei fremde Seelen und verstehen sich auf Anhieb, wie Geschwister, die nie um die Gunst der Eltern buhlen mussten, dachte Hannah.

Liv verriet ihr, dass ihr Vater ganz in der Nähe war und sie ihn erst vor wenigen Tagen an der Hütte im Navittal getroffen hatte. Er sei keine hundertfünfzig Kilometer entfernt.

»Willst du ihn treffen?«, sagte sie. »Er könnte dir helfen.«

Hannah schüttelte den Kopf und presste die Lippen zu einem Strich zusammen wie ein Kind, das seine bittere Suppe verweigerte. Sie setzte sich zu Liv und zündete sich eine neue Zigarette an. Ihre Haut war immer noch blass, fast weiß, und ihre Augen strahlten deshalb umso grüner. Neben Livs dunklem Bronzegesicht sah sie aus wie ein verspulter Geist.

Ich brauch keinen Vater, ich brauche eine Freundin, dachte Hannah, und dann sagte sie es in die milde Luft des späten Nachmittags hinein wie zu niemand Bestimmtem. »Ich glaube, ich weiß nicht mal mehr, wer er ist. Er ist wie ein Zehntausend-Teile-Puzzle, das der Wind Stück für Stück wegweht. Selbst wenn ich wüsste, wie ich die Teile wieder zusammensetzen müsste, ich könnt's nicht mehr, weil die meisten weg sind. Wobei sollte Papa mir helfen? Andrés Mörder zu finden? Der ist mir egal.« Hannah bemühte sich, hart und abgeklärt zu klingen. »Oder die Toten zu vergessen? Wie will er das machen? Die sind da oben drin«, sagte sie und schlug den Hinterkopf schwach gegen die hölzerne Hauswand.

Ungebetene Gäste, die ich selbst eingeladen habe, dachte sie. Eine Welle fuhr durch ihren Körper bis dahin, wo die Tränen wohnten, aber ihre Sehnsucht danach, um Vergebung zu bitten, fand keinen Adressaten.

Papa wird seine eigenen Gäste haben, dachte sie. Drei sogar. Drei Tote aus dem Kaufhaus Beck.

»Wie soll er mir helfen?«, sagte sie wieder und schaute in Livs Gesicht, auf dem die schönsten Sommersprossen blühten, die sie je gesehen hatte.

Liv nahm ihr die Zigarette aus dem Mund und paffte einen Zug. »Er könnte einfach dein Vater sein«, sagte sie. »Und sonst nichts.«

Hannah wollte ihn irgendwann einmal wiedersehen, daran hatte sie oft gedacht. Aber nicht so, nicht jetzt. Er sollte nicht glauben, sie käme zu ihm, damit er ihr Leben reparierte. Sie wollte keine Hilfe von ihm. Sie hatte sich vorgestellt, ihn aus einer Position wohltemperierter Stärke zu treffen, die ihm bedeutete, dass sie ihn respektierte, aber nicht mehr auf ihn angewiesen war. Dabei war ihr aufgefallen, wie sehr sie in dieser Hinsicht der jungen Frau zu ähneln begann, die ihre Mutter gewesen war, bevor die Herrschsucht und das Geld ihres Vaters, Hannahs Großvaters, sie in die Knie gezwungen hatten: eigensinnig, unberechenbar und manchmal stolz. Hannah hatte sich auch vorgestellt, den Vater nach der Fremden zu fragen, die ihre Familie in zwei Teile zerkeilt hatte. Sie wollte es mit verhohlener Geringschätzung tun, doch jetzt saß die Antwort auf die ungestellte Frage ganz dicht neben ihr, und sie konnte ihren Vater gut verstehen.

»Wie ist er so?«, sagte sie. Es klang ein wenig kleinlaut.

Liv schwieg einen Moment lang, denn es gab auf diese Frage widersprüchliche Antworten, und sie überlegte, welche sie Hannah zumuten sollte. Wie um sich Zeit zu verschaffen, hob sie den Arm und deutete auf einen Seeadler, der sich bei einem Ausflug weit von der Küste entfernt hatte und auf der Suche nach Beute über dem Fluss kreiste.

»Du bist seine Tochter, ich weiß nicht, ob du das verstehen kannst. Und ob ich dir alles sagen will.«

Plötzlich bemerkte Liv, dass sie noch nie ein Gespräch von Frau zu Frau geführt hatte. Sie hatte ihren fünf Müttern, durch deren Pflegefamilien sie als Kind geschubst worden war, nie vertraut und auch nicht den Lehrerinnen oder der scheinheiligen Betreuerin vom Sozialamt in Alta. Später, als sie das Haus ihrer toten Mutter in Besitz nahm, blieb sie für die anderen Frauen im Ort nur der Bastard, argwöhnisch begafft aus den Augenwinkeln und um ihre Schönheit beneidet.

»Er ist der erste Mann, der mir Sehnsucht gemacht hat. Nach einem Gefährten, einem Typen, der mich so sein lässt, wie ich bin. Der nicht unter der Woche heimlich säuft, sonntags in die Kirche kriecht und ansonsten erwartet, dass ich das Maul halte und für ihn die Beine breitmache, wenn ihm danach ist.«

Liv zog die Knie an, wie zum Schutz gegen den Eishauch versteinerter Erinnerungen. »Er ist abgehauen, und ich habe ihn gehasst. Nicht dafür, dass er gegangen ist. Wir haben einander ja nicht groß was versprochen. Sondern dafür, dass er mir die Sehnsucht dagelassen hat. Und unser Kind.«

Hannah hatte es Liv gleichgetan und das Kinn auf ihre angezogenen Knie gelegt. Jetzt riss sie den Kopf hoch.

»Du hast ein Kind von Papa?«

Liv wich Hannahs perplexem Blick aus und fing den Adler ein, der begonnen hatte, sich in die blaue Höhe zu schrauben. »Ich konnte es nicht behalten«, sagte sie. »So ein kleines Ding.« Sie hielt inne, als hätte sie sich zu weit vorgewagt. »Ich hatte Angst, wie es wäre, plötzlich mit einem Kind in diesem Haus hier zu hocken. Mit einem Baby draußen bei der Herde bleiben, geht ja nicht. Das wird wie im Knast, dachte ich, das halte ich nicht aus. Und drum herum stehen die Wachttürme der Nachbarschaft. Schaut nur, die kleine Piekkala, die durchgeknallte Bastardschlampe, hurt herum mit einem Ausländer wie ihre Mutter, und dann passiert's eben, Bastard gebiert Bastard. So eine darf doch kein Kind großziehen.«

Liv fixierte ein neues Wohnhaus auf der anderen Seite des Flusses, an dessen Rückseite ein toter Steingarten den Bewohnern die Natur vom Leib hielt.

»Die nehmen es mir sowieso weg, hab ich gedacht. Ich habe es weggemacht und mir anschließend geschworen, entweder nie wieder mit einem Typen zu schlafen oder jedes Kind, wenn noch mal eins kommt, wie eine Königin aufzuziehen.«

Sie lachte bitter. »Hinterher schwören fürs nächste Mal ist immer einfach. Ich wollte deinen Vater herbestellen. *Komm, wir haben ein Kind. Du bist verantwortlich.* Aber er war mit seiner Scheidung beschäftigt, für die ich mir auch noch die Schuld gegeben habe. Dummes Schneehuhn.«

Hannah zwinkerte. Ihr Blick schien von einer unerwarteten Trauer um das verlorene Geschwisterkind zu verschwimmen. Sie deutete ein Kopfschütteln an. »Die waren schon vorher geschieden«, sagte sie. »Nur nicht auf dem Papier.«

»Ich wollte, dass er mir egal wird«, sagte Liv. »Und jetzt ist er wieder da. Wieso lässt er mich nicht in Ruhe? Wieso jage ich ihn nicht zum Teufel? *Painu Helvettiin!*«

In Hannahs Gesicht fand sie keine Antwort. Falks Tochter wich ihrem Blick aus. Die junge Frau nahm ein verloren gegangenes Haar von Livs Schulter und legte es ihr auf die flache Hand. Es war grau.

»Liebst du ihn denn? Und er dich?«

36

Falk Sebastiani hatte den beiden Frauen schweigend zugehört.

Er war in der Eingangstür der Hütte stehen geblieben, die Flinte mit den Läufen nach unten gerichtet, trotzdem auf der Hut, während sein Blick wild und voller Fragen zwischen Liv und seiner Tochter hin- und hersprang. Erst nachdem sich sein Entsetzen allmählich in eine große Verblüffung gewandelt hatte, war er auf einen Holzstuhl neben der Tür gesunken. Die Sabatti lehnte jetzt an einem Schuhregal. Zu dem Sofa, auf dem Hannah und Liv saßen, zwischen sich die Geldscheinbündel, gehörte noch ein passender Sessel, der über Eck stand, doch Falk wagte es nicht, sich so nah zu den beiden Frauen zu setzen. Immer noch lag eine aus den Umständen geborene Gegnerschaft zwischen ihnen wie ein Minenfeld, das sie gerade erst unschädlich machten.

Falk spürte, wie die Sehnsucht nach seiner Tochter und nach Liv, die so unerreichbar nah waren, umso größer wurde, je länger er den beiden zuhörte. Wie schön Hannah geworden war. Wie erschreckend erwachsen sie wirkte, wenn sie sich eine Zigarette anzündete und den Rauch tief in den Körper sog. Sie sah blass aus, und die Blicke, mit denen sie ihn, ihren Vater, taxierte, verrieten eine Neugier, der sie nicht nachgeben wollte. Der tiefe, wehmütige Schmerz versäumter Zeit durchfuhr ihn.

Liv hatte die knapp vier Meter Niemandsland zwischen ihnen ein paarmal durchschritten, zu ihm hin, um dem ungebetenen Gast eine Wolldecke über die Schultern zu legen, denn Falk fror unübersehbar, obwohl es drinnen warm war und draußen die Sonne schien. Sie hatte ihm auch von dem gebratenen Rentierfleisch gebracht und einen Becher Kaffee. Als sie dicht an ihn herantrat und die Wunde an seinem Kopf säuberte, strich er ihr mit dem Finger unauffällig über den Unterarm. Er wollte nicht, dass Hannah seine bittende Zärtlichkeit sah, denn er war ein feiger Vater wie eh und je. Liv erwiderte seine Berührung. Falk erschauderte, doch die Frau, die er liebte, einem Bekenntnis gleich zu sich zu ziehen, wagte er nicht. Er spürte die Blicke seiner Tochter, wie sie ihn und Liv vom anderen Ende des Raumes beobachtete, wieder mit dieser scheuen Neugier, die sich hinter den Zügen an ihren Zigaretten versteckte.

Zu seinem eigenen Erstaunen hatte er die meiste Zeit geschwiegen, während die beiden von ihrer Begegnung erzählten. Keine forschen oder gar empörten Nachfragen, mit denen er ihnen ins Wort fiel, keine Vatervorwürfe. Beide, der Vater und der Polizist, schwiegen. Falk stöhnte auf, als er erfuhr, dass Hannah und André Schoomwinkels die Flüchtlingsfrau und ihren kleinen Sohn überfahren und die Toten im Meer hatten verschwinden lassen, genau so, wie er später mit André verfahren war, nur an anderer Stelle. Er und Hannah waren auf dieselbe grausame Idee gekommen, und auch wenn die schwarze, stille Tiefe der naheliegendste Ort für ein Geheimnis war, die Analogie der Ereignisse verstörte ihn doch. Plötzlich meinte er, Vater und Tochter verbände ein schlechtes Gen, eine verkorkste, irre gewordene DNA, deren Stammhalter er war. Sie hatten die Leben anderer ausgelöscht, Menschen getötet, aus völlig unterschiedlichen Ursachen, aber dem Tod war es egal, ob man ihn mit voller Absicht oder grundlos bediente, zwischen beidem klebte nur ein dünner Firnis aus Zufall und Moral. Der Tod, er war zu allen Menschen gleich freundlich.

»Und deine Entführung?« Falk richtete die Frage direkt an seine Tochter. Sein Tonfall hatte etwas Mitfühlendes, obwohl er längst ahnte, dass Hannah nie Opfer eines Kidnappings geworden war.

Hannah schaute ihrem Vater direkt ins Gesicht. »Das war deine Idee«, sagte sie.

Falk runzelte sprachlos die Stirn.

Liv sprang Hannah bei. »Als wir uns in Bankenes wiedergesehen haben, da hast du geglaubt, Hannah hätte André im Streit getötet oder wäre entführt und André von den Kidnappern erschossen worden.«

Falk erinnerte sich an die brennende Sorge um Hannah. Dass seine Tochter sich zu dieser Zeit in Kautokeino aufhielt und die letzten Aufwallungen ihrer Sucht mit einer Mischung aus Kettenrauchen und täglichen Laufrunden über staubige Schotterpisten bekämpfte, hatte Liv ihm verschwiegen.

»Soll er doch«, hatte Hannah ihr patzig entgegengeworfen, nachdem Liv aus Bankenes zurückgekehrt war. So etwas wie Triumph hatte in ihrer Stimme gelegen. »Soll er doch glauben, ich wäre entführt worden.«

Eine tiefe Genugtuung hatte sie erfüllt bei der Vorstellung, ihren Vater in quälender Angst um sie zu wissen. Und als sie erfuhr, dass er ihr auch den Mord an André zutraute und deshalb die Leiche und alle Spuren, die auf sie hindeuteten, beseitigt hatte, gesellte sich nach einem Moment der Fassungslosigkeit ein hinterhältiger Stolz dazu. Er schloss nicht aus, dass sie zur Mörderin geworden war. Und er hatte alles getan, würde alles tun, um sie zu beschützen. Seine Verbindung zu ihr war keineswegs so gekappt, wie sie in den vergangenen Jahren vermutet hatte, in denen sie ihren Vater meistens verflucht und selten herbeigesehnt hatte. Es musste noch immer ein Band zwischen ihnen beiden existieren. Ob es aus simpler Blutsverwandtschaft oder aus Liebe bestand, wusste sie nicht. Aber es war stark genug gewesen, ihn für sie zum Kriminellen werden zu lassen.

Soll er doch!

Plötzlich hatte die Idee von der Entführung im Raum gehangen wie eine belebende Energie. Plötzlich erschien ihr das Unglück, das sie und André Schoomwinkels auf der E 6 über die fremde Frau und ihren Sohn gebracht hatten, wie eine Einladung des Schicksals, dargeboten auf einem blutigen Tablett. Zuerst schämte sie sich für die Idee, doch je länger sie darüber nachdachte, umso legitimer erschien sie ihr. Und je nüchterner sie wurde von der Droge, mit der André Schoomwinkels sie Tag um Tag vergiftet hatte, umso größer wurde ihre Empörung über den Mann. Hatte er sie doch erst in die Lage gebracht, aus der sie nun einen Schleichweg hinausfinden musste.

Überhaupt stellten Hannah und Liv fest, dass es seit jeher Männer gewesen waren, die sie in prekäre Lagen gebracht hatten. Bei den Müttern sah es nicht anders aus. Männer hatten über ihre Köpfe und Herzen hinwegentschieden, und die Frauen bezahlten dafür mit Selbstverleugnung und leiser Verzweiflung. Oder mit ihrem Leben wie Hannahs Großmutter, die vor der eisigen Gleichgültigkeit ihres Gatten erst in die Depression und dann ins Wasser geflüchtet war, ein tragischer Unfall, natürlich.

Hannah und Liv kamen überein, dass die Männer etwas zurückzahlen und es ihnen ermöglichen sollten, sich von alten Abhängigkeiten zu befreien.

»Beitrag zur Selbstermächtigung«, hatte Hannah eines Morgens am Frühstückstisch gesagt, und damit war die Sache beschlossen. Ihr Plan entwickelte sich wie von selbst, spielerisch, bis alle Komponenten beisammen waren und ihnen die Entscheidung zu seiner Ausführung als eine vollkommen logische Konsequenz erschien.

Als die Frauen im Garten ihrer Wünsche spazieren gingen, merkten sie allerdings schnell, dass ihre Träume keine großen Geldsummen erforderten, zumindest keine, die dem glaubwürdigen Lösegeld für eine Multimillionärsenkelin entsprachen. Hannah wäre selbst dann noch gut versorgt, wenn ihre Mutter oder ihr Großvater sie eines Tages enterbten, womit sie fest rechnete. Sie konnte arbeiten, das hatte sie getan, seit sie fünfzehn war. Sie brauchte nicht viel. Das Boot und ihre Leica waren die einzig wertvollen Dinge, die sie besaß. Allerdings wusste sie genug sinnvolle Verwendungszwecke für eine größere Summe. Sea-Watch fehlte das Geld, um die »Eleanor Rigby«, einen ausrangierten Fischkutter, den ein holländischer Reeder der Hilfsorganisation gespendet hatte, zu ihrem fünften Rettungsschiff umzubauen. Sie dümpelte traurig im Rotterdamer Waalhaven vor sich hin.

Liv nickte zu allem, was Hannah sagte, und beschied ihr mit einem Zahnlückenlächeln, es sei der Altruismus einer verwöhnten Göre, die nie Armut erlitten hatte, der aus ihr spreche.

»Geld ist Freiheit«, sagte sie und amüsierte sich über Hannahs angewiderten Gesichtsausdruck.

Sie provozierte Hannah noch ein wenig weiter, indem sie ihre irdischen Wünsche aufzählte, die das Lösegeld bezahlen sollte. Ein neues Quad. Ein Lavvu aus schwerem Baumwollcanvas und dazu ein Klappofen aus Edelstahlblech, damit sie auch im Winter länger umherziehen konnte. Eine doppelläufige Beretta, so eine, wie die reichen Schnösel aus Oslo sie zur Schneehuhnjagd mitbrachten. Ein paar Kisten von dem guatemaltekischen Rum, wie sie ihn Kjell Vesterman einmal aus seinem Schmuggelversteck geklaut hatte. Und, warf sie hinterher, als die Liste schon vollständig schien, einen von diesen Womanizern, die einen in zehn Sekunden zum Orgasmus bringen.

»So billig bist du zu haben?«, neckte Hannah zurück. Sie hatte die Provokation längst durchschaut. »Typisch Eingeborene. Tand, Feuerwasser und Triebabfuhr ist alles, was ihr im Kopf habt.«

»Oh nein«, hielt Liv mit gespieltem Ernst dagegen und nahm eine Kriegerinnenpose ein, indem sie eine ihrer Angelruten zum Speer umfunktionierte und eine Bratpfanne zum Schild. Sie wollte eine größere Summe an das neue Frauenhaus in Alta spenden. Selbst wenn es von der Heilsarmee betrieben wurde. »Wenigstens nicht von Laestadianern«, sagte Liv so unerwartet grimmig, dass Hannah es nicht wagte, nachzufragen. Das Haus am Hafen von Alta war der einzig sichere Ort für gefallene Frauen in der Finnmark, zumindest auf norwegischer Seite. Dann gab es noch ein paar Leute in Kautokeino, denen würde sie was zukommen lassen. »Anonym in ihre Briefkästen«, sagte sie, und Hannah sah ihr die diebische Freude an über die verblüfften Gesichter der Beschenkten, die Liv zweifellos heimlich beobachten wollte. Die meisten waren alleinstehende Alte, die Liv als Kind gut behandelt und nicht verachtet hatten wie die anderen im Ort. Einen Teil des Geldes wollte sie im Haus ihrer Mutter verstecken. Für harte Zeiten. »Ich werd nie wieder irgendwelche Drogen durch die Gegend kutschieren, das verspreche ich dir.«

Hannah hatte sich mit der Grausamkeit eines kleinen Kindes vorgestellt, wie ihre Mutter auf die Nachricht der Entführer reagieren würde. Vollkommen aufgelöst, während ihr Großvater schimpfte und sich weigerte, das Lösegeld zu zahlen, um es am Ende doch zu tun mit einer Mischung aus Hochmut und gespielter Großherzigkeit, die alle in den Staub drückte: Nichtskönner, Versager und Idioten.

Falk sollte das Lösegeld überbringen. Vor vier Jahren war er der Vater von Livs ungeborenem Kind gewesen. Wieso sollte er jetzt nicht der Herold ihres Glücks sein? Liv machte es ihm nicht zu leicht. Sie lockte ihn tief in ihr Revier, in das raue, unbarmherzige Land, aus dem sie kam. Es würde ihm eine heilige Erinnerung ins Gedächtnis gravieren, die er nie vergessen sollte, tief und schön wie die Narbe einer vergangenen Liebe.

Es war ein guter Plan gewesen. Er machte noch das einzig Beste aus dem Schlechten, das geschehen war. Sein einziger Makel hatte darin bestanden, Hannahs Vater vollkommen zu unterschätzen. Dass er ihnen bis hierher folgen könnte, hatten die Frauen für unmöglich gehalten.

»Das war nicht vorgesehen«, sagte Hannah mit einem Hauch versöhnlicher Ironie. Ihre Irritation über das Auftauchen ihres Vaters war inzwischen verflogen. Sie betrachtete den Mann, der jetzt ein Stück näher gekommen war und auf dem Ledersessel am Sofa Platz genommen hatte, mit wohlwollender Milde. Und wenn sie es recht deutete, und sie irrte sich selten, denn die Jahre ohne Vater hatten sie zu einer guten Menschenkennerin gemacht, lag in seiner Erwiderung eine verdruckste Bewunderung. Kein einziger Vorwurf war bislang aus seinem Mund gekommen, kein empörtes Wort gegen sie oder Liv. Sein schlechtes Gewissen musste im Laufe der Jahre ein dickes Soll aufgetürmt haben.

Aus der Nähe konnte sie die Wunden der Gewalttour erkennen, die ihn hergeführt hatte. Aber auch die Hände, die sie als kleines Mädchen in den endlosen Himmel geworfen und sicher wieder aufgefangen hatten. Gewiss, eher pflichtschuldig als besonders liebevoll, das hatte sie schon als kleines Kind gespürt, aber immerhin. Sie sah die Fältchen in seinem Gesicht, die sie an sein fernes Lachen erinnerten. Sie waren ein wenig tiefer geworden in den vergangenen vier Jahren, wohl eher vom Pflug seiner Sorgen, dennoch schien er kaum älter geworden zu sein. Ihr Vater war schmutzig und erschöpft. Er tat ihr leid, doch ein schlechtes Gewissen rührte sich nicht bei ihr. Es war, als stünden ihrer beider Waagschalen nun im Gleichgewicht.

Hannah lächelte ihn verstohlen an. Nach kaum einer Sekunde wich er ihr aus, und daran, wie sein Blick in den wasserblauen Augen von Liv Piekkala ertrank, erkannte sie seine Liebe zu der Frau. Plötzlich begann sein Telefon zu piepen und zu vibrieren. Es hatte endlich eine Netzverbindung gefunden und signalisierte, dass ihr Vater in den vergangenen zwei Tagen dreiundvierzig Anrufe und achtzehn Textnachrichten verpasst hatte. Kaum war das letzte Ping der eingehenden Nachrichten verklungen, klingelte der Apparat. Falk drehte das Display zu Hannah. Es zeigte den Namen ihrer Mutter. Hannah schüttelte den Kopf, doch Falk hielt ihr demonstrativ das Telefon hin, bis es verstummt war. Einer dieser bescheuerten Vätervorwürfe, dachte Hannah, zu dem er keinerlei Recht mehr hatte.

»Was willst du ihr erzählen, wenn du nach Hause kommst?«, sagte Falk, und Hannah zögerte keine Sekunde mit der Antwort.

»Ich gehe nicht zurück nach Hause.«

Die Stille, die vom Knistern des Ofens und dem Säuseln des Flusses draußen nur noch tiefer zu werden schien, setzte ein unnachgiebiges Ausrufezeichen hinter Hannahs Worte.

»Sondern?«

Wochen bevor sie nach Bankenes gereist war, hatte Hannah den Kurs für eine dreitausend Seemeilen lange Fahrt von Oslo nach Messina auf ihre Karten geplottet. Die »Tenacity« war stark genug für die Fahrt durch Nordseewellen und Biskayastürme. Hannah war es auch. In der Meerenge vor Sizilien lag die »Sea-Watch 3«, auf der sie nach ihrer Ankunft ihren zweimonatigen Freiwilligendienst ableisten würde. Für die »Tenacity« hatte sie in der Marina neben der Hafeneinfahrt einen

Liegeplatz gebucht. Dafür und für den neuen Gennaker war ihr letztes Geld draufgegangen. Hannah glaubte nicht, dass sie die »Tenacity« würde halten können, wenn sie anschließend zum Studieren nach Prag ging.

Auf einer Internetplattform für Gebrauchtboote hatte sie schnell Interessenten gefunden. Ein ahnungsloser Patentanwalt aus Amsterdam wollte das Boot sofort unbesehen kaufen. Hannah vertröstete ihn auf ihre Rückkehr aus Messina und versprach ihm, in Amsterdam vorbeizukommen. Die Vorstellung, ihr treues, bewegliches Heim an jemanden zu verlieren, der es mit einem Klappmast kastrieren und damit unter Motor durch die Grachten kuttern wollte, schmerzte sie beinahe körperlich. Der Mann würde dem schönen freien Körper ihres Schiffes die Fesseln seiner Unwissenheit und Mutlosigkeit anlegen, statt ihm zu gestatten, sich elastisch und seufzend in Wind und Wellen zu räkeln. Aber er hatte den mit Abstand besten Preis geboten. Jetzt würde sie das Boot behalten können. Zugleich machte ihr der Gedanke an das viele Geld, das als Preis für ihr Leben auf dem Sofa lag, eher Angst.

Siljes Nachrichten fragten im Tonfall steigender Verzweiflung nach dem Verlauf der Geldübergabe. Außerdem teilten sie mit, dass Hannahs Großvater erst einen Wut- und dann einen Schwächeanfall erlitten hatte, nachdem er weder Ingmar Haugen erreicht hatte noch von Falk oder den Entführern eine Nachricht gekommen war. Jetzt lag Lars Einar Hellestad mit Verdacht auf Herzinfarkt in der Universitätsklinik von Oslo. Er drohte Ärzten und Krankenschwestern schwerste Konsequenzen an, sollten sie ihm sein Telefon wegnehmen. Was nur bedeuten konnte, dass es ihm bereits wieder besser ging.

Hannah weigerte sich, Silje anzurufen, um ihr mitzuteilen, dass sie frei und in Sicherheit war. Sie hatte die perfekte Inszenierung einer Entführung abgeliefert, aber nicht bedacht, dass sie ihrer Mutter für den Rest des Lebens ins Gesicht lügen musste. Die Sorte Lügen, die jedes Mal den eigenen Blick zum Flackern brachte.

Falk trat vor die Tür der Hütte und stellte über den Messenger eine wackelige Videoverbindung her. Siljes Gesicht erschien nach dem zweiten Klingeln auf seinem Display. Sie stand vor dem Uhrenturm der Klinik in Gaustad. Die ockerfarbenen Backsteine hinter ihr erhoben sich wie ein mahnender Finger in den Mittagshimmel. Sie sah beschissen aus. Als Falk ihr mitteilte, Hannah sei bei ihm und wohlauf und die angekündigte Freilassung in Oslo nur ein Ablenkungsmanöver gewesen, schlug sie die Hand vor den Mund. In diesem Augenblick konnte er nicht anders, als Mitleid mit der Frau zu empfinden, die er schon so lange nicht mehr liebte. Er ging zurück in die Hütte und bedeutete Hannah und Liv, still zu sein. Mit einem Fingerzeig dirigierte er seine Tochter auf das Sofa.

»Sie schläft jetzt«, sagte er ins Telefon.

Er schwenkte den Apparat auf Hannah. Sie hatte sich und das Lösegeld schnell mit einem Schlafsack bedeckt und die Augen geschlossen.

»Hannah. Hannah!« Silje schrie. Ihre Stimme überschlug sich. Falk hörte, wie das Schluchzen seiner Ex-Frau als dünnes, körperloses Geräusch aus dem Apparat in seiner Hand drang. Er sah nicht, wie ihr Finger zärtlich die Linse der Telefonkamera berührte und das Bild schwarz wurde. Hannah lag wie schlafend da, friedlich, das Gesicht umschlossen von der Kapuze des Schlafsacks. Falks Blick wanderte zwischen seiner Tochter und Liv, die sich im toten Winkel der Kamera hielt, hin und her. Wie war es überhaupt möglich gewesen, dass er die beiden wichtigsten Menschen in seinem Leben so lange ignoriert hatte? Wo war er gewesen? Die vergangenen vier Jahre erschienen ihm plötzlich wie eine einzige große Leerstelle, und sein Gedächtnis präsentierte ihm nur ein Sieb voller Nichtigkeiten. In diesem Augenblick wusste Falk, dass er Hannah niemals verraten und sein Kind, das längst kein Kind mehr war, nie wieder im Stich lassen würde. Er wollte wieder ein Vater für sie sein, wenn sie es wünschte. Er wusste, dass er mit Liv Piekkala zusammen sein wollte. Wenn die Frau aus Kautokeino ihn in ihr Leben ließ, würde er zu ihr in den Norden kommen und nicht mehr fortgehen. Auf einmal war die Welt ein freundlicher Ort und sein Platz darin voll guter Gewissheiten.

Heute war Hannahs achtzehnter Geburtstag. Alle schienen ihn in der Aufregung vergessen zu haben. Falk malte sich aus, wie sie später auf Bankenes gemeinsam feiern würden, und ein Lächeln huschte über sein Gesicht.

37

N 69°53'15.42" | E 21°53'39.18"

In der Nacht erwachte Haidar, denn er glaubte, Ingmar Haugens Wimmern aus dem Schuppen zu hören. Er richtete sich in der Schlafkoje auf und lauschte. Alles war ruhig. Nur der unsterbliche Wind streichelte über die Außenhaut des Wohnmobils. Der Schuppen lag wenige Meter von der Stelle entfernt, an der das Wohnmobil hinter den Kiefern stand. Doch Ingmar Haugen war inzwischen so geschwächt, dass er kaum mehr als ein Röcheln hervorbrachte. Das Wehklagen musste einen anderen Ursprung haben. Bankenes, das Haus des Deutschen, war zu weit weg. Von dort konnte kein Geräusch zu ihm herüberdringen, das wie das Wimmern eines Kindes klang. Trotzdem warf Haidar mit einer abrupten Bewegung die Decke zur Seite und sprang auf. Die Ungewissheit darüber, was in diesem Moment auf Bankenes vor sich ging, wollte ihn plötzlich verrückt machen. Er hatte das Anwesen beinahe den ganzen Tag lang beobachtet, jetzt kam ihm seine Nachtruhe nicht mehr wohlverdient, sondern wie eine dumme Nachlässigkeit vor.

Nachdem er zu Fuß der Straße bis zu dem Anwesen gefolgt war und gesehen hatte, dass es dunkel und leblos dalag, kehrte er zurück und startete das Wohnmobil. Ihm war am Vortag ein leer stehendes Haus aufgefallen. Es lag leicht erhöht am Hang über der Straße und erlaubte einen perfekten Blick auf das Anwesen des Deutschen. Durch den Schotter der Zufahrt sprossen schon Birkentriebe. Im Fenster hing das ausgeblichene Schild eines Maklers. Die Haustür war mit Spinnweben versperrt. Niemand interessierte sich für diese Immobilie. Von Weitem tat sie so, als wäre sie eine altehrwürdige Holzkonstruktion, doch es war ein billiger Bau aus falunroten Fertigteilen auf einem Sockel aus Beton.

Ohne nachzusehen, ob sein Gefangener im Schuppen noch Lebenszeichen von sich gab, fuhr Haidar von dem verwahrlosten Grundstück und stellte das Wohnmobil hinter das Haus. Er hatte Skrupel, Ingmar Haugen zu töten. Doch freilassen konnte er den Mann auch nicht mehr. Dazu war er schon viel zu weit gegangen. Er würde ihn sterben lassen und vergessen müssen. *Vergessen.* Ekel und Scham überkamen ihn. Er versuchte sich einzureden, dass sie dem vollgepissten, eingekoteten Mann galten, der so würdelos um sein Leben bettelte und allmählich wahnsinnig wurde. Aber das war eine Lüge. Die Abscheu galt ihm selbst. Er hatte Ingmar Haugen zum Vieh gemacht und damit auch sich selbst.

Er stellte den Motor des Wohnmobils ab.

Er musste vergessen.

Vielleicht war das Wimmern nur der Wind gewesen.

Ganz bestimmt war es der Wind gewesen.

38

Falk hatte Silje nur mit Mühe davon abhalten können, nach Bankenes zu kommen, um Hannah abzuholen. Er war aufbrausend geworden am Telefon, wie in den alten Tagen ihrer ewig dummen Streitereien.

»Danke«, sagte Hannah, nachdem er aufgelegt hatte.

Falk zog ein schiefes Gesicht. Er kam nicht umhin, die seltsame Ironie darin zu sehen, dass seine Tochter sich bei ihm für einen Streit mit der Mutter bedankte, hatte sie die Eltern für ihren ständigen Kleinkrieg doch stets verachtet. Oder ängstlich beweint.

Sie verließen Bilto und folgten der Piste am Nordufer des Reisa in Richtung Küste. Falk fuhr mit der Husqvarna voraus, Liv und Hannah folgten ihm auf dem Quad. Jede Faser seines Körpers schmerzte von der Anstrengung der vergangenen Tage. Der gebrochene Finger pochte wie ein lästiges Metronom. Trotzdem lachte er plötzlich auf. Der Fahrtwind fuhr ihm bis in den Rachen. »Du wirst einfach alt«, sagte er und konnte sich nicht erklären, warum er den Moment genoss, wo ihm doch alles wehtat, selbst das Lachen.

An der Zapfsäule neben dem Sørstraumen Handel tankten sie die Husqvarna und Livs Quad auf. Falk kaufte ein Sixpack Ringnes. Sie stießen auf Hannahs Geburtstag an. Es hätte keinen unpassenderen Ort dafür geben können als den Schotterparkplatz mit seinen Blumenrabatten aus alten Traktorreifen und der feuerverzinkten Sitzbank. Doch es war gut, wie es war. Auf der anderen Seite der E 6 fläzte sich der Fjord bis ans Ufer und strahlte so blau wie der Himmel darüber. Beide flossen ineinander wie zwei gute Träume. Er nahm Hannah in den Arm und spürte, wie sie sich versteifte. Sie würden Zeit brauchen, und er würde warten, solange es nötig war.

»Alles Gute zum Geburtstag.«

Bankenes lag wie verlassen da. Ingmar Haugens Mietwagen stand mit neuen Reifen auf dem Hof, doch von Haugen selbst war nichts zu sehen. Falk hatte den Sicherheitschef von Hellestad Møbler ein Dutzend Mal angerufen, aber nur seine Mailbox erreicht. Liv bemerkte als Erste, dass die Gebäude von der Polizei versiegelt worden waren.

Sie haben die Blutspuren von André Schoomwinkels gefunden. Und höchstwahrscheinlich sind sie zu dem Schluss gelangt, dass der junge Mann auf Bankenes getötet worden ist, dachte Falk.

Natürlich.

Es war nur eine Frage der Zeit gewesen. Vermutlich haben sie den ahnungslosen Ingmar Haugen zur Befragung nach Burfjord auf die Polizeistation geschleppt. Jetzt kam es darauf an, dass keine Spur zu seiner Tochter oder zu Liv führte. Oder zu ihm selbst. Sie hatten André nicht umgebracht, doch sein spurloses Verschwinden von Falks Anwesen drohte sie alle drei verdächtig zu machen. Der klugen Vigdis Mitgaard traute er den Ehrgeiz zu, jedem von ihnen in einem zähen Verhör ein plausibles Motiv anzudichten, und vermutlich läge sie nicht mal schlecht mit ihren Hypothesen.

Falk entschied im Bruchteil einer Sekunde, alles auf sich zu nehmen, sollte es zum Äußersten kommen. Doch erst musste er herausfinden, was die Polizisten wussten.

Er wählte die unbekannte Nummer, die an dem Tag, als er von Bankenes zur Lösegeldübergabe aufgebrochen war, zweimal angerufen hatte. Wie er vermutete, war es die von Vigdis Mitgaard. Sie nahm nach dem zweiten Klingeln ab. Die Polizistin war sauer, und Falk hörte an ihrem Atem, wie sie sich beherrschen musste.

»Sie haben eine polizeiliche Anordnung missachtet«, sagte sie kühl. Ohne Falks Antwort abzuwarten, bestellte sie ihn auf die Wache nach Burfjord, wo er seine »Flucht« erklären sollte. »Jetzt gleich. Ich habe außerdem noch ein paar Fragen zu Ihrem Mieter André Schoomwinkels.«

Falk versprach, sofort loszufahren. Er verkniff sich jeden Hinweis auf Hannahs Entführung. Inzwischen hatte Liv das

Polizeisiegel an der Hintertür aufgebrochen und war mit Hannah hineingegangen. Falk erschrak kurz, doch Liv steckte den Kopf aus dem Küchenfenster und lächelte schwach.

»Erzähl der Polizei einfach, dass ich das war«, sagte sie. »Für die bin ich sowieso nur eine bekloppte, vorbestrafte Eingeborene.«

Liv Piekkala zog erst gar nicht in Erwägung, ihren Namen möglichst aus der ganzen Sache herauszuhalten. So war die Frau aus Kautokeino einfach nicht.

»Hattest du ein Motiv, André Schoomwinkels zu töten?«

Falk sah genau vor sich, wie Liv vor Vigdis Mitgaards Schreibtisch saß und ihre Zahnlücke entblößte. Wie ihr Lachen bis in den hintersten Winkel der Polizeiwache von Burfjord krachte wie ein unerwarteter Brecher.

Eins? Dieser kleine holländische Drogenschieber schuldet mir über dreißigtausend. Er hat mindestens fünfmal versucht, mir an die Wäsche zu gehen.

Falk sah, wie Vigdis Mitgaard sich interessiert vorbeugte. *Ja …?*

Macht schon sechs Motive, den umzubringen …

Sie mussten sich absprechen. Sie mussten die Tatsachen der vergangenen Wochen in ein Gespinst aus wohlkalkulierten Lügen einweben, das ihr Leben lang nicht reißen durfte, sollte es sie vor dem Sturz in die hässliche Wahrheit bewahren. Die Toten von der E 6 mussten verschwunden, der Mörder von André Schoomwinkels unerkannt und die Entführer von Hannah für immer Phantome bleiben.

Falk warf vier überlagerte Ibuprofen aus der Hausapotheke von Bankenes ein, damit er auf dem Weg nach Burfjord die Kupplung der Husqvarna ziehen konnte, ohne dass der Schmerz ihm jedes Mal wie ein Dorn in den Kopf stach. Aus dem Kleiderschrank im ersten Stock kramte er einen seiner alten Wollpullover hervor und streifte ihn über den, den er bereits trug. Der Sonnenschein konnte nicht über die ungewöhnliche Kälte dieses Spätsommertages hinwegtäuschen.

Vigdis Mitgaard wird mich für einen einsamen, verwahrlosten Typen halten, der sein Leben nicht auf die Reihe kriegt, dachte er, als er zu spät die Mottenlöcher bemerkte.

Fehlt nur noch die Schnapsfahne.

Er ließ die beiden Frauen in der Küche von Bankenes zurück und stahl Liv zum Abschied einen Kuss. Die Husqvarna krähte die Steigung zum Sattel von Baddereidet hinauf. Falk genoss es, mit Vollgas der sanften Asphaltlinie zu folgen und sich in die Kurven fallen zu lassen. Liv hatte ihm schweigend ihren Helm in die Hand gedrückt. Die kleine Geste der Fürsorge versöhnte ihn mit allem, was noch geschehen sollte.

Erst unterwegs fiel ihm Ingmar Haugen wieder ein. Er hatte Vigdis Mitgaard am Telefon nicht nach Haugen gefragt. Was hatte er der Polizei erzählt? Vermutlich hatte Lars Einar Hellestad seinen Sicherheitschef zum Schweigen verdonnert. Aber wieso rief er Falk nicht zurück? Hatte der Alte ihm das auch verboten?

Als Falk die lange Gerade hinunter nach Burfjord erreichte, bemerkte er eine Bewegung im Gras neben der Fahrbahn. Er ging vom Gas und fuhr heran. Das pelzige Tier, das sich vergeblich bemühte, die Straßenböschung zu erklimmen, dabei zurückrutschte und sich hilflos überschlug, hatte er noch nie gesehen. Er hielt an. Das Tier war groß wie ein Hund. Sein schwarzbraunes Fell glänzte selbst im Schatten der Bäume ölig. Als es Falk bemerkte, entblößte es mit einem Knurren seine Reißzähne. Es war ein Vielfraß. Er war äußerlich unverletzt, aber sein Becken war vom Zusammenprall mit einem Auto gebrochen. Die Hinterläufe hingen leblos am Rest des Rumpfes.

Mit einer Mischung aus Mitleid, Neugierde und Jagdinstinkt ging Falk einen Schritt näher. Sofort griff das schwer verletzte Tier an und biss um sich. Falk rettete sich hinter die Husqvarna und wartete, bis es sich beruhigt hatte. Von Håkan Jensen wusste er, dass die großen Marder äußerst menschenscheu waren. Ein gesundes Tier wäre schon längst im Unterholz verschwunden. Dieses hier hatte keine Möglichkeit mehr zur Flucht und war deshalb umso gefährlicher. Sein Knurren und die gefletschten

Zähne ließen keinen Zweifel daran, dass es sein Leben mit tödlicher Konsequenz verteidigen würde.

Falk benutzte die Husqvarna als Deckung und schob die Maschine ein Stück die Straße hinunter, bevor er aufsaß und davonfuhr. Als er kurz darauf die Polizeistation von Burfjord betrat und nach Vigdis Mitgaard fragte, nannte er dem uniformierten Beamten am Empfangstresen die Stelle, an der er das Tier zurückgelassen hatte, und bat ihn, eine Streife zu schicken, um es mit einem Fangschuss zu erlösen. Mikkel Persson war herangetreten und hatte mitgehört. Er nickte dem Beamten zu und schickte ihn los.

»Das liegt doch sowieso auf deinem Heimweg. Du kannst für heute Schluss machen.«

Der Mann nahm seine Jacke vom Stuhl und verabschiedete sich. Falk und Mikkel Persson waren allein im Raum. Die Stille war bedrückend. Falk hatte keine Ahnung, was ihn erwartete.

»Vigdis kommt gleich«, sagte Persson. »Muss ihren Mann von der Psychotherapie abholen.«

Persson gab Falk keine weitere Erläuterung zu dieser Indiskretion, aber sein Tonfall ließ keinen Zweifel an der Verachtung, die er für Vigdis Mitgaard empfand.

»Wir hoffen, du hast eine verdammt gute Erklärung dafür, dass du gestern Morgen, man könnte ja beinahe sagen, geflüchtet bist«, wechselte er das Thema, als sie sein Büro betraten. Es war ein lieblos mit Behördenmöbeln vollgestellter Raum. Der Geruch ständig geschlossener Fenster erinnerte Falk an das Büro seines Chefs Claus Riemann. Persson bot Falk den Besucherstuhl an, setzte sich hinter seinen Schreibtisch und zog ein Blatt zu sich.

»Ingmar Haugen, ein ›Urlaubsgast‹ in deinem Haus, wie er selbst sagt, kennst du den?«

Falk nickte. Er wurde unsicher. Welche Informationen hatte Haugen der Polizei gegeben? Hatte er die Entführung ausgeplaudert? War Mikkel Persson gerade dabei, Falk eine Falle zu stellen? Welches Tier glaubte er darin zu fangen?

»Haugen ist der Sicherheitschef von Hellestad Møbler, der

Firma meines Ex-Schwiegervaters«, sagte Falk. »Ist er nicht mehr bei euch?«

Mikkel Persson schüttelte den Kopf. »Sollte er denn?«

Falk schwieg einen Moment und schaute dem Polizisten in die Augen. Dann sagte er die Wahrheit. Es war eine Wahrheit mit doppeltem Boden, und was sich in dessen Hohlraum verbarg, durfte der Mann auf der anderen Seite des Schreibtisches niemals erfahren.

»Meine Tochter Hannah ist entführt worden. Als ihr mich in Kvænangsbotn angehalten habt, war ich auf dem Weg zur Lösegeldübergabe. Deshalb bin ich abgehauen. Ingmar Haugen hat mich nach Bankenes begleitet.«

Perssons Augen waren jetzt weit aufgerissen. Dann schlug er mit der flachen Hand auf den Tisch.

»*Angelurlaub!* Ich hab doch gewusst, dass da was faul ist. Der Typ konnte einen Lachs nicht von einem Dorsch unterscheiden.«

Persson genoss seinen wertlosen Triumph. Er genoss ihn noch mehr, als er Vigdis Mitgaard in der Tür stehen sah. Sie war soeben zurückgekehrt und hatte den beiden zugehört. Falk schaute so betroffen wie möglich. Er hätte sich ohrfeigen können dafür, dass er Ingmar Haugens Loyalität so gnadenlos unterschätzt hatte. Keine Silbe hatte Haugen der Polizei über Hannahs Entführung verraten. Er hatte sich lieber vor Mikkel Persson zum Affen gemacht, um Hannah zu schützen. Stattdessen war Falk selbst es gewesen, der die Polizei auf die Entführung gebracht hatte, ein Fehler, der ihnen noch gefährlich werden konnte.

»Haben sie deine Tochter freigelassen?«, sagte Vigdis Mitgaard von der Tür aus. »Ist sie unversehrt?«

Falk nickte. Nach dem strengen »Sie« am Telefon wechselte die Polizistin wieder zum vertraulichen »Du«.

»Ja. Hannah ist auf Bankenes. Es geht ihr den Umständen entsprechend gut.«

Vigdis Mitgaard trat heran und stellte sich neben Falk. Sie deutete auf Falks verletzte Hand.

»Bin unterwegs mit dem Motorrad gestürzt«, sagte er. »Halb so schlimm.«

Er wusste nicht, warum er über seine Schmerzen log, die trotz der Tabletten wieder heftig zu pochen begonnen hatten. Vigdis Mitgaard war keine Frau, die man öfter als nötig belog.

»Wo war diese Übergabe, und wann war das?«

Mikkel Persson zog das Gespräch wieder an sich. Offenbar sollte Vigdis Mitgaard ihm nicht noch einmal die Butter vom Brot nehmen, wenn der Kollege aus Deutschland dabei war.

Falk hatte sich nicht zurechtgelegt, was er auf die Frage antworten sollte, also erzählte er, wie es gewesen war. »Am Mollisfossen, heute Morgen. Sie wollten, dass ich das Geld den Wasserfall runterwerfe.«

Mikkel Persson pfiff durch die Zähne, als Falk die Lösegeldsumme nannte. Vigdis Mitgaard schien dagegen nicht sonderlich beeindruckt.

»Deine Tochter ist die Enkelin von Lars Einar Hellestad, das stimmt doch, oder? Sei mir nicht böse, Falk Sebastiani, aber zwei Millionen Dollar, da ist der alte Mann ziemlich billig davongekommen, finde ich.«

Mikkel Persson kommentierte die Bemerkung seiner Kollegin mit einem empörten Kiekser. Sicher, dachte Falk, Hannah und Liv hätten dem Alten ohne Weiteres zehn Millionen abknöpfen können.

»Das Geld stammt von mir«, sagte er. »Ich habe kurzfristig das Anwesen in Bankenes beliehen. Insofern bin ich froh, dass es nicht mehr war.«

Vigdis Mitgaard wiegte den Kopf hin und her. »Tut mir leid«, sagte sie. »Das war taktlos. Ich bin froh, dass alles gut ausgegangen ist. Wie alt ist Hannah?«

»Sie ist achtzehn«, antwortete Falk.

»Gott sei Dank«, stieß Vigdis Mitgaard hervor und entschuldigte sich gleich noch ein zweites Mal. »Ich meine, sie ist fast erwachsen, da verkraftet man so was sicher besser als im Kindesalter. Wann kann ich mit Hannah sprechen?«

Mikkel Persson katapultierte sich mit einem Walrossschnauben aus seinem Bürostuhl hoch und quetschte sich zwischen den beiden hindurch in Richtung Tür. »Das ist doch unwichtig jetzt. Das machen wir später. Die Fahndung hat Vorrang.«

Im Hinausgehen drehte er sich zu Vigdis Mitgaard um und bohrte unmissverständlich den Zeigefinger in ihre Richtung.

»Du holst alle aus dem Feierabend. Ich sage den Kollegen in Storslett und der Küstenwache Bescheid. Wenn die ein Boot haben, sind sie den Fluss runter und wahrscheinlich schon auf dem Meer. Zwölfmeilenzone, internationale Gewässer, arrivederci, Arschlöcher, arrivederci, zwei Millionen.«

Damit war er draußen, das Telefon so energisch ans Ohr gepresst, dass kein Widerwort von Vigdis Mitgaard dazwischenpasste. Falk und die Polizistin blieben in seinem Büro zurück. Persson schien ihr peinlich zu sein.

»Er vertritt diese Woche unseren Chef Per Axel Samuelson. Der ist auf Fortbildung in Tromsø«, sagte sie.

»Dann ist er wohl der Boss«, sagte Falk, und das Einverständnis der beiden darüber, dass Mikkel Persson nie ein Boss sein würde, war besiegelt. Vigdis Mitgaard schaute ihn an, wieder mit diesem Blick, der eine andere Wahrheit als die offensichtliche suchte, dabei nicht unfreundlich. Sie verabredeten, dass Hannahs Befragung am nächsten Tag stattfinden sollte.

»Sie ist noch zu erschöpft«, hatte Falk behauptet.

Vor allem aber hatte seine Tochter keine wasserdichte Geschichte, die sie der Polizei präsentieren konnte. Die Polizei war im Kidnapping-Plan von Hannah und Liv nicht vorgesehen gewesen. Hannah hatte sich zu Recht darauf verlassen, dass ihre Mutter und ihr Großvater die Behörden aus der Sache raushielten. Die Hellestads regelten ihre Angelegenheiten selbst. Sie waren ihr eigener kleiner Staat. Doch jetzt war es anders gekommen.

Vigdis Mitgaard berichtete Falk von den Blutspuren, die der Spürhund auf Bankenes erschnüffelt hatte. »Wir warten noch auf den DNA-Abgleich«, sagte sie. »Aber ich bin mir ziemlich sicher, dass sie von André Schoomwinkels stammen.«

Falk nickte so betreten wie möglich.

»Ich hab kein gutes Gefühl«, sagte die Polizistin nach einer kleinen Pause. »Dass André noch am Leben ist, meine ich. Und jetzt, wo wir von Hannahs Entführung wissen, habe ich ein noch schlechteres.«

Vigdis Mitgaard vermutete einen Zusammenhang zwischen dem Kidnapping und Andrés Verschwinden.

»Wir haben zwar ein paar Spuren und Hinweise, die ins Drogen- und Schleppermilieu deuten, aber es wäre schon ein seltsamer Zufall, wenn das nicht zusammenhinge«, sagte sie. »Auch wenn ich da natürlich noch nicht klarsehe, wie du dir sicher denken kannst. Noch zu früh.«

Ihr Tonfall war plötzlich kollegial. Sie sah den Polizisten in Falk. Und den Vater einer entführten Tochter. Er nickte stumm und hörte der Frau zu. Sie redete so strukturiert und ernst wie der steif gebügelte Kragen ihres himmelblauen Uniformhemdes. Er mochte ihre Art, sie erinnerte ihn an seine besseren Tage als Polizist, als er scharfsichtig und idealistisch an das Gute geglaubt hatte. Doch jetzt musste er hoffen, dass Vigdis Mitgaard als Ermittlerin scheiterte. Zumindest dieses eine Mal. Danach darfst du die erfolgreichste Polizistin der ganzen Finnmark werden, dachte er. Oder gleich von ganz Norwegen.

Während sie zwischendurch in knapp gehaltenen Anrufen ihre Kollegen aus dem Feierabend zurückbeorderte, zeigte Vigdis ihm die Plastiktüte mit dem Amulett und den blutigen Dollarnoten, die sie in der Küche von Bankenes gefunden hatten. Falk hatte schlicht vergessen, sie besser zu verstecken. Immerhin hatte er sorgfältig die Fingerabdrücke abgewischt. Nicht vergessen hatte er den metallischen Blutgeruch und die Inschrift auf dem Schmuckstück.

Von Haidar für Fuada, mein Licht.

Den Beamten war es außerdem gelungen, den ausgebrannten Pick-up aus dem Grytengskog André zuzuordnen. Der Besitzer einer Autowerkstatt in Storslett hatte sich die Fahrgestellnummer notiert, als André ihm den Wagen vergangenes Jahr zur Reparatur gebracht hatte.

»Das ist es, was wir bislang haben«, sagte Vigdis Mitgaard,

als sie zusammen die Polizeistation von Burfjord verließen. Auf dem Parkplatz stand Mikkel Persson unter einem Fahnenmast und instruierte seine Kollegen, die inzwischen von zu Hause eintrudelten. Bis auf einen waren alle in Zivil. Es waren sechs Männer. Über ihren Köpfen flappte die norwegische Flagge lustlos in der Abendluft. Persson nickte Falk zu, als er zusammen mit Vigdis Mitgaard zu seinem Motorrad ging. Die Polizisten drehten die Köpfe. »Vater des Opfers«, hörte Falk aus dem Gemurmel heraus.

»Morgen, sagen wir gegen Mittag«, sagte Vigdis Mitgaard.

Falk stülpte sich den Helm über den Kopf. Dann nickte er. »Wir werden da sein.«

Auf dem Weg zurück in das Gebäude drehte die Frau sich plötzlich um und kehrte zu Falk zurück, der schon auf seiner Husqvarna saß. Sie schüttelte den Kopf, wie man sich für die eigene Schusseligkeit milde abstraft.

»Fast vergessen«, sagte sie. »Eine Sache ist mir noch nicht ganz klar. Wenn deine Tochter hier oben entführt wurde, wo hat sie eigentlich gewohnt? Wart ihr zusammen bei Kjell und Ella Vesterman untergebracht?«

Die offensichtlichste aller Fragen hatte Falk nicht kommen sehen. Trotzdem reagierte er blitzschnell. »Nein«, sagte er. »Meine Ex-Frau und ich haben geglaubt, Hannah wär in Oslo entführt worden. Sie lebt ja dort mit ihrer Mutter und ihrem Großvater. Ich muss vielleicht dazusagen, dass Hannah eine sehr eigenständige Person ist. Ihre Mutter weiß nicht immer, was sie treibt. Und zu mir hat sie ansonsten keinen Kontakt. Leider. Ich war einigermaßen überrascht, sie nach der Lösegeldübergabe in Bankenes anzutreffen. Ich weiß nicht, wo sie gewohnt hat.«

Vigdis Mitgaard schürzte die Lippen, steckte die Hände in die Hosentaschen und zog die Schultern nach oben, als würde sie auf einmal frieren.

»Also gut«, sagte sie. »Das wird sie uns morgen alles ganz genau selbst erzählen.«

Falk fuhr.

Die Maschine verschluckte die Straße wie einen implodierenden Traum. Was sollte das sein? Was sollte Hannah erzählen? All die Fragen und hässlichen Antworten, die er von seiner Tochter hatte fernhalten wollen, alles, was sie in Verbindung mit dem toten André Schoomwinkels brachte, drohte nun herauszukommen und sie selbst zur Verdächtigen zu machen. Sicher, Hannah konnte beweisen, dass nicht sie den Taugenichts erschossen hatte, sondern ein unbekannter Mann. Es gab das Video. Aber wenn eine Polizistin mit dem Instinkt von Vigdis Mitgaard seine Tochter in ihre empathische, erbarmungslose Mangel nahm, wüsste sie möglicherweise schon bald von Hannahs Affäre mit André Schoomwinkels. Von da war es nicht weit zu zwei Toten auf der E 6, einer Mutter und ihrem namenlosen Kind, Sohn von Haidar, dem Löwen. Es war nicht weit zu einer vorgetäuschten Entführung, mit der zwei junge Frauen der Welt ihre Rechnung präsentiert hatten, zahlbar in gebrauchten Scheinen.

Niemand würde das besser verstehen als Vigdis Mitgaard, die Tag für Tag die bodenlose Selbstgefälligkeit eines Mikkel Persson erdulden musste und die dummen Ausreden von Menschen, die sie neuerdings »Kunden« zu nennen verpflichtet war und die so gut wie immer angetrunken, gewaltbereit und männlich waren. Sie würde es verstehen und Hannah trotzdem zur Strecke bringen, und Liv Piekkala noch dazu. Falk kannte diese Art von Ermittlerinstinkt. Er hatte ihn selbst einmal besessen. Er war weich und hart zugleich, und weil das eine unzureichende Beschreibung war, hatte er ihn Froschsyndrom-Methode genannt, nach der er einen Verdächtigen im Verhör so behutsam an die entscheidenden Fragen seiner Schuld heranführte, dass der Betreffende gar nicht merkte, wie er sich in ein Geständnis hineinmanövrierte. Wie der Frosch, den man in kaltes Wasser setzte und langsam zu Tode kochte, ohne dass er auch nur den Versuch unternahm, aus dem Topf zu springen.

Der Fahrtwind verfing sich unter seinem Helm und erzeugte einen Alarmton. Wovor er warnen wollte, konnte Falk nicht erkennen. Er ging vom Gas, und das Pfeifen verschwand. Er passierte die Stelle, an der er den verletzten Vielfraß gesehen hatte. Der schöne Kadaver des Tieres wischte als dunkler Fleck im Gras durch die Augenwinkel.

Etwas stimmte nicht. Stimmte ganz und gar nicht. Aber es waren nicht die Lügen, weder die vergangenen noch die zukünftigen, die ihn plötzlich beunruhigten. Sie waren alle gute Lügner, und es gab keinen Grund, warum sie gegenüber Vigdis Mitgaard weniger geschickt die Unwahrheit sagen sollten als untereinander. Zum Beispiel: Hannah hatte in Sekkemo bei Håkan Jensen in einer seiner Campingplatzhütten gewohnt. Håkan hätte seinen Spaß daran, Falk und Hannah einen Gefallen zu tun und der Polizei einen Bären aufzubinden, denn Håkan Jensen hasste ohne besonderen Grund alle Menschen in Uniform, sogar Briefträger und Stewardessen. Vigdis Mitgaards Instinkt war auch nur ein Talent, das sich mit einem anderen Talent überlisten ließe.

Außerdem, was wäre so verdammt verdächtig daran, wenn Hannah zugab, in den Ferien zusammen mit André Schoomwinkels unter einem Dach gewohnt zu haben? Das war schließlich nicht verboten. Das Haus gehörte ihrem Vater. Sie hatte jedes Recht, sich dort aufzuhalten, André Schoomwinkels dagegen besaß nicht mal einen gültigen Mietvertrag. Im Übrigen war das Anwesen groß genug, um sich aus dem Weg gehen zu können. Von Hannahs Verhältnis zu André musste die Polizei nichts erfahren. Und selbst wenn, es machte höchstens André Schoomwinkels verdächtig. Ein attraktiver, dauerbekiffter Drogenschieber erschleicht sich das Vertrauen einer reichen Industriellenenkelin, um sie zusammen mit seinen kriminellen Freunden zu kidnappen. Die danken ihm seine Romeo-Dienste, indem sie ihn mit Betonschuhen im Meer versenken, das Lösegeld allein kassieren und auf Nimmerwiedersehen Richtung Finnland oder Russland verschwinden, Ende der Geschichte.

So war es gewesen. Ihre Lügen waren solide.

Nein, es war etwas anderes, das Falk Sebastiani beunruhigte. Etwas, das er übersehen hatte. Jetzt erfasste ihn ein Gefühl dunkler Bedrohung und wuchs mit jedem Meter, den er Bankenes näher kam.

Der Mann tötet André.

Der Mann betritt das Haus.

Der Mann schaut schnell in die Zimmer.

Er sucht keine Drogen und kein Geld.

Er sucht eine weitere Person.

Der Mann ist kein Drogenschmuggler, der einen Komplizen erschießt.

Er ist der Mann, der elfmal vergeblich seine Frau anruft.

Er ist Haidar, der Löwe.

Er ist verletzt und deshalb umso gefährlicher.

Falk knickte das rechte Handgelenk durch, bis es schmerzte und die Maschine Vollgas fuhr. Vor ihm bog ein Traktorgespann aus Burfjordalen auf die E 6 ein und schnitt ihm den Weg ab. Er zog die Husqvarna nach links auf den Seitenstreifen der Gegenfahrbahn und schoss hinter dem grasbeladenen Anhänger vorbei, ohne einen Millimeter vom Gas zu gehen. Einen Sekundenbruchteil roch er das frisch geschnittene Grün, schlingerte, dann fanden die grobstolligen Reifen Halt in der feuchten Erde, zurück auf den Asphalt, wo sie brummten wie wütende Hornissen und sich die abschüssigen Kurven nach Badderen hinabstürzten. Als er in den Jafet Lindebergs vei Richtung Bankenes einbog, hämmerte sein Herz bis in die Fingerspitzen.

Jemand kam ihm im Auto entgegen und hob die Hand zum Gruß, doch er nahm den Fahrer kaum wahr, Mann oder Frau, er erkannte es nicht. Noch viereinhalb Kilometer.

Komm schon, du verdammte Scheißkiste.

Komm schon.

39

Hannah erkannte den Mann sofort, als sie ihn vom Ufer des Fjords auf das Haus zukommen sah. Auf *sie* zukommen sah. Sie erkannte seine voluminöse Statur, die unverwechselbare Bewegungs-DNA, wie er über die ansteigende Wiese hinaufging, ein wankender Goliath, der von einem Fuß auf den anderen fiel. Der Gesichtsausdruck des Mannes bekam plötzlich eine verkniffene Entschlossenheit, als ob er seinerseits Hannah erkannt hätte, aber wie kann das sein, dachte sie. Dann hob er die kleine Pistole in seiner Rechten und zielte auf sie. Hannah wusste nicht, dass es beinahe unmöglich war, mit einer Pistole auf die Distanz, die der Mann noch entfernt war, einen Menschen zu treffen. Also rührte sie sich nicht und wartete in der Mitte des Hofes auf ihren Richter.

Wie schön der Abend doch ist, plapperte ihr Kopf. Ein wenig kühl, aber sonst …

Der Mann war jetzt fast heran. Statt abgerissener Kleidung trug er ein blassblaues Polohemd und Jeans und schwarze Turnschuhe. Er schwitzte stark. Dunkelblaue Flecken zeichneten sich unter seinen Achseln ab. Sie hörte sein Schnaufen. Er schien noch ein wenig dicker geworden zu sein, seit sie ihn das letzte Mal gesehen hatte. Hannah dachte an Liv, die kurz nach ihrer Ankunft in der Saunahütte unten am Fjord verschwunden war, um den Ofen anzuheizen.

Bleib bloß, wo du bist, dachte sie.

Komm her und hilf mir, dachte sie.

Haidar war sich jetzt sicher. Die junge Frau war die zweite Person aus dem Pick-up. In dem Augenblick, als er ihr in etwa so nahe gekommen war, wie er den beiden Personen auf der E 6 nahe gekommen war an dem nieseligen Morgen vor drei Wochen, zwanzig, dreißig Meter vielleicht, erkannte er sie. Sie trug sogar dieselbe weite Canvashose und das schlabbrige Flanellhemd. Bei genauerem Hinsehen, wenn man es nur in Erwägung zog, war darunter der Körper einer hochgewachsenen Frau auszumachen. Die Kleidung und ihr kurzer Haarschnitt verliehen ihr etwas Burschikoses. Der zweite Mörder seiner Familie war weiblich.

»Where are my wife and my son?«, keuchte er. Das *»son«* ging in ein Schnaufen über, so außer Atem war er.

Hannah stand da wie zu Wachs erstarrt. Nein, wie ein Stein, und ein Stein wollte sie sein, verwundbar allein durch die Zeit, die sie zu Sand machte und forttrug, irgendwann, weit weg. Von allen Fragen war dies die schlimmste. Von allen Begründungen für Andrés Tod diejenige, die sie nicht bedacht hatte. Es gab jemanden, der die Frau und den kleinen Jungen vermisste; da stand er vor ihr und verlangte eine Erklärung, die nur sie geben konnte, und was sie sagen konnte, war schal und dumm und so banal, dass dem Mann gar nichts übrig bliebe, als sie zu töten, nachdem er sie angehört hatte.

»Have you robbed them? Have you killed them?«

Das Englisch des Mannes hatte eine kehlige arabische Einfärbung. Hannah starrte ihn an und schüttelte unmerklich den Kopf. Dann dachte sie nichts mehr, und sie sah auch nichts mehr, wie schneeblind, das Schwarz in den Augen des Mannes verschluckte sie. Die Dunkelheit und die Ungewissheit brachten ihren Verstand zum Stillstand.

»Move«, hörte sie ihn noch sagen und spürte den sanften Druck des Pistolenlaufs auf dem Hinterkopf. Ihr Körper gehorchte und bewegte sich ohne ihr Zutun auf das Haus zu.

Kurz bevor Falk die Einfahrt von Bankenes erreichte, nahm er durch die Krüppelbirken an der Grundstücksgrenze die Bewegung wahr. Er hatte auf den letzten tausend Metern begonnen, das Beste zu hoffen, auch wenn er das Schlechteste ahnte. Der Anblick des vertrauten Fjords hatten ihn ein wenig entspannen lassen. Doch die Schemen, die er jetzt sah, durch Zweige und Blätter zerhackt, vervollständigte sein Gehirn zu einem dicken Mann, der seine Tochter mit vorgehaltener Waffe über die Terrasse ins Haus führte. Und wenn sein Kopf ihm keinen

Streich spielte, um das Gesehene zu verharmlosen, wirkte die kleine SIG Sauer in der fleischigen Hand des Mannes noch winziger als in dem Video, das seine Tochter heimlich von ihm gemacht hatte.

Falk stellte den Motor der Husqvarna ab und ließ die Maschine neben dem Haus ausrollen. Während er sie lautlos gegen die Wand lehnte, versuchte er sich zu erinnern, in welchem Zimmer er den Rucksack mit der Sabatti abgelegt hatte und ob es eine Möglichkeit gab, die Waffe zu erreichen. In dem Augenblick, als er sich vorsichtig gegen das Küchenfenster stemmte, um es aufzudrücken, zerriss der trockene Knall eines Pistolenschusses die Stille. Er brach sich bis in die hinterste Hirnwindung. *Hannah, Hannah, Hannah*, echote es zurück.

Das Gefühl, zum einzig entscheidenden Ereignis, für das es sich noch zu leben lohnte, zu spät zu kommen, ließ das Blut im freien Fall aus seinem Kopf sacken. Ihm wurde schwindelig. Das Fenster gab nicht nach. Im Haus blieb es still. Er sank in die Knie, atmete den Schwindel weg und erinnerte sich. Sein Rucksack, an den die Flinte mit zwei Nylonriemen geschnallt war, stand neben der Garderobe im Flur. Er hatte die Patronen aus den Läufen entnommen, nachdem er in Bilto in die Hütte der beiden Frauen eingedrungen war. Sie steckten immer noch in seiner rechten Jackentasche, zusammen mit einer Handvoll weiterer. Er schaufelte sie hervor, die meisten waren 6er-Posten, grobes Zeug, mit dem auf kurze Distanz ein halbwegs gezielter Schuss möglich war. Es waren auch noch zwei Zweieinhalber dabei, Schrot für Schneehühner. Er steckte sie in die andere Jackentasche, um sie nicht irrtümlich zu laden. Ihre Garben aus dreihundertachtzig geronnenen Weicheisentropfen konnten mit der Geschwindigkeit eines Verkehrsflugzeugs die Fläche eines Kleiderschranks beharken und alles darauf töten. Auch seine Tochter.

Er lief zur Vorderseite des Hauses. Der Haupteingang war nicht abgeschlossen. Er hockte sich vor die Tür und drückte die Klinke herunter, bereit, sich zur Seite zu werfen, sollte sein Gegner das Feuer eröffnen. Nichts geschah, als die Türe lautlos aufschwang. Im Haus glaubte er ein Schluchzen zu hören, ein Wimmern vielleicht, seine Tochter hoffentlich. Nur um Haaresbreite widerstand er dem Reflex, ihren Namen zu rufen. Der Rucksack mit der Flinte stand unbeachtet an die Wand gelehnt fünf Meter entfernt. Geduckt arbeitete er sich vor, dabei mied er die Stellen auf dem Dielenboden, die knarzten, erreichte die Garderobe und schnallte das Gewehr los. Er klappte die Läufe ab und schob zwei Patronen hinein. Sofort spürte er die Erleichterung, nicht mehr schutzlos zu sein.

Außer Sichtweite der geöffneten Küchen- und Wohnzimmertüren blieb er am Fuß der Treppe zum ersten Stock einige Minuten hocken, lauschte und atmete gegen die Angst an. Lautlos streifte er Schuhe und Socken ab. Seine Muskeln waren wie Federn, deren Spannung sich von Sekunde zu Sekunde erhöhte. Er spürte, wie seine schwitzigen Hände das Metall der Waffe aufwärmten. Immer wieder glaubte er, eine leise Stimme zu hören, die mal ruhig, mal mühsam beherrscht auf jemanden einredete. Das Hochziehen von Rotze, Wimmern. Als die Stimme, es war die Stimme des Mannes, mit einem plötzlichen Ausbruch explodierte, dessen Inhalt er nicht verstand, weil der Mann auf Arabisch brüllte, öffnete sich Falks Mund wie von selbst und rief nach seiner Tochter. Schrie lauter, als der Mann fluchte.

»Papa!«, antwortete Hannah und wurde sofort von dem Mann unterbrochen.

Sie war am Leben. Falk wusste jetzt, dass sie und der Mann sich im Wohnzimmer befanden. Er rief Haidar beim Namen. Der Mann schien nicht erstaunt, dass Falk ihn wusste.

»Was willst du?«, sagte er und sprach dabei so leise, dass Falk nicht sicher war, ob er mit sich selbst oder mit Hannah redete.

»Lass meine Tochter gehen«, rief Falk in die Eingangshalle hinein.

Wie er dabei in den großen Raum blickte und seine Worte und Erinnerungen von den schlichten weißen Holzvertäfelungen zurückprallten, kam ihm die Situation seltsam folgerichtig vor. Dutzende Male hatten er und seine Familie das Haus durch diese Halle betreten und wieder verlassen. Nie war er von diesem alten Leben weiter entfernt gewesen als jetzt. Er war am Ende des Weges angekommen und wieder am selben Ort. Es war der einzige Ort, an dem er sein wollte.

»Lass sie gehen und nimm mich. Ich bin genauso schuldig. Ich habe auch getötet«, warf er mehr hilflos als töricht hinterher.

Der Mann hustete. »Deine Schuld interessiert mich nicht«, rief er. »Du hast nicht meine Frau und meinen Sohn getötet. Interessiert mich nicht. Du musst dir jemand anderen suchen, der dir deine Schuld erlässt. Was soll ich damit?« Die Frage klang matt und resigniert.

So klingt es, kurz bevor sie Schluss machen, dachte Falk. Geiselnehmer, Selbstmörder, die, die nichts mehr wollen vom Leben und kein Angebot mehr annehmen. Es entstand eine Stille, die die Luft unter Strom setzte. Er schob die Sicherung der Sabatti auf Rot und näherte sich barfuß der offenen Wohnzimmertür. Der Mann wollte seine Rache. Er wollte das Gleichgewicht wiederherstellen. Falk konnte ihn gut verstehen. Er musste Haidar zuvorkommen, bevor der ihn dazu brachte, die gleiche Dummheit zu begehen.

»Nimm mich und lass sie gehen«, rief Falk noch einmal. Dabei drehte er den Kopf nach hinten Richtung Eingangshalle, damit Haidar sein Näherkommen nicht bemerkte. »Wenn du Hannah tötest, bringt das deine Frau und deinen Sohn nicht zurück. Dann töte ich dich. Oder du erwischst mich. Wann hört das auf? Bis keiner mehr übrig ist, um über unsere Toten zu weinen?«

Haidar antwortete ohne Verzug. »Selbst wenn ich deine Tochter gehen lasse, ist es nicht genug.«

Er schien sich gefasst zu haben, denn er klang jetzt streitlustig. Von Hannah war nichts zu hören.

»Meine Frau war schwanger. Verstehst du?« Der Mann machte eine Pause. Dann sprach er mit fester Stimme weiter. »Ich nehme euch beide.«

Falk war jetzt heran. Durch die Türöffnung sah er nur einen kleinen Ausschnitt des Wohnzimmers. In der verzerrten Spiegelung der halb offenen Terrassentür erkannte er rechts im Raum

Haidar und Hannah. Sie standen vor dem Bücherregal, gut anderthalb Meter auseinander. Haidar hielt die SIG Sauer auf Hannahs Kopf gerichtet. Sie stand da wie eine Schaufensterpuppe, als wäre das Leben in vorauseilendem Gehorsam bereits aus ihrem Körper gewichen. Draußen nahm Falk eine Bewegung wahr. Liv näherte sich über den Hof der Terrasse. Sie kam aus der Sauna und trug nur Falks bordeauxfarbenen Bademantel. Sie konnte die Gefahr nicht erkennen. Wenn die Frau, die er liebte, nicht in Haidars Schusslinie laufen sollte, hatte Falk weniger als zehn Sekunden, um etwas zu unternehmen. Nur auf den Fußballen machte er lautlos fünf schnelle Schritte zurück, hob die Sabatti und zielte nach links auf die Trennwand zum Wohnzimmer. Die schweren Schrote schlugen ein melonengroßes Loch in die Holzplanken, zerfetzten das Ölgemälde, das ahnungslos dahinterhing und fegten die Wohnzimmerlampe von der Decke. Mit kleinlichem Geschepper fielen ihre Einzelteile auf die Dielen.

»Lauf«, schrie Falk, zweimal, denn der Knall machte ihn augenblicklich so taub, dass er seine Stimme nicht mal mehr im Schädel resonieren spürte. Er fühlte sich stummer als ein Fisch. »Lauf!«

In der Spiegelung der Terrassentür stieß seine Tochter den schweren Mann aus dem Gleichgewicht und sprang aus dem Blickfeld. Ein Schuss löste sich aus seiner Pistole. Falk sah, wie Haidar sich hochstemmte, dabei das halbe Bücherregal umriss und die Waffe erneut in die Richtung dirigierte, in die Hannah verschwunden war. Von Liv war nichts mehr zu sehen. Falk stürzte ins Wohnzimmer, das Gewehr in die Hüfte gestemmt, und bot sich als Ziel dar – *nimm mich, ich hab's dir doch gesagt, jetzt bleibt dir gar nichts anderes übrig, das hast du davon!* Haidar riss die Waffe herum. Zum ersten Mal konnte Falk den Mann genauer sehen. Seine Augen waren wie schwarze Knöpfe, die nirgends hinschauten. Sein rundes Gesicht war ausdruckslos, voller Selbstvergessenheit auf das Ziel gerichtet. Falk lief ihm entgegen. Doch er schoss nicht. Er berührte nicht mal den Abzug. Es war, als ob ein höherer Instinkt die Kontrolle übernommen hätte. Er hatte keine Angst. Alles war genau so, wie es sein sollte.

Wo ist denn Hannah, dachte er, oder sagte er es sogar? Er wusste es selbst nicht. *Ist sie getroffen?* Der Mann feuerte jetzt. Falk hörte den Schuss. *Ein gutes Zeichen*, dachte er. Wenn man den Knall hörte, war das Geschoss schon vorbei. *Die, die einen treffen, hörst du gar nicht, du spürst sie nur. Der Mann ist ein schlechter Schütze*, dachte er. *Das ist auch gut.* Aus dem Augenwinkel sah er Liv draußen in Deckung liegen, lebend, mit staunenden Augen ins Haus schauend, und ein Seufzer der Erleichterung entfuhr ihm, fast wie ein Lustlaut, während er weiter vorwärtslief. Er hörte den nächsten Schuss und presste die Kieferhälften so fest zusammen, dass ein Stück Backenzahn abbrach und sich als scharfer Splitter in die Zunge bohrte. Das dritte Geschoss streifte ihn am linken Oberarm. *Wie zehn Bienenstiche oder Hornissen*, dachte er, als er den Einschlag spürte und sofort darauf den kühlen Luftzug durch das Loch im Jackenärmel, der auf das heiße Blut traf, aber keinen Schmerz.

Er hatte sich nie vor Augen geführt, wie groß das Wohnzimmer war, doch jetzt sah er die Meter bis zu dem Mann, und sie kamen ihm wie eine Unverschämtheit vor. *Niemand braucht so ein großes Wohnzimmer. Ich werde das Haus verkaufen.* Im Vorpreschen – *oder taumel ich schon?* – riss er eines der Beistelltischchen vor der Couch mit. Die Glasplatte zerbrach mit einem dumpfen *Klack* in zwei Teile. Der vierte Schuss traf seine linke Taille und drehte ihn kurz aus der Laufrichtung wie der Rempler eines Fremden in der U-Bahn. *Zu weit links, du verreißt alles nach links*, dachte er. *Klemmst das Korn links. Du bist ein schlechter Schütze. Das ist gut.*

Dann hörte Falk Sebastiani auch keine Schüsse mehr. Auf einmal schien die Entfernung zu dem Mann mit jedem Schritt größer zu werden. Raum und Zeit streckten sich. Wie die Zeit ganz ohne Maß verging, bemerkte er das Fehlen der Kuppe des kleinen Fingers seiner linken Hand. Sie war ihm in aller Stille abhandengekommen, und er dachte darüber nach, sie zu retten, diesen kleinen, knochigen Fortsatz seiner Hand. Er staunte, wie viele Gedanken in diesen einen Moment hineinpassten, solche aus der Zeit, die weit zurücklag, und solche aus der Zeit, die noch vor ihm liegen sollte, und die ihm bedeuteten, dass ihm nichts geschehen würde. *Ob man wohl das Fingerstück in einen Eisbeutel packen muss, damit man es wieder annähen kann, später? Oder wird es mir ergehen wie meinem Vater, der sich beim Brennholzschneiden mit der Kreissäge das zweite Daumenglied entfernt hatte, als ich noch ein Junge war?*

Der Junge war hinunter zum Bach gerannt und hatte die Tränen weggeblinzelt und mit einem Haselnussstecken fette Tafelblattstauden geköpft. Nicht, weil er Mitgefühl für den Vater empfand, der fluchend und blutend auf dem Hof herumstapfte und dabei seine Daumenspitze umkreiste, die wie eine tote Maus im Schmutz lag, sondern weil die Eltern ihm noch beim Warten auf den Notarzt verboten hatten, die Säge in Zukunft allein zu benutzen. So als ob die Maschine plötzlich verwunschen war und jeden Finger fressen wollte oder er verantwortlich war für das Missgeschick des Vaters. Sie stahlen ihm ein Stück Erwachsensein, das sie ihm zuvor zugestanden hatten. Das Wasser des Baches war Preußischblau an diesem Tag, gefärbt von der Gerberei im Dorf. Es roch faulig in der Sommerhitze. Er hielt sich die Nase zu und wartete, bis die Eltern im Krankenhaus waren, dann sägte er den Rest des Brennholzes auf und fuhr es mit dem Traktorgespann hinter die Scheune. Er besaß drei präparierte Holzklötze, die er mit Lederriemen auf Gas-, Brems- und Kupplungspedal des Traktors band, damit seine Kinderbeine sie erreichen konnten. Das Blut von Vaters Finger hinterließ eine schwarze Spur auf dem Sägeblatt und einen Fleck auf dem Boden, den der Hofhund aufleckte.

Die Eltern kehrten blass und müde zurück und sagten nichts zu seinem Werk. Der Finger des Vaters war verloren. Es kam dem Jungen so vor, dass der Mann, der stets alles konnte und schaffte, um seine Familie und die Tiere durchzubringen, mit dem Körperteil ein Stück seines festen, unscheinbaren Selbstvertrauens verloren hatte. Der Junge verstand, dass der Vater nicht unverwundbar war. Sein Fleisch war so weich und vergänglich wie das der Geschöpfe im Stall.

Ein Geschoss verfehlte knapp seinen Kopf. Er spürte das scharfe Sirren und einen heißen Luftwirbel am Ohr. Es schlug mit einem trockenen *Tschuck* in die Bordüre der Wohnzimmerwand ein und ließ einen Hagel aus Putzkrümeln auf den Boden niedergehen. *Wenn ich jetzt sterbe, sind alle Rechnungen beglichen*, dachte er. *Dann ist es in Ordnung.* Aus den weißen Gräbern verbotener Erinnerungen stiegen Ibrahim Abbalas, Muhamad Tarik Samir und Iris Kubkureit empor und nickten Zustimmung. Sie hatten es sich in den Gartenstühlen auf der Terrasse von Bankenes bequem gemacht und schauten ihm zu. Ibrahim Abbalas hielt seinen abgerissenen Arm hoch und winkte ihm damit. Falk empörte sich ein letztes Mal.

Wieso kommt ihr hierher? Was wollt ihr von mir? Ich habe die Regeln des Krieges, den ihr begonnen habt – ich jedenfalls nicht –, genau befolgt. Ich bin euch nur zuvorgekommen. Wollt ihr euch etwa beschweren, dass sie auch für euch gelten?

Die drei Toten schwiegen freundlich, als hätten sie ihn nicht gehört. Er nahm es als Beweis, dass er noch keiner von ihnen war. Dann war er bei dem Mann. Er war an der Wand herabgesackt und saß zwischen den Trümmern des umgestürzten Bücherregals. Müde hielt er die Pistole auf Falk gerichtet. Die massige Erscheinung kam jetzt noch mehr zur Geltung, denn sie füllte beinahe die Breite eines Regalbodens aus. Augenblicklich verlor Falk sich im Schwarz von Haidars Augen. Sein dunkler, sauber getrimmter Bart grenzte das runde Gesicht als scharfe, halbkreisförmige Kante ab. Der Mund darüber hatte volle Lippen, wie Falk sie von den arabischen Händlern und Halbwelttypen in seiner Heimatstadt München kannte.

Die beiden Männer schwiegen. Nur ihr harter Atem durchströmte den Raum. Falk spürte, wie der Schmerz zurückkehrte, aber nicht dessen Geschwister, die Angst. Er blieb ruhig. Langsam schwenkte er die Mündung des Gewehrs weg von dem Mann. Im selben Augenblick hob Haidar die Pistole und zielte auf Falks Kopf, geradeso, als würde sich hinter der Geste seines Gegenübers eine neuartige Finte verbergen, die er nicht einschätzen konnte. Falk schüttelte nur den Kopf. Vorsichtig legte er die Sabatti vor den Mann auf den Boden. Haidar starrte ihn an. Die Pistole in seiner Hand begann zu zittern. Einen Moment lang sah es so aus, als wollte er mit einer letzten Kraftanstrengung alles zu Ende bringen. Schluss machen. Erst mit Falk. Dann mit sich selbst.

Über die verstreuten Bücher hinweg trat Falk einen Schritt auf ihn zu und entwand ihm die Waffe. Beinahe zärtlich war seine Berührung. Haidars weiche, fleischige Finger öffneten sich ohne Widerstand und gaben das Griffstück frei. Aus Haidars Körper wich die Anspannung. Dann stieß er einen Laut aus, wie Falk ihn noch nie zuvor gehört hatte. Seine Tonhöhe stand in völligem Widerspruch zur Masse des Körpers, dem er entwich. Er glich eher dem Winseln eines geprügelten Hundes oder dem Jammern eines gequälten Kindes, das die kleine Seele aus dem Körper befreien und forttragen wollte, in rettende Arme, irgendwo. Falk erschauderte. Es war, als ob alle Traurigkeit, die er selbst je erfahren hatte, verstohlen und irden, durch den Schrei des fremden Mannes eine Stimme bekam. Sie erklang durch ihn, klagte durch ihn und verging.

Falk nahm das Magazin aus Haidars Pistole und repetierte die Patrone aus dem Lauf. In dem Moment, als er seine Tochter erblickte, schluchzte er unwillkürlich auf. Hannah war am Leben und beinahe unversehrt. Beim Sprung in das angrenzende Esszimmer war sie mit dem Kopf an die Kante der Tischplatte geprallt. Die violette Beule mitten auf der Stirn sah aus wie ein drittes Auge. Sie war immer noch benommen.

»Papa«, sagte sie und tastete sich zurück ins Wohnzimmer.

Liv betrat das Haus durch die Terrassentür. Sie war unbemerkt zu ihrem Quad gelaufen und hatte die Makarow aus einer der Packtaschen gezogen. Die Pistole auf Haidar gerichtet, immer noch barfuß und nur mit Falks scheußlichem Frotteebademantel bekleidet, stand sie da und versuchte, die Situation zu erfassen. Falk bedeutete ihr, dass die Gefahr vorüber war und sie die Waffe herunternehmen konnte.

Liv ergriff vorsichtig Falks linke Hand, die jetzt pochte und wütete, als hätte sich ein Straßenköter darin verbissen. Das Blut des Streifschusses am Oberarm vereinte sich mit dem Rinnsal aus der abgetrennten Fingerspitze und saute den hellen Berberteppich voll. Falk wusste, dass es Monate dauerte, bis man sich an eine unvollständige Hand gewöhnt hatte. Seinem Vater war es so ergangen, nun würde er die gleiche Erfahrung machen und die Familientradition fortsetzen. Er spuckte den Zahnsplitter auf den Boden. Ohne dass Liv seine Hand losließ, näherte er sich Hannah. Keiner der drei beachtete Haidar, der an die Wand gelehnt dasaß und die Stirn auf die Knie gelegt hatte. In Falks linkem Schuh schmatzte mit jedem Schritt das Blut, das aus der Fleischwunde an der Taille austrat. Es hinterließ rote Abdrücke auf dem Boden.

Falk wollte seine Tochter in die Arme schließen, doch Liv schüttelte unmerklich den Kopf und hielt ihn sanft zurück. Lass sie, sagten ihre Augen. Es ist noch zu früh. Der falsche Moment.

Falk sah die Unsicherheit in Hannahs Augen, als sie ihn schwach anlächelte. Liv hatte recht. Er hatte Hannah gerade ein zweites Leben geschenkt, doch die traurige Vergangenheit zwischen Vater und Tochter konnte er nicht einfach mit einer Umarmung hinter sich lassen. Dazu würden sie Zeit brauchen. An einem anderen Tag.

Eine unerwartete Stille entstand zwischen den vier Menschen, die sich auf Bankenes befanden. Schweigen schien der einzig mögliche Frieden. Nur ihre scheuen Blicke sprachen. Draußen war die blaue Dämmernacht angebrochen und stahl das Licht aus den Fensterhöhlen. Wortlos kamen sie überein, dass niemand im Zimmer das Recht zu irgendeiner Anklage hatte. Ihre Schuld verklebte ihnen die Münder. Sie bewegten sich gemessen und bedächtig, so als wollten sie einander nicht stören. Bevor Falk erschöpft auf das Sofa sank, um sich von Liv verbinden zu lassen, ging er in die Küche und holte ein Glas Wasser. Er stellte es vor Haidar auf den Boden. Der Mann saß noch an derselben Stelle. Ohne aufzuschauen, nahm er das Glas und trank. Dann verlor er sich wieder in den Seiten heruntergefallener Bücher, in anderen Leben, Geschichten, die glücklich endeten oder in schmerzloser papierener Tragik.

Liv desinfizierte Falks Wunde an der Hüfte und verschloss sie mit starkem Klebeband, bis die Blutung stoppte. Sie sah hässlicher aus, als sie war, eine rosig rote Sauerei, umkränzt von einem grünblauen Bluterguss. Ohne einen Anflug von Humor sagte Liv, sie habe schon Rentiere mit weit größeren Wunden zusammengeflickt. Die Kuppe seines kleinen Fingers indes war verloren. Kein Chirurg der Welt wäre in der Lage, die winzigen Knochenfragmente, die zusammen mit ein paar Fleischfetzen über den halben Wohnzimmerboden verteilt waren, wieder zu einem funktionierenden Körperteil zusammenzufügen. Er bat Hannah, sie einfach in den Müll zu werfen. Vom Sofa aus betrachtete er die Gestalt des Mannes an der Wand. Haidar hatte den Kopf gehoben und schaute hinaus. Seine Gedanken schienen sich an die entfernteste Stelle des purpurnen Nachthimmels zu klammern. Sie waren zwei Männer, denen das Koordinatensystem ihres Lebens abhandengekommen war. Vielleicht waren sie immer dem verkehrten gefolgt. Doch jetzt hatten sie gar keins mehr, und das Leben hatte jede und keine Richtung.

»Wo sind sie?«

Haidar drehte den Kopf und schaute Hannah aus seinen schwarzen Knopfaugen an.

»Wo?«

40

Die Morgendämmerung setzte den Fjord in Brand. Ein Wind, der seit den Nachtstunden von der Vidda herabwehte, verwandelte das Meer in brodelnde Lava. Der Sommerschnee in den Bergen schimmerte wie Leopardenfell. Das Boot glitt durch die Enge von Sørstraumen in den südlichen Teil des Fjords hinein. Falk hielt auf die Bjørnebucht zu. Es war nicht mehr weit.

Keiner von ihnen hatte wirklich geschlafen. Falk war auf dem Sofa kurz weggedämmert von den Schmerzmitteln und dem Joint, den Liv ihm gebaut hatte. Doch eine Mischung aus Bedrückung und einem Rest Argwohn hatte die vier nicht zur Ruhe kommen lassen. Jetzt waren sie übermüdet und hungrig. Der Wind hielt sie unbarmherzig wach, als sie sich der tiefen Stelle näherten.

Hannah hatte Haidar erzählt, was geschehen war. Dabei hatten sie weit auseinander gesessen, auf dem Boden, jeder für sich allein mit den Tränen und der Wut. Zwischen den Sätzen hatte sie lange Pausen gemacht und Zigaretten geraucht. Sie sprach meist klar und ohne Beschönigung in den großen Raum hinein, wie zu niemand Bestimmtem. Das machte es leichter für sie. Sie hatte nicht gewollt, dass ihr Vater bei ihr saß. Also hatte Falk ein paar Meter entfernt auf dem Sofa gelegen und schweigend zugehört. Liv wuselte mal hier, mal dort herum, legte Holz in den Ofen nach, verließ das Haus, verschluckt vom Dämmerlicht, um nach einigen Minuten wieder aufzutauchen. Sie ertrug es nicht, stillzusitzen und Hannahs grausame Erzählung ein zweites Mal anzuhören. Falk hatte Haidars Pistole unauffällig vom Boden aufgenommen, wieder geladen und die ganze Zeit hinter dem Sofakissen verborgen gehalten. Noch war er viel zu sehr der Polizist, dem die langen Jahre im Dienst ein ungesundes Misstrauen eingeimpft hatten.

Haidars Sohn hieß Malik. »Es bedeutet König«, sagte Haidar jetzt. Er sprach gegen den Wind an, nachdem Falk den Bootsmotor abgestellt hatte und sie einen Moment über der Stelle trieben, an der die beiden Toten mit dem Pick-up im Meer versunken waren. Der kleine König würde nie sein Reich in Besitz nehmen, das das Leben war.

Malik war auch der Name eines Engels. Er wachte über die Hölle. Er ließ niemanden entkommen, der um Erlösung von seinen Qualen bat. Der süße Tod blieb den Schuldigen für immer verwehrt, und Haidars Sohn würde Hannah stets daran erinnern. Er war nun ihr Wächter.

Der Fjord war zu tief, um die Toten zu bergen, das verstand Haidar sofort. Kein Taucher konnte sie erreichen. Sie würden für immer dort unten ruhen. Haidar hatte sich gewünscht, das Amulett seiner Frau zu ihr hinab in die Tiefe zu schicken, doch es war vor einigen Tagen von der Polizistin Vigdis Mitgaard zusammen mit Fuadas Reisekasse als Beweismaterial mitgenommen worden. Stattdessen zog er sich seinen goldenen Ring vom Finger, beugte sich über den Rand des Bootes und ließ ihn behutsam ins Wasser gleiten. Niemand sagte ein Wort. Hannah hielt einen Aufschrei zurück, indem sie die Hand vor den Mund warf. Der Ring taumelte schnell in die Tiefe und verschwand.

Dann gab es nichts mehr zu tun.

»Fahren wir«, sagte Haidar.

Sie überließen ihm den Platz im Bug, wo das Dollbord mit einer bequemen Rückenlehne ausgestattet war. Hannah übernahm den Motor, denn Falk fühlte sich immer noch schwach. Liv hatte den Streifschuss in seiner Taille mit einem Anästhetikum für Rentiere betäubt und genäht. Sie war ziemlich ruppig mit ihm umgegangen. Jetzt saß er blass neben ihr im Boot und ergriff ihre Hand. Sie ließ es zu und erwiderte seine Suche nach Halt, den er so viel nötiger brauchte, als er jemals zugeben könnte. Seine Tochter saß hinter ihnen an der Ruderpinne und schien froh, eine Aufgabe zu haben. Der Fahrwind verglühte ihre Selbstgedrehte im Zeitraffer.

Hannah war nicht so selbstgerecht, zu glauben, dass die Bürde ihrer Schuld Strafe genug für sie wäre. Doch was immer sie als Buße anbot, brachte Fuada und Malik nicht zurück.

Natürlich nicht. Hannah wusste auch, was eine *Diya* war, eine Blutgeldzahlung. Sie stellte den schweren Packsack mit ihrem Anteil an dem Lösegeld vor Haidar ab. Sie hoffte aufrichtig, dass der Mann sie annahm.

Bitte.

Sie erklärte ihm nicht im Detail, wie sie, die zuvor angeblich gekidnappte Enkelin eines reichen Möbelfabrikanten, an das Geld gekommen war. Auch Livs Komplizenschaft verschwieg sie. Doch es war genug, um zu durchschauen, dass Hannah ihre eigene Entführung fingiert hatte. Sie legte ihr Schicksal in Haidars Hand. Von nun an konnte er der Polizei, ihrem Großvater oder ihrer Mutter jederzeit einen anonymen Hinweis geben und Hannah in größte Schwierigkeiten bringen, vermutlich sogar ins Gefängnis.

»Das Geld ist sauber«, sagte sie.

Haidar nickte knapp und betrachtete sie. Es war nicht auszumachen, was in ihm vorging. Hannah spürte keinen Hass. Es war, als wollte sein forschender Blick ihr ein Versprechen abnehmen für ihr junges Leben.

Deserve it.

Dann wandte er sich zum Gehen. Er sagte, er hole seinen Wagen. Doch der Mann kehrte nicht zurück. Sie sahen ihn nie wieder. Das Geld hatte er dagelassen. Bevor er Bankenes verließ, erklärte er Falk in knappen Worten, wo sich Ingmar Haugen befand.

»Ich hoffe, er ist noch am Leben.«

41

Ingmar Haugen lag immer noch an eine Werkbank gefesselt in dem Schuppen wenige hundert Meter von Bankenes entfernt. Er war dehydriert und unterkühlt, stank nach Kot und Urin, war aber bis auf ein paar Schürfwunden und blaue Flecken unverletzt. Als Erstes fragte er nach Hannah. Nachdem sie Haugen an Ort und Stelle mit Tee und Zwieback aufgepäppelt hatten, stützte Falk ihn auf dem Weg hinunter zum Fjordufer und half ihm, sich zu waschen. Haugen weigerte sich, das Bad in Bankenes zu benutzen, und spülte Schmutz und Ausscheidungen mit einem Sprung ins Meer davon. Falk verbrannte seine Kleidung am Strand und holte ihm einen alten Overall aus dem Werkstattschuppen. Haugen schnaufte wie ein Walross kurz vorm Herzinfarkt, als er aus dem kalten Wasser zurück an Land wankte und sich noch mit klammen Fingern eine Dunhill ansteckte.

Falk hatte den Charakter des Mannes ganz falsch eingeschätzt. Der Sicherheitschef seines Schwiegervaters hatte vor vier Jahren die entscheidenden Beweise für Falks Affäre mit Liv beschafft, heimlich aufgenommene Fotos, die die beiden auf Bankenes zeigten. Natürlich hatte er Haugen dafür gehasst. Erst sehr viel später hatte Falk zu ahnen begonnen, dass er ihm im Grunde dankbar sein musste für den letzten Sargnagel in die vergiftete Ehe mit Silje. Haugen besaß eine felsenfeste Loyalität. Sie ermöglichte es ihm, mit einer Art selbstverständlicher Hingabe seine Arbeit zu tun, etwas, wozu Falk schon seit Längerem nicht mehr fähig war. Nicht so. Vielleicht lag es an Haugens Vergangenheit als Berufssoldat. Er hätte wohl nicht gezögert, sein Leben für Hannah in den Ring zu werfen, wenn es nötig gewesen wäre, genauso, wie er es jederzeit für Lars Einar Hellestad oder Silje tun würde. Falk verschwieg ihm seinen Anflug von Bewunderung. Er verschwieg ihm auch, wer der Mann gewesen war, der ihn gefangen genommen und misshandelt hatte, um den Aufenthaltsort seiner Familie zu erfahren. Haidar al Sulami musste für Ingmar Haugen ein ungelöstes Rätsel bleiben und für die Polizei ein Geist.

Erstbefragung Hannah Hellestad, 2. Sept. 2020, 10.15
PM Vigdis Mitgaard, DS Burfjord.
Zur Person: Hannah Hellestad, Alter: 18, Beruf: Schülerin
Wohnort: Konglungveien 70, 1392 Vettre
Zur Sache: Entführung der Zeugin

Die Zeugin macht einen geistig aufgeweckten Eindruck und ist nach eigenen Angaben in körperlich unversehrter Verfassung (lehnt ärztliche Untersuchung ab). Sie schildert lebhaft, wie sie am 30. Juli 2020 ohne Wissen ihrer Mutter (Silje Hellestad, vorm. Sebastiani) statt zu einem Studienaufenthalt nach Madrid über den Flughafen Sørkjosen nach Sørstraumen in das Ferienhaus »Bankenes« ihres Vaters Falk Sebastiani (D-Staatsbürger, Polizist), im Jafet Lindebergs vei 11, reist. Sie will in der Umgebung Fotos für die Bewerbung an einer Hochschule anfertigen, von der ihre Mutter nichts erfahren soll. Im Haus trifft die Zeugin entgegen ihrer Erwartung einen Mieter an: André Willem Schoomwinkels (NL-Staatsbürger, mehrfacher Verdacht auf Verstoß BtMG in NO und NL). Die Zeugin macht ihr Wohnrecht geltend und vereinbart mit S., ein Zimmer im ersten Stock zu nutzen. Sie meidet den Kontakt zu S., da dieser ungepflegt und außerdem häufig von Drogen berauscht ist. S. versucht wiederholt, die Zeugin zum Drogenkonsum zu animieren. Die Zeugin schildert, wie sie seinem Drängen einige Male nachgibt und Joints raucht. Ihr fällt auf, dass S. das Anwesen in unregelmäßigen Abständen sowohl tagsüber als auch nachts für mehrere Stunden verlässt. Als die Zeugin ihn darauf anspricht, reagiert S. aggressiv. Daraufhin beschließt die Zeugin, nachts ihre Zimmertüre abzuschließen. Nach etwa drei Wochen bittet S. sie überraschend, mit seinem Wagen (Toyota Hilux, ält. Bj.) zum Einkaufen nach Bur-

fjord zu fahren. Er selbst sei krank. (Zeugin gibt an, dass sie zum genauen Datum keine zuverlässigen Angaben machen kann, da sie selbst weder eine Uhr noch einen Kalender benutzt. = Datum vermutl. 24. oder 25. Aug.) Bis zu diesem Zeitpunkt, so die Zeugin, hat sich S. stets vehement geweigert, ihr seinen Wagen zu leihen. Sie berichtet, wie auf der Fahrt nach Burfjord (E 6 auf Höhe Hochmoor Bekkamyra) ein schwarzes Motorrad Marke Yamaha mit zwei Personen an ihr vorbeizieht und sie zum Anhalten zwingt. Die Männer sind mit Pistolen bewaffnet, tragen schwarze Lederkombis und Helme mit verspiegelten Visieren. Sie verbinden der Zeugin die Augen, flößen ihr K.-o.-Tropfen ein und transportieren sie an einen unbekannten Ort. Die Zeugin kann keine Angaben über die Dauer, Richtung oder Ziel der Fahrt machen. Ihre anschließende Gefangenschaft beschreibt sie als »Vakuum ohne Licht und Stunden«. Ihr Verlies ist ein vollständig schwarz gestrichener Raum. Selbst der Eimer, in den sie ihre Notdurft verrichten muss, ist schwarz. Die stets maskierten Entführer sprechen in Gegenwart der Zeugin nicht und kommunizieren nur mit Hilfe von englisch geschriebenen Zetteln mit ihr. Die Zeugin vermutet, dass die Täter ihr regelmäßig Betäubungsmittel oder Drogen ins Essen mischen, da sie jegliches Zeitgefühl verliert. Sie schläft die meiste Zeit und gibt an, an ihre Gefangenschaft kaum Erinnerungen zu haben. Dies gilt auch für die Fahrt von ihrem Verlies zur Bushaltestelle am nördlichen Ortsrand von Storslett, an der die Entführer sie nach der Lösegeldübergabe am Mittag des 1. Sept. 2020 aussetzen. (weitere Befragung: Kripo Dis. Oslo, Kom. Helge Omdahl)

Vigdis Mitgaard unterbrach Hannah nur selten, während sie sich Notizen machte. Sie hatte darauf bestanden, das Gespräch allein zu führen. Es sollte eher eine Plauderei von Frau zu Frau sein als eine polizeiliche Befragung. Ein grober Klotz wie Mikkel Persson würde dabei nur stören. Vigdis bat Hannah, sich für weitere Befragungen durch die Kollegen in Oslo zur Verfügung zu halten. Sie gab sich freundlich und mitfühlend, doch sie blieb auffallend reserviert, als Mikkel Persson anschließend seine Schlussfolgerungen in einem unangenehm selbstsicheren Tonfall durch den Flur der Polizeiwache posaunte. Vigdis Mitgaard presste den Mund zu einem Strich zusammen, wie sie es im Dienst oft tat, als hätte sie in eine Zitrone gebissen. Dieser Mann, mit dem sie zusammenzuarbeiten gezwungen war, war ihre ganz persönliche Zitrone. Für Persson war klar, dass André Schoomwinkels mit den Entführern unter einer Decke gesteckt hatte. Ob sie André als unbequemen Tippgeber und Mitwisser ermordet hatten, schien ihm beinahe egal zu sein. Ein paar Kriminelle hatten einen anderen Kriminellen verschwinden lassen, na und? Für ihn bedeutete es vor allem weniger Arbeit. Dass die Fahndung nach den Kidnappern bislang ergebnislos geblieben war, überraschte ihn nicht.

»Wahrscheinlich verdammte Russen«, sagte er. »Deswegen haben die auch nie ein Wort zu Hannah gesagt.« Er winkte ab. »Die sind längst weg.«

Persson hatte die Kommandantur der Polizei in Murmansk informiert und die Kollegen im finnischen Inari. Er zuckte mit den Achseln. Mehr konnten sie nicht tun. Als er Hannah die Hand schüttelte und sich erleichtert zeigte, dass sie unversehrt freigekommen war, hätte ein Unbeteiligter glauben können, das wäre sein Verdienst gewesen, so staatstragend war sein Tonfall und so durchgedrückt sein schmaler Rücken.

Den Abschiedsblick von Vigdis Mitgaard würde Falk so schnell nicht vergessen. Er verriet ihm, dass sich der Keim des Zweifels in ihre Gedanken eingenistet hatte und sie mit sich rang, Witterung aufzunehmen, ihrem verdammt guten Instinkt zu folgen, dorthin, wo es durch die Lücken in Hannahs Geschichte nach Ungereimtheiten und vielleicht sogar nach Lügen roch.

»Fahrt nach Hause«, sagte sie zu Falk und Hannah.

Sie reichte ihm das Fax von der Polizeidirektion München, das sie um Amtshilfe ersuchte, den Kollegen Falk Sebastiani diskret, aber wenn es sein musste auch mit Nachdruck, zur Befragung nach Deutschland zu schicken. Er sollte wegen Totschlags in drei Fällen angeklagt werden.

»Ich wünsch dir Glück.«

Bevor Falk ihr danken konnte, drehte Vigdis Mitgaard sich um und verschwand durch die Tür der Polizeistation. Die Flagge am Mast stand stramm im Wind und sagte, dass der Herbst da war.

42

Die Straße ist ein Band, das nicht endet. Es schleicht am Ufer entlang und umschlingt das Meer, als wollte es seine Grenze sein. Doch das Meer weiß, die Straße wird das Wasser niemals aufhalten, denn es ist selbst die Grenze.

Sie waren unterwegs.

Der kalte Motor des Tieres tanzte im Walzertakt von fünfeinhalb Zylindern.

»Papa bringt mich«, sagte Hannah ins Telefon, und sie hörten den Großvater im Hintergrund schimpfen, herrisch und kalt wie immer und so laut, dass er den Motor des Lastwagens übertönte. Als Lars Einar Hellestad Hannahs Mutter das Telefon aus der Hand riss, um seine Enkelin zu sprechen, legte Hannah einfach auf und schaltete den Apparat aus.

Falk hatte von Livs Abschiedskuss getagträumt und von ihrem Geruch aus Lagerfeuer und süßem Schweiß, den er so mochte, von ihren starken Armen, die ihn sicher festhielten, dass er nicht aus der Welt fallen konnte, sogar von einem törichten »Ich liebe dich«, das er ihr diesmal ganz bestimmt zuhauchen wollte. Doch nach ihrer Rückkehr aus Burfjord war Liv verschwunden. Sie war eine freie Frau, die keine Abschiede mochte. Auf dem Küchentisch hatte sie einen Beutel getrocknetes Rentierfilet und ein Stück von dem bunten Kragen ihres Gákti für ihn zurückgelassen. Die Wegzehrung bis zum Wiedersehen und das Zeichen, sie zu erkennen, falls sie inzwischen alt und faltig geworden war. Er würde nicht so lange warten. Aber erst musste er ein freier Mann werden. Nach München fahren. Seinen Dämonen entgegen, dem Prozess. Er spürte die Scham. Aber er hatte keine Angst.

»Wirst du Bankenes verkaufen?«, sagte Hannah.

Es klang weniger wie eine Frage als nach der Aufforderung, ihr Vater möge die rosa Mädchenzimmervergangenheit seiner

Tochter hinter sich lassen. Sie war erwachsen geworden. Ohne ihn.

Falk lächelte Hannah zu und nickte. »Ich werde es deinem Großvater überlassen. Er wird ordentlich bluten müssen dafür.«

Sie glitten auf der E 6 nach Süden. Der Wagen hatte kein Radio, doch Falk und Hannah lauschten in großem Einverständnis dem Mantra des alten Sechszylinders. In seinen Lauf mischte sich das Mahlen der Zahnräder und das Pfeifen des Turboladers zu einer groben, unbekümmerten Symphonie, die sie immer weiter durch den fahlen Nachmittag schob. Hannah schaute ihrem Vater vom Beifahrersitz aus zu, wie er hinter dem großen Lenkrad saß und das Tier mit ausladenden Bewegungen in der Spur hielt. Sie hob ihre Leica und machte ein paar Aufnahmen von ihm. Böen aus kühler Seide strömten durch die offene Seitenscheibe herein und wirbelten sein Haar durcheinander, was den Mann ein paar Jahre jünger wirken ließ.

Sie legte die Kamera beiseite und drehte eine Zigarette. Sie hielt sie ihm hin.

»Ich rauche nicht mehr«, sagte er.

Er nahm die Zigarette und steckte sie in den Mund. Er wartete, bis seine Tochter eine weitere Zigarette gedreht hatte. Schweigend gab sie ihm Feuer.

Das kleine Glück durchströmte seinen Körper. Die Welle breitete sich vom Kopf bis in die Gliedmaßen hinein aus, ein tiefer Frieden, sanft, doch unaufhaltsam.

Es war das Leben selbst.

Das Meer, das alles war und das die Antworten auf alle Fragen für sich behielt, brandete an die Uferböschung und hinterließ salzige Tropfen auf der Windschutzscheibe. Sie geronnen im Fahrtwind zu tausend Diamanten.

DANKE

Danke an die wunderbare Zoë Beck,
ohne deren Freundschaft und Zuspruch dieses Buch
nicht entstanden wäre.

An meine Eltern Werner und Edith.

An Susanne Zeyse.

An Lothar Strüh.

An M. und K., trotz allem.

Lust auf weitere Lektüre?

Bernd Ohm

Sechs Tage im Herbst

ISBN 978-3-89425-768-2
Auch als E-Book erhältlich

Die blutige Spur der RAF

Henning Kollweys ruhiges Familienleben findet ein jähes Ende, als eines Abends auf ihn geschossen wird. Er bleibt unverletzt, die Ermittlungen verlaufen ergebnislos. Allerdings hegt Henning einen Verdacht, den er der Polizei verschweigt: Deutschlandweit kamen zuletzt alte Bekannte unter dubiosen Umständen ums Leben, er kennt sie alle aus der Zeit, als er während eines halbherzigen Soziologiestudiums in die RAF-Unterstützerszene geriet.
Verfolgt von namenlosen Feinden, beginnt Henning ein Netzwerk aus Geheimdiensten, Terroristen und radikalen Politgruppen aufzudecken, das vor über dreißig Jahren die Geschichte der Bundesrepublik Deutschland für immer veränderte und das bis heute zu existieren scheint.

»Ein spannend konstruierter Plot, der ebenfalls das Geschäft der politischen Desillusionierung betreibt.« Joachim Feldmann, der Freitag

»Ein smart konstruierter Roman.« FAZ

grafit

Hart – explosiv – brandaktuell

J. F. Dam

Brennende Zedern

ISBN 978-3-89425-776-7
Auch als E-Book erhältlich

Worte sind tödlicher als Waffen

Der deutsch-libanesischen Journalistin Laya Niering werden glaubhafte Informationen zugespielt, die auf einen bevorstehenden islamistischen Anschlag von großer Tragweite hindeuten. Doch während der Recherche kommen ihr Zweifel: Der Bürgermeister wird brutal ermordet vor der neuen Migrantensiedlung aufgefunden, eine junge Frau aus der rechten Szene begeht Selbstmord, eine verkohlte Leiche wird in einer Chemieanlage gefunden, die offiziell nicht existiert. Ist die Bedrohung durch den Anschlag wirklich real? Oder soll Layas Artikel nur Wut und Hass in der Gesellschaft schüren und damit schlimmstenfalls sogar einen Bürgerkrieg mitten in Deutschland initiieren? Als Laya klar wird, wer ihr wahrer Gegner ist und dass sie nur als Marionette in einem perfiden Spiel dienen soll, holt sie zum Gegenschlag aus …

Ein brillant skizziertes Krisenszenario in Zeiten des Populismus.

grafit